講談社文庫

消えた戦友(下)

リー・チャイルド | 青木 創 訳

講談社

目次

消えた戦友（下）

●主な登場人物〈消えた戦友 下〉

ジャック・リーチャー 家も車も持たず、放浪の旅を続ける元憲兵隊指揮官。
カルヴィン・フランツ 元特別捜査官。リーチャーの同期。何者かに殺された。
フランシス・ニーグリー 元特別捜査官。シカゴで警備会社を経営。
ジョージ・サンチェス 元特別捜査官。ラスヴェガスで警備会社を経営。
マニュエル・オロスコ 元特別捜査官。サンチェスの共同経営者。
カーラ・ディクソン 元特別捜査官。ニューヨークで法廷会計の仕事に従事。
デイヴィッド・オドンネル 元特別捜査官。ワシントンDCで私立探偵を営む。
トニー・スワン 元特別捜査官。軍事企業ニューエイジの保安部副部長。
マーガレット・ベレンソン 同人事部長。
アレン・ラメゾン 同保安部長。ロサンゼルス市警の元警官。
エドワード・ディーン 同品質管理部長。
レノックス、パーカー 同保安部員。ロサンゼルス市警の元警官。
カーティス・モーニー ロサンゼルス郡の保安官。
ダイアナ・ボンド 連邦議員秘書。ニーグリーの知人。

42

ラスヴェガスには飛行機ではなく車で行くことにした。計画を早く立てられるし、準備が楽だし、全行程の所要時間はたいして変わらないからだ。どのみち、ハードボーラーを機内に持ちこめるわけがない。火力はいずれ必要になるに決まっている。そういうわけで、リーチャーがロビーで待っているあいだに、ほかの三人は荷造りした。ニーグリーが最初におりてきて、全員ぶんのチェックアウトの手続きをした。明細書には目もくれない。そのままサインしただけだ。それからバッグをドアのそばに置き、リーチャーといっしょに待った。つぎにおりてきたのはオドンネルだ。最後がディクソンで、〈ハーツ〉のレンタカーの鍵を手にしている。

トランクにバッグを積み、車に乗りこんだ。ディクソンとニーグリーは前部座席、リーチャーとオドンネルは後部座席に。サンセット・ブールヴァードを東へ進み、車が詰まっているからみ合ったフリーウェイをどうにか抜けて、一五号線に出た。この道路は北進して山脈を抜けてから、北東で州境を越え、ラスヴェガスまで通じている。

この道路はまた、三週間以上前にヘリコプターが少なくとも二度、真夜中にドアをあけて千メートル上空をホバリングしていた付近を通る。リーチャーは見るつもりはなかったが、見てしまった。丘陵を抜けたあたりで、気がつくと西の平坦《へいたん》な褐色の悪地を眺めていた。オドンネルも同じことをしていた。ニーグリーも。ディクソンも。ディクソンは一度に数秒ずつ道路から視線をそらして、左側を見つめている。夕陽《ゆうひ》がまぶしくて顔をしかめていて、引き結んだ唇の口角がさがっていた。

カリフォルニア州バーストウで、夕食をとるために車を停《と》めた。寄ったのは道路脇のみすぼらしいダイナーで、そこにあってこの先には何もないということぐらいしか取り柄がない。店内は汚いし、提供は遅いし、料理はまずかった。美食家でないリーチャーでさえ、カモにされていると思ったくらいだ。昔なら、自分やディクソンやニーグリーはもしかしたら、オドンネルは確実に、文句を言って椅子を窓に投げつけていただろうが、今夜はだれもそんなことはしなかった。三品のコースをどうにか食べきり、薄いコーヒーを飲むと、旅を再開した。

紺のスーツを着た男は〈シャトー・マーモント〉の駐車場から連絡を入れた。「連中は抜け出しました。ここにはいません。四人とも」

ボスは尋ねた。「行き先は？」

「ラスヴェガスだろうとフロント係は言っています。そんな話を耳にしたそうで」

「すばらしい。ラスヴェガスでやろう。何かと都合がいい。飛行機ではなく車を使え」


アンドリュー・マクブライドと名乗っている黒っぽい髪の四十がらみの男が、ラスヴェガス空港のボーディング・ブリッジから出たとたんに目にしたのは、スロットマシンの列だ。大きな黒と銀と金の箱が電飾をきらめかせている。二十台ほどあり、背中合わせに十台ずつ並んでいる。それぞれの台の前にはビニール張りのスツールが置かれている。台の下部には灰色の細長い出っ張りがあり、左側には灰皿が、右側にはカップホルダーが組みこまれている。二十脚のスツールのうち、十二脚ほどが埋まっている。そこに腰掛けている男女は、疲労しながらも夢中になっているという独特の様子で、前の画面を見つめている。

アンドリュー・マクブライドは運試しをしようと決めた。結果で今後の成功を占うつもりで。勝てば万事うまくいく。

負けたら？

笑みを浮かべた。負けても、理由をこじつけて結果を正当化するだけだ。自分は迷信深い人間ではない。

スツールに腰掛け、ブリーフケースを足首にもたせかけた。ポケットに小銭入れがある。これがあると空港の保安検査を早く抜けられるから、注目されにくくなる。小銭入れを出して指を差しこみ、集めておいた二十五セント硬貨をすべて出した。数は多くない。出っ張りの灰皿とカップホルダーのあいだで、短い列を作っている。

一枚ずつ投入した。楽しげな金属音を立てながら硬貨がスロットマシンに吸いこまれていく。五枚貯《た》まったことを赤いＬＥＤが教えた。大きなスタートボタンがある。百万本もの指が触れたせいですり減り、脂で汚れている。

それを繰り返し押した。

最初の四回は負けた。

五回目で勝った。

音を抑えたベルが鳴り、控えめなサイレンの音が流れるとともに、スロットマシンが前後に少し揺れ、内部の頑丈な装置が二十五セント硬貨を百枚数えた。硬貨はジャラジャラという音を立てながら払い戻し口から出て、膝の近くの金属を成形した皿に流れこんだ。

カリフォルニア州バーストウからネヴァダ州ラスヴェガスまでは三百キロほどある。夜間の一五号線で、一方の州のハイウェイ・パトロールともう一方の州の州警察にしかるべき敬意を払いながら運転するとなると、三時間強はかかる。ディクソンは運転を交代しなくてもかまわないと言った。ニューヨーク暮らしだから、車を運転する体験は新鮮なのだろう。オドンネルは後部座席でまどろんでいる。リーチャーは窓の外を眺めている。ニーグリーが言った。「しまった、ダイアナ・ボンドのことをすっかり忘れていた。エドワーズ空軍基地から来ることになっていたのに。むだ足を踏ませてしまう」

「いまはどうでもいいわよ」ディクソンが言った。

「連絡しないと」ニーグリーは言った。だが、携帯電話が圏外だった。モハーヴェ砂漠のただ中では、電波は途切れ途切れにしか届かない。

ラスヴェガスに着いたのは夜の十二時だ。この街が最も美しく見える時間だとリーチャーは思っている。前にもラスヴェガスには来たことがある。日中のラスヴェガスは取るに足らなく見える。つかみどころがなくて、つまらなくて、けばけばしくて、あけすけで、露骨だ。しかし、夜になって照明に彩られると、華やかな幻のように見える。車はラスヴェガス・ストリップの安っぽいほうを進み、リーチャーはコンクリートがむき出しのバーを見かけた。ペンキが剝げ、窓はなく、〈安いビールと淫らな女〉という看板が掲げられている。その向かいには屋根がたわんだ埃《ほこり》まみれのモーテルが固まり、色褪《いろあ》せた高層ホテルも一軒だけある。リーチャーならまずこういう界隈《かいわい》から部屋を探すが、ディクソンは無言で車を走らせつづけ、一キロ弱先の光り輝く豪華な建物へ向かった。そして名前にイタリア語が使われている一軒で車を停めた。駐車係やベルボーイの一群がさっそく押し寄せてきて、バッグをつかみ、車を運び去った。ロビーはタイルやプールや噴水だらけで、スロットマシンがけたたましく鳴っている。ニーグリーがフロントに行き、四部屋の宿泊代を払った。リーチャーは肩越しにのぞきこんだ。

「高いな」と思わず言う。

「でも、手間を省けるかもしれない」ニーグリーは言い返した。「ここの人間なら、オロスコとサンチェスのことを知っているかもしれない。うまくすると、警備契約を結んでいたかもしれない」

リーチャーはうなずいた。〝強大なアメリカ軍の兵士が落ちぶれたものだ〟。この場合は、落ちぶれるどころか大きく出世している。少なくとも、稼げる見こみという点では。このホテル全体から金が文字どおりしたたり落ちている。プールや噴水がそれを象徴している。砂漠の真ん中に湧く大量の水はとてつもない贅沢品《ぜいたくひん》だ。巨額の投資がおこなわれているにちがいない。キャッシュフローは莫大《ばくだい》な金額にのぼっているにちがいない。サンチェスとオロスコがそこに加わっていて、これほどの大事業に安全を提供していたのなら、たいしたものだ。昔の仲間をとても誇らしく思っている自分に気づいた。だが同時に、わだかまりも感じる。自分は軍を辞めたとき、これから新たな人生がはじまることは充分に承知していたが、あすより先の未来は考えなかった。なんの計画も立てなかったし、なんの将来像もいだかなかった。

ほかの面々はそれをやっていた。

どのように？

なぜ？

ニーグリーがカードキーを配った。さっぱりしてから、十分後に集合して仕事をはじめることにした。もう夜の十二時を過ぎているが、ラスヴェガスはまさしく眠らない街だ。時間は意味を持たない。カジノには窓や時計がないとよく言われるが、リーチャーが知るかぎり、それはすべて事実だ。つまらないものがキャッシュフローを滞らせるのは許されない。プレイヤーの就寝時刻のような俗事がそのつまらないものに含まれるのはまちがいない。ひと晩中負けつづけてくれる疲れたプレイヤーほどありがたいものはない。

リーチャーの部屋は十七階だった。黒っぽいコンクリートで囲まれた四角い部屋で、ヴェネツィアの何世紀も前の客間に似せて飾り立てられている。全体としては、本物からかけ離れている。リーチャーはヴェネツィアにも行ったことがある。折りたたみ式の歯ブラシを開き、バスルームのグラスに入れて立てかけた。荷ほどきはこれで終わりだ。顔を洗い、短く刈りこんだ頭を撫《な》でてから、下見をするためにロビーに戻った。

これだけの高級施設なのに、一階の不動産の大半はスロットマシンのために使われている。辛抱強く、疲れを知らず、マイクロプロセッサーでコントロールされたこの機械は、つぎつぎに投入される現金の一部を容赦なくかすめとっていく。一日二十四時間、年中無休で。ベルが鳴り、電子音が響いている。勝っている人も多いが、負けている人はそれよりわずかに多い。この部屋の警備はずいぶん手薄だ。スロットマシンの構造やネヴァダ州ゲーミング委員会による厳重な監視を考えれば、客側だろうと店側だろうと金を盗んだりだましとったりする機会は現実にはありえないからだろう。部屋の中には数百人がいるが、従業員だと見分けられたのはふたりだけだ。男女で、ほかの人と同じような恰好《かっこう》をして、ほかの人と同じように疲れているが、目が期待でぎらついてはいない。

サンチェスとオロスコは、スロットマシンのためにはたいした労力を割かなかっただろう。

先に進み、ルーレットやポーカーやブラックジャックがプレイされている奥の大部屋に行った。視線を上に向けると、防犯カメラが見えた。左右と前に向けると、大金を賭けている人たちと、警備員と、しだいに集まってきている娼婦《しょうふ》が見えた。

ルーレットのテーブルで足を止めた。リーチャーの理解しているかぎりでは、ルーレットはスロットマシンと本質は変わらない。回転盤でいかさまをしなければの話だが。プレイヤーが金を供給すると、回転盤は一定の手数料を引いたうえで、それを別のプレイヤーに分配する。スロットマシンのマイクロプロセッサー並みに容赦なく、確実に。

サンチェスとオロスコは、ルーレットのためにもたいした労力を割かなかっただろう。

カードのテーブルに行った。本物の博打《ばくち》がおこなわれているのはここだろう。カードはカジノで唯一、人間の知性がまともに使われるゲームだ。そして人間の知性が使われるところには、犯罪がついてまわる。とはいえ、プレイヤーひとりの力では大がかりな犯罪はなしえない。自制心に富み、記憶力がよく、統計学の初歩知識があるプレイヤーなら、賭けに勝てる。しかし、賭けに勝つのは犯罪ではない。さらには、賭けに勝っても、四ヵ月で六千五百万ドルも稼げるわけがない。利ざやがそこまでにはならない。最初の賭け金が、小国の国内総生産並みの額でないかぎりは。四ヵ月で六千五百万ドルも稼ぐためには、ディーラーを抱きこまなければならない。だが、それほど大きな損失を出したディーラーは、一週間以内にクビにされるだろう。もしかしたら一日以内に。あるいは一時間以内に。したがって、四ヵ月も勝ちつづけるためには、なんらかの巨大な詐欺を働かなければならない。結託して。共謀して。何十人ものディーラーが。何十人ものプレイヤーが。何百人かもしれない。

このホテル全体が、投資家に刃向かっているのかもしれない。

もしかしたらこの街全体が。

それほどの規模ならば、人が殺される理由にはなる。

この部屋の警備は厳重だ。防犯カメラはプレイヤーとディーラーに向けられている。大きくてあからさまなカメラもあれば、小さくて目立たないカメラもある。隠しカメラもあるだろう。礼服を着て、シークレットサーヴィスの隊員よろしくイヤーピースと手首用のマイクを着けた男女が巡回している。平服の覆面警備員もいる。そのうちの五人を一分以内に見分けられたが、ずっと多くを見落としているだろう。

人ごみを抜け、ロビーに戻った。噴水のそばでカーラ・ディクソンが待っていた。シャワーを浴びて、ジーンズと革のジャケットから黒のパンツスーツに着替えている。濡《ぬ》れた髪を後ろに撫でつけている。スーツの上着はボタンを留めてあり、下にブラウスは着ていない。とてもきれいに見える。

「ラスヴェガスに最初に入植したのはモルモン教徒なのよ」ディクソンは言った。「知っていた？」

「いや」リーチャーは言った。

「現在、この街は急成長していて、年に二度も電話帳を発行している」

「それも知らなかったな」

「ひと月に七百軒も新しい家が建てられている」

「水不足になりそうだ」

「それは確実ね。でも、その前にたっぷり儲《もう》けるはず。ギャンブルからの収入だけでも年に七十億ドル近くになるのよ」

「旅行案内を読んできたようだな」

ディクソンはうなずいた。「部屋に一冊あった。観光客は年に三千万人。つまり、ラスヴェガスに来るたびにひとりが平均して二百ドル以上を失っていることになる」

「二百三十三ドル三十三セントだ」リーチャーは反射的に言った。「不合理な行動の典型だな」

「人間の典型よ」ディクソンは言った。「だれだって一攫千金《いっかくせんきん》を夢見る」

オドンネルが来た。同じスーツ、ちがうネクタイ、シャツは洗いたてかもしれない。靴が照明を受けて輝いている。靴磨きに使える布がバスルームにあったのかもしれない。

「観光客は年に三千万人だ」と言う。

リーチャーは言った。「ディクソンからもう聞いた。同じ本を読んだな」

「アメリカの全人口の一〇パーセントだぞ。しかも、このホテルを見てみろ」

「気に入ったのか？」

「サンチェスとオロスコに対する見方が一変したよ」

リーチャーはうなずいた。「前に言ったとおりだ。おまえたちはみな前へ、上へと進んでいる」

ニーグリーがエレベーターから出てきた。ディクソンと同じく、地味な黒いスーツを着ている。濡れた髪に櫛《くし》を入れてある。

「旅行案内に書かれていた内容の情報交換をしていたところだ」リーチャーは言った。

「わたしは読んでいない」ニーグリーは言った。「代わりに、ダイアナ・ボンドに電話をかけた。〈シャトー・マーモント〉に行って、一時間待ってから戻ったそうよ」

「怒っていたか？」

「不安に駆られていた。リトル・ウィングという名前が広まっていることが気に食わなくて。またこちらから連絡すると言っておいた」

「なぜ？」

「興味を引かれたからよ。状況を知りたい」

「わたしもだ」リーチャーは言った。「いまは、何者かがこの街で六千五百万ドルもだましとったのかどうかを知りたい。その方法も」

「事実なら、よほど大きな詐欺よ」ディクソンが言った。「年額に換算すれば、全収入の三パーセント近くになる」

「二・七八パーセントだ」リーチャーは反射的に言った。

「はじめよう」オドンネルが言った。

43

コンシェルジュデスクからはじめ、当直の警備責任者に会いたいと言った。何か問題でもありましたかとコンシェルジュに訊《き》かれ、リーチャーは「共通の友人がいるようでね」と言った。

長いこと待たされたすえに、当直の警備責任者が現れた。社交目的の訪問の優先順位が低いのはまちがいない。ようやく歩み寄ってきたのは、イタリア製の靴を履き、千ドルのスーツを着た中肉中背の男だ。年は五十歳前後、その歳《とし》でも引き締まった頑健そうな体つきを保っていて、命令する立場にあり、落ち着いてはいるが、目のまわりの皺《しわ》が前職に少なくとも二十年は勤めたことを物語っている。もっときつい前職に。男は苛《いら》立《だ》ちを上手に隠し、名乗って四人全員と握手を交わした。名前はライトで、静かな一角で話すことを提案した。純然たる習慣だろう、とリーチャーは思った。直感と訓練が、面倒事の種は引き離しておくにかぎると命じている。つまらないものがキャッシュフローを滞らせるのは許されない。

静かな一角を見つけた。もちろん椅子はない。ラスヴェガスのカジノが、ギャンブルから距離を置いてすわっていられる快適な場所を客に提供するわけがない。同じ理由で、ホテルの寝室の照明は薄暗い。客が上で読書にいそしんでも、だれの得にもならない。五人はこぢんまりした輪を作って立つと、オドンネルがワシントンDCの私立探偵の免許証を見せ、さらに首都警察の推薦状らしきものを見せた。ディクソンも同じように、免許証とニューヨーク市警が発行したカードを提示する。ニーグリーはFBIが発行したカードを持っていた。リーチャーは何も提示しなかった。銃の形に膨らんでいるポケットの上にシャツの裾を引きおろしただけだ。

ライトはニーグリーに言った。「わたしもかつてはFBIにいた」

リーチャーは訊いた。「マニュエル・オロスコとジョージ・サンチェスとは知り合いだったか？」

「知り合いだったか？」ライトは言った。「知り合いか、ではなく？」

「知り合いだったか、だ」リーチャーは言った。「オロスコは確実に死亡している。サンチェスも死亡したと思われる」

「あなたがたの友人だったのか？」

「軍にいたころからの」

「とても残念だ」

「同感だ」

「死亡したのはいつ？」

「三、四週間前だ」

「死亡したいきさつは？」

「わからない。だからここに来た」

「ふたりとは知り合いだった」ライトは言った。「とてもよく知っていた。この業界では有名人だった」

「ふたりを使っていたのか？　仕事で」

「ここでは使っていなかった。外部委託はしないから。規模が大きすぎて。大きなホテルはどこも同じだろう」

「すべての業務をここの従業員でまわしているのか？」

ライトはうなずいた。「ここはＦＢＩ捜査官や警察の警部補が行き着く場所だ。そのうちのえり抜きの人間を採用している。ここの給料を知った求職者が外に列をなしているんだよ。毎日少なくともふたりに対して採用面接をおこなっている。求職者は、退職前の最後の休暇でここを訪れるというわけだ」

「オロスコとサンチェスのふたりとはどのようにして知り合った？」

「ふたりが警備を請け負っていたホテルは訓練キャンプのようなものだ。だれかが新しい案を思いついても、ここでは試さない。それは無謀だ。先に別の場所で試して磨きをかける。それで、われわれはオロスコやサンチェスのような人たちの機嫌をとっておくんだよ。事前情報が必要だから。三人でときどき会って、おしゃべりをしたり、相談したり、夕食をともにしたり、一杯やったりしていた」

「ふたりは忙しくしていたか？　あんたも忙しいのか？」

「片腕が不自由な壁紙貼り職人並みに」

「アズハリ・マフムードという名前に聞き覚えは？」

「ないな。何者なんだ」

「わからない。だが、偽名でここに来ているとわれわれは考えている」

「ここに？」

「ラスヴェガスのどこかに。宿泊客名簿は調べられるか？」

「言うまでもなく、このホテルのものなら調べられる。ほかのホテルに問い合わせることもできる」

「アンドリュー・マクブライドとアンソニー・マシューズという名前を調べてくれ」

「イニシャルが同じとは、手がこんでいるな」

ディクソンが尋ねた。「カードのプレイヤーがいかさまをしているかどうかを、どうやって見分けるの？」

ライトは言った。「勝っているかどうかで」

「勝つ人は多いはず」

「われわれが許容する範囲でしか勝たない。それを超えれば、いかさまをしていることになる。統計の問題だ。数字は嘘《うそ》をつかない。勝っているかどうかというより、どれほど勝っているかで決まる」

オドンネルが言った。「サンチェスは紙片に数字を記していた。六千五百万ドルと。正確には、四ヵ月間にわたって、一回あたり十万ドルで六百五十回という内容だった」

「つまり？」

「こういう数字を見たら疑うか？」

「何を？」

「詐欺を」

「一年ではいくらになる？　二億ドル近く？」

「一億九千五百万ドルだ」リーチャーは言った。

「可能性はある」ライトはいった。「われわれは損失額を八パーセント以下に抑えようと努めている。業界目標のようなものだ。つまり、われわれは年に二億ドルをはるかに超える損失を出している。とはいえ、一件の詐欺で二億ドルもだましとられたら、一度にその損失の大部分を占めることになる。そのうえ、それが前代未聞の方法だったのなら話はちがってくる。その場合、八パーセントという目標など吹き飛んでしまう。わたしも身の振り方に悩まされることになるだろうな」

「ふたりもこの件に悩まされていた」リーチャーは言った。「ふたりはこの件のせいで殺されたとわれわれは考えている」

「とても大がかりな仕事になったはずだ」ライトは言った。「四ヵ月で六千五百万ドルだって？　ディーラーやそのまとめ役であるピットボスや警備員を抱きこまなければならなかったはずだ。防犯カメラにも細工して、テープを消去しなければならない。換金するキャッシャーも口止めしなければならない。産業規模の詐欺になる」

「それが起こった可能性がある」

「だとしたら、なぜ警察がわたしに話を聞きにきていない？」

「われわれのほうが警察よりも一歩先んじているからだ」

「ラスヴェガス市警のことか？　ゲーミング委員会？」

リーチャーは首を横に振った。「われわれの仲間は、州境の向こうのロサンゼルス郡で死亡した。そこの保安官たちが捜査にあたっている」

「あなたがたのほうが保安官たちよりも先んじていると？　どういうことだ」

リーチャーは何も言わなかった。ライトはしばらく口をつぐんでいた。それから四人の顔を順々に見た。最初にニーグリー、つぎにディクソン、つぎにオドンネル、最後にリーチャーを。

「待ってくれ」と言う。「まさか。軍と言っていたな。あなたがたは特別捜査官だったのか。ふたりが所属していた部隊だ。しょっちゅうその話をしていたよ」

リーチャーは言った。「それなら、われわれが関心を持っている理由もわかるはずだ。あんただってFBI時代は仲間がいただろう」

「何かわかったら、見返りはあるのか？」

「それなりの働きを示せ」リーチャーは言った。

「女がひとりいる」ライトは言った。「炉《ファイアピット》がある品のない店で働いている。かつて〈リヴィエラ〉があった場所の近くのバーだ。その女性はサンチェスと親密だ」

「恋人か？」

「必ずしもそうではなかったようだ。昔の恋人かもしれない。だが、親しいのは確かだ。その女性ならわたしより詳しいだろう」

44

ライトは仕事に戻り、リーチャーは〈リヴィエラ〉のあった場所をコンシェルジュに確認した。ここに来るときに通った、ラスヴェガス・ストリップの安っぽいほうだと教わった。四人は歩いた。暑くて乾いた砂漠の夜だ。立ちこめるスモッグとおびただしい街灯の光のはるかかなたの地平線に星が出ている。歩道には娼婦のチラシ代わりのカラー絵葉書が捨てられ、散らばっている。自由市場の力によって基本料金は四十九ドル九十九セントまでさがったらしい。ただし、不運な客が女を部屋に連れこんだとたん、料金は跳ねあがるに決まっている、とリーチャーは思った。絵葉書に写っている女は美人ばかりだが、実物ではないに決まっている。リオやマイアミの何も知らない水着モデルを資料画像として使っているのだろう。ラスヴェガスは詐欺の街だ。サンチェスとオロスコはずっと忙しくしていたにちがいない。片腕が不自由な壁紙貼り職人並みに、とライトは言っていたが、それは完全に納得できる。

安いビールと淫らな女が売りの、ペンキが剝げてコンクリートがむき出しになっているバーの前で右折し、曲がりくねった通りが雑然と交わっている地区にはいった。左右にスタッコ仕上げの褐色の平屋建てが並んでいる。モーテルもあれば、食料雑貨店もあれば、レストランもあれば、バーもある。どれも看板は似ていて、高い柱にガラス張りの白い板が取り付けられ、黒い文字をはめこむためのレールが水平に並んでいる。文字はどれも縦長の直立した字体だから、店の種類を見分けるためには集中力が必要になってくる。食料雑貨店はソーダの六缶パックが一ドル九十九セントだと宣伝し、モーテルはエアコンとプールとケーブルテレビを完備していると自慢し、レストランは食べ放題の朝食ビュッフェを一日中実施している。バーはサービスタイムに力を入れつつ、うまい酒がいつだって安く飲めると強調している。どこも同じに見える。四人はそういう店を五、六軒素通りしたすえに、〈ファイアピット〉という看板がある店を見つけた。

看板が掲げられていたのは、窓が少ないスタッコ仕上げの四角いビルだ。バーらしくはない。なんのビルであってもおかしくない。性病専門のクリニックでも、非主流派の教会でもおかしくない。だが、中はちがった。中は確かにラスヴェガスのバーだ。装飾と騒音に節度がない。五百人もの客が酒を飲み、叫び、笑い、声高に話していて、壁は紫、ソファは暗い赤だ。秩序らしきものは何ひとつない。人が密集しているカウンターは長く、S字形をしている。Sの尾が床に掘った穴を囲んでいる。穴の中央にはまがい物の円形の炉床がある。隠された送風機がぎざぎざに切ったオレンジ色のシルクの布を吹きあげ、炎を表現している。布はまばゆい赤い光を浴びながら揺れたり動いたり踊ったりしている。炎から離れたところは、フラシ天を張ったいくつものボックス席に分かれている。どのボックス席も満席だ。炉もすし詰めになっている。至るところに人が立っている。隠されたスピーカーが音楽を流している。露出の多い服を着たウェイトレスがトレーを高く掲げ、巧みに人ごみを縫って歩いている。

「すばらしい」オドンネルが言った。

「警察の風紀係に通報して」ディクソンが言った。

「その女を見つけて、外に連れ出すわよ」ニーグリーが言った。人だかりが不快なようだ。しかし、その女は見つからなかった。リーチャーがカウンターでジョージ・サンチェスの友人を捜していると言うと、応対した女はだれのことだかわかっている様子だったが、夜の十二時には退勤したと答えた。名前はミレーナというらしい。念のため、リーチャーはふたりのウェイトレスにも同じことを尋ねたが、どちらの答も同じだった。この店で働いているミレーナはサンチェスという名の警備会社の人間と親密だが、夜は家に帰って眠り、翌日もまたきつい十二時間労働をこなすために休んでいるとのことだった。

だれも住所までは教えてくれなかった。

リーチャーは三人の女全員に自分の名前を伝えておいた。それから苦労して仲間のもとに戻り、四人で人ごみを掻《か》き分《わ》けて歩道に戻った。午前一時のラスヴェガスはまだ明るくてざわめいているが、バーの中に比べると、冷たい灰色の月面並みに静穏に感じられる。

「どうする？」ディクソンが言った。

「午前十一時半にまたここに来る」リーチャーは言った。「出勤途中のその女をつかまえる」

「それまでは？」

「何もしない。朝まで休もう」

ラスヴェガス・ストリップに戻り、歩道に四人が横一列に並んで、ホテルへゆっくりと歩いた。その四十メートル背後の車道で、紺のクライスラーのセダンが急ブレーキをかけて路肩に寄り、停車した。

45

紺のスーツを着た男はすぐさま連絡を入れた。「連中を見つけました。驚きましたよ。目の前にいきなり現れたんですから」

ボスは尋ねた。「四人とも？」

「四人とも目の前にいます」

「始末できるか？」

「できると思います」

「それなら片をつけろ。増援を待つな。片をつけてここに戻れ」

紺のスーツを着た男は通話を終えると、路肩から車を出し、四車線を突っ切って、街でどこよりも安く煙草《たばこ》を売っているという、脇道の食料雑貨店の前にふたたび停めた。車からおりて施錠し、ラスヴェガス・ストリップを足早に歩きはじめた。上着のポケットに右手を入れて。

ラスヴェガスは地球上のどこよりも単位面積あたりのホテルの部屋数が多いが、アズハリ・マフムードはそのどこにもいなかった。ラスヴェガス・ストリップから五キロ離れた郊外に建つ借家にいた。計画倒れに終わった作戦のために二年前に借りた家だ。当時も安全だったし、現在も安全だった。

マフムードはキッチンでカウンターの上に職業別電話帳を広げていた。レンタルトラックのページをめくりながら、〈U－ホール〉でどれくらい大きなトラックを借りる必要があるかを考えていた。

ラスヴェガス・ストリップはいつまで経《た》っても再開発が終わらないが、その波は浴槽の湯のように寄せたり引いたりしている。かつては〈リヴィエラ〉が華やかなほうの中心だった。このホテルは投資をうながし、その流れは通りを一ブロックずつ呑《の》みこんでいった。改良工事が反対側の端に届くころには、投資額はずっと高くなっていて、〈リヴィエラ〉はもっと新しい施設に比べるとにわかに古く、野暮ったく見えるようになった。それで投資の流れは跳ね返り、逆方向に一ブロックずつ呑みこんでいくことになった。結果として、長さ一ブロックの建設現場がいつまでも移動しつづけ、その一方の側には建てたばかりの真新しい施設があり、もう一方の側にはいまにもまた取り壊されそうなわずかに古い施設がある。工事が進むにつれ、車道と歩道は直線に近くなっている。新しい車線は途切れることなくつづいている。古い道路は瓦礫《がれき》の山のあいだを曲がりながら抜けている。そこは無人の中間地帯よろしく、街がつかの間静かになり、人けもない。

まさしくその無人の中間地帯で、紺のスーツを着た男は標的に背後から接近した。標的は四人が横一列に並んでゆっくりと歩いている。行き先はあるが、時間に余裕があるかのように。ニーグリーが左端で、リーチャーとオドンネルが中央、ディクソンが右端だ。間隔は狭いが、体は触れ合っていない。歩道の幅いっぱいに広がった行進のように。ひとつの標的と考えれば、幅は三メートル弱。古い歩道を歩いているのはニーグリーだ。自由意志で選んだかのようにそこを歩き、ほかの三人はそれに合わせているにすぎない。

スーツを着た男は右手のポケットから銃を出した。韓国製のデーウーＤＰ51で、黒くて小さく、不法に入手し、登録されていないから、足がつかない。弾倉には九ミリ・パラベラム弾が十三発装塡されている。そして所有者が長い訓練のすえに学んだ、安全に携行できる唯一の状態にしてある——薬室には給弾せずに、安全装置を掛けてある。

銃を右手で構え、ロックされた引き金を絞って、予行演習した。優先順位を決め、最大の標的から倒すことにした。経験から言って、それがいつだっていちばんうまくいく。つまり、リーチャーの背中の中心に撃ちこんでから、銃を右に少し振ってオドンネルの背中を撃ち、つづいて左に大きく振ってニーグリーを撃ち、最後にまた右に振ってディクソンを撃つ。四発、三秒でいけるだろう。距離は六メートル、左右に銃を振るのが極端に大きくなるほどには近すぎず、命中を確信できるほどには近い。最大でも角度にして二十度あまり振るだけだ。簡単な幾何学。簡単な仕事。問題はない。

周囲に目を走らせた。

だれもいない。

背後を見た。

だれもいない。

安全装置をはずし、デーウーの銃身を左手で握り、右手の力でスライドを動かした。一発目の太くて短い弾薬が押しあげられ、薬室になめらかに給弾されるのを感じた。

ここの夜は静かではない。都会の環境雑音に満ちている。ラスヴェガス・ストリップを走る車の音、遠くの屋上でエアコンの室外機がうなる音、換気扇がまわる音、何十万もの人々ががむしゃらに遊ぶくぐもったざわめき。しかし、リーチャーは六メートル背後でスライドが引かれる音を聞きとった。非常に明瞭に。けっして聞き逃してはならないと体に叩《たた》きこんである音にほかならなかったからだ。リーチャーの耳には、それは一瞬の完全かつ複雑な交響曲に等しく、すべての要素が克明に聞きとれた。合金と合金がこすれる音、それが金属に反響しながらも、分厚い手のひらと親指の付け根と人差し指の側面によっていくらか弱められる音、弾倉のスプリングがここぞとばかりに伸びる音、真鍮製《しんちゅうせい》の薬莢《やっきょう》があるべき位置に収まる音、スライドが戻る音。そうした音がリーチャーの耳に届くまで五十分の一秒ほどかかり、音の正体を理解するまでにおそらくもう五十分の一秒ほどかかった。

リーチャーの人生や過去にはいろいろなものが欠けている。安定、正常、安楽、因習とは縁がない。意外な出来事や、予測できない展開や、危険しか信じていない。物事をその時点であるがままに受け入れるということだ。だから、スライドが引かれる音を聞いても、驚愕《きょうがく》して凍りついてしまうようなことはなかった。狼狽《ろうばい》することもなかった。信じられないという思いにとらわれることもなかった。夜に通りを歩いていたら、何者かが背後から自分を撃とうとしている音が聞こえたとしても、それはリーチャーにとっては完全に自然で、理にかなっていた。ためらいも、迷いも、疑念も、抵抗もなかった。背後で純粋に物理的な問題が生じた証拠にすぎなかった。時間、空間、標的、速い弾と遅い体から成る見えない四次元の図形が描かれたかのように。

さらに五十分の一秒後、反応した。

一発目がどこを狙うかはわかっている。まともに頭が働く襲撃者なら、最大の標的を最初に仕留めたがる。それは常識にほかならない。だから一発目はリーチャーを狙う。

あるいは、もしかしたらオドンネルを。

用心に越したことはない。

右腕でオドンネルの左肩を強く押し、ディクソンに突っこませるとともに、自分は逆方向に倒れ、ニーグリーにぶつかった。ニーグリーとともによろめき、両膝を突こうとしたとき、背後から銃声が聞こえ、ほんの一瞬前まで自分の背中の中心があったV字形の虚空を弾丸が貫くのを感じた。

歩道に倒れこむより早く、ハードボーラーに手を伸ばした。ポケットから引き抜く前に、角度と弾道を計算する。ハードボーラーには安全装置がふたつある。フレームの後部左側にある昔ながらのレバーと、グリップを正しく握って押しこむことで解除されるグリップ・セイフティだ。

どちらかを解除する前から、撃たないと決めた。

少なくとも、即座には。

リーチャーは歩道の左端の近くで、ニーグリーの上に重なっている。襲撃者は歩道の中央にいる。歩道の左端から中央へ向かって撃ったら、弾丸はその先の車道へ向かって飛んでいく。襲撃者に当たらなかったら、通りがかった車に当たってしまうかもしれない。襲撃者に当たったとしても、通りがかった車に当たってしまうかもしれない。被甲した四五口径弾は肉と骨を突き抜ける。たやすく。威力が高くて。貫通力が高くて。

オドンネルの反撃を待つと、瞬時に決断した。

オドンネルのほうが角度がいい。ずっといい。路肩の近くで、ディクソンの上に重なっている。側溝の近くで。その視線は左側へ向いている。建設現場のほうへと。弾丸が襲撃者に当たらなかったり、その体を突き抜けたりしても、まったく害はない。砂の山にめりこむだけだ。

オドンネルの射撃に任せるほうがいい。

地面に倒れこむ瞬間、リーチャーは体をひねった。頭脳は高速でまわっているのに、物質界は低速で動くというゾーン状態にはいっている。体が糖蜜の大樽《おおだる》にはまったかのようだ。体に〝動け動け動け〟と叫んでも、その反応はあまりに遅い。左のニーグリーが精密なスローモーションで地面に倒れこみ、土埃が舞う。その肩が地面を打ち、勢いに釣られて頭がぬいぐるみの人形のように動くのが目の隅に映った。重りを縛りつけられているかのように、懸命に自分の頭を動かすと、オドンネルの下でデイクソンが倒れ伏すのが見えた。

オドンネルの左腕がもどかしいほどゆっくりと動いている。その手を見た。その親指がハードボーラーの安全装置のレバーを押しさげるのを見た。

襲撃者がふたたび撃った。

ふたたびはずした。オドンネルの背中があった虚空に、事前に計画した銃撃をおこなっている。順番を決めて撃っている。予行演習したのだろう。撃ち、動き、撃つ。リーチャーとオドンネルを先に。理にかなった段どりだが、不測の事態に対応できずにいる。思考が月並みで、鈍い。型にとらわれている。腕利きだが、充分に腕利きではない。

オドンネルの手が銃のグリップを握り締める。遊びがなくなるまで指が引き金を絞る。銃が上へ、上へ、上へと持ちあげられる。

オドンネルが発砲する。

歩道に倒れこむ前に、無理な姿勢で放った早撃ちだ。体幹が安定しないうちに撃っている。

低すぎる、と思った。あれでは脚に傷を負わせるのがやっとだろう。

強引に首をめぐらした。読みどおりだ。脚に傷を負わせている。しかし、被甲した高速の四五口径弾で脚を撃たれれば、ただでは済まない。高トルクの電動ドリルで穴脚をあけられ、そこに長さ三十センチ、太さ一センチのドリルビットを突き刺され、脚をえぐられるに等しい。のべ千分の一秒足らずのあいだに。攻撃の成果はめざましかった。襲撃者は下腿部《かたいぶ》に弾丸を食らい、爆弾を縛りつけられていたかのように大腿骨《だいたいこつ》が内側から爆《は》ぜた。重傷だ。衝撃で体が動かなくなる。切り裂かれた動脈から一気に大量出血する。

襲撃者はまだ立ったままだったが、銃を持っている手がさがり、オドンネルは即座に立ちあがった。身を起こし、手をポケットに入れてから出すと、全速力で六メートルの距離を詰め、ブラスナックルを襲撃者の顔面に叩きこむ。突進する九十キロの体重を右ストレートに載せて。大型ハンマーでスイカを殴るように。

襲撃者は仰向けに倒れた。オドンネルはその銃を蹴り飛ばすと、襲撃者の脇にかがんでハードボーラーを喉に押しつけた。

勝負あり。

46

リーチャーはディクソンを助け起こした。ニーグリーは自力で立ちあがっている。オドンネルは小さな輪を描くように動き、襲撃者の脚から噴き出た血の海を踏まないようにしている。大腿動脈が大きく裂けているのは明らかだ。健康な人間の心臓は非常に強力なポンプであり、襲撃者のそれは全身の血液をせっせと路面に送り出している。この体格なら、もともとの血液量は七リットルほどだろう。その大半がすでに失われている。

「離れろ、デイヴ」リーチャーは声をかけた。「そのまま出血させておけ。靴をだめにしたらもったいない」

「この男は何者なの？」ディクソンが訊いた。

「永遠にわからないかもしれないわね」ニーグリーが言った。「顔がめちゃくちゃだから」

そのとおりだ。オドンネルのセラミック製ブラスナックルは存分に役目を果たした。襲撃者はハンマーとナイフで襲われたような見た目になっている。リーチャーは大きな円を描くようにしてその頭のほうにまわりこみ、襟をつかんで引き寄せた。血溜《ちだ》まりが涙滴形に変わる。乾いた路面まで引きずってから、しゃがんで襲撃者のポケットを調べた。

どこにも何もはいっていない。財布も、身分証も、何もない。飾り気のない鋼鉄製のリングに付けられた車の鍵がいくつかとリモコンキーがひとつあるだけだ。

襲撃者は血の気を失って蒼白《そうはく》になりつつある。首の脈を探ると、乱れて弱々しい。太腿《ふともも》から流れ出る血液が泡混じりになっている。血管系にかなりの量の空気が混ざりこんでいるようだ。血液が出ていけば、空気がはいってくる。単純な物理学だ。自然は真空を嫌う。

「じきに死ぬな」と言う。

「いい射撃だったわよ、デイヴ」ディクソンが言った。

「しかも左手で撃ったんだぞ」オドンネルは言った。「気づいてくれたよな」

「あなたは右利きよね」

「右腕を下にして倒れこんだから」

「見事だった」リーチャーは言った。

「何が聞こえた？」

「スライドを引く音だ。進化のたまものだな。小枝を踏む音で捕食者に気づくのと同じだ」

「つまり、おれたちよりも穴居人に近いことにも利点はあるわけだ」

「確かにな」

「しかし、だれがそんなことをする？　薬室に弾をこめずに襲ってきたんだよな？」

リーチャーは一歩さがって、襲撃者の全身を見おろした。

「見覚えがあるような気がする」と言う。

「あるわけないわよ」ディクソンが言った。「実の母親だって見分けがつきそうもないのに」

「スーツだ」リーチャーは言った。「前に見たような気がする」

「ここで？」

「わからない。どこかで見た。思い出せない」

「よく考えて」

オドンネルが言った。「おれはこのスーツを一度も見たことはないな」

「わたしも」ニーグリーが言った。

「わたしも」ディクソンが言った。「いずれにせよ、いい兆しじゃない？　ロサンゼルスではだれもわたしたちを撃とうとしなかった。わたしたちはきっと真相に迫っている」

リーチャーは襲撃者の銃と車の鍵をニーグリーに投げ渡してから、建設現場を囲むフェンスの一部をこじあけた。血痕を最小限にするために、その隙間に襲撃者を手早く引きずりこんだ。少量の出血がまだつづいている。凹凸のある地面の上を引きずり、積みあげた砂利の山の横を抜けたところで、合板で型枠を組んだ幅の広い溝を見つけた。深さは二メートル半ほどある。底には砂利が敷き詰められている。型枠はコンクリートを流しこんで基礎を造るために組まれている。襲撃者を転がして溝に落とした。襲撃者は二メートル半落下して勢いよく底に叩きつけられ、体の横を下にして砂利に半ばめりこんだ。

「シャベルを探せ」と言う。「砂利を足して覆い隠す必要がある」

ディクソンが言った。「もう死んでいるの？」

「気にしても仕方がない」

オドンネルが言った。「仰向けにしたほうがいい。砂利が少なくて済む」

「志願しているのか？」リーチャーは言った。

「おれは上等なスーツを着ている。それに、これまでのところ、きつい仕事を全部やったのはおれだ」

そういうわけで、リーチャーは肩をすくめて溝の底に飛びおりた。襲撃者を蹴って仰向けにしたうえで、踏んで平らにし、もともとあった砂利にある程度埋めこんだ。それから上に戻り、オドンネルからシャベルを受けとった。ふたりで協力して砂利の山まで十往復し、襲撃者を充分に隠した。ニーグリーがスタンドパイプと巻いていないホースを見つけ、水を出した。歩道を洗い、水で薄まった血を側溝に流していく。そして死体隠しが終わるのを待ち、ほかの三人のあとから引き返しながら、建設現場の砂地から足跡を流して消した。リーチャーはフェンスをもとどおりにした。視線をひとめぐりさせ、様子を確かめる。完璧ではないが、まずまずだ。ここまでしても手がかりを探し出せる優秀な科学捜査班の人間はたくさんいるだろうが、ただちにだれかの注意を引くようなものは何もない。一定の安全は確保できた。少なくとも二、三時間は発覚しないだろう。もしかしたら、もっと長く。もしかしたら、作業日のはじめにすぐにコンクリートが流しこまれ、襲撃者はよくいる行方不明者のひとりになるかもしれない。ラスヴェガスでは、建物の基礎に埋めこまれて行方不明になる人間はひとりではないだろう。

息をついた。

「よし」と言う。「今度こそ朝まで休むぞ」

四人は埃を払い、ふたたび横一列になってラスヴェガス・ストリップをゆっくりと歩きはじめた。これからくつろぐつもりで。しかし、ホテルのロビーでライトが待っていた。ここの警備責任者だ。ラスヴェガスの男にしては、ポーカーフェイスが上手ではない。明らかに何かで気が立っている。

47

四人が中にはいるなり、ライトが駆け寄って、先ほども使ったロビーの静かな一角へ連れていった。

「アズハリ・マフムードはラスヴェガスのどのホテルにも泊まっていない」ライトは言った。「それはまちがいない。アンドリュー・マクブライドとアンソニー・マシューズの名前でも空振りだった」

リーチャーはうなずいた。

「調べてくれて感謝する」と言う。

ライトは言った。「ほかのホテルの警備責任者にも焦って連絡してしまったよ。不安で眠れない一夜を過ごすよりはましだからな。それで、何がわかったと思う？　あなたがたの話は事実無根だ。この四ヵ月間でこの街は六千五百万ドルも失ってはいない。そんな事態は起こっていない」

「確かか？」

ライトはうなずいた。「キャッシュフローの緊急監査をおこなった。異常は何もなかった。いつものこまごまとした動きだけで。ほかには何もなかった。わたしの抗鬱薬をあなたがたにも届けるよ。今夜は過剰摂取しかけたから」

ロビーのはずれにバーを見つけ、ビールをおごり合って、空いていたスロットマシン四台の前に一列にすわった。リーチャーの台は、心そそる宣伝よろしく、大当たりのジャックポットの演出を延々と再現している。四つのリールが四つのチェリーで止まり、明るくきらめく光が台の前面で追いかけっこをしている。四つのリールのそれぞれに絵柄が八つ。マイクロプロセッサーのひそかな介入がなくても、当たる確率はきわめて低い。最初に勝つまでに投入しなければならないであろう二十五セント硬貨の総重量を計算しようとした。だが、二十五セント硬貨一枚の正確な重量がわからない。数グラムだろうが、それがつぎつぎに積み重なっていくことになる。そんなにプレイしていたら、腱《けん》を痛めたり、筋をちがえたり、反復運動過多損傷を起こしたりしそうだ。カジノの経営者は整形外科病院の株を持っているのだろうかと思った。持っていそうだ。

ディクソンが言った。「最初に話したとき、産業規模の詐欺にちがいないとライトは推測していた。そう断言していた。ディーラー、ピットボス、警備員、キャッシャーを抱きこんで、防犯カメラやテープも細工しなければならないと。それなら、見かけのキャッシュフローが操作されていると疑っても、考えすぎとは言えない。必要な期間だけ、すべてを正常に見せかける詐欺プログラムがインストールされていてもおかしくない。わたしならまさしくそうする」

リーチャーは尋ねた。「カジノはそれにいつ気づく？」

「会計年度末に帳簿をつけるときに。そのときには金があるかないかはっきりする」

「サンチェスとオロスコはどうすればそれより前に気づく？」

「食物連鎖の下のほうから話を聞き出し、そこからさかのぼって推理したのかもしれない」

「だれを巻きこむ必要がある？」

「主要な従業員を」

「たとえばあのライトを？」

「可能性はある」ディクソンは言った。

オドンネルが言った。「あいつと話してから三十分後に、何者かがおれたちを背後から撃ち殺そうとした」

「サンチェスの友人を見つけないと」ニーグリーが言った。「だれかに先を越される前に」

「無理だ」リーチャーは言った。「赤の他人にウェイトレスの住所を教えるバーはない」

「その女に危険が迫っていると言えばいい」

「そんな台詞《せりふ》は初耳ではないだろうよ」

「ほかにも手はある」ディクソンが言った。「ＵＰＳから住所を仕入れればいい」

「その女のラストネームを知らない」

「それならどうするの？」

「我慢して朝まで待つ」

「ホテルを変えるべきでは？　ライトは悪人かもしれないんだから」

「無意味だ。ライトは街中に仲間がいる。ドアの施錠だけはしておけ」


部屋に戻ると、リーチャーは自分の助言どおりにした。内鍵を施錠し、ドアチェーンも掛けておく。断固として襲ってくる敵に対してはたいした防御にならないが、一、二秒は稼げるし、リーチャーには一、二秒あればおおむね充分だ。ハードボーラーをベッドサイドチェストの中に入れた。服をプレスするためにマットレスの下に差し入れ、熱いシャワーを長々と浴びる。それからカーラ・ディクソンのことを考えはじめた。

ディクソンはひとりきりだ。

ひとりでいたくないかもしれない。

人数が増えれば少しは安心するかもしれない。

腰にタオルを巻き、電話のほうへ歩いた。だが、そこに行く前にドアがノックされた。リーチャーは方向を変えた。のぞき穴は無視した。無防備なガラスに目をあてるのは気が進まない。廊下にいる襲撃者にとって、何よりも簡単なのは、レンズに影が差すのを待ってから大口径の拳銃でそこを撃ち抜くことだ。それだけで大惨事になる。弾丸に加え、ガラスと鋼鉄の破片までもが目を貫き、脳に突き刺さり、後頭部から飛び出す。リーチャーに言わせるなら、のぞき穴はあまりにもたちの悪い発明品だ。

ドアチェーンをはずし、内鍵を解錠した。ドアをあける。

カーラ・ディクソンだ。

まだ服をすべて着ている。廊下を歩き、エレベーターに乗るのだから当然だろう。黒いスーツ姿で、シャツは着ていない。

「はいってもいい？」ディクソンは言った。

「いまきみに電話をかけようとしていたところだ」リーチャーは言った。

「そう」

「電話のほうへ歩いていた」

「どうして？」

「寂しかったからだ」

「あなたが？」

「わたしが寂しかったのはまちがいない。きみも同じだったらいいのにと思った」

「それなら、はいってもいい？」

リーチャーはドアを大きくあけた。ディクソンがはいってくる。一分もしないうちに、ディクソンがスーツの下に着ていないのはシャツだけではなかったことがわかった。


朝の九時半、ベッドの脇の電話にニーグリーから連絡があった。

「ディクソンが部屋にいない」ニーグリーは言った。

「運動しているのかもしれない」リーチャーは言った。「ジョギングとか」

ディクソンは笑みを浮かべ、リーチャーの隣で温かい体をけだるげに動かした。

ニーグリーは言った。「ディクソンは運動しない」

「それなら、シャワーを浴びているのかもしれない」

「二回も電話をかけたのよ」

「落ち着け。わたしからかけてみる。三十分後に下で朝食にしよう」

ニーグリーとの通話を終え、電話をディクソンに渡した。六十秒数えてからニーグリーの部屋にかけて、いまバスルームから出たところだと言うよう指示した。三十分後、スロットマシンの騒音に満ちたラウンジのレストランで、四人そろって朝食をとっていた。その一時間後には、またラスヴェガス・ストリップを歩き、ふたたび炉のあるバーへ向かっていた。

48

午前中のラスヴェガスは平たくて小さく見え、砂漠の強い太陽にさらされている。日差しは容赦がない。あらゆる欠点や妥協を暴き出している。夜間は印象派の見事な絵のように見えたものが、日中はくだらないまがい物のように見える。ラスヴェガス・ストリップそのものも、アメリカのどこにでもあるすり減った四車線道路と変わらない。今回、四人は四分円を作って歩いた。前にふたり、後ろにふたりが並び、ひとつの標的として考えたときの幅を小さくし、警戒を怠らず、前後につねに目を光らせて。

しかし、前後ともにだれもいない。車通りは少なく、歩道は無人だ。午前中のラスヴェガスはこの街が最も静寂に近づく。

ラスヴェガス・ストリップの途中にある建設現場も静寂に包まれている。人けがない。

動きがない。

「きょうは日曜日か？」リーチャーは訊いた。

「いや」オドンネルが言った。

「祝日か？」

「いや」

「それなら、なぜ工事がおこなわれていない？」

警察官もいない。現場保存用のテープも張られていない。大がかりな鑑識活動もおこなわれていない。何も変わりはない。昨夜フェンスをこじあけたところが見える。その向こうの、ニーグリーがホースで洗い流した土と砂はぬかるんでいる。古い歩道には大きな乾いた染みができている。古い側溝では最後に残った薄い膜状の液体が下水管へ流れこもうとしている。汚れているのは確かだが、建設現場がきれいだった例《ためし》はない。完璧ではないが、まずまずだ。だれかの注意を引いた可能性があるほど目立つものは何もない。

「妙だな」リーチャーは言った。

「金が尽きたのかもしれない」オドンネルは言った。

「残念だ。あの男はすぐににおいはじめるぞ」

歩きつづけた。今回は行き先を把握していたし、明るかったから、曲がりくねった複雑な通りを抜ける近道を見つけた。そのおかげで、前回とはちがう方向から炉のあるバーに着いた。まだ営業していない。低い塀に腰掛け、日差しに目を細くしながら待った。とても暖かい。暑いと言ってもいいほどだ。

「ラスヴェガスは晴天の日が年に二百十一日もある」ディクソンが言った。

「夏の最高気温は四十一度」オドンネルが言った。

「冬の最低気温は二度」

「年間降水量は百ミリ」

「たまに二、三センチの降雪もある」

「わたしはまだ旅行案内を読んでいない」ニーグリーが言った。

そのころにはリーチャーの頭の中の時計が十一時四十分を指し、仕事に行く人々が現れはじめた。ゆるやかにまとまった一団が通りを進み、ひとりかふたりに分かれて、男も女もやる気がなさそうにゆっくりと歩いてくる。リーチャーは通りがかった女の全員に、名前はミレーナかと尋ねた。全員が否定した。

歩道はふたたび静かになった。

十一時五十一分に新たな一団が現れた。バスの時刻表の産物を目にしているのだと気づいた。女が三人通り過ぎる。若く、疲れ、くだけた服装で、大きな白いスニーカーを履いている。

三人とも名前はミレーナではなかった。

リーチャーの頭の中の時計が時を刻んでいく。十一時五十九分。ニーグリーも腕時計に目をやった。

「不安になってきた？」と訊く。

「いや」リーチャーは言った。というのも、ニーグリーの肩越しに、ミレーナにちがいない女が見えたからだ。五十メートルほど向こうにいて、少し急いでいる。背は低く、細身で、髪は黒く、色落ちした青いローライズジーンズと、白いショートTシャツを着ている。へそのピアスがきらめいている。青いナイロン製のリュックサックを片方の肩に掛けている。漆黒の長い髪を前に垂らし、十七歳ぐらいに見える整った顔立ちをそれが縁どっている。とはいえ、身のこなしからして、実年齢は三十歳の手前だろう。疲れていて、上の空に見える。

悲しげに見える。

女が三メートルまで近づいたとき、リーチャーは塀から身を起こして「ミレーナ？」と声をかけた。いかにも通りで見知らぬ大男からいきなり呼びかけられた女らしく、向こうはとたんに警戒して歩みをゆるめた。すぐさま逃げ出すにはどちらがいいかを検討するかのように、店の入口を見てから、向かい側の歩道を見ている。立ち止まらなければという思いと、逃げ出したい衝動との板挟みになったのか、その足が少しもつれた。

リーチャーは言った。「われわれはジョージの友人だ」

女はリーチャーを見てから、ほかの三人を見て、またリーチャーを見た。何かにゆっくりと思い至ったような表情が顔に浮かぶ。最初は困惑、つぎは希望、そのつぎは不信、そのつぎは納得。ポーカーで四枚目のエースが来たときのプレイヤーもこんな流れを経験するにちがいない。

そして最後に、静かな満足の色が目に浮かんだ。あらゆる予想を裏切って、気休めのはずの神話が真実だったと証明されたかのように。

「軍の人たちね」女は言った。「あなたたちが来るはずだってジョージは言ってた」

「いつ？」

「しょっちゅうよ。自分がトラブルに巻きこまれたら、遅かれ早かれあなたたちが来るって」

「こうして来たぞ。どこかで話せないか？」

「きょうは遅刻するって言ってくるから、ちょっと待ってて」女は恥ずかしげに笑みを浮かべると、四人をまわりこんでバーの中へはいっていった。二分後にまた出てきたが、足どりが軽く、背が高くなり、胸を張っている。重しが取り除かれたかのように。もう孤独ではなくなったかのように。若く見えるが、有能そうだ。目は澄んだ茶色で、肌はきめが細かく、十年も懸命に働いてきた人の細く筋張った手をしている。

「当てさせて」女は言った。ニーグリーに顔を向ける。「あなたはニーグリーね」それからディクソンを見て言った。「ということはあなたはカーラ」リーチャーとオドンネルに顔を向けて言う。「リーチャーとオドンネルでしょ？　大男と二枚目」オドンネルが笑みを向け、女はまたリーチャーを見て言った。「ゆうべもあたしを捜しにきたって店の人から聞いたけど」

リーチャーは言った。「ジョージのことで話がしたかった」

ミレーナは息を吸い、唾を呑みこんでから言った。「死んだのね？」

「おそらく」リーチャーは言った。「マニュエル・オロスコが死んだのは確かだ」

ミレーナは言った。「そんな」

リーチャーは言った。「残念だ」

ディクソンが訊いた。「場所を変えて話せない？」

「ジョージのところがいいと思う」ミレーナは言った。「あの人の家。あなたたちも見ておいたほうがいい」

「めちゃくちゃにされたと聞いたが」

「あたしが少し片づけた」

「遠いのか？」

「歩いて行ける」

五人で並んでラスヴェガス・ストリップを引き返した。建設現場はやはり人けがない。動きもない。ただし、騒ぎにもなっていない。警察官はいない。サンチェスは死んだのかとミレーナはもう二度尋ねた。問いを繰り返せば、望む答をいずれは得られるかのように。二度ともリーチャーは「おそらく」と答えた。

「でも、確かじゃないのね？」

「遺体は発見されていない」

「でも、オロスコの遺体は発見されたの？」

「そうだ。この目で見た」

「カルヴィン・フランツとトニー・スワンはどうなったの？　なぜここにいないの？」

「フランツは死んだ。スワンもおそらく死んでいる」

「確かなの？」

「フランツについては確かだ」

「でも、スワンはちがう？」

「確かではない」

「ジョージについても確かじゃないのね？」

「確かではない。だが、おそらく死んでいる」

「わかった」ミレーナは屈するのを拒み、希望を捨てるのを拒んで、歩きつづけた。高級ホテルの前を一軒ずつ通り過ぎ、二、三百メートルの空間の中に詰めこまれた世界の大都市の大まかなレプリカのあいだを抜けていった。やがて何軒かのアパートメントが見えた。ミレーナの案内で左に曲がり、ついで右に曲がって、ラスヴェガス・ストリップと平行に走っている通りに出た。そしてビルのエントランスの前に設けられた日よけの下で足を止めた。四世代にわたる改良工事の前には、ここが街の一等地だったのかもしれない。

「ここよ」ミレーナは言った。「鍵を持ってる」

リュックサックをおろし、中を探って、小銭入れを出した。そのファスナーをあけ、光沢のない真鍮製のドアの鍵を出す。

「サンチェスとはいつからの知り合いだった？」リーチャーは尋ねた。

ミレーナは長いこと黙っていた。過去形を使うべきか考えこみ、ぼかした表現を探そうとすることに気をとられて。

「二、三年前に出会った」と言う。

ミレーナは先頭に立ってロビーにはいった。カウンターの向こうに守衛がいる。守衛はいくらかの親しみをこめてミレーナに挨拶した。ミレーナは四人を連れてエレベーターに歩み寄った。十階でおり、右に曲がって色褪せた廊下を進む。緑色に塗られたドアの前で足を止めた。

鍵を使う。

中は驚くほど広いというわけではないが、狭くもない。寝室がふたつ、あとはリビングルームとキッチン。内装は地味で、白を基調としながら明るい色を少し配しているが、やや古くさい。大きな窓。かつては砂漠を一望できただろうが、いまは一ブロック先の新しく開発されている区画が正面をふさいでいる。

男の家だ。シンプルで、飾り気がなく、凝っていない。

それが台無しになっている。

カルヴィン・フランツの事務所と同じ憂き目に遭っている。壁と床と天井は堅固なコンクリート製だから、損傷はない。しかし、それ以外は似たような扱いをされている。家具はすべて壊され、ばらばらにされている。椅子も、ソファも、机も、テーブルも。本や書類は撒《ま》き散《ち》らされている。テレビとステレオは叩き潰されている。ＣＤは散乱している。ラグは剝がされ、脇に投げ捨てられている。キッチンもほぼ完全に破壊されている。

ミレーナの片づけは、残骸の一部を端にまとめて羽毛の一部をクッションの一部に詰め直すだけで精一杯だったようだ。本や書類の一部は、もともとそれが収められていたはずの壊れた書棚の近くに積まれている。それ以外にできることはたいしてなかったのだろう。手のつけようがなくて。

まるめたナプキンが見つかったとカーティス・モーニーが言っていた、キッチンのごみを見つけた。ごみ箱がシンクの下の台からもぎとられ、蹴り飛ばされている。こぼれ出たごみもあれば、中にはいったままのごみもある。

「効率よくやったというより、怒りに任せている」リーチャーは言った。「破壊そのものが目的になっていると言っていい。不安と激怒が相半ばしていたかのように」

「同感ね」ニーグリーが言った。

リーチャーはドアをあけて主寝室に行った。ベッドは原形をとどめていない。マットレスも壊されている。クローゼットの中は服がそこら中に投げ捨てられている。レールまで引き剝がされている。書棚は打ち砕かれている。ジョージ・サンチェスはもともときれい好きだったが、軍の束縛と規範のもとで長年生活したせいでそれに磨きがかかった。このアパートメントにはそのサンチェスらしさがまったく残されてない。一片たりとも、一毫《いちごう》たりとも。

ミレーナは室内を物憂げに動きまわり、散らかったままの残骸をとりあえず積みあげたり、たまに足を止めて本のページをめくったり、写真を見つめたりしている。台無しにされたソファを太腿で押し、本来の位置に戻したが、そこにだれかがすわることは二度とないだろう。

リーチャーはミレーナに尋ねた。「警官はここに来たか？」

「来た」ミレーナは言った。

「何か結論を出していたか？」

「犯人は工事員のふりをしてここを訪れたと思ってる。ケーブルテレビとか、電話とかの」

「なるほど」

「でも、守衛を買収したんだと思う。そのほうが簡単だから」

リーチャーはうなずいた。ラスヴェガス、詐欺の街。「理由について、警官は何か仮説を立てていたか？」

「いいえ」ミレーナは言った。

リーチャーは尋ねた。「最後にジョージに会ったのはいつだ」

「いっしょに夕食を食べた」ミレーナは言った。「ここで。中華料理のデリバリーを注文して」

「いつ？」

「ジョージがラスヴェガスから姿を消した日の前夜」

「そのときはきみはここにいたんだな？」

「ふたりきりだった」

リーチャーは言った。「ジョージはナプキンに何かを書き留めたはずだ」

ミレーナはうなずいた。

「だれかから電話があったんだな？」

ミレーナはふたたびうなずいた。

リーチャーは尋ねた。「だれからだった？」

ミレーナは言った。「カルヴィン・フランツからだった」

49

ミレーナは足もとが危なっかしかったので、リーチャーはキッチンのカウンターから陶磁器の破片を払い落とし、すわれる場所を作ってやった。ミレーナは体を引きあげて腰掛けると、肘を外側に向け、手のひらをラミネート天板に置いて膝の下に差しこんだ。

リーチャーは言った。「ジョージ・サンチェスが何を調べていたのか知りたい。何がこの惨事を引き起こしたのか知りたい」

「あたしは知らない」

「だが、きみはジョージと会っていた」

「しょっちゅう会ってた」

「そしてきみたちは互いのことをよく知っていた」

「とてもよく知ってた」

「何年も前から」

「くっついたり別れたりしてたけど」

「それなら、ジョージはきみに自分の仕事のことを話していたにちがいない」

「いつも話してた」

「ジョージは何か気にかけていたか？」

ミレーナは言った。「仕事がうまくいってなかった。それを気にかけてた」

「ここでの仕事が？　ラスヴェガスでの？」

ミレーナはうなずいた。「最初はとても順調だった。何年か前は、ふたりともいつも忙しくしてた。たくさん仕事を請け負ってて。でも、大きな店に契約を切られた。一軒、また一軒と。どこもすべての業務を自分のところの従業員でまわすようになって。仕方がないってジョージは言ってた。ある程度の規模になると、そのほうが理にかなってるからって」

「われわれがホテルで会った男は、ジョージが最近も忙しくしていたと言っていた。片腕が不自由な壁紙貼り職人並みに」

ミレーナは微笑した。「その人は気を使ったのよ。ジョージは平静を装ってた。マニュエル・オロスコも。はじめのうちふたりは、うまくいくまではうまくいってるふりをすればいいさと言ってた。でもやがて、もううまくいってないからうまくいってるふりをするしかないんだと言うようになった。体面を気にして。プライドが邪魔して、頭をさげられなかったの」

「つまり、どういうことだ？　ふたりは坂道を転がり落ちていたのか？」

「どんどん転がり落ちてた。あちこちでちょっとした肉体労働をやってた。どこかのクラブで用心棒を務めたり、いかさま師を街から追い出したり。ホテルのためにコンサルティングもやってたわよ。でも、そうした仕事はもう多くなかった。ああいう連中は決まって自分のほうが賢いと思ってるし。実際はそうじゃなくても」

「ジョージがナプキンに何を書き留めたか見たか？」

「もちろん。ジョージが外出したあと、あたしが食事の片づけをしたから。数字が書いてあった」

「その数字にはどういう意味があった？」

「わからない。でも、ジョージはすごく気を揉《も》んでた」

「そのあとジョージはどうした？　フランツから電話があったあと」

「マニュエル・オロスコに電話をかけた。すぐに。オロスコもその数字のことですごく気を揉んでた」

「そもそものきっかけは？　だれが持ちこんだ？」

「持ちこんだ？」

リーチャーは尋ねた。「ふたりの依頼主はだれだった？」

ミレーナはリーチャーを見つめた。それから首をめぐらし、身をよじって、オドンネルとディクソンとニーグリーを順々に見つめた。

「ちゃんと話を聞いてないのね」と言う。「ふたりにはまともな依頼主なんていなかった。もういなかった」

「何かきっかけがあったはずだ」リーチャーは言った。

「何を言いたいのかわからない」

「わたしが言いたいのは、だれかがふたりに何かの問題を持ちこんだにちがいないということだ。どこかで仕事中に、あるいはオフィスにいるときに」

「だれが持ちこんだのかはわからない」

「ジョージは話さなかったのか？」

「話さなかった。ふたりとも何もせずにだらだらしてたのに、つぎの日には尻の青いハエ並みに忙しくしてた。そういう言い方をしてた。片腕が不自由な壁紙貼り職人じゃなくて、尻の青いハエって」

「だが、きみはその理由を知らないんだな？」

ミレーナはうなずいた。「教えてもらってない」

「知っているかもしれない人はほかにいるか？」

「オロスコの奥さんなら知ってるかもしれない」

50

荒らし尽くされたアパートメントが水を打ったように静まり返り、リーチャーはミレーナを凝視して言った。「マニュエル・オロスコは結婚していたのか？」

ミレーナはうなずいた。「子供が三人いる」

リーチャーはニーグリーを見て訊いた。「なぜわれわれはそれを知らなかった？」

「わたしだって知らないことはある」ニーグリーは言った。

「最近親者は妹だとモーニーに伝えてしまったぞ」

ディクソンが尋ねた。「オロスコはどこに住んでいたの？」

「この通りの先」ミレーナは言った。「ここそっくりなアパートメントに住んでた」

ミレーナの案内で、街の中心からさらに半キロほど離れ、同じ通りの反対側に建つアパートメントへ行った。オロスコの家。サンチェスの家ととてもよく似ている。同じ古さ、同じ建築様式、同じ構造、同じ大きさで、歩道に張り出した日よけはサンチエスのアパートメントは緑だったが、こちらは青だ。

リーチャーは訊いた。「ミセス・オロスコの名前は？」

「タミー」ミレーナは言った。

「在宅していると思うか？」

ミレーナはうなずいた。「寝てると思う。夜に働いてるから。カジノで。家に帰って、子供たちをスクールバスに乗せたら、ベッドに直行してる」

「起こす羽目になりそうだな」


起こすのはアパートメントの守衛の役目になった。守衛は内線電話をかけた。長い間があってから、いらえがあった。守衛はミレーナの名前を告げてから、リーチャーとニーグリーとディクソンとオドンネルの名前を告げた。雰囲気を察したらしく、真剣な口調で話している。この訪問がよい知らせではないことを疑っていない。

ふたたび長い間があった。タミー・オロスコはなじみのない四人の名前と夫の懐旧談を照らし合わせ、結論を導き出しているのだろう、とリーチャーは推測した。そしてハウスコートを羽織っているのだろう。寡婦を訪ねたことは前にもある。流れは知っている。

「どうぞ上に行ってください」守衛は言った。

五人でエレベーターの狭いかごに体を押しこみ、八階に行った。廊下を左に曲がり、青いドアの前で足を止めた。ドアはすでにあけ放たれている。ミレーナは一応ノックしてから、四人を連れて中にはいった。

タミー・オロスコは小柄で、背中をまるめてソファにすわっていた。乱れた黒髪、青白い肌、柄物のハウスコート。四十歳ぐらいだろうが、いまは百歳でも通用しそうだ。タミーは顔をあげた。リーチャーとオドンネルとディクソンとニーグリーを完全に無視している。目もくれない。いくらかの敵意が漂っている。アンジェラ・フランツが見せたような、単なる嫉妬や漠然とした恨みとはちがう。本物の怒りがこめられている。タミーはミレーナをまっすぐに見て言った。「マニュエルが死んだのね？」

ミレーナはタミーの隣に腰をおろして言った。「この人たちはそう言ってる。ほんとうにお気の毒に」

タミーは訊いた。「ジョージも？」

ミレーナは言った。「まだわからない」

ふたりの女は抱き合ってすすり泣いた。リーチャーはひたすら待った。流れは知っている。ここはサンチェスのアパートメントより広い。寝室はおそらく三つ、ちがう間取りで、ちがう方向に面している。空気はよどんでいて、揚げ物のにおいがする。全体が傷んでいて、取り散らかっている。三週間前に荒らされたからかもしれないし、大人ふたりと子供三人が暮らしているせいで日ごろから雑然としているのかもしれない。リーチャーは子供には詳しくないが、まわりに無造作に置かれた本やおもちゃや脱ぎ捨てられた服を見るかぎりでは、オロスコの子供は三人とも幼いようだ。人形や、熊や、ビデオゲームや、プラスチック製のパーツで組んだ複雑な建築物がある。したがって、子供は九歳とか七歳とか五歳とかだろう。そのあたりだ。ただし、どのおもちゃも新しい。退役後に買ったものだ。オロスコは在役中は独身だった。少なくともそれだけはまちがいない。

ようやくタミー・オロスコが顔をあげて訊いた。「何があったの？」

リーチャーは言った。「詳細は警察が把握している」

「マニュエルは苦しんだの？」

「即死だった」昔、訓練でそう教わったように、リーチャーは言った。軍人の作戦中の死亡はすべて即死だったことにされる。確実な反証がある場合を除いて。そのほうが最近親者にとっては慰めになると考えられているからだ。そしてオロスコの場合、理屈のうえではそれが事実でもある。つまり、拉致され、痛めつけられ、飢えと渇きに苦しめられ、ヘリコプターに乗せられ、身をよじって悲鳴をあげながら二十秒間の自由落下をしたすえに、即死した。

「どうしてこんなことになったの？」タミーは訊いた。

「われわれはそれを突き止めようとしている」

「突き止めて。あなたたちはそれくらいしかできないんだから」

「ここに来たのもそれが理由だ」

「でも、ここに答はないわよ」

「あるはずだ。まずは依頼主がだれだったかを訊きたい」

タミーはとまどい、涙に濡れた目でミレーナを一瞥《いちべつ》した。

「依頼主？」と言う。「それがだれだったか、まだわかってないの？」

「わかっていない」リーチャーは言った。「わかっていたら、ここまで訊きにはこない」

「ふたりに依頼主なんていなかった」タミーに代わって答えるかのように、ミレーナが言った。「もういなかった。さっきそう伝えたわよね」

「何かきっかけがあったはずだ」リーチャーは言った。「だれかがふたりに厄介事を持ちこんだにちがいない。オフィスやどこかのカジノにいるときに。それがだれだったのかを知る必要がある」

「そういうことはなかった」タミーは言った。

「それなら、ふたりは自分から厄介事に出くわしたにちがいない。その場合は、どこで、いつ、どのようにしてそうなったのかを知る必要がある」

長い沈黙が流れた。やがてタミーは言った。「ほんとうにわかってないのね。この件はふたりとは関係なかった。いっさい関係なかった。ラスヴェガスとも関係なかった」

「そうなのか？」

「ええ」

「それなら、何がきっかけになった？」

「助けを求める電話があったのよ」タミーは言った。「それがきっかけ。ある日、突然、なんの前触れもなく。カリフォルニアにいるあなたたちの仲間のひとりから。大切な古い戦友のひとりから」

51

アズハリ・マフムードは〈U‐ホール〉の車庫へ行く途中で、アンドリュー・マクブライドのパスポートを路上のごみ箱に捨て、アンソニー・マシューズになった。その名義で発行された、有効なクレジットカード数枚と運転免許証を持っている。免許証の住所も、念入りに調べられても大丈夫だ。郵便を受けとるだけの住所や、空き地ではなく、実在する建物で、住人がいる。クレジットカードの請求書の送付先とも一致している。マフムードは長年をかけて多くを学んだということだ。

借りるのは中型トラックと決めていた。どんな場合でも、総じて中間の選択肢が好ましい。そのほうが目立ちにくい。いちばん大きいものやいちばん小さいものを求める客は店員の記憶に残る。それに、中型トラックでも事足りる。マフムードは充分な科学教育を受けてはいないが、簡単な計算ぐらいはできる。体積は縦と横と高さの積になることを知っている。したがって、六百五十個の箱の山は、縦に十三個ずつ、横に十個ずつ並べ、それを五段重ねれば積みあげられることを知っている。はじめは、どんなトラックを借りても、横に十個も載せきれないと思ったが、箱を縦にして重ねれば必要な横の長さは減ることに気づいた。これですべてうまくいくだろう。

というより、すべてうまくいくと確信していた。空港で稼いだ二十五セント硬貨百枚をまだ持ち歩いていたからだ。


一行はタミー・オロスコに悔やみを言ってカーティス・モーニーの名前を伝え、ソファに寡婦をひとり残して辞去した。それから炉のあるバーまでミレーナを送った。ミレーナも生活費を稼がねばならず、きょうはすでに三時間ぶんの収入が減っている。夕方のサービスタイムの混雑に遅れたら、クビにされかねないらしい。時が進むにつれて、ラスヴェガス・ストリップは少しにぎやかになっている。だが、例の建設現場は人けがないままだ。動きはまったくない。側溝はようやく乾いている。それ以外に変化はない。太陽は高くのぼっている。日差しは強烈ではないが、充分に暖かい。死んだ襲撃者を浅くしか埋めていないことがリーチャーは気になりはじめた。腐敗や、ガスや、悪臭や、好奇心の強い動物のことも。

「ここにコヨーテはいるか？」と訊いた。

「街の中に？」ミレーナは言った。「一度も見たことはないけど」

「そうか」

「どうして？」

「気になっただけだ」

歩きつづけた。前に使った近道をまた通り、午後三時過ぎにバーの前に着いた。

「タミーは怒ってた」ミレーナは言った。「いやな思いをさせてごめんなさい」

「当然の反応だ」リーチャーは言った。

「悪党が家を荒らしにきたとき、タミーはその場にいたのよ。寝てた。そして頭を殴られた。一週間も意識が戻らなかった。何も覚えてないの。それで自分がこんな目に遭ったのはその電話をかけてきただれかのせいだと思ってる」

「気持ちはわかる」リーチャーは言った。

「でも、あたしはあなたたちのせいだとは思ってない」ミレーナは言った。「あなたたちのだれかが電話をかけたわけじゃない。仲間の半分がかかわってて、もう半分はかかわってなかったみたいね」

ミレーナは振り返らずにバーにはいっていった。その背後でドアが閉じられる。リーチャーはそこから離れ、午前中にミレーナを待っていた際に使った塀に腰掛けた。

「すまない」と言う。「時間をだいぶむだにしただけだった。すべてわたしのせいだ」

だれも答えない。

「ニーグリーが指揮官を引き継ぐべきだ」リーチャーは言った。「わたしは勘が鈍っている」

「マフムードはここに来た」ディクソンが言った。「ロサンゼルスではなく」

「飛行機を乗り継いだのだろう。おそらくいまごろはロサンゼルスにいる」

「どうして直行便に乗らなかったの？」

「なぜ偽造パスポートを四冊も持ち歩いていると思う？　正体はわからないが、用心深いからだ。偽りの足どりを残しているんだよ」

「わたしたちはここで襲撃された」ディクソンは言った。「ロサンゼルスではなく。筋が通らない」

「ここに来ることは全員で決めた」オドンネルが言った。「だれも反対しなかった」

ラスヴェガス・ストリップからサイレンの音が聞こえた。消防車の低い吠《ほ》え声のような音ではなく、救急車の金切り声のような音でもない。警察車両が高速走行している。リーチャーは顔をあげ、一キロ弱先の建設現場に視線を向けた。身を起こして右に移動し、目の上に手をかざして、見える範囲のラスヴェガス・ストリップの短い区間を眺めた。警察官がひとりなら問題ない。現場監督かだれかがようやく仕事に来て、何かを見つけたのなら、パトロールカーが車列を組んで駆けつけるだろう。

待った。

何も起こらない。サイレンの追加はない。警察官の追加はない。車列を組んではいない。ただのありきたりな交通取締《とりしまり》かもしれない。視野を広げて確認するために、もう一歩進み出た。食料雑貨店の角の向こうで、赤と青がきらめいた。車が日向《ひなた》に停められている。赤い樹脂製のテールライトカバー。紺のフェンダー。

車。

紺の塗装。

リーチャーは言った。「あの襲撃者をどこで見たかわかった」

52

四人は用心深くクライスラーを遠巻きにして立った。まるでそれが近代美術館の展示品で、周囲に立入禁止のロープが張られているかのように。300C、紺、カリフォルニア州のナンバープレート。縁石に密着するように停めてあり、施錠され、エンジンは冷えきり、車体に旅の汚れが少し付いている。ニーグリーが瀕死《ひんし》の襲撃者のポケットにあった鍵を取り出し、あの男の銃の構え方のように腕を伸ばして持って、リモコンキーのボタンを一度押した。

紺のクライスラーのライトが点滅し、ドアが鈍い音とともに解錠された。

「〈シャトー・マーモント〉の裏に停まっていた」リーチャーは言った。「ただ待っていた。襲ってきたのと同じ男が乗っていた。スーツと車体の色が同じだった。それを売りにしているリムジンサービスだと思った」

「おれたちが来ることをフランツたちが伝えたんだな」オドンネルが言った。「はじめは脅し文句のつもりだったんだろう。のちにはそれが心の支えになった。その結果、悪党どもはおれたちを始末するためにあの男を送りこんだ。あの男は歩道にいるおれたちを見つけた。たぶんこの街に来た直後に。おれたちは目と鼻の先にいた。あの男は運がよかったわけだ」

「実に運がよかった」リーチャーは言った。「願わくは、われわれの敵すべてが、同じようなとてつもない幸運に恵まれんことを」

運転席のドアをあけた。新しい革と樹脂のにおいがする。車内にこれといったものはない。真新しい折りたたまれた地図がドアポケットにはいっている。それだけだ。ほかに目につくものはない。体を入れてグローブボックスの蓋に長い腕を伸ばした。あける。財布と携帯電話が出てきた。しまわれていたのはそれだけだ。登録証や保険証はない。取扱説明書も。財布と電話だけだ。財布はズボンのポケットに入れる薄いデザインのもの。硬い黒革の長方形の一方の側にマネークリップが組みこまれ、もう一方の側にクレジットカード入れが組みこまれている。マネークリップには折りたたんだ札束がはさんである。大半は五十ドル札と二十ドル札で、七百ドル以上ある。すべていただいた。マネークリップから抜きとって、自分のズボンのポケットに押しこんだ。

「これでもう二週間は仕事を探さずに済む」と言う。「どれほど暗い雲であっても合間には光明が差しているものだ」

財布を裏返した。クレジットカード入れにはカードが詰まっている。有効なカリフォルニア州の運転免許証のほか、クレジットカードが四枚ある。VISAが二枚に、アメックスが一枚に、マスターカードが一枚。どれも有効期限はずっと先だ。免許証も四枚のクレジットカードもサロピアンという名前の男に発行されている。免許証の住所欄には五桁の番地とロサンゼルスの通りの名前と郵便番号が記されているが、何も思いあたらない。

財布を助手席にほうった。

携帯電話は小型、銀色の折りたたみ式で、外側に円形の液晶画面がある。電波状態は良好だが、バッテリーの残量が少ない。開くと、カラーのもっと大きな液晶画面が点灯した。五件のボイスメールが届いている。

ニーグリーに電話を渡した。

「このボイスメールを聞けるか？」と訊く。

「暗証番号がわからないと無理よ」

「通話履歴を調べてくれ」

ニーグリーはメニューをスクロールし、項目を選択した。

「着信も発信もすべて同じ番号とやりとりしている」と言う。「エリアコードは三一〇。つまりロサンゼルス」

「固定電話と携帯電話のどちらだ？」

「どちらもありうる」

「手下がボスに連絡していたのか？」

ニーグリーはうなずいた。「逆もまた然《しか》り。ボスが手下に命令を出していた」

「シカゴのきみのアシスタントはボスの名前と住所を突き止められそうか？」

「時間をかければ」

「調べさせろ。この車のナンバープレートも」

ニーグリーは自分の携帯電話からオフィスに連絡した。リーチャーはセンターコンソールのアームレストを持ちあげてみたが、ボールペンと携帯電話の車載充電器しかなかった。後部座席を調べた。何もない。車からおりてトランクを調べた。スペアタイヤ、ジャッキ、レンチ。ほかには何もない。

「手荷物がない」と言う。「この男は長旅をするつもりはなかった。われわれを殺すなど朝飯前だと思っていたのだろう」

「あやうくそうなるところだった」ディクソンが言った。

ニーグリーが死んだ襲撃者の電話を閉じてリーチャーに返した。リーチャーはそれを助手席の財布の横にほうった。

が、ふたたび手に取った。

「妙な状況になったな」と言う。「そうだろう？　だれが、どこから、なぜ襲撃者を送りこんだのかはわからない」

「しかし？」ディクソンは言った。

「しかし、それがだれだろうと、電話番号は入手した。望むなら、電話をかけて挨拶できる」

「望むの？」

「ああ、われわれはそれを望んでいると思う」

53

四人は静かな空間を求めて、駐車中のクライスラーに乗りこんだ。ドアは厚く、重く、密閉でき、高級セダンに求められる隔絶された静寂を提供している。リーチャーは死んだ襲撃者の電話を開き、通話履歴を最新の通話までスクロールすると、緑色のボタンを押してその番号にかけ直した。電話を耳にあてて待つ。聴覚に神経を集中する。携帯電話を所持したことは一度もないが、どのように使われるかは知っている。ポケットの中で振動するのを感じたり、着信音を聞いたりしたら、引っ張り出し、画面を見て発信者を確かめてから、出るかどうかを決める。その一連の作業には、固定電話の受話器を取るよりずっと時間がかかる。少なくとも、呼び出し音が五、六回鳴るまでは待たされるだろう。

呼び出し音が一回鳴る。

二回。

三回。

よほど慌てていたのか、そこで相手が出た。
声が言った。「いったいどこで油を売っていた？」
声は低い。男、若くはない。小柄でもない。憤怒《ふんぬ》と焦燥が表に出ているが、教養のしたたかな鋭さもかすかに残っている。
ある西海岸の訛《なま》りが聞きとれる。知的だが、聞こえない。何も。閉めきった部屋や静かな
電話の背景音に耳をそばだてた。だが、聞こえない。何も。閉めきった部屋や静かな
オフィスのように、静けさだけが満たしている。
声が言った。「もしもし？　いまどこにいる？　何があった？」
「そちらはどなたかな」当然のように、リーチャーは訊いた。まちがい電話をかけた
かのように。
しかし、男は引っかからなかった。発信者番号を見ていたからだ。
「そちらこそだれだ」男はゆっくりと訊き返した。
リーチャーは間を置いて言った。「ゆうべ、おまえの手下はしくじった。死んで、
いまは文字どおり地面の下で眠っている。つぎはおまえの番だ」
長い沈黙が流れる。ようやく声が言った。「リーチャーだな」
「わたしの名前を知っているのか？」リーチャーは言った。「わたしがおまえの名前
を知らないのは公平ではないように思えるが」
「人生が公平だとはだれも言っていない」

「確かに。だが、公平であろうとなかろうと、残りの人生を楽しんだほうがいい。ワインを買ったり、DVDを借りたりして。だが、何枚もはいっているセットはやめておけ。おまえに残された時間はせいぜい二日だ」

「おまえたちは袋小路《ふくろこうじ》にはまっているだろうに」

「窓の外を見ろ」

急な動作の音が聞こえた。上着の裾がこすれる音、油を差してある回転椅子がまわる音。オフィスだ。スーツを着た男。ドアに向けられた机。

エリアコードが三一〇の地域でそれがあてはまるのは、たったの百万人ほど。

「おまえたちは袋小路にはまっているだろうに」声は繰り返した。

「近いうちに会おう」リーチャーは言った。「いっしょにヘリコプターに乗ろう。おまえがやったように。ただし、大きなちがいがひとつある。わたしの友人は抵抗したはずだ。だが、おまえは抵抗しない。飛びおりさせてくれと泣きつく。懇願する。それは確実に請け合える」

そこで電話を閉じ、膝の上にほうった。

車内が静まり返る。

「第一印象は？」ニーグリーが訊いた。

リーチャーは息を吐いた。

「有力者」と言う。「大物。ボス。愚かではない。平凡な声。窓と閉めきったドアがある自分専用のオフィス」

「場所は？」

「わからない。背景音は聞こえなかった。車の音も、飛行機の音も。それに、われわれに電話番号を知られたのに、さほど不安げではなかった。名義を調べてもどうせ偽名だろう。この車もきっとそうだ」

「それなら、どうする？」

「ロサンゼルスに戻る。はじめから離れなければよかった」

「これはスワンの事件だ」オドンネルが言った。「そうとしか考えられないよな？　フランツの事件だとするのは無理があるし、サンチェスでもオロスコでもないとなれば、だれが残っている？　スワンはニューエイジを辞めた直後に、何かに首を突っこんだにちがいない。準備を整えたうえで、機を待っていたのかもしれない」

リーチャーはうなずいた。「スワンの元上司と話す必要があるな。辞める前に、何か個人的な問題を話していなかったか確かめる必要がある」ニーグリーに顔を向ける。「だからダイアナ・ボンドとまた会う段どりをつけてくれ。ワシントンDCの女だ。ニューエイジとリトル・ウィングの話が聞きたい。取引材料が要る。こちらが何か確実な情報を握っていると知ったら、スワンの元上司はわれわれの沈黙と引き換えに口を割るかもしれない。それに、興味が湧いてきた」
「わたしもよ」ニーグリーは言った。

クライスラーは奪った。四人とも車からおりようともしなかった。リーチャーはニーグリーから鍵を受けとってエンジンをかけ、ホテルへ走らせた。ほかの三人が部屋で荷造りをしているあいだ、降車レーンで待つ。この車をかなり気に入っていた。静かだし、力強い。外観がホテルの窓に映っている。紺色が似合う。角張っていて、飾り気がなく、繊細さのかけらもない。リーチャー好みの車だ。ハンドルまわりやこまごまとした装備を確かめ、死んだ襲撃者の電話を充電器に接続し、その上からアームレストをおろした。

ディクソンが最初にロビーから出てきた。ベルボーイが後ろで荷物を運び、駐車係が前を走って車を取りにいっている。つづいて、ニーグリーとオドンネルがいっしょに出てきた。ニーグリーはクレジットカードのレシートをハンドバッグに突っこむのと、携帯電話を閉じるのを同時にやっている。

「ナンバープレートを検索したら一件ヒットした」と言う。「ウォルターというペーパーカンパニー名義になっていて、登録されている所番地はロサンゼルスのダウンタウンにある業務用郵便受けだった」

「笑えるな」リーチャーは言った。「ウォルターはウォルター・クライスラーにちなんでいるのだろう。きっと電話はアレグザンダーという会社の名義で登録されているぞ。グレアム・ベルにちなんで」

「ウォルター社は全部で七台の車をリースしている」ニーグリーは言った。

リーチャーはうなずいた。「そのことは頭に入れておいたほうがいいな。どこかで大規模な増援部隊が出番を待っているわけだから」

ディクソンは自分のレンタカーにオドンネルを乗せると言った。それでリーチャーがクライスラーのトランクをあけると、ニーグリーがバッグをそこにほうりこみ、隣の助手席にすわった。

「どこに泊まる？」窓越しにディクソンが訊いた。

「別の場所だ」リーチャーは言った。「これまでわれわれは、〈ウィルシャー〉や〈シャトー・マーモント〉に泊まるような人間として悪党どもの目に映っている。だから変化が必要だろう。連中が見向きもしないところにすべきだ。サンセット・ブールヴァードの〈デューンズ〉に行ってみよう」

「そこはどういうところなの？」

「モーテルだよ。わたし好みのところだ」

「どれくらいひどいところなの？」

「申しぶんない。ベッドと施錠できるドアを備えている」

リーチャーとニーグリーが先導した。街を出るまでは道は混んでいたが、一五号線はすいていたので、リーチャーは順調に砂漠を突っ切っていった。車は静かで、機敏で、運転しやすい。出発してから三十分のあいだ、ニーグリーはエドワーズ空軍基地の関係者に連絡をとろうと試み、携帯電話が圏外になる前にダイアナ・ボンドをつかまえようとしていた。リーチャーはそれを無視して前方の道路に神経を集中した。リーチャーの車の運転はまずまずで、上手というほどではない。運転は軍で覚え、民間人用の教習を受けたことはない。民間人用の試験に合格していないし、民間人用の免許証も所持していない。ニーグリーのほうがずっと運転はうまい。それに、ずっと飛ばす。電話を終えたニーグリーは不満げに身じろぎしている。速度計に何度も目をやっている。

「盗んだつもりで運転して」と言う。「実際、盗んだんだから」

それでリーチャーも少し加速した。ほかの車を追い抜きはじめる。その中には、重々しい音を立てて右側の車線を西へ走る〈U‐ホール〉の中型トラックもあった。

バーストウの十五キロほど手前でディクソンが追いつき、ヘッドライトを点滅させてから並走した。助手席のオドンネルが物を食べるしぐさをする。救いようのないマゾヒストよろしく、一行は前にも寄ったダイナーに行った。近辺にほかに選択肢はないし、四人とも空腹だったからだ。昼食抜きで。

相変わらずまずい料理を食べながら、取り留めのない会話をした。話題になったのはもっぱらサンチェスとオロスコだ。有望であっても小規模なビジネスをつづけるのがどれほどむずかしいかが語られた。とりわけ、元軍人にとってどれほどむずかしいかが。元軍人はまちがいだらけの思いこみをいだいて民間人の世界にはいる。これまでになじんでいた確実さを期待してしまう。率直さや、透明さや、正直さや、犠牲の分かち合いを。そういうことを話すディクソンとオドンネルは、実際には自分たちのことを話しているようにリーチャーは感じた。うわべはともかく、実情はどうなのだろうと気になった。納税の時期、書類上はどうなっているのだろう。その一年後にはどうなっているのだろう。ディクソンは直前までやっていた仕事をほうり出したために、厄介な立場にある。オドンネルも姉のためにしばらく仕事をほったらかしていた。問題がないのはニーグリーだけに思える。ニーグリーは文句なしの成功を収めている。それでも、九人のうちのわずかひとりだ。軍から巣立った者たちの中でも最も優秀な人材であるにもかかわらず、成功率は一一パーセント強でしかない。

かんばしくはない。

〝あなたはそういう人生を運よく免れている〟とディクソンは言っていた。

〝わたしもふだんはそんなふうに感じている〟とリーチャーは答えた。

〝おれたちが持っていてあんたが持っていないのはスーツケースだけだ〟とオドンネルは言っていた。

〝だとしても、わたしが持っていておまえたちが持っていないものがあるか？〟とリーチャーは答えた。

食事を終えたとき、前より答に少し近づいていた。

バーストウをあとにして、ヴィクターヴィル、レイク・アローヘッドの西を通過した。そこから先は山並みがそびえている。だがその前に、今度は右側に、ヘリコプターが上空を飛んでいたはずの悪地が見えた。今回もリーチャーは見るつもりはなかったのに、今回も見てしまった。一度に数秒ずつ道路から視線をそらして、北西を見つめた。サンチェスとスワンもあのあたりにいるのだろう。そんなことはないと思いたくても、それはむなしい望みでしかない。

電波が届いたらしく、ニーグリーの電話が鳴った。ダイアナ・ボンドからで、すぐにでもエドワーズ空軍基地を発《た》てるようだ。リーチャーは言った。「サンセット・ブールヴァードのあの〈デニーズ〉で会おうと伝えてくれ。われわれが再会した店だ」

ニーグリーが顔をしかめたので、つづけた。「さっき寄った店に比べれば、〈マキシム・ド・パリ〉並みにうまく感じるさ」

ニーグリーは待ち合わせの約束を取りつけ、リーチャーはギヤを落としてサン・アントニオ山の麓のゆるい坂をのぼりはじめた。小一時間ののち、四人は〈デューンズ・モーテル〉にチェックインしていた。

〈デューンズ〉はどの部屋も一泊の料金が三桁に遠く届かず、宿泊客がテレビのリモコン用に保証金を預けなければならないようなモーテルだ。いまもリモコンは壮大な儀式のように鍵とともに渡された。リーチャーは盗んだ札束を出し、四部屋ぶんの料金を現金払いした。こうすれば本名を教えたり身分証を見せたりせずに済む。通りから見えないところに二台の車を停め、洗濯室の隣にあった古びた暗いラウンジに集合した。そこならロサンゼルス郡で四人の人間が可能なかぎりの匿名性を保てる。

リーチャー好みのところだ。

一時間後、ダイアナ・ボンドからニーグリーに電話があり、〈デニーズ〉の駐車場に着いたと伝えてきた。

54

四人でサンセット・ブールヴァードを少し歩き、〈デニーズ〉の安っぽいロビーに歩み入ると、長身のブロンドの女が待っていた。ひとりきりで。黒ずくめだ。黒いジャケット、黒いブラウス、黒いスカート、黒いストッキング、黒いハイヒール。いかにも東海岸らしい装いで、カリフォルニアではやや場ちがいだし、カリフォルニアの〈デニーズ〉では大いに場ちがいだ。細身の美人で、明らかに頭が切れそうで、歳は三十代後半だろう。

少し苛立ち、何かに気をとられているように見える。

少し不安げに見える。

ニーグリーが女を全員に紹介した。「こちらはダイアナ・ボンド」と言う。「ワシントンDCからエドワーズ空軍基地を経て来てくれた」

ダイアナ・ボンドは鰐皮《わにがわ》の小さなハンドバッグしか携えていない。ブリーフケースがないから、リーチャーが期待していたメモや青写真は持ってきていない。四人はボンドを連れて薄汚いレストランの中を進み、奥に丸テーブルを見つけた。ボックス席に五人はすわりきれない。やってきたウェイトレスに、コーヒーを注文した。ウェイトレスは重たげなマグカップ五個とポットを持って戻り、コーヒーをついだ。本題にはいる前に、五人とも無言でひと口飲んだ。それからダイアナ・ボンドが口を開いた。雑談は抜きにして、こう言った。「あなたたちを逮捕させることだってできたのよ」

リーチャーはうなずいた。

「逮捕させなかったから多少は驚いている」と言う。「捜査官の一団を引き連れたあんたがいるかもしれないと多少は予想していた」

ボンドは言った。「国防情報局に電話を一本入れるだけでそうなっていたわね」

「それなら、なぜ電話を入れなかった？」

「礼儀を守りたいと思っているからよ」

「それに、忠誠を尽くしたいと思っている」リーチャーは言った。「自分のボスに」

「そして自分の国に。こういう詮索はやめるよう説得しにきたの」

リーチャーは言った。「それだとまたあんたにむだ足を踏ませてしまうことになるな」

「むだ足くらい喜んで踏む」

「われわれの税金が使われるのに」

「わたしは頼みこんでいるの」

「聞き入れるつもりはない」

「あなたたちの愛国心に訴えているのよ。これは国家の安全保障にかかわる問題なの」

リーチャーは言った。「われわれ四人を合わせれば、軍服を六十年間は着ている。あんたは何年着た？」

「一度も着ていない」

「あんたのボスは何年着た？」

「一度も着ていない」

「それなら、愛国心だの国家の安全保障だのは口にするな。いいな？　あんたにその資格はない」

「いったいどうしてリトル・ウィングのことを知りたいの？」

「友人のひとりがニューエイジに勤めていた。われわれはその友人の死亡記事を書きあげようとしている」

「亡くなったの？」

「おそらく」

「心からお悔やみを申しあげるわ」

「感謝する」

「ただそれでも、この件を嗅ぎまわるのはやめるようお願いしたいのよ」

「だめだ」

ダイアナ・ボンドは長い間をとった。それからうなずいた。

「取引しましょう」と言う。「概要を教えるから、代わりにあなたたちはその軍服を着ていた六十年間にかけて口外しないと誓って」

「いいだろう」

「それと、話すのはこの一度きり。今後、あなたたちからの連絡は受けない」

「いいだろう」

ふたたび長い間。まるでボンドが良心と戦っているかのように。

「リトル・ウィングは新型の魚雷よ」ボンドは言った。「太平洋艦隊の潜水艦用の。従来の魚雷とあまり変わらないけれど、新しい電子装置のおかげで操舵《そうだ》制御性能が強化されている」

リーチャーは笑みを浮かべた。

「いい線を行っている」と言う。「だが、そんな話は信じられない」

「どうして？」

「もともと最初の答を信じるつもりはなかった。あんたは当然、ごまかそうとするはずだからな。加えて、いま言った六十年間の大半を嘘つきから話を聞くのに費やしたおかげで、われわれは嘘つきを見破れる。加えて、その六十年間の一部をペンタゴンのあらゆるたわごとを読むのに費やしたおかげで、われわれはペンタゴンの用語を知っている。新型の魚雷なら、リトル・フィッシュと名づけるほうが自然だ。加えて、ニューエイジは白紙の状態からはじまったスタートアップ企業で、設立場所を自由に選べた。海軍の仕事をするのならサンディエゴか、コネティカット州か、ヴァージニア州ニューポートニューズを選んだだろう。だが、そうはしなかった。代わりにイースト・ロサンゼルスを選んだ。イースト・ロサンゼルスに最も近いのは空軍施設だ。その中にはあんたがさっきまでいたエドワーズ空軍基地も含まれる。さらに名前がリトル・ウィングとなれば、航空装備だ」

ダイアナ・ボンドは肩をすくめた。

「ごまかそうとしないわけにはいかなかったのよ」と言う。

リーチャーは言った。「もう一度ごまかそうとしてみたらどうだ」

みたび間。

「歩兵用の武器よ」ボンドは言った。「空軍ではなく、陸軍の。ニューエイジがイースト・ロサンゼルスにあるのは、エドワーズ空軍基地に近いからではなく、フォート・アーウィンに近いから。でも、あなたの言うとおり、航空関連ね」

「具体的には？」

「肩に載せて撃つ携帯式の地対空ミサイル。次世代の」

「特徴は？」

ダイアナ・ボンドは首を横に振った。「それは話せない」

「話すしかない。話さなければあんたのボスはまずいことになる」

「汚いやり方ね」

「何と比べて？」

「画期的な先進兵器だとだけ言っておくわ」

「そういう台詞は前にも聞いたことがある。一年で時代遅れになるという意味だ。ふつうは半年でそうなるところを」

「二年は安泰だとわたしたちは考えている」

「特徴は？」

「新聞社に垂れこんだりしないわよね。そんなことをしたら、あなたたちは売国奴よ」

「少しは信じてみたらどうだ」

「事の重大さがわかっているの？」

「肺癌《はいがん》並みに」

「信じる気になれない」

「御託はいい。あんたのボスはあすにも新しい仕事を探す羽目になるぞ。そうなったほうがこの国にはありがたいが」

「わたしのボスに好感を持っていないのね」

「好感を持っている人がいるのか？」

「垂れこんでも、新聞社は記事にしないわよ」

「寝言は寝て言え」

ボンドはさらに一分ほど、黙っていた。

「口外しないと約束して」と言う。

「もう約束した」リーチャーは言った。

「複雑なのよ」

「ロケット科学のように？」

「同じく携帯式の地対空ミサイルであるスティンガーは知っているわよね？」ボンドは訊いた。「現世代の」

リーチャーはうなずいた。「発射される場面を見たことがある。四人とも」

「特徴は？」

「ジェットエンジンの排気が出す熱を追尾する」

「そのとおりだけれど、下から追尾する」ボンドは言った。「それが大きな弱点になる。ミサイルは上昇と追尾を同時におこなわなければならない。そのため、速度が出にくいし、かさばりやすい。下方を監視するレーダーにも探知される。だからパイロットがかわすこともできる。加えて、囮弾《おとりだん》のフレアのような対抗手段に弱い」

「しかし？」

「リトル・ウィングは画期的な兵器よ。すぐれた発想の例に漏れず、とても単純な前提からはじまっている。上昇中は標的を完全に無視するの。降下段階にはいってから役目を果たすのよ」

「なるほど」リーチャーは言った。

ボンドはうなずいた。「上昇中はただの無誘導のロケットにすぎない。きわめて高速なだけの。高度二万五千メートルほどに達すると、減速して停止し、弾頭が下を向く。そして落下しはじめる。電子装置が作動し、標的を追尾しはじめる。高機動ブースターと操舵翼を備えているし、重力が仕事の大半をこなしてくれるから、追尾性能は驚くほど高い」

「上方から獲物に襲いかかるわけだ」リーチャーは言った。「鷹《たか》のように」

ボンドはまたうなずいた。

「恐ろしいほどの速さで」と言う。「極超音速で。はずれようがない。それに、止めようがない。航空機の防衛用レーダーは決まって下方を監視している。囮弾のフレアも決まって下方に発射される。現状では、飛行機は上方からの攻撃にきわめて弱い。それでかまわなかったのよ。上方から襲われることはまずなかったから。けれども、もう状況は一変する。だからこれほど機密扱いされているの。およそ二年間は、わが国の地対空攻撃能力は完全に無敵になる。およそ二年間は、リトル・ウィングを用いれば飛んでいるものすべてを撃ち落とせるようになる。もっと長いかもしれない。新しい対抗手段がどれくらい迅速に普及するかで決まる」

リーチャーは言った。「それほど高速なら、対抗手段をとるのはむずかしいだろうな」

「ほぼ不可能よ」ボンドは言った。「人間の反応時間では間に合わない。だから自動で防衛するようにしなければならない。そうなると、百メートル上空の鳥と、一キロ上空のリトル・ウィングと、数百キロ上空の人工衛星の識別をコンピュータに任せなければならない。大混乱になる可能性がある。テロを警戒する民間の航空会社は、当然ながら防衛手段を求める。しかし、民間空港は多数の飛行機が上空待機している。誤探知が例外ではなく日常茶飯事になるはず。そのため、離着陸時は防衛手段を停止せざるをえない。つまり無防備になってはならないときに、きわめて無防備になってしまう」

「厄介な問題ね」ディクソンが言った。

「だが、厄介な問題といっても、あくまで理論上の話だ」オドンネルが言った。「おれたちはリトル・ウィングが性能を発揮できていないことを知っている」

「これ以上は言えない」ボンドは言った。

「すでに同意したはずだ」

「ここからは企業秘密なのよ」

「防衛機密よりもよほど重要だな」

「試作品は問題なかった」ボンドは言った。「ベータテストの結果は優秀だった。ところが、製造段階で問題が生じた」

「ロケットに？　それとも電子装置に？　それともその両方に？」

「電子装置に」ボンドは言った。「ロケット技術は四十年以上の歴史がある。ロケットの製造は寝ていてもできる。実際、コロラド州のデンヴァーでそんなふうに造っている。難航しているのは電子部品のパッケージ。このロサンゼルスで製造しているけれど、まだ量産態勢にもはいれていない。いまでも作業台で組み立てている。もうそれすらもうまくいっていない」

リーチャーは無言でうなずいた。しばらく窓の外を眺めたのち、紙ナプキンをスタンドから何枚か取って、扇状に広げてから、またきれいに重ねた。上に砂糖入れを置いて重しにする。店内に客はわずかしかいない。向こうの端の別々のボックス席に男がひとりずついる。どちらも庭師のようで、疲れて背中をまるめている。それ以外に客はいない。外の通りでは、午後の陽光が薄れつつある。レストランの巨大な看板の赤と黄色のネオンサインが、相対的に明るさを増していく。サンセット・ブールヴァードを走る車の何台かは早くもヘッドライトを点灯している。

「つまり、リトル・ウィングも蓋をあけてみれば例によって例のごとしだったというわけだ」オドンネルが沈黙を破った。「金を湯水のように使うだけのペンタゴンの夢物語だな」

　ダイアナ・ボンドは言った。「こんなはずではなかったのよ」

「それはそうだろうな」

「完全な失敗ではない。正常に稼働するものもある」

「M16ライフルのときも同じことが言われていたぞ。M16を携えて哨戒《しょうかい》する際は大いに元気づけられただろうよ」

「でも、M16は改良がつづけられ、欠点は解消された。リトル・ウィングもそうなるはず。それに、待つだけの価値はある。世界で最も厳重に守られている飛行機が何か知っている？」

ディクソンが言った。「大統領専用機のエアフォースワンでしょうね。いつだって政治家の尻を守ることが優先されるから」

ボンドは言った。「リトル・ウィングならエアフォースワンでもなんの苦もなく撃墜できる」

「そいつはいい」オドンネルが言った。「投票するより楽だ」

「愛国者法を読むことね。そんなことを考えるだけで逮捕されかねないわよ」

「刑務所はそこまで広くない」オドンネルは言った。

ウェイトレスがまたやってきて、うろついている。大人数用のテーブルなのだから、お代わり自由のコーヒー五つよりも店が儲かるものを注文してもらいたいにちがいない。ディクソンとニーグリーはそれを察してアイスクリームサンデーを注文した。ダイアナ・ボンドはことわった。オドンネルはハンバーガーを注文した。ウェイトレスは立ったままリーチャーをあからさまに見た。リーチャーはウェイトレスを見ていなかった。まだ重ねたナプキンをいじくっていた。砂糖入れを上に置いては持ちあげ、また置いている。

「お客様？」ウェイトレスは言った。

リーチャーは顔をあげた。

「アップルパイを頼む」と言う。「アイスクリームを添えてくれ。それからコーヒーのお代わりを」

ウェイトレスが立ち去ると、リーチャーはまた重ねたナプキンに視線を戻した。ダイアナ・ボンドは床からハンドバッグを持ちあげ、大げさに埃を払った。

「もう戻らないと」と言う。

「そうか」リーチャーは言った。「来てくれてとても感謝している」

55

ダイアナ・ボンドは車を長時間運転してエドワーズ空軍基地に戻るために店を出た。リーチャーは重ねたナプキンの端をそろえ、その真ん中に砂糖入れをまた置いた。デザートが運ばれ、コーヒーのお代わりがつがれ、オドンネルのハンバーガーも届けられた。リーチャーはパイを半分ほど食べたところで手を止めた。しばらく無言ですわり、また窓の外を眺めた。それから唐突に動いて、砂糖入れを指差し、ニーグリーを見つめながら尋ねた。「これが何かわかるか？」

「砂糖よ」ニーグリーは言った。

「いや、ペーパーウェイトだ」リーチャーは言った。

「それで？」

「どういう人間が薬室を空にして銃を携行する？」

「そういう訓練を受けた人間が」

「たとえば警官だ。あるいは元警官。ロサンゼルス市警の元警官かもしれない」

「それで？」

「ニューエイジのあの女傑は嘘をついた。だれだってメモぐらいとる。落書きしたりする。紙と鉛筆があったほうが仕事ははかどる。完全にペーパーレスの環境など存在しない」

オドンネルが言った。「あんたが最後に働いたときから、世の中は変わっているかもしれないぞ」

「最初に話したとき、あの女はスワンがベルリンの壁のかけらをペーパーウェイトとして使っていたと言った。完全にペーパーレスの環境でペーパーウェイトを使うのはなかなかむずかしいのでは？」

オドンネルは言った。「ことばの綾《あや》かもしれない。ペーパーウェイト、記念品、机の飾り、なんのちがいがある？」

「最初に訪れたとき、駐車場に車を入れるのを待たなければならなかった。覚えているか？」

ニーグリーはうなずいた。「門からトラックが出てくるところだったから」

「どんなトラックだった？」

「コピー機のトラックだった。修理か配達があったんでしょうね」

「完全にペーパーレスの環境でコピー機を使うのはなかなかむずかしいのでは？」

ニーグリーは何も言わない。

リーチャーは言った。「あの女がそのことで嘘をついたのなら、ほかにも嘘を並べ立てていた可能性がある」

だれも何も言わない。

リーチャーは言った。「ニューエイジの保安部長はロサンゼルス市警の元警官だ。下っ端の大半もきっとそうだろう。安全装置を掛け、薬室を空にしておく。基礎訓練だ」

だれも何も言わない。

リーチャーは言った。「ダイアナ・ボンドにもう一度電話をかけろ。すぐに呼び戻せ」

「いま出ていったばかりなのに」ニーグリーは言った。

「それなら、そう遠くまで行っていない。Uターンすればいい。ダイアナ・ボンドの車にもハンドルくらいあるはずだ」

「戻りたがらないわよ」

「戻らざるをえない。戻らなければ、新聞に載るのはボスの名前どころではないぞと言ってやれ」

ダイアナ・ボンドが戻るまで、三十五分と少しかかった。道が混んでいて、ハイウェイの出口が不便だったからだろう。駐車場にその車がはいってくるのが見えた。一分後、ボンドはふたたびテーブルにいた。すわらず、脇に立っている。怒りをたたえて。

「取引したはずよ」と言う。「話をするのは一度きりで、今後はもうかかわらないと」

「質問がもう六つある」リーチャーは言った。「それが済めばもうかかわらない」

「ふざけないで」

「重要なことだ」

「わたしにとってはちがう」

「あんたは戻ってきた。そのまま車を走らせてもよかったのに。国防情報局に連絡してもよかったのに。だが、あんたはそうしなかった。だから演技はやめろ。あんたは質問に答えるはずだ」

部屋が静まり返る。サンセット・ブールヴァードをタイヤが転がる音と、キッチンで何かがかすかにうなっている音しか聞こえない。食器洗い機かもしれない。

「質問が六つ？」ボンドは言った。「わかったわ、でもちゃんと数えておくから」

「すわれ」リーチャーは言った。「デザートでも頼め」

「デザートは食べたくない」ボンドは言った。「ここでは」それでも、先ほどまですわっていた椅子に腰をおろした。

「ひとつ目の質問だ」リーチャーは言った。「ニューエイジに商売敵はいるか？　同様の技術を持つ競争相手がどこかにいるか？」

ダイアナ・ボンドは言った。「いない」

「ニューエイジに出し抜かれて、恨んだり不満をいだいたりしている者はいないんだな？」

「いない」ボンドはふたたび言った。「ニューエイジの事業はほかに類を見ない」

「わかった、ふたつ目の質問だ。政府はリトル・ウィングが正常に稼働することをほんとうに望んでいるのか？」

「どうして望まないわけ？」

「適切な防衛手段が確保されていないのに、新しい攻撃手段を開発することに対して、政府が不安を覚えることもあるからだ」

「そういう懸念が示されるのは聞いたことがない」

「ほんとうか？　もしリトル・ウィングが鹵獲《ろかく》され、コピーされたら？　それがどれほどの害をもたらすか、ペンタゴンは知っている。この兵器がわれわれに向けられる恐れもあるのに平気なのか？」

「話にならない」ボンドは言った。「そんなふうに考えたら、何もできなくなる。マンハッタン計画も、超音速戦闘機も、何もかも中止されていたわよ」

「わかった」リーチャーは言った。「つぎはニューエイジがやっているという作業台での組み立てについて教えてくれ」

「それが三つ目の質問？」

「ああ」

「作業台での組み立ての何を知りたいの？」

「あらましを教えてくれ。わたしは電子機器の業界で働いたことがなくてね」

「手作業による組み立てよ」ボンドは言った。「シャワーキャップをかぶった女たちが無菌室の実験用作業台で虫眼鏡とはんだごてを使っている」

「手間がかかるな」リーチャーは言った。

「当然ね。一日の製造数は百個とか千個とかではなく、一ダース」

「一ダース？」

「現在は平均してそれがやっと。一日に九個とか、十個とか、十二個とか、十三個とか」

「作業台での組み立てはいつはじまった？」

「それが四つ目の質問？」

「ああ、そうだ」

「作業台での組み立てがはじまったのは七ヵ月ほど前よ」

「順調だったか？」

「それが五つ目の質問？」

「いや、補足だ」

「最初の三ヵ月間は順調だった。リトル・ウィングは標的に命中した」

「組み立てがおこなわれているのは週に六日か？」

「ええ」

「いつ問題が生じた？」

「四ヵ月ほど前」

「どんな問題だ」

「それが最後の質問？」

「いや、これも補足だ」

「組み立てが済むと、品質検査がおこなわれる。正常に稼働しないものがしだいに増えていった」

「だれが品質検査をおこなっている？」

「品質管理部長がいる」

「社外に？」

「いいえ。最初に開発を手がけた技術者よ。この段階では、その人物しか品質検査はできない。本来どのように稼働するかを知っているのはその人物だけだから」

「品質検査で不合格となったものはどうなる？」

「廃棄される」

リーチャーは何も言わなかった。

ダイアナ・ボンドは言った。「そろそろ行かないと」

「最後の質問だ」リーチャーは言った。「問題が生じたのを受けて、あんたたちは提供する資金を減らしたか？　ニューエイジは従業員を解雇したか？」

「そんなことをするわけがない」ボンドは言った。「気は確か？　そういう仕組みにはなっていない。こちらは資金を提供しつづけた。あちらは従業員を雇用しつづけた。そうするしかなかった。こちらもあちらも。なんとしてもこの兵器を成功させなければならないから」

56

ダイアナ・ボンドがふたたび店を出ると、リーチャーはパイをまた食べはじめた。リンゴは冷たくなり、生地はしなび、アイスクリームは溶けて皿の上に広がっている。だが、気にならなかった。ろくに味は感じなかったからだ。

オドンネルが言った。「祝うべきだな」

「そうか？」リーチャーは言った。

「もちろん。何が起こったか、ようやくわかった」

「だから祝うべきなのか？」

「ちがうとでも？」

「何が起こったか説明して、自分で考えてみろ」

「いいとも。スワンは個人的な問題をどうにかしようとしていたわけじゃなかった。自分の会社を調べていた。第四の月から成功率が急激に悪化した理由を確かめていた。内部の関与を疑っていたんだ。それで、自分のオフィスでは盗み聞きされるかもしれないし、無作為に選んだデータを監視するシステムもあったから、事務作業は外部に協力を求める必要があった。それで、フランツとサンチェスとオロスコに白羽の矢を立てた。ほかに信頼できる人物がいるか？」

「それから？」

「四人はまず、製造統計を分析した。おれたちが見つけたあの数字だ。週六日で七ヵ月間にわたっていた。そしてサボタージュの可能性を除外した。それで得する商売敵はニューエイジにはいなかったし、ペンタゴンがひそかに足を引っ張っていたわけでもなかったからだ」

「それで？」

「ほかにどんな可能性があるか。四人はこう推測した。品質管理の担当者が嘘をつき、正常に稼働する六百五十個を不良品と決めつけた。会社はそれらを廃棄したと記録しているが、実際には一個あたり十万ドルでアズハリ・マフムードという偽名がいろいろある人物に密売している、と。そういうわけで、名前のリストとサンチェスのナプキンのメモが残された」

「それから？」

「四人は早まってニューエイジに証拠を突きつけ、そのために殺された。会社はスワンの失踪をごまかすために話をでっちあげ、あの女傑があんたたちにそれを伝えた」

に」

「それでも祝うべきか？」

「何が起こったかはわかったんだぞ、リーチャー。昔は決まって祝っていただろうに」

リーチャーは何も言わなかった。

「ホームランだ」オドンネルは言った。「そうだろう？　それに、気づいたか？　笑えてくるよ。スワンの元上司と話す必要があると、あんたは言ったよな？　もう話したと思うぞ。あの携帯電話で話したやつのほかに考えられるか？　あれこそニューエイジの保安部長だ」

「おそらくな」

「だったら、何が問題なんだ」

「あの〈ベヴァリー・ウィルシャー〉の部屋で、おまえはなんと言った？」

「わからないな。いろいろ言ったが」

「やつらの先祖の墓に小便をかけてやりたいとおまえは言った」

「そのつもりだ」

「それはできない」リーチャーは言った。「わたしもできないし、ここにいるだれもできない。だから気分は晴れない。だから祝えない」

「やつらはこの街にいる。まな板の鯉《こい》だ」

「ニューエイジは、正常に稼働する電子部品のパッケージを六百五十個も密売した。ここから読みとれることがある。テクノロジーがほしいのなら、一個だけ買ってコピーすればいい。六百五十個も買うのは、ミサイルそのものがほしいからだ。そして、コロラド州でロケットと発射筒も買うつもりがないかぎり、ここで電子装置は買わない。われわれが直面しているのはそういう事態だ。アズハリ・マフムードという男は、いまや新品の最新世代の地対空ミサイルを六百五十基も所有している。正体は不明だが、それで何をするつもりかは見当がつく。とてつもない大事件が引き起こされるだろう。だからわれわれはだれかに伝えざるをえない」

だれも何も言わない。

「情報を提供したとたん、われわれは連邦捜査官に貼りつかれる。やつらを仕留めるどころか、許可がなければ道を渡ることもできなくなる。やつらが弁護士を付け、裁判がすべて片づくまでの十年間、一日に三回たっぷり食事をするのを、手をこまねいて見ているしかない」

だれも何も言わない。

「だから祝えない」リーチャーは言った。「やつらは特別捜査官に喧嘩《けんか》を売ったのに、われわれは手出しできない」

57

その夜、リーチャーは一睡もしなかった。一分たりとも、一秒たりとも眠らなかった。〝やつらは特別捜査官に喧嘩を売ったのに、われわれは手出しできない〟。何時間も寝返りを打ちながら起きていた。目は大きく開いたままなのに、映像や熱に浮かされたような幻覚が押し寄せてくる。気力と活力に満ち、共感と懸念を漂わせながら歩き、話し、笑っているカルヴィン・フランツ。目を細め、笑みらしきものを浮かべて金歯をのぞかせ、どこまでも皮肉屋だが、それが結局は快活な態度と同じくらい安心感を与えてくれるジョージ・サンチェス。背が低く、横幅があり、恰幅《かっぷく》がよく、まじめで、ひたすら人のいいトニー・スワン。ばかげたタトゥーを入れ、訛りを偽り、冗談好きで、ジッポのライターを肌身離さず、その金属音を響かせているマニュエル・オロスコ。

みな友人だ。

友人なのに、仇《かたき》をとれない。

友人なのに、何もしてやれない。

ほかの人たちの姿も目に浮かんだ。天井のすぐ下を漂っているかのように、真に迫っている。清潔で、服に気を使い、狼狽して目を見開いているアンジェラ・フランツ。小さな木製の椅子を前後に揺らしている子供のチャーリー。強烈なラスヴェガスの太陽のもとから暗いバーの中へ幽霊のように静かにはいっていくミレーナ。ソファにすわるタミー・オロスコ。めちゃくちゃにされたアパートメントの中をとまどいながら歩きまわって、父親を捜すその三人の子供。一度も会ったことはないが、九歳と七歳と五歳の女児ふたりと男児ひとりの姿をとっている。スワンの犬もいて、長い尾を勢いよく振りながら、吠えようとして低くうなっている。スワンの郵便受けまであり、サンタアナの日差しをまばゆく照り返している。

朝の五時には眠るのをあきらめ、服を着て散歩に出かけた。サンセット・ブールヴァードを西に曲がり、怒りに駆られて一キロ半も荒々しい足どりで歩いた。だれかがぶつかってきたり、押しのけてきたり、立ちふさがったりしたら、怒鳴ったり、罵ったり、わめいたりして八つ当たりできるのに、とむなしい望みをいだいて。だが、歩道に人けはない。ロサンゼルスではだれも歩かないし、朝の五時ならなおさらだし、見るからに激怒している見知らぬ大男に近寄るわけがない。車道も静かだ。たまに慎《つつ》ましい勤め人が特色のない再中古のセダンを走らせて職場へ向かっているくらいだが、革に身を包んでやかましいハーレーを運転する無神経な白髪の太った男もいた。その音が気に障ったので、男に向けて中指を立ててやった。バイクが速度を落としたので、リーチャーは男がそのままバイクを停めて文句をつけてくるのを期待した。しかし、運がなかった。男はこちらをひと目見ただけでスロットルをまわし、すみやかに走り去った。

右前方の角に針金で囲まれた空き地がある。脇道のバス停のベンチに日雇い労働者が何人か集まって、太陽と仕事を待っている。小柄な浅黒い肌の男たちで、疲れて表情が乏しい。男たちは公民館のような建物の外に置かれたミッション様式のカートからコーヒーを取って飲んでいる。リーチャーはそちらへ行き、一杯の代金として、盗んだ金から百ドル払った。寄付すると伝えて。カートの向こうにいた女は何も訊かずに受けとった。ハリウッドではもっと変わった行為も目にするのだろう。

コーヒーはうまかった。〈デニーズ〉並みに。ゆっくりと飲みながら、空き地の柵に寄りかかった。針金がわずかにたわみながら、巨体をトランポリンのように支える。そんなふうに体重を預けていた。まっすぐ立たず、コーヒーを口に含み、頭の中に霧がかかった状態で。

そのとき、霧が晴れ、リーチャーは考えをめぐらしはじめた。

もっぱらニーグリーについて。そしてその謎めいたペンタゴンの知人について。

〝大きな貸しがある〟とニーグリーは言っていた。それは〝あなたの想像以上に大きい〟とも。

コーヒーを飲み干し、空のカップを捨てるころには、新たな希望のかすかな光と、新たな計画のあらましが見えていた。成功率は半々ぐらいか。ルーレットよりはましだ。

朝の六時までにはモーテルに戻った。ほかの三人はつかまらなかった。部屋をノックしても返事がない。そこでサンセット・ブールヴァードを歩き、〈デニーズ〉にいる三人を見つけた。事のはじまりにニーグリーがすわっていたボックス席にいる。残っていた空席に体を滑りこませると、ウェイトレスが紙のテーブルマットを敷いてから、ナイフとフォークとマグカップを置いた。リーチャーはコーヒー、パンケーキ、ベーコン、ソーセージ、卵、トースト、ゼリーを注文した。

「空腹みたいね」ディクソンが言った。

「飢え死にしそうだ」リーチャーは言った。

「どこに行っていたの？」

「散歩をしていた」

「眠れなかったの？」

「一睡もしなかった」

ウェイトレスが戻り、マグカップにコーヒーをついだ。リーチャーはそれを長々と飲んだ。ほかの三人は黙っている。料理を少しずつ食べている。疲労し、意気消沈している様子だ。三人ともよく眠れなかったか、まったく眠れなかったのだろう。

オドンネルが訊いた。「いつ情報を提供する？」

リーチャーは言った。「しないかもしれない」

だれも何も言わない。

「基本原則を言う」リーチャーは言った。「はじめに意見を一致させておかなければならないことがある。仮定の話として、もしマフムードがミサイルを入手したら、事態はわれわれの手には負えない。不満は呑みこんで、あきらめざるをえない。危険があまりにも大きいからだ。マフムードが準軍事組織の一員なら中東全体を飛行禁止区域に変えようとするだろうし、テロリストなら九・一一同時多発テロ事件がお遊びに見えるような作戦の決行日を考えるだろう。どちらにせよ、犠牲者は何百、何千という数にのぼるはずだ。もしかしたら何万という数に。そのような数字はわれわれのいかなる目的よりも重い。同意するか？」

ディクソンとニーグリーはうなずいて目をそらした。

オドンネルは言った。「仮定の話ではないぞ。マフムードはミサイルを入手したと想定せざるをえない」

「いや」リーチャーは言った。「われわれが想定せざるをえないのは、マフムードが電子装置を入手したということだけだ。ロケットと発射筒をすでに入手したかどうかはわからない。勝算は五分五分だ。半々だな。マフムードがロケットを先に取りにいくか、電子装置を先に取りにいくかで決まる。われわれが情報を提供するのは、マフムードが両方を入手してからでも遅くない」

「どうやってそれを調べる？」

「ニーグリーがペンタゴンの知人に頼む。貸しを取り立てる。そしてコロラドで立入検査のたぐいをやらせる。もし何かがなくなっていたら、われわれのゲームは終わりだ。だが、まだすべて異常なしで数が合うのなら、ゲームはつづく」

ニーグリーは腕時計に目をやった。西部で六時過ぎなら、東部では九時過ぎだ。ペンタゴンは一時間前から目覚めているだろう。ニーグリーは電話を出して番号を押した。

58

ニーグリーの知人は愚かではなかった。外からかけ直す、ただし自分の携帯電話は使わないと言って譲らなかった。さらに、ペンタゴンから半径一キロ半以内の公衆電話はつねに盗聴されている可能性があることに気づくほど利口だった。そのため、知人がポトマック川を渡って街中まで歩き、ニューヨーク・アヴェニューの食料雑貨店の外にあった電話にたどり着くまで一時間ほどかかった。

そこから愉快なやりとりがはじまった。

ニーグリーは要求を伝えた。知人はそれが無理な理由をあれこれ並べ立てた。ニーグリーは貸しをひとつずつ取り立てはじめた。知人はニーグリーにいくつも大きな恩がある。それは明らかだ。リーチャーは知人にいくらかの同情を覚えた。睾丸《こうがん》を万力で締められるのなら、レバーを握っているのはニーグリーでないほうがいい。十分も経たずに知人は屈服し、承諾した。その後は計画と実行に関する話し合いになった。ニーグリーはだれが、どのようにして任にあたり、何をもって確たる証拠とするか。

陸軍犯罪捜査司令部が抜き打ちで踏みこみ、帳簿と実際の在庫を照合するという案を出した。知人は同意し、一週間待つよう頼んだ。ニーグリーは四時間しか与えなかった。

リーチャーはその四時間を睡眠にあてた。計画が決まり、決定がくだされると、気がゆるんで目をあけていられなくなった。それで自分の部屋に戻り、ベッドに横たわった。一時間後にルームメイドがはいってきたが、追い払ってふたたび眠りに落ちた。つぎに気がつくと、ディクソンが部屋の入口にいた。知らせたいことがあって、ニーグリーがラウンジで待っているらしい。

ニーグリーが知らせたかったことは、よくも悪くもなかった。その中間だ。ニューエイジはコロラド州に実際の工場を持っていないらしい。オフィスしかない。電子装置以外のミサイルの製造はデンヴァーにある老舗の航空関連メーカーに外注している。そのメーカーはリトル・ウィングの製造ラインを何本も設けていて、それは査察ができた。陸軍犯罪捜査司令部の士官がそれをすべて見て、すべて数えたところ、総数は帳簿と一致した。すべて異常なしで数は合っていた。問題はなかった。ただし、離れたところにある安全な倉庫に、ちょうど六百五十基が梱包《こんぽう》されて保管中で、ネヴアダ州の施設に輸送されるのを待っていた。そこで解体、廃棄するために。

「なぜ？」オドンネルが訊いた。

「現在の製品はマーク2だからよ」ニーグリーは言った。「あまったマーク1は処分される」

「それがちょうど六百五十基あるということか」

「そのとおり」

「ちがいは？」

「マーク2は蛍光塗料で小さな矢が描かれている。暗くても装塡しやすいように」

「それだけ？」

「そのとおり」

「いんちきだな」

「もちろんいんちきよ。マフムードの仲間が工場からミサイルを運び出しても、書類上は合法であるように装うための」

リーチャーはうなずいた。無許可で武器を移そうとすれば、工場の守衛は死に物狂いで戦う。しかし、理由が記されている書類を見せられたら、笑顔で愛想よく手を振りながら積み荷を通すだろう。たとえその理由が、自分の年収より高価な品に小さな矢が描かれていないというものであっても。リーチャーはもっとくだらない理由でぺンタゴンが何かを廃棄するところだって見たことがある。

ニーグリーに尋ねた。「電子部品のパッケージをどうやって装着する？」

「内蔵するのよ」ニーグリーは言った。「装着するのではなくて。側面にそのための開口部がある。ネジをはずして、パッケージを差しこむ。それから検査と調整をおこなう」

「わたしでもできるか？」

「無理だと思う。訓練が必要だから。現場では、専門家の仕事になる」

「それなら、マフムードだってできないな。その仲間も」

「そういうことのできる人物を仲間に引きこんでいると想定しなければならないわね。組み立て方を自分の目で確かめずに、六千五百万ドルも払うはずがない」

「その輸送指示を取り消すことはできるか？」

「取り消したら警戒される。情報を提供するのと同じになってしまう」

「ペンタゴンの知人にまだ貸しは残っているか？」

「少しは」

「ミサイルの輸送がはじまったら、ただちに連絡を寄越すように言ってくれ」

「それまでは？」

「それまでは、マフムードはミサイルを入手していない。それまでは、われわれには完全な行動の自由がある」

59

その瞬間から時間との競争になった。コロラド州で倉庫の扉が開かれたとき、ロサンゼルスで別の種類の扉が閉ざされる。それなのに、準備しなければならないことはまだたくさんある。調べあげなければならないことも。場所も特定しなければならない。イースト・ロサンゼルスにあるニューエイジのミラーガラスのビルが、なんの中枢でもないのは明らかだ。たとえば、あそこにヘリコプターはなかった。

さらに、身元も特定しなければならない。だれが真相を知っていて、だれがヘリコプターに乗っていたかを探りあてる必要がある。

「ひとり残らず仕留めてやる」リーチャーは言った。

「あの女傑も？」ニーグリーが訊いた。

「手はじめにあの女傑だ。わたしに嘘をついたからな」

装備も、衣服も、通信手段も、別の車両も必要だ。

加えて訓練も、とニーグリーは思った。

「わたしたちは歳を食って、動きが鈍くなり、腕が錆《さ》びついている」と言う。「かつての自分たちには遠くおよばない」

「そう捨てたものじゃないさ」オドンネルが言った。

「昔ならあの襲撃者の目に二発撃ちこめた」ニーグリーは言った。「低くそれた弾が脚にまぐれ当たりするのではなくて」

四人はきょうの予定を相談する観光客のようにラウンジにすわっている。武器に関しては、ハードボーラーが二挺《ちょう》と、ラスヴェガスで奪ったデーウーＤＰ51が一挺ある。弾薬はハードボーラーに十三発、デーウーに十一発。とうてい充分とは言えない。オドンネルとディクソンとニーグリーは携帯電話を所持しているが、本名と実際の住所で契約してあり、リーチャーは何も所持していない。とうてい充分とは言えない。車はディクソンが本名で借りた〈ハーツ〉のフォード５００と、奪ったクライスラーがある。とうてい充分とは言えない。オドンネルは東海岸で仕立てた千ドルのスーツを着ていて、ニーグリーとディクソンはジーンズとジャケットとイブニングドレスを持っている。とうてい充分とは言えない。

金の心配は要らないとニーグリーは断言した。しかし、時間的要因はどうにもならない。足がつかないプリペイド携帯電話が四台、匿名性の高い車が四台、そして仕事着が必要だ。それだけで一日がかりの買い物になる。加えて、銃と弾薬も必要だ。欲を言えば、各自の好みの銃と、大量の予備の弾薬がほしい。最悪でも、あり合わせの拳銃をもう一挺と、大量の予備の弾薬がほしい。さらに一日がかりの買い物になる。大半の都市と同じく、ロサンゼルスでも足がつかない武器のブラックマーケットが繁盛しているが、潜入するには時間がかかる。

物資の準備だけで二日間。

偵察と調査のためにおそらく二日間。

「訓練している時間はない」リーチャーは言った。

アズハリ・マフムードにはゆっくりと料理を楽しむ時間があった。いま、ラグナ・ビーチの歩道のカフェで食事をしている。少し歩いたところにある借家のタウンハウスに滞在している。充分に安全だ。賃貸借契約は法にのっとっている。開発がおこなわれているおかげで、短期滞在者の人口は多い。〈U-ホール〉のトラックがひと晩中停まっていても珍しくない。マフムードのトラックは二本離れた通りの駐車場に停めて施錠してあり、荷は積んでいない。

荷はまもなく積まれる。

ニューエイジ内の取引相手は、リトル・ウィングをアメリカ国内ではけっして使わないよう要求した。マフムードはふたつ返事で承諾した。国境のカシミールでインド空軍に対して使うつもりだと伝えた。むろん、嘘だ。こちらをパキスタン人だと思いこんでいることに驚かされた。こちらの意図を気にしていることに驚かされた。愛国者なのかもしれない。あるいは、国内便によく乗る親類がいるのかもしれない。とはいえ、円満な関係のためには話を合わせるのが賢明だ。それで輸送コンテナに積んでドックに置くというひっときの不便を受け入れることになった。だが、これは簡単に解決できる。南カリフォルニアには日雇い労働者がおおぜいいる。〈U－ホール〉のトラックへの積みこみは三十分足らずで終わるだろう。

衣服と電話は簡単そうだ。どこのショッピングモールにも必要なものが置いてあるだろう。さすがに銃の入手は間に合うかどうかわからない。ディクソンはグロック19を望んだ。ニーグリーはディクソンより手が大きいので、グロック17を指定した。オドンネルはベレッタが好みだ。リーチャーはどうでもよかった。だれも撃つつもりはなかったからだ。素手でやるつもりだった。それでも、グロックでもシグでもベレッタでもH&Kでも、九ミリ・パラベラム弾を使用する銃ならなんでもいいと言った。こうすれば四人全員が同じ弾薬を使うことになる。効率がいい。

車はもっとむずかしい。真に匿名性の高い車はそうそうない。結局、ライスロケットが最適だろうとオドンネルが提案した。日本車の小型のセダンやクーペを、太くてうるさいマフラーや、低くしたサスペンションや、メッシュホイールや、青いヘッドライトで飾り立てた代物だ。あと、黒い窓で。三、四年落ちの展示車なら安いし、街の至るところを走っている。南カリフォルニアならほとんど目立たない。それに、心理的な偽装として非常に効果的だとオドンネルは言った。ラテン系のギャングが乗る車だと世間では見なされているので、黒くした窓ガラスの向こうに白人の元兵士が乗っているとはだれも思わないというわけだ。

銃よりも車と電話を優先することにした。そうすれば、少なくともふたりか三人は先行して偵察できる。それに、〈ラジオシャック〉に電話を買いにいくのなら、ついでに〈GAP〉やジーンズショップに寄って服を買えばいい。その後、通信手段を確立し、周囲に溶けこめる恰好をしたうえで、手分けして中古車販売店をあたり、目当ての車を探せばいい。

どの段階でも現金が要る。大金が。そのため、ニーグリーが銀行の窓口を訪れることになった。リーチャーは奪ったクライスラーでニーグリーを送り、ベヴァリーヒルズの銀行の前で待った。十五分後、サンドイッチ用の茶色い袋に五万ドルを入れたニーグリーが出てきた。九十分後、四人は服と電話を入手していた。電話は通話機能のみのプリペイド携帯電話で、カメラやゲームや電卓の機能はない。電話用の車載充電器とイヤホンも買った。服はサンタモニカ・ブールヴァードのノーブランド商品を扱っている店で、灰色の柔らかいデニムのシャツとズボンと黒いカンバス地のウィンドブレーカーを買い、オドンネルとディクソンとニーグリーはふた組ずつ、リーチャーはひと組だけ受けとった。さらに、メルローズ・アヴェニューのハイキング用品店で、手袋とニット帽とブーツを買った。

モーテルで着替え、ラウンジで十分を費やして、各自の番号を電話に登録し、電話会議のやり方を覚えた。それから北西のヴァンナイズ・ブールヴァードへ向かい、車を探した。どの街にも自動車ディーラーだらけの通りが一本ぐらいはあるものだが、ロサンゼルスでは一本どころではない。たくさんある。だが、ヴェントゥーラ・フリーウェイの北のヴァンナイズ・ブールヴァードがいちばんいいという情報をオドンネルが聞いていた。その情報は正しかった。車の宝庫だった。新車も中古車も、大衆車も高級車も、選択肢は無限にあり、答えにくい質問をされることもなかった。行ってから四時間後にはニーグリーが用意した車用の予算はほとんどなくなり、四人は中古のホンダ車四台の所有者になっていた。二台は乱暴に扱われてきたシビックで、二台は乱暴に扱われてきたプレリュードだ。二台はシルバーで、二台は白。四台ともおんぼろで、かなり使い古されている。それでも、エンジンはかかるし、ブレーキは利くし、ハンドルは切れるし、この車ならだれも見向きもしない。

奪ったクライスラーも含めると、サンセット・ブールヴァードに五台の車を運ばなければならなかったが、ドライバーは四人しかいなかったから、二往復することになった。その後、それぞれがホンダ車を一台ずつ運転し、ニューエイジのミラーガラスのビルを下見するためにイースト・ロサンゼルスに繰り出した。しかし、道が混んでいたので、着いたときには機を失っていた。ビルは戸締まりがされ、人けがない。見るべきものはなかった。

携帯電話を使った四者による電話会議で計画を立て、食事をするためにパサデナへ向かった。にぎやかな通りにハンバーガーショップを見つけ、四人掛けのテーブルにすわった。新しい灰色のデニム姿で肩を並べたふたりとふたりが向かい合って。一種の軍服だ。だれも認めなかったが、リーチャーは四人とも上機嫌であるのに気づいた。集中し、活力に満ち、行動に出て、一か八かの賭けに身を投じている。四人は昔話をした。向こう見ずな行為や、悪巧みや、不祥事や、激怒した事件の話を。年月の壁が消え、リーチャーの心の目には灰色が緑色に変わり、パサデナがハイデルベルクやマニラやソウルに変わった。

昔の部隊が復活した。

完全にではないが。

二時間後、サンセット・ブールヴァードに戻ると、ニューエイジでの最初の張りこみをオドンネルとニーグリーが買って出た。あすの朝五時までには現地に行くとのことだ。リーチャーとディクソンは銃を購入する仕事を任された。ベッドに行く前に、リーチャーは奪ったクライスラーから死んだ襲撃者の電話を取ってきて、ラスヴェガスで話した相手の番号にふたたびかけた。だれも出ない。ボイスメールに切り替わっただけだ。メッセージは残さなかった。

60

　リーチャーの経験から言って、種類を問わずに足のつかない銃を手に入れる最善の方法は、すでにそれを盗んでいた者から盗むことだ。あるいは、それを不法に所持している者から。そうすれば、おおっぴらには仕返ししようがない。蠟人形館《ろうにんぎょうかん》の裏にいた男たちのように、おおっぴらでなく仕返ししようとするやからもいるが、最小限の手間で対処できる。

　とはいえ、特定の武器を四つも手に入れるのはむずかしい注文だ。集団はいつだって個人よりも物資を供給するのがむずかしい。弾薬の種類に制限があるから、なおさらむずかしい。状態や整備の不安もあるから、さらに輪をかけてむずかしい。リーチャーはその日一杯目のコーヒーを飲みながら、無意味な計算をした。九ミリ・パラベラム弾が広く使われている弾薬であるのは確かだが、三八〇口径や四五口径や二二口径や三五七口径や四〇口径の弾薬もたくさん出まわっていて、しかもそれぞれに細かいちがいがある。だから、たとえば一回の盗みで九ミリ・パラベラム弾を使用する拳銃が奪える確率が四分の一で、戦利品が救いようがないほどのがらくたでない確率が三分の一だとすると、望みのものを確実に入手するには四十八回も盗みを繰り返さなければならない。一日中かかりきりになるだろう。それだけで犯罪の急増を招いてしまう。
　そこで賄賂が利く陸軍武器科の人間を捜すことを考えた。フォート・アーウィンは遠くない。もっと都合がいいのは、賄賂が利く海兵隊武器科の人間だ。キャンプ・ペンドルトンはフォート・アーウィンより遠いが、道がましなので、近いとも言える。しかも海兵隊には、ベレッタM9は信頼できない武器だという組織ぐるみの信念がある。整備係は待ってましたとばかりにそれを欠陥品だと非難する。欠陥品もあれば、欠陥品でないものもある。欠陥品でないものは一挺百ドルで横流しされる。ニューエイジのいんちきと同じ仕組みだ。しかし、買う手はずを整えるまでに何日もかかりかねない。事によると、何週間も。信頼関係を築かなければならないからだ。それはたやすくない。昔、潜入捜査で何度かやったことがある。苦労は多かったのに、目に見える成果は乏しかった。

　カーラ・ディクソンはもっといい案があると考えた。朝食の際にそのあらましを話した。もちろん、店で合法的に銃を購入するという案は捨てていた。ディクソンもリーチャーもカリフォルニア州の法律の詳細は知らなかったが、身分証が必要な登録制で、待機期間のようなものがあるのは予想できた。それでディクソンは、ロサンゼルス郡からもっと共和党の支持者が多い隣の郡への買い出しを提案した。実際には、南のオレンジ郡への買い出しを。そこで質屋を見つけ、ニーグリーに渡された現金を気前よく使って、ゆるく適用されている規制の抜け道を見つければいい。憲法修正第二条を尊重する気風が強く、加えて利ざやも大きいわけだから、きっとうまくいく。品ぞろえも豊富なはずだ。ほしいものを選べる。

　リーチャーはそこまで楽観していなかったが、一応は同意した。そのうえで、デニムから黒いスーツに着替えることをディクソンに提案した。へこみだらけのホンダ車ではなく、紺のクライスラーで行くことも。こうすれば、不安に駆られている中流階級の市民のように見える。警戒されにくい。ディクソンは一度に一《い》挺ずつ購入する。リーチャーは助言役を装う。過去に適切な武器を購入した経験を活かす隣人といったところか。

「フランツたちもここまではたどり着いていたわよね？」ディクソンは訊いた。

「もっと先までたどり着いていた」リーチャーは言った。

　ディクソンはうなずいた。「フランツたちはすべてを知っていた。だれが、何を、どこで、なぜ、どうやったかまで。でも、何かのせいでしくじった。なんのせいだったの？」

「わからない」リーチャーは言った。何日も前から同じことを自問していた。

ふたりは朝食を済ませると、すぐにオレンジ郡へ向かった。質屋の営業時間が何時からかはわからないが、遅い時間からではなく、静かな早い時間からだろう。リーチャーが運転し、オドンネルのレンタカーでスワンの家に行くときにカーナビが案内したのと同じルートで、一〇一号線から五号線に進んだ。ただし、今回はフリーウェイにもう少し長くとどまり、前回とは反対の東側の出口からおりた。ディクソンはまずタスティンに行こうと提案した。よくない噂《うわさ》を聞いていたからだ。あるいは、見方によってはよい噂を。

ディクソンは訊いた。「この件が片づいたら、どうするつもり？」

「生き残っているかどうかしだいだな」

「生き残れないと思うの？」

「ニーグリーが言ったとおり、われわれはかつての自分たちには遠くおよばない。フランツたちがそうだったのは確かだ」

「わたしたちは大丈夫だと思うけど」

「そう願いたいところだ」

「事が済んだら、ニューヨークに来ない？」

「行きたいな」

「しかし？」

「わたしは予定を立てないんだよ、カーラ」

「どうして？」

「デイヴともこんなやりとりをしたな」

「だれだって予定ぐらい立てるのに」

「わかっている。カルヴィン・フランツのような人は予定を立てる。ジョージ・サンチェスやマニュエル・オロスコのような人も。トニー・スワンのような人も。スワンはこの先五十四週間半にわたって、飼い犬にアスピリンを毎日与える予定だった」

フリーウェイと平行に走っている一般道路をゆっくりと進んだ。ショッピングモールやガソリンスタンドやドライブスルーの銀行が、朝日のもとで眠たげにうずくまっている。マットレスの販売店や日焼けサロンや家具のアウトレットショップはまだ営業していない。

ディクソンは訊いた。「南カリフォルニアで日焼けサロンの需要があるの？」

高級ショッピングモール内の書店の隣に一軒目の質屋を見つけた。だが、まったく目的に合わない。第一に、営業していない。金属製の格子状のシャッターがショーウインドウを覆っている。第二に、扱っている品があつらえ向きではない。展示品は銀や宝石があしらわれた骨董品《こっとうひん》ばかりだ。食器、フルーツボウル、ナプキンリング、ピン、細い鎖が付いたペンダント、凝った装飾の額縁。グロックは一挺も見当たらない。シグ・ザウエルも、ベレッタも、H&Kも。

つぎの店に行った。

フリーウェイから東へ広いブロックをふたつ行ったところで、あつらえ向きの店を見つけた。営業している。ショーウィンドウにはエレキギターや、九カラットの金に小さなダイヤモンドをはめこんだ男性用の太い指輪や、安物の腕時計が並んでいる。銃もある。

ショーウィンドウそのものの中にはないが、カウンター代わりのガラス張りの長い展示ケースの中にはっきり見える。拳銃が五十挺はありそうだ。リボルバーもオートマチックも、黒いものもニッケルめっきされたものも、ゴム製のグリップも木製のグリップもあり、きれいに一列に並んでいる。あつらえ向きの店だ。

しかし、店主はあつらえ向きではなかった。

法律を遵守する真正直な男だったからだ。三十代の太り気味の白人で、食べすぎのせいで優秀な遺伝子が損なわれている。頭の後ろの壁に銃の販売許可証が掛けられている。店主は祈禱《きとう》を朗唱する司祭のように、みずからに課された義務を説明した。まず、購入者は拳銃安全取扱証を取得しなければならない。これは金で買える許可証と言っていい。それから、三種類の経歴調査を受けなければならない。ひとつ目は、三十日以内に二挺以上の銃を買おうとしていないことの確認。ふたつ目は、カリフォルニア州における犯罪歴の綿密な調査。三つ目は、全米犯罪情報センターを通しての、連邦レベルでの同様の調査となる。

さらに、いっときの激情に駆られて犯罪をもくろんでいるかもしれないから、購入品を受けとるまでに十日間の待機期間がある。

ディクソンはハンドバッグをあけ、中の札束を店主に見せつけた。だが、店主は心を動かされなかった。札束を一瞥して、目をそらしただけだ。

つぎの店に行った。

五十キロ北西では、アズハリ・マフムードが日向に立って汗ばみながら、輸送コンテナが空にされてトラックに荷物が満載されるのを眺めていた。箱は想像していたよりも小さい。それも当然だろう、と思った。箱にはいっている部品は煙草の箱ほどの大きさしかないのだから。これをホームシアター用の機器と書類に記載するのは間が抜けている。小型ＤＶＤプレイヤーを装えたからよかったが。飛行機に乗客が持ちこむたぐいの品だ。それか、白いコードと小さなイヤホンを備えたＭＰ３プレイヤーを装ってもよかったかもしれない。そちらのほうがもっともらしい。

そこでひとり笑みを浮かべた。飛行機。


リーチャーは東へ車を走らせ、ノーブランド商品の看板から看板へと行き当たりばったりにジグザグに進み、街の最も安っぽい地区を探した。ベヴァリーヒルズもマリブも不景気なところは多いはずだが、あのあたりではそれが隠されていて目につかない。タスティンの一部では、それがおおっぴらに示されている。タイヤのフランチャイズ店がラジアルタイヤ四本を百ドル足らずで売りはじめたので、リーチャーも入念に通りに並ぶ店を観察しはじめた。そしてそれは間を置かずに報いられた。リーチャーは右に、ディクソンは左に、同時に店を見つけた。ディクソンが見つけた店のほうが大きかったので、Uターンするためにつぎの信号へ向かったが、その途中でさらに三軒見つけた。

「選択肢がたくさんある」リーチャーは言った。「試してみる余裕があるな」

「何を試すの？」ディクソンは訊いた。

「単刀直入なアプローチだ。ただし、きみは車に残れ。その恰好だとまるで刑事だ」

「あなたがこの恰好にしろと言ったのに」

「計画変更だ」

リーチャーは店内から見通せない位置にクライスラーを停めた。ディクソンのバッグからニーグリーの金を取ってポケットに突っこむ。それから店に近づいて観察した。質屋にしては大きい。間口が狭くて埃っぽい都会らしい店のほうがなじみがあるが、この店は入口の両側にショーウィンドウを設けた大型店で、カーペット店並みの広さがある。ショーウィンドウには電子機器やカメラや楽器やアクセサリーが並んでいる。ライフルも。垂直に並んだギターネックの森の向こうに、十挺以上のスポーツガンが水平に掛けられている。悪くない武器だが、スポーツということばが似合う正々堂々としたところはない。高速で撃ち出される弾薬の箱を持参し、百メートルの距離から木陰に隠れて鹿を狩るのは、とても公正とは言えない。鹿の枝角につかみかかり、面と向かって攻撃するほうがよほど正々堂々としているだろう。それなら、哀れで愚かな獣にも五分五分で勝ち目がある。あるいは、五分五分よりも勝ち目はあるかもしれない。だからハンターは怖じ気《おけ》づいて挑まないのだろう。

質屋のドアに歩み寄り、店内を一瞥した。そして即座にあきらめた。この店は大きすぎる。店員が多すぎる。単刀直入なアプローチは、一対一でささやかな秘密を保てる状況でしか通用しない。車に戻って言った。「読みちがえた。もっと小さな店でないとだめだ」

「道の反対側にあったわね」ディクソンは言った。

駐車場から車を出し、百メートル西の信号でUターンした。引き返し、縁石を乗り越えて、ビール専門店の前のコンクリートがひび割れた駐車場に車を入れた。隣に目立たないビタミンショップがあり、その隣に別の質屋がある。都会らしくはないが、間口が狭くて埃っぽいのは確かだ。ショーウィンドウにはありがちながらくたが詰めこまれている。腕時計、ドラムセット、シンバル、ギター。薄暗い店内の、奥の壁の端から端までを占める網入りガラスのケースが見える。中は拳銃だらけだ。三百挺はあるだろう。どれも用心金を釘《くぎ》に掛けて上下逆に吊《つる》してある。カウンターの向こうに男がひとりだけいる。

「わたし好みのところだ」リーチャーは言った。

ひとりで入店した。一見すると、最初に話した店主とこちらの店主はよく似ている。白人、三十代、固太り。兄弟かもしれない。しかし、もしそうだとしたら、こちらの男は一家の厄介者だろう。最初の店主は肌が赤らんでいたが、こちらの店主は不摂生と少年院か刑務所で入れた青と紫のぼやけたタトゥーのせいで肌が土気色をしている。あるいは、海軍で入れたのかもしれない。目は赤く、電気でも流されているかのようにせわしなく動いている。

これなら与《くみ》しやすい。

ニーグリーの金の大半をポケットから出し、紙幣を広げてからまた重ね、かなり大きな音がするほどの高さからカウンターに落とした。それなりの数の新券でない紙幣は、たいていの人が考えるより重い。紙、インク、汚れ、皮脂などで。店主はそれに視線を吸い寄せられ、長々と凝視してから言った。「何かお役に立てることはあるかい」

「あるとも」リーチャーは言った。「この通りの先で市民向けの講習を受けたんだ。拳銃を四挺も買おうと思ったら、いろいろと審査を受けなければならないらしいな」

「そのとおりさ」店主は言い、親指で背後を示した。最初の店主のところとまったく同じように、額入りの銃の販売許可証が壁に掛けられている。

「審査を免れる方法はないかな」リーチャーは尋ねた。「すり抜けるのでも、掻いくぐるのでもいいんだが」

「ないね」店主は言った。「審査は審査だ」何か格別に深遠なことを言ったかのように、笑みを浮かべる。リーチャーは一瞬、この男の首をつかんで頭をケースに叩きつけ、ガラスを割ってやろうかと思った。が、店主はふたたび金に視線を落として言った。「カリフォルニア州の法律には従わなきゃならない」しかし、その口調には含みがあり、目の焦点も合っているので、リーチャーはうまくいきそうだと察した。

「あんたは弁護士かい」店主は訊いた。

「弁護士に見えるか？」リーチャーは訊き返した。

「弁護士とは一度話したことがある」店主は言った。

一度どころではないだろうよ、とリーチャーは思った。その大半は、テーブルと椅子が床にボルト留めされている施錠された部屋での出来事だったはずだ。

「但し書きがあるんだよ」店主は言った。「あの法律には」

「そうなのか？」リーチャーは訊いた。

「細則《テクニカリティ》がある」店主は言った。言いきる前に二、三度つかえている。破裂音の子音がうまく発音できないらしい。「おれだろうと、あんただろうと、だれだろうと、手続きをすべてこなさないで他人に銃を売ったり譲ったりすることはできない」

「ただし？」

「おれだろうと、あんただろうと、だれだろうと、銃を貸すことはできる。たまにちょっとのあいだだけ貸すのなら問題ない。三十日以内なら」

「ほんとうか？」リーチャーは言った。

「法律に書いてある」

「興味深い」

「たとえば、家族のあいだでの貸し借りだな」店主は言った。「夫が妻に貸すとか、父親が娘に貸すとか」

「なるほど」

「あとは、友達のあいだでの貸し借りだな」店主は言った。「友達は友達に銃を貸すことができる。三十日だけなら。ちょっとのあいだなら」

「われわれは友達かな？」リーチャーは尋ねた。

「そうかもな」店主は言った。

リーチャーは尋ねた。「友達は友達にどういうことをする？」

店主は言った。「貸し合ったりするんじゃないか。ひとりは銃を貸して、もうひとりは金を貸すとか」

「だが、ちょっとのあいだだけだ」リーチャーは言った。「三十日だけ」

「貸し倒れになる場合もある。取り返すのはあきらめるしかないときだってある。そういうリスクは付きまとう。だれだって引っ越したり、仲が悪くなったりするからな。友達がどうなるかなんてわからないさ」

リーチャーは金をそこに置いたまま、網入りガラスのケースに歩み寄った。がらくたもあるが、上等なものもある。リボルバーとオートマチックの割合は半々ぐらい。オートマチックの三分の二は安物で、三分の一は高級ブランド品だ。高級ブランド品のうち、九ミリ弾を使用するのは、四挺に一挺ほどだろう。

全体では、条件に合う拳銃は十三挺。およそ三百挺の在庫のうちの。四・三三パーセント。朝食のときに計算した確率の半分に近い。

条件に合う拳銃の七挺はグロックだ。かつては流行の最先端を行っていたが、もうそうではないのはまちがいない。一挺はグロック19。残りの六挺はグロック17。見たかぎりでは状態はよく、新品同様のものまである。

「あんたがグロックを四挺貸してくれるというのはどうかな」リーチャーは言った。

「貸さないというのはどうかな」店主は言った。

リーチャーは振り返った。カウンターの金が消えている。それは予想していた。店主の手には銃が握られている。それは予想していなかった。

〝わたしたちは歳を食って、動きが鈍くなり、腕が錆びついている〟とニーグリーは言っていた。〝かつての自分たちには遠くおよばない〟。

まったくだ、と思った。

銃はコルト・パイソンだ。青みがかった炭素鋼、クルミ材のグリップ、三五七口径マグナム弾、銃身長八インチ。世界最大のリボルバーではないが、それからそう遠くはない。世界最小のリボルバーでないのは確かだ。そして世界で最も正確な射撃のできる銃のひとつでもある。

「それはあまり友達らしくないな」リーチャーは言った。

「おれたちは友達じゃない」店主は言った。

「愚かな行為でもある」リーチャーは言った。「わたしはいまとても機嫌が悪い」

「ぐちゃぐちゃ言うな。両手を見えるところに出しておけ」

リーチャーは間をとってから、両手を途中まであげ、手のひらを前に向けて指を伸ばし、敵意を感じさせないようにした。店主は言った。「出るときに尻をドアにぶつけるなよ」

店は細長い。リーチャーはそのいちばん奥にいる。そこからドアまで三分の一ほど行ったところにカウンターがあり、店主はその後ろにいる。通路は狭苦しい。ショーウィンドウには明るい日差しが差しこんでいる。

店主は言った。「さっさと出ていきな、エルヴィス」

リーチャーは少しのあいだ、静かに立っていた。耳を澄ます。左右に目をやり、背後を確かめる。奥の左隅に別のドアがある。おそらくただのトイレだろう。事務室ではない。カウンターの後ろに書類が積みあげられている。別の部屋を使えるのに、カウンターの後ろに書類を積みあげておくわけがない。したがって、店主はひとりきりだ。パートナーも、応援もいない。

さらなる奇襲はない。

ラスヴェガスで目にした表情を顔に浮かべた。哀れな敗者。〝試してみる価値はある。勝ちたければやってみないと〟というギャンブルの常套句《じょうとうく》に引きずられた人たち。それから肩の高さまで両手をあげたまま、足を踏み出した。一歩。二歩。三歩。

四歩目で店主の真横に来た。両者の距離はカウンターの奥行きのみ。リーチャーはドアに体を向けている。店主は左九十度の位置にいる。カウンターの奥行きは七十五センチほどだろう。

リーチャーの左腕が動き、肩から横に繰り出された。

ボクサーのモハメド・アリのリーチは二百センチもあり、かつて計測されたパンチの速度は平均して時速五十キロに達したという。リーチャーはアリではない。遠くおよばない。利き腕でないからなおさらだ。左手のパンチの速度はせいぜい時速三十キロ。それが限界だ。しかし、時速三十キロは分速〇・五キロと同じであり、秒速八メートルとほぼ同じである。つまり、リーチャーの左手はカウンターの上を突っ切るのに十分の一秒もかからなかった。その途中で手がこぶしを作っている。

そして十分の一秒は店主がパイソンの引き金を引くにはあまりにも短すぎた。リボルバーはどれも機構が複雑で、パイソンのような大きい銃は大半の銃より引き金が重い。だから誤って発砲しにくい。店主は指に力を入れる暇もなかった。リーチャーのこぶしが動いたことを脳が認識する前に、顔面を強打されていた。リーチャーはモハメド・アリよりずっとパンチの速度は遅いが、腕はずっと長い。そのため、リーチャーの腕が伸びきるまでに、店主の頭部は加速しながらさらに四十五センチも飛ばされた。その後も加速しつづけた。カウンターの後ろの壁に激突し、銃の販売許可証を収めていたガラスを砕くまで。

そこでようやく頭部の加速は止まり、床へゆっくりと滑り落ちはじめた。店主がくずおれる前に、リーチャーはカウンターを跳び越えていた。パイソンを蹴り飛ばし、店主の指をかかとで踏んで折った。両手とも。武器がふんだんにある環境では必要なことだし、手首を縛るより早い。そのうえで、店主のポケットからニーリーの金を取り返し、鍵を見つけた。ふたたびカウンターを跳び越え、店の奥に行って、網入りガラスのケースをあけた。グロックを七挺とも奪い、陳列されていた中古のバッグ類からスーツケースを引っ張り出して、中に銃を詰めこんだ。それから鍵に付いた指紋とカウンターに付いた掌紋を拭きとって、外の陽光のもとに出た。

タスティンのまっとうな銃砲店に寄り、弾薬を買った。大量に。そういうものの購入にはなんの制限もないらしい。それから北へ戻った。道は混んでいる。アナハイムを過ぎるあたりで、イースト・ロサンゼルスにいるオドンネルから電話があった。

「こちらでは何も起こっていない」オドンネルは言った。

「何も？」

「動きはまったくない。ラスヴェガスからあんな電話をかけたのはまずかったな。失策だ。あんたのせいで連中はパニックに陥った。息を潜めて閉じこもっているようだ」

61

リーチャーとディクソンは一〇一号線でハリウッドまで戻り、モーテルの駐車場にクライスラーを停めると、ホンダ車を一台ずつ出し、イースト・ロサンゼルスへ向かった。リーチャーが乗ったのはシルバーのプレリュードのクーペで、改造された四気筒のエンジンはレスポンスが過敏だ。太いタイヤは傷んだアスファルトの上でも走りやすく、マフラーの重低音は最初の三ブロックほどは楽しめたが、その後はうるさく感じはじめた。内装は布製品用洗剤のにおいが染みつき、フロントガラスにはいったひびはスピードバンプに乗りあげるたびに目に見えて長くなっている。ただし、座席はリーチャーでも楽な姿勢をとれるくらい後ろにずらせたし、エアコンも動く。全体的には、偵察車両としては悪くない。はるかにひどい車を運転したことは何度もある。

携帯電話で四者による電話会議をしながら、互いの距離をとって車を停めた。リーチャーはニューエイジのビルから二ブロック離れたところに駐車した。文書保管施設と地味な灰色の倉庫のあいだを六十メートルほど斜めに行ったところに、正面のエントランスの一部が見える。門は閉ざされ、駐車場はほぼ空のように見える。ロビーに通じるドアも閉まっている。全体が静まり返っている様子だ。

「ビルの中にはだれがいる？」リーチャーは尋ねた。

「だれもいなそうだ」オドンネルが言った。「五時からここにいるが、だれもはいっていない」

「あの女傑も？」

「ネガティブ」

「受付係も？」

「ネガティブ」

「電話番号はわかったか？」

ニーグリーが「代表番号はわかった」と言い、読みあげた。リーチャーはいったん通話を切って、電話に番号を打ちこみ、緑色のボタンを押した。

　呼び出し音が鳴る。

　だが、だれも出ない。

　ふたたび電話会議に接続した。

「だれかを尾行して製造工場の場所を突き止めたかったんだが」

「無理だな」オドンネルが言った。

電話が沈黙する。ミラーガラスのビルに動きはない。

五分。十分。二十分。

「もういい」リーチャーは言った。「拠点に戻ろう。昼食はいちばん遅かった者のおごりだ」


リーチャーがいちばん遅かった。車の運転は速いほうではない。モーテルに着いたとき、ほかの三台のホンダ車はすでに駐車場にあった。目立たない一角にプレリュードを停めると、奪った銃を入れたスーツケースをクライスラーのトランクから出し、部屋に運んで施錠した。それから歩いて〈デニーズ〉へ向かった。そこでまず目にしたのは、駐車場に停められたカーティス・モーニーの覆面パトロールカーだ。クラウンヴィクトリア。ロサンゼルス郡保安官。つぎに目にしたのは、モーニー本人の姿だ。窓の向こうの店内で、丸テーブルにニーグリー、オドンネル、ディクソンと同席している。ダイアナ・ボンドを呼び出したときと同じテーブルを使っている。五脚の椅子、うち一脚は空いていてだれかがすわるのを待っている。テーブルの上には何もない。冷水も、ナプキンも、カトラリーもない。まだ注文していないようだ。入店して間もないのだろう。リーチャーが中にはいって腰をおろすと、緊張感のある沈黙がしばし流れたのち、モーニーが言った。「また会ったな」

穏やかな口調で。

静かに。

同情をこめて。

リーチャーは尋ねた。「サンチェスとスワンのどちらだ」

モーニーは答えない。

リーチャーは言った。「まさか、ふたりともか？」

「その話はあとにしよう。先にきみたちが身を隠している理由を聞かせてくれ」

「われわれが身を隠しているとなぜ決めつける？」

「きみたちはラスヴェガスを離れた。それなのに、ロサンゼルスのどのホテルの宿泊客名簿にも名前がない」

「だからといって身を隠しているとはかぎらない」

「きみたちはウェスト・ハリウッドの安宿に偽名で泊まっている。フロント係が白状したよ。きみたちの一団は外見がかなり目立つからな。捜し出すのはむずかしくなかった。となれば、ここに昼食を食べにくるはずだと推測するのもたやすい。もし来なくても、夕食どきにまた訪れるつもりだった。それか、あしたの朝食どきに」

リーチャーは言った。「ジョージ・サンチェスとトニー・スワンのどちらだ」

モーニーは言った。「トニー・スワンだ」

62

モーニーは言った。「この二、三週間で学んだことがひとつふたつある。いままではコンドルに仕事を任せているんだよ。われわれは三十分でも空き時間ができると、鳥類学者のようにあのあたりに出向いている。双眼鏡を持って車のルーフにのぼれば、たいていは目当てのものが見つかる。旋回しているのが二羽《わ》なら、毒蛇に嚙《か》まれたコヨーテだろう。それより多いのなら、もっと大きな獲物だ」

リーチャーは訊いた。「場所は？」

「同じ地区だ」

「いつ？」

「しばらく前だ」

「ヘリコプターか？」

「ほかに考えられない」

「本人にまちがいないのか？」

「仰向けに倒れていた。後ろ手に縛られて。指紋がだめになっていなかった。ポケットには財布がはいっていた。心からお悔やみを申しあげる」

ウェイトレスが来た。見覚えのある女だ。テーブルの近くで足を止め、雰囲気を察したらしく、また離れていった。

モーニーは尋ねた。「なぜ身を隠している？」

「身を隠してなどいない」リーチャーは言った。「葬式を待っているだけだ」

「それなら、なぜ偽名を使った？」

「あんたがわれわれをここに招いたのは、囮にするためだ。犯人がだれであれ、手間を省いてやるつもりはない」

「犯人の正体はまだわかっていないのか？」

「あんたはわかったのか？」

「勝手な行動は控えろ。いいな？」

「ここはサンセット・ブールヴァードだ」リーチャーは言った。「つまりロサンゼルス市警の縄張りになる。あんたは市警の代理でもしているのか？」

「親切心からの忠告だ」モーニーは言った。

「心に留めておこう」

「アンドリュー・マクブライドはラスヴェガスで行方をくらました。ラスヴェガスに来たのは確かだが、どこにもチェックインしていないし、レンタカーも借りていないし、飛行機に乗ってもいない。足どりがつかめない」

リーチャーはうなずいた。「さぞかし気に食わないだろうな」

「しかし、アンソニー・マシューズという男が〈U‐ホール〉でトラックを借りている」

「オロスコのリストの最後に載っていた人物か」

モーニーはうなずいた。「大詰めを迎えたということだ」

「トラックでどこへ行った？」

「わからない」モーニーは上着のポケットから名刺を四枚出した。広げてテーブルの上にていねいに置く。当人の名前と電話番号がふたつ印刷されている。「連絡しろ。本気で言っている。きみたちは助けが必要になるかもしれない。きみたちの敵は素人ではない。トニー・スワンは本物のタフガイのように見えた。遺体になっても」

モーニーは仕事に戻った。五分もするとウェイトレスがまた来て、うろつきはじめた。だれも食欲はあまりなさそうだったが、それでも四人とも注文した。昔からの癖だ。食べられるときに食べろ、あとでエネルギー切れになる危険を冒すな。スワンも賛成しただろう。スワンはどこでも、いつでも、ひっきりなしに食べていた。検死中も、死体の発掘中も、犯行現場でも。実際、ダグこと頭部にシャベルが突き刺さった腐乱死体を発見したときも、スワンはローストビーフのサンドイッチを食べていたはずだ。

だれもその死の真偽を確かめない。

だれもひと言も口を利かない。窓の外では陽光が燦々《さんさん》と降り注いでいる。いい天気だ。青い空、小さな白い雲。サンセット・ブールヴァードを車が行き交い、客が出入りしている。キッチンの固定電話が鳴り、ほかの人たちのポケットで携帯電話が鳴っている。リーチャーは皿に何が載っているかはまったく考えずに、ひとつひとつ機械的に食べていった。

「どこかに移る?」ディクソンが訊いた。「モーニーに居所を知られたから」

「フロント係が白状したのは気に入らないな」オドンネルが言った。「テレビのリモコンを盗んでやるべきだ」

「どこかに移る必要はない」リーチャーは言った。「モーニーはわれわれにとって危険な存在ではない。それに、サンチェスが発見されたら、話を聞きたい」

「それなら、どうする?」ディクソンが訊いた。

「休息する」リーチャーは言った。「暗くなったら改めて出かける。ニューエイジを訪問しよう。偵察しても成果は望めそうにないから、そろそろ行動を起こすべきだ」

ウェイトレスへのチップとしてテーブルの上に十ドル置き、レジで勘定を払った。それから四人で陽光のもとに出て、駐車場で少し目をしばたたいてから、〈デューンズ〉へ戻った。

リーチャーがスーツケースを取ってきて、オドンネルの部屋に四人で集まり、奪ったグロックを調べた。ディクソンはグロック19を選び、これでいいと言った。オドンネルは残った六挺のグロック17をより分け、状態がよい順に三挺を選び出した。そして選ばなかった三挺の弾倉を抜いて選んだ三挺と組み合わせ、自分とニーグリーとリーチャーが最初の再装塡をすみやかにおこなえるようにした。ディクソンは弾倉の十七発を撃ちきったら一発ずつ再装塡しなければならない。だが、たいした問題ではない。拳銃での交戦が十七発以内に勝負がつかなかったら、撃った者は集中力に欠けているということになるが、ディクソンの集中力は信頼できる。かつてはいつだってそうだった。

リーチャーは尋ねた。「ビルの警備状況はどうなっていると思う？」

「最先端の錠」ニーグリーが言った。「門には侵入警報装置。エントランスのドアの開閉装置は夜間は接近感知器になっていると思う。加えて、たぶんここにも侵入警報装置がある。加えて、ビル内の至るところに動体センサーがある。加えて、個人用のオフィスのドアの一部にも侵入警報装置があるかもしれない。どれも電話回線を通じて外部に接続されている。予備の無線回線もあるかもしれない。人工衛星を経由する回線まであるかもしれない」

「だれが警報に対応する？」

「とても鋭い質問ね。警察じゃないと思う。頼りないから。たぶん、おかかえの警備員に直通になっている」

「政府ではなく？」

「確かにそのほうが理にかなっているわよね。ペンタゴンはあの会社に莫大な金をつぎこんでいるから、政府が関与したがるはずだと思いたくなる。でも、関与していないと思う。最近では何もかもが理にかなっているわけじゃない。空港の警備も民間に委託しているくらいだし。それに、最寄りの国防情報局のオフィスでもはるかかなたにある。だから、リトル・ウィングがどれほどすごい兵器だろうと、ニューエイジの警備は社内で担当していると思う」

「門を突破したあと、われわれが動ける時間はどれくらいある？」

「突破できるなんてだれが言ったの？　鍵を持っていないし、ああいう錠は錆びた釘でピッキングできる代物じゃない。どの錠も解錠できるとは思えない」

「錠の心配はあとでいい。侵入したあと、われわれが動ける時間はどれくらいある？」

「二分」ニーグリーは言った。「こういう状況だと、二分間のルールぐらいしかあてにならない」

「わかった」リーチャーは言った。「午前一時に出よう。六時に夕食だ。少し休息しろ」

ほかの三人はドアへ向かった。リーチャーも奪ったクライスラーの鍵を持って部屋から出た。ニーグリーがいぶかしげにそれを見る。

「あの車はもう必要ない」リーチャーはニーグリーに言った。「だから返してやるつもりだ。だが、その前に洗車する。礼儀は守らないとな」


クライスラーを運転してふたたびヴェントゥーラ・フリーウェイの北のヴァンナイズ・ブールヴァードに行った。まさに自動車の通りで、あらゆる種類の自動車関連企業が軒を連ねている。ディーラーがあるのは言うまでもなく、新車も中古車も、大衆車も高級車も、派手な車も地味な車も販売されているが、さらにタイヤの店、ホイールの店、板金塗装をせずに裏から押して車体のへこみを直す店、潤滑油のフランチャイズ店、マフラーとダンパーの店、カーアクセサリーの店もある。洗車場も。

選択肢は山ほどある。機械洗車、ブラシを使わない手洗い洗車、スチームを使った下まわり洗浄、ワックスの三度がけ、フルサービス洗車。一キロ半ほど行ってから戻り、すべてを提供している店を四軒見つけた。その一軒目に寄り、フルサービス洗車を頼んだ。つなぎの作業服を着た男たちが仕事を引き受け、リーチャーは日向に立って作業を見守った。まず、車内に掃除機をかけてから、車を動く鎖に載せてガラスのトンネルに入れ、ノズルから水やいろいろな泡や液体を順々に吹きつける。スポンジを手にした男たちが車体を洗い、プラスチック製の踏み段に乗った男たちがルーフを拭く。それから轟音《ごうおん》をあげる乾燥機の下に車をくぐらせ、スプレーと布切れを持った男たちが車内に突撃すべく待ち構えている一角に運ぶ。隅から隅まできれいにされた車は、汚れひとつなく磨きあげられ、残った油分でつややかに光っていた。リーチャーは料金を払ってチップを渡し、ポケットから手袋を出してはめ、車を出した。

目をつけておいた百メートル先の二軒目に寄り、同じ作業をもう一度すべてやるよう頼んだ。受付係は一瞬だけ困惑顔になったが、肩をすくめて作業員に手を振った。リーチャーはふたたび日向に立って作業を見守った。掃除機、カーシャンプー、車内、スプレー、タオル。料金を払ってチップを渡し、また手袋をはめ、モーテルに戻った。

車を乾かすために駐車場の隅の日向に停めた。それから南へ長い一ブロックを歩いて、ファウンテン・アヴェニューに行った。もともとは薬局だったが、やがてあらゆるこまごまとした家庭用品を売るドラッグストアになった店を見つけた。中にはいり、懐中電灯を四本買う。電池を三つ使うマグライトで、黒く、実用に足るほどに光量があり、持ち運べるほどに小さく、棍棒《こんぼう》代わりに使えるほどに大きい。レジ係の女はそれを大文字三つと赤いハートをあしらった〝I love LA〟の白い袋に入れてくれた。リーチャーは袋を軽く振り、プラスチックがこすれ合うかすかな音に耳を傾けながら、モーテルに戻った。

四人はまた〈デニーズ〉で夕食をとる気にはなれなかった。代わりに〈ドミノ・ピザ〉のデリバリーを頼み、洗濯室の隣の古びたラウンジでピザを食べた。ドアの外にあったうるさい赤い自動販売機で買ったソーダも飲んだ。これからやることを考えれば、申しぶんのない食事だ。脂質と複合炭水化物ばかりのエンプティカロリー。徐々にエネルギーに変わり、十二時間はもつ。何年も前に軍医がそう詳しく説明してくれた。

「今夜の目的は？」オドンネルが訊いた。

「三つある」リーチャーは言った。「第一に、ディクソンは受付カウンターを調べ、有益なものがないか探す。第二に、ニーグリーはあの女傑のオフィスを見つけ、調べる。おまえとわたしはほかのオフィスを調べ、手がかりを探す。侵入してから脱出するまで百二十秒だ。そして第三に、保安部の連中が現れたら正体を突き止める」

「脱出してから、四人で近くに残って待つのか？」

「わたしが残る」リーチャーは言った。「三人は戻れ」

リーチャーは自分の部屋に行き、歯を磨いて熱いシャワーを長々と浴びた。それから手足をいっぱいに伸ばしてベッドに横たわり、仮眠をとった。夜の十二時半に頭の中の時計に起こされた。伸びをして、もう一度歯を磨き、服を着た。灰色のデニムのズボン、灰色のシャツ、上までファスナーを閉めた黒いウィンドブレーカー。紐《ひも》を固く結んだブーツ。手袋。ズボンのポケットの一方にクライスラーの鍵、もう一方にグロックの予備の弾倉。シャツの一方のポケットにラスヴェガスで奪った携帯電話、もう一方に自分の電話。ウィンドブレーカーの一方のポケットにマグライト、もう一方にグロックの銃本体。ほかには持っていかない。

十二時五十分に駐車場に行った。ほかの三人はすでにそろっていて、幽霊のような人影がどの光からも充分な距離を保って立っている。

「よし」リーチャーは言った。オドンネルとニーグリーに顔を向ける。「ふたりは自分のホンダ車を運転しろ」つづいてディクソンに顔を向ける。「カーラ、きみはわたしのホンダ車を運転しろ。近くに西向きに停め、鍵はわたしのために残しておいてくれ。それからデイヴの車で戻れ」

ディクソンは言った。「ほんとうにクライスラーを向こうに置いていくつもりなの？」

「もう必要ない」

「わたしたちの指紋や毛髪や繊維だらけなのに」

「もう残っていない。ヴァンナイズ・ブールヴァードで念入りに掃除してもらった。さあ、行くぞ」

四人は昔の儀式にのっとって野球選手よろしくこぶしをぶつけ合うと、散らばってそれぞれの車に乗りこんだ。リーチャーがクライスラーのエンジンをかけると、V型八気筒の重低音が暗闇にゆっくりと響いた。ホンダ車のもっと小さなエンジンが咳《せ》きこみながら始動し、太いマフラーの震える音が聞こえる。バックで駐車スペースから出し、ハンドルを切って出口へ向かった。後ろで三組の青くまばゆいヘッドライトが列をなしているのがバックミラーに映る。サンセット・ブールヴァードを東に曲がり、ラ・ブレア・アヴェニューを南に曲がって、ウィルシャー・ブールヴァードをふたたび東に曲がった。ほかの三台とも、すいている夜の道路で不ぞろいな短い車列を組んでしっかりついてくるのが見えた。

63

マッカーサーパークを過ぎて一一〇号線に乗ると、この大都市も静かになった。右手のダウンタウンは閑散としている。チャイナタウンには明かりが灯《とも》っているが、活気はない。反対側のドジャー・スタジアムは巨大で、暗く、空っぽだ。フリーウェイから一般道路におり、東へ進んだ。日中でさえ道順はわかりにくかったから、夜間はなおさらだ。とはいえ、リーチャーは助手席で二度、運転席で一度の合計三度もここを通っているから、どこで曲がるかはわかるだろうと思った。

実際、苦もなくわかった。ニューエイジのビルの三ブロック手前で速度を落とし、後ろの三台との距離を縮めた。それからその三台を率いて、念のために半径二ブロックの大きな円を描くように走った。つづいてもっと接近し、半径一ブロックの円を描いた。靄《もや》が漂っている。ミラーガラスのビルは暗く、人けがないように見える。駐車場の装飾用の木がスポットライトで照らし出され、少しこぼれたその光がミラーガラスに反射しているが、それ以外に照明らしい照明はない。フェンスのレイザーワイヤーは暗闇では鈍い灰色に見え、正門は閉ざされている。リーチャーはその前で速度を落とすと、窓をおろして腕を突き出し、手袋をはめた指を宙でまわすしぐさをした。野球の審判がやるホームランのジェスチャーのように。〝もう一周する〟。三台を率いて四分の三周したところで、縁石を指差して駐車するよう合図した。一台目がニーグリー、二台目がオドンネル、三台目がリーチャーのシルバーのプレリュードを運転するディクソンの順だ。三人が速度を落として車を停めると、リーチャーは喉を切るしぐさをした。三人がエンジンを切り、車からおりる。オドンネルが門までまわりこみ、戻ってきて、「やたらと大きな錠だ」と言った。リーチャーはアイドリング中のクライスラーの運転席に乗ったまま、窓もあけたままで、「大きければ大きいほど勢いよく倒れるものだ」と言った。

「静かにやるのか？」

「そうでもない」リーチャーは言った。「門の前に集合しよう」

三人は前を歩き、リーチャーはクライスラーのギヤを入れて後ろをゆっくりと進んだ。ニューエイジがあるブロックを囲む道路は、ヤード・ポンド法で言うなら幅二十二フィートの標準的なアスファルト舗装の道路で、いかにも新しく建設されたビジネスパークらしい。歩道はない。ロサンゼルスだからだろう。一般道路は三万キロ以上あるが、歩道はおそらく三十キロもない。ニューエイジの門は半径二十フィートほど

の扇形の奥に設けられていて、到着した車両が道路脇で待機できるようになってい
る。門から反対側の縁石までの合計距離は四十二フィート。リーチャーの頭脳の変人じみた部分が自動的に計算し、それが十四ヤードに等しく、五百四インチに等しく、〇・〇〇七九五マイルに等しく、メートル法の千二百八十センチ強に等しいことをはじき出した。直角に曲がって扇形にはいり、門に真正面を向け、クライスラーのフロントバンパーを門から二、三センチのところまで近づけた。そしてまっすぐバックし、後輪が反対側の縁石にあたる感触があるまでさがった。ブレーキペダルを強く踏み、セレクトレバーをドライブレンジに入れ、窓を四つともあけた。身を切るように冷たい夜の空気が流れこむ。三人の視線を受けて、行かせたい場所を指差した。ふたりは門の左側で、ひとりは右側だ。

「時間を計れ」と大声で言う。「二分だ」

ブレーキペダルを踏んだままアクセルペダルを踏み、ギヤが限界まで回転して車全体が振動し、飛び出そうとする力が張り詰めるまで吹かした。そこでブレーキペダルから足を離し、アクセルペダルを踏みつけると、車は突進した。後輪が煙をあげながら甲高い音を立てるとともに、車は助走用の十二メートル八十センチを駆け抜け、門に正面から激突した。錠が即座に破壊され、門が勢いよく開く。クライスラーの車内では、ハンドルや助手席のダッシュボードやルーフの端や座席から十あまりのエアバ

ッグが膨らんだ。リーチャーはそれに備えていた。片手でハンドルを握り、空いた腕を顔の前に掲げていた。そうやって運転席のエアバッグを肘で受け止めた。問題なく。窓を四つともあけておいたので、エアバッグの展開による圧力が逃がされ、鼓膜も無事だ。それでも大音響のせいで耳が聞こえなくなっている。車内でだれかに四四口径の銃をこちらに向けて撃たせるようなものだ。前方のビル正面の壁で、青いストロボライトが慌ただしく点滅しはじめている。同時にサイレンも鳴っているかもしれないが、聞こえない。

足に力をこめて踏みつづけた。車は門に衝突した直後はよろめいたが、たちまち再加速し、タイヤ痕を残しながら駐車場を突っ切った。ハンドルをまっすぐに直し、危険を冒してバックミラーを一瞥すると、三人が全速力で追いかけてくるのが見えた。前を向き、ハンドルを両手で握り、エントランスのドアに狙いを定めた。

そこに至ったときには時速八十キロ近く出ていた。前輪が低い踏み段にぶつかり、車全体が飛んで、地面から三十センチほど浮かんだままドアを突き破った。ガラスが砕け散り、ドア枠が壁からもぎとられたが、車はそれをものともせずに中へ突進した。急ブレーキで車輪がロックした状態でスレートの床に着地し、そのまま滑って受付カウンターを完全に破壊すると、その奥の壁もなぎ倒し、フロントガラスの下部まで破片に埋まって停まった。受付カウンターの残骸が車体中央部の下に散乱している。

ディクソンの調べ物は骨が折れそうだ、と思った。

その問題は頭から締め出して、シートベルトをはずし、ドアを力ずくであけた。ロビーの床に転がり出て、這《は》って車から離れる。四方で小さな白いストロボライトの警報灯が点滅している。聴覚が戻ってきた。大音量のサイレンが鳴り響いている。立ちあがると、ほかの三人がドアのあたりの破片を乗り越えて、駐車場から中に走りこんでくるのが見えた。ディクソンはロビーの奥へ直行し、オドンネルとニーグリーは女傑が二度そこから出てきた廊下の入口へ向かっている。すでに懐中電灯は点灯しており、明るい光の円錐《えんすい》がしきりに動きながら、行く手で濛々《もうもう》と渦巻く白い埃を貫いている。リーチャーも自分の懐中電灯を出して点灯し、ふたりを追った。

二十一秒経過。

廊下の途中にエレベーターが二基ある。階数表示によれば、このビルは三階建てのようだ。呼び出しボタンは押さなかった。警報によってエレベーターはすでに停止しているだろう。代わりに隣にあったドアをあけて階段をのぼった。一度に二段ずつ、三階まで一気にあがる。階段吹き抜けはサイレンの音が耐えがたいほどだ。三階の廊下に突入した。懐中電灯は必要ない。警報灯のストロボライトによって、地獄のディスコさながらに照らし出されている。廊下の左右にはカエデ材のドアが六メートル間隔で並んでいる。オフィスだ。ドアには名札が掲げられている。横長の黒いプラスチック製の長方形で、文字が彫りこまれ、下の白い層が見えている。ちょうど目の前でニーグリーが〝マーガレット・ベレンソン〟と記されたドアをしきりに蹴りあけようとしている。ストロボライトのストップモーション効果のせいで、その動作は異様でぎくしゃくとしている。ドアはあきそうにない。ニーグリーはグロックを抜くと、錠を狙って三発撃った。大きな銃声が三度響く。排莢口《はいきょうぐち》から飛び出してカーペットの上を転がる薬莢がストロボライトによって凍りつき、長い金の鎖と化す。ニーグリーがもう一度ドアを蹴ると、たわみながらあいた。ニーグリーは中に踏みこんだ。

リーチャーは先へ進んだ。五十二秒経過。

〝アレン・ラメゾン〟と記されたドアの前を通り過ぎた。六メートルぶんのカーペットの先に、別のドアがある――〝アンソニー・スワン〟。向かい側の壁に貼りついて力を溜《た》め、錠のすぐ上にかかとを思いきり蹴りこんだ。カエデ材が砕け、ドアがたわんだが、ラッチ受けが持ちこたえた。仕上げに手袋をはめた手で掌底を叩きつけ、中に駆けこんだ。

六十三秒経過。

身じろぎせずに立ち、死んだ友人のオフィスの四方に懐中電灯の光を向けた。手つかずだ。スワンがトイレに行ったり、昼食を食べにいったりしただけのように見える。帽子掛けに上着が掛けられている。着古したカーキ色のウィンドブレーカーで、ゴルフジャケットのように格子縞《こうしじま》の裏地が付けられ、丈は短く、幅は広い。ファイルキャビネットがある。電話機も。革の椅子は目方のある太鼓腹の男の重みでところどころがへこんでいる。机の上にはコンピュータが置かれている。それから、何も書いていない新品のメモ帳。ペンと鉛筆。ホッチキス。時計。紙の薄い束。

そしてペーパーウェイトもあり、紙を押さえている。ソ連がらみの破片。形はいびつで、大きさはこぶしほど、灰色で、手垢《てあか》で光沢があり、平らな面には青と赤のスプレーによる落書きのあとがまだかすかに残っている。

机に歩み寄ってコンクリート片をポケットに入れた。その下の紙の束も手に取ってきつく巻き、別のポケットに入れた。足もとが柔らかいことに不意に気づいた。懐中電灯を下に向ける。深紅の色が光に浮かびあがった。けばけばしい模様。長い毛足。オリエンタルラグだ。新品の。オロスコの手足を縛っていた紐と、カーティス・モーニーの台詞が脳裏によみがえった。〝インド亜大陸のサイザル麻で作られた製品だった。インドから輸出された何かを縛っていたものがまぎれこんだにちがいない〟。

八十九秒経過。残り三十一秒。

窓際に行った。ずっと下の闇の中に、早くも駐車場から出ようとしているカーラ・ディクソンの姿が見える。ズボンとジャケットはすり切れ、白い埃にまみれている。

幽霊のようだ。壁材の埃の中を這いまわったからだろう。書類と、白い三穴バインダーらしきものを持っている。ビル正面のストロボライトのせわしなく点滅する青い光に照らし出されている。

残り二十六秒。

燃えている家から逃げるかのように、走り出てくるオドンネルが下に見えた。大股で駆け、何かを胸に抱きかかえている。一秒後、懸命に走るニーグリーも見えた。黒っぽい長い髪をなびかせ、腕を振り、左右の手に緑色のファイルの分厚い束を持っている。

残り十九秒。

オフィスを横切って、帽子掛けの上着に触れた。スワンがまだ着ているかのように、肩のあたりをやさしく。それから机の後ろに戻り、椅子にすわった。腰をおろす際に、椅子は一度きしんだ。サイレンが響き渡っている中でも、その音ははっきりと聞こえた。

残り十二秒。

廊下で狂ったように点滅する光を見た。このまま待つという手もある。いずれ、もしかすると一分以内に、友人を殺した男たちが現れる。三十四人以下なら、ここにこのまますわりつづけ、ひとりずつみな殺しにするという手もある。

残り五秒。

しかし、もちろんそれは無理だ。そこまで愚かな者はいない。部屋の入口に死体が三つか四つ積み重なったあと、生き残りは廊下で再編成し、催涙ガスや増援やボディアーマーを検討しはじめるだろう。警察やＦＢＩへの通報も検討するかもしれない。その場合、訓練されたＳＷＡＴチームの大群に包囲され、三、四日で屈することになるだろうが、その前に倒すべき敵を確実に倒すすべはない。

残り一秒。

椅子から飛び出し、壊れたドアを抜けて、廊下を左へ走り、右の階段吹き抜けに駆けこんだ。ニーグリーがくさびでドアをあけたまま固定しておいてくれたようだ。予定より十秒遅れで一階に着いた。ロビーで動けなくなっているクライスラーをまわりこみ、十五秒遅れで駐車場に出た。破壊された門を抜け、四十秒遅れで通りに出た。それから淡く光るシルバーのプレリュードへ走った。百メートルほど離れていて、無害そうに一台きりで停まっている。ほかの二台のホンダ車はもう見当たらない。二十秒で百メートルを駆け抜け、車の中に飛びこんだ。ドアを閉め、もがくように座席の上で身を起こす。息が荒く、口が大きくあいている。首をめぐらすと、遠くにヘッドライトが見えた。猛スピードでこちらへ近づいていて、大きく揺れながら角を曲がり、ブレーキをかけたためにつんのめるように下を向いた。

64

全部で三台の車が現れた。高速で走ってくると、破壊された門の前の道路に散らばって急停止した。そこから動かず、不ぞろいの角度で停車し、エンジンはかけたままで、ヘッドライトの強い光が夜の靄を貫いている。三台とも真新しい紺のクライスラー300Cで、ニューエイジのロビーに停車中の一台と瓜《うり》ふたつだ。

三台の車から、全部で五人の男がおりてきた。一台目からふたり、二台目からひとり、三台目からふたり。リーチャーは百メートルの距離から、着色されたガラスとニューエイジのフェンスの角越しに見ていたし、六つのヘッドライトで目がくらんでいたから、細かいところまではあまり見てとれなかった。だが、二台目の車に乗ってひとりで来た男が指揮官役のように思えた。痩せ型の男で、黒く見える丈の短いレインコートを着ている。その下には白いTシャツのたぐいを着ている。男は突き破られた門を見つめてから、まるでそれが危険物であるかのように、ほかの四人には充分に離れているよう手ぶりで指示した。

元警官だ、とリーチャーは思った。犯行現場を汚染するのを本能的に避けている。

それから五人の男たちは間隔を詰め、鏃形《やじりがた》の密集陣形を作り、レインコートの男が門の残骸にいちばん近い位置に立った。五人は陣形を保ったまま、警戒しながら一歩ずつゆっくりと進んでいく。いま自分が目にしているものに困惑しているかのように、上半身を前に倒し、頭を前に突き出して。が、そこで足を止め、急いで引き返して、車の後ろに退却した。エンジンが切られ、ヘッドライトが消され、周囲が暗闇に包まれる。

そこまで愚かではないようだ、とリーチャーは思った。待ち伏せされている可能性に気づいたのだろう。侵入者がまだ残っているかもしれないと考えている。

観察するうちに、夜間視力が戻ってきた。ラスヴェガスから持ってきた携帯電話を出し、メニューを操作して、最後に発信した番号を表示した。通話ボタンを押し、電話を耳にあて、五人のうちのだれが応答するかを確かめるべく、窓の向こうを見つめた。

レインコートの男に賭けた。

はずれた。

五人のだれも電話に出ない。

だれも反応しない。だれもポケットから電話を出して発信者番号を確かめない。だれも身動きすらしない。リーチャーの耳に呼び出し音が何度も響いたすえに、ボイスメールに切り替わった。電話を切り、かけ直してみたが、結果は同じだ。見張っていても、だれも指一本動かさない。緊急警報を受けて、保安部長が携帯電話の電源を入れずに現場に行くとは考えられない。このような状況で、保安部長が着信を無視するとも考えられない。したがって、この五人の中に保安部長はいない。レインコートの男もちがう。スワンがナンバーツーだったのだから、あの男はよくても上から三番目だろう。ふるまいもいかにもナンバースリーらしい。頭の回転が遅く、鈍重だ。戦術を直感で把握できていない。少しでも脳みそがある者なら、とうの昔に最善の行動方針を考えついていただろう。立方体の形をした小さなビル、武装した敵が中にいる可能性、自由に使える三台の頑丈な車という条件なのだから、とっくに問題を解決してしかるべきだ。三台でいっせいに高速で突入して分散し、ビルの周囲をめぐり、攻撃を誘いつつ、ふたりが裏側に、ふたりが表側にまわればいい。これで勝負は決まる。

民間人だ、とリーチャーは思った。

待った。

ようやくレインコートの男が正しい決断をくだした。苛々するほど時間がかかったが、最後には思い至ったようだ。車に乗るよう四人に指示し、少し時間をかけて位置を調整してから、三台そろって高速で駐車場に突入した。リーチャーは三台がビルのまわりを二、三周するのを見届けてから、ホンダ車のエンジンをかけ、西へ向かった。

一般道路にとどまり、フリーウェイには乗らなかった。夜のフリーウェイが警察官だらけであることには前から気づいていたし、ほかの道路ではまったく見かけていない。それで用心に用心を重ねたというわけだ。ドジャー・スタジアムの近くで道に迷い、むなしくひとまわりしたすえに、ロサンゼルス警察学校の真ん前を通り過ぎる羽目になった。エコーパークで車を停め、ほかの三人に電話を入れた。三人とももうモーテルの間近で、夜間の空爆から帰投する爆撃機のように、速度に注意して西へ向かっていた。

午前三時ちょうどにオドンネルの部屋に集合した。奪った書類はベッドの上に並べられ、三つに分けてきれいに重ねられている。リーチャーはスワンのオフィスから持ってきた紙の束をポケットから出して広げ、列に加えた。たいして興味深い内容ではない。ほとんどは秘書に今後頼む超過勤務についてのメモだ。残りはすでに発生した超過勤務の理由が書かれている。

オドンネルが集めた書類もたいして興味深い内容ではなかったが、逆の意味で有益だった。あのミラーガラスのビルは単なる管理施設にすぎないことがはっきりしたからだ。警備が比較的手薄なのは、盗む価値のあるものがほとんどないからだろう。ちょっとした設計やいくつかの部品の調達はおこなわれているが、あの面積のほとんどは管理業務にあてられている。人事とか、財務とか、決まりきった輸送や保守や煩雑な手続きとかに。それ自体で貴重なものは何もない。

ならば、工場の場所を突き止めるのがなおさら重要になってくる。

そこでディクソンの集めた書類が大きく物を言った。ディクソンは受付の残骸を掻き分け、激突したクライスラーの下にまで潜りこんで、およそ五十秒のうちに金塊に等しいものを見つけていた。施錠された抽斗《ひきだし》の破片にまぎれていたニューエイジの内線電話帳だ。いま、それがベッドの上に置かれている。分厚いルーズリーフの束を白い三穴バインダーで綴《と》じてあり、少し傷がつき、埃に覆われている。表紙にはニューエイジの会社ロゴが印刷されている。ページの大半は、なんの意味もない名前が四桁の内線番号とともに記されているだけだ。しかし、最初のページには、会社のさまざまな部署を細かく記したブロック図が描かれている。各ブロックは中に名前が記され、下のブロックと線でつながれていくつもの階層構造を作っている。保安部のトップはアレン・ラメゾンという人物だ。ナンバーツーがトニー・スワン。スワンの下から線が二本延びてふたりの人物につながり、その下から線が五本広がって五人の人物につながっている。そのうちのひとりはサロピアンという名前だ。トニー・スワンと同じく死んでいて、ラスヴェガスのホテルの基礎に埋まっている。保安部員は全部で九人で、ふたりは死に、七人はいまでも生きている。

「最後のページを見て」ディクソンは言った。

そこにはフェデックスとＵＰＳとＤＨＬの顧客番号が載っていた。加えて、宅配業者に必要な、ニューエイジのふたつの社屋の完全な所番地と固定電話の番号が記されている。イースト・ロサンゼルスのミラーガラスのビルと、コロラド州の外注を手配しているオフィスだ。

さらに、奇妙なことには、三つ目の所番地があり、下線を引いた太字の注意書きが記されている――〝この場所には配送しないこと〟。

三番目の所番地は、電子装置の製造工場だ。グレンデールとサウス・パサデナの中間の、ハイランドパークにある。ダウンタウンの十キロ北東、四人の現在地の十四キロ東だ。試しに見にいけるほど近い。

「少し戻って」ディクソンは言った。

リーチャーは前のページをめくっていった。製造工場まで延長された内線の番号一覧がある。

「Ｐの項目を見て」ディクソンは言った。

Ｐの項目はパスコーという人物からはじまって、パーセルという人物で終わっている。途中に〝パイロットのオフィス〟がある。

ディクソンは言った。「ヘリコプターを見つけたわね」

リーチャーはうなずいた。ディクソンに笑みを向ける。懐中電灯を持って駆けこみ、五十秒後に埃まみれで走り出てくるその姿を思い浮かべて。昔の部隊。〝アトランタに送りこめば、コカ・コーラのレシピを携えて帰ってくるだろう〟。

ニーグリーは保安部全体の人事ファイルを入手していた。緑色のファイルが九冊。一冊はサロピアンのもので、一冊はトニー・スワンのものだ。リーチャーはどちらにも目を通さなかった。意味がないからだ。トップのアレン・ラメゾンからはじめた。目の中の一枚目にポラロイド写真が留められている。ラメゾンは首の太い肥えた男で、目は黒っぽくて表情に欠け、口が顎に比べて小さすぎる。二枚目に個人情報が載っていて、ロサンゼルス市警に二十年間勤務し、退職するまでの十二年間は強盗殺人課にいたことが記されている。年齢は四十九歳。

つぎはナンバースリーの地位を分かち合っているふたりの男だ。ひとり目の名前はレノックス。四十一歳、ロサンゼルス市警の元警察官、白髪交じりの短い角刈り、大柄でがっしりした体つき、肉厚の赤ら顔。

ふたり目がレインコートの男だ。名前はパーカー。四十二歳、ロサンゼルス市警の元警察官、長身痩軀《そうく》、鼻が折れたせいで形が崩れている青白く険しい顔。

「全員ロサンゼルス市警の元警官よ」ニーグリーは言った。「ファイルによれば、同じころに全員辞めている」

「不祥事を起こして？」

「不祥事はしょっちゅう起こっている。それ以外の形でロサンゼルス市警を辞めるのは統計的にむずかしいほど」

「シカゴのきみのアシスタントなら連中の経歴を調べられるか？」

ニーグリーは肩をすくめた。「コンピュータに侵入できるかもしれない。つてもある。噂も聞けるかもしれない」

「ベレンソンのオフィスの床には何があった？」

「新しいオリエンタルラグ。ペルシャ様式だったけど、十中八九はパキスタンで作られた模造品よ」

リーチャーはうなずいた。「スワンの部屋にもあった。幹部のオフィスすべてに敷かれているにちがいない」

ニーグリーは携帯電話でシカゴのアシスタントにボイスメールを残し、リーチャーはパーカーのファイルを脇に置いて、残った下っ端四人の写真を確かめた。それからファイルを閉じ、きれいに重ねて、いちばん上にパーカーのファイルを置いた。ひとつのカテゴリーのように。

「今夜、この五人を見た」と言う。

「どんなやつらだった？」オドンネルが訊いた。

「お粗末だったな。動きもおつむも実に鈍かった」

「ほかのふたりはどこにいた？」

「ハイランドパークだろう。貴重品があるのはそちらだからな」

オドンネルは別にした五冊のファイルをリーチャーに押しやって尋ねた。「サイレント映画のまぬけな警官のようなやつらが相手なのに、どうしておれたちは仲間を四人も失った？」

「わからない」リーチャーは言った。

65

結局、まるでそうするとわかっていたかのように、リーチャーはニューエイジが作成したトニー・スワンの人事ファイルを開いた。そしてポラロイド写真から目が離せなくなった。一年ほど前の写真で、画質はスタジオで撮る写真には遠くおよばないが、カーティス・モーニーに見せてもらった防犯カメラの静止画像よりはずっと鮮明だ。軍を辞めて十年が経ったスワンの髪は短くなっている。当時、髪をごく短くするのは下士官兵のあいだではすでに流行していたが、将校にまでは広まっていなかった。スワンもふつうの髪形で、分けて梳《と》かしていた。しかし、何年か経つうちに髪が薄くなったようで、全体を長さ一センチほどにそろえたシーザーカットにしている。軍にいたころ、色は栗色《くりいろ》だった。いまはくすんだ灰色だ。目の下がたるみ、顎の両側が脂肪と筋肉でまるくなっている。首は前よりも太い。このサイズの襟のシャツを作る人がいるというのが驚きだ。車のタイヤ並みなのに。

「つぎはどうする？」ディクソンが沈黙を破って訊いた。本心から尋ねたかったわけではないことはリーチャーもわかっていた。読むのをやめさせようとしただけだ。リーチャーの心中を慮《おもんぱか》って。ファイルを閉じた。それ自体がひとつのカテゴリーであるかのように、ほかのファイルから離してベッドの上に置いた。たとえ書類であっても、スワンを最近の同僚といっしょくたにするのは失礼だろう。

「だれが真相を知っていて、だれがヘリコプターに乗っていたのか」リーチャーは言った。「それを探りあてる必要がある。ほかの連中はもう少し長生きできる」

「いつ探りあてる？」

「きょう中に。きみとデイヴはハイランドパークを見張れ。ニーグリーとわたしはイースト・ロサンゼルスに戻る。一時間後だ。仮眠をとって、しっかりやってくれ」

リーチャーとニーグリーは朝の五時にモーテルを出て、別々のホンダ車に乗り、車で通勤する人たちにありがちなように、片手で運転しながら電話で話した。警報が伝わったラメゾンとレノックスはハイランドパークへ直行したはずだ、とリーチャーは言った。ハイランドパークのほうが機密性が高いから、それが緊急時の標準手順だろう。イースト・ロサンゼルスでの襲撃はただの囮かもしれないと考える。しかし、何事もなく夜が過ぎれば、そういう不安は和らぎ、夜明けには実際の犯行現場へ行く。ミラーガラスのビルでふだんどおりの業務をおこなうのは無理だと宣言し、従業員に休暇を一日与える。ただし、部長たちはそのかぎりではなく、被害を調べ、なくなったものを数えあげるために呼び出される。

ニーグリーはこの分析に同意した。そして何も訊かずに、計画のつぎの段階を理解した。リーチャーがニーグリーを大いに気に入っているのは、こういうところがあるからだ。


ふたりは百メートルの間隔を空けて別々の通りに車を停め、ありふれた光景の中に溶けこんだ。日がのぼり、空が白んでいる。ニューエイジのビルから五十メートル離れたところにいるリーチャーには、ミラーガラスに映った自分の車が見てとれた。小さく、遠く、匿名性が高く、そのあたりに停めてある百台のうちの一台にすぎない。平床荷台のトラックが破壊された受付に後部を寄せている。鋼鉄製のケーブルが曲がりくねりながら薄暗い屋内へと伸びている。レインコートを着たパーカーという名の男が現場に残っている。作業を指揮している。下っ端をひとり連れて。ほかの三人はラメゾンとレノックスの交代要員としてハイランドパークに送られたのだろう。

トラックのケーブルが引っ張られてゆるみがなくなり、牽引《けんいん》をはじめた。突っこんだときよりずっと遅い速度で、紺のクライスラーがロビーから後ろ向きに出てくる。塗装に傷がつき、前部がいくらか損傷している。フロントガラスには放射状のひびがはいり、少しへこんでいる。しかし、全体としては、車はかなり形を保っている。繊細さのかけらもないのだから、壊れやすさのかけらもないのだろう。クライスラーは平床荷台に積まれ、固定されて運び出された。それが駐車場から出たとたん、無傷の同型車がはいってきた。これも紺の３００Ｃで、速く、自信を感じさせる。門のすぐ内側で停まり、アレン・ラメゾンが車からおりて、打ち破られた門を調べはじめた。

リーチャーはファイルの写真を見ていたから、すぐに本人だとわかった。実物は身長百八十センチ強、体重百十キロ弱といったところだろう。肩は大きく、腰は小さく、脚は細い。敏捷《びんしょう》そうだ。灰色のスーツと白いシャツを着て、赤いネクタイを締めている。風が強いわけでもないのに、片手でネクタイを胸に押しつけている。ラメゾンは門を少し見てからまた車に乗り、駐車場を抜けた。砕け散ったドアの手前でまた車からおり、レインコートを着たパーカーが近づいてくると、ふたりで話しはじめた。

念のため、リーチャーはラスヴェガスから持って帰った電話を出し、リダイヤルした。五十メートル離れたところで、ラメゾンの手がポケットに突っこまれ、電話を出す。そして画面の発信者番号を見て、凍りついた。

やはりおまえか、とリーチャーは思った。

応答するとは思わなかった。しかし、ラメゾンは電話に出た。電話を開き、顔の近くに持ってきて言った。「なんだ」

「きょうの調子はどうだ?」リーチャーは訊いた。

「まだはじまったばかりだ」ラメゾンは言った。

「ゆうべはどうだった?」

「殺してやるからな」

「おおぜいの連中がそれを試みた」リーチャーは言った。「わたしはまだ生きている。連中はもう生きていない」

「どこにいる?」

「もう街を出たよ。そのほうが安全だからな。だが、われわれは戻ってくる。それは来週かもしれないし、来月かもしれないし、来年かもしれない。背後に目をやるのに慣れたほうがいいぞ。これからおまえはしょっちゅうそうすることになる」

「おまえなど怖くはない」

「だとしたら、おまえは愚か者だ」リーチャーは言い、電話を切った。ラメゾンが電話を見つめ、どこかにかけるのが見える。電話をかけ直してきたわけではない。待ってもリーチャーの電話は沈黙したままだから、ラメゾンがほかのだれかと話しはじめたのは明らかだ。

十分後、レノックスが別の紺のクライスラー３００Ｃで現れた。黒いスーツ、白髪交じりの短い角刈り、大柄でがっしりした体つき、肉厚の赤ら顔。ナンバースリーの片割れ、スワンの部下、パーカーと同格の人物。コーヒーを載せた厚紙のトレーを持って、ビルの中へ消えていく。その五十分後、マーガレット・ベレンソンが現れた。女傑。人事部。朝の七時。中型のシルバーのトヨタ車に乗っている。右折して道路から駐車場にはいり、エントランスの近くのスペースにていねいに停めた。それから残骸を抜けて中にはいっていった。ラメゾンが短時間だけ外に出てきて、残った下っ端を門に送り出し、歩哨《ほしょう》をやらせた。パーカーはエントランスの前で第二防衛線を担当している。レインコートは着たままだ。部長がさらにふたり現れた。経理と保守管理の責任者だろう。歩哨が手を振ってもう存在しない門の先へ通し、パーカーがエントランスの前で人物確認をしている。やがて最高経営責任者らしき人物が現れた。老人、ジャガーのセダン、門で敬意を払われ、パーカーも直立不動の姿勢をとっている。老人はジャガーの窓越しにパーカーとことばを交わしてから、走り去った。無干渉経営方式であるのは明らかだ。

その後、現場は静かになり、二時間以上も静かなままだった。

待っているあいだに、ハイランドパークのディクソンから電話があった。ディクソンとオドンネルは朝の六時前から張りこんでいる。下っ端が三人現れ、ラメゾンとレノックスは出ていったとのことだ。従業員も出勤しているらしい。ふたりは半径二ブロックの円を描くように工場の周囲をまわり、全体像を把握していた。

「本物の工場よ」ディクソンは言った。「複数の建物、本格的なフェンス、厳重な警備。加えて、奥にヘリパッドがある。ヘリコプターが駐機している。白いベル222が」

午前九時三十分に女傑が出てきた。残骸のあいだを注意して歩き、受付の外の低い踏み段で少しばかり立ち止まってから、トヨタ車へ向かう。リーチャーの携帯電話が鳴った。ラスヴェガスの襲撃者の電話ではなく、〈ラジオシャック〉で買ったプリペイド携帯電話だ。ニーグリーからだった。

「ふたりで行く？」と訊く。

「もちろん」リーチャーは言った。「きみは近づいて、わたしは隠れて。ロックンロールの時間だ」

リーチャーが手袋をはめ、ホンダ車のエンジンをかけると同時に、ベレンソンもトヨタ車のエンジンをかけた。右折してはいってきたから、左折して出ていくはずだ。リーチャーは路肩から車を出し、二十メートル進んで、つぎの脇道の入口でUターンした。長時間すわりっぱなしだったせいで体がこわばっている。ニューエイジのフェンス沿いをゆっくりと引き返した。ベレンソンは駐車場を突っ切っている。一ブロック先に、車高を低くして白い排ガスの雲をたなびかせているニーグリーのホンダ車が見えた。ベレンソンが破壊された門に着き、一時停止せずに通り抜ける。左折した。ニーグリーが同じく左折し、ベレンソンの二十メートル後ろについた。リーチャーは速度を落として待ってから、自分も左折し、ニーグリーのおよそ七十メートル後ろ、ベレンソンのおよそ九十メートル後ろについた。

66

プレリュードは車高を低くしたクーペだったから、視界は最良とは言えなかったが、ほとんどのあいだは前方のシルバーのトヨタ車がそれなりによく見えた。ベレンソンは制限速度よりかなり遅く車を走らせている。違反点数をつけられているのかもしれない。あるいは、考え事をしているのかもしれない。あるいは、交通事故が顔よりも記憶に深い傷を残しているのかもしれない。ベレンソンは右折してハンティントン・ドライヴという道にはいった。昔のルート六六号線の一部にちがいない。ベレンソンはその道を北東に進んでいる。リーチャーは楽しくなってきて、鼻歌を歌いはじめた。が、やめた。ベレンソンが速度を落とし、ウィンカーを点滅させている。左折するつもりのようだ。サウス・パサデナへ向かっている。

電話が鳴った。ニーグリーだ。

「後ろに長くいすぎている」ニーグリーは言った。「つぎのブロックをひとまわりして戻るから、あなたがしばらく前に出て」

リーチャーは回線をつないだまま、加速した。ベレンソンはヴァン・ホーン・アヴェニューという道にはいっている。リーチャーも五十メートルほど遅れてその道にはいった。トヨタ車は見えない。カーブが多すぎて。さらに加速してからアクセルペダルを少し戻し、最後のカーブを抜けると、四十メートルほど先にトヨタ車が見えた。そのまま走りつづけるうちに、後方からこの道に戻ってきたニーグリーがバックミラーに映った。

モンテレー・ヒルズからサウス・パサデナへ向かううちに、道は自治体の境でビア・デル・レイという名前に変わった。〝王の道〟とはすてきな名前だし、すてきな地区だ。カリフォルニア・ドリーム。なだらかな丘、曲線を描く通り、木々、一年中春がつづき、一年中花が咲く。ヨーロッパや太平洋沿岸の陰気な軍の基地で育ったリーチャーは、故郷とはどういうものかを絵本から学んだ。そういう絵の大半はこのサウス・パサデナにそっくりだった。

ベレンソンは左折してから右折し、閑静な住宅街の袋小路にはいった。リーチャーは午前中の太陽を浴びているこぎれいな家並みを一瞥した。尾行は中止した。乱暴に扱われてきたホンダ車はロサンゼルスの大半では匿名性がかなり高いが、こういう通りではちがう。ブレーキペダルを踏み、三十メートル先で停車した。後ろにニーグリーも停車する。

「いま？」電話でニーグリーは尋ねた。

帰宅しようとしている人物のところに押しかける方法はおもにふたつある。相手が腰を落ち着けるのを待ってから、こちらを家に入れざるをえない理由を作るか、あるいはすぐ後ろに貼りついて、相手がまだ鍵を出していたりドアをあけたままにしていたりするうちに不意打ちするかだ。

「いまだ」リーチャーは言った。

ふたりは車からおりて施錠し、走った。これなら問題ない。男がひとりで走っていると不審に思われる。女がひとりで走っているとめったに不審に思われない。男と女がいっしょに走っていれば、ジョギング仲間か、外でじゃれ合っているカップルだと見なされるのがふつうだ。

袋小路に着いたが、はじめは何も見えなかった。のぼり坂があり、その先はカーブになっていたからだ。カーブを抜けると、通りを三分の一ほど行ったところの右側で、家に隣接する車庫の戸が開きつつあるのを視界にとらえた。ベレンソンのシルバーのトヨタ車が舗装された私道で待っている。家は小さく、手入れが行き届いている。煉瓦《れんが》を組んだ正面。きれいに塗られたペンキ。表側の庭は岩や砂利や色とりどりの花がふんだんに配されている。車庫の屋根の上にはバスケットボールのゴールが取り付けられている。上へ開きつつある戸から光が差しこみ、中の壁際にぞんざいに積みあげられた子供用品が見える。自転車、スケボー、リトルリーグのバット、膝当て、ヘルメット、グローブ。

ブレーキランプが消え、トヨタ車はゆっくりと前に進んだ。ニーグリーが疾走する。リーチャーよりもずっと速い。戸がふたたびさがりはじめると同時に、車庫の中に駆けこんだ。リーチャーはそのおよそ十秒後に着き、足で安全装置を作動させた。戸が腰の高さまでまたあがるのを待ってから、くぐって中に踏みこんだ。

マーガレット・ベレンソンはすでに車外にいた。背後からニーグリーが手袋をはめた一方の手で髪をつかみ、もう一方の手で両の手首を締めあげている。ベレンソンはもがいているが、たいして抵抗できていない。ニーグリーに顔を下向きにさせられ、トヨタ車のボンネットに二度打ちつけられると、完全に動かなくなった。体から力は抜けたが、代わりに叫びはじめた。が、ニーグリーにまた体を起こされてリーチャーのほうに向けられ、リーチャーにみぞおちを軽く一度殴られると、そのちょうど一秒後には叫ぶのをやめた。肺から空気を押し出す程度に加減した一発を食らって。

リーチャーがその場を離れてボタンを押すと、戸がふたたびさがりはじめた。天井にある開閉装置に低ワット電球が備えつけられていて、日光がさえぎられるとともに、弱々しい黄色い光がそれに取って代わった。車庫の右奥には外に通じるドアがあり、左には家の中に通じるであろうドアがある。その脇には防犯装置の操作盤が設けられている。

「あれはセットされているのか？」リーチャーは尋ねた。

「そうよ」ベレンソンは息を切らしながら言った。

「いいえ」ニーグリーは言った。自転車とスケボーを顎で示す。「子供は十二歳ぐらい。母親はけさ早くに家を出た。きょうにかぎって、子供はひとりでスクールバスに乗った。たぶん、それはめったにないこと。防犯装置をセットするのは子供の日課ではなかったはず」

「父親がセットしたかもしれない」

「父親はずいぶん前からいない。母親は指輪をはめていない」

「恋人の線は？」

「まさか」

リーチャーはそのドアを試した。施錠されている。トヨタ車のイグニッションから鍵を抜き、キーリングに通されている鍵をひとつひとつ調べ、家の鍵を見つけた。錠に合い、まわった。ドアが開く。警報は鳴らない。三十秒経っても、ライトは光らないし、サイレンも鳴らない。

「あんたは嘘ばかりだな、ミズ・ベレンソン」と言う。

ベレンソンは何も言わない。

ニーグリーは言った。「人事部の人間だから。それが仕事なのよ」

リーチャーがドアを押さえると、ニーグリーはベレンソンを洗濯室からキッチンへと追い立てた。開発業者がキッチンを航空機の格納庫並みに大きくしはじめる前に建てられた家らしく、ここのキッチンはただの狭くて四角い部屋で、戸棚や二、三年前の家電が並んでいる。テーブルが一脚と椅子が二脚ある。ニーグリーが椅子にベレンソンを無理やりすわらせると、リーチャーは車庫に戻って中をあさり、棚の上に使いかけのダクトテープのロールを見つけた。手袋をはめたままでは端を剥がせなかったので、キッチンに戻ってカエデ材のナイフブロックに差してあったナイフを使った。手早く、要領よく、ベレンソンの胴、腕、脚をテープで椅子にきつく縛りつける。

「われわれは軍にいた」ベレンソンに言った。「その話はしたな？　情報がほしいとき、われわれがまずあたってみるのは中隊の事務員だ。この場合はあんたということになる。だから話せ」

「あなたたちは頭がどうかしている」ベレンソンは言い返した。

「交通事故のことを教えろ」

「なんですって？」

「その傷跡のことだ」

「大昔の話よ」

「ひどい事故だったのか？」

「恐ろしい事故だった」

「これからもっとひどいことになるかもしれない」リーチャーはキッチンナイフをテーブルの上に置き、さらに別々のポケットからグロックとトニー・スワンのコンクリート片を出して置いた。「刺し傷、銃創、鈍的外傷。あんたに選ばせてやる」

ベレンソンはすすり泣きはじめた。絶望し、どうすることもできず、悲しげにむせび泣いている。肩を震わせてこうべを垂れ、涙が膝にしたたり落ちている。

「むだだ」リーチャーは言った。「わたしに泣き落としは通用しない」

ベレンソンは顔をあげて首をめぐらし、ニーグリーを見た。ニーグリーの顔はスワンのコンクリート片並みに表情がない。

「話せ」リーチャーは言った。

「話せない」ベレンソンは言った。「あの男が息子に危害を加える」

「だれが？」

「言うわけにはいかない」

「ラメゾンか？」

「言えない」

「腹を決めるときだぞ、マーガレット。われわれはだれが真相を知っていて、だれがヘリコプターに乗っていたかを知りたい。いまのところ、あんたも一味と見なしている。一味と見なされたくないのなら、嘘偽りなく話せ」

「あの男が息子に危害を加える」

「ラメゾンが？」

「だれかは言えない」

「われわれの立場から考えてみろ、マーガレット。われわれは迷うくらいならあんたを始末するぞ」

ベレンソンは何も言わない。

「賢くなれ、マーガレット」リーチャーは言った。「だれがあんたの息子を脅かしているのだろうと、あんたがその男の悪事を明らかにすれば、その男は死ぬ。だれにも危害を加えられなくなる」

「あてにできない」

「さっさと撃ち殺して」ニーグリーが言った。「時間のむだよ」

リーチャーは冷蔵庫に歩み寄ってあけた。ミネラルウォーターのエビアンのペットボトルを出す。炭酸がはいっていないフランス産の水で、一リットルあたりの値段はガソリンの三倍もする。蓋をあけて長々と飲んだ。ニーグリーにボトルを差し出す。ニーグリーは首を横に振った。リーチャーは残った水をシンクに流し、テーブルに戻ると、キッチンナイフを使ってボトルの底に楕円形《だえんけい》の穴をあけた。それにグロックの銃口をはめこむ。ボトルの口が銃身と完全に一直線になるよう、ていねいに調節した。

「手製のサプレッサーだ」と言う。「隣人には何も聞こえない。一度きりしか使えないが、一度きりで充分だ」

ベレンソンの顔から四十五センチの位置に銃を構え、その右目がボトルをまっすぐのぞきこむように狙いをつけた。

ベレンソンは話しはじめた。

67

　あとから振り返れば、リーチャーでも前もって台本が書けそうな話だった。ハイランドパークの工場で最初に開発を手がけた技術者は、品質管理部長になってから、重度のストレスの兆候が見られるようになった。名前はエドワード・ディーンといい、ずっと北の、山脈の向こうに住んでいた。偶然ながら、奇行がはじまってから三週間後に、ディーンの年に一度の勤務評定が予定されていた。訓練されたプロフェッショナルであるマーガレット・ベレンソンは、その心痛に気づき、話を聞き出そうとした。

　はじめのうち、ディーンは北に引っ越したことが問題の原因だと言い張った。ゆとりのある生活様式を望み、パームデールの少し南の砂漠に広大な土地を買ったため、通勤にひどく苦労しているからだと。ベレンソンは信じなかった。ロサンゼルスの住民はみな通勤地獄を味わっている。するとディーンは、自宅の周辺に問題があると言った。無法者のバイカーたちがいるし、近くに覚醒剤の密造所もあると。ベレンソンは信じかけた。悪地にまつわる噂はいろいろある。しかし、ディーンがたまたま娘の話を出したとき、そこには苦しげな響きがあったので、ベレンソンは子供がなんらかの悩みの種になっているのではないかと考えた。ディーンの娘は十四歳だった。ベレンソンはまちがった結論を導き出した。子供がバイカーとつるんだり、覚醒剤に手を出したりして、家庭で大きな問題になっているのかもしれないと推測した。

けれども、考え直した。ハイランドパークの品質問題は社内に知れ渡っていた。ディーンは相反《あいはん》するむずかしい責任を負っている。会社の部長として、業績をあげるという信認義務を負っている。だが同時に、ペンタゴンに対して、ニューエイジが確実に良品だけを納入するように計らうという義務も負っている。この葛藤がストレスの原因だろうとベレンソンは推測した。とはいえ、総じてディーンは法律に従ってやるべきことをやっているわけだから、ひとまず不安は棚あげにした。

そんなとき、トニー・スワンが失踪した。

いきなり姿を消した。ある日にはいたのに、つぎの日にはいなくなっていた。訓練されたプロフェッショナルであるマーガレット・ベレンソンは、スワンの不在に気づいた。それで徹底的に調査した。ベレンソン自身も相反する責任を負っている。スワンは機密情報を知っている。国家の安全保障がかかわっている。だから首を突っこむのをやめられなかった。あらゆる人々にあらゆる質問を投げかけた。

そしてある日、帰宅すると、アレン・ラメゾンが私道にいて、息子と一対一でバスケットボールをやっていた。

ベレンソンはラメゾンを恐れていた。ずっと前から。どれほど恐れているかを悟ったのは、ラメゾンが十二歳の息子の髪をくしゃくしゃにしている場面を見たときだ。その手は、息子の頭を握り潰せそうなほど大きかった。ラメゾンは息子に、中でママと大事な話をするから、終わるまで外でフリースローの練習でもしたらどうだと言った。

大事な話は告白からはじまった。ラメゾンはベレンソンに、スワンがどうなったかをありのままに語った。事細かに。理由もほのめかした。今回はベレンソンも正しい結論を導き出した。ストレスをかかえていたディーンを思い返して。やがてラメゾンはディーンが特別なプロジェクトに協力していることを明かした。なぜなら、協力しなければ、娘が姿を消し、何週間かあとに、楽しげなバイカーたちに囲まれて足首まで血が伝っているその姿を見ることになるからだ。

それか逆に、娘の姿を見ることは二度とないかもしれない。

ラメゾンはベレンソンの息子もまったく同じ目に遭うかもしれないと言った。無法者のバイカーの多くは両刀遣いだと脅して。大半は刑務所に入れられた経験があり、刑務所は個人の嗜好《しこう》をゆがめるからだ。

ラメゾンは警告をひとつ、指示をふたつ与えた。警告は、いずれ男ふたりと女ふたりがやってきてあれこれ尋ねてくるだろうというものだった。スワンの軍人時代の旧友らしい。指示のひとつ目は、旧友たちに怪しまれても、毅然《きぜん》として、礼儀正しく、確実に疑いをそらすこと。ふたつ目は、このやりとりをだれにもけっして言わないこと。

それからラメゾンは二階に案内させ、ベレンソンにある種の性行為をやらせた。理解したことを確認するためだと言って。

事が済むと、外に出て息子ともう少しバスケットボールをやった。

そして車に乗って帰った。

リーチャーはベレンソンの話を信じた。これまで、人が嘘をつくのを聞いたことは何度もある。真実を語るのを聞いたことはもっと少ない。見分け方は知っている。何を信じるべきで、何を信じるべきでないかは知っている。リーチャーはこのうえなく冷笑的な人間だが、それでいて柔軟で宏量《こうりょう》な部分もわずかながら残っているというところに特別な才能がある。バスケットボールの話や、刑務所の話や、性行為の話は信じられた。マーガレット・ベレンソンのような人間はそういう作り話はしない。そういう作り話はできない。そこまで想像力がおよばない。だからキッチンナイフを手に取って、ベレンソンを縛っているダクトテープを切った。そして助け起こした。

「それで、だれが真相を知っている？」と訊く。

「ラメゾン」ベレンソンは言った。「レノックス、パーカー、サロピアン」

「それだけか？」

「ええ」

「ロサンゼルス市警の元警官がほかに四人いるが、この連中は知らないのか？」

「その四人は同格ではない。別の時代の、別の土地の人間だから。ラメゾンはこういう件ではその四人をあまり信頼しないはず」

「それなら、なぜ雇った？」

「人数をそろえるため。頭数を増やすため。それに、ラメゾンはほかの件ではその四人を信頼している。指示に従うから」

「なぜラメゾンはトニー・スワンを雇った？　みずから災いを招くようなものだっただろうに」

「ラメゾンがスワンを雇ったわけではないのよ。ラメゾンは雇いたがらなかった。でも、いろいろな経歴の人物が必要だと、わたしが最高経営責任者を説得したの。前職が同じ人間だけで固めるのは健全ではないから」

「つまり、あんたがスワンを雇ったのか？」

「そう言っていい。ごめんなさい」

「悪事はどこでおこなわれた？」

「ハイランドパークで。ヘリコプターがある。別館も。大きな施設なのよ」

「行くあてはあるか？」リーチャーは訊いた。

「行くあて？」ベレンソンは言った。

「二、三日でいい。そのころには片がつく」

「片がつくわけがない。あなたはラメゾンを知らない。あの男を倒せるわけがない」

リーチャーはニーグリーを見た。

「われわれはラメゾンを倒せるか？」と訊く。

「完膚なきまでに」ニーグリーは言った。

ベレンソンは言った。「だとしても、敵は四人もいる」

「三人だ」リーチャーは言った。「サロピアンはすでに死んだ。連中は三人、こちらは四人だ」

「あなたたちは頭がどうかしている」

「連中もそう思うだろうな。それは確かだ。わたしのことを完全な異常者だと思うだろう」

ベレンソンは長いこと黙っていた。

「ホテルに泊まる」と言う。

「息子はいつ帰ってくる？」

「学校まで迎えにいく」

リーチャーはうなずいた。「荷物をまとめろ」

ベレンソンは言った。「そうする」

「だれがヘリコプターに乗っていた？」リーチャーは尋ねた。

「ラメゾン、レノックス、パーカー。その三人だけよ」

「パイロットもいる」リーチャーは言った。「四人だ」

ベレンソンは荷造りをするために二階に行き、リーチャーはキッチンナイフを片づけた。それからスワンのコンクリート片をポケットに戻し、エビアンのボトルをグロックから抜いた。

「そんなものがほんとうに使えるの？」ニーグリーは尋ねた。「サプレッサー代わりに」

「使えないだろうな」リーチャーは言った。「本でそういう場面が出てきたんだよ。そこでは使えていた。しかし、現実では、撃ったら爆発して樹脂の破片が飛び散り、わたしは失明していただろうな。だが、見た目はいいだろう？　迫力が増す。ただ銃を向けるよりいい」

そのとき、リーチャーの電話が鳴った。ラスヴェガスから持ってきたサロピアンの携帯電話ではなく、〈ラジオシャック〉で買ったプリペイド携帯電話だ。ディクソンからだった。ディクソンとオドンネルはハイランドパークに四時間半前から張りこんでいる。見るべきものはすべて見たし、人目が気になりはじめているとのことだ。

「帰還しろ」リーチャーは言った。「必要な情報は入手した」

そのとき、ニーグリーの電話が鳴った。プリペイド携帯電話ではなく、前から使っている携帯電話だ。シカゴのアシスタントからだった。ロサンゼルスが十時半なら、イリノイ州は昼食どきだ。ニーグリーは身動きせず、質問せずに耳を傾け、ひたすら情報を吸収している。やがて電話を切った。

「ロサンゼルス市警内部のつてから、とりあえず情報を入手した」と言う。「ラメゾンは二十年間で十八回の内部調査を受け、いずれも処分を免れている」

「どんな疑いをかけられた？」

「ありとあらゆる疑いを。過剰な力の行使、収賄、汚職、麻薬の紛失、現金の紛失。悪党だけど、頭は切れる」

「そんな男がどうして軍需企業に就職できた？」

「そもそも、どうしてロサンゼルス市警に就職できたと思う？　さらには昇進までできたと思う？　うわべを取り繕い、うまく立ちまわって、経歴に傷がつかないようにしたからよ。加えて、いつ、どのようにして口をつぐむかを知っているパートナーがいたから」

「パートナーも負けず劣らずの悪党だったんだろうな。たいていはそういうふうになっている」

「あなたならよく知っているわよね」

四十分後、ベレンソンがバッグをふたつ持って一階におりてきた。高価そうな黒革のキャリーケースと、スポーツのロゴが記された、明るい緑色のナイロン製のダッフルバッグだ。自分のと子供のだろう。ベレンソンはバッグをトヨタ車のトランクに積んだ。リーチャーとニーグリーは歩いて車を取りにいき、運転して戻ってくると、間隔を詰めた護衛の車列を組んだ。尾行するときと基本的な方法は同じだが、目的はちがう。ニーグリーはすぐ後ろにつき、リーチャーはもっと後ろにとどまった。一キロ半ほど走るうちに、飾り立てたホンダ車はカリフォルニアでは最も目立ちにくいというオドンネルの考えはまちがっていたようだ、とリーチャーは結論した。トヨタ車のほうがその条件にかなう。視線を固定しているのに、ろくに見分けがつかない。

ベレンソンは学校に寄った。広々とした褐色の校庭があり、子供たち全員が校舎で勉強しているときの学校らしく、ブラックホールのような静けさに包まれている。二十分後、ベレンソンは茶色い髪の男の子を連れて出てきた。小柄な子だ。身長は母親の肩にかろうじて届くほどしかない。少しとまどっているが、授業中に連れ出されて喜んでいる様子だ。

ベレンソンは一一〇号線を少し行ってからパサデナでおり、静かな通りに建つホテルに行った。正しい選択だとリーチャーは思った。駐車場が裏にあるので道路からトヨタ車は見えないし、ドアのところにはベルボーイがひとりいて、中のフロントデスクの後ろには女がふたりいる。エレベーターと部屋に行く前にたくさんの警戒の目がある。モーテルより好ましい。

ベレンソンとその息子が落ち着くまで、リーチャーとニーグリーはその場にとどまることにした。十分もあればいいだろう。その時間を使って、ロビーを出たところにあるバーで昼食をとった。クラブハウスサンドをふたつと、リーチャーにはコーヒー、ニーグリーにはソーダだ。クラブハウスサンドはリーチャーの好物だ。サンドイッチが崩れないように刺されている爪楊枝《つまようじ》で、食後に歯をせせることができるようになっているのがありがたい。鶏肉《とりにく》の食べかすが歯にはさまったまま、会話はしたくない。

コーヒーを飲み終えようとしたとき、自分の電話が鳴った。またディクソンからだ。オドンネルとともにモーテルに戻ると、フロントに緊急の伝言が預けられていたとのことだった。カーティス・モーニーから。

「グレンデールの北にあるあの施設で会いたがっている」ディクソンは言った。「いますぐに」

「オロスコの遺体を確認しにいったところだな？」

「ええ」

「サンチェスが発見されたからか？」

「それは言っていなかった。でも、リーチャー、モーニーは死体安置所で待っているとは言わなかった。通りの向かいの病院で待っていると言ったのよ。だから、もしサンチェスなら、まだ生きている」

68

ディクソンとオドンネルは〈デューンズ・モーテル〉から向かい、リーチャーとニーグリーはパサデナのホテルから向かう。どちらからでもグレンデールの北にある病院までの距離は等しい。同じ平たい三角形の左右の辺をそれぞれが進むことになり、その辺の長さは十五キロほどだ。

リーチャーは自分とニーグリーのほうが先に着くだろうと予想した。フリーウェイがサン・ゲイブリエル山脈の山腹に沿って走っているから、自分たちは二一〇号線で直行できる。ディクソンとオドンネルはフリーウェイを突っ切るように北東へ向かわねばならず、ずっと一般道路の混雑と戦いながら苦労して進むことになる。

ところが、二一〇号線は渋滞していた。流入ランプから百メートルも進まないうちに、完全に立ち往生した。詰まった車の列が曲がりながら遠くまで延び、陽光に瞬きながらガソリンを燃やすだけで身動きがとれずにいる。ロサンゼルスにありがちな光景だ。バックミラーに目をやると、真後ろにニーグリーのホンダ車が見えた。四年落ちぐらいの白いシビックだ。運転席のニーグリーの姿は見えない。フロントガラスの色が濃すぎて。その上部にはプラスチック製の板が取り付けられていて、紺地にぎざぎざの銀色の文字で〝恐れ知らず〟と書いてある。ニーグリーにはいかにもふさわしいと思った。

ニーグリーに電話をかけた。

「この先に故障車が停まっている」ニーグリーは言った。「ラジオでそう言っていた」

「すばらしい」

「サンチェスがいままで生きていたのなら、もう少しぐらい生きているわよ」

リーチャーは尋ねた。「サンチェスたちはどこでしくじったと思う？」

「わからない。もっと厄介な事件を扱ったこともあったのに」

「それなら、何かに足をすくわれたことになる。何か不測の事態に。スワンが悪事に気づいたきっかけは？」

「ディーン」ニーグリーは言った。「品質管理の担当者の。その態度がきっかけになったにちがいない。数字が悪いだけなら、必ずしも重大な意味があるわけではない。でも、数字が悪いことに加えて、品質管理の担当者がストレスで苦しんでいたのなら、重大な意味がある」

「スワンはディーンから何もかも聞き出したのか？」

「それはないでしょうね。でも、点と点を結びつけるには充分だった。スワンはベレンソンよりずっと頭が切れるから」

「スワンのつぎの一手は？」

「同時に二手を打った」ニーグリーは言った。「ディーン親子の安全を確保しつつ、裏づけとなる証拠を探しはじめた」

「ほかの三人に協力を仰いで」

「協力を仰いだどころじゃない」ニーグリーは言った。「下請に出したと言っていい。自分のオフィスは安全ではなかったから、そうせざるをえなかった」

「それなら、ラメゾンにはいっさい話していないはずだな？」

「ありえない。ラメゾンの第一の原則、だれも信用するな」

「それなら、何に足をすくわれた？」

「わからない」

「スワンはどうやってディーン親子の安全を確保した？」

「地元の警察に話したと思う。そして警護を頼んだ。少なくとも、定期的にパトカーで巡回するよう頼んだはず」

「ラメゾンはロサンゼルス市警の元警官だ。現役の警官にいまでも友人がいるかもしれない。その友人がラメゾンに情報を漏らしたかもしれない」

「それは考えられない」ニーグリーは言った。「スワンはロサンゼルス市警には話していない。ディーンは山脈の向こうに住んでいる。ロサンゼルス市警の管轄外よ」

リーチャーは間をとった。

「ということは、スワンは実際にはだれにも話していないことになる」と言う。「山脈の向こうはカーティス・モーニーの王国だが、モーニーはディーンのこともニューエイジのことも何も知らなかった。スワンのことも、フランツの事件を介して知るまでは、何も知らなかった」

「スワンがディーンの警護をなおざりにしたとは思えない」

「それなら、ディーンがきっかけではなかったのかもしれない。スワンはディーンのことを何も知らなかったのかもしれない。別のきっかけがあったのかもしれない」

「というと？」ニーグリーは言った。

「思いつかない」リーチャーは言った。「サンチェスが教えてくれるかもしれない」

「まだ生きていると思っているのね？」

「最善を望め」

「しかし、最悪に備えよ」

電話を切った。ふたりの車線は車が少し流れている。通話していた一分十五秒間で、車五台ぶん進んでいる。その後の沈黙の五分間で、さらに十台ぶん進んだ。歩く速度の六分の一だ。まわりの人々は辛抱している。電話で話したり、何かを読んだり、ひげを剃《そ》ったり、化粧をしたり、煙草を吸ったり、何かを食べたり、音楽を聴いたりしながら。日焼けにいそしんでいる人もいる。袖をまくりあげ、窓をあけて腕を外に出して。

リーチャーのプリペイド携帯電話が鳴った。またニーグリーからだ。

「シカゴから続報があった」ニーグリーは言った。「ロサンゼルス市警のコンピュータに侵入した。レノックスとパーカーもラメゾン並みの悪徳警官だった。ふたりはパートナーだった。十二年間で十二回目となる内部調査を受ける前に退職した。辞めて一週間後にはラメゾンに雇われてニューエイジで働きはじめたことでしょうね」

「ニューエイジの株を持っていなくてよかったよ」

「持っているも同然よ。すべてペンタゴンの金なんだから。その金がどこから出ていると思う？」

「わたしからではないな」リーチャーは言った。

さらに二百メートルほど進むと、フリーウェイはまっすぐなのぼり坂となり、霞《かすみ》がかったはるかかなたに渋滞の原因が見えた。左車線に故障車が停まっている。ささやかな障害物だが、道路全体が詰まっている。リーチャーはニーグリーとの通話を切り、ディクソンにかけ直した。

「もう着いたか？」と訊く。

「あと十分ぐらい」

「こちらは渋滞にはまっている。いい知らせがあったら電話をくれ。悪い知らせでも電話をもらったほうがいいだろうな」

十五分後、立ち往生している車のところに着き、大胆な車線変更を何度か繰り返してそこを通過した。そこからは渋滞が解消され、だれもがまるで何事もなかったかのように時速百十キロでそれぞれの行き先へ向かった。十分後、リーチャーとニーグリーは郡の施設に着いた。十五キロ進むのに四十分かかっている。平均時速は二十二キロ半。速くはない。

死体安置所は無視して、病院の来院者用駐車場に車を停めた。日差しのもとを歩いてエントランスへ向かう。駐車場にオドンネルとディクソンのホンダ車があるのをリーチャーは順々に見てとった。エントランスを抜けると、赤いプラスチック製の椅子が詰めこまれたロビーに出た。いくつかは人がすわっているが、大半はだれもすわっていない。院内はかなり静かだ。ディクソンとオドンネルの姿は見当たらない。カーティス・モーニーの姿も。長いカウンターがあり、その後ろに職員が何人かいる。看護師ではない。ただの事務員だ。そのひとりに、モーニーはどこだと訊いたが、わからないと言われた。ジョージ・サンチェスはどこだと訊いても、わからないと言われた。身元不明の男性が緊急入院していないかと尋ねると、角を曲がったところにある別のカウンターに行くよう言われた。

そこの事務員は、身元不明の男性が最近入院したことはないし、ジョージ・サンチェスという名の患者のことも、カーティス・モーニーという名のロサンゼルス郡保安官のことも何も知らないと答えた。リーチャーは電話を取り出したが、電波で精密医療機器が誤作動するかもしれないので、建物の中では使わないよう言われた。それで駐車場に出て、ディクソンに電話をかけた。

だれも出ない。

オドンネルの番号を試した。

だれも出ない。

ニーグリーが言った。「電源を切っているのかもしれない。集中治療室とかにいて」

「だれに会いに？　サンチェスはここにいないと聞かされたはずなのに」

「病院のどこかにいるはず。着いたばかりなんだから」

「いやな予感がする」リーチャーは言った。

ニーグリーはポケットからモーニーの名刺を出して渡した。リーチャーはモーニーの携帯電話にかけた。

だれも出ない。

固定電話にかけた。

だれも出ない。

そのとき、ニーグリーの電話が鳴った。プリペイド携帯電話ではなく、前から使っている電話だ。ニーグリーは応答した。耳を傾ける。その顔が蒼白になった。まるで蠟のように、文字どおり血の気が引いている。

「シカゴからだった」と言う。「カーティス・モーニーはアレン・ラメゾンのパートナーだった。ロサンゼルス市警で十二年間にわたって組んでいた」

69

〝何かに足をすくわれたことになる。何か不測の事態に〟。ニーグリーの考えは正しかったが、半分しか正しくなかった。ディーンが重要な要素であったのは確かだが、もともとのきっかけではなかった。真相を探るスワンがディーンにたどり着いたのはずっとあとのことだ。ほかの三人の協力を得たのち、別のなんらかの形でたどり着いた。これほどの惨事になった理由は、それ以外に説明できない。リーチャーは病院の駐車場に立って目を閉じ、その場面を想像した。パズルの最後のピースであるディーンとスワンが話している。都会から逃避した人たちの楽園であり聖域でもある、山脈の北の、パームデールの近くの砂漠に建つ家で。あけたままのドアの向こうを静かに通り過ぎる少女。ディーンの顔に浮かんだ恐怖の色。スワンの顔に浮かんだ心配の色。例によって、自信に満ちた頼もしい態度で、相手を安心させながら、スワンはすべてを聞き出す。そして埃っぽい保安官事務所に乗りこむ。モーニーと話し、説明し、協力を依頼し、要求する。スワンが帰ると、モーニーは電話を手に取る。その瞬間、スワンの運命は決定する。フランツとオロスコとサンチェスの運命も。〝不測の事態〟。

目をあけて言った。「仲間をさらにふたりも失うわけにはいかない。わたしの目の黒いうちは」

ニーグリーのシビックは病院の駐車場に置いたまま、リーチャーのプレリュードを使った。行くあてはない。移動するためだけに移動している。そして話すためだけに話している。ニーグリーは言った。「連中はわたしたちがいずれ現れることを知っていた。不安でたまらなかった。それで自分たちに都合がいいように時系列を操った。モーニーはわたしに連絡するようアンジェラ・フランツをうながした。そしてトーマス・ブラントに監視をやらせるために囮の話をひねり出した。わたしたちの行動を逐一把握し、わたしたちがすでに知っている情報を与えて懐にはいりこみ、ほかに何を突き止めたか尋ね、わたしたちがあきらめて自分たちの邪魔をしないかどうかを見極めようとした。そしてわたしたちがあきらめようとしないから、思いきって始末することにした。最初はラスヴェガスで、つぎはいまここで」

二一〇号線に戻った。車の流れは速く、すいている。

「どうする？」ニーグリーは訊いた。

「行き当たりばったりにやるしかない」リーチャーは言った。

ディクソンが奪った内線電話帳はモーテルのオドンネルの部屋にあったが、サンセット・ブールヴァードには近づきたくなかった。いまのところは。そこで、ハイランドパークにある製造工場のうろ覚えの所番地をつなぎ合わせ、そちらへ向かった。ハイランドパークは簡単に見つかった。通りや住宅やビジネスパークや小さくてきれいなハイテク企業が並ぶ上品なところだ。ニューエイジの場所を突き止めるのはもっとむずかしかった。看板はないだろうと思ったが、やはり見当たらない。代わりに、なんの標示もない建物と本格的なフェンスとヘリパッドを探した。いくつか見つかった。そういう地区だからだ。

「ヘリコプターはベル222だとディクソンは言っていた」リーチャーは言った。

「見分けはつくか？」

「この五分で三機見かけた」ニーグリーは言った。

「色は白だと言っていた」

「この五分で二機見かけた」

「どこで？」

「二機目は一キロ半ほど戻ったところ。二回左折してから、一回右折して。一機目はそこからさらに三軒戻ったところ」

「どちらの施設もフェンスに囲まれていたか？」

「ええ」

「別館は？」

「どちらにもあった」

リーチャーはブレーキをかけ、道幅をいっぱいに使って禁じられているＵターンをし、来た道を引き返した。二回左折し、一回右折して速度を落とすと、ニーグリーが灰色の金属を張った低い建物の一群を指差した。最重警備刑務所が似合いそうなフェンスに囲まれている。高さは少なくとも二メートル半、奥行きは一メートル以上あり、たるみなく張った有刺鉄線が二重に設けられ、そのあいだには巨大な螺旋状《らせんじょう》のレイザーワイヤーが連なり、上部にも同じ代物が張りめぐらされている。とてつもなく強力な障害物だ。フェンスの内側には建物が四つある。ひとつは大きな倉庫のような建物で、三つはもっと小さな建物だ。広々としたコンクリート製の長方形に、機首が長い白いヘリコプターが駐機し、静止している。

「あれがベル２２２か？」リーチャーは訊いた。

「まちがいない」ニーグリーは言った。

「それなら、ここが目当ての場所か？」

「なんとも言えない」

ヘリパッドの脇には高い柱があり、オレンジ色の吹き流しが取り付けられている。暖かく乾いた空気の中で、それが力なく垂れさがっている。小さな駐車場があり、十三台の車で埋まっている。高級車はない。紺のクライスラーも。

「組み立て工場の作業員はどんな車を運転する？」リーチャーは訊いた。

「ああいう車を」ニーグリーは言った。

リーチャーは車を進め、二軒の施設の前を通り過ぎた。並びの三軒目は、最初に見た施設とよく似ている。本格的なフェンス、灰色の金属を張ったなんの標示もない建物が四つ、大衆車で埋め尽くされた駐車場、ヘリパッド、駐機中の白いベル222。機体名や印や記号は描かれていない。

リーチャーは言った。「正確な所番地を知る必要がある」

「時間がない。〈デューンズ〉はここからだと遠い」

「だが、パサデナは遠くない」

ヨーク・ブールヴァードから一一〇号線に乗って東へ少し行った。十五分後、パサデナのホテルの前に車を停めた。五分後、ふたりはマーガレット・ベレンソンの部屋にいた。知りたいことを伝えた。理由は伝えなかった。当人のために、こちらが有能だという思いこみを壊したくなかったからだ。

最初に見た施設が探している施設だとベレンソンは教えた。

十五分後、ふたりはふたたび最初の施設の前に車を走らせていた。すさまじいフェンスだ。容赦がない。主力戦車なら突破できるかもしれない。車は十中八九無理だろう。ホンダ・プレリュードでも。クライスラーのような大きくて頑丈な車でも。大型トラックでも。鉄線の弾力の問題になる。外側の有刺鉄線は切れる前にギターの弦のように伸び、衝撃を和らげ、車両を減速させ、勢いを奪う。そして内側の螺旋状のレイザーワイヤーが圧力を吸収する。スポンジのように。バネのように。車両は鉄線にからまれ、速度を失って停まってしまう。車に乗って抜けるすべはない。歩いて抜けるすべもない。ボルトカッターを持ってきても、四分の一も抜けないうちに失血死するだろう。乗り越えるすべもない。上部の螺旋状のレイザーワイヤーは幅が広く、巻きがゆるいので、はしごを掛けてのぼるのは無理だ。

リーチャーはそのブロックを一周した。敷地《しきち》の広さは八千平方メートルほどある。おおむね正方形で、一辺は約九十メートル。建物は四つあり、ひとつは大きく、三つは小さい。あいだには乾いた茶色い草地と、石炭殻を敷き詰めた小道がある。フェンスの長さはのべ三、四百メートルで、弱点はない。そして門はひとつしかない。鋼鉄を組み合わせた幅の広い門で、車輪で横に開くようになっている。その上部の横棒にも、螺旋状のレイザーワイヤーが溶接されている。脇に守衛の詰所《つめしょ》がある。

「ペンタゴンの要求ね」ニーグリーが言った。「そうにちがいない」

詰所には守衛がいる。白髪交じりの老人だ。灰色の制服。腰にはベルト、ベルトには銃。単純な仕事だ。しかるべき通行証としかるべき書類があれば、守衛はボタンを押し、門はあく。通行証や書類がなければボタンは押さず、門はあかない。守衛の頭上に電球がある。暗くなったら点灯するのだろう。周囲六メートルに柔らかな黄色い光を投げかけるはずだ。

「侵入は不可能だ」リーチャーは言った。

「そもそも、ふたりはここにいるの？」

「いるにちがいない。ここは私設刑務所のようなものだ。ほかのどこかに閉じこめておくより安全だろう。それに、フランツたちもここに連れてこられたはずだ」

「どうやったんだと思う？」

「病院の駐車場でモーニーがふたりを拘束した。ラメゾンの手下の力を借りたかもしれない。人が多い場所での完全な不意打ちだ。ふたりに何ができた？」

リーチャーは車を走らせつづけた。プレリュードは目立たない車だが、同じ場所で何度も目撃されるのはまずい。角を曲がり、四百メートルほど離れたところに停めた。口は利かなかった。言うべき台詞がなかったからだ。

ニーグリーの電話がまた鳴った。前から使っている携帯電話だ。ニーグリーが応答する。耳を傾ける。電話を切る。そして目を閉じた。

「ペンタゴンの知人からだった」と言う。「たったいま、ミサイルがコロラド州の工場から運び出された」

〝もしマフムードがミサイルを入手したら、事態はわれわれの手には負えない。不満は呑みこんで、あきらめざるをえない〟。リーチャーはニーグリーを見た。ニーグリーは目をあけ、リーチャーをまっすぐに見つめ返した。

「ミサイルの目方はどれくらいだ」リーチャーは訊いた。

「目方？」

「重量のことだ」

「わからない。新兵器だから。一度も見たことがない」

「推測しろ」

「スティンガーよりは重い。もっと高性能だから。それでも、携帯できる。発射筒と予備部品と取扱説明書を梱包したら、一基二十五キロぐらいだと思う」

「六百五十基だと十六トンと二百五十キロになるな」

「セミトレーラーが要る」ニーグリーは言った。

70

「州間ハイウェイを走るときの平均時速は八十キロぐらいか？」

「たぶん」

「州間ハイウェイのI－二五号線で北へ行き、I－八〇号線で西のネヴァダ州へ向かうとすれば、千四百キロほどの道のりになる。だからまだ十八時間ある。運転手は休憩をとるだろうから、二十四時間あるとしておこう」

「ネヴァダ州には行かないわよ」ニーグリーは言った。「廃棄するのではなく、使用するつもりなんだから、ネヴァダ州に運搬するというのはでたらめ」

「どこでもいい。デンヴァーからは十八時間ぐらい車を走らせなければ何もない」

ニーグリーは首を横に振った。「正気の沙汰じゃない。二十四時間も余裕はない。十八時間だって余裕はない。犠牲者は何万という数にのぼるかもしれないとあなた自身が言ったのよ」

「だが、まだ時間はある」

「そんな余裕はない」ニーグリーは繰り返した。「セミトレーラーがデンヴァーから出るときに阻止するほうがたやすい。どこへ向かうかわからないんだから。ニューヨークのJFK空港やラガーディア空港へ向かうかもしれない。それかシカゴに。リトル・ウィングがオヘア空港の周囲に持ちこまれたらどうなるかを想像してみたらどう？」

「あまり想像したくはないな」

「ためらっていたら、セミトレーラーは刻一刻と見つけにくくなる」

「モラル・ジレンマだな」リーチャーは言った。「知人ふたりを選ぶか、他人一万人を選ぶか」

「情報を提供するしかない」

リーチャーは何も言わなかった。

「もうそうするしかないのよ、リーチャー」

「当局は聞く耳を持たないかもしれない。九・一一のときも聞く耳を持たなかった」

「あなたは藁《わら》にもすがろうとしているだけ。当局もあれから変わった。情報を提供するしかない」

「情報は提供する」リーチャーは言った。「だが、まだ時間はある」

「カーラとデイヴだって、ＳＷＡＴチームがいくつか出動してくれたほうが助かる見こみがある」

「冗談はよせ。すぐさま付随的損害にされるのが落ちだ」

ニーグリーは言った。「わたしたちはこのフェンスを抜けることすらできない。デイクソンは死に、オドンネルは死に、さらに一万人が死に、わたしたちも死ぬ」

「永遠に生きるつもりか？」

「きょう死ぬつもりはない。あなたはどうなの？」

「どちらに転んでもかまわない」

「まじめに言っているの？」

「いつだってそうさ。わたしはそういう人間だ」

「ほんとうにまともじゃない」

「明るい面を見ろ」

「そんなものがあるの？」

「悪い結果にはまったくならないかもしれない」

「ならないわけがある？」

「われわれが勝つかもしれない。きみとわたしが」

「ここで？　もしかしたら勝つかもしれない。でも、そのあとは？　寝言は寝て言って。セミトレーラーの行き先は見当もつかないのよ」

「あとで見つけられる」

「本気？」

「われわれの得意分野だ」

「ふたりのために一万人の命を賭けるほど得意なの？」

「そう願いたいところだ」リーチャーは言った。

一キロ半ほど南へ車を走らせ、カーブしている脇道にあった、ハーレーのカスタムバイクショップの前に停めた。遠くにニューエイジのヘリコプターが見える。

リーチャーは尋ねた。「警備はどうなっていると思う？」

「通常なら？」ニーグリーは言った。「フェンスに動体センサー、すべてのドアに大きな錠、詰所に二十四時間体制で守衛。通常ならそれで充分。でも、きょうは通常じゃない。思いこみは捨てたほうがいい。連中はわたしたちがまだ近くにいることを知っている。ニューエイジの保安部が集結して臨戦態勢を整えている」

「七人だな」

「わたしたちが知っているのが七人というだけ。もっといるかもしれない」

「確かに」

「それに、連中はフェンスの内側にいる。わたしたちは外側にいる」

「フェンスの心配はわたしがする」

「抜けるすべはないわよ」

「抜けなくてもいい。門がある。いつごろ完全な暗闇になる？」

「確実を期すなら、九時ごろだと思う」

「連中は暗くなるまでヘリコプターを飛ばさない。だから七時間ある。残された二十四時間のうちの七時間だ」

「二十四時間も残されていない」

「わたしを指揮官に選んだのはきみたちだ。わたしが残されていると言ったら残されている」

「連中はもうふたりとも撃ち殺しているかもしれない」

「連中はフランツもオロスコもスワンも撃ち殺さなかった。弾道学的証拠を気にしたからだ」

「正気の沙汰じゃない」

「仲間をさらにふたりも失うわけにはいかない」リーチャーは言った。

ニューエイジのあるブロックを目立たないようにすばやくもう一周し、全体の配置を頭に叩きこんだ。門は正方形の表側の辺の真ん中にある。そこから短い私道を進んで、突きあたりの敷地中央に本館がある。その裏に三棟の別館が散らばっている。一棟はヘリパッドに近い。一棟はもう少し離れている。残りの一棟はほかの構造物から三十メートルほど離れ、独立して建っている。四棟ともコンクリート板の上に造られている。外壁はトタン板だ。看板のたぐいはない。地味な実用重視の施設だ。木は植えられていない。景観は考えていない。凹凸のある茶色い草地と石炭殻を敷いた硬い小道と駐車場があるだけだ。

「クライスラーはどこに行った？」リーチャーは訊いた。

「外を走りまわっている」ニーグリーは言った。「わたしたちを捜して」

グレンデールの病院に戻った。駐車場でニーグリーの車を回収し、スーパーマーケットに寄った。軸が木製のキッチン用マッチをひと箱買う。エビアン二ケースも。一リットル入りの瓶を六本ずつまとめて熱収縮包装してあり、全部で十二本ある。通りの先のオートショップにも寄った。五ガロン入りの赤い樹脂製ガソリンタンクと磨き布ひと袋を買う。

それからガソリンスタンドに寄り、車二台とガソリンタンクを満タンにした。

グレンデールの南西へ向かい、シルヴァーレイクに行った。リーチャーはニーグリーに電話をかけて言った。「そろそろモーテルに寄ってみるべきだ」

ニーグリーは言った。「まだ連中が見張っているかもしれない」

「だからこそモーテルに寄ってみるべきだ。いまひとり始末できれば、あとで気にしなければならない相手がひとり減る」

「ひとりより多いかもしれない」

「望むところだ。パーティーは人が多いほど楽しい」

サンセット・ブールヴァードはシルヴァーレイク貯水池の南を突っ切っている。とても長い道だ。リーチャーはサンセット・ブールヴァードを見つけ、西へ向かった。十キロほど進み、減速せずにモーテルの前を通り過ぎた。ニーグリーは二十メートル後ろでシビックを走らせている。リーチャーは先行して左折し、一ブロック離れたところに停車した。モーテルの裏にまわりこめる脇道がある。互いの間隔を五メートルほど空けて、脇道を歩いた。ふたりの人間をひとつの標的にする意味はない。リーチャーがポケットの中のグロックを握って先に立った。ごみ容器が並ぶ狭い小道を抜け、裏からゆっくりとモーテルの駐車場にはいった。駐車場は平穏に見える。車は八台、うち五台はほかの州のナンバープレートで、紺のクライスラーはない。物陰に潜んでいる者もいない。右へ行った。五メートル後ろのニーグリーが左へ行くのはわかっている。それが何年も前に確立された既定の配置だからだ。右《R》はリーチャーのR、左《L》はニーグリーのミドルネームのイニシャル。建物のまわりを半周した。場ちがいな者はいない。怪しい者はいない。ラウンジにもだれもいないし、洗濯室にもだれもいない。事務室にひとりきりでいるフロント係が駐車場の向こうに見える。

歩道に出て、通りに目を走らせた。問題ない。動きが少し見てとれるが、たいした動きはない。車が少し見てとれるが、気になる車はない。駐車場に戻り、ニーグリーが反対側を半周するのを待った。ニーグリーは歩道に目を走らせ、通りにも目を走らせ、戻って事務室にも目を走らせた。何もない。首を横に振っている。念のために五メートルの間隔を空けたまま、ちがう方向からオドンネルの部屋に行った。

錠が壊されている。

もっと正確に言うなら、錠は無事だが、ドアの縦枠が壊されている。木が裂けている。バールかタイヤレバーでこじあけたのだろう。リーチャーはポケットからグロックを出し、ドアの蝶番《ちょうつがい》側で待った。ニーグリーがドアノブ側に来る。そのうなずきを合図に、リーチャーはドアを蹴りあけ、ニーグリーは膝を突いて体を翻し、戸口で銃を構えた。これも古い既定の配置だ。蝶番側にいるほうがドアをあけ、ドアノブ側にいるほうが姿勢を低くして突入し、標的としての面積をできるだけ小さくする。銃を持って室内に隠れている者はたいてい高い位置を狙う。そこに体の中心があると予想するからだ。

しかし、室内にはだれも隠れていなかった。

完全に無人だ。だが、完全に破壊されている。あさられ、めちゃくちゃにされている。ニューエイジの書類はすべてなくなっているし、選ばなかったグロック17もなくなっているし、サロピアンのデーウーDP51もなくなっているし、AMTハードボーラーもなくなっているし、予備の弾薬もなくなっているし、マグライトもなくなっている。オドンネルの服が部屋中に散らばっている。千ドルのスーツはクローゼットのハンガーからむしり取られ、踏みにじられている。バスルーム用品まで散乱している。

ディクソンの部屋も同じだ。無人だが、破壊されている。

ニーグリーの部屋も。

リーチャーの部屋も。折りたたみ式の歯ブラシが床に落ち、踏み砕かれている。

「やってくれたな」リーチャーは言った。

ふたりであたりをもう一度調べた。モーテルそのものと、半径一ブロックの外周を。だれもいない。ニーグリーは言った。「全員がハイランドパークでわたしたちを待ち受けている」

リーチャーはうなずいた。ふたりに残されたのは、二挺のグロックと六十八発の弾薬。それと、先ほど買った品がプレリュードのトランクにはいっている。

味方はふたりに対して、敵は七人以上。

時間もない。

奇襲はかけられない。

防御を固めた陣地は侵入できない。

絶望的な状況だ。

「行くとしよう」リーチャーは言った。

71

闇を待つのはいつだって長く退屈な時間だ。地球の自転は速くなったように感じるときもあれば、遅くなったように感じるときもある。いまは遅い。ふたりはニューエイジの工場から三ブロック離れた静かな通りの左右に車を停めていた。ニーグリーのシビックは西を向いて、リーチャーのプレリュードは東を向いて。どちらからも工場は見える。フェンスの内側は様子が変わっている。駐車場から組み立て作業員の車がなくなっている。代わりに、紺のクライスラー３００Ｃが六台停まっている。きょうの作業を切りあげたのは明らかだ。戦闘準備を整えている。車の向こうの、四百メートルほど離れたところにヘリコプターが見える。ここからでは小さな白い物体にしか見えないが、エンジンを始動すればわかるだろう。そしてエンジンが始動すれば、すべてはむだになる。

リーチャーは電話を二台ともマナーモードにしておいた。時間を潰すために、ニーグリーが電話を二回かけてきた。窓をおろして声を張りあげれば聞こえるくらい近いのだが、注意を引きたくないのだろう。

一回目、ニーグリーはこう尋ねた。「カーラと寝たの？」

「いつ？」リーチャーは時間を稼ごうとして言った。

「ロサンゼルスに来てから」

「二回寝た」リーチャーは言った。「それだけだ」

「よかったわね」

「ありがとう」

「ふたりとも前からそうしたがっていたし」

二回目は十五分後だった。

「遺言は書いた？」ニーグリーは訊いた。

「意味がない」リーチャーは言った。「歯ブラシを壊されたから、わたしはもう何も持っていない」

「どんな気分？」

「おもしろくない。あの歯ブラシは気に入っていた。愛用していたのに」

「そういう意味じゃなくて、ほかに何も持っていないことについてよ」

「不満はない。カーラもデイヴもわたしよりほんとうに幸せだとは思えない」

「ふたりがいま、あなたより幸せじゃないのは確かね」

「われわれが来てくれるとわかっているはずだ」
「四人でいっしょに死ねると思えば、さぞかし元気づけられそう」
「ひとりで死ぬよりましだ」リーチャーは言った。

コロラド州では大きな白いセミトレーラーがI‐七〇号線を西へ進み、ユタ州へ向かっていた。積み荷は半分以下で、四十トンの最大積載量に対して十六トン強しか積んでいない。だから軽々と走っているが、山道のせいで速度は出ていない。南へ曲がってI‐一五号線に乗るまでは速度は出ないだろう。そこからは少し楽になり、はるか南のカリフォルニア州をめざす。全体の平均時速は八十キロほどになるだろうと運転手は見こんでいた。全行程の所要時間は最大で十八時間。休憩時間をとるつもりはない。とれるわけがない。使命を与えられた身で、怠けている暇はない。

アズハリ・マフムードは地図を調べた。これで三度目だ。三時間はかかると踏んでいた。もっとかかるかもしれない。ロサンゼルス全域を南から北へ縦断しなければならないのだから。楽ではないだろう。〈U‐ホール〉のトラックは豚並みに鈍重だし、道がひどく混むのはまちがいない。四時間は見ておこうと決めた。早く着いたら、待てばいい。それで何か困るわけでもない。目覚まし時計をセットし、ベッドに寝そべって、どうにか眠ろうとした。

リーチャーは前方の東の地平線を見つめ、照度を判断しようとした。フロントガラスが着色されているのが厄介だ。この視界なら大丈夫だと、つい楽観しそうになってしまう。空が実際より暗く見える。窓をあけ、外に首を出した。実際には、そこまで暗くない。少なくともあと一時間は日の光が残っているだろう。そこからおそらく一時間ほどの黄昏《たそがれ》を経て、完全な暗闇を迎える。窓を閉め、座席の背にもたれて、体を休めた。心拍を落ち着かせ、ゆっくりと呼吸し、気を静めた。

気を静めていられたのは、アレン・ラメゾンから電話がかかってくるまでだった。

72

ラメゾンはラスヴェガスで奪ったサロピアンの携帯電話ではなく、〈ラジオシャック〉で買ったプリペイド携帯電話にかけてきた。発信者番号からして、カーラ・ディクソンの電話を使っている。あからさまな挑発だ。声には勝ち誇ったおごりが満ちている。

「リーチャーか？」ラメゾンは言った。「話がしたい」

「だったら話せ」リーチャーは言った。

「おまえたちは無能だな」

「そう思うのか？」

「これまでおまえたちはことごとく敗れている」

「サロピアンには敗れていない」

「まあそうだな」ラメゾンは言った。「それについてはとても残念に思っている」

「だが、慣れたほうがいいぞ。なぜなら、おまえはほかの六人も失うからだ。その後、おまえはわたしから逃げまわることになる」

「いや」ラメゾンは言った。「そうはならない。取引しよう」

「寝言は寝て言え」

「またとない条件だぞ。聞きたいか？」

「話すなら早く話したほうがいい。いま、わたしはダウンタウンにいる。ＦＢＩの人間と会う約束をとりつけた。リトル・ウィングの件を洗いざらい話すつもりだ」

「何を話すんだ？」ラメゾンは言った。「話すことなど何もないさ。不良品が廃棄されただけだ。ペンタゴンが承認した書類にそうはっきりと記されている」

リーチャーは何も言わなかった。

「どうせおまえはＦＢＩの近くにいない」ラメゾンは言った。「仲間の救出方法を考えているはずだ」

「そう思うのか？」

「おまえは仲間の安全をＦＢＩに委ねたりしない」

「わたしのことを仲間思いの人物だと勘ちがいしているようだな」

「仲間思いでなかったら、そもそもここには来ない。トニー・スワンとカルヴィン・フランツとマニュエル・オロスコとジョージ・サンチェスがすべて話してくれたよ。死ぬ前に。どうやら特別捜査官に喧嘩を売ってはならないらしいな」

「それはただのスローガンだ。当時も時代遅れだったし、いまでは完全に時代遅れだ」

「それでもあの四人はそのスローガンにすがっていたぞ。ミズ・ディクソンとミスター・オドンネルもすがっている。おまえに対する信頼ぶりには涙を誘われるよ。だから取引の話をしよう。おまえは仲間をひどい目に遭わされずに済む」

「どうしろと？」

「おまえとミズ・ニーグリーはすぐにここに来い。四人とも一週間拘束する。ほとぼりが冷めるまで。そのあと、解放してやる。四人とも」

「いやだと言ったら？」

「オドンネルの両腕と両脚を折り、その飛び出しナイフでディクソンを切り刻む。ちょっとばかりあの体を楽しませてもらったあとで。それから、ふたりをヘリコプターに乗せる」

リーチャーは何も言わなかった。

「リトル・ウィングのことは心配するな」ラメゾンは言った。「もう取引は済んだ。いまさら止められない。どのみち、カシミールに運ばれる。行ったことはあるか？ろくでもないところだ。まさに肥溜《こえだ》めだな。ターバン野郎どもが争い合っている。どうなろうと知ったことじゃないだろう？」

リーチャーは何も言わなかった。

ラメゾンは言った。「取引するか？」

「ことわる」

「考え直したほうがいいぞ。おれたちに好きにされたら、ディクソンは喜ばないだろうな」

「なぜおまえを信用できる？　わたしが来たら、頭を撃つつもりだろうに」

「確かに、そういう危険はある」ラメゾンは言った。「だが、おまえはその危険を冒すと思うぞ。仲間がこうなったのはおまえのせいだからだ。おまえは仲間の期待を裏切った。指揮官なのに、しくじった。おまえの話はさんざん聞かされたよ。おまえの名前は聞き飽きたくらいだ。おまえは仲間を助けるためならなんでもやる」

「どこにいる？」リーチャーは尋ねた。

「知っているはずだ」

フロントガラスの向こうに目をやった。着色ガラスの効果を計算に入れ、照度を判断しようとした。

「われわれはそこから二時間のところにいる」声に緊張を少し漂わせて言った。

「どこだ」

「パームデールの南だ」

「なぜ？」

「ディーンを訪ねるつもりだった。スワンと同じように、すべてをつなぎ合わせるために」

「引き返せ」ラメゾンは言った。「いますぐ。ミズ・ディクソンのために。きっと悲鳴をあげるぞ。おれの部下たちに組み敷かれて。その声を電話でおまえに聞かせてやる」

リーチャーは一瞬黙った。

「二時間後だ」と言う。「またな」

電話を切り、ニーグリーにかけた。

「六十分後にはじめる」と言う。

それから座席の背にもたれ、目を閉じた。


六十分後、東の空は黒に近い濃紺になった。視界が急速に悪くなっている。昔、太平洋沿岸のどこかの学者ぶった教師が説明してくれたのだが、まず夕暮れが訪れ、黄昏を経て、夜になるらしい。〝夕暮れ〟と〝黄昏〟は同じではないとその教師は力説していた。夕方の暗さをまとめて表現できることばが必要なら、〝薄暮〟を使いなさいと言っていた。

いまはその薄暮だ。かなり暗いが、充分に暗いとまでは言えない。

ニーグリーに電話をかけ、呼び出し音を一回鳴らしただけで切った。ニーグリーが窓をあけ、手を振る。闇に小さな手が青白く浮かびあがっている。エンジンをかけ、路肩からゆっくりと車を出した。ライトは点灯しない。夜が訪れつつある東へ向かい、右折して三ブロック進み、ニューエイジのフェンスの周囲を走った。時計まわりに、敷地の裏側の境界線に沿って。もう一度右折し、敷地の側面沿いに進んで、三分の二ほど行ったところで路肩に停めた。このニューエイジの工場を時計にたとえるなら、四時の位置にいる。方位磁針にたとえるなら、東南東にいる。

車からおり、身じろぎせずに立って耳を澄ました。何も聞こえない。何も見えない。ハイランドパークは人口が多い土地だが、ニューエイジの工場は商業地域にある。労働時間は終わり、人々は帰宅している。通りは暗く、静かだ。

プレリュードのトランクをあけた。こぶしでトランクライトを砕く。親指の爪でエビアンの瓶の包装を切り裂いた。一本出して栓をあけ、長々と飲む。それから残った水を側溝に捨てた。空になった瓶をトランクの中に立てて置く。その作業をもう十一回繰り返した。空の一リットル入りの瓶が一列に整列した。

ガソリンタンクを出した。

アメリカの液量単位で五ガロンだから、十九リットル弱になる。きわめて慎重に、中身を瓶に注いだ。無鉛ガソリンのベンゼンの芳香が漂ってくる。好きなにおいだ。世界で最もかぐわしいにおいのひとつだと言っていい。十二本目の瓶を満たすと、タンクを地面に置いた。まだ七リットル残っている。二ガロン近くだ。

磨き布の袋を破いてあけた。

三十センチ四方の白いコットンのジャージー生地が何枚もはいっている。アンダーシャツにも使われている生地だ。それを葉巻のようにきつく巻き、瓶の口に差しこんだ。半分は中に入れ、半分は外に出して。無色に近い淡い色のガソリンが吸いあげられる。

火炎瓶《モロトフ・カクテル》。スペイン内戦中にファシストが発明した、粗雑だが有効な武器で、一九三九年に赤軍と戦ったフィンランド人が、ソヴィエトのヴャチェスラフ・モロトフ外相に対するあてこすりとしてこの名前をつけた。〝戦車がこれほど長く燃えるとは知らなかった〟とフィンランド軍の退役兵士は回想している。

戦車だろうと、建物だろうと、リーチャーにとってはまったく同じだ。

十三枚目の布を巻き、地面に置いた。タンクからガソリンを垂らして染みこませる。軸が木製のキッチン用マッチの箱を見つけ、中身をポケットに突っこんだ。十二本のガソリン入りの瓶を一本ずつ慎重にトランクから出し、プレリュードのリアバンパーの二メートルほど後ろに立てて置いた。それから十三枚目の布を拾いあげ、トランクの蓋をおろし、布が四分の三ほど外に出るようにして蓋ではさんだ。闇の中だと、車に小さな白い尻尾が生えているように見える。銀色の子羊のようだ。

ショータイムだ。

マッチを擦り、トランクの蓋ではさんだ布に押しつけた。布が赤々と燃えはじめる。マッチを振って消し、一本目のモロトフ・カクテルを手に取った。燃えている布から瓶の芯に火を移し、あとずさってフェンスの向こうに高々と投げこんだ。瓶は回転しながらゆっくりと光の弧を描き、本館の妻壁の基部にあたって爆ぜた。ガソリンが爆発、炎上し、小さな炎の池ができる。

二本目の爆弾を投げた。同じ手順で。燃えている布から芯に火を移し、あとずさって思いきり投げる。瓶は同じ弧を描き、同じ場所にあたって爆ぜた。白熱の炎が少しのあいだ燃えあがり、炎の池ができて広がる。炎が外壁を舐《な》めはじめている。

三本目の爆弾は炎に直接投げこんだ。四本目も。五本目は少し左を狙った。新しい炎が燃えはじめる。六本目と七本目をそこに投げこんだ。とてつもない遠投を繰り返しているせいで肩が痛みだしている。妻壁の周囲の草地が燃えはじめた。煙も漂いはじめている。八本目の瓶をふたつの炎の中間に投げ入れた。手前に落ちて爆ぜ、本館から二メートル半ほど離れた草地に着火した。いまや幅三メートル、奥行き二メートル半ほどのいびつな炎の帯ができている。高さは一・二メートルほどあり、化学物質で燃焼を促進され、赤とオレンジ色と緑が混じっている。

九本目の瓶をさらに力強く、さらに左へ投げた。本館の入口の近くで爆発する。十本目もそこに投げこんだ。爆ぜない。中身を漏らしながら転がり、燃えるガソリンが噴き出て、炎が乾いた草地に勢いよく広がってパチパチと音を立てている。間をとって狙いを定め、十一本目の瓶は本館の角のあたりの隙間を埋めるのに使った。最後の十二本目もそこに投げこむ。思いきり投げた瓶は外壁の高い位置にあたって爆ぜ、燃えるガソリンが妻壁全体に撒き散らされた。

トランクをあけ、燃えている布を払い落として踏み消した。それからフェンスに近づき、中をのぞきこんだ。本館の妻壁沿いの草地が激しく燃え、正面側の壁沿いの草地も入口の前まで激しく燃えている。炎が高々と舞い、煙が立ちのぼっている。建物自体は金属製なので燃え移っていない。もっとも、中は暑くなっていることだろう。

すぐにもっと暑くなる。

ガソリンタンクの蓋をあけ、力を溜めて円盤投げの選手のようにほうった。タンクはフェンスを越え、回転してふらつきながら宙を飛び、炎のちょうど真ん中に落下した。薄くて赤い可燃性の合成樹脂、中には二ガロンのガソリン。一瞬の間を置いてタンクは爆発し、巨大な白い火球と化した。つかの間、本館全体が燃えあがったかに見える。やがて火球は消え、残された炎は前の二倍の高さとなり、外壁の塗料が燃えはじめた。

プレリュードに戻ってエンジンをかけ、いびつなUターンをして、来た道を引き返した。マフラーが泡立つような音を立てている。どこにいるかはわからないが、ディクソンとオドンネルにも聞こえていることを祈った。三ブロック進み、もとの場所に戻った。ニーグリーのシビックの後ろに停め、エンジンを切り、静かにすわって窓の外を眺めた。遠くのずっと左が明るくなっている。煙が立ちのぼって漂い、下で踊る明るい炎に照らし出されている。なかなかの火事だ。刻々と激しくなっている。

すばらしい。

同志モロトフに対して見えないグラスを掲げた。

それから座席の背にもたれ、消防隊が現れるのを待った。

73

消防隊は四分足らずで現れた。ニューエイジの警報システムが消防署に直接接続されているのは明らかだ。ペンタゴンの要求だろう。門の守衛の詰所と同じように。遠く右からサイレンの低い音がかすかに聞こえ、点滅する青いライトが地平線に見える。ニーグリーが車のエンジンをかけ、ギヤを入れた。リーチャーも自分の車のエンジンをかけた。そして待った。サイレンがしだいに大きくなってくる。それがけたたましく甲高い連続音に変わり、一度、二度とつづけざまに鳴った。その後はまとまりのないサイレンに戻っている。青いライトも明るさを増してきた。消防車の車列との距離は二ブロック。暗闇をヘッドライトのまばゆい光が貫いている。ニーグリーが路肩から車を出した。リーチャーも追従した。ニーグリーが前へ進み、一時停止線で待つ。リーチャーはその真後ろにいる。消防車の車列は一ブロックまで距離を縮め、高速で接近し、警笛を鳴らしながらライトを点滅させている。ニーグリーは車を急発進させ、左折して車列の前方に出た。リーチャーもタイヤをきしらせながらそれを追い、先頭の消防車のわずか数メートル前に割りこんだ。苛立たしげなサイレンを浴びせられる。ニーグリーはそのまま二、三百メートル車を走らせた。一ブロック。二ブロック。ニューエイジのブロックにはいった。表側のフェンスに沿って進む。リーチャーはずっと後ろについている。その後ろではサイレンが怒声を張りあげている。やがてニーグリーが善良な市民のように車を路肩に寄せた。リーチャーもその後ろに車を押しこんだ。消防車が左に寄り、轟音をあげながら二台を追い越していく。そのほぼ直後に急ブレーキをかけてハンドルを切り、ニューエイジの門に正面を向けた。消防車は三台。ポンプ隊の一個部隊まるごとだ。重要度の高い出動先だからだろう。

ニューエイジの門が横に開きつつある。火災警報はどんな通行証や書類よりも優先されるからだ。

そこでニーグリーが脇道に車を六メートルほど突っこませると、外に出て闇の中を懸命に走りだした。リーチャーもそれを追った。ふたりして全速力で道を突っ切り、減速して曲がろうとしている最後の消防車に追いついた。死角である消防車の左側の位置を保つ。守衛の詰所からは遠いし、炎からも遠い。注意の中心から遠い。遅れないように必死に走った。消防車に貼りついてそのまま門を抜ける。サイレンがまだ鳴っている。エンジン音がとどろいている。鼓膜が破れそうだ。炎から漂う煙が夜気に刺激臭を加えている。消防車は直進した。ニーグリーは急角度で左に曲がり、内側のフェンスに沿って走った。リーチャーは斜め左の草地へ向かった。全速力で十秒走ってから、身を投げ出して転がり、伏せて顔を土に押しつけた。

一分後、顔をあげた。

火災現場からは六十メートルほど離れている。その手前に三台の巨大な騒々しい消防車が停まり、青いライトを点滅させ、ヘッドライトを煌々《こうこう》と光らせている。消防車の向こうに炎が見える。動きまわっている者たちも見える。ニューエイジの保安部員だろう。奥のフェンスのそばで、火事を起こした犯人あるいは原因を確かめようとしている。熱に太刀打ちできず、前に飛び出しては後ろにさがっている。そこら中で消防士が走りまわり、装備を引っ張り出したりホースを伸ばしたりしている。

大混乱だ。

首をめぐらし、闇を透かし見ようと目を凝らした。十二メートルほど離れた草地がなだらかに盛りあがっている。ニーグリーにちがいない。

フェンスの内側に侵入できた。

気づかれずに。

ロサンゼルスきっての勇敢な者たちが火を消し止めるのに八分かかった。そこから、灰に水を浴びせたり、メモをとったり、いろいろな事後処理をしたりするのに三十一分かかった。消防隊が現場にいた時間は計三十九分。リーチャーはその前半の二十分を、できるだけ近くまで忍び寄って本館や別館を偵察することに使った。後半の十九分は、できるだけ遠くまで後ろ向きに這うことに使った。消防車が仕事を終え、門から出ていくころには、敷地の裏側の角に体を押しこんでいて、騒ぎの中心からは百数十メートル離れていた。

いちばん近くにあるのはヘリコプターだ。敷地の対角線の中ほどでヘリパッドに駐機中で、七十メートルほど離れている。その向こうに最寄りの小さな別館がある。パイロットのオフィスのようだ。先ほど、革のジャケットを着た男がそこから走り出てくるのが見えた。その背後の明るい光の中に、壁に留められた地図や海図も見えた。ヘリコプターとパイロットのオフィスから等距離にあり、両者の三十メートル南にあるのが駐車場だ。紺のクライスラーが六台停まっているが、どれも静止している。パイロットのオフィスの向こうに第二の小さな別館がある。何かの倉庫だろう。消防隊の隊長は、中をざっと見るのを許されていた。

その南が本館だ。事業の中心。組み立てライン。シャワーキャップをかぶった女たちが実験用作業台で仕事にいそしんでいる場所。周囲の屋外では人々がまだ動きまわっている。体格からしてラメゾンにまちがいない男もいて、消えかけの煙の中を荒々しい足どりで歩き、指示を叫び、作業を指揮している。レノックスとパーカーもいる。下っ端も。下っ端の人数はわかりにくい。暗すぎるし、混乱しているし、みなうろついているからだ。少なくとも三人はいる。もしかしたら四人、あるいは五人。

第三の小さな別館は裏側のずっと奥にあり、ほかの構造物からは離れていて、リーチャーの真東の角に近い。そのドアはずっと閉めきったままで、だれも近づかなかった。ラメゾンも、その手下も、消防士も。

あれが監禁場所だろう。

通りに面した正門はふたたび閉じられている。最後の消防車が抜けると、甲高い大きな音を立てながら横に動いて勢いよく閉められ、上部の横棒に溶接された螺旋状のレイザーワイヤーが衝撃で震えた。守衛は詰所から動いていない。ガラス越しにその姿がはっきりと浮かびあがっている。頭上の電球が柔らかな光を投げかけ、直径六メートルの真円を作っているが、窓枠が四本の細長い影を落としている。

本館の向こうでは、保安部員たちがまだ何かを探している。ラメゾンが状況説明のために部下の四人を整列させた。そして四人をふたりひと組に分け、フェンスの点検に送り出した。ひと組は時計まわりに、もうひと組は反時計まわりに。それぞれの組が敷地の境界線に沿ってゆっくりと歩きはじめ、草地を足で探ったり、下を見たり、上を見たり、レイザーワイヤーに目をやったりしている。リーチャーはそこから百数十メートル離れたところで、仰向けになった。空を確かめる。完全な暗闇に近い。日中は褐色だったスモッグが、いまはくすんだ黒になり、毛布のようだ。月は出ていない。昼の光のごくわずかな最後の名残と、少し散乱しているオレンジ色の街の明かりを除けば、光はまったくない。

またうつ伏せになった。保安部員たちはふたりひと組でゆっくりと進んでいる。ラメゾンは本館の中に戻ろうとしている。パーカーとレノックスの姿は見えない。すでに中に戻ったのだろう。捜索担当の保安部員たちを観察した。ひと組ずつ。それぞれ逆方向へ向かっている。時計まわりのひと組はニーグリーの獲物だ。反時計まわりのひと組は自分の獲物になる。そのひと組がここに来るまでには百数十メートル進まなければならない。このペースなら、四分あまりかかるだろう。保安部員たちはフェンスとそのすぐ内側の幅四メートル半ほどの細長い区域に意識を集中している。野球場のウォーニングゾーンのようだ。懐中電灯は持っていない。感触だけを頼りに調べている。何か見つけたときには転んでいるだろう。リーチャーは二十メートルほど内側に匍匐《ほふく》前進した。草地が盛りあがっている先にくぼみを見つけ、そこに体を押しこんだ。中間地帯だ。敷地の広さは約二エーカー、つまり約八千平方メートルで、九千六百八十平方ヤードに相当する。リーチャーはそのうちの約二平方ヤードを占めている。ニーグリーもだいたい同じだ。九千六百八十平方ヤードのうちの四平方ヤード。行き当たりばったりに捜したときに見つかる確率は二千四百二十分の一。動かずに静かにしていればそういう確率になる。

しかし、そんな余裕はない。

頭の中の時計が、二時間の期限が迫りつつあることを告げたからだ。肘を突いて上体を支え、電話を出してディクソンの携帯電話の番号を押した。

74

百メートル以上離れたところで、ラメゾンが電話に出た。リーチャーは電話の明るい液晶画面を親指で覆いつづけた。夜間視力を維持したかったし、捜索担当の保安部員が目をあげると、かすかな青い光を浴びて小さな顔だけが浮かんでいるのが見えたという事態も避けたかったからだ。できるかぎりふだんどおりの声を出した。

「二一〇号線で渋滞にはまった」と言う。「前で車が立ち往生している」

「でたらめを言うな」ラメゾンは言った。「おまえはここの近くにいる。フェンス越しにガソリン爆弾を投げ入れただろうが」声は大きく、怒っている。携帯電話の回線越しだと、鋭くてよく通る声だ。少し耳障りで、ひずんでいる。リーチャーは人差し指の腹で受話口を覆い、保安部員たちに目をやった。百二十メートルほど離れている。なんの反応も見せていない。

「なんの爆弾だって？」電話に向かって言った。

「聞こえただろうに」

「われわれはフリーウェイにいる。なんの話をしているのかわからないんだが」

「でたらめを言うな、リーチャー。おまえはここにいる。おまえが放火した。だが、お粗末な火事だったな。五分で消し止めたぞ。おまえはここにいる。おまえも見ていたはずだ」

ほんとうは八分だがな、とリーチャーは思った。もっと褒めてくれてもいいんだぞ、と。だが、何も言わなかった。黙ってふたりの保安部員を観察した。まだ百十メートルほど離れている。

「取引はなしだ」ラメゾンは言った。

「待て」リーチャーは言った。「取引についてはまだ考慮中だ。だが、わたしは愚か者ではない。ふたりが生きている証拠がほしい。すでにおまえに撃ち殺されているかもしれない」

「まだ生きている」

「証明しろ」

「どうやって？」

「この渋滞を抜けたら、また電話をかける。門のところまでふたりを連れてくればいい」

「だめだ。ふたりは動かさない」

「だったら取引はできないな」

ラメゾンは言った。「おまえに代わってふたりに質問をする」

保安部員たちは九十メートルにまで近づいている。

「どんな質問を？」リーチャーは言った。

「本人だけが答えられる質問を考えろ。ふたりにその質問をして、こちらから電話をかけ直す」

「こちらからかけ直す」リーチャーは言った。「運転中は電話に出られない」

「運転中ではないくせに。どんな質問にするんだ」

「第一一〇憲兵隊に所属する前の部隊を訊け」と言った。そして電話を切り、ポケットに戻した。


保安部員たちは七十メートルほど離れている。リーチャーは内側へさらに二十メートルほど匍匐前進した。ゆっくりと慎重に、フェンスと平行に。保安部員たちはそのあいだに十メートル進んだ。いまや距離は四十メートルほどに縮まっていて、ふたりの男は一メートル半の間隔を空け、草地を足で探り、外側のフェンスに目を凝らして破れ目を探しながら、ゆっくりと近づいてくる。

本館の表側に光が見えた。ドアが開きつつある。長身の人影が外に出てきた。おそらくパーカーだ。ドアを閉め、急いで近いほうの妻壁をまわりこんで、三十メートルほど離れた隅の小屋へ向かっている。そしてドアを解錠し、中へはいると、一分もしないうちにまた出てきて、ドアを施錠し直した。

監禁場所だな、とリーチャーは思った。教えてくれてありがとう。

保安部員たちは、ヤード・ポンド法でいうなら二十ヤード離れている。十八と四分の一メートル、六十フィート、七百二十インチ、〇・〇一一三マイル。リーチャーは少し前に進んで、距離を縮めた。保安部員たちはつまずきながら歩いている。いまや十メートル斜め前にいて、八メートル左にいる。

ポケットの中で電話が振動した。

引っ張り出し、手のひらをまるくして覆った。発信者番号はディクソンになっている。つまりラメゾンだ。いましがたパーカー経由で質問の答を聞いたのだろう。

こちらからかけ直すと言っただろうが、と思った。いまは話せない。

電話をポケットに押しこみ、待った。保安部員たちはほぼ真横に来て、八メートル左にいる。そのまま進んでいく。リーチャーは音を立てずに這って地面の上で百八十度向きを変えた。保安部員たちは歩きつづけている。リーチャーは方向変換を終えた。これで背後についた。静かに立ちあがる。靴底が草をこする音で勘づかれないようにつま先立ちになり、短い歩幅で足音を殺して歩いた。ふたりの男に後ろから近づく。ふたりのちょうど中間線上を進み、距離を三メートル、二メートル半、二メートルと縮めていく。ふたりともそれなりの体格だ。百九十センチ弱、九十五キログらいで、色白でたくましい。紺のスーツ、白いシャツ、角刈り。広い肩、太い首。

ひとり目のうなじの真ん中に強烈な右ストレートを叩きこんだ。百十三キロの体重と積もりに積もった怒りを載せて。男の首が前に倒れるとともに、頭が後ろに倒れてリーチャーのこぶしにあたって跳ね返り、つんのめって顎が胸にぶつかった。鞭打《むちう》ち症《しょう》だ。衝突実験で、トラックに猛スピードで追突されたときのダミー人形に似ている。男はそのまま崩れ落ち、相棒が驚いてそちらに顔を向けた。リーチャーはすり足で小幅に一歩進み、その顔に頭突きをもろに浴びせた。音だけで痛烈な一撃だったことがわかる。骨、軟骨、筋肉、脂肪に重大な損傷を負わせたときの、聞きまちがいようのない破壊音が耳に届く。男は立ったままでいたが、一瞬で意識を失い、地面に倒れ伏した。

リーチャーはひとり目の男を仰向けにすると、その胸の上に腰をおろし、一方の手で鼻をつまみ、もう一方の手で口をふさいだ。男が窒息するまで待つ。長くはかからなかった。一分以内だ。ふたり目の男にも同じことをやった。もう一分ほどかけて。

それからふたりのポケットを調べた。ひとり目の男は携帯電話と、銃と、現金とクレジットカードが詰まった財布を持っていた。銃と現金だけ奪い、携帯電話とクレジットカードはそのままにした。銃は九ミリ拳銃のシグ・ザウエルＰ２２６。現金は二百ドル近くある。ふたり目の男も電話とシグと財布を持っていた。

さらに、デイヴ・オドンネルのセラミック製のブラスナックルも。ジャケットのポケットにはいっていた。病院で拘束するときに活躍して褒美をもらったか、記念品として盗んだのだろう。戦利品ということだ。自分のポケットにそれを入れ、シグを二挺とも腰に差し、現金を尻ポケットにしまった。それからふたり目の男のジャケットで手を拭い、這って離れた。低く、速く、ニーグリーがいるであろう暗闇に目を凝らしながら。そちらから物音はしていない。まったく。だが、心配はしていなかった。暗闇でニーグリーと男ふたりとの戦いなら、太陽が西に沈むのと同じくらい結果は確実だ。

草地にまた大きなくぼみがあったので、そこに肘を突いて腹這いになり、電話を出した。カーラ・ディクソンの番号にかける。

「いったいどこにいた？」ラメゾンが訊いた。

「言っただろうに」リーチャーは言った。「運転中は電話に出ないと」

「運転中ではないくせに」

「だったら、なぜわたしは電話に出なかった？」

「知るか」ラメゾンは言った。「いま、どこにいる？」

「近くだ」

「第一一〇憲兵隊の前、ディクソンは第五三憲兵隊に、オドンネルは第一三一憲兵隊にいたと言っている」

「わかった」リーチャーは言った。「十分後にかけ直す。そのころには着く」

電話を切り、あぐらを掻いて地面にすわった。生きている証拠となる答は聞けた。唯一の問題は、どちらの答も真実からかけ離れていたことだ。

75

リーチャーは草地を南へ匍匐前進し、暗闇にニーグリーを捜した。五十メートルほどすみやかに進んだところで、代わりに死体を見つけた。それに突っこんでしまい、まず手が、つづいて膝がぶつかった。男の死体で、急速に冷えつつある。紺のスーツ、白いシャツ。折れた首。

「ニーグリー？」とささやいた。

「ここよ」ニーグリーがささやき返す。

六メートルほど離れたところで、体の横を下にし、片肘を突いて上体を支えている。

「無事か？」リーチャーは訊いた。

「快調よ」

「もうひとりいただろう？」

「あなたの後ろ」ニーグリーは言った。「右寄り」

リーチャーは振り返った。似たような男、似たようなスーツ、似たようなシャツ。似たような損傷。

「何か問題は？」と訊く。

「楽勝だった」ニーグリーは言った。「それに、あなたより静かにやれた。ここからでも頭突きの音が聞こえたわよ」

ふたりは闇の中でこぶしをぶつけ合った。昔の儀式。ニーグリーが許容する身体的接触はこれくらいが限度だ。

「ラメゾンはこちらが外から中をのぞきこんでいると思っている」リーチャーは言った。「われわれをだまして取引しようとしている。われわれが降伏したら、四人とも一週間拘束し、ほとぼりが冷めたら解放するそうだ」

「信じるとでも思っているのかしら」

「わたしが仕留めた男のひとりがオドンネルのブラスナックルを持っていた」

「それはよくない材料ね」

「ふたりともいまのところは無事だ。ふたりが生きている証拠をラメゾンに求めた。本人だけが答えられる質問をする形で。ディクソンは前は第五三憲兵隊にいたと答え、オドンネルは第一三一憲兵隊にいたと答えた」

「でたらめよ。第五三憲兵隊は存在しない。デイヴは士官候補生学校を出てすぐに第一一〇憲兵隊に配属された」

「われわれ宛のふたりからのメッセージだな」リーチャーは言った。「五十三は素数だ。わたしならそれに気づくとカーラは踏んだ」

「それで？」

「五足す三は八。カーラは敵が八人いると伝えている」

「だったら残りは四人になる。レノックス、パーカー、ラメゾン。あとひとり。四人目はだれ？」

「それがデイヴのメッセージだ。あいつはことば派だからな。一、三、一。アルファベットの十三番目と一番目の文字だ」

「MとA」ニーグリーは言った。

「モーニー《Mauney》」リーチャーは言った。「カーティス・モーニーもここにいる」

「上等」ニーグリーは言った。「あとから狩る手間が省ける」

ふたりはまたこぶしをぶつけ合った。そのとき、携帯電話が鳴りはじめた。けたたましく、甲高く、しつこく。二台がちがう音でばらばらに鳴っている。死んだ男ふたりのポケットにはいっている電話だ。五十メートル離れたところでも、同じことが起こっているにちがいない。死んだ男がもうふたり、ポケットがもうふたつ、鳴っている電話がもう二台。電話会議だ。ラメゾンが巡回中の下っ端に連絡をとろうとしている。

〝不測の事態〟。

電話はどちらも六回鳴ってから切れた。静寂が戻ってくる。

「つぎはどうする？」リーチャーは尋ねた。「もし自分がラメゾンだったら」

ニーグリーは言った。「仲間をあのクライスラーに分乗させ、ヘッドライトをつけて、車で軽く巡回する。一分以内にわたしたちを狩り出せるはず」

リーチャーはうなずいた。徒歩の人間にとっては、この敷地は広く感じる。車にとっては、狭く感じる。二台以上の車にとっては、ちっぽけに感じる。暗闇なら安全に感じる。キセノンヘッドライトに照らされたら金魚鉢のように感じる。車が弾みながら荒れた地面を走り、自分がそのヘッドライトにとらえられ、ジグザグに逃げまわり、光から目を守るさまを想像した。一台に追いかけられ、そこにほかの二台が集まってくるさまを。

フェンスに目をやった。

「そのとおり」ニーグリーは言った。「このフェンスはわたしたちを締め出していたのとちょうど同じように、閉じこめてもいる。わたしたちはビリヤード台のふたつの玉のようなもので、いまだれかが照明をつけてキューを手に取ろうとしている」

「われわれが見つからなかったら、連中はどうする？」

「見つからないわけがある？」

「仮定の話だ」ニーグリーは肩をすくめて言った。「わたしたちがどうにかして脱出したと考えるでしょうね」

「それから？」

「パニックに陥る」

「どんなふうに？」

「カーラとデイヴを殺し、身を潜める」

リーチャーはうなずいた。

「わたしもそう思う」と言う。

立ちあがって走りだした。ニーグリーがあとにつづいた。

76

リーチャーは走ってヘリコプターに直行した。ヘリコプターは五、六十メートル離れていて、大きくて白く、街の夜の明かりを反射している。ニーグリーがかたわらを辛抱強く走っている。リーチャーは俊足にはほど遠い。遅いし、重い。おまけにポケットの中身が跳ねまわっている。大学の運動選手ならこの距離を六、七秒で走れるだろう。ニーグリーなら八秒。リーチャーは十五秒近くかかった。それでも、ようやくたどり着いた。たどり着くと同時に本館のドアが勢いよく開き、光と男たちがこぼれ出た。リーチャーはすばやく左に動き、ヘリコプターが自分と男たちのあいだに来るようにした。ニーグリーも脇に体を押しこむ。三人の男が焦った様子で駐車場へ走っている。パーカーとレノックス。そしてラメゾンだ。三人とも急いでいる。三人が進むたび、リーチャーとニーグリーはそれに合わせてベルの周囲を時計まわりに少しずつ移動した。機体に指先を軽くあて、その大きな図体《ずうたい》を盾にしながら。通りに駐車した車と同じで、機体は冷えて夜露で濡れている。ぬめった感触がある。油とケロシンのにおいがする。

三十メートル離れたところで、三台のクライスラーのエンジンが始動した。三基のV型八気筒エンジンの音が静寂を破って大きく響く。三個の変速機のギヤが嚙み合う。三組のヘッドライトが点灯する。暗闇では驚くほど明るい。鮮やかで、指向性があり、輪郭が明確で、真っ白だ。それがよけいに厄介になった。ひと組ずつ、ハイビームに切り替わったからだ。新たなライトが点灯している。車が動きだすとともに、まばゆい光の巨大な円錐が上下左右に揺れた。リーチャーとニーグリーはベルのとがった長い機首をまわりこみ、反対側の側面に貼りついた。車は砲弾が炸裂《さくれつ》したように散らばり、加速して不規則に方向を変えながら走り去った。

そして十秒もしないうちに、四人の男の死体をすべて発見した。

三台は互いに五十メートルほど離れた二ヵ所で、横滑りしながら停まった。一台はニーグリーがいたところ、二台はリーチャーがいたところに。ヘッドライトが静止し、倒れ伏した四つの塊を照らして、四つの奇怪な長い影を投げかけている。三つのおぼろげな人影が走りまわり、光線を横切るたびに異様に明るい空間から完全な暗闇の中へと瞬時に移動している。

「いつまでもここにはいられない」ニーグリーが言った。「連中はこちらに戻ってくるから、わたしたちはハリウッド・ボウルのステージに立ったみたいに照らし出される」

「時間はどれくらいある？」

「連中はフェンスをかなり入念に調べるはず。四分ぐらいだと思う」

「時間を計れ」リーチャーは言った。ヘリコプターの側面から離れ、走って本館へ向かった。三、四十メートル、十秒。ドアは半開きになっている。照明もつけたままだ。リーチャーは間をとってから、ポケットの中でグロックを握り、足音を忍ばせてまっすぐに歩み入った。だれの姿も見当たらない。無人のように見える。右側に壁で囲まれた小さなオフィスが並び、左側には床から天井まであるガラス板の仕切りの向こうに、広々とした開放的な作業場がある。作業場は長い実験用作業台と明るい照明を備え、天井には粉塵《ふんじん》を抑えるための入り組んだ排気ダクトが取り付けられ、床には静電気を抑えるためのアース付きの金属格子が敷かれている。仕切りの引き戸はあいている。流れ出てくる空気は熱を帯びたシリコン基板のにおいがする。新品のテレビのように。

　右側のオフィスは、頭までの高さの壁とドアを備えた二メートル半四方の個室にすぎない。ドアのひとつには〝エドワード・ディーン〟と記されている。開発を手がけた技術者。いまは品質管理の担当者。隣のドアには〝マーガレット・ベレンソン〟と記されている。女傑。出張所のようなものだろう。組み立て作業員をはるか南のイースト・ロサンゼルスにあるミラーガラスのビルにまで引っ立てることなく、人事関連の問題に対応しなければならなくなったときのための。隣はトニー・スワンの部屋だ。同じ方針からだろう。中心となる事業所がふたつあるから、オフィスもふたつあるというわけだ。

隣はアレン・ラメゾンの部屋だ。

ドアはあけたままになっている。

息を吸った。ポケットからグロックを出す。中に踏みこむ。静かに立った。二メートル半四方の個室、机、椅子、布を張った壁、電話機、ファイルキャビネット、書類の束、メモを見てとった。

変わったものや場ちがいなものはない。

机の向こうにカーティス・モーニーがいることを除けば。

そして壁際にスーツケースが立てて置かれていることを除けば。

ニーグリーも部屋にはいってきた。

「六十秒経過」と言う。

モーニーは机の席にすわったまま凍りついている。まるで悪い診断がくだされ、セカンドオピニオンを待っているが、それもよくないことがわかっている人のように、うつろな諦念の表情を顔に浮かべている。手には何も持っていない。交尾中のカニよろしく、机の上で指が組み合わされている。

「ラメゾンはわたしのパートナーだったんだ」モーニーは弁明するように言った。

リーチャーはうなずいた。

「友情とは」モーニーは言った。「厄介なものだな」

スーツケースはダークグレーの硬いサムソナイトの製品で、机の脇の壁際に整然と置いてある。リーチャーがこれまで見た中で最大のスーツケースというわけではない。人々が空港で格闘する巨大なスーツケースにはほど遠い。とはいえ、小さくもない。キャリーケースではない。留め金のそばの浅いくぼみに、イニシャルを記した樹脂製のステッカーが貼られている。イニシャルはこうだ――〝A・M〟。

「七十秒経過」ニーグリーが言った。

モーニーは尋ねた。「どうする気だ」

「おまえを？」リーチャーは訊いた。「まだ何もしない。安心しろ」

ニーグリーは銃をモーニーの顔に向けている。リーチャーは机の脇に歩み寄り、膝を突いてスーツケースをカーペットの上に倒した。留め金をはずそうとしてみる。施錠されている。グロックを床に置き、左右の人差し指の先を留め金の先端の下に差しこみ、親指をそこに押しつけると、肩の筋肉を盛りあがらせ、引っ張った。リーチャー対金属をプレス加工した薄いレバー二枚。相手にならない。錠は一瞬で壊れた。

蓋をあけた。

「八十秒経過」ニーグリーが言った。

「給料日だ」リーチャーは言った。

スーツケースの中には凝った浮き出し印刷の証券と、外国の銀行からの書状と、持つと重く感じるスエードの小さな巾着袋が詰まっている。

「六千五百万ドルね」ニーグリーが肩越しに言った。

「そんなところだな」リーチャーは言った。

「九十秒経過」ニーグリーは言った。

リーチャーは首をめぐらし、モーニーを見て尋ねた。「おまえの取りぶんはいくらだ」

「一部だ」モーニーは言った。「多くはないと思う」

リーチャーは書類をていねいに折ってたたみ、ニーグリーに渡した。巾着袋も預ける。ニーグリーはすべてをポケットに入れた。リーチャーはスーツケースをその場に置いたままにした。床の上に広げられ、中身はなく、二枚貝のように蓋をあけている。銃を拾って立ちあがり、またモーニーに顔を向けた。

「ちがうな」と言う。「おまえの取りぶんはない」

「二分経過」ニーグリーは言った。

「きみの友人たちがここにいる」モーニーは言った。

「知っている」リーチャーは言った。

「ラメゾンはわたしのパートナーだったんだ」

「さっきも聞いた」

「言ってみただけだ」

「ここの連中はおまえを知っているか？」

「ここには前に来たことがある」モーニーは言った。「何度も」

「電話を取れ」

「いやだと言ったら？」

「おまえの頭を撃つ」

「どうせ撃つだろうに」

「当然だ」リーチャーは言った。「おまえはわたしの友人を六人も引き渡した」

モーニーはうなずいた。

「こういう結末になることはわかっていた」と言う。「病院できみたちを拘束できなかったときに」

「ロサンゼルスの交通事情だ」リーチャーは言った。「思わぬ災難だな」

「二分十五秒」ニーグリーが言った。

モーニーは訊いた。「これは取引なのか？」

「電話を取れ」

「そのあとは？」

「門の守衛に、いまからちょうど一分後に門をあけるよう言え」

モーニーはためらった。リーチャーはグロックの銃口をモーニーのこめかみに押しつけた。モーニーは電話を取った。番号を押す。リーチャーが耳を澄ますと、受話器から漏れる呼び出し音と、百メートル離れた開けた空間でクライスラーがアイドリングしている音と、四十メートル離れた守衛の詰所でベルがかすかに鳴る音が聞こえた。

応答があった。モーニーは「モーニーだ。いまから一分後に門をあけろ」と言った。そして電話を切った。リーチャーはニーグリーに顔を向けた。

「わたしはきみの指揮官か？」と訊く。

「ええ」ニーグリーは言った。「そうよ」

「それならよく聞け」リーチャーは言った。「門があいたら、われわれは自分の車へ向かい、ここから可能なかぎり迅速に脱出する」

「それから？」ニーグリーは尋ねた。

「あとで戻ってくる」

「間に合うの？」

リーチャーはうなずいた。「急げば間に合う。連中はもう車に乗っている。だからわれわれは必死に走らなければならない。きみはわたしよりずっと速いから、わたしは遅れるだろう。だが、わたしを待つな。振り返ることすらするな。きみもわたしも余裕はない」

「了解」ニーグリーは言った。「三分経過」

リーチャーはモーニーの襟をつかみ、引っ張って立たせた。机の後ろから引きずり出し、オフィスから出て、廊下を進み、広い一角に行った。正面入口へ向かう。一メートルほど外に出て、夜の闇にまぎれた。濡れた灰のにおいがきつい。三台のクライスラーは遠くでまた動きまわっている。開けた空間で小さな円を描いて走り、ヘッドライトが映画で見る刑務所のサーチライトのようにフェンスを不規則に照らし出している。

「号砲を待て」リーチャーはニーグリーに言った。

門を見つめた。詰所で守衛が動き、螺旋状のレイザーワイヤーが揺れ、金属製のレールと車輪がこすれる苦しげな甲高い音が響く。門が動きはじめた。リーチャーはグロックをモーニーのこめかみに押しつけ、引き金を引いた。モーニーの頭蓋骨が爆ぜるとともに、ニーグリーとリーチャーはスターティングブロックを蹴る短距離走選手のように全速力で駆けだした。

ニーグリーが半歩先行している。リーチャーは急に足を止め、ニーグリーを見送った。ニーグリーは守衛の詰所からこぼれた光の中を駆け抜け、動く門の端をシカが走るようにまわりこんだ。通りに飛び出す。そして見えなくなった。

リーチャーは身を翻して反対方向へ走った。十五秒後、先ほどまで隠れていたベルの長い機首の陰に戻っていた。

77

ラメゾンたちはニーグリーが逃げるのを見て、その先にリーチャーがいると思いこんだのかもしれない。あるいは、門が動くのを見ただけかもしれないし、あけた車の窓からその音を聞いただけかもしれない。銃声を聞いたのはまちがいない。そして音以外の部分を想像したのかもしれない。ともあれ、ラメゾンたちは餌に食いついた。即座に反応した。車は三台とも減速し、位置や方向を変更し、加速し、通りへ突進している。しきりに車の尻を振り、土を巨大な雄鶏《おんどり》の尾羽のように巻きあげながら。カーブを抜けるレーシングカーのごとく門を抜けた。ヘッドライトが昼さながらに通りを照らし出す。

リーチャーはそれを見送った。

夜に暗さと静けさが戻るまで待った。それから十秒数え、ベルの右側面に沿ってゆっくりと移動した。操縦席のドアは無視する。その前を素通りし、後部ドアのハンドルに手を掛けた。

力を入れてみる。

施錠されていない。

背後のパイロットのオフィスに目をやった。動きはない。ハンドルを押しさげた。掛け金がはずれる。ドアが開いた。幅が広く、軽く、安っぽい。パネルバンのリアドアに似ている。予想と全然ちがう。旅客機のドアのように重くないし、気密性もない。

六十センチほどあけたドアをまわりこんで機内に乗りこんだ。ドアを引き、一拍置いてから、思いきりよく、すばやい一動作で掛け金にはめた。頭を低くして窓の外をうかがい、パイロットのオフィスを観察した。

反応はない。

しゃがんだまま向きを変え、闇の中で機内の床に膝を突いた。中からだと、ベルは膨らんだミニバンに見える。テレビのCMでサッカーマムが運転しているたぐいの車より、横にも縦にも少し長い。あれほど角張ってもいない。もう少しまるみがある。前部は狭く、床の近くは広いが、頭の高さではやや狭くなっていて、後部は狭い。座席は操縦席にふたつ、中列に三つ、後列にふたつの合計七つあったようだが、中列の座席は撤去されている。座席はどれも厚みがあって背もたれの高いリクライニングシートで、黒革が張られている。ヘッドレストと肘掛けも備えている。キャプテンズチエアのようだ。シートベルトもある。壁の腰より下には黒いカーペットが張られている。それより上は、詰め物をした黒いビニール製のキルティング生地が張られている。いかにも社用機らしい。だが、少し時代遅れだ。中古機のリースだろう。機内全体にジェット燃料のにおいがかすかに漂っている。

後列の座席の後ろにスペースがある。荷物を置くためだろう。ラゲッジスペースだ。ミニバンとちょうど同じように。広くはない。だが、これだけあれば充分だ。レバーを見つけ、座席の背もたれを前に倒した。乗り越えて床に横向きにすわり、脚をまっすぐ伸ばして背中を側面の壁に押しつける。奪ったシグを二挺とも腰から抜き、膝の脇の床に置いた。前かがみになり、座席の背もたれを引いて起こす。ガチリという音を立てて定位置に固定された。それから体を平たくし、頭が見えないくらいに姿勢を低くできるか試した。

大丈夫そうだ。

ふたたび頭をあげた。側面の窓は夜露で曇っている。暗く、灰色で、変化に乏しい。電源を切ったテレビの画面のようだ。外では何も起こっていない。音はくぐもっている。カーペットとキルティング生地が防音材の役目も果たしているのは明らかだ。

待った。

五分。

十分。

やがて曇った窓に動く光の塊と影が映った。車が戻ってきた。三組のヘッドライトが上下左右に揺れている。少しのあいだ、それがガラスの上で踊ってから、止まって動かなくなった。そしていっせいに消灯した。車が駐車場に戻って停まったようだ。

耳をそばだてた。

ゆっくりとした足音と低い声しか聞こえない。勝ち誇ってはなく、狼狽している。挫折の響きは聞きまがいようがない。

捜索は打ち切られた。

なんの成果もなく。

待った。

78

待つうちに体が冷え、身じろぎせずにすわっているせいで引きつってきた。四十メートル離れた場所の光景を想像した。入口のモーニーの死体、オフィスに残された空のサムソナイト製のスーツケース。話し合い、言い争い、歩きまわり、パニックと混乱と不安に襲われる三人。リーチャーの横顔は前の座席の背もたれから数センチのところにある。革のにおいが嗅げるほど近い。ふだんなら強い苦痛を味わっていただろう。閉じこめられるのは大嫌いだからだ。リーチャーに恐怖をもたらすものがあるとすれば、それは閉所恐怖ぐらいのものだ。しかし、いまはほかのことが頭を占めている。

待った。

ゆうに二十分。

そこで前部ドアがあき、ヘリコプターが沈んだが、着陸装置が縮んでからもとに戻ると、機体は安定した。だれかが乗ってきた。ドアが閉まる。座席がきしむ。シートベルトが締められる。いくつかのスイッチが入れられる。何十もある計器がオレンジ色のほのかな光を放ち、天井にいきなり影が映った。燃料ポンプがうなり、小刻みに音を立てている。リーチャーは前かがみになり、頭を動かして、片目を座席の隙間にあてた。パイロットの革の袖が見える。それ以上は見えない。体の残りの部分はかさばった座席の陰に隠れている。パイロットの手がスイッチの上で躍り、計器の表面にひとつずつ触れ、飛行前点検をおこなっている。小さくひとりごとを言い、確認が必要な専門事項を呪文のように暗唱している。

頭をもとに戻した。

すると、驚くほど大きな音が響いた。

銃声と、圧縮空気が瞬時に噴出する音の中間ぐらいだ。それが二度、三度、四度と響き、しだいに間隔が短くなっていく。始動装置がローターをまわそうとしている。床が震えている。やがてエンジンがかかり、ギヤが嚙み合って、ローターが回転し、ブンブンというゆるやかな音を立てるアイドリング状態に落ち着いた。着陸装置に支えられた機体全体が回転の力で少しだけ前後左右に揺れている。踊っているかのように、リズミカルに。機内は単調な大きい音に満たされている。頭上で駆動軸がうなり、まわっている。機外でジェット排気が耳をつんざくような甲高い音を響かせている。リーチャーは奪ったシグの銃口を脚の下に押しこみ、跳ねたり音を立てたり滑っていったりしないようにした。グロックをポケットから出し、脇に垂らして持った。待った。

一分後、後部ドアがあけられた。いっそう騒々しい音が流れこんでくる。音につづいて、ケロシンの刺激臭もはいってきた。ケロシンにつづいて、カーラ・ディクソンがはいってきた。リーチャーは頭を少し動かし、ディクソンが丸太のように頭から先にほうりこまれるのを見た。こちらに背を向け、体の横を下にした恰好になっている。手首と足首を毛羽立ったサイザル麻の紐で縛られている。手は背中側にまわされている。この前、横になっているディクソンを見たのは、ラスヴェガスでベッドをともにしたときだったのに。

二分後、オドンネルが足から先に運びこまれた。オドンネルはもっと大きく、重いので、床に体を強く打ちつけた。ディクソンと同じように縛られている。ディクソンの横にうつ伏せに倒れ、足がディクソンの顔の近くにある。ふたりで薪《まき》のように並んで横たわり、いましめに抵抗して少しもがいている。

着陸装置がまた縮んでから伸び、レノックスとパーカーが乗りこんだ。ドアを閉め、後列の座席に腰をおろす。衝撃を吸収する構造のせいでリーチャーの前の背もたれがたわみ、頬に触れた。リーチャーは隅に頭をもっと強く押しつけた。短く刈りこんだ髪がカーペットにこすれている。

ローターはブンブンブンと低速で回転している。

左前方と右後方のサスペンションが、ダンスのように二センチほど縮んでは伸びるのを繰り返している。

待った。

パイロットの反対側の前部ドアがあき、アレン・ラメゾンが座席に腰をおろすと、

「行け」と言った。タービンの回転数があがり、振動が機内を満たし、ローター音がバタバタバタバタというせわしない連続音に変わり、車輪に載っている機体全体が軽くなっていく。

そして宙に浮かんだ。

床が迫ってくるのを感じた。車輪が引きあげられ、格納される音が聞こえる。機体が回転し、横滑りしてから、しばらくは上昇をつづけた。そして加速するために機首が沈むとともに、床が前に傾いた。リーチャーは指を広げて体を支え、滑って前の座席に突っこまないようにした。エンジンの騒音が甲高い静かな音に変わり、ヘリコプターで運ばれているときだけ感じる、振り子のように揺られる感覚に襲われた。高速で飛行する回転翼機に乗ったことは何度もあるが、たいていは床にすわっていた。

だからなじみのある経験だ。

いまのところは。

79

リーチャーの頭の中の時計によれば、ヘリコプターの巡航飛行はちょうど二十分つづいた。おおむね予想どおりだ。最近の社用機は、在役中に乗り慣れたヒューイよりも少し速度が出るだろう。軍用機のＡＨ－１なら山脈を越えるまで二十分と少しはかかりそうだから、黒革の座席とカーペットを備えたヘリコプターなら二十分ちょうどというのは妥当だ。

その二十分間、ずっと頭を低くしていた。百万年前から受け継がれ、いまでも犬や子供に見られる動物的本能だ――〝こちらからあちらが見えなければ、あちらからもこちらは見えない〟。腕と脚を静かにわずかずつ動かし、ジムでの運動の奇妙なミニチュア版をやって、筋肉の緊張と弛緩《しかん》を繰り返した。もう寒くはないが、体がこれ以上こわばるのは避けたい。機内に響く音は大きいが、耳を聾《ろう》するほどではない。エンジンの甲高い音はスリップストリームに吹き飛ばされている。ローター音は激しい気流の音に混ざって掻き消されそうだ。会話はおこなわれていない。だれも口を利いていない。だれの声も聞こえない。

それも二十分の巡航飛行が終わるまでだった。

ヘリコプターが減速するのを感じた。機首をあげたために床が水平になり、さらに角度にして二、三度後ろへ傾いている。機体が左に少し回転した。映画で手綱を引かれる馬のように。機内がうるさくなっている。ゆっくりと進んでいるせいで、みずからが作り出す音の泡の中にとらわれている。

前かがみになって座席の隙間に目をあてると、ラメゾンが身を乗り出して窓に額を押しつけているのが見えた。向きを変え、パイロットに身を寄せている。何か話しているのが聞こえる。あるいは、想像の中で聞こえているだけかもしれない。数日前にフランツの検死報告書を開いて以来、頭の中で千回も指示を再現していたからだ。逃れられない冷酷な運命を告げるその指示を、一言一句知っているように感じる。

「現在地は？」リーチャーの想像の中で、ラメゾンが訊く。もしかしたら現実でも。

「悪地です」パイロットが答える。

「下はどうなっている？」

「砂地です」

「高度は？」

「約千メートル」

「ここの大気の状態は？」

「安定しています。上昇気流が少しありますが、風はありません」

「安全か？」

「航空学的には」

「よし、やるぞ」

ヘリコプターがホバリング状態になったのを感じた。エンジン音が小さく、低くなり、ローターが騒々しく風を切っている。回転するコマが止まるときのように、床がふらつきながら小さくまわっている。ラメゾンが前列の座席から振り返り、パーカーとレノックスに順々にうなずきかけた。シートベルトをはずす音が聞こえ、リーチャーの前の座席にかかっていた重みがなくなった。革張りのクッションが空気を吸い、押し潰されていたスプリングがもとに戻り、ありがたいことに背もたれが二、三センチほど顔から遠ざかる。コクピットのオレンジ色の計器灯以外に光はない。パーカーは左に、レノックスは右にいる。頭上の空間が狭いので、ふたりとも膝を曲げて頭を引っこめ、中途半端にしゃがんだ奇妙な体勢になっている。動く床の上で体を安定させるために足を開き、バランスを保つために腕を突き出している。ふたりのうち、ひとりはすぐに死に、もうひとりはあとで死ぬ。

それはどちらがドアをあけるかで決まる。

レノックスがドアをあけようとしている。

レノックスは横を向くと、垂れたシートベルトをつかみ、左手で固く握った。それから横歩きし、機内にあるドアの開閉レバーに右手を伸ばした。レバーをつかみ、掛け金をはずして押す。ドアが半ば開き、風と音が流れこんでくる。操縦席から横目でそれを見届けたパイロットが機体を少し傾けると、ドアが自重で開ききった。パイロットは機を水平に戻し、時計まわりにゆるやかに回転させて、遠心力と慣性と風圧でドアが大きく開いた状態を保つようにした。

レノックスは後ろを向いた。大柄、肉厚の赤ら顔で、類人猿のようにかがみ、左手でシートベルトを固く握り、氷の上に立った人のように右手で宙を掻いている。リーチャーは前かがみになり、左手でリクライニングレバーを探った。軸の部分を下から親指で、上からほかの二本の指ではさみ、ひねった。背もたれが前に傾く。左手で押し、目いっぱい倒して平らにした。そのまま押さえておく。クッションがふたたび空気を吐き出している。右手でグロックを持ちあげ、腰をひねり、右腕を伸ばして背もたれに置いた。片目をつぶり、レノックスのへその二、三センチ上に狙いを定める。

そして引き金を引いた。

銃声は響き渡る轟音に掻き消された。聞きとれるが、図書館の中で撃つよりはましだ。弾丸はレノックスの胴体中央の下寄りに命中した。即座に貫通したはずだ。一メートルあまりの距離から九ミリ弾で撃たれれば当然そうなる。パーカーではなくレノックスを撃ったのはそれが理由だ。リーチャーは空を飛ぶことは毛ほども怖くないが、自分の乗っている航空機は無傷であるほうが望ましい。パーカーの胴体を貫通した弾丸は油圧系統や電気ケーブルにあたってしまうかもしれない。レノックスを貫いた弾丸はあけっ放しのドアから夜空へ飛んでいくだけで、害はない。

レノックスは半ばしゃがんだ不恰好な体勢を保っている。シャツにあいた穴に血の花が咲いている。薄暗いオレンジ色の光のもとでは黒く見える。左手がシートベルトを放し、宙を掻いた。動きが右手の寸分たがわぬ鏡映しになっている。前かがみになり、バランスを保ち、左右対称になっている。ドアの下枠から三十センチのところにいて、背後には虚空しかなく、すさまじい物理的衝撃を受けたことが顔に表れている。

グロックを少しだけ動かし、もう一発撃って、今度は胸骨を貫いた。レノックスほどの体格と年齢なら、胸骨は厚さが一センチもある硬い骨の板だ。弾丸が貫通できるのはまちがいないが、その前に骨を粉砕して、前へ前へと進む小さな運動量を標的に伝える。それは軽いパンチをあてたときの効果に似ている。その効果と運動量によって、レノックスは少しよろめき、後ろに倒れてくれるかもしれない。頭部を撃ったときのように、その場でくずおれるだけでは終わらないということだ。人間の頸部《けいぶ》は関節が多すぎるから、頭部を撃つのではリーチャーが望んでいる結果をもたらしてくれない。

もっとも、レノックスを死に至らしめたのは胸骨ではなく膝だった。レノックスはしゃがもうとする人のように後ろ寄りにわずかに腰を落とした。だが、レノックスは大柄でがっしりした体つきの四十一歳の男であり、膝が硬かった。九十度程度は曲がったが、それ以上は曲がらなかった。急に動きを止められた上体の重心が後ろに傾き、ドアの下枠に尻を打ちつけると、それを支点にして体が肩と頭の重みで回転し、ドアから夜空へとほうり出された。最後にリーチャーが見たのはレノックスの靴底だ。左右の間隔をあけたまま、風の強い闇の中へと、付属品のように飛ばされていく。

背もたれを前に倒してから二秒も経っていないが、リーチャーには人生ふたつぶんにも感じられた。フランツとオロスコの人生かもしれない。体の動きがかぎりなくなめらかだが、遅くも感じる。恩寵《おんちょう》と苦痛を同時に与えられた状態にあり、チェスのようにつぎの一手を考え、可能性や障害や脅威や好機を不断に認識している。機内のほかの人間はほとんど反応していない。うつ伏せのオドンネルは頭を持ちあげて首をめぐらそうとしている。ディクソンは仰向けになろうとしている。パイロットは半ば振り向き、座席の上で固まっている。パーカーは中途半端にしゃがんだ滑稽な体勢のまま凍りついている。ラメゾンは先ほどまでレノックスがいた何もない空間を見つめている。いま何が起こったか、理解がまったくおよばないかのように。

リーチャーは立ちあがった。

もうひとつの座席の背もたれも倒し、悪夢に出てくる亡霊のごとくそれを乗り越える。いきなり現れた巨人が、騒音に満ちたオレンジ色の空間で無言のうちに身を起こす。静かに立って背筋をほぼまっすぐに伸ばし、頭を天井に強く押しつけ、両足を一メートル開く。体勢を最大限に安定させるために完璧な三角形を作る。左手はシグを持ち、パーカーの顔をまっすぐに狙っている。右手はグロックを持ち、ラメゾンの顔をまっすぐに狙っている。二挺とも微動だにしない。顔はなんの表情も浮かべていない。ローターが風を切っている。ベルは時計まわりのゆるやかな回転をつづけている。ドアは大きく開いたまま、帆のように外向きに押されている。音と風とケロシンの刺激臭が強く吹きこんでいる。

オドンネルが上体を反らし、首をまわせるくらいに頭を高く持ちあげた。視線を左に動かし、リーチャーのブーツを見てとると、少しだけ目を閉じた。ディクソンが仰向けになり、縛られた腕を下にして転がり、反対側の肩を床に着け、機内の後部に顔を向けた。

パイロットは目をむいている。パーカーも目をむいている。ラメゾンも目をむいている。

最も危険な瞬間だ。

前方に発砲するわけにはいかない。操縦席のきわめて重要なアビオニクス機器にあたってしまう恐れが大きすぎる。銃をおろしてオドンネルやディクソンのいましめを解くわけにもいかない。機内の一メートル程度しか離れていないところで、パーカーが自由に動けるままだからだ。素手でパーカーを倒すこともできない。近づけないからだ。床にスペースがない。オドンネルとディクソンの体が床全体を占めている。

これに対し、ラメゾンは座席でシートベルトを締めたままだ。パイロットも同じく。パイロットはベルをでたらめに飛ばして後部の全員を振り落とすだけでいい。パーカーは犠牲になるが、ラメゾンがその決断を気に病むとは思えない。

ラメゾンたちが状況を理解すれば、膠着《こうちゃく》する。

ラメゾンたちがこれを好機ととらえれば、勝利する。

80

ラメゾンたちは状況を理解しなかった。これを好機ともとらえなかった。代わりにオドンネルが頭と足を床から浮かし、懸命にのたくってリーチャーに十五センチほど近づくとともに、ディクソンも反対方向へ転がったので、ふたりのあいだに三十センチほどの貴重な空間ができた。リーチャーは感謝しながらそこに踏みこみ、シグの銃口をパーカーの腹に叩きこんだ。肺から空気を押し出されたパーカーは上体を折り曲げてふらつき、オドンネルとディクソンが作り出した隙間に反射的に一歩踏みこんだ。リーチャーは闘牛士のようにその脇を抜け、ブーツの底をパーカーの尻にあてがうと、背後から蹴り飛ばした。パーカーはこわばった脚でよろめきながら機内を突っ切り、手をばたつかせながらドアから夜空へ飛び出した。その悲鳴が消えないうちに、リーチャーはラメゾンの喉に左腕を巻きつけてシグをパイロットにまっすぐ向け、ラメゾンのうなじにグロックを強く押しつけた。

その後は楽になった。

パイロットは操縦席で凍りついたままだ。ベルはその場で騒々しくホバリングしている。ローターが大きな音を響かせ、機体はゆっくりと回転しつづけている。ドアは気流で押しつけられて大きく開いたままで、手招きしているようだ。リーチャーはラメゾンの首を肘で締めあげながら後ろに引っ張り、シートベルトが突っ張るまで座席から持ちあげた。それからグロックを床に置き、ポケットを探ってオドンネルのブラスナックルを引っ張り出した。それを工具のように指と指ではさみ、背後を一瞥した。腕を伸ばし、ディクソンの体を押してうつ伏せにすると、ブラスナックルのまがまがしいとげを手首の紐にこすりつけた。ディクソンが両腕を左右に引っ張り、サイザル麻の繊維が一本ずつゆっくりと切れていく。硬いセラミックの材質越しに、その感触がはっきりと伝わってくる。耳に心地よい鈍い断裂音がいっぺんに二度聞こえるときもあった。ラメゾンがもがきはじめたので、肘に力をこめた。ラメゾンの首を絞めておとなしくさせるという点では都合がいいが、シグがパイロットをまっすぐ狙うのではなくその後ろに向いてしまうという点では都合が悪い。しかし、パイロットはその隙を突こうとはしなかった。まったく反応していない。ただすわって、操縦桿《そうじゅうかん》を両手で握り、ペダルに両足を置いて、ベルをゆっくり回転させつづけている。

リーチャーはひたすらのこぎりの動きをつづけた。一分。二分。ディクソンは腕をしきりに動かして新しい糸を差し出し、進み具合を確かめている。ラメゾンがもっと激しくもがいた。大男だし、力も強いし、首も太いし、肩幅も広い。それに、怯《おび》えている。しかし、リーチャーのほうが大男だし、リーチャーのほうが力も強いし、リーチャーは怒っている。ラメゾンの怯えの度合いより、リーチャーの怒りの度合いのほうが大きい。さらに締めあげた。ラメゾンはもがきつづけている。時間をとって殴ろうかとも考えたが、意識を保たせたかった。のちのちのために。だから紐にだけ注意を向けていたが、不意にサイザル麻の紐がすべてほどけ、手首が自由になったディクソンが身を起こして膝を突いた。リーチャーはディクソンにブラスナックルとグロックを渡し、シグを左手から右手に持ち替えた。

その後はずっと楽になった。

ディクソンは賢明な判断をくだし、ブラスナックルは無視して機内を人魚のように這い、ラメゾンのポケットから財布とシグをもう一挺とオドンネルの飛び出しナイフを見つけた。二秒後、ディクソンの足は自由になり、その五秒後にはオドンネルの身も自由になった。どちらも何時間も縛られていたから、体がこわばり、引きつり、手がひどく震えている。とはいえ、この先にむずかしい仕事はない。制圧しなければならないのはパイロットだけだ。オドンネルがパイロットの襟を片手でつかみ、シグの銃口を顎の下に押しつけた。どれほどひどく手が震えていようと、接射なら的をはずすことはない。絶対に。パイロットはそれを理解した。そのままおとなしくしている。リーチャーはシグをラメゾンの耳に突っこみ、逆側のパイロットのほうに身を寄せて訊いた。「高度は？」

パイロットは唾を呑みこんで言った。「約千メートル」

「もう少し上昇しよう」リーチャーは言った。「千五百メートル、つまり五千フィートをめざすぞ」

81

上昇するためにベルがゆるやかな回転をやめると、あいたままのドアはしばらく揺れ動いていたが、やがて勝手に閉まった。機内が静かになる。先ほどと比べれば、静まり返ったと言ってもいいくらいだ。オドンネルはパイロットの頭にまだ銃を突きつけている。リーチャーは座席にすわったままのラメゾンの上体をまだ反らしている。ラメゾンはリーチャーの前腕を両手で握って下に引っ張っているが、無気力になっている。やけにおとなしく、力が抜けている。どんな危険が迫っているかを正しく察しながらも、それがほんとうに起こるとは信じられないかのように。

スワンが信じられなかったように、とリーチャーは思った。オロスコやフランツやサンチェスが信じられなかったように。

ベルが目標高度に達し、水平飛行に移った。ローターが静止した空気を切り裂く音が聞こえ、タービンが一定の高速回転に落ち着いたのを感じる。パイロットがリーチャーに目をやってうなずいた。

「もっとだ」リーチャーは言った。「さらに二百八十フィート上昇しろ。そうすれば合計で五千二百八十フィートになるから、ちょうど一マイルだ」

エンジン音が変わり、ローター音も変わって、ヘリコプターはふたたびゆっくりと、慎重に上昇をはじめた。少し向きを変え、またホバリングする。

パイロットは言った。「一マイルです」

リーチャーは尋ねた。「下はどうなっている？」

「砂地です」

リーチャーはディクソンに顔を向けて言った。「ドアをあけろ」

ラメゾンは気力を奮い起こした。すわったまま暴れ、手足を振りまわしながら言った。「やめてくれ、頼む、後生だから、やめてくれ」

リーチャーは肘で首を締めあげながら訊いた。「わたしの友人たちは命乞いしたか？」

ラメゾンは黙ってかぶりを振った。

「するわけないな」リーチャーは言った。「誇り高い男たちだったからだ」

ディクソンが機内の後方に行き、レノックスがすわっていた座席のシートベルトを左手でつかんだ。固く握り、ドアの開閉レバーに右手を伸ばす。ディクソンはレノックスより小柄だから、目いっぱい体を伸ばさなければならなかった。それでも届いた。掛け金をはずし、広げた指先で強く押すと、ドアは開いた。リーチャーはパイロットに顔を向け、「あの回転をもう一度やれ」と言った。パイロットは機を時計まわりにゆるやかに回転させ、ドアが開ききって蝶番で止まった。耳をつんざく轟音と夜の冷気が流れこんでくる。地平線に山脈が黒々とした姿を見せている。その先にはロサンゼルスの明かりが見える。八十キロほど離れて、百万もの明るい光がスープのように濃密な大気の下にとらわれている。その光景が流れ過ぎ、黒い砂漠が取って代わった。

ディクソンはパーカーがすわっていた、背もたれを前に倒した座席に腰掛けた。オドンネルはパイロットの襟を握る手に力をこめている。リーチャーは前腕をラメゾンの喉に押しつけ、首をのけ反らせた。シートベルトの限界まで引っ張りあげる。その状態を保った。それから手を伸ばし、シグの銃口でシートベルトのストッパーボタンを押した。ベルトがはずれる。ラメゾンが座席の上端を越えるまで後ろに引っ張り、床に落とした。

ラメゾンは好機と見て、それに賭けた。体を起こしてすわった姿勢になり、かかとをカーペットにこすりつけて足を体の下に入れようとしている。しかし、リーチャーは準備ができていた。かつてないほどに。ラメゾンの脇腹を強く蹴り、耳に肘打ちを浴びせた。うつ伏せにさせ、肩甲骨のあいだに膝をあてがい、シグを背骨のいちばん上に押しつけた。ラメゾンは顔をあげた。その目が虚空を見つめているのがわかる。足をカーペットの上でばたつかせている。悲鳴をあげている。騒音の中でもはっきりと聞きとれた。胸が波打っているのも感じとれる。

いまさら遅い、と思った。自分で播《ま》いた種だ。

ラメゾンは背後を何度も手の甲で弱々しく殴ろうとしているが、まるで届きそうにない。すると左右の手のひらを床に押しあて、リーチャーを振り落とそうとした。むだだ、とリーチャーは思った。百十三キロの重量を背負って腕立て伏せができるのでなければ。できる人もいる。前に見たことがある。しかし、ラメゾンはできなかった。屈強だが、そこまで屈強ではない。しばらく力を振り絞っていたが、崩れた。

リーチャーはシグを左手に持ち替え、背後からやっとこのようにラメゾンの首を右手でつかんだ。ラメゾンの首は大きいが、リーチャーの手も大きい。親指と中指の先を両耳の後ろのくぼみに押しつけ、きつく締めた。動脈が圧迫され、脳に酸素が行かなくなり、ラメゾンは叫ぶのも足をばたつかせるのもやめた。リーチャーはさらに一分締めつづけてから、ラメゾンを仰向けにさせ、足をドアに向け、酔っ払いのようにすわらせた。

ラメゾンのベルトと襟をつかむ。

床に尻を着けて脚を投げ出しているラメゾンを後ろから押す。

ドアの下枠まで押しやり、そこで止めて、ラメゾンの両腕を後ろにまわして背中に押しつけた。ヘリコプターはゆるやかに回転している。エンジンが甲高い音を立て、ローターが空気を叩いて低い断続音を鳴らしている。その音のひとつひとつが心拍のように胸に響いている。何分か新鮮な空気が流れこむうちに、ラメゾンは意識を取り戻し、まるで高い塀の上にいるかのように、自分が端に腰掛けて足を虚空の上に垂らしているのを見てとった。

砂漠の一マイル上空。五千二百八十フィート。千六百九メートル。

リーチャーは前もって台詞を練習しておいた。サンセット・ブールヴァードの〈デニーズ〉で、フランツの検死報告書を手に取ったときから考えていた。その後の数日間で完成させた。友情や報復についての気の利いた文句と、死んだ四人の友人に対する心からの追悼がちりばめられていた。しかし、いざそのときが来ると、多くを語らなかった。意味がないからだ。ラメゾンの耳にはひとことも届かないだろう。恐怖でわれを忘れているし、音もうるさすぎる。不協和音に満ちている。結局、身をかがめてラメゾンに耳打ちするだけで済ませた。「おまえは大きな過ちを犯した。喧嘩を売ってはならない者たちに喧嘩を売った。報いを受けるときだ」と。

ラメゾンの両腕を後ろに伸ばし、押した。ラメゾンは二、三センチ前に進んだが、上体を前に倒し、ドアの下枠に乗った尻を後ろに押し戻そうとした。リーチャーはさらに押した。ラメゾンが体を折り曲げ、胸と膝が接した。その目は暗闇をまっすぐに見おろしている。一マイル。飛ばしている車でも、それだけ進むのにはまる一分かかる。

押した。ラメゾンが肩の力をゆるめる。これでは押せない。

かかとをラメゾンの腰にあてがった。

脚を曲げる。

ラメゾンの両腕を放す。

すみやかに、なめらかに脚を伸ばす。

ラメゾンは端を越え、夜空に消えた。

悲鳴は響かなかった。あるいは、響いたのかもしれない。ローター音に掻き消されたのかもしれない。オドンネルに小突かれたパイロットがヘリコプターの向きを変え、逆方向に回転させると、ドアはしっかりと閉まった。機内が静かになる。先ほどと比べれば、静まり返ったと言ってもいいくらいだ。ディクソンはリーチャーをきつく抱き締めた。オドンネルは言った。「土壇場までほうっておくとは恐れ入ったよ」

リーチャーは言った。「おまえが突き落とされてからカーラを助けようかと迷っていたんだ。苦渋の決断だった。時間がかかった」

「ニーグリーはどこにいる？」

「きっと仕事をしてくれている。八時間前にコロラド州の工場からミサイルが運び出された。行き先はわからない」

82

自分ごと死ぬことなしにはパイロットは反撃しようがなかったから、三人は操縦席にいるパイロットをほうっておいた。ただし、その前に燃料の残量は確認した。少ない。飛行可能な時間は一時間を大幅に下まわっている。携帯電話は圏外だ。リーチャーはパイロットに、高度を落として南へ飛び、携帯電話の電波が届くところに行くよう命じた。ディクソンとオドンネルは後列の座席の背もたれを起こしてすわった。シートベルトは締めない。束縛されるのはもうたくさんなのだろう。リーチャーは床に手足を投げ出して仰向けに寝そべった。疲労し、気力を失っている。ラメゾンは死んだが、友人たちが生き返ったわけではない。

オドンネルが訊いた。「自分なら、六百五十基の地対空ミサイルをどこに持ちこむ？」

「中東」ディクソンが言った。「わたしなら船で運ぶ。電子装置はロサンゼルスから、発射筒はシアトルから」

リーチャーは頭を起こした。「カシミールに運ばれるとラメゾンは言っていた」

「それを信じたの？」

「どちらとも言えない。ラメゾンは自分の良心をなだめるために、嘘を信じることにしたのだと思う。あれでもアメリカ市民だからな。真実は知りたくなかったのだろう」

「どんな真実を？」

「ここアメリカでのテロだ。そうにちがいない。わかりきっている。カシミールでは政府と政府が争っている。政府には武器の調達を担当する使節団がいる。そういう使節団は無記名債券と銀行のアクセスコードとダイヤモンドが詰まったサムソナイト製のスーツケースを持って飛びまわったりしない」

ディクソンは訊いた。「そんなものを見つけたの？」

「ハイランドパークで。総額は六千五百万ドル。いまはニーグリーがすべて持っている。換金はきみの仕事になるぞ、カーラ」

「生き残れたらね。ニューヨークに戻る飛行機が撃墜されるかもしれない」

リーチャーはうなずいた。「あすにではなくても、あさって、あるいはしあさってにはそうなるかもしれない」

「どうやってミサイルを見つけるの？　時速八十キロで八時間走ったら、半径六百四十キロの円の中にいることになる。面積は百二十万平方キロ以上、つまり五十万平方マイル以上よ」

「五十万二千七百二十平方マイルだ」リーチャーは反射的に言った。「円周率を三・一四二としたら。それでも、どちらかを選ぶしかなかったんだよ。円が小さいうちにセミトレーラーを阻止するか、あるいは仲間を助けにいくかのどちらかを」

「感謝しているよ」オドンネルが言った。

「わたしはセミトレーラーを阻止するほうに一票入れたんだがな。ニーグリーに却下された」

「それで、どうする？」

「野球で超一流のセンターのプレイを見たことはあるか？　けっしてボールを追いかけないんだよ。ボールが落ちてきそうなところに走りこむんだ。ミッキー・マントルがそうだった」

「あんただってマントルのプレイを見たことはないだろうに」

「ニュース映画で見た」

「アメリカ合衆国の面積は一千万平方キロ近くある。ヤンキー・スタジアムのセンターの守備範囲より広いぞ」

「だが、たいして広くない」リーチャーは言った。

「それなら、どこに走りこむ？」

「マフムードは愚かではない。むしろ、非常に賢明で慎重な男だという印象を受ける。それなのに、要はただの部品でしかないものに六千五百万ドルも払った。だれかが組み立て方を教えることも取引に含まれると主張したにちがいない」

「だれが？」

「ニーグリーの女友達はなんと言っていた？　議員のために働いているダイアナ・ボンドのことだ」

「いろいろ言っていたな」

「ニューエイジの技術者が品質検査をおこなっている、と言っていた。この段階では、リトル・ウィングが本来どのように稼働するかを知っているのはその人物だけだからだ、と」

ディクソンは言った。「ラメゾンはなんらかの方法でその技術者を意のままに操っていたのね」

「娘に危害を加えると脅していた」

オドンネルは言った。「ということは、ラメゾンはその技術者に相手をさせるつもりだったんだな。どこかに連れていって。あんたはそれを聞き出す前に、ラメゾンをヘリコプターから突き落としたわけだ」

リーチャーは首を横に振った。「ラメゾンはすべてが完全に過去の話であるかのような口ぶりだった。もう取引は済んだと言っていた。声にもそういう響きがあった。ラメゾンはどこにもだれも連れていくつもりはなかったということだ」

「だったら、だれが組み立てる?」

「だれが、ではない」リーチャーは言った。「考えるべきは、どこで、だ」

ディクソンは言った。「あてにできるのがひとりだけで、ラメゾンがその技術者をどこかに連れていくつもりではなかったのなら、ミサイルのほうを技術者のところに運びこまなければならなくなる」

「ばかげている」オドンネルは言った。「ミサイルを満載したセミトレーラーをセンチュリー・シティとかの庭付きアパートメントに運びこめるわけがない」

「その技術者はセンチュリー・シティには住んでいないぞ」リーチャーは言った。「砂漠のただ中に住んでいる。何もないところに。僻地《へきち》に。ミサイルを満載したセミトレーラーを運びこむのにこれほど都合がいいところがあるか?」

「携帯電話が圏内になりました」パイロットが言った。

リーチャーは〈ラジオシャック〉で買ったプリペイド携帯電話を出した。ニーグリーの番号を探す。緑色のボタンを押した。本人が出た。

「ディーンの家か?」と訊く。

「ディーンの家よ」ニーグリーは言った。「まちがいない。あと二十分で着く」

83

ベルはGPSを備えていたが、画面に道路地図を表示してくれるようなものではない。オドンネルが借りたレンタカーとはちがう。ベルのそれは絶えず変化する緯度と経度を、シンプルな字体の薄緑色の数字で表示するだけだ。リーチャーはパイロットに、パームデールの南へ行って待機するよう指示した。パイロットは燃料を心配している。リーチャーは高度を落とすよう指示した。ヘリコプターはエンジンが止まっても高度が数十メートルなら助かることがある。数百メートルだと助かることはまずない。

それからリーチャーはニーグリーに電話をかけ直した。ニーグリーはパサデナのホテルにいるマーガレット・ベレンソンからディーンの住所を聞き出していた。しかし、ニーグリーの車もカーナビは備えていない。それで闇の中をさまよっていて、最新型のヘッドライトも青く塗られたカバーのせいで光が弱い。おまけに携帯電話の電波が途切れがちだ。話しているあいだに二回切れた。三回目に切れる前に、ディーンの土地を見つけたらライトをしっかり点灯して小さな円を描くように走れと指示した。

　リーチャーはラメゾンがすわっていた前列の座席に移り、ラメゾンと同じように額を窓に押しつけた。ディクソンとオドンネルは後部側面の窓際に行った。三人で百八十度のパノラマを確保している。もっと広いかもしれない。探しているものがずっと後ろにあるかもしれないから、リーチャーは念のためにときどき大きく旋回するようパイロットに指示した。

　何も見えない。

　なんの変哲もない黒々とした広がりに、ちらほらと小さなオレンジ色の光があるだけだ。ガソリンスタンドか、小さな食料雑貨店の狭い駐車場だろう。寂れた道をときおり車が走っているが、どれもニーグリーのシビックではない。ヘッドライトが青ではなく黄色だ。リーチャーは電話をかけてみた。つながらない。

「燃料が残りわずかです」パイロットが言った。

「左にハイウェイがある」ディクソンが言った。

　リーチャーは下を見た。ハイウェイらしくない。一キロ半ほどの区間に車が五台しかない。二台は南へ、三台は北へ向かっている。目を閉じてこれまでに見た地図を思い浮かべた。

「南北に走るハイウェイが見えるのはおかしい」と言う。「西に寄りすぎている」

ベルは機体を傾け、すみやかに長いカーブを描いて東へ向かい、また水平になった。

パイロットは言った。「そろそろ着陸しないと」

「着陸するのはわたしがそう命じたときだ」リーチャーは言った。

山脈の北側は大気の状態がましだ。埃が漂っているし、熱で空気が揺らめいているが、地平線までおおむね見通せる。はるか前方で小さな格子状に並んだ光が瞬《まばた》き、ちらついている。おそらくパームデールだ。いいところだと聞いている。発展中で、住みやすい環境で。だから地価が高い。だから広大な土地と孤独と割安感を求める人は、ここには近づかない。

「南へ行け」リーチャーは言った。「高度をあげろ」

「高度をあげると燃料を食います」パイロットは言った。

「もっと上から見る必要がある」

ベルはゆっくりと数十メートル上昇した。パイロットはベルの機首をさげて大きく旋回させた。見えないサーチライトで地平線を照らし出すように。

何も見えない。

携帯電話も圏外だ。

「もっと上昇しろ」リーチャーは言った。

「無理です」パイロットは言った。「この計器を見てください」

リーチャーは燃料計を見てとった。針が端の目盛りに重なっている。燃料タンクは空だと計器が示している。ふたたび目を閉じ、地図を思い浮かべた。ベレンソンが言うには、ディーンは通勤地獄に悩まされていた。ハイランドパークに行くには、選択肢はふたつしかない。一三八号線でサン・アントニオ山の東側の山腹を進むか、二号線で西へ行ってウィルソン山天文台の近くを抜けるかのどちらかだ。おそらく二号線のほうが狭く、曲がりくねっている。そしてグレンデールで二一〇号線と合流する。東ルートよりも地獄ということばが似合いそうだ。よほどの愚か者でないかぎり、こちらを選ぶ理由はない。つまり、ディーンはパームデールの南東ではなく、真南から出発している。リーチャーはまっすぐ前を見て、遠くの格子状の光がまた視界にはいってくるのを待った。

「百八十度向きを変えて進め」と言う。

「燃料切れです」

「いいからやれ」

ヘリコプターはその場で旋回し、機首をさげて前進した。

六十秒後、ニーグリーを見つけた。

一キロ半前方、百二十メートル下方で、青い光の円錐がビーコンのように回転しながら脈打っている。ニーグリーが車のハンドルをいっぱいに切り、十メートルの円を描いて走りながら、ロービームとハイビームをしきりに切り替えているようだ。効果はめざましい。光線が高速で跳ねまわり、動く影を投げかけ、障害物のないところは数十メートル先まで照らし出している。まるで岩だらけの岸辺に建つ灯台だ。下には小さな孤立丘《ビュート》や卓状台地《メサ》や岩溝《ガリー》が点在し、ドラマチックな起伏のある地形を作り出している。北には低い建物がある。東には電線がある。西にはひび割れた土地が広がり、幅十二メートル、深さ六メートルほどの涸れ川《アロヨ》にさえぎられている。

「あそこに着陸しろ」リーチャーは言った。「あの涸れ川に。車輪は出すな」

パイロットは言った。「なぜ？」

「わたしがそう望むからだ」

パイロットはヘリコプターを少し西へ移動させ、高度を数十メートル落として、涸れ川と向きを合わせた。それからエレベーターのようにベルを降下させた。警報が鳴り、着陸装置を格納したまま着陸を試みていると警告した。パイロットはそれを無視して降下をつづけた。地面の六メートル上で降下速度をゆるめ、涸れ川の岩だらけの川床に胴体着陸する。石が砕け、金属がこすれ、床が水平から三十センチほど傾いた。ローターの気流で巻きあげられた砂嵐を突っ切ってこちらへ向かってくるニーグリーの車のヘッドライトが、窓の外に見える。

ちょうど燃料が尽きた。

エンジンが停止し、ローターが震えながら止まる。

機内が静かになる。

リーチャーが最初にヘリコプターからおりた。暖かい土埃の中に踏みこみ、ニーグリーを迎えるためにディクソンとオドンネルを先に行かせてから、きびすを返してベルに戻った。操縦席のドアをあけ、パイロットを見つめる。パイロットはシートベルトを締めたままだ。指先で燃料計のカバーを軽く叩いている。

「見事な着陸だった」リーチャーは言った。「腕がいいな」

パイロットは言った。「どうも」

「ああやって回転することで」リーチャーは言った。「ドアを開いたままにできるんだな。利口な方法だ」

「空気力学の基本ですよ」

「だとしても、実践を重ねたんだろうな」

パイロットは何も言わない。

「四度」リーチャーは言った。「わたしが知るかぎりで、少なくともそれだけ実践している」

パイロットは何も言わない。

「あの四人はわたしの友人だった」リーチャーは言った。

「ラメゾンに無理強いされたんです」

「ことわったら？」

「クビにすると言われて」

「それだけか？　おまえは失業したくなくて、自分のヘリコプターから人が四人も生きたまま突き落とされるのを黙って見ていたのか？」

「指示に従うことで給料をもらっているので」

「ニュルンベルク裁判の話を聞いたことはないのか？　もうその言いわけはまったく通用しない」

パイロットは言った。「やってはいけないことでした。それはわかっています」

「だが、結局おまえはそれをやった」

「ほかに選択肢があったと？」

「いくらでもあったさ」リーチャーは言った。そして笑みを浮かべた。パイロットは少し緊張を和らげた。リーチャーはこんなことになってとまどっているかのようにかぶりを振り、身を寄せてパイロットの頬を軽く叩いた。手をそこにあてたままにする。パイロットの顔の、遠いほうの側に、親しげなしぐさのように。親指をパイロットの眼窩《がんか》に少しずつ近づけ、人差し指をこめかみにあて、ほかの三本の指を耳の後ろに持ってきて、髪に潜りこませた。それから片手でパイロットの首を一気にねじって折った。さらに前後左右にパイロットの頭を揺らし、脊髄を確実に切断した。パイロットが意識を取り戻したら体が麻痺《まひ》していたという結果は望ましくない。というより、意識を取り戻すという結果自体が望ましくない。

まだシートベルトを締めているパイロットをそのままにして、ヘリコプターから離れた。十五メートルほど歩いてから振り返り、様子を確かめた。涸れ川に着陸し、少し傾き、車輪をしまったまま、燃料タンクが空になっているヘリコプター。墜落事故だ。搭乗したままのパイロット、衝撃による負傷、不幸な事故。完璧ではないが、まずまずだ。

ニーグリーは涸れ川から三十メートル離れたところに車を停めていた。エドワード・ディーン宅の玄関までの中間あたりだ。ヘッドライトはまだ明るい光を放っている。リーチャーは車のそばに来ると、振り返ってもう一度様子を確かめた。ベルはうまく隠れている。ローターのてっぺんが見えているが、一部だけだ。ブレードそのものは自重で垂れさがっていて見えない。土埃も落ち着きつつある。ニーグリーとディクソンとオドンネルは間隔を詰めて立っている。

「問題ないか?」リーチャーは訊いた。

ディクソンとオドンネルはうなずいた。ニーグリーはうなずかない。

「怒っているのか?」リーチャーはニーグリーに訊いた。

「そうでもない」ニーグリーは言った。「あなたがしくじったら怒っていたけど」

「きみにはミサイルがどこに運ばれるかを突き止めてもらいたかったんだ」

「とっくにわかっていたくせに」

「セカンドオピニオンがほしかった。それと、住所も知りたかった」

「ここがそうよ。ミサイルはないけど」

「まだ輸送中だからだ」

「そう願いたいところね」

「ミスター・ディーンに会うとしよう」

四人で小さなシビックに乗りこみ、ニーグリーの運転でディーン宅の玄関までの三十メートルを進んだ。一度目のノックで、ディーンはドアをあけた。ヘリコプターの音とシビックの目障りなヘッドライトで眠りを中断されたのは明らかだ。あまりロケット科学者らしくない。むしろ三流高校のコーチを思わせる。背が高く、手足がしなやかで、砂色の髪は乱れている。歳は四十ぐらいか。裸足《はだし》で、スエットパンツとTシャツを着ている。寝間着だろう。時刻は深夜に近い。
「きみたちは何者だ？」ディーンは尋ねた。
リーチャーは自分たちが何者で、なぜここに来たかを説明した。
ディーンはなんの話かまるでわからない様子だった。

84

なんらかの否定が返ってくることはリーチャーも予想していた。ラメゾンはベレンソンを口止めしたのだから、ディーンに対しても同じかそれ以上のことをしたにちがいない。ところが、ディーンの否定は本物のように思える。言い逃れようとしているのではなく、とまどっている。

「事のはじまりから話そう」リーチャーは言った。「われわれはあんたが電子部品のパッケージをどうしたか知っているし、あんたがなぜそうせざるをえなかったかも知っている」

不意にディーンの顔に何かの表情が浮かんだ。マーガレット・ベレンソンとちょうど同じように。

リーチャーは言った。「娘がらみで脅迫されていたことは知っている」

「脅迫というと?」

「娘はどこにいる?」

「遠くに。母親も」

「学校は休みではないはずだが」

「急を要する家庭の事情だ」

リーチャーはうなずいた。「ここから遠ざけたんだな。賢明だ」

「なんの話かわからないんだが」

リーチャーは言った。「ラメゾンは死んだ」

ディーンの目に一瞬だけ希望の光が差した。暗闇ではわかりにくかったが。

「わたしがヘリコプターから突き落とした」リーチャーは言った。

ディーンは何も言わない。

「バードウォッチングは好きか？　一日待ってから南に二、三キロ車を走らせ、ルーフにのぼってみるといい。旋回しているコンドルが二羽なら、毒蛇に嚙まれたコヨーテだろう。それより多いのなら、ラメゾンだ。あるいはパーカーかレノックスだ。三人ともそのあたりに転がっている」

「信じられない」

リーチャーは言った。「見せてやれ、カーラ」

ラメゾンのポケットから奪っておいた財布をディクソンが差し出した。ディーンはそれを受けとり、玄関の照明に向けた。中身を手のひらに出し、めくっていく。ラメゾンの運転免許証、クレジットカード、ニューエイジの写真付き身分証、社会保障カード。

「ラメゾンは死んだ」リーチャーは繰り返した。

ディーンは中身を財布に戻し、ディクソンに返した。

「財布を奪ったとしても」ディーンは言った。「命まで奪ったとはかぎらない」

「パイロットなら見せてやれる」リーチャーは言った。「パイロットも死んだ」

「さっき着陸したばかりだが」

「さっき殺したばかりだ」

「きみたちは頭がいかれている」

「あんたは窮地を脱した」

ディーンは何も言わない。

「時間をかけてかまわない」リーチャーは言った。「ゆっくり納得すればいい。しかし、われわれはだれが、いつ来るかを知りたい」

「だれも来ないが」

「だれかが来るはずだ」

「そういう取引にはなっていない」

「ほんとうか？」

「もう一度聞かせてくれ」ディーンは言った。「ラメゾンは死んだのか？」

「ラメゾンはわたしの友人を四人も殺した」リーチャーは言った。「もし死んでいないのなら、わたしがここであんたを相手に時間のむだ遣いをしているはずがない」

ディーンはゆっくりとうなずいた。納得しつつあるようだ。

「しかし、それでもきみが何を言っているのかわからない」と言う。「確かにわたしは偽造書類にサインした。それは認める。六百五十回もサインした。あってはならないことだが、わたしがやったのはそれだけだ。ミサイルを組み立てたり、ほかのだれかに組み立て方を教えたりするという話にはなっていなかった」

「ほかに組み立て方を知っている者は？」

「むずかしい作業ではない。接続すればすぐに使用できる。簡単なんだ。簡単でなければならないんだよ。兵士がやるのだから。気を悪くしないでくれ。戦場で、夜に、重圧にさらされた状態でも組み立てられるということだ」

「あんたにとっては簡単だろうな」

「だれにとってもかなり簡単だ」

「兵士はやり方を教わるまでは何もしないぞ」

「それはそうだ。だから訓練を受けることになるだろう」

「だれから？」

「フォート・アーウィンで講習をおこなう予定だ。わたしがその最初の講師になると思う」

「ラメゾンはそれを知っていたのか?」

「標準の手順だ」

「それならラメゾンはあんたに組み立て方を実演させようとしたはずだ」

ディーンは首を横に振った。「しなかった。実演については何も指示しなかった。指示しようと思えばできたのに。わたしは言いなりになるしかなかったから」

「九時間経過」ニーグリーが言った。

「面積が三十三万平方キロ、つまり十三万平方マイル増えた」ディクソンが言った。十三万三千五百三十五平方マイルだ、とリーチャーは反射的に思った。増えたぶんだけでカリフォルニア州の大半、テキサス州の半分に匹敵する。円の面積は半径の二乗と円周率の積に等しく、二乗するために急速に増える。

「マフムードたちはここに来る」と言う。「来るはずだ」

だれも答えない。


ディーンは中に入れてくれた。家はコンクリートと木材で造られた横長の丸太小屋だ。コンクリートは打ち放しで、黄色く変色している。木材は濃い茶色に着色されている。広いリビングルームにはナバホラグが敷かれ、家具は古び、暖炉には昨冬の灰が積もっている。室内には本がたくさんある。ＣＤがそこら中に積み重ねられている。真空管アンプとホーンスピーカーを備えたステレオがある。総じて、都会から逃避した人の理想を実現した家に見える。

ディーンがキッチンにコーヒーを淹《い》れにいくと、ディクソンが「九時間二十六分経過」と言った。ニーグリーとオドンネルは意味がわからなかったようだが、リーチャーはわかった。円周率を三・一四二とし、トラックの速度を時速五十マイルとすると、九時間二十六分で捜索対象範囲はちょうど七十万平方マイルになる。約百八十万平方キロだ。

「マフムードは用心深い」リーチャーは言った。「品物をよく確かめもせずに買ったりしない。自分の金だったらむだ遣いしたくないだろうし、他人の金だったらしくじって首をはねられたくないだろう。きっと来る」

「ディーンは来ないと言っているけど」

「ディーンは前もって聞かされていないと言っているだけだ。それとこれとはちがう」

ディーンが戻ってきてコーヒーを配ると、十五分ほどだれも口を利かなかった。やがてリーチャーはディーンに顔を向けて尋ねた。「ここの電気工事は自分でやったのか？」

　ディーンは言った。「一部は」

「樹脂製の結束バンドはあるか？」

「たくさんある。裏の作業場に」

「車で北へ行ったほうがいい」リーチャーは言った。「パームデールへ向かい、朝食を食べろ」

「いまから？」

「いまからだ。昼食まで残れ。午後まで帰ってくるな」

「なぜ？　ここで何が起こる？」

「まだわからない。だが、何が起ころうとも、あんたは近くにいないほうがいい」

　ディーンは少しのあいだそのまますわっていた。やがて立ちあがり、鍵を見つけて出ていった。車のエンジンをかける音が聞こえた。パワーステアリングのタイヤが砂利を嚙む音も。それから音はしだいに遠ざかって消え、家はふたたび静かになった。

　ディクソンが「九時間四十六分経過」と言った。リーチャーはうなずいた。円はいまや七十五万平方マイル、つまり約百九十万平方キロに達している。

「マフムードは来る」リーチャーは言った。

午前一時十七分に円は百万平方マイル、つまり約二百六十万平方キロに達した。リーチャーは本棚に地図帳を見つけ、可能性の高いルートをたどり、デンヴァーは十八時間離れているから、ここに来るのは午前六時ごろだろうと計算した。マフムードにとっては理想的だ。娘がらみで脅迫していることはラメゾンから聞いているはずだし、朝の六時には子供が必ず在宅していると考えるだろう。だからディーンの弱みを完璧に握れる。マフムードは突然来訪するつもりなのかもしれないが、それでも望みのものを得られると思っているのはまちがいない。

立ちあがってひと歩きした。まず屋外を、つづいて屋内を。敷地には家と車庫とディーンが言っていた作業場がある。まわりには何もない。漆黒の闇でも、四方に静かな無人の土地が広がっているのは感じとれる。家の中はシンプルだ。寝室が三つ、書斎、キッチン、リビングルーム。寝室のひとつは娘の部屋だ。インクジェットプリンターで印刷した写真が板に留められている。ティーンエイジャーの少女たちが、一枚に三、四人ずつ写っている。娘とその友人だろう。友人を除外していき、どの写真にも写っている少女を特定した。これがおそらくディーンの娘だ。自分のカメラで撮った写真を自分の部屋に飾っている。背の高いブロンドの少女で、歳は十四ぐらい、まだ少し世慣れていない感じがあって、歯列矯正器具を着けている。だが、一、二年もすれば目が覚めるような美人になり、三十年はそんな外見を保てそうだ。大金のために人質にされた少女。ディーンの苦悩は同情できるし、ラメゾンが落下中にもう少し悲鳴をあげればよかったのにと思った。

夜明け前が最も暗いと言われるが、それはまちがいだ。当然ながら、真夜中が最も暗い。午前五時には、東の空が白みはじめた。五時三十分には視界がかなりよくなった。リーチャーはまた散歩に行った。ディーンに隣人はいない。何十平方キロもの無人の土地のただ中に住んでいる。どちらを向いても地平線まで見通せる。なんの価値もない、陽が照りつけるだけの土地だ。電線が南から北へ延び、靄の中に消えている。南東から石だらけの私道が延びている。少なくとも一キロ半はある。もっとあるかもしれない。そこを少し歩いて振り返り、マフムードが着いたら目にするものを確かめた。ヘリコプターは見えない。偶然ながら、一本だけ生えているメスキートの低木がローターのてっぺんを隠している。ニーグリーのシビックを車庫の後ろに移動し、もう一度確かめた。完璧だ。低くて埃っぽい、なんの変哲もない三つの建物が風景に溶けこんでいる。家から百メートルほど歩くと、大きさも形も棺《ひつぎ》に似た平たい岩を見かけた。歩み寄り、ポケットからトニー・スワンのコンクリート片を出して、記念碑のように岩の上に置いた。戻って作業場に足を踏み入れた。ドアは施錠されていない。中は整然と物が置かれ、太陽で熱せられた機械油のにおいが漂っている。黒い樹脂製の結束バンドを入れたトレーを見つけ、最も大きいものを八本もらった。長さは六十センチほどあり、太くて硬い。電線の分岐ボックスに重いケーブルを固定するためのものだろう。

それから家の中に戻って待った。

六時が訪れても、マフムードは訪れない。いまや円は二百五十万平方マイル以上、つまり約六百四十万平方キロに達している。六時十五分にはそれが二百六十万平方マイルになった。六時三十分には二百七十万平方マイルに。

そして六時三十二分ちょうどに、電話のベルが一度だけ、短く、柔らかく、静かに鳴った。

「来たぞ」リーチャーは言った。「だれかが電話線を切断した」

四人は窓際に行った。待った。八キロ南東に、朝日を受けてきらめいている小さな白い点が見えた。車両が高速で近づきつつあり、たなびくカーキ色の土煙が曙光《しょこう》を後ろから浴びて光輪のように照らされている。

85

四人は窓際から離れ、リビングルームで緊張と沈黙のうちに待った。五分後、タイヤが小石を嚙む音と、古いデトロイト製のV型八気筒エンジンのマフラーが出す湿っぽい音が聞こえた。タイヤの音がやみ、エンジンを切り、パーキングブレーキをかける音が聞こえた。一分後、安っぽいドアを閉める音と、砂利の上を気ままに歩く足音が聞こえた。運転していた人物がおぼつかない足どりで歩き、あくびをしたり伸びをしたりしている。

一分後、ドアをノックする音が聞こえた。

リーチャーは待った。

ふたたびノックされた。

リーチャーは二十秒数えてから玄関に行った。ドアをあける。踏み段の上に男が光を背にして立っていて、その向こうに中型のパネルトラックが停まっている。トラックは〈U-ホール〉のレンタカーで、白と赤に塗られ、重心が高く、やや不恰好だ。

見覚えがある気がする。男のほうは見覚えがない。中肉中背で、上等な服を着ているが、少し皺が寄っている。歳は四十ぐらいだろう。黒っぽい髪は豊かで、つやがあり、きれいに散髪してある。肌は褐色で、目鼻立ちは整っている。外見からして、インド人でも、パキスタン人でも、イラン人でも、シリア人でも、レバノン人でも、アルジェリア人でもおかしくない。あるいは、イスラエル人やイタリア人でも。

これに対し、アズハリ・マフムードが目にしたのは、むさ苦しい白人の大男だ。身長はゆうに二メートルはありそうで、体重は百十キロ、いや百二十キロはあるかもしれない。短く刈りこんだ髪、断面が五センチ×十センチの木材並みに太くて頑丈そうな手首、シャベルを思わせる手、埃まみれの灰色のデニムとワークブーツ。変人の科学者だ、と思った。砂漠の丸太小屋に在宅中の。

「エドワード・ディーンか？」と言った。

「そうだが」リーチャーは言った。「あんたは？」

「ここは携帯電話が圏外のようだな」

「だから？」

「念のため、この道の十五キロ先で固定電話の電話線を切断しておいた」

「何者だ」

「わたしの名前は重要ではない。わたしはアレン・ラメゾンの友人だ。それだけ知っていればいい。きみはラメゾンに便宜をはかるのと同じように、わたしにも便宜をはからなければならない」

「わたしはアレン・ラメゾンに便宜をはかってはいない」リーチャーは言った。「さっさと帰れ」

マフムードはうなずいた。「別の言い方をしよう。ラメゾンによる脅迫はいまでも有効だ。きょうはラメゾンではなくわたしがそこから利益を得る」

「脅迫？」リーチャーは言った。

「きみの娘がらみの」

リーチャーは何も言わなかった。

マフムードは言った。「リトル・ウィングを使用可能な状態にする方法を教えてもらおう」

リーチャーは〈U-ホール〉のトラックに目をやった。

「無理だ」と言う。「電子装置しかないのに」

「ミサイルもここに運んでいる」マフムードは言った。「もうじき着く」

「どこで使うつもりだ」

「いろいろなところで」

「アメリカ国内で？」

「標的がふんだんにある環境だからな」

「カシミールだとラメゾンは言っていた」

「ごくかぎられた友人にわれわれが何基か届けるかもしれない」

「われわれ？」

「われわれは大きな組織なのだよ」

「わたしは手を貸さないぞ」

「きみは手を貸すさ。前にもそうしたように。理由は同じだ」

リーチャーは間を置いて言った。「はいってくれ」

脇にどいた。マフムードは服従されるのに慣れていたから、リーチャーの横を抜けて廊下に歩み入った。リーチャーはその後頭部を強く殴り、マフムードはリビングルームのドアのほうへよろめいた。そこから出てきたフランシス・ニーグリーがきれいなアッパーカットを見舞い、マフムードは床に倒れこんだ。一分後、廊下の床の上で、両手と両足を縛られていた。8の字にした結束バンドのひとつで左手首と右足首をまとめて縛られ、もうひとつで右手首と左足首をまとめて縛られている。結束バンドはきつく締められ、そのまわりの肉が早くも腫れている。マフムードは口から血を流しながらうめいた。リーチャーはその脇腹を蹴り、黙れと命じた。それからリビングルームに戻り、デンヴァーからのセミトレーラーを待った。

デンヴァーからのセミトレーラーは白い十八輪トレーラーだった。運転手は運転席からおりて一分後には、マフムードの隣で両手と両足を縛られていた。リーチャーはマフムードを外に引きずっていき、〈U‐ホール〉のトラックのかたわらの日向に仰向けに転がした。マフムードの目は恐怖に満ちている。何が待ち受けているかを知っているからだ。死んだほうがましだと思っているだろうから、わざと生かしたままそこに転がした。オドンネルが運転手を外に引きずってきて、セミトレーラーのかたわらにほうり出した。四人で少しのあいだ立ち、最後にもう一度だけ周囲を見まわしてから、ニーグリーのシビックに乗りこみ、南へ疾走した。携帯電話が圏内になったとたんに車を停め、ニーグリーがペンタゴンの知人に電話をかけた。西部が七時なら、東部は午前十時だ。ニーグリーは知人に、どこを探すべきか、何が見つかるかを教えた。それからまたシビックを走らせた。リーチャーがリアウィンドウの外を眺めていると、まだ山脈にも至らないうちに、地平線を西へ向かうヘリコプターの一個飛行隊が見えた。近くの国土安全保障省の基地から飛び立ったベル社製のＡＨ‐１だろう。群れをなして空の一角を飛んでいる。

山脈を抜けると、金の話をした。ニーグリーはディクソンに証券とダイヤモンドを渡した。ディクソンがニューヨークにそれらを持ち帰って換金するということで四人の意見は一致した。金の使い道は、第一に、ニーグリーが出した経費にあてる。第二に、アンジェラ・フランツとチャーリー・フランツ、タミー・オロスコとその三人の子供、サンチェスの友人のミレーナのために信託財産を設ける。第三に、動物の倫理的扱いを求める人々の会に、トニー・スワンが飼っていたメイジーの名義で、最後の寄付をする。

その先はぎこちなくなった。ニーグリーは充分な稼ぎがあるが、リーチャーの察するところ、ディクソンとオドンネルは金に困っている。金に困り、分け前をほしがっているが、遠慮している。そこでリーチャーが切り出し、自分は素寒貧だと言ったうえで、残った少しばかりの金を四等分し、各自の報酬としてはどうかと提案した。全員が賛成した。

その後はあまり話さなかった。ラメゾンは死んだ。マフムードは逮捕された。だが、友人たちが生き返ったわけではない。リーチャーは先延ばしにしていた重要な疑問を自問した――二一〇号線で車が立ち往生していたせいで、病院への到着が遅れたわけだが、もし遅れなかったら、ディクソンやオドンネルよりもまともな働きができただろうか。スワンやフランツやサンチェスやオロスコよりもまともな働きができただろうか。ほかの三人もリーチャーについて同じことを自問しているかもしれない。

正直なところ、リーチャーには答がわからなかったし、わからないことが気に入らなかった。

二時間後、ロサンゼルス空港に着いた。緊急車両用車線にシビックを乗り捨て、歩いて別々のターミナルの、別々の航空会社へ向かった。解散する前に歩道で最後にもう一度だけこぶしをぶつけ合い、近いうちにまた会うことを約束して別れを告げた。ニーグリーはアメリカン航空へ向かった。ディクソンはアメリカウェスト航空を探しにいった。オドンネルはユナイテッド航空を探した。リーチャーは熱気の中に立ち、慌ただしく行き交う人々に囲まれながら、歩き去る三人を見送った。

リーチャーがカリフォルニア州を離れるとき、ポケットには二千ドル近くあった。ハリウッドの蠟人形館の裏にいた麻薬密売人と、ラスヴェガスで出くわしたサロピアンと、ハイランドパークのニューエイジの工場にいたふたりの男から奪った金だ。そのため、四週間近く金に困らなかった。ようやくニューメキシコ州サンタフェで、バスターミナルのATMに寄った。いつものようにまず預金残高を頭の中ではじき出してから、銀行の計算と自分の計算が一致するかを確かめた。一致しなかったのは、人生で二度目だ。

ＡＴＭによれば、口座の預金残高は予想よりも十万ドル以上多い。暗算すると、正確には十一万千八百二十二ドルと十八セント多い。

１１１，８２２・１８。

ディクソンにちがいない。戦利品だ。

最初は失望した。額に対してではない。これほどの額を目にしたのは久しぶりだ。自分に対して失望した。その数字からなんのメッセージも読みとれなかったからだ。ディクソンが数ドルあるいは数セントを足したり引いたりして合計額を調節することで、ひねくれた笑みを向けているのはまちがいない。にもかかわらず、それがわからない。素数ではない。２より大きい偶数は素数ではありえない。約数は山ほどある。逆数にするのは面倒だ。平方根はでたらめな数字が延々と連なる。立方根はもっとひどい。

１１１，８２２・１８。

そのうちにディクソンに対して失望した。考えれば考えるほど、分析すればするほど、ただのつまらない数字にしか思えなかったからだ。

ディクソンはゲームをやる気分ではないらしい。

期待はずれだった。

おそらく。

あるいは、そうではないのかもしれない。

ボタンを押し、簡易取引明細書を印刷した。薄い紙片が一枚、スロットから出てきた。かすれた灰色の印刷で、直近五件の口座取引が列挙されている。一件目に、事のはじまりとなった、シカゴからニーグリーが入金した記録がまだ載っている。二件目は、オレゴン州ポートランドのバスターミナルで、ATMから五十ドル引き出した記録だ。三件目は、事が動きだしてから乗った、ポートランド空港発ロサンゼルス空港行きの航空券代。

四件目に、新たな入金があり、額は十万千八百十ドルと十八セントになっている。

五件目に、同じ日のうちにまた入金があり、額は一万十二ドルちょうど。

101，810・18。

10，012。

笑みを浮かべた。結局のところ、ディクソンはゲームをやる気分だ。完全に、まぎれもなく、ゲームをやっている。ひとつ目の入金は10-18を強調のために繰り返している。憲兵の無線コードで、任務完了を二度にわたって伝えている。10-18、10-18。自分とオドンネルが救出されたことを。あるいはラメゾンとマフムードを倒したことを。あるいはその両方を。

さすがだな、カーラ、と思った。

ふたつ目の入金は郵便番号だ――一〇〇一二。グレニッチ・ヴィレッジ。そこにディクソンは住んでいる。地理情報だ。

ヒントでもある。

ディクソンに誘われたことがある――〝事が済んだら、ニューヨークに来ない？〟と。

ふたたび笑みを浮かべ、薄い紙片をまるめてごみ箱に捨てた。ＡＴＭから百ドル引き出し、バスターミナルの券売所に行って、最初に目についたバスの乗車券を買った。行き先はわからない。

あのときはこう答えた――〝わたしは予定を立てないんだよ、カーラ〟と。

訳者あとがき

ジャック・リーチャー・シリーズ第十一作『消えた戦友』(原題 *Bad Luck and Trouble*) をお届けする。

リー・チャイルドによるこのシリーズは一九九七年からほぼ年に一作のペースで刊行がつづいており、二〇二三年夏現在で全二十七作を数える。本作が発表されたのは二〇〇七年であり、昨年お届けした『奪還』のつぎの作品にあたる。シリーズ前期から中期にかけてのこの時期は人気作が目白押しとなっているのだが、中でも本作は特に高い評価を得ているので、このあとがきから先に読んでいるかたには、ぜひ本文に進むようおすすめしたい。なお、ジャック・リーチャー・シリーズは一作一作が独立した内容になっており、どれから読んでも問題なく楽しめることを付け加えておく。

主人公がアメリカ陸軍の元憲兵で、若くして少佐まで昇進したのちに退役し、いまは放浪の旅をつづけていること、身長が二メートル近い巨漢でとにかく腕っ節が強く、そのうえ頭も切れることを知っていれば充分だ。リーチャーの人となりや過去についてもっと知りたくなったら、第一作の『キリング・フロアー』や第八作の『前夜』あたりから、お好みに合わせて読んでいくのがいいだろう。後述するドラマシリーズを観るのもおすすめだ。

本作の舞台はロサンゼルス。オレゴン州ポートランドでATMから現金を引き出そうとしたリーチャーは、自分の預金口座にあるはずのない入金があるのに気づく。銀行の手ちがいかと思われたが、千三十ドルというその額が気になった。一〇三〇、すなわち10－30は、憲兵が同僚に応援を要請するときの無線コードだからだ。電話もEメールアドレスも持たずに漂泊しているリーチャーに連絡をとるために、だれかがこのような非常手段を用いたのかもしれない。銀行に問い合わせると、その読みは正しかったことがわかる。入金した人物はかつての同僚のフランシス・L・ニーグリーだった。

憲兵時代にリーチャーは九名からなる特別捜査部隊を率いていて、ニーグリーはその一員であり、最も信頼していた女性部下だった。そのニーグリーが応援を求めているのなら、ただ事ではない。ニーグリーがシカゴで民間警備会社の仕事をしているのは知っていたので、番号を調べて電話をかけると、アシスタントだという男から、当人がロサンゼルスへ向かったこと、リーチャーに会いたがっていること、ただしどこに滞在するかはわからないことを告げられる。リーチャーなら捜し出せると言っていたらしい。

ロサンゼルスへ飛んだリーチャーは、憲兵時代に得意としていた人捜しの能力を活用する。ニーグリーの思考と行動を読み、ハリウッドにいるはずだと推測し、首尾よくそこのレストランで再会した。ニーグリーもまた、リーチャーの思考と行動を読み、先まわりして待っていたのだった。リーチャーが10－30の理由を尋ねると、ニーグリーは検死報告書のコピーを渡し、砂漠でかつての同僚の死体が発見されたことを告げた。

その男の名はカルヴィン・フランツといい、やはり特別捜査部隊に所属していた元憲兵で、リーチャーにとっては親友とも呼べる存在だった。退役後は身を固め、私立探偵として生計を立てていたらしい。検死報告書の内容とニーグリーが集めた情報からして、フランツは何日も拷問を受けたすえに、砂漠の上空を飛ぶヘリコプターから突き落とされて墜落死したと思われた。憤るリーチャーに、ニーグリーはさらに不穏な事実を伝える。特別捜査部隊の九人はみなすでに退役していて、各地で第二の人生を歩んでいた。うちひとりは何年も前に交通事故死し、フランツもこのような形で横死したから、リーチャーとニーグリーを除くと残りは五人となる。フランツの死を知ったニーグリーはこの五人も集めようとしたが、だれにも連絡がつかないという。リーチャーとニーグリーはフランツの死の真相を突き止めるべく、その直近の仕事を調べると同時に、消えた戦友たちの消息を確かめようとする。そんなふたりを何者かが監視し、尾行していた。

〝特別捜査官にはけっして喧嘩を売ってはならない〟――それはかつてリーチャーの部隊のスローガンだった。果たして、リーチャーたちはフランツの仇《かたき》を討てるのか。フランツが殺されたことと、戦友たちが消えたことには関係があるのか。つづきはどうぞご自分の目で確かめていただきたい。

本作の原書は二〇〇七年に刊行されると、《ニューヨーク・タイムズ》紙のベストセラー・リストでさっそく二位にランクインし、その後もひと月ほど上位にとどまって、相変わらずの人気ぶりを見せつけた。アンソニー賞の長編賞、ガムシュー賞の最優秀スリラー賞などにもノミネートされている。いつもは一匹狼のリーチャーが、頼りになる元部下と共闘し、それぞれの強みを活かして敵に迫るという展開はこのシリーズでは珍しく、そのあたりが本作の大きな魅力になっていると言えるだろう。

ちなみに、フランシス・L・ニーグリーは本シリーズではごく少ない、複数の作品にまたがって登場する人物だ。本作の献辞からわかるように、同名の女性は実在している。チャリティーオークションで本シリーズの登場人物の命名権を得て、リーチャーの相棒として自分が登場したいと作者に頼んだそうだ。はじめて登場したのは第六作の*Without Fail*で、こちらは未訳だが、バリー賞の長編賞などにもノミネートされた傑作なので、いずれお届けできればと願っている。

『奪還』の訳者あとがきでも触れたが、ジャック・リーチャー・シリーズはアマゾンのプライムビデオでドラマ化され、二〇二二年から配信が開始されている。ストーリーのベースは第一作の『キリング・フロアー』で、日本版のタイトルは《ジャック・リーチャー ～正義のアウトロー～》だ。好評を受けてシーズン2の製作も決定しており、こちらはこの第十一作がベースとなっているから、配信前の予習としても楽しんでいただければと思う。

なお、いま述べたとおり、原作の『キリング・フロアー』にニーグリーはまだ登場しないのだが、ドラマ版ではストーリーがアレンジされて早くも登場している。再会するまでの流れが本作の冒頭に似ているので、これから視聴されるかたはそのあたりに注目してみるのもおもしろいだろう。シーズン2の続報があったら、またお伝えしたい。

最後になりましたが、本書の訳出にあたっては、講談社文庫出版部の岡本浩睦氏とみなさまにたいへんお世話になりました。心よりお礼を申しあげます。

二〇二三年六月　　　　　　　　　　青木　創

ジャック・リーチャー・シリーズ作品リスト

1. Killing Floor　『キリング・フロアー』
2. Die Trying　『反撃』
3. Tripwire　『警鐘』
4. The Visitor (UK) / Running Blind (US)
5. Echo Burning
6. Without Fail
7. Persuader　『宿敵』
8. The Enemy　『前夜』
9. One Shot　『アウトロー』
10. The Hard Way　『奪還』
11. Bad Luck and Trouble『消えた戦友』（本書）

12. Nothing to Lose
13. Gone Tomorrow『葬られた勲章』
14. 61 Hours『61時間』
15. Worth Dying For
16. The Affair
17. A Wanted Man『最重要容疑者』
18. Never Go Back『ネバー・ゴー・バック』
19. Personal『パーソナル』
20. Make Me
21. Night School
22. The Midnight Line『ミッドナイト・ライン』
23. Past Tense
24. Blue Moon
25. The Sentinel
26. Better off Dead
27. No Plan B

|著者|リー・チャイルド　1954年イングランド生まれ。地元テレビ局勤務を経て、'97年に『キリング・フロアー』で作家デビュー。アンソニー賞最優秀処女長編賞を受賞し、全米マスコミの絶賛を浴びる。以後、ジャック・リーチャーを主人公としたシリーズは現在までに27作が刊行され、いずれもベストセラーを記録。本書は11作目にあたる。

|訳者|青木 創　1973年、神奈川県生まれ。東京大学教養学部教養学科卒業。翻訳家。訳書に、ハーパー『渇きと偽り』『潤みと翳り』、モス『黄金の時間』、ジェントリー『消えたはずの、』、メイ『さよなら、ブラックハウス』、ヴィンター『愛と怒りの行動経済学』、ワッツ『偶然の科学』、チョウドゥリー『謎解きはビリヤニとともに』(以上、早川書房)、メルツァー『偽りの書』(角川書店)、トンプソン『脳科学者が教える 本当に痩せる食事法』(幻冬舎)、フランセス『〈正常〉を救え』(講談社)など。

消《き》えた戦友《せんゆう》(下)

リー・チャイルド|青木《あおき》 創《はじめ》 訳

講談社文庫
定価はカバーに
表示してあります

2023年8月10日第1刷発行

KODANSHA

発行者――髙橋明男
発行所――株式会社　講談社
東京都文京区音羽2-12-21　〒112-8001
電話　出版　(03)　5395-3510
　　　販売　(03)　5395-5817
　　　業務　(03)　5395-3615

デザイン―菊地信義
本文データ制作―講談社デジタル製作
印刷―――株式会社KPSプロダクツ
製本―――株式会社国宝社

Printed in Japan

ISBN978-4-06-532790-6

講談社文庫刊行の辞

二十一世紀の到来を目睫に望みながら、われわれはいま、人類史上かつて例を見ない巨大な転換期をむかえようとしている。

世界も、日本も、激動の予兆に対する期待とおののきを内に蔵して、未知の時代に歩み入ろうとしている。このときにあたり、創業の人野間清治の「ナショナル・エデュケイター」への志を現代に甦らせようと意図して、われわれはここに古今の文芸作品はいうまでもなく、ひろく人文・社会・自然の諸科学から東西の名著を網羅する、新しい綜合文庫の発刊を決意した。

激動の転換期はまた断絶の時代である。われわれは戦後二十五年間の出版文化のありかたへの深い反省をこめて、この断絶の時代にあえて人間的な持続を求めようとする。いたずらに浮薄な商業主義のあだ花を追い求めることなく、長期にわたって良書に生命をあたえようとつとめるところにしか、今後の出版文化の真の繁栄はあり得ないと信じるからである。

同時にわれわれはこの綜合文庫の刊行を通じて、人文・社会・自然の諸科学が、結局人間の学にほかならないことを立証しようと願っている。かつて知識とは、「汝自身を知る」ことにつきていた。現代社会の瑣末な情報の氾濫のなかから、力強い知識の源泉を掘り起し、技術文明のただなかに、生きた人間の姿を復活させること。それこそわれわれの切なる希求である。

われわれは権威に盲従せず、俗流に媚びることなく、渾然一体となって日本の「草の根」をかたちづくる若く新しい世代の人々に、心をこめてこの新しい綜合文庫をおくり届けたい。それは知識の泉であるとともに感受性のふるさとであり、もっとも有機的に組織され、社会に開かれた万人のための大学をめざしている。大方の支援と協力を衷心より切望してやまない。

一九七一年七月

野間省一

講談社文庫 最新刊

堂場瞬一
最後の光
〈警視庁総合支援課2〉
家庭内で幼い命が犠牲に。柿谷晶《かきやあきら》は、母親を支援しようとするが……。〈文庫書下ろし〉

佐藤多佳子
いつの空にも星が出ていた
時を超えて繋《つな》がるベイスターズファンたちの熱い人生の物語！ 本屋大賞作家が描く感動作！

望月麻衣
京都船岡山アストロロジー3
〈恋のハウスと檸檬色の憂鬱〉
この恋は、本物ですか？ 星読みがあなたの恋愛傾向から恋のサクセスポイントを伝授！

真保裕一
ダーク・ブルー
仲間の命を救うために女性潜航士が海底へ。決死のダイブに挑む深海エンタメ超大作！

西尾維新
悲業伝
絶対平和リーグが獲得を切望する『究極魔法』の正体とは!? 〈伝説シリーズ〉第五巻。

首藤《しゅどう》瓜於《うりお》
ブックキーパー 脳男(上)(下)
乱歩賞史上最強のダークヒーローが帰ってきた。警察庁の女性エリート警視と頭脳対決！

藤井邦夫
仇討《あだう》ち異聞
〈大江戸閻魔帳(八)〉
行き倒れの初老の信濃《しなの》浪人は、父の敵《かたき》を狙い続ける若者を捜していたが。〈文庫書下ろし〉

講談社文芸文庫

伊藤痴遊
隠れたる事実
明治裏面史
解説＝木村 洋
歴史の九割以上は人間関係である！ 講談師にして自由民権の闘士が巧みな文辞で説く、維新の光と影。新政府の基盤が固まるまでに、いったいなにがあったのか？
いＺ1
978-4-06-512927-2

伊藤痴遊
続 隠れたる事実
明治裏面史
解説＝奈良岡聰智
維新の三傑の死から自由民権運動の盛衰、日清・日露の栄光の勝利を説く稀代の講釈師は過激事件の顛末や多くの疑獄も見逃さない。戦前の人びとを魅了した名調子！
いＺ2
978-4-06-532684-8

海外作品

小説

ウェンディ・ウォーカー 池田真紀子訳 まだすべてを忘れたわけではない
D・クロンビー 西田佳子訳 警視の週末
D・クロンビー 西田佳子訳 警視の挑戦
D・クロンビー 西田佳子訳 警視の哀歌
D・クロンビー 西田佳子訳 警視の謀略
D・クロンビー 西田佳子訳 警視の慟哭
ウィリアム・K・クルーガー 野口百合子訳 闇の記憶
P・コーンウェル 池田真紀子訳 死層(上)(下)
P・コーンウェル 池田真紀子訳 邪悪(上)(下)
P・コーンウェル 池田真紀子訳 烙印(上)(下)
マイクル・コナリー 古沢嘉通訳 燃える部屋(上)(下) 〈シリーズ25周年記念エッセイ収録〉
マイクル・コナリー 古沢嘉通訳 贖罪の街(上)(下)
マイクル・コナリー 古沢嘉通訳 訣別(上)(下)
マイクル・コナリー 古沢嘉通訳 レイトショー(上)(下)
マイクル・コナリー 古沢嘉通訳 汚名(上)(下)
マイクル・コナリー 古沢嘉通訳 素晴らしき世界(上)(下)
マイクル・コナリー 古沢嘉通訳 鬼火(上)(下)
マイクル・コナリー 古沢嘉通訳 警告(上)(下)
マイクル・コナリー 古沢嘉通訳 潔白の法則(上)(下) 〈リンカーン弁護士〉
マイクル・コナリー 古沢嘉通訳 ダーク・アワーズ(上)(下)
ジェーン・シェミルト 北沢あかね訳 ナオミ
L・チャイルド 小林宏明訳 パーソナル(上)(下)
リー・チャイルド 青木創訳 ミッドナイト・ライン(上)(下)
リー・チャイルド 青木創訳 葬られた勲章(上)(下)
リー・チャイルド 青木創訳 宿敵(上)(下)
リー・チャイルド 青木創訳 奪還(上)(下)
ハックスリー 松村達雄訳 すばらしい新世界
アリス・フィーニー 西田佳子訳 ときどき私は嘘をつく
ルシア・ベルリン 岸本佐知子訳 掃除婦のための手引き書 〈――ルシア・ベルリン作品集〉
C・J・ボックス 野口百合子訳 狼の領域
C・J・ボックス 野口百合子訳 冷酷な丘
C・J・ボックス 野口百合子訳 鷹の王
ジョージ・ルーカス著 上杉隼人訳 スター・ウォーズ 〈エピソードⅣ 新たなる希望〉
ジョージ・ルーカス原作 ドナルド・F・グルート著 杉山まどか訳 スター・ウォーズ 〈エピソードⅤ 帝国の逆襲〉
ジョージ・ルーカス原作 ジェームズ・カーン著 上杉隼人訳 スター・ウォーズ 〈エピソードⅥ ジェダイの帰還〉
J・J・エイブラムス他原作 アラン・D・フォスター著 稲村広香訳 スター・ウォーズ 〈フォースの覚醒〉
ジョージ・ルーカス原作 テリー・ブルックス著 上杉隼人／大島資生訳 スター・ウォーズ 〈エピソードⅠ ファントム・メナス〉
ジョージ・ルーカス原作 R・A・サルヴァトーレ著 上杉隼人／上原尚子訳 スター・ウォーズ 〈エピソードⅡ クローンの攻撃〉
ジョージ・ルーカス原作 マシュー・ストーヴァー著 上杉隼人／有馬さとこ訳 スター・ウォーズ 〈エピソードⅢ シスの復讐〉
ジョン・ノール他原作 アレクサンダー・フリード著 稲村広香訳 ローグ・ワン 〈スター・ウォーズ・ストーリー〉
ライアン・ジョンソン原作 ジェイソン・フライ著 稲村広香訳 スター・ウォーズ 〈最後のジェダイ〉
ローレンス・カスダン ジョナサン・カスダン原作 ムア・ラファティ著 稲村広香訳 ハン・ソロ 〈スター・ウォーズ・ストーリー〉
J・J・エイブラムス他原作 レイ・カーソン著 稲村広香訳 スター・ウォーズ 〈スカイウォーカーの夜明け〉
ティモシイ・ザーン 富永和子訳 スター・ウォーズ 帝国の後継者(上)(下)
ティモシイ・ザーン 富永和子訳 スター・ウォーズ 暗黒の艦隊(上)(下)

講談社文庫　海外作品

- ティモシイ・ザーン　富永和子訳　スター・ウォーズ 最後の指令(上)(下)
- ジャンニ・ロダーリ　内田洋子訳　パパの電話を待ちながら
- ジャンニ・ロダーリ　内田洋子訳　緑の髪のパオリーノ
- ジャンニ・ロダーリ　内田洋子訳　クジオのさかな会計士
- ジャンニ・ロダーリ　山田香苗訳　うそつき王国とジェルソミーノ

ノンフィクション

- M・セリグマン　山村宜子訳　オプティミストはなぜ成功するか
- ダニエル・タメット　古屋美登里訳　ぼくには数字が風景に見える

児童文学

- エーリッヒ・ケストナー　山口四郎訳　飛ぶ教室
- ディック・ブルーナ　講談社編　ミッフィーからの贈り物（ブルーナさんがはじめて語る人生と作品のひみつ）
- ディック・ブルーナ　講談社編　miffy Notepad Red
- ディック・ブルーナ　講談社編　miffy Notepad White
- ディック・ブルーナ　講談社編　BLACK BEAR Notepad
- トーベ・ヤンソン　下村隆一訳　新装版 ムーミン谷の彗星
- トーベ・ヤンソン　山室静訳　新装版 たのしいムーミン一家
- トーベ・ヤンソン　小野寺百合子訳　新装版 ムーミンパパの思い出
- トーベ・ヤンソン　下村隆一訳　新装版 ムーミン谷の夏まつり
- トーベ・ヤンソン　山室静訳　新装版 ムーミン谷の冬
- トーベ・ヤンソン　山室静訳　新装版 ムーミン谷の仲間たち
- トーベ・ヤンソン　小野寺百合子訳　新装版 ムーミンパパ海へいく
- トーベ・ヤンソン　鈴木徹郎訳　新装版 ムーミン谷の十一月
- トーベ・ヤンソン　冨原眞弓訳　小さなトロールと大きな洪水
- ヤンソン(文・絵)　パルッキネン(編)　渡部翠(訳)　ムーミン谷の名言集
- ヤンソン(絵)　ニョロニョロ ノート
- ヤンソン(絵)　ムーミンママ ノート
- ヤンソン(絵)　ムーミン ノート
- ヤンソン(絵)　ムーミンパパ ノート
- ヤンソン(絵)　ムーミン谷 春のノート
- ヤンソン(絵)　ムーミン谷 夏のノート
- ヤンソン(絵)　ムーミン谷 秋のノート
- ヤンソン(絵)　ムーミン谷 冬のノート
- ヤンソン(絵)　ムーミン100冊読書ノート
- ヤンソン(絵)　リトルミイ ノート
- ヤンソン(絵)　スナフキン ノート
- ヤンソン(絵)　リトルミイ 100冊読書ノート
- ヤンソン(絵)　ムーミン ぬりえダイアリー
- ヤンソン(絵)　ムーミン谷の仲間たち ぬりえダイアリー
- L・ワイルダー　こだま・渡辺訳　大きな森の小さな家
- L・ワイルダー　こだま・渡辺訳　大草原の小さな家
- L・ワイルダー　こだま・渡辺訳　プラム川の土手で
- L・ワイルダー　こだま・渡辺訳　シルバー湖のほとりで
- L・ワイルダー　こだま・渡辺訳　農場の少年
- L・ワイルダー　こだま・渡辺訳　大草原の小さな町

講談社文庫　海外作品

L・ワイルダー
こだま・渡辺訳　この輝かしい日々

ルイス・サッカー
幸田敦子訳　穴〈HOLES〉

講談社文庫　目録

芥川龍之介　藪の中
有吉佐和子　新装版 和宮様御留
阿刀田 高　ナポレオン狂
阿刀田 高　新装版 ブラック・ジョーク大全
安房直子　春の窓〈安房直子ファンタジー〉
相沢忠洋　「岩宿」の発見〈幻の旧石器を求めて〉
赤川次郎　偶像崇拝殺人事件
赤川次郎　人間消失殺人事件
赤川次郎　三姉妹探偵団
赤川次郎　三姉妹探偵団2〈キャンパス篇〉
赤川次郎　三姉妹探偵団3〈珠美・初恋篇〉
赤川次郎　三姉妹探偵団4〈怪奇篇〉
赤川次郎　三姉妹探偵団5〈復讐篇〉
赤川次郎　三姉妹探偵団6〈危機一髪篇〉
赤川次郎　三姉妹探偵団7〈駈け落ち篇〉
赤川次郎　三姉妹探偵団8〈人質篇〉
赤川次郎　三姉妹探偵団9〈青ひげ篇〉
赤川次郎　三姉妹探偵団10〈父恋し篇〉
赤川次郎　死が小径をやってくる〈三姉妹探偵団11〉

赤川次郎　死神のお気に入り〈三姉妹探偵団12〉
赤川次郎　次女と野獣〈三姉妹探偵団13〉
赤川次郎　心地よい悪夢〈三姉妹探偵団14〉
赤川次郎　ふるえて眠れ、三姉妹〈三姉妹探偵団15〉
赤川次郎　三姉妹、呪いの道行〈三姉妹探偵団16〉
赤川次郎　三姉妹、初めてのおつかい〈三姉妹探偵団17〉
赤川次郎　恋の花咲く三姉妹〈三姉妹探偵団18〉
赤川次郎　月もおぼろに三姉妹〈三姉妹探偵団19〉
赤川次郎　三姉妹、ふしぎな旅日記〈三姉妹探偵団20〉
赤川次郎　三姉妹、清く貧しく美しく〈三姉妹探偵団21〉
赤川次郎　三姉妹と忘れじの面影〈三姉妹探偵団22〉
赤川次郎　三姉妹、舞踏会への招待〈三姉妹探偵団23〉
赤川次郎　三人姉妹殺人事件〈三姉妹探偵団24〉
赤川次郎　三姉妹、さびしい入江の歌〈三姉妹探偵団25〉
赤川次郎　三姉妹、恋と罪の峡谷〈三姉妹探偵団26〉
赤川次郎　静かな町の夕暮に
赤川次郎　キネマの天使〈レンズの奥の殺人者〉
新井素子　グリーン・レクイエム〈新装版〉
安能務 訳　封神演義 全三冊

安西水丸　東京美女散歩
綾辻行人　殺人方程式〈切断された死体の問題〉
綾辻行人　鳴風荘事件 殺人方程式II
綾辻行人　十角館の殺人〈新装改訂版〉
綾辻行人　水車館の殺人〈新装改訂版〉
綾辻行人　迷路館の殺人〈新装改訂版〉
綾辻行人　人形館の殺人〈新装改訂版〉
綾辻行人　時計館の殺人〈新装改訂版〉
綾辻行人　黒猫館の殺人〈新装改訂版〉
綾辻行人　暗黒館の殺人 全四冊
綾辻行人　びっくり館の殺人
綾辻行人　奇面館の殺人(上)(下)
綾辻行人　どんどん橋、落ちた〈新装改訂版〉
綾辻行人　緋色の囁き〈新装改訂版〉
綾辻行人　暗闇の囁き〈新装改訂版〉
綾辻行人　黄昏の囁き〈新装改訂版〉
綾辻行人　人間じゃない〈完全版〉
綾辻行人ほか　7人の名探偵
我孫子武丸　探偵映画

講談社文庫　目録

講談社文庫　目録

2023年6月15日現在

講談社文庫

死にふさわしい罪

藤本ひとみ

講談社

目次

死にふさわしい罪

KZU
KZ Upper File

第一章　平家落人《おちうど》伝説の沼

1

「あんた、そんなんじゃ、いつまで経《た》っても降りれへんで」

声と共に和典《かずのり》の体の前を手が横切り、電車の壁に付いていたボタンを押す。それでようやくドアが開いた。開閉は手動なのだとわかり、微動だにしないドアの前に真顔で立っていた自分に、頰《ほお》が赤らむ。

ここで降りる客が他にいなかったら、そのまま次の駅まで行ってしまっただろう。遠ざかる須磨《すま》駅を見ながら啞然《あぜん》として運ばれていく自分を想像すると、あまりにもマヌケで笑うしかなかった。

ドアを開けてくれた乗客がホームに降り、空気が動いて潮の香りが肺の底まで流れ込んでくる。水に沈むようにその香《か》の中に足を踏み入れた。ホームを歩きながら叔父の言葉を思い返す。

「迎えに行くよ。須磨駅の北口で待っててくれるかな」

ただ一ヵ所しかない改札は幅の広い道路に面し、その向こうは海岸だった。十月半《なか》ばを過ぎていたが、太陽にはまだ力があり、砂粒の一つ一つをきらめかせている。その上に突然、大きな影が落ち、突っ切って消えていった。視線を上げれば、高度を下げた旅客機の尾翼が遠ざかっていく。神戸《こうべ》空港に降りるのだろう。

須磨ノ浦と書かれた看板が正面にあり、叔父が指定した北口は反対側だった。近くに専門学校か女子大でもあるらしく、自分より若干、歳上《としうえ》の女子の姿が目に付く。華やかな笑い声が、立て続けにコンコースに響いた。

北口に出て、観光用の案内板の前で叔父の迎えを待つ。何気なくその地図を見ていて、一《いち》ノ谷《たに》という地名を見つけた。源平時代の激戦地と同名で、注視すれば鵯越《ひよどりごえ》という名称も見える。受験知識としてしか知らなかったそれらの古戦場が、実際にここにあるとは思わなかった。では屋島《やしま》も近くなのだろうか。

案内板に向き直り、海岸沿いを捜していると、ピアノの音が聞こえてきた。印象的な旋律で、ラ・カンパネッラだとすぐわかる。音が響きすぎているのは調律が悪いからだろうが、技巧が必要なフレーズを淀《よど》みなく弾《ひ》きこなす器用さに耳を奪われた。

どこかにピアノ教室でもあるのだろうか。周りの商業ビルを見回していて、駅ビルに沿ったアーケードが途切れるあたりに、わずかな人だかりができているのに気づく。音は、その間から漏れてきていた。駅ピアノとか、ストリートピアノとか呼ばれる類《たぐい》なのだろう。

弾き手を見てみたいと思い、足を向ける。ところが、そばまで行かないうちに突然、にわか雨にあった。一気に激しさを増す白い飛沫《ひまつ》の中で、演奏は中断、人々は散り散りになっていく。残念に思いながら案内板の前まで戻った。

振り返ると、黒い椅子《いす》から立ち上がった女性が、ピアノに向かって丁寧《ていねい》に一礼している。まるで人間を相手にしているかのような気まじめさだった。蓋《ふた》を閉め、椅子を片付けてからこちらに歩いてくる。

年の頃は三十代初めか半ば、ショートカットにした黒髪から出ている耳と、細い首筋がまぶしいほど白かった。丁子《ちょうじ》色のワンピースに臙脂《えんじ》の短いジャケットを羽織《はお》り、肩に革のサイドバッグをかけている。ヒールの太いショートブーツが一歩ごとにカツカツと硬い音を立て、足取りの確かさを誇っているかのようだった。あれで踏まれたら随分と痛いだろう。

近づくにつれて顔がはっきりと見えてくる。凛々《りり》しいといってもいいような眉《まゆ》と、毅然《きぜん》とした光をたたえた大きな目、くっきりとした顎《あご》の線、それらだけなら性別は全く不明で、ふっくらとした唇《くちびる》も合わせてようやく女性と認められるような顔立ちだった。化粧気はなく、スコットランドやアイルランドのような北の国の街角においても馴染《なじ》みそうな雰囲気を漂わせている。通りすぎていくその姿を目で追っていると、突然、立ち止まった。

「あ」

小さく声を漏らし、片手をアーケードから出して雨が止《や》んでいる事を確認する。いったん空を仰いでからクルッと向きを変えた。太陽を背にしてたたずみ、そのまま静止する。怪訝《けげん》に思いながら視線の方向を追うと、空に虹《にじ》がかかっていた。端《はし》から端までくっきりと見える。見事なアーチに思わずつぶやいた。

「すげ」

女性がこちらを向き、唇を綻《ほころ》ばせる。硬い感じのする顔に、人なつっこい優しさが広がった。

「完全形ね、端から端まで七色が全部見えてる」

再び虹に向けられた目には、憧《あこが》れとも慈しみともつかない不思議な輝きがあった。

恋人か、自分の子供でも見ているようなその眼差《まなざし》に見入る。やがて女性が気づき、決まりの悪そうな笑みを浮かべた。

「自然って偉大ね。つい見とれて、時間が過ぎるのを忘れてしまう。急に降った雨が上がった時には、太陽と反対側に虹が見える事が多いのよ。もし今度、通り雨にあったら試してみてね。それじゃ」

歩き出そうとするところを呼び止めた。

「さっき、ラ・カンパネッラ弾いてましたよね」

女性は一瞬、顔を明るくする。

「あ、わかったの。じゃ、ミスにも気が付いたでしょ」

あわてて首を横に振ったが、女性は納得しなかった。

「いいのよ、自分でわかってる」

恥ずかしそうに両手を持ち上げ、太陽にかざしてながめ回す。

「ちょっとモタついちゃった」

細い指先に光が当たり、血管が透けて見えた。ほんのりと赤い。

「けど、まぁまぁだったかな」

同意を強《し》いるような強い視線を向けられ、笑いながら頷《うなず》いた。

「リストが好きなんですか」

女性は軽く首を横に振る。

「夫が好きだったの」

過去形だった。つまり今は、違うのだ。

「今は、何がお好きなんですか、ショパンとか」

女性は、ふうっと表情を遠のかせた。

「夫は、もういないの」

マズいところに踏み込んだらしい。後悔しながら目を伏せた。

「すみません」

短いクラクションが遠慮がちに響き、振り返るとアーケードの反対端に叔父の愛車が停《と》まっていた。白い軽自動車で、和典が小学校の頃からずっと同じだった。

「お迎えがいらしたみたいね」

女性は、柔らかな笑みを浮かべる。

「どうぞ楽しいご旅行を。これから秋が深まると、日に日に気温が下がっていきます。一日のうちで大気の温度が一番低くなるのは、真夜中じゃなくて陽《ひ》が上る直前なのよ。気を付けてね」

一風変わった挨拶《あいさつ》だった。どういう女性なのだろうと思いながらバス停の方に歩き出したその後ろ姿を見ていると、急に足が止まる。こちらを振り返り、微笑《ほほえ》んだ。

「陽が上る直前というのは、太陽が水平線の上に現れる三十六分前の事です」

思わず微笑み返す。数字で表現するのが好きな和典の心に、しっくりとなじむ説明だった。

2

女性を見送り、急いで叔父の車に向かう。その途中、ポケットでヒツジが鳴き出した。最近、スマートフォンの着信音をヒツジの声に替えている。学校や塾の連絡網などで頻繁にメールがきても、機械的な音と違って気にならなかった。

待ち受け画面には電話のアイコンが浮かび、ｆｒｏｍ黒木《くろき》とある。電話をかけてくるのは珍しく、緊急事態でも起きたのかと訝《いぶか》りながら出ると、いきなり言われた。

「彼女にフラれたって噂《うわさ》だけど」

足が止まる。声は、からかうような笑いを含んでいた。

「ほんとか」

花火が開くように、脳裏で彩《あや》の顔が微笑む。飛び散る火の粉が、チリチリと胸を焼いた。

「原因は、何」

いきなりの喪失を思い出すと、今も痛みを感じる。

「不明だ。こっちが聞きたい」

不意打ちに等しかった。

付き合う約束をしたのは今年の夏で、お互いにこれから受験生活に突入する時期だから大学に入るまではLINEの交換をメインにしようとの合意に達していた。

それから二ヵ月と経たず、いきなり約束の白紙化を持ち出された時には、頭の中に落雷したかの感があった。その声の細かな抑揚《よくよう》まで、はっきりと覚えている。

「考えたんだけど、あの約束、なかった事にしてほしいと思ってるんだ。いったん距離を置いてみたいから。いいかな」

頭上から爪先《つまさき》まで自分が一気に照らし出され、青紫に輝き渡るのを他人事《ひとごと》のように見つめていた。なぜ距離を置きたくなったのか、その理由を聞くだけの余裕もなく、また同時に、それを知っても彼女の結論が変わりはしないだろうから無意味だとも考えながら、スマートフォンを持つ指に力を入れた。

「そっちがそうしたいんだったら、それでいいよ」

約束は、二人の取り決めで成り立つ。片方でも気持ちが変われば、そこで終わるのが自然だろうと思ったし、自分の動揺を知られるのも嫌だった。耳元で黒木の声が真剣味をおびる。

「不明って、マジかよ。聞いてないの。これから聞く予定は」

あれこれと問《と》い質《ただ》し、追いすがっているような印象を与えたくなかった。

「ない。今回、改めて思ったよ、女は謎《なぞ》だって」

これだからと言わんばかりの溜《た》め息が聞こえる。

「上杉《うえすぎ》先生は数学デキスギ君だから、彼女もふくめて皆が、どんな事でも理路整然とやってのける完璧《かんぺき》キャラだって思ってんだよ。けど生活面じゃ、相当ボケだろ」

否定はしない。先ほども開かないドアの前に突っ立っていたばかりだった。

「初動時点で彼女に間違った思い込みがあって、それが増幅していって感情的にもつれたんじゃないの」

落ち着きを取り戻してから様々に頭をめぐらせてみた。だがいまだに、はっきりとした原因は思い当たらない。強いて言えば、自分が数学に入れ込み過ぎ、それが生活の中心になっていたせいだろうか。

だが昔からそうだったのだ。彩と付き合うために数学から離れる事はできないし、自分を変えてまで付き合うのは邪道だろう。それは堕落だ。そこまで無分別になりたくない。

「もしかしてさ」

黒木の言葉に、再び笑いがにじむ。

「鎌《かま》かけられたとか」

意味がわからず、戸惑った。黙っていると、黒木は踏み込むような口調になる。

「彼女、フリーになったんなら、俺がもらうぜ」

背筋に力が入った。足元で砂粒がジャリッと音を立て、冷やかすような声が聞こえてくる。

「今のが、鎌ってヤツだよ」

緊張が一気に解けた。口の中でつぶやく、バカ野郎。

「別れるって言えば、あせって積極的になってくれると思ったのかも知れない。上杉先生、冷たいからな。そもそも恋愛体質じゃないだろ」

消化できない言葉が頭の中を回る。取りあえず尋ねておこうか。

「何だ、恋愛体質って」

かすかな笑いが広がった。

「いつも誰かと一緒にいないと寂しくってたまらないって体質。だから恋愛にのめり込む」

それはおまえの事かと突っ込みたくなったが、次第に湿っていくような口振りが気になり、やめておいた。

「ま、それも才能の一つだ。恋愛はリスキーだし、コスパもよくない。それでも突き進もうって気になるんだから、特殊能力というよりないね。経験値は上がるけどさ」

皮肉な言葉を最後に、押し黙る。モテ男と言われる黒木にも、悩みはあるらしかった。まぁお互い、自分の事に専念するしかない。

「俺、当分、一人で自己観察する事にしたよ」

彩を失っても数学は残る。数学こそ長年の友人だった。数学と付き合っていれば楽しいし、あらゆる柵《しがらみ》から解放され、目の前が開けていくような喜びも味わえる。

「やめとけ」

嘆くような声が耳に触れた。

「頭が冷えすぎる。クリアカット度、上がり過ぎだろ。そういう感覚を身に付けちまうと、相手を探す段になって、自分のヴィジョンに合うかどうかって基準で選ぶようになる。それはもう恋愛じゃないから」

同級生の中で、特定の女子と付き合っているのは一割前後だった。進学校であり、最大の関心事は受験と自分のヴィジョン、そして現在の成績だったが、恋愛への興味は皆が持っている。同調圧力もあった。

「恋愛なんか、しなくても別にいいし」

しばらくして答が返ってくる。

「上杉先生が好きなコンピュータは、0と1だけの世界だろ。白か黒かだ。キッパリしてる。でも人間は、その二つの間に無限のグラデーションを感知する、そうせざるを得ない生物なんだ。その感性を開発し、鍛《きた》えるのが恋愛。数学オタクの上杉先生が人間の範囲にとどまるためには必需品だ」

どうやら心配してくれているらしいと、ようやくわかった。

「彼女との関係を温め直すか、もしくは新しい出会いがあるように祈ってるよ。ロミオだって派手にフラれて、自棄《やけ》で出かけた舞踏会でジュリエットに出会ったんだからな」

苦笑しながら、ニーチェの言葉を思い出す。友への気持ちは、硬い殻の下に潜んでいるのがいい。味わおうとして噛《か》めば歯が折れるほどに。そのくらいで微妙な甘みが出てくるだろう。

黒木の解釈によれば、彩は、別れたかったのではなく和典の態度に不満があったという事になる。不満に関しては責任を感じたし、別れたいというのが本心でなければうれしかった。

はっきり聞いてみるべきだろうか。いや黒木が、彩の気持ちを言い当てているとは限らない。外れていた場合、「本当は別れたくないんだろ」的な物言いをすれば、大笑いされるだろう。

そのシーンを想像しただけで寒気がした。それほどの危険を冒すくらいなら、このまま一人で傷を抱《かか》えている方がましだ。電話を切りながら叔父の車に駆け寄る。

「お待たせして、すみません」

車外に出ていた叔父はこちらを向き、笑顔になった。

「構わないよ」

目が合うと、いつもニコッと笑うこの叔父が好きだった。

「じゃ行こうか。乗って」

乗り込めば、車内は足を充分に伸ばせないほど狭い。ずいぶん前に乗ったきりだったが、こんなに狭かっただろうか。もっとも小さな頃の記憶は、場所にしても物にしても、今とはサイズが違う事が多い。

「これで東京から来たんですか」

この状態での長時間運転は、拷問に近いだろう。

「ん、一週間前だったかな」

気にする気配も見せず、叔父はエンジンをかける。

「もう古いから、高速でエンストしやしないかと思って、それだけが心配だったよ。無事に着けてよかった。途中で何度もアオられたけどさ」

車内にドライブレコーダーは見当たらない。あおり運転は最近、取り締まりが厳しくなっているはずだが、証拠の映像が無ければ、取り上げてもらえないだろう。

「軽なんかが高速道路でノロノロしてると、皆イラッとするんだろうなぁ。いちお法定速度内で走ってたんだけどさ、追い越しざまに窓開けて、チンタラしてんじゃねーよとか、下走れとか、ひどい言われようだったな。クラクションの長押しとか、ライトの点滅もあったし」

閉口したような口調だったが腹を立てている様子はない。むしろ面白がっている感じだった。

「しかたがないから、追い越してくださいって手でサインを出してペコペコしてたんだ。俺としては、こいつをエンストさせないようにするので精一杯、速く走るどころじゃなかったんだよ。勘弁してくれよって感じだったな」

屈託なく笑いながら車をバックさせ、切り返して駅前の通りに入り込む。

「高一の春の連休以来かな。最近、調子はどうだい」

アバウトすぎる質問には、同じアバウトさで答えるしかなかった。

「まぁまぁです。叔父さんは、どうですか」

叔父は、フロントグラスの向こうを見つめたまま笑顔になる。

「俺は、いつだって最高だ。歯さえ痛くなけりゃな。ピーナッツが生き甲斐《がい》なんだ」

ポケットに殻ごと入れていた事を思い出す。幼《おさな》い頃は、会うたびにもらって食べ、印象はピーナッツ叔父さんだった。

「和典君は、ヴァイオリン習ってたんだよな。今もまだやってんの」

習っていたというより、習わされていたという方が近い。

「もう受験勉強に専念する時期なんで、やめてます」

ヴァイオリン自体は嫌いではなかったが、母からの強制が不快で、受験はいい口実だった。

「そうかい。数学は、相変わらずトップなんだろ。あの中高一貫校でトップなら、全国でもそうだろうな。中学で、高校の数学までマスターしたって聞いてるけど、高校じゃ何やってんの」

どこから話せばいいのかを考えながら、叔父の知っている高一の春まで頭を戻す。

「やる事がなくってすごく退屈して、サッカーに打ち込んでました。中学の時にちょっとカジってたんで。自主トレとか早朝トレとかして、ランニングや筋肉作りに時間をつぎ込んでたんです。でも、いく度もケガをして、これはきっとセンスがないからだろうと悟って、数学に戻りました」

その先を話そうか、あるいは止めようか、迷う。今はミレニアム問題と呼ばれているリーマン予想を証明しようとしていた。その方法として最初に思い付いたのは非可換幾何学で、数学的にはいささかマニアックなその切り口から入ったものの、行き詰まり、現代数学の理論装置を使いこなせるようになろうと方向を転換、今はその修業中だった。時間がある時には、数学愛好者のサロン「数理間トポス」に通い、顧問の大学教授からヴェイユ予想を学んでいる。

だがリーマン予想も非可換幾何学もヴェイユ予想も、叔父の興味を引かないだろう。叔父だけでなく世の人の多くが数学に関心を示さないし、苦手意識を持っている場合も少なくなかった。

彩も、その類の話になると、かなり無理をして聞いてくれていたのだった。その気配を察知してからは話題にしないようにしたが、そうなると今度は何を話していいのかわからない。数学の他にはサッカーの話しかできず、それで幻滅されたのかも知れなかった。

「今はまぁ、色々やっています」

車は駅前の道路から北東に向かい、須磨区役所と書かれた標識の前を通り過ぎる。

「今夜ゆっくり聞くよ。泊まってくんだろ」

明日は、数理間トポスで顧問の教授に会う事になっていた。教授は、大学でいくつもの授業を持っている。多忙な中で質問の時間を取ってくれるのだから、あわただしく駆けつけたくなかった。質問内容も再度、検討しておきたい。

「日帰りです」

叔父は、残念そうな表情を見せた。

「じゃ次の機会だな」

そう言いながら右にハンドルを切る。

「須磨駅より、鵯越駅の方が近いんだけどさ、新幹線の新神戸《しんこうべ》からだと三宮《さんのみや》まで行って、もう一回乗り換えがあるし、有馬《ありま》線はこの時間、一時間に四本しか通ってないんだ。須磨から車の方が早いと思ってさ」

話を聞きながら、先ほど見た案内板を思い出した。

「このあたりは、源平の古戦場なんですね」

叔父は笑いをもらす。

「伝説がたくさん残ってるらしいよ。植木屋から聞いたんだけど、毎年二月七日の明け方には、赤旗の谷あたりで馬の嘶《いなな》きや勝鬨《かちどき》が響くとか、負けた平氏が落ち延びる前に、再興を期して財宝を隠していったとか」

いかにも合戦が行われた場所に相応《ふさわ》しい伝承だった。源平の戦いは確か十二世紀。かなり昔の事だから正確な記録が少なく、言い伝えが幅を利かせるのだろう。

「一番有名なのは、鵯越の崖《がけ》を馬で駆け降りた義経《よしつね》が、一ノ谷に陣を張っていた平氏軍を攻撃したって話だ」

スマートフォンを出し、検索してみる。鵯越というのは昔の街道の名前で、神戸港から北西に延び、六甲《ろっこう》山系を越えて三木《みき》市方向に通じている道路だった。今は旧有料道路やハイキングコースで分断され、草刈りや伐採もされず放置状態で、通行できるのは一部分だけらしい。

ついでに義経の鵯越伝説を調べてみる。史料として残っているのは、『平家物語』

『吾妻鏡《あづまかがみ》』『玉葉《ぎよくよう》』の三点だった。崖を駆け下りたのは、義経ではなかったという記述もある。場所も、一ノ谷に近い鉄拐山《てつかいさん》か鉢伏山《はちぶせやま》という説があり、やはり正確な事はわかっていないようだった。

「これから、その鵯越駅に向かうから」

車は川を渡り、ＪＲ兵庫駅を過ぎた所を左に折れて山道に入る。上り坂だが、舗装されていて凹凸はなかった。しばらく走ると、片側に竹林や灌木《かんぼく》におおわれた崖が現れる。源氏の兵は、このあたりを駆け下りたのだろうか。角度が急な部分もあるものの距離的には短く、なだらかな斜面もあり、場所を選べば何とか下りられそうだった。

「ほら、鵯越駅」

叔父が顎で指している方向に目を向ける。入り口に車止めがあるだけの簡素な駅で、売店も見えず駅員の姿もなかった。その前を通り過ぎ、さらに坂道を上った所で路肩に車を停める。

「このあたりが一番、展望がいいんだ」

叔父に続いて車を降りた。崖の縁まで歩み寄れば、眼下には街が広がり、海に続いている。

「あれが神戸港」

指を差しながら叔父は、頭の上を通りすぎていく飛行機を仰いだ。

「俺が和典君ぐらいの時は、パイロットや外航船員に憧れてたなぁ」

結局、海を選び、大学の海洋学部に入ったと聞いている。だがそこを卒業できなかった。練習船で六ヵ月の乗船実習中に、教官からリンチに近い指導を受け、脊椎《せきつい》を損傷したのだった。被害者は叔父一人ではなく、社会問題になって責任者が処分されたが、それで叔父の体が元に戻る訳ではなかった。

「この海や空をドンドン進んでいけば、今いる所とは違う場所にたどり着けるんだと思うと、心が自由になっていくような気がしたんだ。今も海や空を見ていると、その頃の気持ちが戻ってくる。胸にある子供の部分が膨《ふく》らんでくるんだなぁ」

現状から離れてどこかに行きたいという願いは、おそらく誰もが持つのだろう。和典も、空を見上げて解放感を味わう事がある。

叔父は、和典の母も含め、恐ろしいほど自己主張が強い兄姉の一番下に生まれ育った。閉塞《へいそく》感は大きかったに違いなく、解き放たれたいという欲求も強かっただろう。

「ここに都を創《つく》ろうと考えていた清盛《きよもり》も、違う世界に通じている海に憧れていたのかも知れないな」

清盛の時代、神戸港は大輪田泊《おおわだのとまり》と呼ばれていたと授業で習った。清盛は中国との貿易を考え、大型船の入港を可能にするために人工島を造営、ここに新しい都、福原京《ふくはらきょう》を建てようとしたのだった。だがその途中で平氏は没落し、遷都の夢は潰《つい》えてしまった。

「普通の人間は、義経とかが好きなんだろうけど、俺は断然、清盛びいきだ。皆から嫌われてるのが可哀想《かわいそう》でさ」

クレーンが起立している港から、山の方へと視線を移し、清盛が夢みた都大路を想像する。長岡京《ながおかきょう》や平安京に似た碁盤の目のような町筋だったのだろうか。それとも全く違う画期的なものだったのか。街路樹や雑木林の間に広がる今の住宅地に、当時を思わせるものは何もなかった。

「清盛と同じで、俺の夢も叶《かな》わなかったけどな」

叔父は静かに微笑み、こちらに目を向ける。

「和典君は、どんな夢を持ってるんだい」

とっさに答えられなかった。自分の夢は何だろう。リーマン予想を証明する事か、あるいは大学に入って彩と付き合い、楽しいキャンパスライフを送る事か。どちらも叔父と同様、叶わない夢になるのかも知れない。

「まだ、きちんと考えた事がないんです」

あいまいな答だったが叔父は追及せず、坂の上の方を振り仰ぐ。

「兄貴が言うには、バブル期の最後の頃、この上にゴルフ場ができて、あたり一帯が別荘地として売り出されたらしいよ。それを買った別荘族が今、転売したり、貸したりしていて、兄貴が今回買ったのも、そのうちの一軒だって。超豪華だから、今年のクリスマスに皆が来たらびっくりするだろうってさ」

母の一族は毎年、クリスマスに集合する。和典が幼い頃は、母方の祖父母の家に集まっていた。祖父母が高齢になると、場所はホテルに替わり、最近ではほとんど母の長兄の別荘を使っている。管理人がいるのだが、その時期は彼らも休暇を取ってしまうため、何もかも自分たちでやらねばならず、各家族が交代で当番をしていた。

「今年はうちの番なのよ。和典、今、秋休みなんだから暇でしょう。ちょっと行って見てきてよ。新しい別荘で、いったいどんな状態なのか全然わからないんだもの。今、弟を滞在させて、植木屋なんかの対応に当たらせてるみたいだから、様子を見るにはちょうどいいわ。来年になってから、去年は準備がイマイチでガタガタしたとか、楽しめなかったとか言われたくないのよ。皆、要求が多くて不満屋だからね」

一番不満屋なのは母だろうと思ったが、口に出せば倍も言い返されるため、止めておいた。高二の秋休みは、大学受験の準備を本格化させる時期であり、決して暇ではない。だが別荘内を見て、叔父と話をするくらいなら日帰りで充分だろう。久しぶりに叔父の顔も見たいと思い、電話で日時を打ち合わせた。

「兄さんの話じゃ、最高に豪華だって事だけど、あの人は昔からオーバーなんだから信用できやしないわ。弟と足して二で割って、やっと普通レベルね」

母の兄弟は、兄が二人、弟が一人だった。長兄は商社勤めで世界を飛び回り、今は管理職でデスクワークについている。同時に、昔のコネを利用して不動産会社を経営するパラレルワーカーだった。鋭敏で、目から鼻に抜けるような所がある。次兄は弁護士で、渉外弁護士事務所に勤めた後に独立し、フランクフルトで仕事をしていた。性格は冷静沈着を絵に描いたようで、利にさとい。和典が一番似ていると言われているのも、この伯父だった。医師の母を含め、全員が社会の第一線で活躍している。末弟だけが恵まれていなかった。

教官による暴行の後遺症で外航船員の道が閉ざされ、学部を変更して大学を卒業、最初に就職したのは老舗《しにせ》の製紙会社だった。だが創業家のお家騒動で倒産に至る。結婚もしたが、十年前後で妻と子供を交通事故で亡くし、中年に差しかかってから脊椎の不調が再発、今は短期的で軽い肉体労働やバイトで生活を支えているらしい。母に言わせれば、《一族のオチコボレ》で、人手が必要になった時だけ、あの人は暇だからと便利に使っていた。同じ事を末弟の前でも平気で口にしたが、本人は、ひどいなぁ姉貴は、と笑うだけだった。

母の兄弟の中で一番心優しいのは叔父だと、和典は思っている。自分の気持ちをうまくまとめられなかった幼稚園の頃、二人の伯父は苛立《いらだ》って急《せ》かし、母に至っては話を打ち切りさえしたが、叔父だけは、和典が言葉を選び終わるまでじっと待っていてくれた。

そんな叔父がオチコボレ扱いされているのは哀《かな》しい。そうなったのは本人のせいではなく、努力や能力だけではどうにもならない運命に翻弄《ほんろう》されたからだろう。誰しも、もちろん和典自身もいつそういう不幸に見舞われるか知れたものではなかった。自分の未来が不安になってくる。

「じゃ行こうか。すぐ上だ」

再び車に戻り、坂を上る。途中で叔父が窓の外を指した。

「この向こうに、さっき言ってた平家落人《おちうど》伝説の沼があるんだ」

道路脇《わき》には、笹《ささ》や灌木が繁《しげ》っており、沼は見えない。

「地元じゃ、宝沼《たからぬま》と呼んでる。源平の戦いの折、鵯越の守備に当たった平 盛俊《たいらのもりとし》が負け、平氏の大将軍だった知盛《とももり》の指示で、敗走前に財宝を沈めたって話だ」

別荘は、そこから五分ほどだった。突き出した崖の上に建ち、背後には山が迫っている。建物自体は、中央に玄関を構えた左右対称のオーソドックスな造りで、深緑のスレート屋根に、黄鉛《おうえん》のレンガを貼《は》った壁、二階中央には四室続きのバルコニーがあり、一番右端の部屋だけが独立して出窓になっていた。一階部分は高い生垣で半ば隠れているが、どの窓も屋根と同色の窓枠で囲まれており、壁色によく映えて美しい。

「さぁ、入ってくれ」

生垣が切れた所に薔薇《ばら》のパーゴラがあり、正面玄関に続いていた。車を停めた叔父が先に降り、キーの先で玄関脇を指す。

「一昨日、港に着いたんだ」

サイズのそろった薪《まき》が、こちらに年輪を見せて積み上がっていた。

「オリーブの薪だって。下の兄貴がフィレンツェから取り寄せたんだ。あの人のやる事は、いつもスケールが違うよ。さすがに世界で活躍する弁護士だ」

感心したような笑みを浮かべる顔は、かなり陽に焼けている。夏の間、戸外労働でもしていたのだろう。

「そろそろ昼だ。飯、食ってないだろ。俺もだ。何か作ろう」

ファミレスに行こうとか、コンビニで何か買ってこよう、などと言い出さないところがカッコよかった。おそらく叔父には、力があるのだ。メニュウを決めたり料理を作ったりする事を、楽しむ力を持っている。

「駅の近くのスーパーで、色んな食材を買ってあるからさ」

狩猟の絵を飾った玄関ホールを入り、ダイニングに向かう叔父の後に続く。踏み込むと、天井はドーム型、床は寄木《よせぎ》張りで、二十畳ほどの広さがあった。

「上の兄貴は、ここが気に入って買うことにしたらしいよ。ここだけで、俺のアパートの部屋全部より広い」

叔父の視線を追い、内部に目を配る。四方の壁には棚が作り付けになっており、その下に鍋釜《なべかま》をかけるフックがズラッと並んでいた。数えると、五十近くある。暖炉《だんろ》も、豚の丸焼きが作れそうなほど大きかった。大人数のパーティができるように造られているのだろう。

甘く爽《さわ》やかな匂《にお》いが鼻を突く。あたりを見回し、窓のそばに置いてある木箱を見つけた。「信州高地リンゴ」と書かれている。歩み寄ってみると、封が開いていた。

「ああ、それ、姉貴がお気に入りのリンゴだって」

自分の家のダイニングにも、同じ箱があったと思い出す。

「クリスマスに皆で食べるように送ってきたみたいだ。味見していいわよって言ってたから、食ったけど、結構うまかったよ。昼飯の後で剝《む》こう。それにしても家を買うって、色々と面倒なもんだよな。壁のクロスや床材なんかを選んだり、家具やカーテンを買いそろえたり、植木屋と造園について相談したり、不動産の登記なんかもしなけりゃならないだろ。薪の受け取りとクリスマスツリーの立ち会いを頼むって電話をもらって来たんだけど、植木屋とツリーの話をするだけでもずいぶん時間がかかったよ」

話しながら冷蔵庫の前にかがみ、中をのぞき込む。

「キャベツとニンジン、ショウガ、それに麺がある。よし焼きソバを作ろう。できたら呼ぶから、家の中でも見てきたらどう。すげぇよ」

叔父の目には、憧れるような光があった。うらやましいのだろうか。別荘を買ったり、オリーブの薪を手配したり、ブランドリンゴを取り寄せる事のできる兄姉と同じ家庭に育ちながら、今は遠く離れてしまっている自分を、恨めしく思っているのだろうか。そうだとしたら気の毒だった。心配しながら様子をうかがう。叔父は壁にかけられていたビブエプロンを取り、身に着けながら和典の視線に気づいた。

「あ、これか」

エプロンの中央に印刷されているワーナー・ブラザーズの黄色いヒヨコを見下ろす。四十を超えた叔父のいかつい顔には、かなりのミスマッチだった。

「コンビニで、今一緒に働いてるシングルマザーがくれたんだ。子供とテーマパークに行きたいって言うから、シフト代わったら、御礼《おれい》だって。結構かわいいだろ」

うれしそうな表情に、運命を嘆いている様子は感じられない。ほっとしながら二階に通じるシースルーの螺旋《らせん》階段を上った。

自分は、彼女一人を失っただけでも痛手を受けている。それ以上の喪失に見舞われた叔父がどれほど傷ついたかは想像に余りあった。いったい何を頼りに、それらを乗り越えてきたのだろう。聞いてみたかったが、叔父の人生がからんでいるだけに、踏み込みにくかった。

踊り場まで行かないうちに、階下で銃声が響く。思わず足を止め、錬鉄の手すりから身を乗り出した。叔父が電話に出る気配が伝わってくる。どうやら銃声は、スマートフォンの呼び出し音らしかった。苦笑しながら止めていた息を吐き出す。

二階は、南側に広々とした四室が並び、どれも同じ造りだった。ツインベッドと家具が置かれ、バストイレ、洗面所がある。ゲストルームなのだろう。壁紙とカーテン、ベッドカバーが同色で、部屋によってカラシ色、藤色《ふじいろ》、コケ色、それにナデシコ色だった。ヨーロッパなら、それぞれの部屋に色の名前を付けて呼ぶだろう。カラシの間、藤の間、コケの間、ナデシコの間。

廊下をはさんで北側に八室。こちらはやや狭く、中に置かれているのはシングルベッドと机のみで、部屋の並びにウォークインクロゼットとシャワーブース、トイレがあった。壁紙や絨毯《じゅうたん》にはデフォルメされた動物が飛んでおり、キッズ部屋らしい。母の一族が集まると、大人だけで総勢二十人前後、子供の数はそれ以上で、これでも足りないかもしれなかった。

廊下の突き当たりに、両開きの扉がある。位置的に考えて、先ほど見かけた出窓の部屋だろう。ドアの枚数が一枚多いだけで重厚に見え、あたりを睥睨《へいげい》するような威厳《いげん》を放っていた。

気圧《けお》されながら、そっとノブを回す。中は書斎だった。深緑のブロケードでおおわれた壁の二方に、大型の書架が置かれている。その片隅《かたすみ》にペーパーバックスが五冊ほど並んでいた。イギリスのミステリー小説や、ダーク・ボガード、チャーチルなどの伝記で、ＡＢＣストアの価格シールが貼られている。年代物の初版本や骨董《こっとう》品級の年鑑などが似合いそうな立派な書架の中で、いかにも肩身が狭いというようにお互いを支え合っていた。

床に蓋の開いた段ボール箱があり、中にはまだ本が数冊残っている。表に貼られた送付票には二番目の伯父の名前があった。クリスマスに読もうと送ってきたものを、叔父が開封、ここに並べている途中らしい。

窓を背にして大きな両袖机《りょうそで》、隣にアップライトのピアノ、暖炉が穿《うが》たれた壁の前にはソファと、チッペンデールの脚の付いた低いテーブル、絨毯やカーテン、留め具から下がっているタッセルまで、どこをとっても落ち着いた雰囲気で、いかにも主人の書斎という趣だった。

革張りの椅子に腰を下ろす。室内を見回しながら背もたれに体を預けた。穏《おだ》やかに流れる時間に身を浸す。鼓動がゆるやかになっていくのを感じながら、いい部屋だと思った。自分一人で味わい、満足するだけではとても足りない。誰かを招き入れ、共感してほしかった。

その誰かは、彩なのだろうか。部屋の中に、彩の姿を置いてみる。そばに自分を想像した。二ヵ月前ならありえたかも知れない光景、今はもう現実にはならないだろうバーチャルの世界だった。

「和典君、どこにいる」

叔父に呼ばれ、急いで廊下に出る。階段を見下ろせる所まで行くと、叔父が錬鉄の手すりに片手をかけ、こちらを仰いでいた。

「今、店長から電話があって、急に辞めるヤツが出てきてシフトが回らなくて困ってるって言うんだ。気の毒だから行ってやりたいんだけど、明日は、午前中に植木屋がツリーを持ってくる。立ち会わなけりゃならないんだ。和典君、日帰りのつもりで来てるのに悪いんだけど、それ、やってもらえないかな。なに、ただ見てりゃいいだけだよ。向こうはプロだから、きちんとやる。逆に口を出さない方がいいくらいだ。時間もそんなにかからないだろうしさ」

数理間トポスで顧問と会うのは、夕方だった。急いで帰れば、間に合うだろう。

「いいですよ」

叔父は、ホッとしたような息をつく。

「悪いな。兄貴からは、二階の部屋を自由に使っていいって言われてるからね。鍵《かぎ》は、帰る時にポストに放り込んでおいてくれれば大丈夫。あ、そうだ、今年のクリスマスは、何を弾くの」

イヴの夜は皆でテーブルを囲み、食事をしながら代わる代わる演奏を披露する。子供たちはリコーダーかシロホン、ピアノを習っていればそれでクリスマスソングを奏《かな》で、大人はたいていクラシックだった。その後、一番近い教会に出かけ、ミサに参列する。キリスト教徒は一人もいなかったが、神道でなくても神社に初詣《はつもうで》に行くのと同じ感覚だった。

「まだ決めてません。シューベルトの『サンクトゥス』か、ベートーベンの『ミサ・ソレムニス』あたりにしようかと思ってるんですけど」

叔父は片目をつぶる。

「俺は、いつも通りハーモニカで『ホワイト・クリスマス』だ」

和典も、その曲が好きだった。どことなく哀愁を帯びたハーモニカの音色によく合い、家族を思う温かさや愛情がしみじみと伝わってくる。叔父がそれを吹き始めると、食べていても話していてもメロディに気を奪われ、口ずさむことが多かった。

「じゃあな、クリスマスに会おう」

手すりから離れていくところを呼び止める。

「明日、植木屋さんは何時に来るんですか」

叔父は、思ってもみなかったという表情になった。

「さぁ何時だろう。午前中としか聞いてないけど」

マジかと突っ込みたくなる。時間が決まっていなければ、朝から昼の十二時までずっと待っていなければならなかった。

「じゃ僕が電話してみます。名前と番号を教えてください」

叔父は眉を上げる。

「それも聞いていてないなぁ。兄貴は言ってなかったよ」

母の言葉を思い出した。「あの人はルーズで無計画、何につけてもいい加減だから、影響を受けたり巻き込まれたりしないように注意すること。オチコボレたのも、半分は、あの性格のせいなんだからね」

叔父は、気楽な笑みを浮かべている。

「待ってれば、そのうち来るだろうさ。よろしくな。それじゃ」

さっさと出て行こうとするのを、再び呼び止めた。叔父の気持ちを知るには、今この機会しかないだろう。クリスマスでは人が多すぎるし、騒がしすぎる。

「人生の後輩として、叔父さんに聞きたい事があるんですが」

叔父はこちらに向き直った。

「おう」

軽く肩を回して姿勢を正す。改まった顔付きになり、その目に真摯《しんし》な光を浮かべた。

「何だい」

真剣に向き合おうとしている様子が伝わってきて、和典も思わず背筋を伸ばす。

「叔父さんには、座右の銘ってありますか」

それを聞けば、これまでどうやって生きてきたのかわかるだろう。

「大切にしている言葉でもいいです、教えてください」

叔父は口を閉ざす。考え込んでいる様子だった。どんな答が返ってくるのか想像もつかない。それを待っていると、やがてはにかむような笑みと共に唇を動かした。

「置かれた場所で咲く、かな」

その静かな佇《たたず》まいを、どこかで見た気がした。思い出そうと頭をめぐらせていて、気が付く。素数に似ているのだった。全ての数の原点である1と、自分自身でしか割り切れない整数。仲間を作らず唯一《ただ》人で立ち、凛《りん》として存在する孤独な数。

「姉貴がいつも言ってるだろ、俺はオチコボレだって。兄姉から見れば、確かになぁ。けど健康の喜びを噛みしめていた時もあったし、海洋学部や会社勤めを楽しんでいた時も、家庭の幸せを感じていた時もあった。それらが続かなかったのは残念だったけどな。そんでも、続かなかったからといって無かった訳じゃない。俺は確かにそれらを経験したんだよ。それは俺の心を豊かにしてくれてる。夢は叶わなかったけれど、素晴らしい人生だったと思ってるよ。そして、これからも素晴らしい予定だ」

そこでいったん言葉を切り、片頬を持ち上げるようにして笑った。

「歯さえ痛くならなけりゃな」

その強さに胸を打たれた。どれほど多くの喪失を経験しても、心の中まで拭《ぬぐ》い去《さ》られる事はないのだ。自分が覚えている限り、それは永遠に存在する。失われたものを嘆くより、それがあった時に自分の内に芽生《めば》え、蓄《たくわ》えられた力を信じていればいい。そう考えると、喪失や未来を恐れる気持ちが薄らぐような気がした。

「ありがとうございました」

3

叔父の車のエンジン音が遠のくと、静けさが体を包んだ。長兄と次兄、それに続く母も、恐ろしいほど向上心が強い。一刻もじっとしていないような、苛烈《かれつ》なほどの忙《せわ》しなさを持っていた。常に周りと自分を比較し、足りないものを数え、飽く事なく求め、上へ上へと駆り立てられている。母のその性格のせいで和典は、いつも追い立てられ、ゆっくりと過ごした事がなかった。

そういう激しさがあってこそ、三人とも今の地位まで上っていったのだろうが、その陰《かげ》で失ったものも多いに違いない。そんな兄姉を見ていた末弟の叔父は、そこから自分の生き方を学び取ったのかも知れなかった。

二階に移動し、一番端のゲストルームに入る。泊まる予定でなかったため、肩にかけたスリングバッグが唯一の荷物だった。それをソファに放り投げ、ズボンの後ろポケットからスマートフォンを出してテーブルに置く。一瞬、彩に連絡してみようかと考えた。

LINEを開きかけ、手を止める。何を話すのだろう。約束を反故《ほご》にする気になった理由を聞くのか。それとも付き合いを続けたいと言うのか。どちらも、もう遅すぎる気がした。意思表示なら、話があった時にすべきだった。いったん白紙化を承知しておいて、今さら蒸《む》し返してどうする。向こうだって当惑するだろう。もう新しい道に踏み出し、幸せにしているかも知れないのに。

心を揺らしながらスマートフォンの黒い画面に彩の笑顔を重ね、しばし自問自答していたが、結局テーブルに置いた。彩との付き合いは始まろうとした矢先に終わってしまい、叔父のように心に蓄えられているものは、ほとんどない。失ったというより、手に入れられなかったという方が近かった。その二つは、どちらが痛手が小さいのだろう。失ってつらい気持ちを抱えるのは、失う前はそれなりに幸せだったとも言える。それを知っている分だけ、経験しないよりましなのだろうか。

大きな息をつき、とたんに空腹に気付く。叔父が焼きソバを作っていたはずだった。

ダイニングに降りてみれば、作りかけで放置されている。まな板の上で短いニンジンが二本、彫刻されたトーテムポールのように立っていた。断面は、片方が蝶《ちょう》、片方が花。ただの輪切りでも味は同じだろうに、妙な所で芸が細かかった。料理を楽しんでいたのだろうか、それとも久しぶりに会う甥《おい》を喜ばせようとしたのか。両方かも知れなかった。やはり叔父が好きだ。

壁のフックにかかっているエプロンを取り上げ、刺繍《ししゅう》されているトゥイーティーに挨拶しながらその紐《ひも》を首にかけた。あわてて出て行ったにしても、プレゼントを忘れるのはまずい。後で連絡して送ってやろう。ふと考える。そのシングルマザーと叔父は、いい関係なのだろうか。叔父の人生を今後も素晴らしくしてくれるような相手である事を祈る。

ニンジンを薄切りにし、麺をほぐし、切ってあった玉ネギ、キャベツ、ショウガと一緒に炒《いた》め、ソースをかける。味はともかく、一応でき上がった。ダイニングの隣の食器室から皿を二枚出してきて盛りつけ、片方は食卓に置き、もう片方は夕食用として冷蔵庫にしまう。

イタリアの炭酸水が入っているのを見つけ、ワイングラスホルダーから下がるグラスに注いで皿のそばに置いた。二階に戻り、スリングバッグからタブレットとタッチペンを出してダイニングに持ち込む。新幹線の中でしていた作業の続きに取りかかった。まずヴェイユ予想を表示し、焼きソバを掻《か》き込みながらざっと復習《さら》う。

ヴェイユ予想は、代数多様体を定義する定義式と、それをガロア体上の代数多様体としたものとの関係を定義した予想だった。三人の数学者によって、すでに証明されている。そこに使われている現代数学の理論装置の一つ一つを自由に使いこなせるようになりたい。それがリーマン予想の証明に近づく道だと考えていた。

武器を選び、その扱い方を学ぶ戦士のように、数式を一つずつピックアップし、吟味し、理解し、脳裏に染《し》み込ませ、展開できるように訓練する。リーマン予想の証明には、約一億円の賞金がかかっており、世界中の多くの数学者やマニアが夢中で研究していた。まさに戦争状態で、勝利するためにはより強い武器を身に付けなければならない。

気持ちが数式に入り込むにつれて、焼きソバも、強い刺激のある炭酸水も次第にどうでもよくなった。数学という沼に埋もれるのは、いつも快《こころよ》い。

ひと区切りがつき、顔を上げると、ダイニングの中で一番明るいのは、自分が見ているタブレットの画面だった。先ほど取り分けた二皿目を食べる時間になっている。だが東京から長距離の移動をしてきたのだから、夕食の前に風呂《ふろ》だろう。

皿やフライパンを片付け、簡単に床を掃除してから一階を見て歩いた。玄関ホールの向こう側に居間と二つの寝室、ウォークインクロゼットがあり、二階の出窓のある部屋の下は、ベンゼン核のような六角形のスモーキングルームだった。廊下の突き当たりには風呂場とシャワーブース、サウナが並んでいる。

いつもならシャワーで済ませるのだが、温泉を引いてあるらしく広い湯船から湯があふれ、流れ続けている豪快な光景が気に入った。脱衣室の床から洗い場を通り湯船の底まで、細かなファイアンス陶器を使ってひと続きに描かれている海洋生物にも興味を惹《ひ》かれ、浴槽に入る事にする。

二つある湯船はどちらも床に埋め込まれており、片方は一度に二十人ほど入れそうな円形、内側にヒノキが張ってあった。もう片方はジャグジーで、湯気の立ち込める空間には流れる湯の音が満ちている。

天井の照明は、スタジオのようなスポットライト型だった。湯船の縁に取り付けられた陶器のライオンの口の中に調光器があり、明るさや方向を調節できるようになっている。大きなガラス窓の向こうは、炎を模《も》したLEDライトに照らされている庭で、おそらく内側からだけ見える特殊ガラスがはめられているのだろう。

シャワーブースで汗を落とし、湯船に飛び込んで照明を全部消す。体を沈め、二ノ腕を湯船の縁にかけた。闇《やみ》に染まった庭を照らすLEDの炎の揺らぎを見ながら、先ほどの続きを考える。

頭の中にあふれ出す合同ゼータ関数の数式を、変数変換してみた。神経を集中し、しばし考えていたものの動きが取れず、今度はグロタンディーク・トレース式を引き出す。確認しつつ、慎重に先に進もうとした瞬間、庭の方で物音がした。思わず身を起こす。

流れる湯を止め、耳をそばだてれば、庭木をこするような音が聞こえた。赤い炎が、茂みの中でうごめいている黒い影を照らす。別荘が留守とみて、不審者が入ってきたのかも知れなかった。

静かに湯船から上がり、腰にバスタオルを巻き付けながら、どうしたものかと考える。どこかに掃除用のモップがあるだろうから、それで武装するか。いや侵入者にとって一番嫌なのは、警察に通報される事だろう。モップよりスマートフォンを構えた方が、脅しとしては強い。そのまま逃げてくれれば、手間がかからなくて助かるし、飛びかかってくるようなら、サッカーで鍛えた脚の出番だろう。頭を狙《ねら》って石でも蹴《け》り飛ばすか、あるいはダイレクトに蹴りを入れるか。

廊下を回り、ポーチへの出口を見つけて庭に出る。黒い影は、まだ茂みの間に佇んでいた。片手でスマートフォンを握り、もう一方の手を壁にある照明スイッチに伸ばす。掌《てのひら》を広げ、いくつかあるそれらを全部とらえると、一気にONにした。

光が走り、庭全体が瞬時に照らし出される。まぶしいほど明るくなったその中に、驚いたように突っ立っていたのは、あのラ・カンパネッラの女性だった。

直後、女性が大きな悲鳴を上げる。思ってもみなかった事態で、和典の方が狼狽《うろた》えた。勝手に人の家に忍びこんでおいて被害者であるかのような悲鳴を上げるとは、開いた口がふさがらない。

「今日は午後から風が出て、雲を払いました。よく晴れたので、夜は気温が下がります」

呆気《あっけ》に取られる和典の前で、女性は硬い表情のまま、解説でもするように言った。

「気温が下がると、着込まなければ体温をキープできません。体温が一度下がると、免疫力は四十パーセントの低下です。こんな夜の全裸は、やめた方がいいと思います」

足元に落ちているバスタオルに気づいたのは、その時だった。とっさにどうしていいのかわからないほど動転したが、泡《あわ》を食って逃げ出すのは今以上にみっともなく思え、見苦しくない方法を必死で考えた。

「これからお茶をご馳走《ちそう》します。ので、今あなたが遭遇している事態は、なかったことにしてもらえますか」

4

「早咲きの梅の花を捜して山を歩き回る事を、探梅《たんばい》っていうけれど、私の場合は、探キンモクセイね。キンモクセイ・パトロールって言った方がいいかも」

女性は目を伏せて微笑む。

「もう時期的に最後だから、今年の分布図を描いておこうと思って」

立ち上る紅茶の湯気が高い鼻梁《びりょう》にまつわり、反《そ》り返ったまつ毛をふわりと揺するのを見ながら、妙な趣味だと思った。あるいはそれが仕事なのだろうか、植物学の関係者とか。

「キンモクセイってね、お隣の明石《あかし》市の樹《き》なのよ。私の母の実家の方では、九里香《きゅうりこう》って呼ばれてる。九里って約三十六キロよね。遠くまで香るって意味」

考えてみれば、駅での会話からして普通ではなかった。仕事でないとしたら、気分屋の物好きか、あるいは植物・気象オタクとか。

「匂いを頼りに山を歩いていたら、いつの間にかここの庭に入ってしまって。でもこのあたりには、キンモクセイはなかったはずなのよ。ヒイラギの花も同じような匂いがするけれど、時期的に早すぎるし。いったい何が匂っているのか、どうしても確かめたくなって」

よく見れば、髪の中にキンモクセイのオレンジ色の小花がいくつか沈んでいる。髪飾りのようできれいだった。

「ごめんなさいね、でもキンモクセイ、やっぱり見つけた」

こちらに向けられた大きな瞳《ひとみ》に、忍び笑いが浮かぶ。

「おまけに全裸の美少年も」

先ほどの失態を思い出し、頬が赤らむ思いだったが、素知らぬ顔で話題をキンモクセイに戻した。

「たぶんごく最近、植えたんだと思います。叔父が造園の立ち会いに来たと言っていましたから」

女性は頷きながら、手元の紅茶カップを持ち上げた。ツタの蔓《つる》をかたどった取っ手にからむ細い指先に、山鳩《やまばと》色のマニキュアが塗られている。まるでオリーブの実が五粒、並んでいるかのようだった。

「素敵ね、このお茶碗《ちゃわん》。紅茶の色が鮮やかに見える。緑茶を入れたら、きっと深味が出るでしょうね」

食器室には紅茶器セットがいく種かあり、ほとんどがリモージュ製だった。透明感のある白い生地《きじ》に繊細な模様が描かれ、輪郭《りんかく》に沿って金線や銀線が引かれたものが多い。伯父がそろえたのだろう。その中に一セットだけ、古伊万里《こいまり》の源右衛門《げんえもん》窯《がま》があり、小花を散らした柄《がら》が気に入った。

「独特のこの香りは、マルコポーロね。女性好みだけど、あなたもこういう趣味なの」

紅茶には詳しくない。食品倉庫で茶葉の缶を探すと、いくつかあり、どれがいいのかわからずに一番端のものを持ち出した。スマートフォンで入れ方を検索、生まれて初めての作業に挑戦したのだった。

「適当に選んだだけです」

話にならないと思ったのか、女性は室内に目を転じる。

「このお部屋も、とても素敵」

あちらこちらを見回し、夢見るように微笑んだ。

「外からはよく見てたけど、中に入るのは初めてよ。優雅で魅力的」

和典も、別荘の中でここが一番気に入っている。共感してくれる人間が現れた事に満足した。その気持ちが呼気に混じり出て、女性が放っている静かな喜びと溶け合い、部屋の空気を柔らかくする。いっそう静謐《せいひつ》さを増し、安らぎを深めていく書斎内は、まるで発酵する液体で満たされた深い壺《つぼ》のようだった。もし完璧な書斎というものがあるとしたら、刻々とそれに近づいていくかに思える。家具調度と同様に人間も、その部屋を完成させる素材の一つなのかも知れない。

ここに彩がいたら、何と言うだろうか。問いは浮き上がり、答は出ない。それを想像できるほど、彩を知らなかった。

「私の家、実は、お隣なのよ。かなり離れているけれど、その間に一軒もないんだから、お隣でいいよね」

部屋の内部を見回していた視線を、こちらに向ける。

「この素敵な部屋で、あなたは、どんなふうに過ごしてるの」

しかも全裸で、とつけ加えそうな雰囲気があった。その言葉が放たれる前に急いで答える。

「さっきまでは数学をしていました」

女性は、すっとまじめな顔になった。

「私も、数学って嫌いじゃない」

滅多《めった》に出会えない同好の士との遭遇に、思わず身を乗り出しかける。

「夫の影響」

あわてて自分を引き戻した。訳ありげな夫がからんだ話は、スルーするのが賢明だろう。でないと、駅で会った時と同じ穴に落ちる。ラ・カンパネッラとピアノ、そして数学、夫関係の用語は禁忌だ、触れるまい。

「大学時代はワンゲル部で、よく山に行っていたって話だったけど、それをやめてからは数学だけ。特に素数が好きだったみたい」

このまま身を引いていられるだろうかと不安になる。すべての数学愛好者にとって素数は、確実に心臓に命中する銃弾だった。和典も例外ではない。リーマン予想に首を突っ込んだのも、素数好きが高じての事なのだ。これ以上の追撃がこないように祈るしかなかった。閉ざされたこの空間で気まずい事になるのは避けたい。

「ブログも書いてたの。『素数の美』って名前よ。ハンドルネームはＳＯＵ。颯《そう》って名前だから、まんま」

ブログ名とハンドルネームが脳裏を走り回った。二つがショートするかのように繋《つな》がり、分別を焼き切る。

「それ、見てました」

喜々として穴に落ちていく自分を感じる。落ちていくというより自ら飛び込んでいく、飛び込まずにいられないというのが正直なところだった。

「ファンなんです。毎週、更新されるのを楽しみにしていました」

コメントもせず、《いいね》も押さなかったが、支持していた。センスがよく数学力を感じさせる構成で、こういう人間ならリーマン予想に興味を持っているはずだと確信していた。新しいページが追加されるたびに胸を躍らせ、いつか接触してみたいとすら思っていたのだった。

ところが去年の秋頃、突然、更新が途絶えた。今後の展開が楽しみになっていた矢先で、自分なりの予想を立てつつ毎日ブログを訪ね、そのたびに気を落とし、焦《じ》れていた。ほぼ一年が経った今でも、時々ブログを開いてみる。凍《こお》り付いたかのようにそのまま放置されていた。

素数についてこれだけ書いているという事は、書きたいのだろうし、もっと言えば書かずにいられないのだ。重要ポイントに差しかかっている所で、いきなり放り出せるとは思えない。何かあったのだろうか。

一年間抱いていたその疑問の答が、思わぬ形で出てきていた。駅前で女性から、夫はもういないと聞いた時には、離婚したか死亡したのだろうと思っていた。だがそこにブログの中断を重ね合わせれば、死んだか、死んだに等しい状況にある事は疑いがない。植物状態なのかも知れなかった。

前後の事情や状況がわからないだけに、信じられない気がする。まるで花が散るようなあっけなさだった。

「そうなの、ありがとう」

女性の顔は、青ざめてきていた。本人に会ったこともない和典でさえ動揺するような事態なのだから、近親者としてはどれほど痛手を受けた事だろう。傷ついたその心が、叔父のような心境にたどり着くまでには、多くの時間が必要になるに違いなかった。

「夫が聞いたら喜びます」

苦しげな様子は、次第に度を強める。

「私、大好きだったのよ、夫が」

言葉には、切実で深刻な思いが影のようにまつわっていた。傷跡からあふれ出す血を見ている気分になる。事情を聞きたいと思いながら、痛々しくて口を挟めなかった。無言でただ見つめ、もし自分が死んだらこんなふうに嘆いてくれる誰かがいるだろうかと考える。

その時ようやく気が付いた、長年友人扱いしてきた数学が、決してそうではない事に。数学は常に一定、不変だった。そこが気に入っているのだが、関《かか》わっていた人間の生命が絶《た》たれた時、何の反応も示さないものを友人と呼ぶだろうか。今までの自分は、鏡に映る自分自身と友情を育《はぐく》もうとしていたのではなかったか。

寒い夜、外気の中に一人で立っているような気分になる。駅で女性が言ったように、陽が上る三十六分前の闇の中に、無防備な全裸で。

「ああ、すっかり」

女性は溜め息をつき、悲嘆の中から身を起こした。

「長居してしまって」

残っていた紅茶を飲み干し、カップを置くと両手を膝《ひざ》の上にそろえて一礼する。

「ごちそう様でした」

駅でピアノに向かって頭を下げていた時と同じように丁寧だった。どこかコミカルな感じがしないでもないが、本人が真顔なので、笑う訳にもいかない。

「今度は、私の家にもいらして」

どうやら、ここに引っ越してきたと思われているらしかった。

「いや、僕は明日には帰ります。手伝いに来ているだけなんで」

そう言ってから、今年のクリスマスから年末をここで過ごす事を思い出す。近所となれば、偶然に出会うかも知れなかった。誘いを断って関係を悪くするのはまずいだろう。

「でも年末には、また来ます。その時、ご都合をうかがってからお邪魔してもいいですか」

顔をつないでおくだけのつもりだった。一族が集合すると、従兄弟《いとこ》たちにまとわりつかれる事も多いし、手が空けばリーマン予想の証明を進めたい。訪問する時間は取りにくいだろう。

「じゃ私の家への道を描いておきます。メモ紙あるかしら」

机に歩み寄り、置かれていたレターセットから便箋《びんせん》を引き抜く。革のペーパーホルダーやボールペンと一緒に女性に渡した。

「この家からは、一本道なのよ」

女性は膝の上にペーパーホルダーを置き、便箋にボールペンを走らせる。

「迷う事はないと思うけれど、注意してほしいのは、途中にある沼。道からは少し離れているけれど、危ないから近寄らないでね。宝沼っていうの」

叔父から聞いた平家落人伝説の沼だった。

「鵯越で総崩れになった平氏が、落ちのびる時に財宝を隠していったっていう伝説の沼よ。怨霊《おんりよう》がそれを守っているから、近づくと呪《のろ》われるの」

真剣な口調で言われ、ちょっとからかってみたくなる。

「危ないって、そういう危なさですか。いったい誰の怨霊なんです」

おもしろがっているのが顔に表れたらしく、女性は若干、気色ばんだ。

「清盛の孫で、まだ十六歳だった平知章《ともあきら》よ。父の知盛を逃がすために囮《おとり》になり、満身創痍《そうい》で奮闘して凄絶《せいぜつ》な戦死を遂げたの。その時、天に向かって平氏の再興を誓ったと言われてるのよ」

十六歳といえば、和典より年下だった。そんな若さで死に突っ込んでいかなければならなくなったのは、哀《あわ》れというよりない。今の感覚で昔の人間の心情に思いをはせても、価値観や常識が違いすぎて的外れになるのはわかっていたが、争いに勝ちたい気持ちや家族に寄せる愛情などは、さほど違っていないだろう。

「底なし沼なのよ。はまったら最後、出てこられないし、遺体も上がらないって話。この近くの人は皆、避けて通るし、近寄りません。投げ込まれたのは財宝だけじゃないの。戦いの後、源氏側が、山積みにされていた平氏の死体を投げ込んだんです。あの沼全体が平家の墓地なのよ」

沼が墓地というのは、凄《すご》みのある表現だった。多くの死体を呑《の》んでいる沼の様子を想像すると、さすがに気持ちがよくない。だが、それから八百年以上が経っており、源氏一族も滅亡し、政権も北条《ほうじょう》、徳川《とくがわ》、さらに明治政府と移り変わり、平氏の再興もまったく望めなくなっている。怨霊もあきらめ、姿を消しているのではないか。

「第二次大戦後、沼の宝探しを考えた人がいたみたいだけど、集まった見物人の前で沼に入っていって、それっきり出てこなかったとか」

女性は和典の方に正面を向け、まじめな顔で居住まいを正す。

「警察が沼を浚《さら》った時には、まだ三日しか経っていなかったのに遺体はおろか骨も見つからず、怨霊の仕業と噂されたのよ。あなた、同じ道をたどりたいの」

身を入れた話し方は、保育士か、小学校低学年の担任をしている教諭のようだった。ガキ扱いされていると感じたが、不思議と不快ではない。一心に説得しようとする様子はどことなくかわいらしく、もし自分に姉がいたら、こんな風なのかも知れないと思えた。

「あなた、まじめに聞いてないでしょ」

バレたらしい。

「絶対に近づかないで、ね」

念を押すように言い、便箋の地図に視線を配って点検した後、こちらに差し出した。

「では、私、これで失礼します。いらっしゃる時には、お電話ちょうだい。番号も書いておきました」

便箋に視線を落とす。家の地図の脇に電話番号が書かれ、その下に月瀬芽衣《つきせめい》とあった。ではあのブロガーは、月瀬颯なのだ。いなくなって初めて名前がわかるとは、皮肉だった。

「夫が作っていたデータがあるから、ご興味があればお見せします。ブログの下書きよ」

いきなり心臓が跳びはねる。

「これからアップする予定だった部分もあると思うな」

気になってたまらなかったあの続きが残っているのだ。喜びが胸を走り回り、思わず両手に力が入った。今すぐ見たい。クリスマスまで、とても待てない。叫ぶような声が出た。

「明日の朝、出発前にうかがいます」

月瀬芽衣は、ふっと微笑む。

「では、モーニングティをご馳走します。あ、全裸で来るのはやめてね」

5

何に付けても全裸を持ち出され、不満に思いながら眠ったせいか、妙な夢をいくつも見た。ちきしょう、頭が上がらん。しきりにつぶやく自分の声で目がさめたとたん、体の底を突き上げるようなけたたましい音が響き渡った。泡を食って飛び起きる。

「オーライ、オーライ。あ、ちょい上」

窓辺に寄りカーテンを引っ張れば、クレーンに吊《つ》り上げられたモミの木が生垣を越えて持ち込まれているところだった。クレーンの首には、加藤《かとう》造園と書かれている。モミの枝ぶりに見とれていると、生垣の向こうからいくつもの脚立が放り込まれ、地響きを立てて地面に積み重なった。

朝食が済んだら母に電話をかけ、植木屋の名前と電話番号を聞こうと思っていたのだが、その手間は省けたらしい。部屋の時計を振り返れば、まだ七時前だった。ついさっきベッドに入ったばかりで、あまり寝ていない。

舌打ちしながら両手で髪を掻き上げていると、生垣の上にひょいと顔が現れ、目が合った。狭い額にねじり鉢巻きをし、コーヒー色といってもいいほど日に焼けている。

「坊や、うちの人はおるかい」

子供扱いされ、いっそう不機嫌にならずにいられなかった。

「上杉と言います。クリスマスツリーの件でしたら、僕が立ち会うように言われていますので、今、そちらに行きます。少々お待ちください」

礼儀正しい言葉遣いで子供ではないところをアピールし、急いで着替えて部屋を出た。庭に回ると、一人の男性がシャベルで土を掘り返しており、剪定《せんてい》バサミを握った二人が、横たわるモミの木を跨《また》いでいる。そばで先ほどの顔が声を上げていた。

「そっちのトビ、はさみな。こっちのも」

小柄で、干し上げたかのように痩《や》せた老人だった。人間というより猿に似ているが、指示を出しているのだから親方なのだろう。加藤造園の社長だろうか。

「元からはさむなよ。そこの車も、はさんどけ」

剪定用語らしく、全く意味がわからない。

「胴吹いとるのは、どうしはりますか」

会話を聞いていると、違う宇宙に放り込まれたような心許《こころもと》ない気分になった。よく彩が途方に暮れたような顔をして、数学用語の意味を聞いてくる事があったが、こんな気持ちだったのだろうとようやくわかる。

「細かいとこは、立ててからでいいからな。粗方《あらかた》やっときな」

指示を出し終わり、こちらに歩み寄ってくる。

「上杉さん、立てるのは、あすこでいいかい」

穴を掘っている所を指さしたが、すでに作業を始めているのだから、いいも悪いもなかった。あの場所に立てると決めているのだろう。

「家の中から見えて、バルコニーからも近い方がいいだろう。あの樹の枝ぶりと屋根の傾斜を考えると、あすこしかねーんだよ」

職人として、こだわりがあるらしい。

「お任せします」

叔父も言っていた通り、プロの仕事に口をはさめば機嫌を損《そこ》ねるだろう。代案を出せるほどの知識もなかった。

「僕には、よくわかりませんから」

そう言った後で、子供だからと思われたくなくて付け加える。

「素人なので」

老人は何ら気に留める風もなく、弟子たちの方に歩いていき、新しい指示を出したり、生垣の向こうにいるクレーンの運転手に声をかけたりしながら、三十分ほどでモミの木を据え付けた。

「この上の山から掘り出してきたんだが、どうだい、いいツリーになりそうじゃないか」

自分の仕事に満足しているらしく、見惚《みほ》れている。地面には、切り落とされた枝葉が散らばり、中には立派な枝もあった。一部が枯れている訳でも、虫食いの跡がある訳でもなく、見栄えをよくするために切ったとしか思えない。

「ツリーの形を整えるのに、枝を落としたんですか」

老人は鼻白んだ様子だった。当たり前すぎて、くだらないと思ったのだろう。それでも自分をなだめるようにして説明してくれた。

「まぁそうだ。来年もツリーとして使うんだろうから、普通の剪定と同じにしといたぜ。忌《い》み枝ちゅって極端に長く伸びてるヤツや、同じ所の周りに三本以上出てるヤツ、幹から直接出てくる細かいヤツなんかを落としたんだ。形がよくないって事もあるが、そういうヤツは養分や陽射しを独占しちまうんで、若い枝が伸びられんくなるからな。若枝が伸びんと、その樹全体が生き生きせん。会社と同じだ」

なかなか含蓄のある話だった。聞き入っていると、老人はこちらに向き直る。

「というのは先代からの受け売りだ。俺は元々、坂東太郎《ばんどうたろう》で産湯《うぶゆ》をつかった千葉っ子で、中学ん時に、加藤に養子に来たんだ。誰より親方の教えを守っとる。ま、何かあったら電話してくんな。スマホ教えとくからよ。鴨越の山々は、加藤造園の庭みたいなもんだ。このあたり一帯が売りに出された時も全部、うちが造った。今日は、これから月瀬のバァさんとこに行ってっからよ」

芽衣の顔が思い出された。

「月瀬さんなら、昨日会いました。まだバァさんって年齢じゃないでしょう」

老人は目を見開く。狭い額に何本も横ジワが入り、ますます猿に似て見えた。

「今年で七十三、四の女がババァじゃないんなら、いったいババァってのは何歳からなんだ」

どうも話が嚙み合わない。変だと思っていると、脚立を担いで通りかかった弟子の一人が足を止めた。

「親父《おやっ》さん、この坊ちゃんが言ってるのは、芽衣ちゃんの事じゃないすか」

老人にそう言い、笑みを浮かべた目をこちらに向ける。

「親父さんは、芽衣ちゃんの伯母さんの話をしてるんすよ。芽衣ちゃんは、そこに同居してるんで。水野理咲子《みずのりさこ》っていう少女マンガ家で、昔は売れっ子だったたって話っす。今はもう描いてないとか」

ようやく事情がわかった。マンガはあまり見た事がなく、ましてや少女マンガとなると異世界の物に思える。それを創作しているのが少女を遠く離れた七十代の老婆と聞けば、不思議を通り越して奇っ怪とすら感じた。

「芽衣ちゃんは二年前まで、神戸テレビに出てたお天気お姉さんっす」

瞬間、それまで胸に漂っていた点のような不可解さが一気に寄り集まり、月瀬芽衣の姿を形作った。虹の出るタイミングや冷え込みの時間、キンモクセイの生育場所など、多岐にわたって関心を寄せたり、情報を把握したりする気質は、いかにも気象予報士という仕事を選ぶ人間に相応《ふさわ》しかった。

「結婚するとかで番組を降りちまったんで。芽衣ロスって言ってるヤツ、多かったたっすよ」

同僚の方を振り向き、同意を求める。

「おまえも、だよな」

剪定バサミの刃こぼれをチェックしていた金髪の男が、唇をへの字に曲げた。

「ショックやった。ああ痛み出してもうたわ、あん時の心の傷」

そばにいた男が、その頭を小突く。

「図太いくせして、心の傷が聞いてあきれるわ」

「そやそや、女なら誰でもええと思うとるやろが」

囃《はや》されて、金髪の男はまじめな顔で空中を見つめる。

「二人そろってそない言われると、何やほんまにそんな気になってくるわ。ん、そうかもしれへん」

「おまえなぁ、ボケか、それとも真性のアホか」

「それ、どっちか選べるんか。どっちが得やろ」

「こりゃ真性アホに決まりやな」

たわいない無駄口や冗談を実に楽しげに交《か》わしながら、まぶしさを増していく朝の光の中で、のんびりと片付けを続ける。横になった脚立の上で陽射しが七色に分かれ、きらめき立って、移り変わる三人の表情を彩《いろど》っていた。将来は植木屋か庭師になり、こんなふうに仕事をするのも悪くないと思えてくる。雨の日は休みだろうから数学をしよう。

数理間トポスでは時々、数学と職業をどう結びつけるかという話題が持ち出された。数学で生涯食っていくのは、相当な実力と幸運に恵まれないと難しいというのが皆の一致するところで、趣味に止《とど》めるのが安全、同時に気楽、かつ数学を嫌いにならずにすむ方法でもあると言われていた。

「それにしても、あのバァさんの姪《めい》っ子も」

少し離れた庭石の上に腰を下ろしていた老人が、タバコを片手に溜め息をつく。

「あんな事になっちまっちゃ、気の毒になぁ」

事情を知っているらしかった。昨日、本人には聞けなかったが、これから訪問するのだから、何があったのか把握しておきたい。

「ご主人は亡くなったんですよね。本人がそれっぽい言い方をしてましたけど」

歩み寄ると、老人は忌まわしい事にでも触れるかのように声を低め、鼻に皺《しわ》を寄せた。

「それがそうじゃねーんだよ。昔よく言われた『蒸発』ってやつだ。今風に言やぁ、失踪《しっそう》だな。一年くらい前、突然、姿を消して、今もそのまんまだ」

それが、夫はもういないという言葉の真実なのだった。そう言った時、いきなり人形にでもなったかのように表情を失った芽衣を思い出す。完全に止まっている感じの無表情だった。急に口を開けた一年前の傷の中に吸い込まれ、現実から遊離してしまったのだろう。

「俺も、庭木の手入れに行った時に、何度か話した事がある。なかなか感じのいい好青年だったがなぁ。夫婦仲もよく見えたが、いったい何が気に入らんくて、何もかも投げうって姿をくらませちまったのか。まぁ人間ちゅうんは、わからんもんだなぁ」

結婚で退社したのなら芽衣は専業主婦だったはずで、突然に夫に失踪されては、生活にも困っただろう。

「そりゃ途方にくれますね。暮らしてけないじゃないですか」

老人は、頭の上で大きく手を振った。

「その心配はねぇねぇ。月瀬のバァさんは、どえらい金を持っとるからな。マンガの印税ちゅうヤツだ。あの家に行ってみりゃわかるが、金がうなっとるで」

大金持ちの少女マンガ家、姿を消した同居の姪の夫、二つの要素が胸でぶつかり、薄暗い渦を作り出す。そこから響き上がってくる得体の知れない旋律が聞こえたような気がした。

6

引き上げていく植木屋に挨拶し、叔父にツリーの設置が完了した旨のメールを打っておいて、シャワーを浴び、着替えをした。

「これから伺います」

芽衣に電話をかけ、了解を得てから家を出る。スマートフォンに取り込んだ芽衣の地図を頼りに歩いた。途中で、宝沼の脇を通る。芽衣からは近寄るなと言われていたが、その理由に納得できなかったし、近寄らないと約束した訳でもない。そもそも危ない事、禁じられた事があれば喜々として飛び込んでいくのが思春期男子だろう。

笹や灌木の間に細々と続く小道に踏み込む。次第に爪先上がりの坂になった。人の気配は全くない。上り切ると、うっそうと茂る樹々《きぎ》の向こうに薄暗い沼があり、わずかに光をはね返していた。

あたりは静まり返り、空気はどんよりと淀んでいる。近づいていくと、沼の縁に多くの人々が集まって肩を並べ、こぞって沼面を見下ろしていた。草木を揺する風の間から、そのざわめきが伝わってくる。思わず足を止めた。芽衣の声がよみがえる。

「あの沼全体が平家の墓地なのよ」

一瞬、身震いしつつ目を凝《こ》らせば、人と見えたのは、沼辺に沿って生えている背の高いヨシやガマだった。風の音の中にも、もう声は聞き取れない。

おじけた自分に腹が立った。負けてたまるかと思ったり、負けるっていったい誰と勝負してるんだと突っ込みを入れたりしながら水際に降りる。

藻や浮草が繁茂《はんも》し、底の方はぼんやりとかすんでいた。どことなく赤く、まるで血が広がっているかのように見える。

大きく息を吸い込み、自分を励《はげ》ました。とにかく沼という名称なのだから、水深は五メートルもないだろう。スマートフォンを手にし、このあたりの地図を呼び出す。表示された宝沼には、北の山々から細流が入り込んでいた。南に向かって流れ出ており、おそらく海に注いでいるのだろう。ここから海までは遠くない。沼は、満潮時に海水が侵入する汽水域になっているのかも知れなかった。

宝沼自体を調べてみる。いくつかサイトが立っていたが、書かれているのは平家落人伝説ばかりで、科学的調査の記述はなかった。小学校時代からの友人で自然科学オタクの小塚《こづか》の知識を借りようと思いつく。

「やぁ上杉、久しぶりだね」

　穏やかな声は、日なたで目を細めているカピバラを連想させた。

「どうかしたの」

　のんびりした性格で、中学時代はいじめられる事もあったが、大学受験がはっきりと視野に入り、皆が余裕を失ってきている今では、常に変わらないその鷹揚《おうよう》さが歓迎されるようになり、癒《い》やしスポット的な扱いを受けていた。

「聞きたい事があるんだけど、今、大丈夫か。何してたの」

　保護した小動物に餌《えさ》をやっていたか、育てている植物を観察していたか、どちらかだろうと思いながら返事を待つ。

「昨日から培養してる大腸菌に感動してたとこ。シャーレの中で、すっごくきれいな群落を作ってるんだ。まるで冬の空の星座みたいに美しいよ」

　耳からぬくもりが流れ込んできて、胸を温めた。その時になってようやく、小塚に電話したのはこの声に触れたかったからかも知れないと気が付く。痛ましい伝説を持つ沼辺で風に身をさらしていると、物寂しさが肌から染み込んできて心を包んだ。そんな気配は感じまいと意識をそらしていたが、知らず知らずの内に生きる力を擂《す》りつぶされ、この世ではない所に誘われていくような気がしたのだろう。

「兵庫県の宝沼が、汽水域になってるかどうか知りたかったんだけど」

小塚は、キーボードの音を響かせた。

「その名前、聞いた事はあるけど、実態はよく知らないな。ネットには、大した事出てないね。神戸大学が近いから、おそらく誰かの研究室で調査した事があるんじゃないかな。話題にならないのは、これといって特徴がなかったからだと思うよ。汽水域なら水位が変化してるはずだから、生える植物が違ってくる。沼の縁で、現状の水面とその下を比べてみれば、すぐわかるよ。場所によって様々だけれど、数センチから数十センチくらいの上下があるはずだ」

目を凝らし、沼の縁から視線を下げていく。底の方の藻の間にうっすらと広がっていた赤いものが、ゆっくりと動いているかに見えた。

身を乗り出したとたん、足元がぬるっと崩れる。水面から手が出て足首をつかみ、そのまま沼に引きずりこもうとしたかのようだった。靴の半ばまで水につかったところで何とか踏み留まる。冷や汗がにじむのを感じながら息をついた。はまったら最後、出てこられないと言っていた芽衣の言葉が脳裏をよぎる。

「あ、沼の縁って、地面がぬめってるから気を付けて」

致命的に遅《おせ》ぇー。そうは思ったものの、小塚に速さを期待するのは、カタツムリに短距離走を競わせるようなものだった。

「それにすり鉢形になっていると、水深が浅くても、一度落ちたら滑《すべ》ってしまって出てこられないからね」

礼を言って電話を切り、宝沼を後にする。遠ざかりながら振り返ると、樹々の間に垣間見《かいまみ》える水面が一瞬、光をはね返した。沼辺に茂るヨシやガマは、またも人影に見え始める。確かに気持ちのよくない場所で、地元の人間が近寄らないというのももっともだと思えた。

財宝に惹かれて沼に入ったという男は、ある意味、勇敢だったんだろうな。これが入試の選択問題なら、正解は、勇敢ではなく蛮勇か。足早に坂を下っていくと、下から誰かが上ってくる気配がした。樹々の間からチラチラと白い服がのぞく。曲がり角まで来ると視界が開け、その全貌《ぜんぼう》がはっきりと見えた。

「案の定ね」

立ち止まった月瀬芽衣が、こちらを見上げていた。

「どうも遅いから、もしかしてと思って来てみたんだけど」

現場を押さえられた犯罪者は、きっとこんな気持ちだろう。

「悪い子ね。沼にはまったら、どうするつもり」

濡《ぬ》れた靴から冷たさが染み込んでくる。引け目を感じている人間が、正論を押し立てる相手に対してできるのは、居直る事だけだった。

「僕は、そんなマヌケじゃありません」

芽衣の脇を通り抜けると、嘆くような溜め息が背中に触れた。

「まぁ男の子は、人の言う事なんか聞かないのかもね。弟もそうだったけど」

またも過去形だった。ヤンチャな時があったというだけの意味かも知れなかったが、昨日の事もある。踏み込まない方が無難だろうと判断し、黙ったまま坂を下った。芽衣が追いかけてくる。

「秋になると、空が高く見えるのは、なーぜだ」

それは気温が下がり、大気中の水蒸気の濃度が低くなるために光が拡散しにくくなり、空の透明度が上がるからだ、受験生をなめるな。そう思いながら足を進める。背中で溜め息の気配がした。

「招待主を無視して先に行くなんて、無礼な客ね」

隣に並び、笑みを浮かべてこちらをのぞき見る。

「何年生まれなのかな」

さすがに黙っていられなくなり、歳《とし》を口にした。

「やっぱり弟と同年」

目を細め、染み入るような眼差でながめ回す。

「生きてれば、もうこんなに背が高いんだ」

踏み込まなくて正解だったと胸をなで下ろしつつ、これまでに家族から二人も不幸な人間を出したらしい芽衣が気の毒になった。自分の家を思う。老衰や高齢での病死を除けば死んだ人間は一人もおらず、もちろん行方不明者もいなかった。

「もう十五年も経つけど、毎年毎年、誕生日が来るたびに、今年は何歳になるって数えてしまうの。不幸がすぐそばに迫っていても、気づかない事って多いのよ。だからあなたに忠告したわけ」

弟を失った痛みの中から気を配っていたのだとわかり、胸を突かれる。靴から伝わってくる湿り気が耐えがたいほど強くなった。忠告を破ったと打ち明け、謝ろうか。迷っているうちに、昨日、嘆く芽衣を見ていて抱いた疑問が大きくなり、心からあふれ出した。

「もし僕が沼にはまって死んだら、泣いてくれますか」

芽衣は驚いたような顔になる。身の上を打ち明けていた親しげな表情は、その後ろに隠れ、遠ざかっていった。出会って一日しか経っていない人間に相応しい隔《へだ》たりの向こうに佇む。

「私に、泣いてほしいの」

急に恥ずかしくなり、目をそらした。どうしてそんな言葉を口にしたのか、自分でも不思議だった。死んだ後に誰が泣こうとわかりはしないし、これまでそんな願いを持った事もない。だが本当は、誰かに泣いてほしいと思っていたのだろうか。それとも心配してくれた芽衣に、ちょっと甘えてみたくなっただけか。

「まぁ、たぶん」

芽衣はからかうように笑う。

「泣いたりしないでしょうね。忠告を聞かなかった高校生のバカさ加減に腹を立てるくらいが関の山よ」

謝るのはやめておこうと心を決め、足を速めた。芽衣は笑い声を上げ、速度をそろえて肩を並べる。

「父母の歳も数えてるのよ。三人一緒に亡くなったから」

数の多さにギョッとした。芽衣の周りに死者の行列ができているかのようだった。

「家族を三人も亡くされたんですか。事故とか」

芽衣は、軽く首を横に振る。

「秋雨前線《あきさめ》が活発化した年で、川が氾濫《はんらん》したり、裏山が崩れたりしたの。私だけが修学旅行に出てて、帰ってきたら何もなかった。家も家族も」

その衝撃を想像し、言葉を失う。芽衣はなだめるように微笑んだ。

「で、伯母に引き取られたの。ほら、あそこの家がそう」

緑の中から洋風の屋根が見えていた。濃い灰色で重みがあり、ドーマーが二つ並んでいる。

「鉄平石《てっぺいせき》の屋根よ。雨に濡れると色が変わるの。山の紅葉も映えるし。ああ紅葉は、最低気温が八度を下回る頃に始まるから、もうすぐね。山頂が染まり出したら、三、四日もあれば麓《ふもと》まで届く。竜田《たった》姫が駆け下りていくのよ」

竜田姫というのは誰だろう。初出はどこだ、万葉集か古今和歌集か。あわてて記憶のページをめくっているのを見抜かれたらしく、正解を探し出す前に答が返ってきた。

「竜田姫は、秋の女神。ちなみに春の女神は佐保《さほ》姫。覚えときなさいね、試験に出るかもよ」

笑みを含んだ横顔に陽が当たり、細い首を輝かせる。しなやかで、ほんのりと桜色だった。

「伯母に、あなたについて話したの。大笑いして、こう言ってた。拙宅への訪問の際も、全裸で結構よって」

冗談だとわかっていたが、あの失態がこれほど長く冷やかされるとは思ってもみず、不本意だった。最大限の嫌味を込めて対抗する。

「それほど喜んでもらえるとは意外でした。好きなんですか、男の全裸」

芽衣は軽く眉を上げただけで、表情も変えない。

「そこはお互い様なんじゃない。あなただって好きでしょ、女性の全裸。NOとは言わせない。だって十七歳男子ですものね」

鋭い返球に、内心たじろぐ。何と答えても墓穴を掘りそうで、黙り込むしかなかった。

「ま、傷つけ合うのは止めましょう」

いたずらっぽい輝きを浮かべた大きな瞳で、こちらをにらむ。

「子供みたいに不貞腐《ふてくさ》れないで」

伸びてきた人指し指が顳顬《こめかみ》を小突いた。

「機嫌を直してね。イケメンが台無しよ」

先手先手と打たれ、勝てそうもない。笑って終わりにするのが正解なのだろう。その機をうかがっていると、芽衣が話を変えた。

「伯母は、少女マンガ家なのよ」

すかさず頷く。こんな、じゃれるような会話を彩とも交わしてみたかった。関係が切れてしまった今では、それは夢に似ている。

「ペンネームは、水野理咲子。我がままで変わっているけれど、あなたには優しいはず。若い男の子が大好きなのよ。今頃、念入りにお化粧しているんじゃないかな」

植木屋の話によれば七十三、四歳だった。職業から考えて、少女趣味なのかも知れない。ツインテールや縦ロールの髪に花を飾った老婆が脳裏に浮かぶ。本当にそんな姿で現れたら、気の毒すぎて笑うに笑えないだろう。対応に困るに違いなく、気が重くなった。

「僕は、ご主人のブログを見せてもらいたいだけです」

何とか対面を回避しようと図る。

「お昼前には新幹線に乗らなければならないので、早々に失礼するつもりですし」

芽衣は、憂鬱《ゆううつ》そうな溜め息をついた。

「もちろん夫の部屋にご案内します。でも伯母は、絶対顔を出すと思うの。とにかく若い男の子に目がないから」

秘《ひそ》かに突っ込みを入れる、いったいどーゆーバァさんなんだ。

「歳と共にひどくなっていく感じ。自分から失われていくものを本能的に求めてるのかもね。あら、まだあなたの名前を聞いてなかった。紹介しなくちゃならないから教えておいて」

名前を口にした瞬間、大きな叫びが耳を打った。芽衣と顔を見合わせていると、怒声に変わる。厚い布でも裂いているかのような、濁《にご》ったしゃがれ声だった。

「伯母よ」

第二章　ドーナツの穴

1

「どうしたのかしら」

走り出した芽衣の後を追い、開いていた門から中に駆け込む。広がる庭の向こうに、ドーム型の屋根を上げた建物があった。同じ景観を、どこかで見たような気がする。リアルか、それともネットの中でか。はっきりしないまま、芽衣に続いて玄関から飛び込んだ。

そこは楕円《だえん》形のホールで、いくつもの大窓とシースルードアにぐるりと囲まれており、それぞれの上部は天窓だった。差し込む光が、壁や床に張った大理石にはね返り、痛いほどきらめいている。そのまぶしさを見回しながら、確かにここに来た事があると確信した。

おぼろな記憶をたどる。壁に穿《うが》たれた大窓とドアの数を数えた。どちらも同じ形に作られており、同種の物が並んでいると数えたくなるのは、小さな頃からの癖《くせ》だった。

「理咲子さん、どこですか」

芽衣の声が響く。うめくような返事があった。

「寝室よ。早く来て、早く」

芽衣はドアの一つに走り寄り、開け放つ。その向こうに折り返しの階段が見えた。二階まで駆け上り、すぐそばにあったドアを開ける。薄暗い部屋の隅《すみ》から、顔を引きつらせた女性がこちらを振り返った。

髪は長かったが、ツインテールや縦ロールではなく、ごく普通に後頭部でまとめている。ひとまず胸をなで下ろした。痩せて小柄ながら芽衣によく似た大きな目に力があり、七十代という高齢には見えない。

「白髪太夫《しらがだゆう》よ、あそこ」

指さした窓辺に、体長十五、六センチほどの白い蛾《が》が飛び回っていた。しきりに窓ガラスを打つ羽の独特の模様から、クスサンだろうと見当をつける。そうだとすれば白は珍しかった。堂々とした姿もたいそう立派で、小塚が見たら感動するに違いない。画像を送ってやろうとスマートフォンを取り出した。

「早く追い出して。鱗粉が空中に飛び散って汚らしくてたまらないわ。息がつまりそう。ベルベットの起毛の間に入り込んだら、全部クリーニングよ。冗談じゃないわ」

蛾は活路を求めて窓辺を離れ、急降下して理咲子の顔をかすめる。鼓膜に突き刺さるような悲鳴が部屋の空気を震わせた。突然に奇声を発する人間と蛾、どちらと同室するかと聞かれたら、迷わず蛾を選ぶだろう。

「しっ来るな、あっち行け。芽衣ちゃん、早く退治して」

芽衣は窓辺に寄り、ハンドルを動かして回転式の天窓を開けると、机に載っていた新聞をつかみ、丸めながらベッドの上に飛び乗った。それを使って蛾を追い出そうとする。眦《まなじり》を決しているところを見れば、必死なのだろう。理咲子同様、蛾が苦手らしかった。

「叩《たた》かないでよ、よけい飛び散るから。ああ潰《つぶ》さないで。体液が出ると気味が悪いわ。私のそばに落とさないでね」

戦《おのの》きながらも注文だけはうるさい。腰が引けている芽衣は、手こずっていた。

「今よ今、さぁやって。ああ逃した。あ、そっちに行った」

理咲子は手で指示をしながら采配《さいはい》を振る。本人は必死なのだろうが、蛾一匹に翻弄され、夢中になっている様子はどこかおかしく、笑いが込み上げてきた。だがこの雰囲気の中で、一人で笑っている訳にもいかない。手伝おうとして芽衣のそばに寄ったとたん、蛾はひらりと天窓の向こうに滑り出ていった。

「やった、行ったわ」

部屋中の空気が一気にゆるむ。理咲子は大きく息をつき、天蓋《てんがい》の付いたベッドにへたり込んだ。

「心臓に悪いったら。きっと血圧がマックスよ。これでクモ膜下なんて事になったら大変。落ち着かなくっちゃ。芽衣ちゃん、カーテン開けて」

音とともに光が射《さ》し込《こ》む。部屋を横切り、深呼吸を繰り返す理咲子の顔を照らした。派手に崩れた化粧に、言葉を失う。

両目の周りは真っ黒、上下左右ににじみ出た真紅の口紅が血のように唇を彩っており、額や頬の皺に落ち込んだ顔料は亀裂《きれつ》の入った地面さながらだった。目が慣れてくるにつれて笑い出したくなる。こらえていると、理咲子と視線が合った。大きな悲鳴が上がり、わめき声が続く。

「なんて事なの、信じられない。私の寝室に、見知らぬ男の子がっ。芽衣ちゃん、追い出して。すぐよ、すぐ」

あせって退出した。さっきの理咲子と同じ言葉をつぶやく。ああ心臓に悪い。

「ごめんなさい」

芽衣が廊下に姿を見せ、後ろ手でドアを閉める。

「私があなたに、廊下で待つように言えばよかったのに」

そういう選択もあった事に初めて気が付いた。何気なく芽衣に続いて飛び込んでしまった自分の非を認める気になる。

「僕こそ、すみません」

芽衣は軽く笑い、首を横に振って先に立った。

「伯母はね、あらゆる男性から、素敵な女性だって言われたいし、それが当然だと思っているの。自分にはそれだけの魅力があるって。でも完璧主義だから、ベストの自分しか見せたくないのよ。まだ髪も整えてなかったし、お化粧も途中だったみたいだし」

疑問を抱く。それらが完了すると、果たして素敵な女性になるのだろうか。

「男子にはわからない心理かもね。髪型や化粧は、祈りのようなものなのよ。効果はともかく、実行する事が大事なの」

いくら祈りを重ねても、高齢というファクターは男子が異性として意識するのにかなり邪魔なものだと思うのは、自分だけか。

「美少年と出会った瞬間、一目ボレされるというのが、昔から伯母が夢みている理想なの」

反応をうかがうような目を向けられ、突然、舞台に呼び出された気分になる。戸惑っていると、芽衣は悪戯《いたずら》っぽい笑みを浮かべ、視線をそらした。

「熱烈な愛を捧《ささ》げられたいみたい。まぁ見果てぬ夢、といったところね」

客観的になっていく話に、ほっとする。

「でも本人は真剣なのよ。唯美派だから美少年でなくっちゃダメだし、自分に価値があると思っているから、愛されるのは当然なの」

昔の理想をいつまでも堅持せず、恋愛対象から美と若さをはずして普通の男性にまで広げれば、少しは可能性が高くなるかも知れなかった。だがそれより、植木屋が言っていた、うなっているという蓄財を生かして社会貢献でもする方が賢明ではないだろうか。NPO法人を創って奨学金制度を立ち上げれば、十代男子との接点もできるし、尊敬もされるだろう。

「仕事柄、人と関わる機会があまりなくて、昔の精神状態のまま現在に至ってるのよ。素晴しい男性と出会ったり、結婚でもしてれば、成長もできたはずなんだけどね。でも、いい所もあるのよ。吝嗇《りんしょく》じゃないし、金銭的にはとても寛大なの。ああこっちよ」

先ほど上ってきた階段の最上段を横切り、吹き抜けになっている楕円形のホールを見下ろしながらその円周に沿って進む。やがて部屋のドアに突き当たった。それを開け、室内を通過して次の部屋に向かう。廊下がなく部屋と部屋が隣り合って続いているのは、昔の設計だからだろう。長崎にある祖父の家がそうだった。

二つ目の部屋を通り抜けながら、またも既視感を覚える。先を行く芽衣の背中に疑問を投げた。

「さっきから初めて来たような感じがしないんです。なんでかな」

芽衣は振り返り、笑みを浮かべる。

「パリの南東のマンシーって街に、ヴェルサイユ宮殿の原型と言われてる城館があるの。伯母はそれが気に入っていて、自分のマンガの舞台に使ったのよ。作品は脚光を浴びて、その後アニメ化や舞台化され、コミックスも世界中で売れてね、莫大《ばくだい》な印税が入った。それを投入して、同じ設計でここを建てたの」

スマートフォンで検索してみる。マンシーの街の城館は、ヴォー・ル・ヴィコントという名称で十七世紀に建てられ、持ち主は財務卿《きょう》のフーケだった。そこまでわかってようやく、幼稚園の頃に行った事を思い出す。確か夏で、見学に退屈し、庭で口笛を吹いてスズメを集めている老人の方ばかり見ていた。

「ここが夫の部屋」

芽衣はドアの前で立ち止まり、しみじみと眺《なが》め回す。失踪した夫に思いをはせ、訳もわからないまま突然、置き去りにされた哀しみを噛みしめているかに見えた。

つらい記憶を新たにさせるような事を頼んでしまって悪かったと考えながら、ふと割り切れない気持ちになる。昨日、夫の話を持ち出したのは芽衣の方からだった。考えてみれば駅で会った時も、夫という言葉を先に口にしたのは芽衣だ。話をそらしたり、そこに触れないようにする事は、いくらでもできただろうに。なぜだ。

心の傷が深く、何かにつけて触れずにいられないのかも知れない。傷をなぞる事でそれに慣れ、修復しようとしているのだとすれば、まるで同じ所で回っているコマのようで痛ましかった。

「お掃除はハウスキーパーさんがしてくれてるから清潔よ。どうぞ」

先に踏み込んだ芽衣が、カーテンと窓を開ける。ひっそりとした空間の中に、壁をおおう白い羽目板や絨毯、机や長椅子《ながいす》、本棚が浮かび上がった。全体が明るい色調でまとめられ、窓からは庭が見える。気持ちの良《い》い部屋だった。植木屋の言葉が胸をよぎる。いったい何が気に入らんくて、何もかも投げうって姿をくらませちまったのか。

芽衣は、夫の失踪の理由を知っているのだろうか。それを受け入れ、納得しなければ心の傷は埋まらないし、立ち直る事もできないに決まっていた。一年経ってもとらわれ続けている現状から考えれば、わかっていないのかも知れない。

「パソコンは、スマホと同じで聖域だから、お互いに中を見ないって約束してたの。それが縛りになってしまって、今もそのままなんだ。時々出して、机に置いてみるんだけれど、なんだかそこに、颯の心がポツンと置かれているみたいな感じがする。すごく中を見たくなったり、そんなことしたら信頼を裏切るって思ったり、今のところ決心がつかないのよね。でも『素数の美』は、パソコンで作って専用のＵＳＢメモリに保存してたから、それをお見せするのは約束違反じゃないはず」

袖机の引き出しを開け、動きを止める。

「あら」

視線は、引き出しの中を彷徨《さまよ》っていた。

「ＵＳＢが一つもない。パソコンまで」

あちらこちらを開け閉めし、ワードローブやカップボードの戸の中をのぞく。やがて思い当たったようで、こちらを振り返った。

「捜してくるから、ここで待っていて」

どうやら心当たりがあるらしい。二つの目に確信めいた光を浮かべ、出ていきかけたところを呼び止めた。

「ご主人は、行方不明になっていたんですね」

芽衣の顔に、当惑と混沌《こんとん》が広がる。それが薄い幕のように表情をおおい、感情を隠していった。芽衣の返事を聞けば、状況が少しははっきりするかと思っていたのだが、湿地に投げた石が音もなくズブズブと沈んでいくかのような反応だった。しかたなくさらに踏み込む。

「お気の毒です。早く見つかるといいんですが。何か手がかりなどは」

芽衣は軽く首を横に振り、目をそむけるようにして出て行った。夫について話す事には抵抗がないが、失踪には触れたくないという事か。考えてみれば、芽衣は一度も失踪という言葉を使っていなかった。

おそらくそこが傷の核心なのだ。自殺者を出した家族や知人が自分の言動を責めるように、芽衣も夫が失踪してから様々な出来事を思い返し、自分の責任を模索しているのだろう。

一人になり、主のいない部屋を見回す。壁に山の写真が飾られており、ワンダーフォーゲル部と刺繍された旗の前で大学生らしい数人がピースサインを出していた。誰もが日焼けし、唇からこぼれている歯がひときわ白く見える。端の方に年月日と颯のサインが入っていた。ゆったりとした感じの字体で、それにふさわしく太マジックが使われている。

写真の中に颯を探してみた。岩の上で腕組みをし、悠然と構えている赤いヤッケを着た人物だろうか。後で芽衣に聞いてみようと思いながら目を転じる。

本棚にあったのは、多くが数学と建築関係の本だった。最近の趣味は数学だけと聞いているから、建築系の本はおそらく仕事で購入したのだろう。フリーで設計をしているとか、図面を引いているのならば製図板があるはずだったが見当たらず、机の引き出しを開けても、作図に必要な各種定規や製図用のシャープペンシルなどはなかった。たぶん建設会社か、その関連企業で働いていたのだろう。

スマートフォンを出し、神戸、事件、一年前失踪、本人の名前などのワードを打ち込む。検索すると、すぐに出てきた。地方新聞の小さな記事で、夕刻、一人で自宅を出たまま戻らず、翌日、家族から行方不明者届が出されたとある。少し前から鬱状態で、軽い鬱病の薬を処方されており、何かを思いつめての失踪ではないかとの談が載っていた。警察は事件性を認めなかったようで、捜査についての記述はない。出版社のアーカイブも探してみたが、週刊誌などにも記事は出ていなかった。

行方不明者届は、年間かなりの数が出され、事件性がないとされれば警察の対応はそれほど親切ではないと聞いている。新聞にも載らない事が多いだろう。この記事の力点も、有名マンガ家の家族という部分に置かれていた。颯に限らず芽衣もおそらく、常日頃からそういう圧の中で生活してきているのだろう。

思いつめていたというのは、その事か。あるいは他に、何らかの問題を抱えていたのか。明るい部屋の中を見回し、窓辺に寄る。眼下の庭はよく手入れされており、その向こうには谷が見え、はるかに海も望めて景観としては申し分なかった。こんな良好な環境に住み、妻からも愛されていたとなると、問題は職場か。仕事内容、もしくは人間関係かも知れなかった。

庭の隅で影が動く。目をやれば、理咲子が花壇の前を横切っていくところだった。片手に園芸用の小さなシャベルを持っている。窓枠の外に消えていくその姿を見ていて、自分に問い直した。颯にとってここは、本当に良好な環境だったのだろうか。

この家の持ち主は理咲子で、同居している。芽衣を育てており、颯にとっては姑《しゅうとめ》的な立場だった。かなり個性が強く面倒そうなあの老女と颯は、果たしてうまくいっていたのか。

花壇の前を、再び理咲子が通りかかる。先ほど持っていたシャベルの上に、土と根の付いたひと株の花を載せていた。鮮やかな紫色の花弁に目を奪われる。通り過ぎる前に急いで写真を何枚か撮った。小塚に送り、メールを添える。

「これって、トリカブトじゃないか」

暇だったらしく、すぐに返事があった。

「写真が小さくてはっきりした事は言えないけど、葉の形状、花の色形と付き方、根の状態からして、たぶんそうだと思うよ。高山に生えるアコニツム・ブラキポドムじゃないかな。ヤマトリカブトやカラトリカブトだと、花の付き方が違うからね」

トリカブト類には、強い毒性を持つものがある。理由不明の失踪者を出した家の中で、有毒植物が栽培されていると考えると、急に落ち着かない気分になった。颯の失踪には、本当に事件性がないのだろうか。いやそもそも失踪自体、事実なのか。

先ほどの記事を読み返す。夕刻、一人で自宅を出たまま戻らず、とあったが、それを証言したのは家族だろう。つまり芽衣か理咲子だ。何とでも言える。

「理咲子さん」

眼下で芽衣の声が上がり、小走りに近づいていく姿が見えた。

「颯さんの部屋から、パソコンとUSBメモリを持ち出したでしょう」

表情は硬く、声にはとがめるような響きがある。理咲子は、軽い笑い声を立てた。

「まぁ恐《こわ》い。すぐカッとするのは、やめたらどう。あなたも、もう若くないんだし」

いかにも年長者らしいはぐらかし方だった。芽衣は、憤慨《ふんがい》の息をもらす。

「今、仕事部屋に行ってみたんですけど、どこにも置いてなかったから、もしかして隠してるんじゃないかと思って」

疑念が膨《ふく》れ上がる。颯のパソコンには、理咲子が隠さなければならないような何かが入っていたのだろうか。深い淵《ふち》の上に立ち、得体の知れない景色を見下ろしているような気分になった。

手首でスマートウォッチが鳴り出す。別荘に戻り、駅に向かわなければならない時間だった。失踪についてかじりかけ同然のこの状態で帰るのは、いかにもくやしい。心だけ置いていくようなもので、帰路の途中も家に着いてからも気になってたまらないに決まっていた。真実を明らかにし、はっきりと決着を付けたい。できるなら芽衣の気持ちも、楽にしてやりたかった。

つかんでいたスマートフォンを左手に持ち替える。数理間トポスのチューターにあててメールを打った。

「今日の顧問面接ですが、今から日時の変更は可能でしょうか。僕の方からお願いしておいて申し訳ないのですが、教授に伺ってもらえますか」

送信アイコンに指をかけた瞬間、メールが入ってきた。

「教授に不祝儀《ぶしゆうぎ》ができたそうで、今日の予定は延期してほしいとの連絡がきています」

窓から急に風が入り込む。飾られていた山の写真をなで、隅にあったサインがゆっくりと揺れた。姿を消した颯が、解決を催促しているかのようだった。

2

「あきれて、ものが言えない」

ドアの開く音とともに芽衣が姿を見せ、その場に突っ立った。

「なんて人なの、いい歳をして無分別すぎる」

そのまま絶句していて、やがて気分を変えようとしてか大きな息をついた。

「ああ、お茶を差し上げる約束だったっけ。食堂に行きましょう。そこで話すから」

案内されたのは、同じ二階にある北側の部屋だった。中央に白いクロスをかけたテーブルが置かれている。椅子は二つで、奥の方を手で示された。壁は、料理や食材が描かれた羽目板でおおわれ、暖炉の上には金銀の装飾のある大皿が飾られている。窓からは、門から玄関に通じる道が見下ろせた。

「問い詰めたら白状したの、自分が隠したって」

緊張しながら耳を傾ける。颯の失踪に関係する何かを隠そうとしたのだろうか。もしそうならば、簡単には明かさないだろう。適当に言い繕《つくろ》うに決まっていた。

「その理由、何だったと思う。あなたよ」

いきなり矢面に立たされ、唖然とする。今後の展開が読めず、ただ聞いているしかなかった。

「高校生のイケメンなら、一回こっきりでなく何度も足を運んでほしいから、その興味の対象になっているパソコンとUSBメモリを人質にとったんですって。昨日、私があなたの事を話したんだけど、その日のうちに隠したみたい」

マジか、と突っ込みたくなるような言い訳だったが、先ほど芽衣から聞いた理咲子独特の考え方にはマッチしている。本気で言い繕うつもりなら、もっとまともな口実を考えるだろう。パソコン隠しは、失踪とは無縁なのかも知れない。

「それで、どうしても隠し場所を教えないの。あなたが充分に話し相手をしてくれたら、その時は見せてもいいって言ってるのよ」

思いがけず、歓迎すべき状況になってきていた。理咲子を通して颯の失踪当時の様子を探れるだろうし、二人の関係にも踏み込めるだろう。

「しかも言うに事欠いて、上杉君だって私と話ができるのはうれしいはずだ、ですって。非常識度が半端《はんぱ》じゃないのは前からだけど、私だけならともかくあなたまで巻き込むなんて信じられない。見境がないも、いいとこよ。あなたには予定があるって何度も言ったんだけど、頑として聞かなくって」

息巻く芽衣は、けたたましくさえずる小鳥のようだった。怒っているのだが、どことなくかわいらしい。

「いいですよ。ちょうど用事が無くなったので、お相手できます」

いそいそとした感じが表に出たのか、芽衣は意外そうな顔付きになった。あわてて言い添える。

「どうしても颯さんのブログを見たいので」

それでようやく腑《ふ》に落ちたらしく、申し訳なさそうに目を伏せた。

「ごめんなさい。できるだけ早く伯母を説得しますから」

まるで自分の落ち度のように悄然《しょうぜん》としている。生《き》一本なのだろう。そういう人間が理咲子のような個性的すぎる人物と同居していれば、ストレスも大きいのではないか。だが結婚してもなお一緒に暮しているところを見ると、こちらが想像するほどではないという事か。

あれこれと考えをめぐらしながら、颯の部屋で推察していた事を確かめておく気になる。

「あの部屋、山の写真が飾ってありましたよね。岩の上にいるのが、颯さんですか」

芽衣は、気分が上向かないようで憂鬱そうだった。

「そうよ、いつも赤いヤッケを着てたみたい。遭難した時に一番目立ちやすいからって言ってたけど、ほんとは別の色を考えるのが面倒だっただけよ、たぶんね」

顔に、かすかな喜色が広がる。颯について話すのが、うれしいのだろう。さらに元気を出してもらいたくて続けた。

「お勤めは、建設関係の会社ですね」

瞬時に水を吸い上げる植物のように、芽衣は活気を取り戻す。両手を打ち合わせ、はしゃいだ声を上げた。

「すごい、当たってる。須磨区内の萩原《はぎはら》建設って会社に勤めてたの」

硬かった表情が、ようやく柔らかくなった。

「大学は工学部だったんだけど、一年から二年の間、山登りばかりしていたから成績が振るわなくって、希望のコースに進級できなかったみたい。建築に行くしかなかったんですって。建築って工学部のオチコボレ先らしい。あら、これは言うなって言われてたんだ」

肩をすくめて笑う様子は、悪戯好きな少女のようだった。

「でも颯がそこを卒業して建設会社に入ったから、私たち、出会えたのよ。建設の仕事って、天候に左右されるでしょ。天気図が読めた方が便利なんだけど、颯は大学の途中でワンゲル部をやめて以降、触れる機会がなかったみたい。ああワンゲル部って、天気図の作成もするのよ。高校のインターハイ登山の審査項目の一つになってるくらい。もう一度学習しておきたいって、夜、気象の専門学校に通ってたの。私もそこに行っててね。ファーストコンタクトは、天気図を習った時。等圧線を結ぶのに苦労してたら、そこは上手下手が一番はっきりする作業なんだって笑われたの」

話しながら、次第に颯の思い出に沈んでいく。

「ワンゲル部時代は、短波ラジオで気象通報を聞いて天気図を作成する係だったんですって。先輩から、部員全員の命がおまえのペン先にかかってるって言われて、いつも緊張してたみたいよ」

のめりこむように颯の話を続ける。芽衣自身の話も聞きたくなり、方向を変えるタイミングを見計らって切り出した。

「あなたは、なんで気象予報士になろうと思ったんですか」

芽衣は、はにかんだ笑みを浮かべる。

「災害で家族を失った時にね、天気予報がもっと細かな情報を出してくれていれば避難できて助かったのにって思ったの。うちは山間部で、山の中を小さな川が流れているだけだったし、天気予報は大きな河川の氾濫と避難情報しか伝えていなかった。でも、その小さな川が氾濫したのよ。山の中を流れていたから、両岸に生えている樹々をなぎ倒して呑み込み、横倒しになって流されていくその樹々が周りの土地を削りながらものすごい勢いで山を下って、別の川と合流する地点でまた氾濫して、うちだけじゃなくてたくさんの人が亡くなった。それで将来は気象予報士になろうと決めたの。危険度を察知して細かな情報を出し、人の命を救ったり守ったりする仕事に人生を捧げたかったんだ。でも彼と結婚して辞めてしまったけれど」

その顔に影が落ちるのを見て、不可解な気持ちになった。今は結婚しても仕事を続ける女性の方が多い。生涯の職業と決めていたのならなおさらだった。なぜ辞めたのだろう。

「フリーランスの予報士だったから続ける事はできたんだけどね、彼のそばにいたかったの。一緒の時間をたくさん持ちたくって」

颯は、それほど好かれたのだった。付き合いを断られた自分とは雲泥の差があり、いったいどんな男だったのか知りたくなる。

「颯さんのどこが、そんなに好きだったんですか」

芽衣は、視線を空中に投げた。

「何もかも全部。知るたびに惹かれていって、それが積み重なったの。もう忘れてしまったような細かな事もいっぱいある気がする。でも最初に心が動いた瞬間は、よく覚えてるんだ。彼がビジネス雑誌を持っててね、表紙にカリスマ経営者ってタイトルがあって、有名な経済人の名前が並んでたの。それを目指しているのかと思って、聞いてみたんだ。やっぱりトップになりたいものですかって。そしたら指先でその表紙をポンと叩いて、日本の会社を動かしてるのは、こういうエリートやトップの人間じゃないよって言ったの。会社の機動力になってるのは、ごく普通で目立たないビジネスパーソン一人一人なんだって。謙虚に、真剣に仕事に向き合い、そこに誇りや生きる意義を見出《みいだ》せる人間が会社を支え、動かしている、自分がカッコいいと思うのはそういう地道な努力をする人間だから、目指してるのはそこかもなって」

いかにも山男が言いそうなセリフだった。

「すっごくステキだと思ったなぁ」

就労者だけでなく和典たち十代の学生も、多くがトップを目指して競争に身をやっている。学校と塾で日常的に行われるテストと結果発表により、否応《いやおう》なくそのレースを走らされるのだった。そこから離れて生きる事を選択した男には、確固とした魅力がある。

「他の山々から離れて自分だけで立っている独峰みたいだった」

芽衣の言葉に頷きつつ、山と数学は似ているかも知れないと思った。自分が持つ力だけを頼りに難関に挑み、目の前の一つ一つを克服しながら設定した目標の達成を目指す。山登りで鍛えられた精神は、数学という畑でも大いに力を発揮するはずで、その成果があのブログ「素数の美」なのだった。

もし颯が山登りを続けていたら、数学に打ち込む時間は当然少なくなり、あのブログは存在しなかった可能性がある。数学に移行してくれたのは幸いだったが、なぜだろう。

「颯さんは、どうして山に行かなくなったんですか」

芽衣は、わずかに笑う。

「大学のワンゲル部では毎年、冬山に行く前に富士山《ふじさん》で訓練していたらしいの。颯たちのパーティが白山岳《はくさんだけ》の山頂付近まで行った時、急に風が強くなってきたんで尾根を歩くのをあきらめて沢に入り、そこを横切ろうとしたら、突然旋風が起こってあおられ、颯だけが四百メートルくらい滑落して、そのまま一日、雪に埋もれてたんですって。仲間が下山して連絡、救出されたんだけど粉砕骨折してて、両脚切断かってとこだったみたいよ。今でも片脚は引きずってるし、バランスもすごく悪いの。ちょっと押しただけでグラッとするもの。お母さんが、二度と山に行かないでちょうだいって泣きついて、それでしかたなく断念したって話」

山で挫折《ざせつ》すると命の危険があるのだった。数学で挫折すれば、自己評価や自分の存在意義が崩壊する危険にさらされる。生命と精神、危険度としてはどちらが上だろう。

「でも私、颯の脚の障害なんて、ちっとも気にならなかった。それ以上に、ステキだなぁって思う事が何度もあったから。本当に何度もね。そのたびに好きになっていったんだ」

そんな夫に失踪されては、ショックも大きいだろう。失踪の原因には、本当に心当たりがないのだろうか。もう一度確かめたかったが、芽衣の今までの反応を考えると、スムーズに回答が得られるとは思えなかった。別の角度から探りを入れた方がいいかも知れない。

「理咲子さんも、颯さんを気に入っていたんですか」

芽衣は、思い返すような溜め息をついた。

「ええ。お互いにいい関係を作ろうとしてたし。よく一緒に出かけたりもしたから、近所の人から、どっちが奥さんかわからないわねって言われたくらいよ」

関係が悪くなかったとなれば、颯が思いつめていたのは、やはり仕事か、職場の人間関係か。

「二人はデキてるんじゃないかって噂が立ったこともあった」

さらりとした口振りに、いささか驚く。

「そんな噂が耳に入ってきて、気にならなかったんですか」

芽衣は、しかたなさそうに眉を上げた。

「伯母がそういう雰囲気を出してるだけよ。昔から、男にとって自分は高嶺《たかね》の花、憧れの存在で、あらゆる男は自分の気を惹きたがってると思い込んでるの。そこから卒業できないのよ。今更どうしようもない感じね。男性に甘い言葉を投げたり、気があるように見せたりするのは、本人にとってはサービスのつもりなのよ。それがたとえ姪の夫でもね」

やはり、かなり面倒そうな人物だった。ただの話し相手なら適当に相槌《あいづち》を打って聞き流していればいいのだろうが、颯について探り出そうと思えば、機嫌をよくさせ、口が回るような状態にしなければならない。それには本人が主張する高嶺の花という虚飾を認知する必要がありそうだった。そのためにどのくらい自分の良識を犠牲にせねばならないのだろうか。そもそも、できるのだろうか。

「あ」

芽衣が、不意に背筋を伸ばす。

「気圧配置が換わった」

戸惑っていると、窓の方に視線を流した。

「今、カーテンが揺れたでしょ」

見れば、かすかな風が通り過ぎていったらしく、その名残《なごり》をはらんだレースが窓の桟を撫《な》でている。

「ここのカーテンは、いつもは揺れないのよ。揺れるのは、気圧が変動する時だけ。昨日からの配置だと、これから前線に暖かく湿った空気が流れ込んで線状降水帯ができるかも知れない」

落ち着かない様子で、ドアの方を振り返る。

「急いで、十五時間後の雨雲の予想図を見てみないと」

気象予報士の仕事を離れても、その気持ちは残っているのだろう。家族の死から発したものだけに、根強いのに違いなかった。

「ああ、ここで私があせっても、なんの役にも立たないんだった」

自嘲《じちよう》しながら思い出したようにつぶやく。

「私ね、聞いてた歌の中に、窓に大好きと書いたって歌詞が出てきた時、窓が曇っている、結露だ、つまりこの歌の時期は十月後半から十一月ねって言って、颯に笑われた事がある。愛の歌聞いて、そっちかって言われちゃった」

芽衣にとっては失敗談なのだろうが、そんな彼女を颯がどう思っていたかは想像に難くない。可愛《かわい》いらしくてたまらなかっただろう。そっちかと言いながら笑ったという話から、颯の気持ちが痛いほど伝わってきた。

失踪前、芽衣の周辺はそんなエピソードに満ち、その個性も今よりずっと輝いていたのだろう。そこに戻してやりたかった。二の足を踏んでいる自分を叱咤《しった》し、真相を突き止める決意を固める。

新聞記事には、颯が思いつめていたとあった。同居の伯母との関係は悪くなく、妻とも愛情で結ばれていたとなれば、考えられる原因は仕事関係以外にない。萩原建設を調べてみようか。

「あら、お茶をいれるのをすっかり忘れてしまって」

腰を上げかけたとたん電話が鳴り出し、芽衣はうんざりするというような表情になった。下唇を突き出してこちらを見る。

「伯母よ」

友だち同士で教師の悪口を言っている学生のようだった。苦笑しながら見れば、電話機には三つのボタンしかない。内線用なのだろう。

「今度は何かしら。パソコンやUSBメモリを手放す気になってくれたのならうれしいけど、いったん言い出したら引かないから、そんな事ありそうにないかも」

ぼやきながら電話に近寄っていく。短いやり取りをかわし、こちらを振り返った。

「もうすぐ身支度ができるから、客間に移ってもらってちょうだい、ですって。お茶は、そっちに持っていくから移動してて。そのドアから出ると大きな部屋があるから、そこを横切って左側のドアを入った所よ。方角からいうと、この家の南側の一番東端」

言われた通りに歩き、客間に入る。東と南の二つの庭に面して出窓になっている部分を除き、天井から壁まで金銀で縁取りした装飾羽目板でおおわれていた。見ていると息苦しくなってくるほど絢爛豪華《けんらんごうか》な部屋で、客に財力を自慢しているような感じがないでもない。

ヴォー・ル・ヴィコントの城館と同じ造りと言っていたから、向こうの城主の趣味なのだろう。持ち主のフーケを調べてみる。公金横領の罪で逮捕され、失脚していた。十七世紀後半の事件で、フーケの財力に嫉妬《しっと》した国王ルイ十四世がその資産を没収するために仕組んだ冤罪《えんざい》という説もある。今では資産家が買い取り、観光用に公開していた。

3

窓の外で、かすかな物音が上がる。出窓に寄ってみると、隣の部屋の窓の外に脚立が立っていた。最上段にあの金髪の植木屋が上っていて、身を乗り出すようにして部屋の中を見ている。時おり脚立が揺れ、一階の飾り庇《ひさし》を擦って音を立てていた。

やめさせたかったが、急に声をかければバランスを失い、落下しかねない。どうしたものかと思っていると、男は脚立からバルコニーに飛び移った。部屋のそばまで歩き、ガラス窓に顔を押し付けてさらに熱心にのぞき込み始める。転落の心配がなくなり、安心して声をかけた。

「部屋の中に、植木なんかありませんよ」

男は、反射的にこちらを振り返る。二つの目の中で、瞳が飛び出してきそうなほど震えていた。声も出ないらしい。親方に報告され、解雇されるのを恐れているのだろう。戦慄《せんりつ》する目は、自分の人生の破綻《はたん》を見つめているのかも知れなかった。

なんだか気の毒になりながら、芽衣が番組を降りてショックだったと言っていた事を思い出す。もし以前にものぞいていたとしたら、この家の事を色々と知っているのではないか。

「大丈夫です、誰にも言いません。親方にも、この家の人にも、もちろん芽衣さんにも」

まずは、男の戦《おのの》きを止める。

「その代わり、ちょっと聞きたいんですけど、いいですか。簡単な事なんですけど」

男は、夢中で首を縦に振った。相変わらず声は出ない。

「今、そっちに行きます」

隣の部屋に移動し、窓のスペイン錠を開けて男を引き入れた。

「ほんとに黙っててくれるんやな」

少しは落ち着いたらしく、疑うような眼差をこちらに向ける。

「俺は、別に何か盗《と》ろうとかしてた訳じゃありゃせんで。ただ芽衣ちゃんがおるかと思って、気になって、我慢できんかっただけや」

自分の純粋さを強調するその顔に、やましさの影はなかった。我慢できなかったというその部分が犯罪に相当する事を理解できないか、もしくは、したくないらしい。

「以前から、のぞいてたんですか」

男はしかたなさそうに横を向いた。

「そやな、まぁ時々は、しとった」

不貞腐れているようにも見える。

「で、何が聞きたいんや」

口調は、横柄になってきていた。早いうちに聞き出さないと、居直るかもしれない。

「この家に住んでいた颯さん、芽衣さんのご主人ですが、失踪したと言われてますよね。それについて何か知ってますか」

男は鼻で笑った。

「失踪なんて、お笑いや。そんなもん、してりゃへんで」

思いがけない答だった。自分の目が底から光り出すような気がする。

「姿でも見かけたんですか、どこで」

こちらが動転しているのを感じ取ったらしく、男は勝ち誇ったような顔になった。

「どこでって、ここでや。家ん中に隠れとるねん」

にわかに信じがたいものの、そうだとすれば芽衣と理咲子が口裏を合わせ、警察や新聞記者など関係者全員をだましたという事になる。あるいはたくらんだのは片方で、もう片方は知らされていないのか。

「この家のどこですか」

突っ込むと、男はわずかに身を引いた。値踏みでもするかのような目付きになり、瞳をこらしてこちらを見る。

「おっと、ただじゃしゃべれへんなぁ」

自分が脅迫されている立場だという事を忘れたらしい。今朝ほど仲間たちから揶揄《やゆ》され、そのまま話に乗っているのを見た時には、ふざけているのだろうと思ったが、その場の成り行き次第で簡単に考えを変えていくタイプなのかも知れなかった。

「思い出してほしいんですが」

スマートフォンを出して見せる。

「のぞいている画像を撮ってあります」

はったりだったが、最初に男が浮かべた恐怖の大きさから、それで充分、脅せるだろうと踏んだ。

「ネットに晒《さら》されるのと、警察に持ち込まれるのと、どっちがいいですか」

瞬間、男の手が伸びた。引ったくろうとしたその指先をかわす。とたん、もう一方の拳《こぶし》が飛んできた。それをかいくぐりながら重心を移動し、反対側に動くと見せかけて次の一打をよける。こんな所でサッカー技が使えるとは思わなかった。

マシューズは得意ではないが、相手次第では何とかなる。だが体力には自信がなかった。相手は、背は低いものの恰幅《かっぷく》がいい。いずれ力負けするだろう。早めに決着をつけなければ。

スマートフォンを持った手を大きく上げる。男は奪い取ろうとして伸び上がり、足元が不安定になった。その脚の前に片膝を突っ込み、動きを封じてから、もう一方の足の甲で思い切り蹴り飛ばす。

骨が折れたかと思えるほど重い音が上がり、男は転倒した。気分的には馬乗りになりたいところだったが、引っくり返される危険を考え、自重する。折れているとすれば面倒な事になるかも知れず、やり過ぎを後悔しながら歩み寄った。

「颯さんを、家のどこで見かけたんですか」

男は脛《すね》を抱え、恨めしそうにこちらを見上げる。

「敷地の奥の、古い家の方や」

この建物以外に、別棟があるらしかった。

「そこの庭の手入れしとる時に、家ん中が見えるんや。いつも縁側で、バァさんがしきりに話しかけとるわ」

では理咲子が嚙んでいる事は間違いない。芽衣は知っているのだろうか。

「庭を歩いとるとこを見た事もあるしな。もうええやろ。行かんと親父に怒られる」

立ち上がると、足を引きずって歩き始めた。どうやら骨折はしていないらしい。痛そうなのは気の毒だったが、先に手を出したのだから、まぁ自己責任と思ってもらおう。

「須磨にある萩原建設って、どういう会社かご存じですか」

男はいまいましげに振り返った。

「どうって普通の土建屋や。あそこの庭にはうちが入っとるから、親父に聞いてみ。

俺は渡りや。この土地の事はよう知らへん」

立ち去るのを見送り、芽衣に指定された客間に戻る。窓辺に寄れば、南側は庭園以外に何も見えなかった。東側の出窓の向こうには雑木林があり、その間から黒い瓦《かわら》の屋根がのぞいている。

颯は、あそこに潜んでいるのだろうか。思いつめていたという話だから、自ら閉じこもったのかも知れなかった。それで理咲子が、世間体や会社の反応を気にして失踪を装ったとか。そうだとすれば当然、芽衣も事情を聞き、心得ているはずだった。

夫を失って悲しんでいるように見えたのは、演技だったのだろうか。夫について自分から話し出しながら失踪に関して口をつぐんでいるのは、傷が深いからだろうと思っていたが、疑われないように嘆いてみせ、かつそれが事実でないために詳しく話せなかったという解釈もできない訳ではない。そうは思いたくなかったが、断言できるほど芽衣を知らなかった。

「お待たせしてごめんなさい」

ノックの音と共に、銀のトレーを持った芽衣が姿を見せる。三人分の茶器が載っていた。

「カップを選ぶのに時間がかかってしまって。お宅では源右衛門でいれていただいたから、うちはアウガルテンかヘレンドかなぁと思って、迷ってたの。アウガルテンは透明感のあるピュアホワイト、ヘレンドはわずかにクリームがかった白で、どちらも紅茶の色が映えていいのよね。でも結局、柄で選んじゃった。手描きのかわいい薔薇《ばら》のついたのがあったから。新婚旅行に行った時、ウィーンで買ったの」

窓のそばに立ったまま振り返り、芽衣の様子をうかがう。

「敷地内に、和風の家が見えますね」

芽衣はテーブルにトレーを置き、近寄ってきた。肩を並べ、隣に立つ。フルーティな香りが鼻に触れた。華奢《きやしや》なその体から漂い出て、あたりの空気を優しくしていく。いかにもたおやかだった。山男の颯はこんな所にも惹かれたのだろう。

「もう半ば廃屋なんだけどね、昔、伯母が住んでいた借家なの。あそこで祖父母や両親、弟と暮らしていたみたい。中学を卒業してからマンガ家を目指して東京に出て、成功した後、あの家を買い取り、近隣の畑や空き地も買収して、こっちの家を建てたって聞いてる。それで引っ越してきたの」

功成り、名を遂げての凱旋《がいせん》の図だった。

「表から見ると、そこそこ普通の家の外観を保《たも》っているけれど、裏側なんかはツタや草におおわれて、近くの森と一体化してる感じよ。今に埋もれてしまうでしょうね。

植物は偉大よ」

軽く笑った芽衣の表情を注視しながら尋ねた。

「家の中は、どうなってるんですか」

芽衣は、風に揺れるコスモスのように首を傾《かし》げる。

「さぁ、どうなのかしら。私、一度も入った事がないの。伯母が嫌がるから。お掃除は自分でするって言い張って、ハウスキーパーさんも入れないのよ。屋根もかなり傷《いた》んでて雨漏りする場所もあるらしいから、直せばって勧めても、昔の雰囲気が壊れるし、業者を入れたくないって言うの」

颯が身を隠す事は、充分できそうだった。芽衣からは、それに関わっているような気配は感じられない。いく分ほっとしながら、そのために問題がいっそう深刻になっていると気がついた。

芽衣が知らないとなると、失踪を計画したのは、颯と理咲子の二人か、あるいは理咲子一人という事になる。二人だとすれば、彼らは芽衣を抜きにして重大な話を決められる関係にあるのだ。近所に広がったという噂が頭を駆けめぐる。二人はデキている、のか。

理咲子一人で考え、実行したのなら颯の意志が無視されており、それは閉じこもりではなく監禁、もしくは軟禁というべきだろう。理咲子はトリカブトを持っている。大の男の颯でも、薬物には勝てないに決まっていた。二つのケースのいずれにせよ穏やかではない。芽衣は、何か感づいているのだろうか。

「どうして理咲子さんは、あの家に入られるのを嫌がるんですか」

芽衣はテーブルに戻り、三人分の茶器をセットした。

「あそこには、思い出が住んでいるから」

芽衣らしい表現だった。理咲子の態度に不審を抱いている様子はない。

「他人に踏み込まれたくないんだと思うな。毎日、夕食の後は、あそこで過ごすの。そうね、一時間ほど」

ポットを傾け、茶こしを載せたカップにゆっくりと紅茶を注いでいく。

「お茶をいれている時間って、すごく好き。豊かな気分になれるの」

ゆるやかなカーブを描いて湯気が立ち上り、わずかに笑みをたたえた横顔にまつわった。手元を見つめて目を伏せている様子はどことなく儚《はかな》げで、力を貸してやりたくなる。頭の中に散らばる疑問に、優先順位を付けた。

まずは、失踪したとされている颯の存在を確かめ、事実を明るみに出す事か。そのためには、あの家に入る口実を見つけなければならなかった。うまくやらないと、隣の別荘を買っている伯父に迷惑をかける。ここはご近所であり、月瀬家は先住者なのだ。伯父が余波をかぶらないようにしなければ。

部屋の電話が鳴り始める。芽衣は途中で手を止めたくなかったようで、不本意そうな息をついた。

「もうっ、今度は何なのかしら」

勢いよく電話に歩み寄っていき、受話器を取り上げる。いきなり言い放った。

「今、お茶をいれてるんですけど」

苛立っているらしい。紅茶をいれるのを中断されたくらいでムキになっている様子がかわいらしく、思わず笑いがもれた。

「あ、そうですか。でも私には、そんな失礼なことは言えません。ご自分でおっしゃってください」

受話器の送話口をふさぎながら、怒りの光る目をこちらに向ける。

「リップラインが、どうしてもうまく描けない、唇が完璧じゃないから今日は会えない。また明日来てもらってくれって言っているの」

あっけにとられながら理咲子の唇を思い浮かべた。完璧なリップラインを描いたとしたら、あの顔は果たして、きれいになるのだろうか。

「出てちょうだい」

受話器を突き出され、歩み寄る。

「代わりました」

咳払《せきばら》いが聞こえ、不機嫌な声がした。

「ちょっと体調が悪いの。明日にしてもらえるかしら」

承知するしかないだろう。印象を悪くしたくなかった。

「もちろんです。明日伺います」

今度は、芽衣が呟《しわぶ》く。顔には、皮肉な笑みが浮かんでいた。相手の機嫌をうかがい、要領よく立ち回っているとでも思ったのだろう。くやしかったが、せっかく理咲子と話せているのだから、ここは堪《た》え、あの家に入る術を捜すしかなかった。まずは理咲子の不機嫌を何とかしよう。

「素晴らしいご自宅ですね。芽衣さんから聞きました、描かれた作品の舞台になった城館と同じ設計とか。ル・ヴィコントには、僕も行きましたよ」

笑い出す芽衣が忌々しい。にらんでいると、驚いたような吐息が耳を打った。

「まぁぁそうなの。あそこって古いし一部が未完成で、ヴェルサイユやフォンテーヌブローに比べて地味なのよね。旅行会社のツアーにも組み込まれてないし、日本人はまず行かないわ。まぁ、あなたは行ったの、そうなの。あの美しさがわかるのねぇ。うれしいわ」

すっかり感心している。気分も変わった様子だった。内心、ガッツポーズを作る。

「ところで、あそこを舞台にした私の作品、読んだ事おありかしら」

もちろん大ファンです。そう言えば喜ぶのだろうが、バレた時のリスクを考えると、踏み切れなかった。

「いえ、マンガはあまり読まないんです」

危ぶみつつ耳を澄ます。もしまたも機嫌が斜めになるようなら、どこかで違う方向に舵《かじ》を切らなければならなかった。

「まぁなんて事でしょ。大作なのに、読まないなんて信じられない。もったいないわよ」

嘆く言葉の中に、怒りは感じられない。取りあえず黙って聞いていると、次第に言い聞かせるような口振りになった。

「鉄仮面を題材にした歴史マンガなのよ。鉄仮面って伝説のように言われてるけど、実在したの。十七世紀フランスの牢獄《ろうごく》を転々とし、最後はバスティーユで死んだのよ。古文書によれば、伝説のような鉄の仮面じゃなくて、ビロードの布で顔を隠していたみたい。正体はいまだに不明で、死んだ後は、彼が使っていたすべての物が焼却され、牢獄の壁まで壊されて新しい石材と取り換えられたの。徹底的に正体を隠蔽《いんぺい》しようとする底知れない力を感じるわ。何か大きな秘密があったのよ。それによって彼は、生きている間は牢獄につながれ、死んでからは歴史の謎の中に閉じ込められた。ゾクゾクする話でしょ」

声には、喜びがこもっている。しゃべりたくてたまらない様子で、この話に乗れば、理咲子との距離を縮められそうだった。

「鉄仮面の謎を究明したかったんですか」

静かな笑いがもれる。

「いいえ、権力によって一生を抹殺された人間に、光を当ててやりたかったのよ。無念を晴らしてやりたかった」

そういう人間なら、日本史の中にも多いだろう。ましてやここは、平家落人伝説のある土地だった。

「日本史でなくフランス史を選んだ理由は、何ですか」

理咲子は、よくぞ聞いてくれたと言わんばかりに勢いづく。

「マンガ家の水野英子《みずのひでこ》先生を尊敬してたからよ。自分のペンネームを付ける時に、水野先生の苗字《みょうじ》をいただいたくらい。水野先生は、少女マンガで初めて歴史を描いた方なの。ロシア革命を題材にした『白いトロイカ』っていう作品でね、私、夢中になって読んだわ。革命が迫る中、主人公は、白髪の貴族と、黒髪の幼馴染《おさななじ》みの間で揺れ動くの。私もこんなすごい作品が描きたいって強く思ったものよ」

理咲子の許可を取り、検索してみる。一九三九年の生まれで、手塚治虫《てづかおさむ》や赤塚不二夫《あかつかふじお》たちが売れない時代を過ごしたという伝説のアパート「トキワ荘」出身の唯一人の女性マンガ家だった。

「それで、スケール的に見劣《みおと》りのしない題材を探したの。もちろん日本史も当たったわ。でも日本は土地が狭いし、人口も少ないでしょう。戦争するにしても移動距離が短かくて、兵力も微々たるもの。迫力に欠けるのよね。この近くで行われた一ノ谷の合戦なんて、源平合わせた兵力は、最大でも数万よ。天下分け目といわれた関ヶ原《せきがはら》でさえ、総兵力が二十万もいかないんですもの。ヨーロッパなら、例えばナポレオンの遠征なんか大陸を突っ切ってエジプトにも行くし、ドイツにも行くし、ロシアに行った時なんか自軍だけで六十四万よ。規模が丸っきり違うでしょ。日本じゃダメだ、こぢんまりしすぎるって思って、色々探した結果、イギリスとフランスを行き来して英仏《えいふつ》戦争を企てていた鉄仮面に行き着いたの。舞台もチャネル諸島にあるイギリス領の島から始まってフランス各地に飛び、最後はパリ。すごく広範囲でしょ。あ、そうだわ」

叫ぶように言い、声をひそめる。

「あなた、今すぐお読みなさいよ」

高まった気持ちが声量を抑え、深い響きを与えていた。

「五十巻ほどあるけれど、若い人だったらササッと読めるでしょ」

少女マンガには興味がなく、長さを聞いてさらに辟易《へきえき》する。だが、口にできる返事は一つだけだった。

「ぜひ読みたいです」

理咲子は、うれしそうな笑い声を立てる。

「紙の本で読んでね。昔の作品で、まだ電子書籍になってないから」

この流れを、何とか自分の目的につなげたかった。きっかけをつかむために話をあちらこちらに向け、そこから理咲子の反応をうかがおうと図る。

「それは残念です。電子書籍なら、即ダウンロードして読めるのに。紙の本だと、五十巻そろえるのは大変ですからね。無理かも知れない。注文しても、再版未定って事もアリだし。でも読みたいです」

どこかで何らかの手ごたえがあれば、それを取っかかりにして道を切り開けるだろう。

「あ、図書館って方法もありますね。でも借りても、一度ではとても運び切れないなぁ。僕が使えるのは自転車だけなんです。まだ車の免許がないので。それに図書館にも全巻そろっているとは限らないし。貸し出し中かも知れないです」

満足気な声が耳に届く。

「うちにそろってるわ。見せてあげますよ。運ぶのが苦になるなら、うちでお読みなさい。まぁ一日では無理だから、泊まり込んでもいいわ」

突然射しこんだ光明に、躍り上がりたい気分だった。

「マジですか。甘えてしまって、ほんとにいいんですか」

ここに泊まっていれば、あの家に入り込む事は簡単だろう。皆が寝静まった夜中に動けばいい。

「まぁマジって、そういうふうに使うのね。若者らしくっていいわ。マジ素敵。部屋はたくさんありますからね、あなた用に整えさせます。芽衣ちゃんに代わってちょうだい」

芽衣に受話器を差し出し、戦勝報告のように告げた。

「僕は今日、ここに泊まる事になりました」

4

芽衣がハウスキーパーと一緒に部屋を準備している間に、いったん伯父の別荘に帰る。残っていた焼きソバで昼をすませ、火元や戸締まりを確認、庭のツリーに異常がない事を確かめてから、部屋にあったゲスト用の下着をいくつかスリングバッグに詰め込み、玄関の靴棚からサイズの合うスニーカーを選び出して濡れた靴と取り換えると、再び月瀬家に戻った。

「ここが図書室よ」

通されたのは、玄関が見下ろせる二階の部屋で、壁に沿って作り付けの書棚が並び、樫材《かしざい》の大きな机と椅子、カーテンと共布《ともぎれ》で張った長椅子が置いてあった。壁には、いかにも昔の少女マンガらしく、目の中に星が光る男女の巨大なイラストが数枚かけられている。こういう人間が登場するマンガを五十冊も読まねばならないと考えると、頭が痛くなった。それだけの時間を数学に注《つ》ぎ込《こ》めば、どれほど計算が進むだろう。だがこの犠牲なくして成功はおぼつかない。やるしかなかった。

「伯母が言ってたコミックスは、この区画の、ここからここまで。正確には五十六冊あるから」

理咲子の話より冊数が増えている。しかも棚に並んでいる本は近年、店頭で売られているコミックスの二倍から三倍の厚さがあった。ひるみそうになる自分を励まし、昔の本は紙質が悪いせいで厚みが出ているだけだと慰める。

「いつでも休めるように、寝室は隣に用意しました」

ドアを開けた芽衣の体の向こうに、小奇麗な部屋とベッドが見える。白い枕《まくら》や敷布《しきふ》が清潔そうで、気持ちが安らいだ。

「夕食は、こちらにお持ちしましょうか。伯母はいつも早くに食べるから、それを用意した後で」

できるだけ一人でいた方が自由に動けるだろう。

「お願いします」

芽衣は頷き、出て行きかけて振り返った。

「ご迷惑かけてしまって、ごめんなさい。パソコンとUSBメモリは、伯母を説得して取り戻します。無理してコミックスに目を通さなくても大丈夫よ」

まだ未読のブログは、確かに読みたい。だがあの家の内部を探る事も、今や重要課題だった。

「いえ、熱心に勧めていただいたんですから、読みます」

芽衣は、その目に笑みを含む。

「意外に優しいのね」

眼差は、次第に甘やかになった。

「もっとクールなタイプかと思った」

見られているのが気恥ずかしくなり、横を向く。本当の目的は別にあると言ったら、あきれるだろうか。

「ゆっくり過ごしてください。今夜は十三夜よ。満月より風情があるし、須磨の月は最高にきれいなの。その窓から見えるから、疲れたらぜひ眺めてみて」

芽衣も、疲れた時にはそうしているのだろうか。

「十三夜の月が好きなんですか」

浮かんでいた微笑が、うっすらと曇った。

「昔は、ね。ちょっと控《ひか》えめな所がかわいらしいじゃない」

月にかわいらしさを感じるのは、芽衣ぐらいだろう。そう思いながら、顔に広がるその曇りが哀しみである事に気づく。

「でも今はそうでもないかな。ちょうど一年前の十三夜に、私たち、新居に移る事になっていたの。颯の仕事の関係で、夜の引っ越しだったのよ。でも颯は夕方、何も言わずに突然、出かけて、朝になっても帰ってこなかった。十三夜が来るたびに思い出すの。揺れながら沈んでいく月を、一人で見ていた事」

失踪当日は、引っ越しの予定だったのだ。二人がここを出て行けば、理咲子は一人になる。いくら個性が強いといっても、心細く感じていたのではないだろうか。

「理咲子さん、寂しがったんじゃないですか」

芽衣は眉をひそめる。

「というよりは攻撃的になってね」

寂しさの表現も、性格により色々なのだろう。

「とても手こずった。でも最初からその約束で、伯母も同意していたのよ。結婚を決めた私たちが新居を探していたら、伯母が言い出したの。こんなに広い家があるんだし、颯さんにこっちに来てもらえばいいじゃないって。その時、私、思ったのよね。伯母は急に一人になるのが不安なんじゃないかって。颯は伯母に同情して、少しの間、同居しようって言ってくれた。いきなり別居するより、インターバルというか、伯母に気持ちを切り替えてもらうための期間を取った方がいいだろうって。私もそう思ったし、それで伯母も承知して、そういう約束をしたの。でも内心は、そんな約束守る気なんてなかったみたい。まず既成事実を作ってしまって、なし崩し的に同居を続けようって決心していたのよ。私たち、騙《だま》されたみたいなものね」

　腹立たしげな芽衣を見ながら、理咲子のしたたかさに舌を巻く。年を経《へ》て妖怪《ようかい》になったというネコやキツネの民話があるが、人間もそれに近い変化を遂げるのだろうか。

「確かに伯母も、伯母なりに努力はしてたのよ。私と二人だった時から考えると、びっくりするくらいに我《わ》が儘《まま》を抑えたり、颯に気に入られようとしていたもの。関係をよくしておけば、ずっとここにいてくれるんじゃないかって期待もあったみたい」

　必死だったと考えれば、いじらしい気もする。気の毒でもあった。老いてからの一人暮らしは、確かに寂しいだろう。こんな大きな家であれば、余計に孤独が身に染みるに違いなかった。是が非でも回避したかった気持ちは、よくわかる。

「そろそろ別居をって颯が言い始めると、伯母は猛烈に怒って、反対して、いつも最後にはケンカだった。年寄りの私を捨てる気なの、ずいぶんよくしてやったのに、まるで姥捨《うばす》て山ねって言い放った事もあるくらいよ。でも結局、颯が押し切った。時間をかけてね。颯は自分の未来図を持っていたから、譲れなかったのよ。できるだけ早く会社を辞めて、冬の空がきれいな霧ケ峰《きりがみね》に山小屋を造って、その管理人になりたかったの。自然のサイクルの中でそれに寄り添った労働をして生きたかったのよ。その人生設計の中に伯母は入っていなかったし、山で暮らす危険や伯母の年齢を考えれば、入れる事もできなかった。私も、結婚した時から颯について行くって決めてたしね。同好の人たちが訪れる山小屋で、彼らと共に過ごす毎日を夢みる颯のそばにいたかったの」

颯と理咲子の間には、お互いの人生の相違に根差す根源的な確執が生じていたのだ。颯が思いつめていたというのは、その事だったのかも知れない。自分の理想は捨てられず、だが理咲子の不安もよくわかり、押し切ってみたものの良心が痛み、揺れていたという事か。

「山小屋の経営者って、たいてい気象予報士の資格を持ってるのよ。颯は私に、山小屋で暮らすようになったら、山岳専門の気象予報士になればいいんじゃないかって勧めてた。山の天気には独特のものがあるのよね、風が吹くと天気が崩れるとか。でも山岳予報士はジャンルによって色々で、航空専門の予報士なんかもいるのよ。気象は、私のやりたい仕事じゃなかった。颯に失望したのは、後にも先にもその時だけだったな。ああ私の事わかってないなぁって。気象予報士なら何でもいい訳じゃないのよ。私が心に誓ったのは、普通に暮らしている人たちの命を守る事。それは山を選んでやってくる人たちとは、違うでしょう」

畳みかけるように話しながら、途中で言葉を呑み、伸ばしていた背筋から力を抜いた。

「そもそも山岳専門の予報士になるんだったら、専門学校で勉強し直さないとね。そうなると颯との時間が削られるでしょ。それは嫌だったんだ」

芽衣の声が流れ込む脳裏に、それまで考えもしなかった光景が生まれ出る。生き物の目のように瞬きを繰り返し、大きく広がっていった。

理咲子にとって颯は、同居してくれているうちはかわいい義理の甥であり、家族だっただろう。だが別居を持ち出した時点で、姪を連れ去ろうとする怨敵《おんてき》に変貌《へんぼう》したのではないか。颯さえいなくなれば、芽衣と二人の生活に戻れる。対立するたびに理咲子の心で、その気持ちが強くなっていったとしたら。それが監禁に行きついたとしても、不思議はないように思えた。

颯が失踪して一年が経っている。一人の人間をそれほど長期間、監禁しておくのは容易ではないだろうし、芽衣に知られれば今の生活の崩壊につながる。薄氷を踏むような毎日の中で、いっそひと思いに、と考えたりはしなかったか。理咲子はトリカブトを持っている。颯がすでに死体になっている可能性は否定できなかった。歩いているのを見たという金髪の植木屋の話は、どれほど信用できるのか。

「色々と思い出して複雑な気持ちになる夜、それが私の十三夜なのよ」

慰めなければ。そう思ったが、脳裏に展開する悲劇の予感に意識が吸い取られ、言葉が見つからなかった。異様に光っているに違いない目を伏せて隠し、後ろめたい事でも口にするかのように尋ねる。

「話は変わりますが、庭にトリカブトがありましたよね。きれいな花ですが観賞用ですか」

屈託のない声が返ってきた。

「薬用よ。颯が谷川岳《たにがわだけ》に行った時に採ってきて鉢植えにしていた植物の一つ。色がきれいだからって。他にも岩芝《いわしば》とか色々あって、この家に移ってきた時には、鉢のまま庭に置いてあったの。二、三年前に伯母が気づいて、リュウマチの痛みを抑えるのに使うから増やしたいって言って、颯からもらって植え直したのよ」

それは真実か、あるいは口実か。

「じゃ、後で夕食をお届けしますね。どうぞごゆっくり」

芽衣が出て行き、ドアが閉まる。早急にあの家を確かめた方がよさそうだった。そうすればすべてがはっきりするだろう。

5

夕食を持ってきたのは、ピンクのエプロンをかけたメイドだった。どう見ても十代で、聞いてみれば、近くの専門学校で栄養士の勉強をしているという。敷地内の古い家に行った事があるかどうかを尋ねたが、存在自体も知らなかった。

「私、ここに来たらすぐキッチンに入って、芽衣さんと一緒に夕食を作って、八分通り終わったら帰るんです。習い事があるので。一時間くらいしかいません。キッチン以外の所には出入りしないし」

あの家に颯を監禁しているなら、当然、食事が必要になるだろう。メイドの表情をうかがいながら聞いてみる。

「ここんち女性二人だけど、準備する食事の量って、他の家に比べて多い方ですか」

メイドは首を傾げた。

「いえ、普通じゃないかな。うちも母と二人暮らしですけど、同じくらいです」

あの家に颯はいないのか、それとも既に食べられない状態なのか。そうだとすれば、庭を歩いていたという植木屋の話とは整合性が取れなかった。はっきりさせたい気持ちに駆られ、ほとんど掻き込むも同然にして食事を終え、適当に食器をまとめてワゴンの上のトレーに載せる。

ドアは食堂や楕円形ホールの吹き抜け等に続いており、その一つを出て階段を降りた。建物から左右に突き出している翼を回り、東側にある雑木林に近づく。木立の間から光がもれていた。明かりの下には、夕食後をそこで過ごすという理咲子がいるのだろう。

林を抜けると、こぢんまりとした古い家があった。正面の左端に玄関、右端にトイレと思われる臭突を上げた部分があり、その間をガラス戸の付いた外廊下が結んでいる。植木屋の話にあった縁側というのは、ここの事だろう。廊下の向こう側は障子《しょうじ》が閉まっており、家の中は見えなかった。

脇に回れば、板壁が続き、小さな出入り口が一つある。上部に短い煙突があり、勝手口かと思われた。家はそこまでで、後ろには少しばかりの荒れた空間が広がっている。昔は畑か庭だったのだろうが、今は草が茫々《ぼうぼう》と生い茂り、その間からツタが芽を吹いて家の方へとツルを伸ばしていた。板壁はほとんどおおいつくされており、屋根には端の方に植えられたクリの枝がいく重にもしなだれかかっている。芽衣が言っていた通り、今にも後方の森に同化せんばかりだった。あと十年もすれば、この家はすっかり埋もれ、あった事すらわからなくなってしまうだろう。自然の力が人間の痕跡《こんせき》を呑み込んでいく過程を見ている気分になりながら、古い家をながめ回す。

　祖父母と両親、理咲子、弟を合わせて六人、子供が複数ならそれ以上の家族がこの中に住んでいたのだった。外の形から内部を想像すれば、部屋は六畳が二つか、八畳と四畳半、それに台所といったところだろう。ささやかな住まいだった。生活も、それに準じたものだったに違いない。

　振り返り、城館のようにそびえ立つ今の家を仰ぎ見る。今年七十三、四歳なら、第二次世界大戦後の昭和史を生き抜いてきた事になる。その激動の中で自分の力だけを頼りに成功し、小さな借家を脱して豪華な自宅を手に入れたのだ。立身出世物語を絵に描いたようだが、その結果、広すぎる家に一人取り残されかねない事態に行きついてしまうとは、本人も予想すらしなかっただろう。

　板壁の向こうで物音が響く。そっと表に回り、玄関横に身をひそめた。閉められたガラス戸から家の中をうかがう。

「また白髪太夫が出よってなぁ」

　理咲子の声がし、障子が開いた。卓袱台《ちゃぶだい》を持って姿を見せ、それを廊下に置く。

「うち、蛾が嫌いやろ」

再び中に入っていき、今度は車椅子を押して出てきた。

「大騒ぎしてしもうたわ」

息を呑み、体を乗り出す。颯だろうか。顔を確認したかったが、背もたれに阻《はば》まれて見えなかった。

「きっと裏のクリの樹におるんやろ。切ってしまお思うとるんやけど、うちが生まれた時にお祖父《じい》ちゃんが植えてくれはった樹や思うと、切るに切れへんのや」

卓袱台に向き合うように車椅子を止める。

「ここからなら、よく見えるやろ。今、コーヒー持ってくるからな。今日は、月見団子も作ったんやで」

理咲子が姿を消すのを見すまし、そっと廊下に近寄った。ガラス越しにのぞくものの、家の中に点《つ》いている明かりのせいで逆光になり、影にしか見えない。肘掛けに載っている袖《そで》と、そこから出ている手だけが光に照らされていた。やや筋張った手で、大きさからして男のように見える。やはり颯か。

「今夜は雲ものうて、お月見には絶好や」

理咲子が戻ってくる。あわてて突っ伏し、沓脱石《くつぬぎいし》に額を押し付けた。

「雲があった方が風情がある、言いはる人もおるけどな、私ははっきりした月が好きや。あれ、なんや顔色がようないように見える。どないしたん。寒いんか。ほな雨戸、少し閉めよか」

見える範囲はいっそう狭くなる。確認をあきらめるしかなかった。あれは颯なのか。他の誰かがあの家にいるとは考えられないのだから、おそらく颯なのだろう。とにかく生きていてくれて幸いだった。だが植木屋は、庭を歩いていたのを見たと言っていたのではなかったか。体調によっては、歩行も可能なのだろうか。引き上げながら小塚にメールを打つ。

「トリカブトを盛られて、障害が出るってアリか」

少しして返信があった。

「トリカブトの成分はアコチニンとか、ブルラチンA～Fの数種のアルカロイドだ。運動神経や四肢関節のマヒを引き起こすから、障害が残る事も充分考えられると思う」

殺害しようとして失敗した結果か、あるいは最初から逃走を阻止するのが目的だったのか。植木屋が見かけた時には歩行が可能だったが、その後悪化したという事もありえた。理咲子が優しく接しているのは、もう自分の敵ではないと思っているからだろう。

だが颯自身は、どうなのか。大声を上げて騒げば、芽衣の耳に届くに違いない。それをしないのは、どうしてだろう。脅迫でもされているのか。脅迫されるような弱点を持っていた訳か。

解決のできない疑問が積み重なっていく。焦燥の中に引きずり込まれ、気分が滅入《めい》った。鬱鬱とする思いを飛ばしたい一心で、両手でバサバサと髪を掻き上げながら歩く。そんな自分が滑稽《こっけい》に思え、ますます不愉快になった。

この状態から抜け出す方法は、ただ一つだけだとわかっている。あの車椅子の男の顔を確認する事だ。やったらどうなんだ。万難を排せ。

足を止め、思い切って引き返す。家の周りをうろついてみた。二人がいる縁側を除けば、入れそうな所は玄関と勝手口しかない。だがこんな狭い家で、中にいる二人に気づかれないようにこっそり入る事ができるだろうか。もし見つかれば何もかもぶち壊しになるだけでなく、伯父にも迷惑がかかるだろう。それでもやるのか。

踏み切れなかった。自分に向かって毒づきながら部屋に戻る。そのままベッドに身を投げ、ぼんやりとしていた。いつの間にか寝入り、気が付いた時には、カーテンの間から差し込む月の光が床の上に白い線を描いていた。両脚で反動をつけ、一気に飛び起きて二重のカーテンを開ける。

一瞬、雪が降ったのかと思った。地面が輝いている。群青《ぐんじょう》色の空の中央近くに月があり、投げ降ろす光を地が反射していた。

球形に近い月は、街灯がぶら下がっているかに見えるほど大きく、ほとんど白い。地球の動く音が聞こえてきそうな静けさの中で、庭にそそり立つ樹々にきらめきをまき散らしていた。芽衣もこれを見ているのだろうか。独特の感性が、なんと形容するのか聞いてみたかった。光彩の中で人影が動く。

誰だろう。動きを追っていると、門灯の近くに差しかかり、明かりが全身を照らし出した。赤いヤッケが目に飛び込む。颯の部屋にあった山の写真が脳裏をよぎった。心臓が喉《のど》まで跳ね上がってくる。颯だろうか。裏の家から抜け出したのか。

とっさに身をひるがえし、部屋から走り出た。転げ落ちるように階段を駆け下《くだ》る。とにかく捕まえて事情を聞こう。

庭に飛び出し、その姿を捜した。赤いヤッケは月光を浴び、霜を付けたように輪郭を光らせている。歩いていく方向を見定め、建物を回って反対側から前方に出た。向こうからやってくるところを確認し、駆け寄って逃げられないように両の二ノ腕をつかむ。

「教えてください」

フードの中で大きな二つの目が動き、こちらを向いた。急に止まったせいでフードがあおられ、ふわりと後ろに落ちる。

「やだ、びっくり」

芽衣だった。月光を受けて真珠色に染まった顔の中で、二つの瞳が青み混じりの墨のような光を放っている。まぶしいほどきれいだった。

「どうしたの」

絶句しながら手の力を抜く。言葉が見つからないのは、驚いているからか、それとも美しさに気を呑まれているからか。

「どこかにお出かけなの。こんな遅くに外出するのは、不良だけよ」

やっと言葉を見つけた。

「そのヤッケは」

芽衣は、ようやくわかったというような笑みを浮かべ、自分が羽織っているヤッケを見下ろす。

「これ、颯のよ。よく着るの。これだけじゃなくて色んなのを着る。朝食や夕食の後は、特にね」

細い首を傾け、頬ずりでもするように肩に顔を寄せた。

「食事の時、颯はいつも私の斜め前に座ってたの。でも今そこには、椅子があるだけ。それを見ていると体が震えてくるんだ。椅子の上にある空白と同じものが自分の中にもあって、その二つが共鳴するの。それが終わるとようやく、染み込むような悲しみがやってくる。おかしいでしょ。空白って何もない事よ。何もないものが椅子の上や、心にある。ないものが存在するのよ、矛盾よね」

心の虚を見つめて話す芽衣の頬を、月が照らす。ほんのりと芯《しん》を光らせている白い花のようだった。

「まるでドーナツの穴みたい。穴って何もない空間なのに、ドーナツがある時は穴が存在している。ドーナツが無くなると同時に穴も消えてしまう、まるで食べられたみたいに」

数学上では、ないものをあるとする事は、ごく普通だった。負数や虚数など現実にはない数が存在していて、自由に動き、時に化けて実存する数になったりもする。人間の心にも、数学と同じような座標軸があるのかも知れなかった。

「颯の部屋に入った時にね、何気なくワードローブを開けたら、颯の匂いが流れ出てきたの。服を取り出して肩にかけると、颯が私を包んでくれているようだった。それでよく着るようになったの」

　両腕を胸の前で交差させ、自分を抱きしめる。

「とても幸せな時間よ」

　言葉と裏腹に体中から哀しみが漂い出し、満ちる潮のようにこちらに押し寄せてきた。これに呑み込まれたら、どうなるのだろう。そう思いながら芽衣を見つめる。その悲嘆に寄り添いたかったが、いくら同情しても当事者の深みまで降りていく事はできないし、ましてや癒やす事もできなかった。一緒に哀しみの中を漂っても、意味なんかあるものか。あわてて背筋を立て、芽衣との間隔を確保する。

「邪魔をしてしまって、すみませんでした。じゃ僕は部屋に戻ります」

　あの家に颯がいるかも知れないと言ったら、どれほど喜ぶだろう。だが現状では疑問が多すぎ、確信が持てなかった。ぬか喜びさせたくない。まず植木屋の話を確認しよう。そしてもう一度あの家に、今度は中まで踏み込んで真実を突き止める。

「月がきれいな夜はね」

　芽衣の声が追いかけてきた。

「翌朝が冷えるの。なぜって、月がきれいに見えるのは空気が澄んでいるからで、そういう時には放射冷却が強まるのよ。霜が降りる事もあるくらい。寝冷えしないようにね。全裸はやめる事」

またも持ち出された話題に、思わず奥歯を噛みしめる。芽衣の笑い声が響いた。

6

加藤造園の親方の携帯番号はわかっていたが、夜に電話して、あの金髪男と話せるとは思えなかった。朝になってからつかまえた方がいい。今夜は、ここに滞在するために理咲子の歴史マンガを読破するという大仕事が待っていた。

スマートフォンの着信音が鳴る。開いてみると、小塚からメールだった。

「トリカブトについての追加情報、いるかな」

今のところは間に合っていると書いてから、感謝の言葉を付け加える。間もなく小塚らしい返事があった。

「ブナの樹ってね、助け合っているんだよ。根を通じて仲間に養分を分けたり、葉や幹が匂いを出して情報を送ったりしてる。僕は、ブナ以下じゃないよ」

ちょっと笑いながら、自分もブナ以下にならないために今の心境を伝えておく事にする。

「ドーナツの穴の面白さに今日気づかされた。不在の存在だ。数学的には、負数や虚数に近いかな」

すぐさま返事があった。

「生物学的にいえば、ヴォイドだね。人間の器官、脳とか肺とか腎臓《じんぞう》なんかだけど、その器官と器官の間には空間があるんだ。ヴォイドって呼ばれてる。人間の体重の二割は、この空間なんだよ。そしてヴォイドは、これまでただの穴だと考えられてきた。ところが最近、そこでもきちんと生命活動が行われているって証明がされて、ここも器官の一種と考えられるようになったんだ。ドーナツの穴にも、そのうち何らかの意義が発見される日が来るんじゃないかな」

不在の存在を和典が数学畑に引きこんで解釈したように、小塚も自分の好きなジャンルで展開したらしい。得意とする領域を持っている人間との情報交換は面白かった。いつかエッジエフェクトが起き、思いがけない世界を目の当たりにできるかも知れない。

「またな」

短い返事を送って本棚の前に立ち、芽衣に教えられた区画に目をやった。ずらっと並ぶ同タイトルの背表紙をながめただけで、食傷した気分になる。

それらの先頭に、理咲子が影響を受けたと言っていた少女マンガ『白いトロイカ』二巻が置かれていた。赤い文字でタイトルが書かれていたが、その隣に同じタイトルの二巻があり、こちらは手書き文字だった。

取り出してみる。中は鉛筆を使った手描きのマンガで、出版社発行のコミックスと比べてみて、そっくり写してあるとわかった。習作らしい。理咲子の熱意が伝わってきて、多少なりと誘われ、読む気が起きた。

本棚からごっそりと出してきて机に積み上げる。大きく息を吸い込み、自分を励まして一巻目を引き寄せた。なかなかなじめず、作品の外側を撫でているような感じだったが、そのうちに読み方のコツがつかめ、スムーズに進むようになった。

歴史より恋愛がメインで進行していくのがもどかしく、また随所に数字的な押さえがないまま感情で押していくような展開は、説得力に欠ける感じがしないでもなかったが、読むのは数学者ではなくマンガ愛好者なのだから、これでいいのだろう。全体にうまく作ってあり、描かれた年代を考えれば、時代に先駆けた秀作と言えるのかも知れなかった。

それにしても長編で、途中で何度も眠気に襲われ、踏ん張ったものの読破できないまま朝を迎える。机の上に伏せたまま眠っていると、大きな機械音が響いた。身を起こし、ぼんやりした頭を抱えて窓辺に寄れば、漂う霧の中に加藤造園と書かれたクレーンが見える。植木屋が来ていた。

あわててシャワーブースに飛び込む。身繕いをし、部屋を出て南側の庭に降りた。昨日見かけた弟子が、庭木の下に道具を広げている。中に金髪の男の姿もあった。こちらに視線を流すものの、素知らぬ顔をしている。快く質問に答えてもらうためには、もう一度脅しをかけた方がよさそうだった。

「親方は、来てますか」

年長の男が、顎で裏庭の方を指す。

「垣根《かきね》を当たってんやないすか」

礼を言い、そちらに足を向けた。歩いていくと、小道を曲がったとたんに、足音が駆け寄ってくる。

「親父にチクる気なんか。おい勘弁してくれや、頼むで」

走ってきたところを見ると、昨日の怪我《けが》は大した事がなかったのだろう。

「おまえなぁ、こっち向かんかい。黙っとるちゅう約束やないか」

足を止め、振り返った。

「正直に話してもらえるなら、黙っています。昨日、古い家の方に颯さんが隠れていると言ってましたよね。縁側で顔を見たんですか」

　男は一瞬、考え、首を横に振る。

「いんや、見たのは婆さんだけや。けども庭で見たし」

　顔を近づけ、目の中に誤魔化そうとする光がないかどうかを確かめた。

「庭で、顔を見たんですか」

　男は、またも考え込む。

「そういや顔までは、見とらんかもしれん。俺、たいてい脚立の上やから」

　ぞんざい過ぎる観察に、舌打ちしそうになった。

「それで、どうして颯さんだと思ったんですか」

　男は面倒そうな渋面を作る。

「そら、おまえ、この家は女所帯や。そこを男が歩いとりゃ、旦那《だんな》以外にないやろ。失踪って言われとるが、こりゃちゃうなって思ったんや」

　あきれるほどずさんな推測だった。

「顔も見ていないのに、よく男性だとわかりましたよね」

　男は、わかって当たり前だと言わんばかりに声に力を込める。

「普通、服見りゃわかるやろ。女なら女の服着とるしな」

やはり芽衣を見て、誤解したようだった。あてにならない目撃者に振り回された自分が情けない。

「なぁ、頼むで黙っといてくれや。俺は渡りやし、何かありゃ即、切られるねん」

すねたような、それでいて半ばあきらめているような顔付きだった。これまでに何度も、そういう目に遭ったのだろう。

「昨日、皆が言っとった通り、俺は正直、女なら誰でもええと思っとる。それを隠すつもりはないねん」

自信をこめて言い切る男に、仲間たち同様、おまえはアホかと突っ込みたくなった。

「けど、芽衣ちゃんは違うんや。俺にとっては、女っていうより予報士やから」

表情が、ふっと変わる。

「植木屋は野天の仕事や。そんで毎日、予報を見るねん。俺、芽衣ちゃんに頼っとった。だから急に辞めちまって会えんくなったんは、えらいショックやったんや」

下卑《げび》た感じのする顔の上に、乳児《ちご》のように素直で真摯な熱が広がっていった。

「芽衣ちゃんは、他の予報士とは全然違うとって、俺にもようわかるように言ってくれるねん。普通の予報士は気圧配置とかの後で、朝晩は冷え込むでしょう、で終わりや。けど芽衣ちゃんは、一枚上着をお持ちになるとよろしいかと思いますって言うねん。雪が降った翌日に気温が上がる日にゃ、他の予報士は、雪下ろしの際はご注意くださいって言うくらいやけど、芽衣ちゃんは、作業をしていると汗ばむほどですから服装をうまく調節なさってくださいとか、雪からの照り返しにもご注意くださいって言ってくれる。それで俺は着替えを持ったり、サングラスを用意したりするんや。風速四十メートルが吹く時も、これだけ吹きますとドアが開けにくく、また開いたドアはいきなり閉まりますのでご注意くださいって言ってくれた。それで俺はすごく気を付けてたんや。仲間にゃ、指を挟んで失《な》くしちまったヤツもおったで。俺は芽衣ちゃんに助けられてたん。高気圧と低気圧の位置を話した時にゃ、これから暖かくなっていきますので今日の寒さを乗り切りましょうって言ってくれた。それで頑張ろうって気持ちになれたんや。ほんま大事な人やった」

　芽衣が予報士を志したのは、きちんとした予報が人間の命を救うと考えたからだった。おそらく聞く者に寄り添うような解説を心がけてきたのだろう。それがこの男に、きちんと届いていたのだ。芽衣に話したら、喜ぶに違いなかった。

「復帰してくれんかなぁって、毎日思っとる」

　その願いが叶わない理由は、芽衣が夫を愛し過ぎていたからだと言ったら、相当落ち込むだろうか。同情する気持ちと、からかいたい気分が胸で入り混じった。

「復帰だけが、心の支えや」

颯の失踪の原因が明らかになれば、芽衣も踏ん切りがつき、生涯の仕事と考えた予報士の道に戻る可能性は大きい。それは芽衣本人にとっていい事だろう。まぁこの男にとっても。

「今どうしとるのかと思うと、気がかりでつい見たくなっただけや。悪気はあらへ

ん。そういう事、誰だってよくあるやろ」

古くからの知り合いのような親しげな笑みを浮かべ、突き出した肘《ひじ》でつつく。

「な、あるやろ。正直に言うてみぃや」

するりと手の内に入ってくるような剽軽《ひょうきん》さに、巻き込まれそうになった。

「今後は、やめるんですね」

話を切り上げにかかる。男はきっぱりと首を横に振った。

「のぞきは俺の趣味や。ちっとやそっとじゃ、やめられへん。誰にだって趣味の一つ

や二つはあるはずやし」

それは趣味というより癖だろう、しかも悪癖だ。そうは思ったが、あまりにも堂々

とした主張で、聞いているとなんだかおかしくなり、笑い出さずにいられなかった。

「中里《なかざと》、どこにおる」

老人の声が響く。

「ちょっと手ぇ貸してくれんか」

男は短く答え、念を押すようにこちらを見すえた。

「よろしく頼むで。ほんじゃあな」

その背中を目で追う。今後も清濁の境界線上を歩きながら、植木職人として現場を渡っていくのだろうか。それでも運がよければ、そのまま一生を過ごせてしまうのかも知れなかった。だが不安定な生き方というよりない。

短期の仕事を続けているという叔父の姿と重なった。中里も、叔父のように、置かれた場所で咲くつもりなのだろうか。転んだら転んだ所で咲く覚悟なら、それはそれでたくましかった。意外に叔父と気が合うかもしれない。楽しそうに話している二人の様子を想像しながら部屋に足を向ける。将来を見すえ、間違いのない選択をせねばと力まなければならない受験生としては、その軽やかさがうらやましかった。

ドアを開け、机に山積みになっているコミックスに目をやる。中里の話に信憑性《しんぴょう》がない事ははっきりした。だがあの家には、確かに誰かがいるのだ。同居する芽衣すら存在を知らないのは、理咲子に後ろ暗い事情があり、隠しているからだろう。別居をめぐっての確執を考えれば、颯である可能性も依然として大きかった。

今日中に片を付けよう。颯が行方不明になった日やその前後について、理咲子から話を聞きながら様子を探っていけば、色々と見えてくるに違いない。芽衣によれば、理咲子があの家に行くのは夕食後という事だったから、それ以外の時間に忍び込めばいい。颯を救出し、芽衣が歓喜する様子を見たかった。その顔を思い浮かべると、力が湧《わ》くような気がする。

まずはこのコミックスの山を制覇し、感想をまとめる事からだ。机の前に腰をすえ、猛然と取りかかる。機嫌を取るのが目的なのだから、どうせほめる事しかできない。それにはストーリーの流れだけ把握しておけば充分だろう。電話が鳴る。

「おはようございます。テラスで朝食をご一緒しませんか」

芽衣の誘いに乗りたかったが、やむなく断り、加藤造園が入っている間は部屋のカーテンを閉めておくようにと伝えて、一方的に電話を切る。次から次へとページをめくり、読み飛ばし続けた。

登場人物の名前が全員カタカナで、途中で入り混じり、話を追えなくなる。苛立ちながら前に戻った。これだから表音文字は始末が悪い、考え付いたのは絶対、漢字を読めなかったバカだ。愚痴《ぐち》をこぼしながら何とか頭に突っ込み、先を急ぐ。全部を読み終わったのは昼近くだった。息つく間もなく電話を取り上げる。見当をつけてボタンを操作し、内蔵されていた内線番号表を呼び出した。理咲子の部屋にかける。

「上杉です。今、読み終えました」

感嘆したような声が聞こえた。

「まぁ、早いわねぇ」

すかさず作品を持ち上げる。

「ストーリーの勢いに引きずられたんです」

満足げな吐息が耳に流れ込んだ。

「ゆっくり感想を聞きたいわ」

思い通りの展開にニンマリしつつ、今後が不安になる。いったいいつまでこれを続けられるだろう。今まで数学者以外の他人や業績をほめた経験自体がなく、居心地が悪かった。気持ちが伴わない賞賛を口にする事にも、想像していた以上の抵抗を感じる。自己嫌悪に陥《おちい》らないよう必要最小限にしておこうと心を固めた。

著作からできるだけ話を逸《そ》らすためには、こちらから話題を提供、リードしていくしかない。どんな話なら乗ってくるのかわからず、探す時間がほしかった。

「朝食を忘れて没頭していたので、腹が空いてるんです。今朝の残りがあったら、それをいただいてからお会いします。いいですか」

理咲子は愉快そうに笑う。

「成長盛りなのに、お気の毒ね。朝の残りと言わず、新しいメニュウでどうかしら。一緒にランチを食べましょう。そうね、二時間もあれば用意できると思うから」

食事の準備の時間だろうと思い、二時間後に食堂で会う約束をした。それを理咲子が芽衣に伝えたらしく、間もなく芽衣から電話がくる。

「今朝のすごい霧、見たかしら。朝の霧は、晴天の前触れよ。今日は素敵な秋晴れになりそう。洗濯日和《びより》ね。真っ白に洗ったシーツを、端から端までピンと広げて干すのが私の幸せの一つなの」

一見、素朴に見えながら、現代日本ではかなり難しい幸せだった。広い物干し場を所有する有産階級か、田舎《いなか》住まいでないと味わえない。

「それは結構、贅沢《ぜいたく》ですね」

広げた白いシーツの前に立ち、乱反射する光に照らされている芽衣の様子を思い描いた。天真爛漫《てんしんらんまん》な笑顔がまぶしい。そんなコマーシャルを見たような気もしたが、そこに出ていた誰も、今、胸の中にいる芽衣ほどキュートではなかった。

「それ以外の幸せは、どんなのですか」

もっと違う芽衣を見ようとして尋ねる。少しの間があり、答が返ってきた。

「寒い日に、お風呂に入って体中をポカポカにする事かな」

きっと颯は、芽衣がかわいくてたまらなかったに違いない。

「あら、こんな話をするためにかけたんじゃなかった。昼食のリクエストを聞こうと思ったのよ。何かあるかしら」

特にないと告げ、二時間もかけて料理を作ってもらう事への礼を言った。

「それ、違うから」

うんざりしたような返事だった。

「伯母が髪をセットして、化粧して、服を着替えるのにかかる時間が二時間なの」

あっけにとられる。そんな事に二時間もかけるのは、無駄というものではないだろうか。髪も化粧も、どうせ夜には崩れたり落としたりして跡形もなくなってしまうものなのだ。徒労であり、不経済ですらあると思えた。

「誰かいなかったんですか、美しい自分を見たり、他人に認めさせたりする以外の喜びを理咲子さんに教えてやれた人間は」

著作から話を逸らすベストの方法は、容貌について賛辞を贈る事だと悟る。だがそれは、著作をほめる以上に難易度が高いと思わざるをえなかった。女子と小人は養い難し、というところか。

「そろそろ女以外の価値観を身に付けるべきだと言ってみたらどうでしょう」

芽衣は、深い嘆息をもらした。

「無駄よ。三つ子の魂百まで、っていうじゃない。伯母は世代的には団塊だけど、あの層って人口が多いだけに、革新から保守まで幅が広いのよね。伯母は保守系で、女子である事自体がアイデンティティっていうタイプ。それを離れて自分が存在できるなんて、笹の露ほども思ってないいんじゃないかしら」

芽衣らしいきれいな隠喩《いんゆ》だったが、語られている内容を思えば、感心ばかりはしていられない。

「女心の塊《かたまり》というか、伯母の場合は女というほど成熟していないから、少女心の塊みたいな人よ」

そういう人間を相手に、これから失踪事件について探るのだ。ただ一人の彼女にフられ、その理由もつかめないほど女心から離れている自分を思うにつけても、やっかいな事この上なかった。

7

理咲子の化粧が仕上がるのを待つ間に、作戦を練る。ストーリーの中核となっている鉄仮面の謎から入るのがいいだろう。そしてできるだけ早く話を変えていく。そのためには理咲子の関心を引けるような話題が必要だった。だが和典自身がきちんと理解、および把握できていてしっかりと話せるような内容でなければ、意図を見透かされる危険がある。

もう一度コミックスを引っくり返し、背景が一六〇〇年代後半から一七〇〇年代初めで、舞台はイギリスとフランスである事を確認する。

その二つに関係があり、和典が知っているのは、数学者ピエール・ド・フェルマーだけだった。フェルマーの最終定理を残し、その証明手法を無限降下法と呼んで、現代まで多くの数学者を悩ませ、翻弄し続けた天才である。

フェルマーについてなら、証明した数式はもちろん、家系や本人の生涯についても熱を込めて語る事ができる。その名前を思い起こしただけで胸がときめくほどで、無限に話していられそうだった。これでいこうと考えながら、話に引き込む力を強くするために、背景と舞台以外に鉄仮面との共通項を探す。

理咲子の言葉によれば、鉄仮面はフランス国内の牢獄を転々とした囚人だった。一方フェルマーは、トゥールーズの高等法院で評定官を務めている。犯罪と裁判という共通点があり、二人が裁判所で接触した可能性はゼロではなかった。

だが証拠がない。全くの空想話を持ち出すのは気が引けたし、笑い飛ばされたくなかった。そもそも高等法院の組織がよくわからず、評定官が何にかかわる仕事なのかもはっきりしない。ネットをさらうものの、詳しい情報がなかった。

しばし考え、中等部からの同級生で歴史愛好家の美門《みかど》に聞こうと決める。高二になってから授業のコースが違ってきていて顔を合わせる機会はあまりなかったが、先週、廊下の窓から外を見ている姿を目にした。どことなく憂《うれ》いを漂わせており、気になったものの、元々線が細く華奢なタイプだったし、ちょうど忙しかった事もあり、声をかけずにそのまま通り過ぎた。直接話したのは、もうずいぶん前だった気がする。

高等部に進級した時、中等部の倍は忙しいと感じたが、高二になるとその比ではなかった。授業も密度が濃くなり、受験のための情報収集にも時間を割《さ》かれ、学校行事や部活では中核を任され、塾では通常授業の他に特別カリキュラムが組まれている。

過密で多忙なその状態を乗り切った高二生だけが、未来を手にできるのだった。小塚や黒木のようにLINEでつながっている友人以外とは疎遠になっており、それもお互い様で、この時期、やむを得なかった。手早くメールを打つ。

「久しぶり。忙しいとこ悪いけど、急いで教えてほしいんだ。十七世紀フランス高等法院の組織、わかるか。それから評定官って何」

理咲子が身繕いをしている時間内に返信が来る事を願いながら待つ。コミックスを読み返していると、ギリギリで電話がかかってきた。ほとんどの用事をメールですませる昨今、電話は珍しい。こいつ、暇なのかと思いながら出た。透明感のある声が聞こえる。

「高等法院はフランス各地にあった。全十三ヵ所だ。場所によって組織が多少違う。知りたいのはどこ」

トゥールーズと答えると、キーボードの音がし、やがて返事があった。

「見つけた、トゥールーズ大学のアーカイヴだ」

美門の祖母はフランス人だったと思い出す。フランス語ができる人間は、たいてい英語もいけるはずで、どの大学を受けるにしても相当強かった。語学関係が苦手な和典としては、うらやましい。

「トゥールーズ高等法院は、審判部六部門、検事局、事務局、外郭団体二つだ。評定官というのは、審判部の中の大審部、刑事部、予審部、特権侵害部に属する司法官を指す」

つまり裁判官なのだ。鉄仮面と結び付きそうな気配を感じ、心が浮き立った。フェルマーが鉄仮面を牢獄送りにしたという事もありうるかも知れない。理咲子にとっては新しい情報だろう。きっと惹き込まれるに違いないと思いつつ、さらに深掘りしたくなった。

「そのアーカイヴに、鉄仮面についての記録あるかな」

耳に沈黙が流れ込む。抗議のように感じられた。依頼に応じて現地の大学のサイトまで入り込んだというのに、いきなり架空の人物を綯《な》い交ぜられたと感じ、憤慨したのだろう。鉄仮面が実在した事を説明しようとしていると、溜め息と共に声がした。

「いきなり鉄仮面か。いったい何に首突っ込んでんの」

憤慨ではなく、あきれていたらしい。

「まぁ俺も、ヴォルテールの『ルイ十四世の世紀』を読んでて鉄仮面が出てきた時には、かなり興味を持ったけどね、それ、小・中学生レベルだぜ」

ここで事情を説明していても長くなるだけだった。黙り込むしかない。

「鉄仮面の存在は、当時のフランスの国家機密だった。その類の裁判は留保裁判で、管轄は国王裁判所だ。高等法院で扱うのは、留保裁判と特別裁判を除いた民事と刑事、行政事件だけ。だからトゥールーズ高等法院に、鉄仮面関係の記録は存在しない」

二人に接点があると考えるのは、無理のようだった。期待していただけに落胆が大きく、同時に美門の知識の豊かさに圧倒され、自分の浅学が恥ずかしかった。

「Ｔｈａｎｋｓ。じゃぁな」

逃げるように切りかける。それを察したらしく、小さな笑い声が聞こえた。

「あのさ、進路調書、もう出したの」

電話を選んだのは、進路の相談でもしたかったからか。だが、それならもっと適任者がいるはずで、数学しか能のない自分に的確な助言ができるとは思えなかった。それは美門にもわかっているのではないか。首を傾げながらまだだと答え、再び切ろうとすると、またも躊躇《ためら》いがちな声がした。

「あのさ」

どうやら、何か言いにくい事があるらしい。窓の外を見ていた憂い顔を思い出しながら頭をめぐらせていて、おぼろに浮かんだのは黒木の言葉だった。彩にフラれたという噂が流れていると言っていた。おそらく美門も、それを聞いたのだ。真相を確かめたいのだろう。

中学の頃、美門は彩に想《おも》いを寄せていた時期がある。その後、二人の関係がどうなったのかについては聞いていなかったが、この妙な渋《しぶ》り方はそれとしか思えなかった。気になってたまらないのだろう。

「ああ、ごめん。何でもない」

聞くに聞けない様子だった。まぁフラれた本人に切り込むのは、相当度胸がないと難しいだろう。

「それじゃ、また」

美門は、まだ彩を想っているのだろうか。彩がフリーになったのが確実なら、何らかのアクションを起こすつもりかも知れなかった。くやしい気がしないでもないが、見苦しいまねはしたくない。関係を清算された身としては、潔く振る舞うのがせめてものカッコ付けだった。

「もう耳に入ってると思うけどさ、俺、フラれてるから。そんじゃな」

半ば捨て鉢な言い方になったが、傷が痛むのだからしかたがない。自分を慰めながら美門の応答を待たずに電話を切った。ひと息つき、胸の蟠《わだかま》りを吐き出す。この一連の失敗が、恋愛に対する心理的ダメージとして心に染みつかないよう願うしかなかった。

時計を見れば、そろそろ食堂に向かわなければならない時刻になっている。待たせるのはマズい。何の準備もできていないものの、とにかく行くしかなかった。

机上に積み重なっているコミックスを片付け、部屋を出ようとしていて、ふと思いつく。理咲子が鉄仮面を題材に選んだ理由は、権力によって一生を抹殺された人間に光を当てたいと望んで、という事だった。そういう状況に対して、何らかの個人的思い入れがあるのだろうか。

本棚の前に戻り、コミックスを一冊引き出す。カバーの折り返しに載っている作品タイトルと解説に目を通せば、初期作品は学校や家庭内で展開される愛情物語だったが、次第に史実から材を取った歴史ものが多くなっていた。いくつかのタイトルをスマートフォンで検索してみる。どれも世に認められなかったり、人に裏切られたりして涙を呑んだ人間を取り上げていた。

そこにこだわるのはなぜだろう。過去に理咲子自身がそういう体験をしたのか。そうだとすれば、いまだにそのままにしてある裏手の家、理咲子が生まれ上京するまで住んでいたというあの古い家の中に、何らかのヒントが残っているかも知れなかった。

第三章　老いた少女マンガ家

1

廊下を歩きながら見下ろせば、下のホールに首の短い小柄な女性が立っていた。年の頃は五十代後半、ベスト型のエプロンをかけ、手にモップを持っている。芽衣が言っていたハウスキーパーらしかった。大急ぎで階段を駆け下り、その前に立つ。

「すみません」

急な接近に驚いたらしく、女性は二つの目を限界と思われるほどに見開いた。

「昨日からここに泊めていただいている上杉ですが」

ゆっくりと驚きが消えていく。

「ああ芽衣さんが言ってはった、お隣の」

たるんだ童顔に、思い出し笑いが浮かんだ。

「全裸の美少年、やな」

ここまで伝播《でんぱ》しているとは思わなかった。もう笑うしかない。

「いやぁ理咲子さんも、いらっしゃるのを楽しみにしてはりました。私もや」

弾《はじ》けるようにしゃべり出す。

「ここの家に男のお客さんが来るんは、滅多にない事やしな。あ、もちろん芽衣さんも喜んではりましたし」

口振りからして、昨日や今日ここで働き始めた訳ではなさそうだった。色々と知っているに違いない。さりげなさを装って尋ねる。

「芽衣さんといえば、お気の毒ですね、颯さんの事。もう一年になるとか」

女性は、よくぞそこに触れてくれたと言わんばかりに色めき立った。モップを持っていた片手を放し、手招きする。

「最後に姿を見たのは、実は、私ですねん」

あたりをはばかるような小声が、秘密めいた雰囲気を醸《かも》し出した。ひょっとして裏の家に入っていくところを見たのかも知れない。期待しながら耳を傾けた。

「夕方、帰ろうとしとった時の事でな、後ろで物音がして、振り返ったら颯さんが玄関から出てきよる。えらく恐い顔してはりましたで。少し前からお医者さんに通っとってな、薬飲んでる時は、どことなくぼうっとしてはるんです。けども、そん時は真逆で、ピリピリ感が満載やった。心配になって声かけましたんや、どこ行かはりますのんって。そしたら、ちょっとそこまで、って言わはって、それが最後になってしもうてなぁ」

あの家との関係はなさそうだった。いく分落胆しつつ、他の情報を求めて聞いてみる。

「財布とかバッグとか、何か手に持っていなかったんですか」

持ち物で行く先を類推できるだろうと思った。

「空身《からみ》やったなぁ」

あっさり憶測をつぶされる。

「この近くには店もないし、駅や会社まで行くなら車を使いますやろ。こんな半端な時間に、いったい何やろ、おかしなこっちゃ思うて、見送りましたんや。まさかそのまんま一年以上の別れになるとは、あん時は思いもせなんだ」

あの家にいるのが颯なら、その際いったん出かけ、また戻ってきたという事になる。どこに、何をしに行ったのだろう。

「あなたはその後、ご自宅にお帰りになったんですよね」

当たり前の事を聞くなというような顔で見つめられた。

「へぇ、仕事終わっとりましたし、帰るしかありませんやろ」

では颯が戻ってきたとしても、わからなかったはずだ。

「この事は、もちろん警察にもきっちり話しました。けども警察ときたら、洟《はな》も引っかけんでなぁ」

二つの目に不満げな光を浮かべ、唇に力を入れる。

「メモも取らんで、ほとんどスルーや」

普通の暮らしをしていれば、滅多に事件などには遭遇しない。本人にとって、この目撃は一生に一度あるかないかの重大事だったのだろう。警察との間には温度差がある。

「いやぁ、腹立ってしもうたわ」

丸い鼻から盛大に憤慨の息を吹き出す様子は、どことなくコミカルだった。笑い出したくなるのをこらえ、なだめにかかる。

「颯さんの行方はまだつかめていないようですから、警察も改めて詳しい事情を聞きに来るんじゃないですか。何といっても最後の目撃者ですから、重要な証人ですよ」

女性は、たちまち表情を和らげた。

「そやろか。まぁそやな。当然や」

気持ちが収まったらしく、再び勢いよく話し始める。

「そんでも、どうしてこない事になったんやら、とんとわかりませんわ。芽衣さんと颯さんは、傍《はた》の衆がうらやむほどの仲やったのに、いきなりおらんくなるなんて思ってもみんでな。訳がわからんもええとこや」

弾けた莢《さや》から次々と飛び出すグリンピースに鼓膜を打たれているかのようだった。

「そりゃ理咲子さんとは、同居の件でようもめてはりましたけどな。ほんでも別居ってとこまで話が進んで、あの日が引っ越しやったんよ」

そこまで知っているのは、時に壁の耳となり、時に障子の目となっていたからだろう。なかなかやるものだと妙に感心した。この様子なら、裏の家についても何かつかんでいるかも知れない。

「裏手にある古い家、ご存じですよね。誰か住んでいるんですか」

女性は再び、たいそう不服そうな顔つきになった。

「あっちへは、私は入れてもらえません。ここに来た時から、ずっとそうや」

怒りとも、嘆きともつかない口調だった。信頼してもらえないと感じているのだろう。

「えらく厳重に警戒しとってな。理咲子さんに水を向けても、他の事と違って絶対しゃべらへんし、芽衣さんなんかは、端《はな》っからまるで知らへん。まぁ、あの人は、普通とちゃうから無理もないと思いますけど。なんか宇宙人みたいな感じやしな。地球の常識が通じんちゅうか」

思わず吹き出しそうになった。確かに、言いえて妙《みょう》と言えなくもない。

「ま、とにかくあの家ん事は、私にゃ、これっぽっちもわかりまへんわ」

放り出すような物言いは、すねた十代さながらだった。年甲斐《としがい》もない様子がおかしくもあり、誠意を持っての勤めが認められないと落胆しているのだろうと思うと、気の毒でもあった。

「あなたを信用していない訳じゃないと思いますよ」

女性は、打たれたかのようにこちらに顔を向ける。

「何か、事情があるんでしょう」

励ますつもりで微笑みかけた。

「そのうちわかりますよ。あまり気にされない事ですね」

女性は、ふわっと浮き上がるような目付きになる。

「いやぁ優しいわぁ、上杉君。もろ、タイプや」

そうくるとは思わなかった。返事に窮していると、女性の目に突然、覚醒《かくせい》したかのような鋭利な光が瞬《またた》く。

「そういや、あの家に来はる人がいてたんや。年に一、二度やから忘れとったわ。今年も春に来とったなぁ。えっと、なんて言うたかな。ああ井伏《いぶせ》や」

初めて聞く名前だった。思わず肩に力が入る。

「どういう人ですか」

女性はいったん考え込んだものの、すぐ自分に情報力がない事に気づいたらしかった。持っていたモップの柄を脇ノ下に挟み込み、短い両手を上げる。

「ようわからへん。お手上げや」

脇ノ下をすり抜けて倒れかけたモップを、とっさにキャッチした。

「ああ、おおきにおおきに。もらっとくわ」

手を伸ばし、柄を握ると、マイクでも持ったかのようにそれを口に近づける。

「私がインターフォン越しに、名前を聞くやろ。すると、三愛《さんあい》大学の井伏です、って答えはるんや。まだ若い人で、理咲子さんと一緒にあの家に入っていきよるで」

誰も入れない家にすんなり通されるのは、いったいどういう人物なのだろう。

「若いって、おいくつぐらいですか」

返事は素早かった。

「ありゃズバリ、三十代半ばやな。女の勘や。間違いないわ」

理咲子は、何のためにその井伏を家に入れるのか。その時、あの車椅子の人物はどうしているのだろう。

「なぁなぁ、ひょっとして」

女性は、こっそりと小指を立てる。

「理咲子さんの、ええ人とちゃうやろか。今、歳の差カップルは流行《はや》りやしなぁ」

含みのある笑みを浮かべ、上目遣いにこちらをのぞき込んだ。

「そや思わへんか」

顔を寄せられ、いく分、身を引く。

「考えすぎでしょう。もしそうなら、年に一度か二度というのは、あまりにも冷め過ぎてませんか」

女性は一瞬、表情を止め、やがて笑い出した。

「そら、確かにそやな」

ピアノの音が聞こえてくる。食堂の方からで、早く来いと催促されているかのようだった。

「ああ、行かないと」

女性は、興味をそそられたらしい。

「何かあるん」

何でも知っておきたい質《たち》なのだろう。

「これから理咲子さんと食事なんです」

納得した様子で何度も首を縦に振るのを見て、話を切り上げにかかった。

「では失礼します。お仕事の手を止めてしまって、すみませんでした」

女性は、思い出したように両手でモップを握りしめる。

「ああ、せや、今日は窓の掃除もせんとあかん日やった、急がんと。あんたも急いだ方がええで。あの人は、他人の遅刻には、えろううるさいしな」

笑って礼を言い、二階への階段を上った。食堂に向かいながらスマートフォンで三愛大学を検索する。

大阪にあるキリスト教系の四年制大学で、教授リストが公開されていた。中に井伏という名前はない。年齢的に考えれば、確かに教授になるには若すぎるだろう。となると、どこかのラボに所属する助教か、あるいはポスドクか。その人物が、何のために定期的に理咲子を訪ねるのか。まさか少女マンガのファンという訳でもあるまい。

食堂に近づくにつれて、ピアノの音が大きくなる。耳に残る旋律で、バッハを思わせる部分もあり、音をきらめかせる技巧も凝らしてあった。派手好みのサン＝サーンス、ピアノ協奏曲第二番あたりだろう。

部屋のドアをノックして開ける。アップライトピアノの前に座っていたのは芽衣だった。

「ラ・カンパネッラじゃないんですね」

からかったつもりだったのだが、芽衣は表情を変えなかった。

「家では、伯母の好きな曲しか弾けないの」

それで駅ピアノだったらしい。芽衣も颯も、そこそこ遠慮しながら住んでいたのだろう。

「伯母が好きなのは、ブラームスのロマンティック系の曲とか、派手系のメンデルスゾーンのピアノ三重奏曲、それに今弾いてるこれとか。どれも甘ったるく弾くのが必《ひっ》須《す》。食事の時には演奏付きなの。優雅でしょ」

そばに寄り、ピアノの脇に立つ。

「好きな曲も弾けないような環境から、飛び立とうとは思いませんか。そもそも颯さんと一緒にここから出ていく予定だったんでしょう」

曲は、ドラマティックな展開部分に差しかかっていた。芽衣は体を傾け、重心を移しながら指を走らせる。

「私、今はもう収入がないから。一人じゃ生活できないもの」

ちらっと楽譜に視線を流したのを見て、急いで手を伸ばし、ページをめくった。

「気象予報士として、再就職するのはどうですか」

音が止む。こちらを仰いだ芽衣の目は、柵の中から解き放たれた子馬のようだった。限りのない空や、どこまでも続く草原を映し、自由を呼吸する喜びに満ちている。

「一年前に、あなたと会いたかった。なぜ会えなかったのかしら。出会えていたらよかったのに」

手と共に呼吸も止まっていたらしく、やがてあえぐように一気に大きな息をついた。再び弾き始める。

「そしたら、間違えなかったかも知れない」

謎のような言葉に戸惑う。一年前とは、颯が失踪した時の事を指しているのだろう。だが、その前に会えればよかったとはどういう意味だ。事件前なら颯と幸せに暮らし、引っ越しの準備をしていたのではなかったか。芽衣は、何を間違えたと考えているのだろう。颯との間に、何かがあったのか。

「でも時間は戻せないし」

投げ出すように言いながら硬い音を連ねる。大きくなるばかりの疑問を持て余し、思い切って踏み込んでみた。

「何を間違えたんですか」

芽衣は、抑揚のない声で答える。

「別に、何でもない」

その返事で納得するには、先ほどの眼差は鮮やかすぎた。

「颯さんとの間に、もめ事でもあったとか」

小さな笑いがもれる。

「そんな事、あるはずないでしょう。私は、ものすごく颯に近寄っていた。溶け込んでしまうくらいね。それを望んでもいたし。私たちの価値観は、ほとんど同じになっていたの。もめ事が起こる余地なんて、ゼロよ」

つまり、颯∨芽衣という図式だったのだろう。颯＝芽衣を目指していたのかも知れない。

「昔から、私、シューベルトのアルペジオーネ・ソナタが好きだったんだけどね」

優美な旋律の曲だった。自分に何かを言い聞かせ、思い込ませようとしているかのような雰囲気を持っている。

「颯は、シューベルトが好きじゃなかったの。それで私も、いつの間にか、あまり好きじゃなくなっていった」

鍵盤《けんばん》の上をなぞっていく自分の指を、目で追いかける。

「逆に颯が好きなラ・カンパネッラの方が、心に残るようになったの。毎日、すべてがそんな調子だった。さっき、ここから飛び立つって話をしてたけど、それも今じゃもう無理かな。颯の思い出は、一緒に暮らしたここにしかないもの。部屋や廊下、窓、壁、色んな所に颯を感じられるのは、この家だけなのよ。私の胸には颯の形の空洞ができていて、埋めるには、この家に染み付いている思い出が必要なの」

話は移っていき、元に戻る気配はなかった。芽衣を追及するのをあきらめる。

「アルペジオーネ・ソナタは、僕も結構、好きです」

芽衣は指を大きく開き、体を傾けて曲の中に沈み込みながら微笑んだ。

「あなたと趣味が合うのは、うれしいな。昔の自分と同じ感性を持ってる人と話すのは、安心できる感じがするじゃない」

自分の音楽歴を顧みる。母に強制され、幼稚園でピアノから始めたのだった。その後ピアノよりヴァイオリンをと言われ、さして面白いとも思わずに続けてきた。だがその知識がなかったら、駅で流れていた芽衣のピアノに耳を留めもせず、今こうした話をする事もなかっただろう。どこで何が役に立つかわからないものだ。

「私、基本的には、どんな曲も嫌いじゃないのよ。弾いていると落ち着くから。波打っている心が静かになってくる。ピアノは、どの音も全部きれいよ。よく磨《みが》いたビリヤードの球のように、心で転がって響き合う感じが好き」

風が楽譜を揺する。振り返れば、いつの間にか開いたドアから理咲子が顔を出していた。

「お待たせしたかしら」

髪は、当初に懸念した通り、縦ロールになっている。化粧は厚く、特に口紅は、人を食ってきたのかと突っ込みたくなるほど赤かった。耳には長いイヤリングが揺れ、首の皺の間でネックレスがきらめく。

「芽衣ちゃん、もういいわ」

いったんピアノの方に視線を向け、そのまますっとドアへと流した。

「食事を始めたくなったら、呼ぶから」

出て行けと言っているらしい。芽衣は面白くなかったようで、椅子を鳴らして立ち上がった。

「理咲子さん、くれぐれも言っておきますが、青少年を襲わないようにね」

理咲子は眦《まなじり》を決する。

「なんて下品なの」

まじめな顔で憤る様子が意外だった。潔癖なのかも知れないとなると、颯とデキていたというのは、やはり噂なのだろう。

「そんな風に育てた覚えはありませんよ」

芽衣は小言を無視し、背を向けてドアの音も荒く出ていった。

「しょうのない子。まぁごめんなさいね、はしたない所をお見せして」

こちらに向き直り、襟元のネックレスの位置を整えながら、気取った微笑みを浮かべる。

「マンガ家の水野理咲子です、初めまして」

昨日会った事は、忘れたいらしかった。色々と聞き出すためには、機嫌を損ねない方がいい。突っ込むのは止め、話に乗った。

「僕は上杉和典、高二です。趣味は、颯さんと同じで数学です」

理咲子はいったん姿勢を正す。咳払いをしてから可愛らしげな素振りで小首をかしげた。

「初めに伺っておきたいんだけれど、あなた、私の事、どう思って。もちろん、女としてどうか、って事よ」

芽衣の言葉が思い出される。出会った瞬間、一目ボレされるというのが昔からの伯母の理想、なのだった。それを叶えてやれば気に入られるのだろう。自分の良心としばし格闘の末、妥協策を見つけ出す。

「気品のある女性だと思いました」

機嫌がよくなるのが見て取れた。

「まぁ、それを私のどういう所に感じたの」

追及されるとは思っておらず、あわてて答をひねり出す。

「身繕いを整えてからでなければ人には会わないと聞いたので、そこから」

理咲子は、いく分不本意そうだった。原因がわからず、気持ちを読み取ろうと顔を注視する。

「聞きたいのは、外見的にどこに気品があるのかって事なのよ。どうなの」

冷や汗がにじむ思いだった。外見で評価を受けようとする気持ちにはそろそろ見切りをつけた方がいいのでは、と言いたいところだったが、ここで関係を悪くしたくない。返事に窮した。

「言えないの。じゃ、あなたのタイプなのかどうか聞かせて。そうだとうれしいわ、どう」

ＹＥＳと言うのは簡単だった。だが言えば、理咲子の期待度が上がるだろうし、次の質問を出してくるに決まっていた。ごまかし通す自信がない。どこかで必ず本音をもらすだろう。致命的な事態に突入する前に話の方向を変えた方がよさそうだった。

「もちろんです」

あいまいな返事をしながら考える。やはり取っかかりとしては、コミックスの話題が無難だろう。制作の苦労を聞きながら、認められなかった人間ばかりを描く真意を尋ね、ノリが悪ければ微調整しつつ、颯が姿を消した当日に話を移動させよう。

「そんな事より、読ませていただいた作品についてのお話を」

そう言い出したとたん、理咲子が尖《とが》った声を出した。

「そんな事ですって」

語尾に向けて強くなっていく語調から、怒りが伝わってくる。どうやら地雷を踏んだらしかった。内心あせりながら、何とか収めようと手立てを考える。

「あなたって、全くなってないわね。配慮が足りないし、そもそも女心がわからなすぎよ。そんなんじゃ、さぞかしモテないでしょうね」

最後のひと言が、抱えていた傷をえぐった。染み入るような痛みが体を駆けめぐり、頭に噴《ふ》き上がってくる。そのまま溜《た》めておけず、吐き出さずにいられなかった。

「僕がモテるかどうかなんて、あなたに関係ないでしょう」

耳から入り込む自分の声のきつさに、驚く。理咲子は顔を強張《こわば》らせていた。事態は、いっそう深刻化したのだった。このままでは、時間の問題で決裂に至るだろう。

はっきりYESと言わなかった事がくやまれた。簡単に言えたはずではないか。なぜ言わなかったのか。その後の展開に不安があり、話を変えて矛先をそらした方がいいとの判断だったのだが、果たしてそれだけか。本当は、それが自分の答として正しくないと感じていたからではないのか。正しくない答は、正解ではない。だから言いたくなかったのだ。

数学を愛する者としては、至極まっとうな姿勢だと自分をなぐさめつつ、では、この先をどうする気なのか、と自問する。答えられなかった。

数学の難問なら、方針が立たない時には提示されている数字の分析から手を付ける。あるいは視線を遠くに投げ、どこにたどり着けばいいのかを見定めてから武器となる数式を探す。

それらの方法をこの問題に当てはめ、自分の目的に鑑《かんが》みながら現状を分析し、打てる手を考えた。道は二つしかない。あきらめてこの部屋から出ていくか、あるいはここに残るための努力をするか。前者は、後者が失敗した時にたどり着くものだろう。そう考えれば、道は一つだった。

必要とされているのは、どのような努力なのか。頭をめぐらせるものの、いいアイディアは閃《ひらめ》かない。時間は刻々と過ぎ、広がる沈黙が理咲子との亀裂を深くしていった。早くしないと埋めるに埋められなくなるだろう。気が急くばかりで、何も思いつかない。

こちらから打って出る手が見つからず、だが何としてもこの場をつながなければならないとなると、向こうの手を受けるしか方法がなかった。つまり理咲子の主張を認め、受け入れてその流れに乗る事だ。自分を投げ出すも同然で、危険な行為だったが他に思い付かない。

「すみませんでした」

犠牲は覚悟の上で踏み切った。

「おっしゃったことが肯綮《こうけい》にあたったので、つい頭に血が上りました」

理咲子は一瞬、表情を止める。

「実は、僕、フラれたばかりなんです」

勝ち誇ったような声が響いた。

「そりゃそうでしょう。あなたみたいに、自分がしたい話ばかりに固執してたら、当たり前よ。女はね、逆。自分がする話に乗ってほしい生き物なの。聞き上手ってだけで、充分モテるのよ。それにしても、まぁフラれたの。それはお気の毒な事。自業自得だけど」

奥歯が沈み込むほど嚙みしめながら、吹き付けるような笑い声をやり過ごす。ひたすら耐える内に、不当な屈辱を受けている気になってきた。いつまで笑う気だ、いい加減にキレるぞ。恨めしさがふくらみ、抑えられないような怒りに変わり始める頃、ようやく笑い声が止んだ。

「いいわ、それじゃ作品について話しましょう」

ささくれ立った胸をなで下ろす。理咲子の気が変わらないうちにと、急いで質問を放った。

「あれだけの長さを描かれるのは、随分大変だったでしょうね」

理咲子は笑みを浮かべる。

「いえ、楽しかったわよ、初めから終わりまでずっとね。だって描くのが好きなんですもの」

その結果が多額の収入につながるのは、マンガというジャンルならではだろう。数学ではそうはいかない。ミレニアム問題といわれる世紀の難問を証明したとしても、懸賞金は一億ほどだった。ノーベル賞に匹敵すると言われる数学の賞を受けても、そんなものだろう。

「終わりが来なければいいって考えていたくらい。描きながら、フェードアウトするみたいにすうっと死んでいけたらどんなに幸せかって、毎日思っていたわ」

皺に埋もれた二つの目に生気が浮かび、満ちあふれてにじみ出す。突如として血が通い始めたミイラのようだった。

「私、まず徹底的に史実を調べたの。そのためにフランス語を習ったわ。フランス語の古語もね。知ってるかしら、昔のフランス語って、UとVがごっちゃなのよ。その他にもいろんな違いがあってね、とにかくそれをマスターして、現地の古文書館で資料に当たったの。何年もかけたわ」

活気づいた表情に浮かんだ笑みは、これまでの科《しな》を作った微笑よりはるかに魅力的だった。

「鉄仮面は、色んな牢獄を転々としてるのよ。同じ場所に長く置くと噂が立つし、秘密も漏れやすくなるからでしょうね。それらの牢獄は、もうそのままの形では残ってない。三百年以上も前の事だし、その間にフランスには革命があった。それに二度にわたる大きな戦争の舞台にもなってるしね」

フランス北東部各地で見た大戦の爪痕《つめあと》を思い出す。「ヴェルダンの地獄」と呼ばれた激戦地では、雨のように降り注いだ砲弾を浴びたせいで、いまだに地面がボコボコ、その下には不発弾もかなり埋まっているとの話だった。自分にとって、戦争は歴史上の出来事だったが、それからまだ百年ほどしか経っていないのだと思い知らされた気がした。

「特に牢獄のような建物は、被害が大きかったのよ。廃墟《はいきょ》になったり取り壊されたり、かろうじて残ってる部分も別の目的で利用されたりしてる。でも絵にするためには、周りの景観もふくめてどんな所なのかわからないと困るでしょ。だから全部に足を運んだの。現地のコーディネーターを探しておいて、その土地の名士や、国とか市の文化財関係者に連絡を付けてもらって、サント・マルグリット島やトリノのピニュロル、エグズィルを回ったのよ。で、最後は、鉄仮面が死んだバスティーユ。ところが、これがすっごく大変だった。宿泊していたトリノのホテルから国境を越えてフランスに入らなけりゃならなかったの。飛行機って手もあったんだけれど、鉄仮面が運ばれた道を見ておきたかったから、鉄道で移動する事にしたのよ。そこで私史上、最大の事件が発生したわ」

話は面白くなってきていた。いったい何が起こったのだろう。

「なんと駅で、バッグを引ったくられたのよ」

理咲子は目を丸くし、信じられないというように首を振る。

「これまで海外には何度も行ってて、駅は危ないって事知ってたはずだったのに。まさか自分の身に起こるとは思わなかった。その結果、手元に、何にもなくなってしまったの、財布もパスポートも。一番痛かった損失は、何といっても取材ノートね。前日までの一週間分が書いてあって、列車の中から見た風景をスケッチするためにバッグに入れてたのよ。あれだけでも返してほしいって切実に思ったわ。メモは日本語だし、イタリアじゃ売れもしないんだから、盗った連中にとっては無価値じゃない。コーディネーターは、それどころじゃないだろって顔をしてたけど」

自分だったら、と考える。大切なのはやはり財布、パスポート、ノートの順だろうか。財布があれば、パスポートを再発行している場所まで移動できる。だがもしノートに、教えてもらったばかりの新しい数式でも書いてあったら、何をおいても取り戻したいに決まっていた。マンガ家の取材ノート盗難に、大いに感情移入する。

「パスポートがなかったら、フランスに入れないっていうのがコーディネーターの弁。自分はここまでだからいいけれど、あなたは困るんじゃないのかって。当時は、まだシェンゲン協定が結ばれてなかったのよねぇ」

深々とした溜め息がもれた。

「フランスに入りたかったら、パスポートを再発行してもらうしかない。でもそのためには、日本総領事館のあるミラノまで行かなくちゃならなかった。しかもその日は土曜で、市庁舎は月曜日でないと開かないってダブルパンチ。つまりミラノに行ったあげくに、そこで二日以上も待たなければならない状況だったのよ。その日は、列車の終点のグルノーブルで編集者と落ち合って、TGVに乗り換え、パリまで行って、夕方、バスティーユの研究家と会う約束をしていたの。研究家は大学教授で忙しい人だったから、これを逃すと、次はいつ会ってもらえるかわからない。何とかしなくっちゃと思って、まずコーディネーターに詳しい話を聞いたの」

方向としては正しかった。計画を立てる際には、まずインテリジェンス、情報収集分析活動から始めるのが常道だろう。

「それによると、その列車は、途中でフランス国境に差しかかる。その時に鉄道警察が乗り込んできて、パスポートの確認をするんですって。持ってないと、降ろされて国境を越えられない。でもイタリアって国は、警察が規則通りに働くことはまれで、検札に来ない事も多いっていうのよ。それで私」

そう言いながら姿勢を正す。

「列車に乗ることにしたの」

背筋を伸ばし、誇らしげに顎を上げた。

「パスポートなしで国境を突破しようと決心したのよ」

不法入国をあっさり決意するその大胆さに息を呑む。国境突破には、各国がかなりの罰金や懲役を設定しており、裁判のための拘束期間も長い。もし自分だったら、大人しくミラノに移動して月曜日まで待ち、パスポートを出してもらうだろう。

「それを思いついたとたんに、なんだかワクワクしてきちゃってね。さぁやるぞ、やってやるって気になって、もう闘志マンマンだった」

若気の至りという事だろうか。

「その時、おいくつだったんですか」

理咲子は一瞬、間をおき、空中に視線をさまよわせてから答えた。

「連載を始める前だから、四十三、四かな」

舌を巻く。孔子《こうし》が言ったという四十《しじゅう》にして惑わずの年齢を超え、充分な分別のついている年だった。口の悪い同級生なら、きっと言っただろう、なんてババアだ。ババアの前に、クソを付けたかも知れない。

それは賛辞だった。中学高校男子なら多くが、意表を突くような大胆さを歓迎するし、度胸の良さや、善も悪も共に踏みしだくような圧倒的な力に痛快さを感じる。理屈を超えて惹かれ、憧れるのだった。

「ホームで、コーディネーターが列車に荷物を積み込んでくれてね、さよならする時には、まるでこの世の別れみたいな顔をしていたわ。何かあったら役立ててくれって、一万リラ札を握らせてくれた。当時の日本円にして、ほぼ八百円よ。それだけを持って、私は一人で列車に乗ったの」

法を犯すまいと思ってきた自分の気持ちを顧みる。それは正義感や善良さからではなく、ただ勇気がないだけのように思えてきた。

「もちろんイタリア語は全然わからなかったし、フランス語も文章はいけるから筆談ならいいけれど、リスニングや発音には自信がなかった。しかもイタリア人が話すフランス語じゃ、余計にね。問題が起きなければそれに越した事はなかったから、イタリア警察がずぼらであるように祈ってたの。とにかくこの列車に乗ってれば必ずグルノーブルに着く。そしたら編集者と合流できる、それだけが希望だったわ」

その先に、いったいどんな運命が待っていたのか。興味津々で耳を傾ける。

「トリノって街自体が山の麓なんだけれど、出発してからもずっと山の中でね。あ、その山ってアルプスよ。右手にはマッターホルンとか、モンブランがあるの。見えなかったけれどね。その内にイタリア語のアナウンスが流れてきた。あれっと思ってアチコチ見回してたら、前の車両の通路に警察官が三人立ってるのが目に入ったのよ。乗客に声をかけて何かを出させ、それを見てまた乗客に戻している。ゲッと思ったわね。鉄道警察、しっかり仕事やってるじゃんって」

思わず笑いをもらした。ドラマでも見ている気分になるのは、理咲子の説明が面白いからだろう。マンガ家の演出手腕に感じ入りながら拝聴する。

「捕まったら列車から降ろされる。ここで降ろされたら、パリでの約束に間に合わない」

それより重大なのは、不法入国者として逮捕される事だろう。そっちには頭が回らなかったのか。どうにも不思議な感性で、笑いが止まらない。

「警官たちは、ついにこちらの車両に入ってきて、乗客のパスポートを確認しながら、私の前までやってきた。それで」

理咲子は、いたずらな子供のように目を輝かせる。前かがみになり、テーブルに身を乗り出してこちらの顔をのぞき込んだ。

「私が、どうしたと思う」

言葉もうまく話せず、手元にはわずかな現金以外何も持たない中年女性が、たった一人で、三人の警官を相手にどうふるまったのか。想像もつかなかった。しかも正義は向こうにあるのだ。これがドラマなら、固唾《かたず》を呑むハイライトシーンだろう。

「どうしたんですか」

理咲子は得意げに微笑む。

「大声で怒鳴《どな》ったの」

耳に入ってきた言葉が信じられず、一瞬、聞き返しそうになった。

「吠《ほ》えたてる犬みたいに、とにかく体中で怒鳴ったのよ。もちろん日本語でよ。大声を上げ続けながら、にらみ回して三人を威嚇《いかく》した。あんたたちがボケだから、私はパスポートを盗られたのよ、こんなとこで善人をチェックしてないで、さっさとトリノに行ってあの盗《ぬす》っ人《と》を捕まえたらどうなのよ、ってね」

呆気にとられながら、その場の様子を想像する。鉄仮面ならぬ鉄面皮で、厚かましいとしか言いようのない状況だったが、それを正面切ってやってのけた度胸に、妙に感心した。警官たちも、さぞ面食らった事だろう。

「三人は、国境の前の駅から乗ってきたの。たぶん次の駅で降りるんだろうと予想してね、その間中ずうっと怒鳴り続けてたの。面倒そうな外国人を無理矢理に連行するほど仕事熱心じゃないはずだ、もし連れて行かれそうになったら、床に寝ころんで抵抗しようって思いながらね。そしたら案の定、次の駅が来たら、三人で何やら話しながらしかたなさそうに私から離れて、降りていったのよ。そのまま列車が出発した時には、もう精も根も尽き果ててその場に座り込んじゃったわ」

拍手を送る。どことなく滑稽でひょうきんな立ち居振る舞いが憎めなかった。

「でも後で考えたら、これはどっちに転んでも、私にとってはプラスだったのよね。無事に国境を突破できたから、スケジュールをうまく熟《こな》せてよかったし、もし失敗して列車から降ろされ、警察に連れて行かれてても、それはすっごく貴重な体験になった。コミックスの後ろにエッセイ欄があるんだけど、そこに書くネタとして素晴らしいものになったと思うの」

どんな状況に追い込まれても、そこから新しい何かを勝ち得ようとするしぶとさは、見習うべきだろう。叔父が言っていた言葉が頭に浮かぶ。置かれた場所で咲くというのは、こういう事かも知れなかった。

「日本に帰ってきてからは、まぁ夢中だったわね。資料の整理もそこそこに、ひたすら描き続けたのよ。食事はもちろん描きながらだったし、ペンを握ったまま寝入った事も多かった」

数学者の佐藤幹夫《さとうみきお》は、「数学を考えながらいつの間にか眠り、目覚めた時にはすでに数学の世界に入っていないといけない」と言った。理咲子はまさにそういう日々を過ごしたのだ。自分も、もし数学者になったなら、きっとそうだろう。

「それでも、ちっとも苦にならなかったの。楽しかったわ。幸せだったと言ってもいい」

その至福感は、和典も嚙みしめた事がある。数式と向かい合い、解くのに熱中している時には、いつもそんな気分だった。

「好きな事をしていると、時間を忘れるものじゃない」

理咲子と自分に共通項があるなどとは、これまで考えてもみなかった。その発見が、心を囲っていた柵を溶かしていく。

「わかります。僕もそうです。ハッと気が付くと、もう何時間も経ってるんですよね」

同じ風に吹かれる二本の葦《あし》のように見つめ合い、微笑み合う。

「私たち、同志ね」

テーブルの向こうから伸ばされた手と握手を交わした。枯れ木のような外見からは想像できないほど温かな手に驚く。内にこもる情熱が流れ出してくるのだろうか。その源泉には、まだこちらに見えてこないたくさんの蓄えがありそうで、楽しみだった。

「教えてちょうだい、あなたが時間を忘れるのは、どんな時なの」

どこから話せばいいだろう。いきなり数式を持ち出しても面食らうだろうから、周辺からか。鉄仮面と同時代のフェルマーはどうだろう。

「数式の証明をしている時なんか、夢中になるから忘れがちですね。ああちょうど鉄仮面の時代に、フランスには有名な数学者がいましたよ。数式の定理で名前を不動のものにしたピエール・ド・フェルマーです。トゥールーズの高等法院評定官でした」

理咲子は興味を惹かれたらしく、その目に真剣な光を瞬かせた。

「面白そう、詳しく話して」

2

フェルマーは、フランス南部ミディ・ピレネーに生まれ、二つの大学を出て高等法院評定官として生活しつつ、二平方数定理を始めとする数式の証明で名を遺《のこ》した。性格的にはかなり問題があり、当時の数学者に難問を送り付けて挑発したり、デカルトと激しく言い争ったりしている。最大の功績が一六三七年に証明したというフェルマーの最終定理だった。

だが本人が証明したと主張しているだけで、その具体的な方法は書き残していない。自分の本の片隅に、立方数と累乗数の分割についての法則を書いた後、こう付け加えたのだ。

「それについての素晴らしい証明を見つけたが、この余白のスペースには書き切れない」

このひと言のために、その後、多くの数学者たちが人生を注ぎ込み続ける事になる。これがはっきりとした形で証明されたのは、それから三百年以上の後、二十世紀も終わりの頃だった。

その数学概念は、フェルマーが生きていた時代には存在しなかったものであり、このためフェルマーは、実は証明に成功していなかったのではないかと言われている。

「んまぁ、なんて詐欺師《さぎし》なの。偉大なほどだわ」

理咲子は、あきれた様子を見せながらも面白そうに笑い出した。熱のこもった目で、こちらを見ながら催促する。

「で、あなたも、証明をしようとしてるんでしょ。それはどんなものなの」

話しても、果たしてわかるだろうか。危ぶみながら、取りあえずリーマン予想について説明し、その証明のために今はヴェイユ予想を学んでいる事や、数論幾何学には楕円曲線の数論幾何学や、それに関係するモジュラー形式の理論、谷山《たにやま》・志村《しむら》予想などがある事に言及した。

数学の世界を海のように広げ、それを見渡しながらあれこれと解説するのは楽しく、ついつい饒舌《じょうぜつ》になる。このままずっと話していたい気分だったが、途中で理咲子にさえぎられた。

「あなたの話って、なんか面白くないわ。退屈」

興が乗っていただけに、ムッとし、黙り込む。

「たぶん自分の世界を語るだけで満足しているせいよ。独《ひと》り言《ごと》を言ってるみたいに、自分から流れ出したものを自分で吸い込んでいる。自分の中だけで完結してしまってるから、広がりがなくて、他人が入っていけないの。っていうか、入って行こうっていう他人の気持ちを削《そ》ぐのよね。勝手に言ってろって感じになるわ」

耳から入り込んだ言葉が胸に流れ落ち、記憶を揺すった。これまで数学について語る時は確かに、自分の頭の中だけを見つめていた。誰に向かっても独り言を言ってきたのかも知れない。彩との会話では、特に数学の話が多かった。ずっと退屈な思いをさせてきたのだろうか。そうだとすれば、二人でいても彩は疎外感を味わっていたのに違いない。それで交際中止の宣告になった訳か。

なんとなく納得できる気がした。同時に絶望的な気持ちにもなる。そういう自分を変えていく自信がなかった。いや変えられないだろうと思える。それはすなわち孤独な人生を歩むしかないという事だった。

「ここには、私っていう聞き手がいるのよ。あなたは、聞き手に向かって話しているの。私を意識してくれないかしら。では、さぁどうぞ」

どうぞと言われても、同じ事をもう一度言い直すのでは、まるで幼児の遊戯《ゆうぎ》だった。くやしすぎる。考えた末、新たな話題を見つけた。

「では、僕が通っている週末型の数学サロン『数理問トポス』について話します。それでいいですか」

理咲子の表情をうかがい、頷いているのを確認してから話を進める。

「数学好きな中高生が集まって議論したり、交流したりしています。顧問は大学教授。アドヴァイスをくれるのは、教授の研究室の助手やチューター」

理咲子が口を挟んだ。

「ほらほら、そこがもうダメよ。私にわかるように具体的にして。それは場所的にどこにあって、中はどうなっているのか。まず入り口から説明してみて」

ほとんどどうでもいいような、そんな所から始める意味はどこにあるのだろう。そう思いながらも、通い慣れたトポスまでの道を頭の中でたどった。

「数学サロン『数理間トポス』は、繁華街の裏通りに面した細長いビルの中にあります。四人乗れば一杯になってしまうようなエレベーターで六階まで上り、ドアが開いた所から二、三歩でもう出入り口です。中は二十畳ほどの細長い部屋で、本棚とソファが置かれている場所、ホワイトボードが立ち、長机が並べられている場所の二ヵ所に分かれています。自分が好きな所を選んで、好きなように使う事ができるんです」

理咲子は納得したようだった。

「全体像がわかって話に入りやすくなったわ。わかる事って、興味を持つための必須条件なのよ。今の説明で、私もそこまで行けそうな気がしてきたもの」

ほっとしたような顔を見て、話す意味はそこにあったのだと気付いた。先ほど理咲子が言っていた聞き手に向かって話すという事がやっと理解できた気がする。

それは自分が発した言葉を相手の心に染み込ませようと工夫する事なのだ。それによって相手が何かを得て、今までの意識が変わったり、逆にそれがこちらに伝わってきて気持ちに変化が起きたりする時、そのやり取りを会話と呼ぶのだろう。

話題が数学のように特殊な分野なら特に、独り言を言うのと他人に向かって話すのは、内容が同じでも全く別の言葉が必要なのだった。ふと思う、彩にもそう話すべきだったのだろうと。今さら遅く、苦さだけが胸にひろがった。

「その部屋で、皆が話し合う訳なのね」

その辺は一概に言えない微妙な部分で、話す者もいるが、話さない者もいる。皆が好き勝手に、それぞれの時間をすごすという感じだった。

「集まってくるのは、どういう人たちなの。数学が好きな中高生っていう以外に、特徴は」

数学を除けば、共通項は何一つない。皆でワイワイと騒ぎながら作業を進めるのが好きな者もいるが、孤独を好むというか、人との交流を望まない者もいた。和典も、どちらかといえばその類で、そういうタイプにありがちな、放っておいてくれオーラを出している。皆がそれを読み取り、自由を尊重して関わらないようにしてくれていた。和典自身も、周囲に対して同じように振るまっている。

「あら」

こちらの説明が、腑に落ちないようだった。

「孤独が好きなら、一人で自分の部屋に閉じこもっていればいいじゃないの。なぜわざわざ皆がいる所に出かけていくの」

虚を突かれた気がした。これまで取り立てて考えてもみない事だったが、言われてみれば、確かに矛盾している。理咲子の疑問を心に響かせながら、自分の行動と気持ちを掘り下げ、そこから答を引っ張り出した。

それは、自分以外に数学に熱中している人間がいる事を目で見て確認したいからだ。視界の端にそういう存在を映しているだけで、心が落ち着く。

数学好きの多くは、成績発表の時だけは注目されるが、それ以外は煙たがられ、ほとんど孤立していた。ちょうど素数のようなもので、それが日常となり、慣れているが、時おりは無性に仲間を探したくなる。

「そうなの。まぁ人間は、二律背反の狭間《はざま》で悩むものよね。カミュが唱えた不条理も、その一種だわ。彼は、それに対峙《たいじ》せよと主張してるけど。あなた、カミュを読んだ事は、おあり。私、著作は全部読んだわ、原語でね。大好きよ」

話は、しばらくカミュの海を彷徨った。貧しい家庭、差別を受けていた地域で生まれ育った事に言及し、ひときわ感慨深げにそこを語る。芽衣の話によれば、理咲子の家も借家だったという。生育環境がカミュと重なるのだろう。

人間は、生まれる場所を選べない。人生の初めに恵まれなかったというのは、確かに気の毒な事だった。だがその後に続く死までの長い道のりを考えれば、挽回《ばんかい》できるチャンスは少なからずあるに違いなく、スタートでのハンディは立身出世物語や英雄《えいゆう》譚《たん》を飾るエピソードとしてよく使われている。理咲子も、その一人だろう。幼少期について聞いてみようかと思っていると、急に言われた。

「私、サルトルは嫌いよ」

飛躍に付いていけず、アタフタする。

「ボーヴォワールなら、まだなんとか受け入れ可能だけれどね。ところで、さっき言ってた素数って、何」

話は大きく曲がり、再び元の所に戻ってこようとしていた。

「私、今まで聞いた事がないわ、そんな言葉」

素数は、一とその数自身でしか割り切れない自然数を指す。不規則に出現し、無限に存在していた。これまでに見つかった最大の素数は、二千四百八十六万二千四十八桁《けた》の数字で、世界には素数を探すという国際プロジェクト「ＧＩＭＰＳ」があり、十九万人以上が素数探しをしている。

「まぁそうなの。素数オタクって、たくさんいるのね。今ここに素数を並べてみることって、できるかしら。そうね、小さい順から」

理咲子の求めにそって話を進めるのは、まるで水先案内人に導かれて船を漕《こ》いでいくかのようだった。もう知り尽くしている所だけに、自分一人なら、ひたすら真っすぐ目的に向かうだけだっただろう。だが数学になじみの薄い理咲子の要求は、時に焦点がずれ、時に脇道にそれる。それに従っていると、今までは目に入ってこなかった周辺のものが次々と見えてきて新鮮な驚きがあった。

「素数の面白い法則があったら、教えてちょうだい」

3を並べ、最後に1を付けた数は、すべて素数になる。31、331、3331、33331、333331。

「まぁ不思議ね」

だがこの法則は、3が7つまでしか続かなかった。8つ並んだ333333331は、17で割り切れる。

「残念だわ」

そして素数も、虚数iを使えば割ることができる。さらに素数は、孤独ながら友達を持っている。13と31、17と71、37と73、79と97、数字が反転しても互いに素数である場合、これらをエマープと呼ぶ。分身のようなものだった。

「よかった、素数が孤独じゃなくて」

それには同意見だった。顔を見合わせて笑う。

「ああ、ずいぶん面白かったわ。数学って、意外に楽しいのね。颯さんも数学好きだったから、あなたと会わせてみたかった」

その言葉で、本来の目的に立ち返る。そこから随分離れ、はるか遠くを歩き回っていた。元いた場所に立ってみて、自分がこれまでどれほど色の乏《とぼ》しい景色の中にいたかに気づく。理咲子に引っ張り回されながら感じ、考えた様々な事柄が胸を染め、自分に新しい色を添えていた。

そんな理咲子に対し、なお疑いの気持ちを持っている事が心苦しい。詮索《せんさく》はこの辺でやめ、切り上げた方がいいのではないか。

そう思う胸を、それは逃げだろうとの気持ちが駆け抜ける。真実をはっきりさせず、芽衣に何も話してやれないまま終わらせてしまって、それで満足できるのか。

あちらこちらに考えが揺れ、身動きの取れない穴にはまり込んでしまったような気がした。

「芽衣ちゃんから聞いてるかしら。颯さんはね、失踪したのよ」

理咲子が自分からそれに触れるとは思わなかった。もし颯を隠しているのなら、その話題は避けて通るのではないか。ひょっとして失踪には関係していないのかも知れない。

一瞬、気持ちが明るくなった。だが、すぐ別の疑念がふくれ上がり、影を投げ落とす。あの家には、確かに誰かがいるのだ。颯でないとしたら、いったい誰だ。

「ドラマみたいでしょ」

目を上げると、理咲子の顔は憂鬱そうに曇っていた。

「まさか自分の家でそんな事が起こるなんて、夢にも思わなかったわ」

嘆くような口調だったが、淀みはない。

「夕方になって、電話がかかってきて出かけて、それっきりよ」

ハウスキーパーが見かけたのは、その姿だったのだろう。

「誰からの電話ですか」

理咲子は、何でもなさそうに眉を上げる。

「萩原さんっていってね、颯さんが勤めてた萩原建設の社長」

新たな光が失踪を照らし出していた。萩原建設については、以前に調べてみようと考えた事がある。こういう形で絡《から》んでくるとなると、いっそう怪しさが募《つの》った。謎の中に引きずり込まれる。

「呼び出されたみたいよ」

半端な時間に出かけたのも、何も持っていなかったのも、そのせいなのだ。

「仕事の話でもあったんでしょ」

理咲子は、さして気にかけていない様子だった。故意にそう見せかけているのだろうか。ゆるんでいた気持ちが引き締まる思いでその顔を見つめる。

「こちらが行方不明者届を出してから、警察も多少動いてくれて、周辺に聞き込み捜査をしたのよ。社長の方から、当日の夕方、仕事の事で二、三十分、立ち話をしたって話が出てきたんですって。私は言わなかったんだけどね。話をした後、すぐ別れたみたい。でも颯さんは、家に戻ってきてないのよ。そのまま、どこかに行ってしまったのよね」

本当なのか、それともミスリードか。疑いが生まれ、音を立てて脳裏を飛び回る。実は戻ってきていて、理咲子と接触したのかも知れない。裏の家に誘われ、出された飲み物を飲んだとか。

「あら」

理咲子が、やにわに表情を硬くする。

「何か疑問でも、おありなの」

目の中心で大きく開いている黒い瞳は、凍り付いた二つの穴のようだった。微動もせず、こちらを見すえている。とがめているのか、恐れているのか、あるいは威嚇しようとしているのか。どちらともつかず、その気持ちは読めなかった。

どうする、とぼけてやりすごすか。いや、こういう流れなら、切り込むしかないだろう。疑惑を捨て切れずにいるのだから、この際さっさと突っ込んで真実に突き当たるまでだ。最悪、当たって砕《くだ》ける覚悟でいくしかない。

「疑問は、いくつかあります。一つ目は」

様子をうかがいながら、軽いものから口にした。

「颯さんにかかってきた電話の主が社長で、しかも呼び出されたと、どうしてわかったんですか」

理咲子は、軽く笑う。

「芽衣ちゃんが、そう言っていたからよ」

こちらも軽く笑ってみせた。

「それは嘘《うそ》です。芽衣さんからは話を聞いています。電話がかかってきた事すら知りませんよ。それについては、もう一つわからない事があります。先ほど警察に話さなかったと言われましたが、なぜですか。何か言えない事でもあったとか」

見開かれていた理咲子の瞳が、一気に縮み上がる。それを見て、このまま押せば、話すだろうと見当をつけた。

「こういう時に虚偽の事実を口にすると、信用を失うって事はご存じですよね。残念です。あなたは同志だと思っていたのに」

理咲子は、叱《しか》られた少女のようにションボリと視線を落とす。居心地が悪いらしく、しばらく身じろぎしていたが、やがて大きな息をつき、姿勢を正した。

「本当の事を話してもいいわ。あなたが、私を軽蔑《けいべつ》しないって約束してくれたらね」

こちらに向けた目の中に、甘えてもたれかかる子供のような光がある。

「こんなに親しくなったんですもの、嫌われたくないのよ」

幼気《いたいけ》な眼差は次第に力を増し、呑み込もうとするかのようにしたたかなものになった。

「本当の事を聞いても、絶対に嫌わないって約束して」

それは内容次第だろう。あらかじめ約束できるものではない。そうは思ったが、それで話が先に進むなら譲歩しておくしかなかった。大事なのは、颯についで聞き出す事なのだ。

「わかりました。軽蔑しません」

理咲子は、口の前で両手を合わせる。

「よかった。実は私、颯さんの部屋に盗聴器を仕掛けてたの」

頭から血の気が引くような告白だった。だが理咲子は、しごく当然であるかのように続ける。

「だって芽衣ちゃんと、この家から出ていく相談をしてたんですもの。心配で心配で、状況を探りたかったのよ。いつどうなるかわからなかったから」

盗聴行為からトリカブト毒を摂取させる事までの距離は、それほど遠くないだろう。

「あら嫌だ、軽蔑しないって約束よ。ほら硬い顔してないで、笑って」

無邪気な微笑みを向けられ、背筋がうずいた。この分では、さして深刻な顔もせず、実は殺したの、と言い出しそうな気がする。社会に暮らす人間の根本原則、いくら自分の欲求が高まったとしても越えてはならない一線があるという事を、ここでしっかりと自覚しておいてもらった方が本人のためだろうと思えた。

「それはプライバシーの侵害ですよ」

理咲子は、気色ばむ。

「あなた、約束を守らない気なの」

非難するような目を向けられ、いささかいらだった。そういう枝葉末節の問題じゃないだろう、もっと根本の話をしているんだと言おうとすると、それより先に理咲子が椅子を鳴らして立ち上がった。

「嘘つき、女をだますなんて最低」

力をこめるあまり首に何本も筋を浮き立たせ、喉からしゃがれた声を吐き出す。

「もういいわ。これ以上、話す事はありません。この家から出ていって」

思わず目をつぶった。覚悟していた通り、当たって砕けた、らしい。

3

確かに、安易な約束をした自分が悪い。だが家族に盗聴行為をしているなどとは思ってもみなかったのだ。芽衣からは、理咲子が非常識だと聞いていたが、その度合いを甘く見ていたようだった。

剣幕に追われるように部屋に戻り、荷物を持つも早々に月瀬家を出る。颯についいて、次の手を考えねばならなかった。芽衣と話している余裕がなかった事も気になる。取りあえずメールしておこうか。

ズボンの後ろポケットからスマートフォンを出しながら、ふと思う。あの夕方、家を出たという颯は、どこに向かったのだろう。二、三十分の立ち話という事だから社長の家ではなさそうだったが、この近くに適当な場所があるのだろうか。

芽衣へのメールを後回しにし、近隣の住宅地図を呼び出す。スクロールしていると、神社が見つかった。家からはやや離れており、電話でちょっと呼び出すには遠すぎるようにも思えたが、一応行ってみようという気になる。

地図を頼りに、門の前を通っている街道を横切り、腰の高さほどの樹が一面に植わっている坂を上った。切りそろえられ、よく手入れされていたが、何の樹なのかわからない。後で小塚に聞こうと思いながら写真を撮った。

やがて樹々の向こうに鳥居が見えてくる。朱に塗られていない白木の鳥居で、こぢんまりとした森を背負っていた。石碑には、糺《ただす》神社と刻まれている。

一見で全容がわかってしまうほど小さな神社だったが、鳥居のすぐそばに立てられた制札《せいさつ》によれば、創建は古かった。地元で信仰されてきた土着の神々を奈良時代半ばにここに祭っていたところ、平安遷都後に朝廷から賀茂建角身命《かものたけつのみのみこと》を祭るようにとの指示があり、合祀《ごうし》したとある。

　拝殿に向かい、爪先上がりの参道を歩いた。背後の森から涼やかな風が樹々の香りを運んでくる。秋の緑は、春とは違ってたくましく、厚みを持ちながらもどことなく儚《はかな》げだった。やがて来る冬を感じ取り、そこに向かい始めているからだろう。

　神道に傾倒している訳ではないが、神社は好きだった。建物内部に広く空間を取り、何も置かない簡素さは、神が宿る場所としていかにもふさわしく思える。豪華な天蓋の下に大小の、時には金の仏像を並べ、玉石をはめこんだ厨子《ずし》を飾って絢爛さを誇る寺に比べると、はるかに清らかだった。

　あたりに人の姿はない。ここなら確かに落ち着いて話せそうだが、実際に歩いてみると、やはり月瀬家とは距離があった。住宅地図に目を落とせば、萩原建設からとなると、さらに離れている。車を使いたくなるほどだが神社内は狭く、駐車場はなかった。二人がここで会っていたと考えるには、無理があるような気がする。

　拝殿まで行き、一応手を合わせてから裏手に回った。屋根のある渡り廊下が本殿へ続いており、その背後の森一帯は崖に近い斜面だった。樹の間から見下ろせば、下方に宝沼が見える。あそこなら、どちらの家からも適当な距離だろうと思えたが、芽衣からは地元の人間は近寄らないと聞いている。わざわざそんな場所を選んだりはしないだろう。

いったんそう考えたものの、すぐに思い直す。颯は悩んでいたのだ。その原因が職場にあった可能性も否定できない。社長はあの夕方、他人の耳に入れたくない話をするために颯を呼び出したのかも知れなかった。それなら、人が寄り付かない場所の方がいいだろう。

もう一度、宝沼に足を運び、月瀬家や会社からの距離を測ってみようか。足を速め、本殿の裏を回って西側に出る。玉垣の向こうに小さな墓地があった。竿石《さおいし》の先が斜めになっている神道独特の墓石が並んでいる。中にひときわ高くそびえ立っている墓があり、大理石らしくキラキラと陽射しをはね返していた。刻まれている文字が上から四つまで見える。「月瀬家奥」だった。

手前にある墓石の彫り文字の最終部分は、どれも奥津城《おくつき》になっている。あの墓石も全体は月瀬家奥津城で、苗字部分は月瀬なのだろう。

そうやたらにある姓ではなく、理咲子の家の墓かと思われた。さほど古くなさそうで、城館のようなあの家を建てた理咲子がこちらも改修したのかも知れない。

確認するために、墓地に足を踏み入れようとする。先ほどから目にしていた丈《たけ》の低い樹が玉垣に沿って植えられており、そこからいきなり鳥が飛び立った。

頭上を横切っていき、嫌な音と共に冷たい感触が頭皮に広がる。手を伸ばせば、べチャリと湿ったものが指先に触れた。舌打ちしながら手を下ろす。濃い緑色の粘土のようなものが付いていた。愉快そうな笑い声が響く。

「ほう、ウンがついたなぁ。よかったよかった」

見上げれば、本殿の外側にめぐらされている木の廊下に、甲羅を背負ったように背中の曲がった老人が立っていた。白い小袖に同色の袴《はかま》、足には白い鼻緒をすえた雪駄《せった》を履いている。

「えろう心細そうな顔しとるが、心配いらんで。この辺の鳥が食べとるんは茶の葉や。嗅《か》いでみ。お茶の匂いがするやろ。きれいなもんや」

よく見れば、確かに葉の一部が交じっていた。先ほどから気になっていた丈の低い樹は、茶だったらしい。小塚に尋ねる必要はなくなったが、糞《ふん》に変わりはなく、急いで別荘に戻り、頭からシャワーを浴びたかった。

「昔は、鳥の糞なら化粧品や。ただでもらえりゃ、ありがたいくらいやで。顔に塗っとき」

中高《なかだか》のうりざね顔には、からかうような笑いが漂っている。自分に関係のないこの一件を面白がっているのは明らかで、癪《しゃく》にさわった。風体から察し、この神社の関係者だろう。神仏に関わっている人間に悪態《あくたい》はつきたくない。憤懣《ふんまん》を晴らす方法はただ一つ、サッサと立ち去るのみだった。

「ところでおまえさん、見なれん顔やが、どなたさんやろ」

曲がった腰の後ろで指をくみ、小さな目に興味深そうな光を浮かべる。どうやら暇を持て余しているらしかった。

「儂《わし》は、宮司の神尾《かみお》や」

急に目の前が開けた気分になる。宮司なら、この地域一帯についてよく知っているに違いなかった。年齢的に見て、月瀬家の裏手の家や、そこに住んでいた理咲子の家族と接していた可能性も大きい。先ほどの参拝の効果かと思いつつ、ここで出会えた幸運に感謝した。

「僕は上杉といいます、高二です。月瀬さんの隣の別荘に滞在中で、昨日は、月瀬さんの所に泊まらせてもらいました」

神尾は心得顔で頷く。

「理咲ちゃんなら、儂より二つ年下や。飯事《ままごと》をした仲でな。当時このあたりにゃ、大きい子からちっこい子まで群れて遊んどったもんや。その衆ん中で今生きとるんは、儂も含めてもう三人だけやけどな」

懐《なつ》かしそうに話しながら視線を上げ、空のかなたを見つめる。

「順《じゅん》の子節《こぶし》で、しかたないわなぁ」

あの家の情報を収集したかったが、不自然に突っ込めば警戒されるだろう。取っかかりに、西側にある墓地を引っ張り出した。

「あの大きな墓石は、月瀬家のですよね。他の墓と比べて新しく見えましたが」

後悔するかのような溜め息が返ってくる。

「大きいも大きい、大きすぎるやろ。理咲ちゃんが東京から戻ってきて造った墓や。儂が、おまはんに金があるんはわかるが、もうちょっと控えめにしとかんか、言うたらな、この墓地一番の大きさでないといやや、もう誰にもお父ちゃんの事バカにさせへん、言うてきかんくてなぁ」

玄関から、いきなり奥座敷をのぞき見た気分だった。生前の父親には、何かがあったらしい。

「理咲子さんの父親、どうかしたんですか」

神尾は唇をすぼめた。そのまま黙り込んでいたが、やがて自問自答するかのように口を開く。

「もう六十年近く経っとるし、まぁ時効ちゅうもんやな。皆知っとる事やし、しゃべってもええやろ。月瀬はんはな、宝沼に身ぃ投げて自殺したんや」

予想外の話だった。緊張しつつ耳を傾ける。

「この辺一帯は、元は神社の土地やった。宝沼もそうや。古来からあの沼は、神事の行われる場所の一つやったんや。神社の記録には、紏沼《ただすぬま》と書かれとる。紏《ただ》すちゅうんは、善悪をはっきりさせる、ちゅう意味や。あの沼に宿る神が人間を裁きよる。疑いを受けた者を沼に放り込み、浮かんでくれば無実、沈めば罪科ありとされとった。源氏と平氏の合戦よりずっと前の事や」

古今東西の昔話などによく出てくる裁判エピソードだった。先日、足を運んだ時に感じた不気味な雰囲気が胸によみがえる。大勢の人間が沼のほとりに立っているかのようだったが、あれは、平氏の残党ばかりではなく、有史以来、この地に生きて神の裁きを求めながら死んだすべての人々だったのだろう。

「ご維新後、神社の統廃合がすすめられて、わずかな補償でかなりの土地を召し上げられてな、そん時に紏沼あたりも公有地になったんや。大戦後はGHQが神道指令を出し、その拡大解釈で、神道が司法に関係しとるのはけしからん、名前を変えにゃあかんやろ、ちゅう事になって、源平合戦の逸話にちなんで宝沼に改名されたんや。それでもこの土地の古い衆は、紏沼でなじんどるし、源平合戦当時なんかは、間違いなく紆沼や。宝を投げ込んだという平氏の公達《きんだち》も、平家敗戦の正否を神に問うつもりやったんやろ。心から無念やったんやないかなぁ」

その平氏の最後の戦いは、確か壇ノ浦と習った気がする。だが駅の観光案内板に、その名前はなかった。

「屋島というのも、この近くですか」

神尾は、あっけにとられたような表情になる。

「たまげたやっちゃ。おまえさん、ほんまに高校生か」

違うのだろうか。学校や塾のテキストでは、鵯越の記述のすぐ次が屋島になっている。距離的にも近いような気がしていた。

「後でよう調べるんやな。せやないと大学、ほんまに落ちよるで」

半ばあきれ、半ば心配そうに言ってから改まった表情を作った。

「月瀬はんは、自分の身を投げて神に審判を問うたんやと儂は思うとる」

いったいどんな状況におかれていたのだろう。当時の事はもちろん、父親についてもよくわからず、憶測も及ばなかった。

「事情を、うかがってもいいですか」

いく分遠慮しながら神尾の顔を見つめる。

「まぁご近所さんやし、ここまで話したんや、ついでやな。たいそうひどい話やけどな」

神尾はしゃがみこみ、脚を投げ出して胡坐《あぐら》をくんだ。どうやら時間がかかるらしい。

「月瀬はんは最初、ここの経済連に勤めとった。ところが、これが法改正で解散、新組織に移行されることになったんや。当然、切り捨てられる人間が出るわな。月瀬はんは、それに抗議して自分から辞めよったんや。頭のいい人で、簿記が達者、経済連じゃ経理をやっとったらしい。辞めてからは、このあたりの商店から頼まれて帳簿を付けたり、確定申告の手続きを引き受けたりして生活しとった。税理士なんか雇えん小さな菓子屋とかコークス屋とか漬物屋が相手で、金が払えん店には、ある時払いの催促なしやったって話や。人柄は、儂もよう知っとるが、えろう頭の切れる、ほんで優しい人やったで。貧しく暮らしとったが、いじけたとこはあらへんかった。仕事の方は几帳面《きちょうめん》できっちりしとってな、だんだん評判が高《たこ》うなって、大きな会社から経理を頼みたいだの、経理担当として雇いたいだのって話が出てきたんや。ところが、それが災《わざわ》いしてな、税理士会が目ぇ付けよった。当時の税理士会の代表は今泉《いまいずみ》って男で、こんあたりの氏子の代表もしとった顔役や。税理士の資格を持っとらん月瀬はんが、自分と同じ仕事をして、しかも好かれとるんが面白うなかったんやろ。そんでも法的には問題がないさかい、正面切って止める事はできへん。そんで嫌がらせを始めたんや。今で言う、いじめやな。家に押しかけたり、妙な噂を流したり、町内の行事でこれ見よがしにのけ者にしたり、懇意の税務署員をつついて、月瀬はんが関わった会社の確定申告に、えらい難癖《なんくせ》つけたり、アラ探ししたりしたそうや。それが続いて、月瀬はん、まいっちまったんやろな。紐沼に身を投げてもうた。たまたま見とったもんが、すぐ消防を呼んだんやけど、間に合わんでなあ。いつもはきつい理咲ちゃんが、目を真っ赤にして葬儀の行列の中におったのを、よう覚えとるわ。儂が高一の時やから、理咲ちゃんは中二やな」

その様子を想像してみる。十代半ばだった理咲子に、父親の突然の死は相当なダメージを与えたに違いなかった。

「そんなこんなで、中学出ると、すぐ東京に行ってしもうた。まぁ絵は、昔っから上手やったけどな。死んだ月瀬はんの趣味が絵を描く事やったから、その血を継いだんやろ」

世に認められなかったり、人に裏切られたりして涙を呑んだ人間を頻繁に取り上げ、権力によって抹殺された者に光を当てたいと考えている理由がわかった気がした。不当な運命に見舞われた父への鎮魂なのだ。

「それがなぁ、理咲ちゃんが出ていってしばらくして」

神尾は声をひそめ、身を乗り出す。

「なんと今泉が急死しよったんや。税理士会の新年会で、酒飲んどる最中に倒れて救急搬送やった。その日の内に亡くなってしもて、ここら一帯えらい騒ぎでなぁ。儂は、ひそかに思ったもんや、紀沼が審判を下したんや、ってな」

そうかも知れない。月瀬に同情していた神尾としては、そう思いたいのだろう。

「当時、月瀬さんが住んでいたのは、今の家の裏手にある建物ですよね」

神尾が頷くのを確認し、さらに聞く。

「あそこには、今、誰か住んでいるんですか」

注視していると、神尾は一瞬、目を泳がせた。やや間をあけて答える。

「どやろ。よう知らへんが、誰もおらんのとちゃうか」

口調はこれまでと一転し、妙に粗雑になっていた。

「さぁて、お勤めに戻るか」

逃げるように、そそくさと立ち上がる。何とか引き止め、もう少し情報を得たいと思っていると、砂利を踏む音が近づいてきた。

「お父さん」

玉垣の向こうに中年の女性が姿を見せる。

「母屋に、三愛大学の戸田《とだ》さんからお電話がきとりますが」

大学名が引っかかった。理咲子を訪問していたのも、三愛大学の人間だった。偶然に同じ大学というだけか、それとも何かつながりがあるのか。

「ああ、式年祭の相談やろ。もうすぐやからな」

座標の中に置かれた二つの点の関係性を探るような気分になる。神経を集中させ、注意深く神尾の表情を見つめた。

「今行くから、待っとってもらって。ほんじゃ上杉君」

そう言いながらこちらに顔を向け、凍り付いたように瞠目《どうもく》する。

「どないしたん」

声は緊張をはらみつつあった。

「えろう気張っとる顔やな」

眼差も、きつくなっていく。あわてて視線を伏せた。隠している気持ちが顔に出ていたのだろう。

「いえ」

微笑みながら、情報を引き出す方法を模索する。ここで不審に思われたら、理咲子に伝わる可能性があり、今後、動きにくくなるに決まっていた。それを避け、かつ今、名前の出た戸田について探るためには、どう話を展開すればいいのか。

「大した事じゃないんですけど」

神尾の態度が変わったのは、あの家に触れてからだと思い返す。そこから離れた質問なら、危険はそれほど大きくないだろう。このまま黙っていては余計に不信感をあおる。多少危ない気がしないでもなかったが、突っ込んでみるしかなかった。

「実は、三愛大学の戸田さんって名前、どこかで聞いた気がして。どこでだったのかなぁ」

神尾は、ほっとしたような笑い声を上げた。

「理咲ちゃんから聞いたんやろ。さっき言うたやないか、幼馴染みで今生きとるのは三人だけやって。儂と理咲ちゃんと戸田や。大阪に住んどるから、法要の時くらいしかやって来んけどな」

神尾や理咲子と幼馴染みなら、戸田は七十代だろう。とっくに退職している年齢だが、自分の名前に大学名を冠しているとなると、何らかの形で在籍しているのかも知れない。退官した教授が名誉教授となり、研究員扱いされているというケースは、耳にした事があった。

井伏の方は三十代半ばで、助教かポスドク。そう考えると、二人を結ぶ線が浮き上がってくるように思えた。おそらく同じ研究室にいるのだ。もしそうなら、確かめるのは簡単な事だった。先に見た教授リストをチェックすればいい。

「お時間を取らせてしまって、すみませんでした」

目星がつき、一気に気分が上向いた。はしゃぐような響きをおびそうになる自分の声を必死に抑える。

「では失礼します」

神社を後にするやスマートフォンを出し、急くあまりもつれそうになる指で再び三愛大学を検索した。教授リストを調べ直す。やはり戸田の名前があり、名誉教授となっていた。

人類学の研究者で、専門分野は骨考古学と形質人類学とある。戸田ラボと名付けられている人類学研究室を持っていた。

読みながら眉根を寄せる。人類学が、どういう学問なのかわからなかった。骨考古学は、字面から何とかわかる気がしないでもなかったが、形質人類学や形態人類学に至っては見当すらつかない。

やむなく教授リストを閉じ、人類学、形質人類学、形態人類学などの言葉を検索した。自分は数学という井戸の中のカエルらしいと思わない訳にはいかなかった。大海を知らないのだ。

殊勝《しゅしょう》な気持ちになりながら色々なサイトをサーフィンし、だいたいの全貌をつかむ。つまり人類学というのは、理学部もしくは医学部に属しており、人類というものを研究する学問なのだった。大学によっては、生物学の中に入れている所もある。そして形質人類学は、遺伝子を研究する分野と、古今の人骨の骨格形態を研究する分野に分かれており、後者を形態人類学と呼んでいた。

丸呑みしたような知識は、うまく心になじまない。異物を抱えているような落ち着かない気持ちで、戸田ラボのページに飛んだ。研究チームの紹介がされており、そのメンバーの中に井伏の名前を見つける。ようやく入り口を探し当てた気分だった。

研究領域は、古病理学的分析による人間の環境の解析と、古人骨の形成復元に基づく人類学研究とあった。具体的に何をやっているのか、いま一つよくわからない。だが構図はつかめた気がした。

理咲子を直接知っているのは戸田で、その戸田が井伏を紹介したのだ。だから井伏は、あの家に入れる。逆に考えれば、戸田も事情を知っているのだ。そしてあの家の話に触れたとたん態度を変えた神尾も、やはり知っているのに違いない。

この舞台に井伏が登場したのは、その研究が必要とされたからだろう。理咲子を含めた四人は、いったい何を共有しているのか。あの家で井伏は何をやり、それは颯とどう関係しているのか。

胸をざわつかせながらサイトを閉じようとし、ふと思いついて寄付金のページを出してみる。過去三年間にわたっての献金者の名簿が載せられており、いずれもトップに理咲子の名前があった。毎年三千万を寄付している。ただならぬ関係である事は間違いなさそうだった。

未消化のままの人類学の単語が胸の中でうごめく。生物オタクの小塚の知識を借りて消化しようと思いつき、メールを打った。

「人類学を専攻してる人間で、古病理学的分析による人間の環境の解析と、古人骨の形成復元に基づく人類学研究をしてるヤツって、具体的に何をやってるのか教えてくれ」

4

別荘に戻り、部屋に入ろうとしていると、スリングバッグの中でスマートフォンが鳴り出す。出してみると、芽衣からのメールだった。

「伯母が、こう言ってるの。出ていけって言ったら、ほんとに出ていっちゃったのよ。まぁあきれたわ。ありえないわよ、子供じゃあるまいし。ああ子供なのか、まだ高校生だものね」

一瞬、あっけに取られる。じゃ出ていかなくてよかったのか。だったら、出ていけなんて言うなよ。言われたら、出るしかないだろ。他にどうすりゃよかったんだ。

メール画面を閉じ、やっぱり女は謎だとつぶやきながらベッドに腰を下ろす。そのまま仰向けに転がろうとした瞬間、糞を浴びた事が頭をよぎった。あせって飛び起き、服を脱ぎながらシャワーブースに駆け込む。

さて、これからどうする。あの家に忍び込み、車椅子の男が颯かどうかを確かめるか。あるいは宝沼から萩原建設まで歩いて距離感を確かめるか。もし社長が何かを問い質そうとして颯を呼び出したのなら、過去に紕沼と言われていた場所を選ぶのもありそうな事だった。二人の間に何があったのか。

興味を惹かれたが、プライオリティとしては、やはり男の確認からだろう。壁の時計を仰げば、まだ三時前で、裏の家に理咲子がやってくるまでには充分時間があった。

はき心地のよくないスニーカーを自分の靴に替えて出かけようとし、靴箱を開ける。すっかり乾いているのを確かめて持ち出し、洗面所のシンクの上で左右を打ち合わせて泥を払った。とたん、靴から何かがパラパラとこぼれ落ちる。

摘まみ上げると、一つ一つの大きさは、ほぼ数ミリ。半透明で乾いており、薄い褐色だった。触角もしくは脚らしきものが何本か出ているところを見ると、昆虫の類だろう。外見は、駿河湾《するが》で春に獲れるサクラエビに似ている。靴の方を見ると、縫い目の間にもかなりの数がはさまっていた。どこで付いたのだろう。沼に踏み込んだ時か。

比較的、形が整っている一匹をティッシュペーパーの上に載せ、写真を撮った。これ何、生育場所は宝沼、と書き込み、写真を添付して小塚に送っておく。後は水で流し、靴にブラシをかけた。よし行くぞ。

昨日通ったと同じ道を、今日は宝沼に寄らずに真っすぐ月瀬家に向かう。門扉は、最初の日と同様に開いていた。閉めない習慣なのだろう。人目をはばかり、こっそりと中に入る。心持ち遠慮しながら庭の片隅を通り、裏の家に向かった。

玄関の戸に手をかける。細い縦格子の間にガラスをはめ込んだ片引き戸で、わずかに開きかけたが、すぐつっかかった。斜めになった戸の隙間《すきま》からのぞけば、真鍮《しんちゅう》の鍵がかかっている。簡単なもので、取り付けられている木枠も古く、壊そうと思えばできない訳ではなかった。

だが古いだけに、どんな壊れ方をするか想像がつかない。元の通りに戻せないかも知れなかった。発見されれば大騒ぎになるのは目に見えている。嫌疑は、間違いなく近隣の別荘主の甥にかかるだろうし、不名誉な噂は当然、伯父にも及ぶだろう。

もっと安全で穏当な方法を求め、勝手口に回る。こちらは板戸だった。鍵がかかっている様子はなかったが、押しても引いても動かない。内側から心張《しんば》り棒でも支《か》ってあるか、あるいはもう出入りしないとの判断で、釘《くぎ》で固定してしまったのだろう。

入る手立てがなかった。だがこのまま引き返すのは、くやしすぎる。しばし立ち尽くして家をながめた。短い煙突を見上げ、サンタクロースならあそこから入るだろうな、などと考えているうちに芽衣の言葉を思い出した。雨漏りしていると言っていたのだった。つまり屋根に穴が開いている。そこから中をのぞけるかも知れなかった。

膝の高さほどに繁っている雑草の中に踏み込み、屋根におおいかぶさっているクリの樹に近づく。下の方にある太い枝を足掛かりにして幹の中ほどまで上った。家の裏手に伸びている枝を伝い、できるだけ屋根に寄ってから飛び移る。

両足が瓦に届いた瞬間、屋根全体がカステラのように柔らかくバウンドした。足を取られ、ふらついて転げ落ちそうになる。瓦の間に爪先を突っ込み、なんとか体を支えた。

　冷や汗がにじむ思いで大きな息をつく。安全のために四《よ》つん這《ば》いになり、雨漏りの場所を探して移動しかけたとたん、きしむような音と共に最初は片手の下、続いて左右の膝の下にあった瓦と下張り板が崩れ落ちた。

　足場を失った両脚が、一気に空中に放り出される。欠損部分の隙間に体が挟まり、落下は免《まぬが》れたものの宙づり状態になった。穴にはまったも同然で、身動きが取れない。もしこの様子を誰かが見たら笑い出すだろうと思えるほどマヌケだった。はね返った瓦の破片がかすめた頬や、屋根の断面に裂かれた服のあちらこちらから血がにじんでくる。あらゆる言葉で毒づきながら、脱出方法を考えた。

　何とかして、もう一度屋根に這い上がるか。だが全体が腐っているとすれば、同じ事のくり返しになるどころか、さらに悪い状況に突入する恐れがあった。

　上に行くのが危険ならば、下に降りるしかない。古い日本家屋なのだから、天井から床までの距離はせいぜい二メートル半程度だろう。屋内には畳が敷いてあるはずで、これはマットのようなものだった。股関節《こかんせつ》や膝、足首をうまく使って着地すれば、大きな衝撃を受けずにすむのではないか。

体の周辺にある瓦をどけ、下張り板をはがしにかかる。ひどく腐っており、比較的簡単にめくれた。ささくれた木が皮膚に突き刺さる。舌打ちしながら、とにかく手を動かした。ある程度の空間を作ると、そこをくぐり抜けるようにして下に向かって飛び降りる。

いったん屋根裏に落ち、それを突き破ってさらに落ちた所は、期待していた畳の上ではなく、簀子《すのこ》の敷かれた三和土《たたき》だった。しかも簀子を踏み抜き、湿り気の多い土の中に突っ込む形で尻餅《しりもち》をつく。たいそうカッコ悪く、誰かに見られている訳でもないのに赤面しながら身を起こした。自分を慰めつつ立ち上がり、あちらこちらを動かして大きな怪我がない事を確認する。物音は、車椅子の人物の耳に届いたに違いなかったが、今さらどうしようもなかった。

もうもうと上がっている埃《ほこり》や木屑《きくず》を透かしてみれば、縦格子のはまった小さな腰高窓に面してコンクリートで造られた流しと竈《かまど》がある。古い形の鍋《なべ》や釜も並んでおり、一瞬、過去にタイムスリップした気分になった。振り返れば、黒塗りの戸棚の中には、古色蒼然《こしょくそうぜん》とした食器類が並んでいる。台所らしい。

六畳ほどのその三和土の突き当たりは、一段高くなっており、障子が閉まっていた。この向こうに颯がいるのだろうか。耳を澄ますものの、人の気配はない。思い切って近寄り、障子を開けた。
思わず、うなり声がもれる。
そこは四畳半で、中央に卓袱台《ちゃぶだい》があり、その上に山のように骨が積み重なってい
た。頭蓋骨《ずがいこつ》から骨盤、指の付いた手や、足部分の骨もある。明らかに人骨で、しかも
各パーツが複数個あった。何だ、これは。
目から入ってくる情報を処理しきれず、うなりながら髪を掻き上げる。大量殺人の
跡を見ているようでもあり、それらがあまりにも整然と卓袱台の上に収まっているた
めに静物画を見ているようでもあった。
呆然《ぼうぜん》としながら、理咲子が隠していたのはこれだったのかと考える。一人分ではな
い。誰の骨だろう。颯のものも交じっているのか。ここで解体したのだろうか。だが
理咲子一人でできる事か。疑問が次々と湧き上がり、冷や汗がにじんだ。落ち着けと
自分に言い聞かせる。呼吸を止めたままだった事に、ようやく気づいた。
湿気《しっけ》を含んで膨れ上がっている古びた畳に、血痕《けっこん》らしきものはない。見回せば、突
き当たりにある押し入れの前には、画架と椅子が置かれていた。画架には、A3ほど
のサイズの油絵がかかっている。描かれているのは黒い法衣《ほうえ》を着た西洋人で、下塗り
をしただけの部分も多く未完らしかった。椅子に取り付けられたポケットには、油絵

の具やパレットが入っており、その間に週刊誌大の本が一冊差し込まれている。

取り出してみると、写真の多いフランス語のムックだった。タイトルには、「Château de Vaux-le-Vicomte」とある。理咲子が自分の家を建てるに当たり、原型とした城館だった。

裏表紙には、定価の書かれたシールが貼られたままになっている。購入したのは相当前らしく、通貨単位はフランだった。話していた取材の折に購入したのだろう。

付箋《ふせん》の付いているページを開けてみる。一人の男の肖像画が載っていた。目に笑みを含んだ皮肉気な顔は、キャンバスに描かれているのと同一人物で、キャプションは、「Portrait de Nicolas Fouquet, vicomte de Vaux, 1661」となっていた。おそらくこの肖像画を基にして理咲子がキャンバスに描き起こしているのだろう。毎晩ここに通っているのは、そのためか。

だが、このたくさんの白骨とそれが、どう関係するのだろう。卓袱台のそばに戻り、まじまじと見下ろす。人骨には違いないが、きれいすぎるようにも思えた。もしかしてプラスチックか。

一本を手に取り、その軽さに確信を強めながら光にかざす。中ほどに素材を接着したような直線が見えた。指ではじけば、空洞らしい音がする。どうやらプラスチックで決まりのようだった。目的はわからないものの、気分が少し落ち着く。

四畳半の左手は窓で、その向こうに荒れた畑とクリの樹が見えた。右手には片開きの襖《ふすま》がある。昨日、家の周りを歩き、外形とサイズから考えて部屋数は二つだろうと予想していた。玄関の外から見た時には、ガラス戸の向こうに廊下があり、その障子を開けて理咲子が車椅子と共に出てきたのだった。この襖の向こうには、その部屋があるはずだ。颯がいるとしたら、そこだ。

人の気配は、相変わらず全く感じられない。襖に近寄り、息を詰め、一気に開け放った。

目の前に、床ノ間の付いた八畳間が現れる。洋服簞笥《だんす》と整理簞笥の間に、畳んだ車椅子が押し込まれていた。そばに布団が敷いてある。こんもりと盛り上がっており、誰かが寝ていた。向こう向きで顔は見えず、身動きもしない。寝息も聞こえなかった。思い切って声をかける。

「颯さんですか」

答はない。これほど近くで声をかけても反応しないとなると、眠っているにしても普通の眠りではないだろう。生きていないのかも知れない。もし本当に颯だったら、こんな近くにいた事に一年間も気づかずにいた芽衣の悲しみと嘆きは、言語を絶するに違いなかった。そんな事態にならないように祈りながら、再び声をかける。

「颯さんじゃないですよね」

返ってきたのは沈黙だった。立ち尽くし、なんの動きもない布団と部屋の中を見つめる。そうしていると、そのまま時間が固まり、永遠の中に閉じ込められてしまうかに思われた。ゼリーのようにからみついてくる空気から身を引きはがし、一歩を踏み出す。布団の足元を通り、向こう側に回って顔をのぞき込んだ。

そこに横たわっていたのは、今まで見た事もない中年の男性だった。目を開いたまま、じっとしている。颯でないとわかり、救われた思いだったが、同時に強い疑念に呑み込まれもした。誰なんだ。

「突然、入ってきて、すみません」

よく見ると、表情がない。膝をつき、片手をその鼻の前に当ててみた。呼吸をしていない。かといって死体でもなかった。伸ばしていた手を、頰に置いてみる。肌の温かさはなく、ゴムのような弾力が指先を包んだ。

人形だ。そうわかったとたんに緊張がゆるむ。その場にしゃがみ込みながら腹立たしさ半ば、愚痴半ばでつぶやいた。勘弁してくれ、何が悲しくて七十を超えて人形遊びなんだ。

読みかけの本が風に吹かれ、音を立てて最初のページに戻っていくのを見ているかのようだった。全てはリセットされ、スタート地点に押し返されたのだ。当初の疑問が戻ってくる。颯はどこに行ったのか。

ヒツジが鳴き始め、のんびりとした声がポケットの中に満ちた。疑問符を食い散らしながら徐々に大きくなっていく。スマートフォンを出してみると、小塚からメールが届いていた。

「先のメールの返事だよ。遅くなってごめん。その次に来たのは、今、調べてるとこだからちょっと待ってね。人類学って、すごく幅が広いんだ。僕も全部はわからないけど、お尋ねの件を具体的にすると、古い地層で発見された人骨から身体《しんたい》構造を調査したり、死因や食生活、生育環境なんかを研究してるんじゃないかな。出土した骨を組み立てたり、そこにシリコーンで筋肉を付けて人間に近い形にまで復元したりする事もあると思うよ」

目の前の中年男性を見つめる。ではこれは、採取した人骨を元通りに復元させたものか。何のためだ。いったい誰なんだ。

「それは、私の父です」

振り返ると、そこに理咲子が来ていた。後ろには芽衣もいる。二人ともモップや擂《すり》粉木《こぎ》を握りしめ、武装していた。

「裏の家で大きな音がしたって、芽衣ちゃんが素っ飛んできたのよ。警察に連絡しましょうかって。あわてて止めて、部屋にいてちょうだいって言っておいて、一人で様子を見に来たの。そしたら家の中で誰かが動いてるじゃない。どうしようかと思ったわよ。警察に見られたくなかったし、かといって泥棒だったら、それはそれで困るし。迷ってるうちに芽衣ちゃんも外に出てきてしまって、いくら自分の部屋に入ってなさいって言っても、聞きゃしないんだからもう」

後ろを振り返り、不満げに芽衣の顔をながめる。芽衣は、擂粉木を握りしめたまま布団の中の男に視線を注いでいた。大きな目はいっそう見開かれ、顔は強張ってほとんど固まっている。理咲子に反論もできないようだった。先ほどの和典同様、目から入ってくる情報を処理できずにいるらしい。

これでこういう反応では、四畳半の骨の山を見たら卒倒するだろう。その様子を想像すると、何だかおかしかった。笑いをこらえながら、これが颯でなくて本当によかったと思う。卒倒程度ではすまなかったに決まっている。

「まさか、あなただとは思わなかったわ」

理咲子は、何も言わない芽衣に見切りをつけ、こちらに目を戻した。

「勝手に他人の家に入って、何をやってるの」

ここは正直に言うしかないだろう。罵倒《ばとう》されるのを覚悟で立ち上がり、理咲子に向き直る。

「屋根を破りました。ちょうど台所に落ち、四畳半の方にも入って、制作中のフーケの肖像画も拝見しました」

芽衣をこれ以上驚かせたくなく、骨の話は避ける。

「すみませんでした」

理咲子は、あきらめたような笑みを浮かべた。

「いいわ。芽衣ちゃんにも見られてしまったし、今さら謝られてもどうしようもない。でも屋根が破れてるんじゃ、雨でも降ったら大変。何もかもずぶ濡れになってしまうわ。あなたのした事なんだから、責任上、元に戻してちょうだいよ」

絶句するよりない。自分で直すだけの技術も、誰かを雇うだけの金も持っていなかった。

「冗談よ。呆然としていると、理咲子が笑い出す。

萩原建設を呼ぶわ」

その名前が、今ここで出てくるとは思わなかった。

「萩原建設って、颯さんの勤め先だった会社ですよね」

胸の中に埋もれていた謎が再び浮き上がってくる。依然として不明のままの颯の行方をめぐり、いっそう深い渦を形作った。

「家の修理をしてくれる業者って、この辺じゃあそこだけなのよ。芽衣ちゃん」

芽衣は突然、息を吹き返した人間のように首を起こす。まだいく分強張ってはいるものの、なんとかいつもの表情を取り戻した。

「萩原建設に電話をかけて、社長を呼んで、ちょっと見に来てちょうだいって言って。いつも電話に出る女の子に言ったんじゃダメよ。あれは、てんでボケだから。電話口に社長を呼ぶのよ」

戻っていく芽衣を見送り、理咲子は素早くこちらに視線を走らせる。

「社長が来る前に、見られて困るものだけ母屋に移すわ。そのくらいは、やってくれるんでしょうね」

喜んで引き受ける、と言うしかなかった。

「骨は、何かに入れて隠さないと。芽衣ちゃんに見つかったら、きっとうるさいわ」

理咲子は、せかせかと四畳半に入っていく。押し入れを開け、中を探っていたが、やがて畳まれていた段ボール箱を引き出し、こちらに放り投げた。

「ほら、これに入れて。早くしないと戻ってくるわよ。急いで」

急《せ》き立《た》てられて箱を組み立てる。

「何なんですか、この骨は」

理咲子は顎を引き、自慢げな笑みを浮かべた。

「これはね、あ、戻ってきた、早く」

何とか全部をそこに詰め込む。直後、八畳との間から芽衣が顔をのぞかせた。

「社長は今、現場に出てるとかで、終わり次第こちらに向かってくれるそうです」

理咲子は何食わぬ顔で、骨の入った箱を持ち上げる。

「これは私が持つから、あなたは父を運んで」

二つの部屋の間で立ち尽くしている芽衣の脇を通りぬけ、八畳に入って枕元《まくらもと》に片膝をついた。布団をめくると、ネルのチェックの寝間着を着ている。かなり古い布で、生前、本人が着ていたものかと思われた。肩の上に担ぎ上げようとして両脇に手を入れ、一気に持ち上げる。理咲子が悲鳴を上げた。

「乱暴にしないで。頭を下にしたら、かわいそうじゃないのよ。担ぐのは止めて。お姫様抱っこよ」

どう見ても中年男にしか見えないそれをお姫様抱っこで運ぶ自分を想像し、ひどく気持ちがなえた。まるで生きている人間のように取り扱っている理咲子の言動にも、心が痛む。

父親が死に至った経緯を考えれば、愛着を持つのはわからないでもなかったが、いくら実際の骨を使い、実態に合わせた筋肉を付けたとしても、それはやはり紛《まが》い物《もの》だった。死んでしまった時点で、本人は消滅したのだ。

その現実と向き合わず、逃避して自分を誤魔化している様子は、長い人生を経た人間としては、ほめられたものではなかった。まぁそのあたりが、心は少女だという所以《ゆえん》なのだろう。そういう個性として受け止めるしかないのだろうが、たいそう残念だった。

「それ、家の中に持っていくんですか」

芽衣が咎《とが》めるような声を上げる。

「私、それと同じ屋根の下で暮らすのは嫌です」

白骨ならともかく、この人形でそこまで言うとは意外だった。理咲子と違って思い入れがない分、不気味としか感じないのかも知れない。

「それって言うの、やめてちょうだい」

理咲子の口調は、切って捨てるようにキッパリとしていたが、内心、狼狽《うろた》えている様子が見て取れた。芽衣がこれほど反発するとは考えてみなかったらしい。

「私の父なのよ。研究室の協力を得て作った正確なものなんだから。本物の骨から復元したのよ」

芽衣は、表情を硬くしたままだった。

「本物の骨なら、余計に気持ち悪いだけです」

目には頑《がん》とした力がある。表面は静まり返っているものの、その奥には怒りにも恐れにも似た、荒れ狂うような感情がうねっていた。

「家に持ち込まないでください」

理咲子は、取ってつけたような笑いを浮かべる。

「ほんのちょっとの間だけよ」

機嫌を取るように、言葉を重ねた。

「こっちの家を補修するまでの事だから。私の寝室に入れておくわ。あなたの目には、絶対触れないようにするから」

いつものように高飛車に出ないのは、芽衣の憤慨の大きさを感じ取っているからだろう。これを理由に、家から出ていかれる事を恐れているのに違いなかった。

「社長を急がせて早急に修理させるから。ね、ほんのちょっとの間だけだから我慢して。ね、いいでしょ、ちょっとだけだから」

取りすがるように微笑みかける理咲子が痛々しく、気の毒になる。疾《と》うの昔に死んだ父親をあきらめ切れず復元してそばに置き、今は今で芽衣に去られるのを恐れ、懸命に機嫌を取っている。豊富な知識を蓄え、根気のいる長い仕事をやり抜くだけの情熱を持っているというのに、同時にこれほどもろい面を抱えてもいるのだった。人間の複雑さを垣間見る思いで、ただ見つめる。

「一週間でやってもらうわ。いえ五日」

ひたすら芽衣の顔色をうかがうその笑みは、媚《こ》びるような色合いを帯びていく。承諾を取りたい一心で、卑下するも同様の譲歩をくり返した。

「それが長ければ、三日か二日」

頑《かたく》なに構える芽衣の前で、どこまでも譲っていく。

「そうだ、明日中にでも終わらせてしまえば、どう。そうしてもらうわ。ね、それならいいでしょ、ね」

見ているのが辛《つら》くなり、何とかしようという気になった。これが数学なら、一つの命題が提示された場合、それを解決する方法はいくつかある。多少時間がかかっても、スッキリとしてきれいな方程式を選ぶのが常だった。

だが現実社会における話となると、まず正当性を考えねばならない。この家に物を置く権利を持っているのは、家の持ち主である理咲子だろう。正当性は理咲子にある。となれば芽衣に譲歩させるしかなかった。うまく説得し、家を出るという事態を避ける必要がある。

「芽衣さん、もしかしてこれが恐いんですか」

理咲子を見すえていた芽衣の目が、その厳しさのままこちらを向いた。真剣に構えるような事ではないとわからせようとして、笑ってみせる。

「ただの人形ですよ、死体じゃない」

瞬間、芽衣がすくみ上がった。心にひそんでいた狂暴な熱が、一気に噴き出して全身を乗っ取ったかのようだった。それを見て、先ほど目の奥で暴れていたものの正体に気づく。あれは怯《おび》えだったのだ。本気で恐がっていたらしい。そうわかって急におかしくなった。理咲子が少女なら、こっちは幼児だ。

「大丈夫、ただの復元ですよ。動きません」

言葉から笑いがにじみ出るのを抑えられない。

「夜中にあなたを襲ったりしませんよ」

それでも芽衣は、態度を和らげなかった。膠着《こうちゃく》してしまったかに見えるその心を動かすには、どうすればいいのだろう。ショックを与えてみようか。芽衣の一番弱い所に切り込めば、さすがに反応するに違いない。それを見ながら次の手を考えよう。

「親を亡くす悲しみは、あなたも経験したでしょう。それがどんなものか、よく知っていますよね」

固まっていた芽衣の頬が、ようやく動いた。いけると踏む。

「理咲子さんも、同じですよ。それを癒してくれているのが、この人形なんだと思います。芽衣さんの気持ちもわかりますが、ここは心を広く持って受け入れ」

そこまで言った瞬間、芽衣が吹き出した。啞然としていると、呑み込むようにその笑いを収める。

「親を亡くす悲しみなんて、伯母にはなかったと思います」

目には、毅然とした光が瞬いていた。

「だって父親を自殺に追い込んだのは、伯母なんですもの」

初めて聞く話が稲妻のように脳裏を走り回る。心が痺《しび》れ、思考が停止して、ただその言葉をそのまま抱えているしかなかった。

「私の父は、こう言っていたのよ。自分の父親は優秀で、優しい性格だった。絵の才能もあって、誰にも親切だったが、誠実過ぎて世渡りが下手だった。それが仇《あだ》になって損ばかりしていて、特に晩年は辛い事が多くて、どうしても酒に頼りがちだった。

それで家族が金目の物を売ったり、知り合いから借金をしたりして暮らすしかなかった。自分もたびたび金を借りに行かされたって。でも私の父は、自分の父親が好きだったみたい。けれど父の姉に当たる伯母は、父親を甲斐性《かいしょう》なしと呼んで許さず、特に中学に入ってからは、口汚い言葉で罵《ののし》ったり、飲んでいる酒を取り上げたり、時には拳を振り上げる事もあって、皆で止めていたんですって。父親が追い詰められたのは、実の娘から無能者扱いされ、軽蔑されて、生きていく張りを失ったからだろう、家族の誰もが内心、そう思っていたみたいよ。自殺がわかった時、伯母はこう言ったんですって、なんと人聞きの悪い事をしはったもんやなぁ、最後まで迷惑な人やったって」

思わず理咲子の顔を見る。横を向いており、表情も気持ちも読み取れなかった。

「それが、父親を復元したなんて信じられない。そうやって過去を美化して本当の事を隠すつもりなの。虫酸《むしず》が走りそう。それとも死んだ父親なら、もうお酒も飲まないし、勝手な事もしない、自分の思い通りに動かせるから、それで満足できるって訳なの」

理咲子は、ようやくこちらに目を向ける。

「芽衣ちゃん、あなたねぇ」

強張り、震えている頬に、今にも怒りに変わりそうな微笑を浮かべた。

「私が今も、中二の時の気持ちのままだとでも思うの。父が死んだ後、後悔しなかったとでも、もう取り返しのつかない思いに身を焼かなかったとでも、思うの」

芽衣はしばし立ちつくしていたが、やがて身をひるがえし、無言のまま歩み去った。家の中に入っていくその姿を目で追う。足取りは、自分の吐き捨てた言葉から逃げようとしているかのように速かった。背後で理咲子の声が響く。

「ありがとう」

まろやかさを感じさせる声だった。振り返れば午後の光の中に、涙ぐんでいる二つの目が見えた。

「あなたにかばってもらうなんて、思わなかったわ」

理咲子が望んだのは、父親との関係を結び直す事だったのだろう。もう決してできるはずのないその作業を夢見て、父の姿を復元したのだ。

5

現実を知られた後で、なお父親について話す事には多少のきまり悪さがあったらしく、理咲子ははにかんだような表情で、こちらの様子をうかがいながら口を開いた。

「母屋にも、父の部屋はちゃんと用意してあるわ。フーケの主寝室だった所よ」

白骨を入れた段ボール箱を持つ理咲子の後ろに続き、人形を抱いて階段を上る。

「フーケは名門貴族の生まれで、色男で金持ちだった。ルイ十四世は、国王である自分より華やかで、脚光を浴びているフーケという存在を許す事ができなかったのよ。だから全力で潰しにかかった」

踊り場に一枚の油絵がかかっていた。夜のヨットハーバーで、帆を下ろした多くのヨットが舳先《へさき》をそろえ、その影が落ちる水の上では岸辺の家々の明かりが揺れている。背後には別荘の立ち並ぶ山があり、全体がセロファンで包まれているかのように神秘的なモーブ色だった。足を止めているのに気づいた理咲子が、わざわざ戻ってくる。

「父の絵よ。端の方に名前が入ってるでしょ」

見れば、達者な横文字で、月瀬清業《せいぎょう》とあった。

「本名は清一《せいいち》なの。清業は雅号。たくさん絵が残ってるから、季節に合ったのをかけてるのよ。海外の風景が好きだったから写生に行きたかったんだろうけど、そんな恵まれた環境じゃなくて、写真集を見て気に入ったのをアブラで描いてたわ。フォロ・

ロマーノを描いた絵が、私は一番好き。夏の日差しが照らし出す荒廃感が素敵なの。よかったら、後でお見せするわよ。父の絵の特徴は、圧倒的な写実感。なかなか、あは描けないものよ。目がすごくよかったから、それであのタッチが出せたんだと思う。そのせいで徴兵された時も射撃がうまくてね、あっという間に出世したみたい。八十人ほどの兵士の中央で、軍刀を握っている記念写真があるわ。ああフーケの話だったわね」

踊り場を過ぎ、二階に上がると、廊下代わりの部屋の中をいくつか通った。

「ルイ十四世は罠《わな》をかけてフーケを投獄、死ぬまで牢から出さなかった。財産は没収、造りかけだった城からは設計者と室内装飾家、造園家を引き抜いて、その全員を自分が計画していたヴェルサイユ宮殿に投入したの。料理長までね。フーケの城館は未完成のまま放置され、今もそのままよ。私がこの話を知ったのは、鉄仮面の取材をしてる最中。それで作中にフーケも登場させる事にしたの。二人とも権力によって虐げられた人間だから。あ、ここよ。今、ドアを開けるから」

段ボール箱をいったん床に置き、ドアを開いて脇に身を引いた。

「どうぞ入って」

中に踏み込む。彩色浮彫りを施したドーム型の天井や、一面に刺繍の入った天蓋と羽根飾りの付いたベッド、その脇には銀線をはめこんだ黒檀《こくたん》の机があり、家具の華やかさが目を引く部屋だった。南東に向いた窓からは光が射しこみ、部屋の空気を金色に輝かせている。

「家具も全部、実際の主寝室と同じにしてあるの。ああ父は、ベッドに寝かせてやって」

天蓋から下がる緋色《ひいろ》のカーテンを肩で掻き分け、同色のベッドカバーの上に横たえた。

「権力に押しつぶされた人間を見ると、父を思い出すわ。税理士会から不当な圧力をかけられて、人生に幻滅していった。叩かれっぱなしで闘おうとしなかったから、私には不甲斐《ふがい》なく見えて、くやしくって、さっき芽衣ちゃんが言った通り、随分ひどい態度も取ったわ。それが父の辛さに拍車をかけるなんて思ってもみずに。ただただ勇気を出して立ち向かってほしかっただけなの。自分の正当性を主張してほしかった。娘が父親にそう期待しても、無理ないでしょう」

理咲子が中学生だった頃には、まだジェンダーが固定化していたのだろう。それに沿った形で、子供も親の理想像を思い描いていたのに違いない。

「連載やコミックスの手入れが終わって、いきなり時間が空いてね、それまで忙しさにまぎれて後回しにしていた事を色々と考えた。一番はやっぱり父の事。突然死んでしまったし、私は取り返しのつかない事をしていたしね。胸が痛くてたまらなかった。だから法事の時に、神尾の道《みつ》ちゃんに相談したのよ、この気持ちを何とか癒《い》やせないものかって。あの人は宮司だから、神道的な、精神的な解決方法を教えてくれるんじゃないかって期待したの。でも後でよく考えたら、道ちゃんって昔から突拍子もない事を思いついたり、言い出したりする人だったのよね。戸田の勇《いさむ》ちゃんが三愛大学で人類学をやってて、骨から人体を復元できるって話をしていたって言うのよ。それが皮切り」

悪ふざけに手を出した子供のように、ひょいと肩をすくめる。

「聞いた時には半信半疑だったけれど、実際のモデルを見て精巧さにびっくりした。こんなふうに父の姿形が復元できるんなら、まるで生きてるみたいだし、やってみる価値はあるだろうって思ったの。母は随分と長生きしたから充分に色々してあげられたけれど、父には何もしてなかったしね。それで埋葬してあった父を、道ちゃんに墓から出してもらって、勇ちゃんが組み立ててたのよ。途中で、井伏さんってポスドクに交代したけれどね」

理咲子も含めた四人が共有していたのは、その事だったのだ。

「根を詰める作業だから、高齢で目も悪くなってきていた勇ちゃんには、かなりきつかったみたい。それに骨壺《こつつぼ》って小さいでしょ。骨が全部入り切らないから、葬儀場で廃棄してしまうのよね。墓から出した時には、欠けてる骨がかなりあった。プラスチックで作り直して、組み立てて、その後、大学内の造形美術を研究してる教授に頼んで筋肉を付けて、皮膚を張って、でき上がるまでにはずいぶん時間がかかったのよ。でもおかげ様で、幸せな夜をすごせてるわ。年に一、二度は井伏さんが補修に来てくれるし」

ベッドに近づき、人形の髪を撫でながら微笑みかける。

「その作業中に、フーケも復元できないものかしらと思いついたの。聞いたら、肖像画からAIを使って骨格を割り出すことができるって言うから、お願いしておいて、私は、フーケの城館と同じ設計図で家を建てる事に着手した。フーケが望んでいた完成形を造って、住まわせてやりたかったの」

理咲子はナイトテーブルの上に段ボール箱を置き、蓋を開ける。中に手を差し入れ、一番上に載せてあった頭蓋骨の一つを取り出した。

「今は、各パーツの骨を作っているところ。全部できたら、次は組み立てね。勇ちゃんのチームが手掛けてくれてて、おかげ様で順調に進んでる。同じ骨を複数作ってあるのは、組み立てる時に破損したり、うまく取り付けられなかったりした場合のスペアよ」

頭蓋骨をながめる理咲子を目の端に映しながら、人形を羽根布団の中に収めた。

「依頼してよかったわ。父を見てるだけでも心が落ち着くし、話しかける事や、お世話をする事、一緒に季節を楽しむ事までできるんですもの。今は父との生活を楽しんでる。フーケの復元ができたら、次は鉄仮面も復元して、三人一緒にお茶会を開く予定」

その様子を想像してみる。何とも奇妙な光景だったが、それで理咲子が満たされるなら、他人が口を挟む事ではないのだろう。

「私が死んだ時には、全員一緒に埋葬してもらうつもりよ」

窓の外で石を打ち合わせるような、あざやかな音が上がる。

「まぁジョウビタキだわ。父がこの部屋に来たのがわかったのかしら」

理咲子は窓辺に寄り、外を見回していて、やがてこちらを振り返った。こっそりと手招きする。

「ジョウビタキってね、人間が好きなの。なつっこくて人のそばに寄ってくるのよ」

窓辺に伸びた枝の上に、スズメに似た小鳥が留まっていた。

「だからバカビタキとか、アホビタキって呼ばれるけれど、父はとても好きで、かわいがってたわ。皆からバカにされるようなものや、見下されてしまうような人に愛着を持ってたの。もっとも当時の私はそれが理解できなくって、負け犬根性だって思ってイライラしてたけれどね」

自分の祖父を思い出す。うまく人生を歩めない人間に温かい眼差を向けていた人だった。それがわかったのは祖父が亡くなってからで、それまではあまり親しんでおらず、自分の言動を随分と後悔した。理咲子も似たような思いをしてきたのだろうか。

「ほら見て、こっちに来るわ」

キョロキョロとあたりを見回しながら枝の上をホッピングして近寄ってくる。

「渡り鳥なのよ。秋に来るの。鳴き声を聞くと、大気がさわやかになってくる感じがするわ。さわやかって、秋の季語なのよね」

話しながら理咲子は、ベッドの方に戻っていく。

「お父ちゃん、庭にジョウビタキが来よったで。あの鳥は、お父ちゃんの気配を運んできよる。鳴き声が聞こえると、見に行こうとしてあわてて立ち上がって、よく膝をガクッとしよったよなぁ。窓辺に腕をかけて、首を前に突き出すようにして後襟をすかして見とったのも覚えとるで。笑った時の目の細め方も、頰の皺も忘れてぇへん。

鳴き方をまねとった声まで聞こえてくるようや」

理咲子の姿を目で追った。古いルネッサンス様式で固められた部屋は、時間が止まっている。その中にたたずむ理咲子は、氷の中に閉じ込められている人間に似ていた。裏の家の補修が終わり、場所がそちらに移っても繰り返される光景は同じだろう。死ぬまでそうして死者に話しかけながら過ごすのだろうか。それで人生を終わっていいのか。まだ体力もあり、情熱も気力も、もちろん金も持っている。それだけあれば、何でもできるだろうに。

「思い出って、そんなに大事ですか」

それで心の穴を埋めるのだと、芽衣は言っていた。理咲子は、何をするのだろう。

「そうね、もう増えないから大事にしてるの」

人形を見下ろしながら、どこか遠くを見るような心許《こころもと》ない目付きになった。細かく砕かれ、霧のように小さな粒になった思い出の中で迷っているかに見える。

「小さな頃、絵を描いている父のそばで私が遊んでいると、父は、たくさんのクレヨンが入っているケースを開けて、よくこう言ったわ。この中から、楽しい色と悲しい色を選んでごらん。そばには母や弟たちもいて、皆で自分が正解だと思うクレヨンを手に取ったの。その時、母も弟たちも、自分がそれを選んだ理由を言っていた気がする。それについて父は一つ一つ返事をしていたわ。でも記憶は日々、薄れていく。確かめようにも父も母も弟も、もういない。思い出はぼやけ、減るばかりよ」

過ぎ去った時間の向こうに向けられた目には、自分を包み込んでくれた人々が映っているのだろう。父親の災難と死を迎える前までは、貧しくとも幸せだったのに違いない。

多くの作品のテーマとなっている権力につぶされた人間への強い思いは、無念を呑んで死んだ父への慟哭《どうこく》や、自分の言動への後悔と重なっており、それは当時の幸せを取り戻したいという気持ちと表裏一体なのだった。

「老いていくってどういう事か、おわかり。毎日、何かを失っていくって事よ。日々、何かを手放していかなければならないの。苦労して勝ち取ってきたものや、自分の内に培ってきたものや、かけがえのない大切なものを一つずつ、失っていく。まず体からね。柔軟性、筋力、運動能力、止めようもなくドンドン損なわれていく。続いて健康ね。内臓も、関節も、目も皮膚も歯も骨も血管も、きしむように劣化していく。頭もよ。記憶力、勘、素早い判断力、何もかもが侵食され壊されていく。人間関係もね。親、友人、親戚《しんせき》、関係のあった人々が次々と死んでいなくなっていく。指の間からすべり落ちていくように失われ、自分一人だけになっていくの。そして最終的には、その自分自身の生命も手放す。それを甘受するのが、老いるって事なのよ」

あきらめたように笑う顔には、底知れぬ哀しみが漂っている。理咲子の父親風にいえば、それはどんな光も射さない絶望の色をしていた。理咲子には、よくわかっているのだ。父の凋落《ちょうらく》と死により少女期の幸せが決定的に失われ、時間の経過とともに二度と手に入らないものになってしまった事が。その哀しみの深さが、過去にしがみ付く力の強さになっている。幸せは少女期にだけある訳ではないだろうに、理咲子の牢固さが本人自身を縛っているのだった。

そこから自由になる事はできないのだろうか。数学的に考えれば、理咲子の解放という命題を設定し、それにふさわしい仮定をいくつか立て、証明に取り組んで、出た結論にそって理咲子に向き合えば、解き放てるはずだった。それを現実にする事は、不可能なのだろうか。

不可能という言葉が胸に広がり、心を圧倒していく。それに応じ、抗《あらが》おうとする力も大きくなった。不可能を放置したくない、放置してたまるかという気持ちになる。リーマン予想に行きついたのも、元々の素数好きに加え、今世紀中にはその証明が不可能とされていたからだった。

「嘆きながら死を待つ訳ですか」

まず仮説をどう立てるかを決めなければならなかった。軽く挑発し、理咲子の心中をさぐる。

「一度きりの人生なのに、もったいないと思いませんか」

理咲子は、かすかに口角を下げた。

「年を取らないと、私の気持ちはわからないわ。まぁあなたの今の年齢じゃ、とても無理ね」

思い描いていた数学的手法が、一瞬でなぎ倒される。経年という条件で、関わる資格自体を剝奪《はくだつ》されたも同然で、これでは仮説も立てられなかった。門前払いを食らった感があり、ぐうの音も出ない。相当くやしく、ついムキになった。

「思い出は、いったんどこかにしまっておいてはいかがでしょう。何か別の事を始めませんか」

思ってもみない提案だったらしく、理咲子はあっけにとられたような顔になった。その脳内に生じているだろう空白に乗じる。

「新しいマンガを描くとか」

話を魅力的なものにするために、これまで理咲子が追い続けてきたテーマを練り込んだ。

「権力の迫害を受けて涙を呑んだ人間は、フーケや鉄仮面以外にもたくさんいるでしょう。おそらく世界中にいるはずだ。そういう人々に、今や日本の文化となったマンガで光を当ててやれば、きっと喜ばれます。あなたも溜飲《りゅういん》が下がるでしょう」

ここまで言えば、拒否も無視もできないだろう、そう思っていると、理咲子の笑みに皮肉な影が落ちた。

「私がどれほど現場から離れてしまっているか、あなた、わかってて言ってるの。筆を置いて、もう二十年近くになるのよ。復帰できるはずがないでしょ。出版社だって、今さら私のマンガを出しても部数が見込めないから、いい顔をしないし、動きっこないわよ」

出版界の事情については全くわからなかった。そう言われてしまえば、そうだと思うしかない。だがそれが描かない理由ならば、次のフェーズに誘導するのは簡単な事だった。

「では、もし出版社がオーケイすれば、描く気はあるんですね」

理咲子がYESと答えれば、話は進む。YESと言わせなければならなかった。

「どうなんですか」

理咲子は狼狽え、しどろもどろになる。

「そりゃ描くのは好きよ。でもずっと離れてたから線が枯れてるかも知れないし、絵のタッチは絶対古くなってるに決まってるし、マニア連中から今更なんでこの世界に戻ってくるのよって言われたくないし、当時の編集者も退職したり子会社に出向したりしてコネが切れてるし、アシさんとも連絡取ってないし、かといって今のマンガ家みたいにパソコンで描く事なんてできないし、それから」

永遠に続きそうな勢いで言い訳を列挙しているその唇の前に、片手を上げた。

「僕が聞いてるのは、そういう事じゃありません。もう一度言います」

力を込めて、その二つの目をのぞき込む。YESという答しか聞きたくなかった。

「もし出版社がオーケイすれば、描く気はあるんですね」

理咲子は、なお何かを言い募《つの》ろうとする。

「描く気はあるんですね」

理咲子は息を呑み、目を伏せる。しばしの沈黙の後、しかたなさそうにつぶやいた。

「あるわ」

よし言質は取った。鬨《かちどき》を上げたい気持ちをグッと抑える。

「では出版社には僕がコンタクトして、必ずつながりを付けます」

交渉の経験はなかったが楽観していた。過去に大ヒットを飛ばした理咲子の名前は、今の編集者の記憶にもあるだろうし、マンガ編集部は「持ち込み」と呼ばれる窓口を開いている。そこでうまくいかなければ、雑誌が募集しているコンクールに応募してもいいし、自費出版もある、コミケという場所もあった。きっとなんとかなるだろう。

「あの、私」

理咲子は歩を進め、息が触れそうなほど近くに立つ。上げた眼差には、すがるような光があった。

「とても不安なの。あなた、力になってくれるかしら」

ここで、否と言えるはずもない。

「もちろんです」

理咲子は微笑み、こちらに手を伸ばすと、そっと胸に押し当て、首を傾けて頬を寄せた。

「ありがとう。心強いわ。いい作品が描けそう」

意表をつかれ、目をしばたかせる。これ、なんか違ってきてないか。妙な方向に向かっているような気がするのは、俺だけか。どうする、どうするんだ。あせるばかりで、答が出てこない。

「理咲子さん、二階ですか」

階下で、芽衣の大声が上がった。

「社長がみえましたけど」

階段を駆け上がってくる足音が響く。瞬間、理咲子が身を離した。磁石の同極に触れたかのような素早さだった。

「どこにいるんですか」

平然とした顔でドアに向かっていき、それを開け放つ。

「騒がしいわね、今行きますよ」

ドアの前まで来ていた芽衣の脇を通り抜け、階下に降りていった。それを見ながら詰めていた息を吐き出す。取りあえず、よかった。そう思ったとたん、芽衣から聞いていた言葉が頭をよぎった。

伯母はそういう雰囲気を出す、サービスのつもりで甘い言葉を投げたり、気があるように見せたりする、と言っていたのだった。それがこれかと合点し、あせっていた心をなだめる。はた迷惑なサービスだった。

「何してたの」

部屋の中をのぞき込もうとする芽衣の前でドアを閉める。

「あなたが拒絶したものを運んでいたんです」

芽衣はわずかに頰を染め、視線を下げた。

「きつい言い方をした事は、反省してる」

伏せられた長い睫毛《まつげ》が震えている。どことなくかわいらしい動き方で、おもわず笑いがもれた。先ほどの芽衣の様子を思い出す。意外に子供だった。

「なぜニヤニヤしてるの。バカにしてるんでしょ」

にらまれ、あわてて笑みを収める。そのとたん、胸に引っかかるものを感じた。それに気を取られ、言葉が浮き上がる。

「いいえ、全然」

声はうつろな響きをおび、芽衣は信用できないといったように首を横に振った。

「ヘタな嘘」

あの時、芽衣は最初、硬い表情をしていた。感情を抑え込んでいたのだ。ところが突然、それをほとばしらせた。きっかけを作ったのは和典の言葉だった。ただの人形ですよ、死体じゃない。

刺激になったのは、おそらく死体という言葉だろう。恐がるのは子供だからとばかり思っていたが、本当にそうだったのか。

胸のつかえが大きくなってくる。息ができないほどに膨れ上がり、自分が内側から張り裂けそうな気がした。いたたまれず、吐き出さずにいられない。

「芽衣さんは、死体が恐いんですか」

芽衣の目の中で、黒い瞳が瞬時に広がった。その奥から先ほどと同じ怯えが這い出してくる。

「恐くない人なんて、いないと思うけど」

その中へと突っ込んだ。

「実際に、どこかで見た事があるんですか」

芽衣は、いらだたしげな表情になる。

「前に言ったでしょ、家族全員を失ったって。身元確認した時に見たのよ」

舌打ちしそうになった。災害被害者の家族を追ったドキュメンタリーを観《み》た事がある。被害者の遺体を捜す家族にとって、それは決して怯えの対象ではない。必死になって求めざるをえない愛おしいものなのだ。芽衣もおそらくそうだったろう。家族の死とは別に恐怖心を抱いた経験があるに決まっている。ヘタな嘘は、どっちだ。

追及しようとして口ごもる。誤魔化しているのは、それを知られたくないからだ。

いつの事かもはっきりしないというのに、ここで踏み込んでその事情を聞き出す必要があるだろうか。本人が隠したがっているのなら、触れない方がいいのではないか。

「芽衣ちゃん」

玄関の方で理咲子の声が上がる。

「萩原社長、もう帰るって言ってるけど」

先ほどの言い争いを忘れたかのような、ごく普通の言い方だった。芽衣もおなじ態度で、二人の血のつながりを感じる。他人では、こうはいかないだろう。もっと凝《しこ》りが残ってしまうに決まっていた。

「あなた、何かお願いしときたい事あるかしら」

萩原は、颯と最後に会った人間だった。思い詰めていたという颯の様子について、詳しい事を知っている可能性もある。ここで面識を得ておけば、後で会社を訪ねる事もできるだろう。

「特にありません」

答える芽衣のそばを離れ、階段を走り下りる。玄関の外に出ると、停まっていた黒いミニバンのドアに作業着姿の男性が手をかけているところだった。縮れた髪をし、猪《い》首《くび》から足先までひとつながりに見えるほど恰幅がいい。大きなぬいぐるみのようだった。

「あら上杉君、どうかしたの」

理咲子の声で、男性がこちらを向く。耳朶《みみたぶ》に付けた金色のピアスが光をはね返した。四十代初めだろうか。日に焼け、彫りの浅いふっくらとした顔の中に小さな目と鼻、口が散らばっている。作業着の襟元からは深緑のシャツと臙脂《えんじ》のアスコットタイがのぞいていた。仕事の後、どこかに直行するのだろう。

「誰やね」

理咲子に問い、からかうように笑って親指を立てた。

「これか」

肉付きのいい丸い肩を、理咲子が叩く。

「いや、かなわんわ。へんな噂たてんといてぇな。芽衣ちゃんが連れて来た新しいアシや。上杉君ゆうねん。高二やて」

いきなりアシと言われた本人としては、反論がなくもなかった。だが聞きとがめているより、この状況を利用して萩原に近づく方法を探った方がいいだろう。一応、会釈をしてから言ってみる。

「将来は建築士になりたいと思っているので、建設会社に憧れてます」

萩原は、愉快そうな笑い声を上げた。

「そうか。ほなら資格取ったらうちに就職してくれや。給料、はずむで」

笑い交じりに言いながら、理咲子を見る。

「後で見積もり送るよって、よろしゅう頼んます。そん時までに、工期もはっきりさせとくから。ああ急ぐんやろ。わかってますって」

そのまま車に乗り込み、重いエンジン音を響かせて出ていった。後部中央で、青く縁取られたトヨタのマークが光る。高級ミニバンのグランエース、新車のようだった。六百万円はくだらないだろう。

「ずいぶん景気のよさそうな会社ですね」

理咲子は、いく分苦々しげな顔付きになった。

「あの車、即金で買ったみたいよ。ほんとは四輪駆動のランドローバーがほしかったんですって。でもこの街じゃ、いくらお金があっても外車は買えないのよね。田舎だから人目がうるさくって商売に影響するから。まぁ毎晩、三宮や元町《もとまち》あたりのクラブを飲み歩いてて、ひと晩で三百万使ったって話も流れてるし、浮ついてるわねぇ。前は、そんなじゃなかったのに」

深い溜め息をつき、玄関の方に引き返す。

「先々代の社長の頃は、まだ土木工事が中心でね、先代の社長になってから建築も手がけるようになったんだけど、それでも地道に、堅実にやってたもんよ。当時は、あの三代目も十万キロを超える車を乗り回してて、その辺の道端《みちばた》で、しょっちゅうエンストしてたわ。遠くの現場に行く時なんか、皆で車中泊だったし」

かなり興味を惹かれる話だった。理咲子の後を追いかける。

「業績が好転した切っかけは、何だったんですか。大きな仕事でも受注したとか」

理咲子は歩みを止めた。

「それは、はっきりしてるんだけどね、でも派手になった原因は、謎」

ますます面白くなっていく話に、笑みがもれる。

「詳しく聞きたいですね」

理咲子は、顎で家の奥を指した。

「長くなるから、お茶でも飲みながら話しましょう。それにあなたの服、汚れてるし破れてるわ。頬に傷もできてるし。シャワーを浴びて着替えた方がいいわよ」

ちょうど外に出てきた芽衣を捕まえる。

「芽衣ちゃん、颯さんの服で着られそうなのを出してあげて。その後でお茶をお願いね。えっと、ヘラクレスの間がいいかしら」

6

シャワールームは、二階に上がる階段の下に造られており、そのために天井が斜めになっていた。バスタブもあったが、汚れだけ落として出ると、作り付けの棚に、山鳩色のバスタオルと薬箱が置いてあり、脱衣籠《かご》には生成《きなり》のTシャツとボーダーのある臙脂のカーディガン、薄茶のチノパンが入っていた。今まで着ていた服の上には、ビニールの手提げ袋がかぶせてある。これに入れて持ち帰れという事だろう。

頬の傷を消毒し、服を広げてみる。カラーコーディネートは悪くなかったが、サイズはピッタリという訳にはいかなかった。まぁ着られればいいと考えて袖を通す。二ノ腕や胸の上部あたりがもたついているのは、颯が筋肉質だったからだろう。何となくくやしかったが、チノパンが多少短く感じられ、勝利感をかみしめた。

脱衣籠の一番下にメモ紙がある。ヘラクレスの間の位置が描かれており、一階中央にある楕円形のホール西側に隣接する部屋だった。自分の服を入れたビニール袋をさげ、足を運ぶ。

床に白黒の大理石が市松模様に埋め込まれ、壁は壁布、天井はフレスコ画で飾られ、他の部屋と同様にデコラティブな内装だった。中央の紫檀《したん》のテーブルの上にブロンズの騎馬像が置かれ、椅子には壁布と同質の絹布が張られている。

隙間もないほど装飾するのが西洋建築の特徴だと知ったのは、伯父に案内されてフィレンツェの宮殿を回った時で、最初は空間恐怖症の人間の住まいかと思ったものだった。

「まぁ似合うじゃないの」

理咲子は、すでにテーブルについていた。

「家の中に男性の姿があるっていいものね。安心するわ。さぁ座って。さっそくだけど、スーパーゼネコンって知ってるわよね」

ゼネコンは、建築と土木を請け負う総合建築会社だが、その頭にスーパーが付くと、年間売り上げ高が一兆円を超える会社を指すはずだった。日本では五社しかない。

「大成《たいせい》建設とか、大林《おおばやし》組とか、ですよね」

理咲子は身を乗り出した。

「ヒエラルキー的にいうと、そのスーパーのすぐ下に、大手っていうのがあるのよ。これは年間売り上げが三千億円以上のゼネコンの事。この辺を開発して別荘地として売り出したのは、その大手ゼネコンの一つ、松上《まつかみ》工務店で、その時に地元の会社を下請けに使ったから、萩原建設も松上工務店とつながりができて、東日本大震災の後には除染作業を請け負ったの」

震災は、二〇一一年だった。その後に始まった復興作業には、日本中から人手が集まったという話を聞いた事があるが、ここからも参加していたらしい。

「それより前の事になるけど、このあたりの建設会社は阪神淡路《はんしんあわじ》大震災の後、復興マネーのおかげで一時期バブル状態でね、三次下請けはもちろん、四次下請けまでできてたのよ。もちろん萩原建設も恩恵を受けて、かなり儲《もう》けたみたい。ところが復興が一段落すると、まず公共事業が減ってきて、それを追って個人需要も低迷、倒産件数が増えて業界全体が落ち込んでったの。震災から十四、五年が過ぎる頃には、萩原建設も相当大変だったらしいわ。苦労がたたってか先代も亡くなってしまってね。その頃には、もう颯さんが入社してたんだけど、毎晩、帰りが遅かった」

颯の名前が登場し、話が身近なものになる。いっそう注意深く聞き入っていると、銀トレーを持った芽衣が姿を見せた。

「そうだったわよね、芽衣ちゃん、颯さんの帰り、連日遅くて大変だったわよね」

芽衣は、一も二もなく同意した。

「とにかく毎日、グッタリしてたような気がする。うちの社はもうダメかも知れないって、口を開けばそればっかり」

サイドテーブルにトレーを置き、重ねてあった茶器をほぐすように取り上げて点検しながらセットし始める。

「あの頃は、すごく心配だったな」

鬱の薬を処方されたのは、それが発端だったのだろうか。

「そんな時、東日本大震災が起こったのよ」

理咲子の口調には、勢いがあった。震災の悲劇がゼネコンにもたらしたものに思いをはせていたのだろう。

「松上工務店が復興の元請けの一つに入りこんだから、それで萩原建設は仕事を受注できたの。元々、土木をやってたから、除染作業はお手の物だったんじゃないかしら。神尾の道ちゃんの話じゃ、年間三千万くらいだった収入が、五倍以上に膨らんだって事よ。それで会社を立て直したの」

除染作業が始まったのが震災の年で、翌年から収入があって会社の状況が落ち着いていったのなら、颯が失踪する昨年までには、仕事の多忙さも先行きの不安もさすがに解消していただろう。そうなると颯だけが鬱状態を引きずっていたとは考えにくい。発病は、違う要因によるものかも知れなかった。

「でも三代目が今みたいに派手になったのは、ここ二、三年なのよね」

除染マネーが流れ込んだ時期とは、タイムラグがある。二、三年前から別口の収入が得られるようになったという事か。

「颯さんは、それについて」

芽衣に目をやれば、横顔に湯気をまつわらせながら紅茶をいれていた。そこだけ別世界のように清楚《せいそ》でさわやかな空気が広がっている。見とれながら話を続けた。

「何か言っていましたか」

答えたのは芽衣ではなく、理咲子だった。

「いいえ、この話自体も神尾の道ちゃんから聞いたくらいよ。あの人は、ほら、宮司だから、このあたりの事なら誰よりよく知ってるのよね」

様々な行事で多くの人間と接し、情報も噂も耳にしているのだろう。

「芽衣ちゃんは、颯さんから直接、何か聞いてるかしら」

芽衣は、銀トレーを持ち上げながら首を横に振る。

「何も聞いていません」

颯は、社長の乱費を気にかけていなかったのか、それとも家族に話さなかっただけか。

「ただ最近の社長の方針には、相当不満を持ってたみたい。萩原社長は生産性の向上を重視しすぎるって、くどいほど言ってたもの。中小企業は事業拡大なんか目標にしなくていいんだ、質のいい仕事をし、従業員の気持ちを大事にして生かし、全員を食わしていく、それがすべてなんだって。電話で社長と口論する事も、たびたびあったし」

二人は、意見を異にしていたのだった。その対立が、光のように颯の失踪を照らし出す。事件は、それがからんで起きたのかも知れない。

「何度も聞かされたから、口調まですっかり覚えちゃった。生産性を追求すると、どうしてもコストカットが必要になる。いい仕事をしても能率の悪い従業員は、切らなきゃならなくなるんだ。最新の機械や作業車を買い、新しいシステムを導入する事も必要になる。それらは借金でまかなうが、返し切らないうちに古くなるからまた最新式のものを買う。きりがなくて、収入が増えても借金がかさむ。差し引きゼロに見えるが、経営は堅実さを失っていくんだ。際限なく拡大してどうする。大きくしていけばいいってものじゃない。従業員全員が幸せになれるだけの大きさでいい。重要なのは維持、同じサイズで長く継続していく事なんだ、って」

胸を突かれた。確かにそうだろうと言いたくなる。赤いヤッケを着た颯に、真実を教えられている気がした。

「こうも言ってたな。首相が旗振りをしてる中小企業の再編成と生産性向上なんか、くそ食らえだ。あれは経済界や大手の利益を考えての政策で、中小企業のためのものじゃない、うちがその尻馬《しりうま》に乗ってどうするって、かなり怒ってたよ」

あの日の夕方、呼び出されたのは、その話のためだったのだろうか。事業の拡大を図る社長にとって、颯は邪魔な存在となっていたのか。

「颯さんは、会社の重要ポストにいたんですか」

理咲子が、自分の事のように得意げな笑みを浮かべる。

「もちろんよ、まだ若いのに専務だったの。頭も切れるし、考え方もしっかりしてて指導力もあるし、何より社内の皆から信頼されてた。お誕生日には、山ほど花をもらって帰ってきたものよ。三代目も、自分の後は颯さんに任せたいって、よく言ってた。自分には子供がいないからって」

わずかな音を立てて芽衣がテーブルに茶碗を置いた。揺れる朽葉《くちば》色の湯面にその顔が逆さに映り、ゆっくりと唇が動く。

「入社して以降、トラブルなんて全然なかったのよ。私がたまに社長をけなしても、かばってたくらいだもの。それが口論をするようになるなんて思ってもみなかった。行方不明になる二年くらい前、ああもうちょっと前からかな」

時間軸で考えれば、萩原の金遣いが荒くなった時期とほぼ重なっていた。つながりがあるのかも知れない。

「まぁ、これ以上の事は、直接、三代目に聞かないとわからないわね」

理咲子が切り上げるように言い、紅茶を口に運ぶ。

「それより私ね、さっき不意に新しい作品の舞台を思いついたの。閃《ひらめ》いたって感じよ。天啓って言ってもいいくらい突然だったわ。どこだと思う」

含み笑いをしながら、隣の椅子に腰を下ろした芽衣を見た。

「画期的なのよ。当ててみて」

芽衣は、茶碗の縁の金線を人差し指でなぞりながら、わずかに眉根を寄せる。

「今まで舞台はほとんどヨーロッパだったから、画期的というと、南北に分かれていた頃のアメリカ大陸とかですか。でも歴史の浅い場所や、古代史は好きじゃないはずだし。古代を除く古い歴史があって、ヨーロッパじゃなくて、となるとトルコか中国、ああ日本とか」

目を上げた芽衣に、理咲子は、いい勘だと言いたげな笑みを投げた。

「日本よ。源平合戦を描こうと思うの。せっかく鵯越に住んでるんだしね。ここで死んだ清盛の孫、十六歳だった平知章を主人公にして、宝沼の財宝にまつわる話にしようと思って。三愛大学に協力を頼んで、宝沼についても徹底的に調べてね」

金線をなぞっていた芽衣の指がすべる。転がりかけた茶碗をあわてて押さえたが、傾いた取っ手がソーサーとぶつかり、高い音を立てた。

「ああ手が滑ってしまって」

指が震えている。顔も青ざめてきていた。

「気分でも悪いんですか」

芽衣は、何度も首を横に振る。まるで眼球振盪《しんとう》でも起こしたかのような素早さで、繰り返し否定しようとしているかに見えた。

「いいえ、ちっとも」

言葉には重みがない。その原因を考えていて、平家の墓地といわれる宝沼をひどく恐れていた事を思い出した。あれが昔は紕沼と呼ばれ、正否の判定を下す神聖な場所だったと知れば、イメージも変わるだろう。恐怖も収まるに違いなかった。説明しようとしていると、芽衣が先に口を開く。

「ごめんなさい。理咲子さん、続けてください」

理咲子は話したくてたまらなかったようで、すかさず自分の世界を広げた。

「その時の平家の大将軍は、知盛でしょ。知章は、その嫡男。まだ十六歳の若武者よ。都育ちでセンスが良く、文武両道に長《た》けていたの。きっとイケメンだったわ。最高にカッコよくて、モテてたはず。ね、そう思うでしょ」

芽衣は微笑みを広げる。

「思います」

次第に気を取り直していくかに見えた。胸をなで下ろしながら、言うタイミングを失った言葉を呑み込む。いつか機会を見つけて話そう。

「戦局の悪化を知った知章は、父知盛の指示で宝沼に財宝を沈め、その後は父の影武者になり、圧倒的多数の源氏を自分の方に引きつけ、父を逃がした後に壮烈な戦死を遂げるの。まぁなんて悲壮なんでしょう」

窓から射し込む午後の光の中で、表情が活気付いていく。目に強い輝きが宿り、たるんでいた頰が微笑を含んでしっかりと張り、口角が上がった。まるで時間を遡《さかのぼ》り、若返っていくかのようだった。

「今までの作品に比べたら戦いの規模は小さいけれど、久しぶりのチャレンジだから話題性が必要だと思うのよ。一般読者が好きなのは、やっぱり外国より日本だし、特に女性読者は悲劇が好き。それに私が日本史を描くのは初めてだから、注目されるんじゃないかしら」

頭上をかすめた陽射しが、髪に埋もれていた一本の白髪をきらめかせる。黒い岩の中に結晶している水晶のようにも、透明度の高い材質で作った細いチューブのようにも見え、美しかった。

「あら」

こちらの視線をとらえた理咲子が話を止める。

「どうかしたの」

本人には見えないのだろう。

「白髪が」

そう言いかけたとたん、理咲子は顔を強張らせ、あせったように片手を頭に上げた。

「まぁ見えてるの。嫌だわ、染めモレかしら。今回、新人の美容師だったのよ。使えない子ね。店長に言わなくっちゃ」

あわてて言葉を補う。

「いや透明感があって、とてもきれいだと思ったんです」

理咲子は目を見開いた。信じられないといったようなその顔に向かい、釈明する。

「光を放っているみたいで、幻想的で美しいですよ」

本当にそう思ったのだし、自分の不用意なひと言のせいで新人美容師が責められるという事態も避けたかった。

「染めるなんて、もったいない。全部が白かったら、もっときれいなのに」

理咲子は空中に視線を投げ、放心した様子で片手を頬に当てる。

「幻想的、美しい、もっときれい、まぁぁ」

そのまま立ち上がり、独り言のように繰り返しながら部屋を出ていった。何か考えついたのだろうか。見送っていると、芽衣の冷ややかな声が上がった。

「意外に策士なのね」

意味がわからず、答に窮する。芽衣の顔には嫌悪感が広がり、声には責めるようなニュアンスが混じり始めていた。

「伯母の乙女心に付け込むなんて、最悪。伯母はエキセントリックだけれど、純粋なのよ。利用しないで」

強く決めつけられ、笑い出しそうになる。見当違いな場所を真剣に突き進んでいる探検家を俯瞰《ふかん》している気分だった。どこでどう誤解したのかさえわからない。

芽衣は両手をテーブルに突き、体を押し上げるようにして立ち上がった。

「とぼけないで。颯のブログを見たくて、伯母を籠絡《ろうらく》しようとしたんでしょ」

そこに結びつくのだと、ようやくわかる。

「私が取り戻すからって言っておいたのに。なんで待てなかったの。卑怯《ひきょう》なやり方をして、最低」

次第に不愉快になった。目的のために甘言を弄《ろう》する人間だと思われているのだ。それは侮辱だろう。

「何の事でしょう」

「わかりました」

立っている芽衣に向き合うように立ち上がり、目の高さを同じにする。腹立ちの中に少しずつ痛みが入り混じり、怒気の色合いを変えていった。

自分の正当さを真っ向から言い立てるのは、苦手だった。それは気恥ずかしく、かなりカッコが悪い。誤解するならするがいい。そう思っていながら、それに傷ついていた。

接触していれば、たとえ時間が短くても、どういう人間かは伝わるはずだろう。その結果が先ほどの言葉なのだ。つまり芽衣の目に映っている自分は、そういう人間なった。


のだった。心が枯れていくような気がした。

「ここには、もう来ません」

まるでおもちゃ箱を引っくり返してわめく幼児のようだと思ったが、止められなかった。

「色々ありがとうございました」

芽衣はたじろぎ、視線をそらす。唇を動かしそうになるものの、結局、何も言わずに引き結んだ。そこから沈黙が流れ出し、河のように広がって部屋の空気を重くする。透明なまま固まった水の向こうに芽衣が遠ざかっていった。おそらくもう近づく事はないのだろう。先ほど呑み込んだ言葉を、置き土産のように口にした。

「宝沼の事ですが、恐がる必要はないみたいですよ。もしかしてご存じかも知れませんが、あそこは古来、糺沼《ただすぬま》と呼ばれていたそうです。神が正義のジャッジを下し、真実が明らかになる公明正大な場所だったんです」

芽衣がすくみ上がる。頬から首、肩へと緊張が伝わり、戦くように震え出した。予想もしなかった反応で、どう対応していいのかわからない。

「気分が悪いの」

目を泳がせ、あえぐような息をついた。

「ここで失礼します。どうぞ、お帰りになって」

この世の果てを見ているような眼差だった。

第四章　裏事情

1

思ってもみなかった展開を迎え、頭を抱えたい気分で月瀬家を出る。宝沼の説明をした時、芽衣が示した奇妙な反応も、謎としか言いようがなかった。女は不可解だというい つもの結論を持ち出す。颯の失踪が気がかりなものの、ああ言い放った手前、これ以上関わる事もできなかった。別荘に戻り、ツリーの様子を確認してから家に帰るしかない。

徒労感だけでなく、負けたという感じが拭えなかった。難問の攻略をあきらめて放棄するようなくやしさがある。目の前に提示された問題から逃避した事は、かつて一度もなかった。今取りかかっているリーマン予想でさえも、そうするつもりは全くない。

世界中が注目する世紀の大問題すら投げ出す気がないというのに、こんな所で簡単に撤退するのは理屈に合わないのではないか。敗北感を噛みしめて帰れば、いつまでも引きずりかねない。それよりはこのまま突き進み、たとえ自己満足にしろ、事件を解決した方がましではないのか。

スマートフォンを出し、萩原建設の場所を検索する。社長とは先ほど面識を得ていた。冗談ながら入社を誘われもしたのだ。口実には充分だろう。

住宅地図を見ながら駅の方に向かい、坂を下る。繁華街まで行かないうちに、萩原建設の看板を掲げた建物が見えた。背後に杉林を背負った平屋で、壁はトタン板、古い民家を増築したような造りだった。隣には、シャッターが開いたままの車庫がある。砕石機を始めとしたいくつもの機械や作業車が停まっていた。並びは広い空き地で、ブルドーザーが置かれ、ブロックなど建築資材が積み重ねられている。端の方に立て看板があり、新社屋建設予定地と書かれていた。

「そっち終わったら、こっち頼む」

聞き覚えのあるしゃがれ声が上がる。目を向ければ、後方に広がる杉林のそばに、加藤造園のクレーンが停まっていた。あの老人の姿は見えなかったが、どこかにいるのだろう。

視界の隅を何かが横切る。目を上げ、五メートル以上もありそうな杉の樹から樹へ飛び移っていく人の姿をとらえた。なびく金髪が光を反射する。中里だった。

飛び付いた樹の上で巧《たく》みに鉈《なた》を振るい、枝を払うと、さらに横の樹に飛び移る。手際の良さと、高い所で揺れる枝を相手に淡々と作業を進める度胸に感心した。

この現場を目にしなかったら、悪癖持ちの渡り職人としか思わなかっただろう。知り合った人間の、別の面に想像を及ばせる事ができないのは、自分が青二才だからか、それとも頭が数学志向だからか。

数字は素直で、初めからスッキリと全部を見せてくれ、決して裏切らない。数学を好きなのは、そういう所を気に入っているからで、それは多面性とは真逆だった。

「お、上杉君、だったかな」

社屋の裏から加藤造園の老人がひょいと姿を見せる。

「こんな所まで遠征か」

確かこのあたりは自分の庭のようなものだと言っていた。萩原建設について、何か知っているだろうか。

「さっき月瀬家で萩原建設の社長と会って、会社に誘われたんです。後学のために、お邪魔しました。社長は三代目だとか」

　老人は陽に焼けた額に横皺を寄せ、眉を上げた。

「売り家と唐様で書く三代目、ってとこだな。まだヒヨッコだ。先々代と儂は高校が同級でさ、一緒に悪さをしまくった仲よ。当時は寛大な時代だったからなぁ」

　情報源としては、申し分ない。インフォーマントになってくれるだろうか。

「この二、三年は、随分景気がいいと聞きましたけど、大きな仕事でもしてるんですか」

　老人は、ためつすがめつこちらを見た。目の奥で不審そうな光がまたたく。

「さぁなぁ。気になるんだったら、社長本人に聞いてみな」

　答えているようで何も答えていない無難な返事だった。警戒されたのだろうか。いや高校生を相手に、それはないだろう。あれこれ考えながら、いざとなればトボけるつもりでさらに突っ込んだ。

「社長には、お子さんがいないと月瀬さんが言ってました。でも会社が軌道に乗っているのなら、それだけで充分お幸せですね」

　老人は、下唇を突き出す。

「かーちゃんとは、始終モメてっけどな。ここんとこ社長は、三宮のドレスってキャバクラに入り浸ってて、ケンカが絶えねーんだ」

顎を上げ、社屋の脇にあるいく本かの松を指した。

「あすこに松があるだろ。素人衆にはわからねーだろうが、あの手入れには時間がかかってよ。ひと鋏《はさみ》したら、ちょっと離れて恰好《かっこう》を見て、またひと鋏して、全体を見る。別の角度から見る、休んで見る、そういうのの繰り返しなんだ。ところが儂が松に上ってると、すぐ裏の社長の家でケンカする声が、まぁうるさい事うるさい事。イラッとして、思わず松を坊主《ぼうず》に刈っちまいそうになるぜ。仕事になりゃしねーよ。まぁかーちゃんにすりゃ、子供がねーだけに繋がりが薄いからな。釘を刺さずにいられねぇんだろうけどよ」

笑っていると、かなり強く肩を叩かれた。

「おまえさんも、気ぃ付けな。儂の若い頃と違って、今は女が強《つえ》ぇからなぁ」

実感のこもった声で嘆き、杉林の方に歩き出す。追いかけてもこれ以上の話を引き出す事はできそうもなく、萩原建設の玄関に足を向けた。建て付けの良くない引き戸を開ける。

「社長、いらっしゃいますか」

向かい合わせの事務机についていた二人の中年女性が、いっせいにこちらを見た。

そばで立ち話をしていた様子の萩原の目も、和典をとらえる。

「はて、どっかで見た顔やが、誰やったかな」

就職の話が冗談なのはわかっていたが、覚えていないとまでは思わなかった。

「いややわぁ」

女性たちが顔を見合わせる。

「もういっつもそれなんやから、かなわんわ。なぁ」

「覚えとるのは、三宮の彼女の事だけとちゃいますか」

冷やかす女性たちの頭を次々と小突く萩原は、明らかにキャラが軽い。そういうタイプが、他人と深刻な対立を構える事はあまりないに違いなかった。颯との間に、いったい何があったのだろう。中年チャラ男が譲れなかった事とは、何なのか。

「上杉です。月瀬さんの家で、入社を誘われたので来てみました」

萩原はようやく合点《がてん》がいったらしく、机上にあった煙草《たばこ》の箱を摑《つか》んでこちらに出てきた。

「なんや、ほんまに入社希望かいな。存外、軽いヤツやな。建築士になりたいんやっけ」

無防備な感じのその表情を、じっとうかがう。

「得意科目は数学です、颯さんと同じで」

萩原は動きを止めた。動揺しているのだろうか。それに乗じれば、不用意なひと言を誘えるかも知れなかった。

「颯さんの机って、どこだったんですか」

社内を振り返る萩原の様子を注視する。

「あそこやったんやけどな、こないだ、片付けてもうたわ。もう一年を過ぎるしな」

重荷を下ろしたような安堵《あんど》感が漂っていた。

「これからまた現場や。ほんまに入社したいんなら、卒業したら考えるから改めて来てくれや」

目の前を通り過ぎ、表に出ていく。もう会う機会もないだろう。どうなっても構う事はないと思いながら追いかけた。

「颯さんとは、不和だったそうですね」

萩原は背中を縮め、振り返る。いく分、怒気をはらんだ目付きになっていた。

「失踪した夕方、最後に会っていたのは萩原さんだったと聞きました。場所は宝沼、ですよね」

背後でカタカタとサンダルの音が上がる。直後に肩をつかまれた。

「ちょっとあんた、さっきからなんやの。うちの社長に失礼やないか」

二人の女性が前後して玄関を出てきていた。

「そやそや。なんか文句でもあるんか」

萩原が戻ってきて、二人を社内に押し戻す。

「ええから、入っとってな、ええから。事が余計にややこしくなるねん」

二人の不満げな声をさえぎるように引き戸を閉め、こちらに向き直った。

「理咲子さんに、何か頼まれたんか」

あわてて否定する。そういう訳ではなかったし、迷惑をかけたくなかった。

「僕は、あの家の客なので、勝手に気にしているだけです。あなたが何か知っていれば、うかがいたいと思って」

颯との確執には触れずにいると、萩原は大きな溜め息をついた。

「確かにあの夕方、颯と宝沼で会っとった」

推測通りだった。場所は、宝沼なのだ。

「二、三十分、仕事の話をしただけや。そんで社に戻ってきた」

これまでと何ら変わらない説明だったが、本当にそれだけなのか。もっと別の何かがあり、二人の間でもめたのではないか。

「その後、颯がどうしたかは知らへん。こっちが先に引き上げたしな。警察にゃ全部、話してある。気になるんやったら聞いてみ」

無茶を承知で切り込んでみた。

「仕事の話って、具体的に何だったんですか」

萩原の顔に緊張が走る。それをなぞるように朱が散った。

「そこまで、おまえに話す必要あっか」

興奮のあまり口を尖らせ、泡を飛ばす。

「いい加減にせえよ、このガキが」

吐き捨てると、素早く社屋に入って荒々しく戸を閉めた。いきなりの憤怒《ふんぬ》は、非常識な質問をされたというだけではないだろう。おそらく痛い所に触れられたのだ。やはり何かがあるらしい。

だがその時、現場にいたのは颯と萩原だけだった。何が起こったのか知る術はなく、それがわからなければこの先には進めない。舌打ちしながら閉まった戸をにらんだ。

2

もう一度、宝沼に行ってみようか。そう思い付いたのは、しばらくしてからだった。行けば見通しがつくとの保証があった訳ではない。当日の夕方、颯の姿を最後に確認したのは萩原で、場所は宝沼だった。それ以降、誰も颯を見ていない。死体が上がらないというあの沼に、颯は沈んでいるのかも知れなかった。

夕方になってきていた。沼に向かって坂道を上りながら、颯が姿を消したのもこんな時間だったのだろうかと考える。崖に茂る灌木の切れ目から、眼下に広がる神戸の街が垣間見えた。薄墨が流れ込み、溜まり始めているかのような夕闇の中で、海岸沿いにネオンがまたたいている。

ふと植木屋の言葉を思い出した。確か三宮のドレスと言っていた。妻が嫉妬するほど親しい女性になら、何かもらしている可能性があるのではないか。

急遽《きゅうきょ》、鵯越の駅に足を向ける。三宮に行く電車を待ち、闇が濃くなる頃ようやく乗りこんだ。車内で、ドレスを検索する。地下鉄の駅の西側周辺に立ち並ぶビルの地下にあった。

　地図を見ながら現地に向かう。道の両側に飲食店が軒を連ねるにぎやかな通りの中ほどに、黒地に金文字で倶楽部《くらぶ》ドレスと書かれた電飾看板が立っていた。すぐそばに地下に降りる階段がある。黒い絨毯が敷かれ、一段ずつ金の絨毯止めで止められていた。突き当たりの黒いドアにも、金の装飾文字で倶楽部ドレスと書いてある。

　その向こうに広がる世界を想像し、いささか緊張した。今まで入った事のない危険地帯に足を踏み入れようとしている気分だった。虎穴《こけつ》に入らずんば虎子《こし》を得ず。その言葉を胸に刻み、自分を励まして階段を降りる。突き当たりのドアの金ノブに手をかけた。

　引こうとしたとたん、それが内側から開き、黒い服の男が顔を出す。

「いらっしゃ」

　満面の笑みは、すぐさま強張った。

「なんや、ガキか。うちはな、十八歳未満お断りやねん。さっさと帰って勉強でもしいや」

　閉めようとするドアに、靴先を突っ込む。

「萩原建設の社長、よくここに来てますよね」

　男は無言のまま強引にドアを閉めようとし、閉まらない原因を知ると、突っかかるような眼差になった。

「それがなんやねん。客の情報、モラすとでも思うんか、このアホが。足どけんかい」

男を無視し、肩から先にドアの間に割り込ませて体を入れようと図る。

「萩原社長と親しいっていう女性と会いたいんですが」

男は、入られまいとして懸命にドアを押しながら店内を振り返った。

「誰か、ちょっと来てんか」

助《すけ》っ人《と》が来る前にここを突破するつもりで男と攻防を繰り広げていると、急に押し返す力が弱くなる。見上げれば、大きな手がドアの上方を鷲掴《わしづか》みにしていた。

「ガキ相手に、何やっとるんや。どけや」

ゆっくりとドアが動き、背の高い男が立ちはだかる。ジャケットの胸元も二ノ腕部分も、はち切れそうに膨らんでいた。

「兄ちゃん、この店は二十時からやねん。おまけに十八歳未満は出入り禁止や。悪いけど、今夜は帰ってもらえんか」

口調は柔らかだったが人相は険阻で、目には切れるような光がある。

「十八歳以上になったら、歓迎するしな」

サッカーでもそうだが、背の高い男は脇や足元が甘い。そこを突いて店内に入り込む事はできそうだった。だが問題はその後で、ひと悶着《もんちゃく》起こせば女性には会わせてもらえないだろう。無事に帰路につける保証もなかった。

「わかりました」

やむなく身をひるがえし、階段を上る。この線からの情報入手は、あきらめるしかなかった。路上に出て、両側に連なる飲食店をながめながら歩く。どこかで夕食を食べた方がよさそうだったが、高校生が一人で入れるような店は見当たらなかった。

「あ、和典君」

突然、名前を呼ばれ、反射的に振り返る。街の人通りの中に、立ち止まっている叔父の姿があった。どこか外国の砂漠か熱帯林で、いきなり日本のカブトムシでも見かけたような気持ちになる。驚きと喜びが胸で入り混じった。

「こんなとこで会うとは、びっくりだな。何してんの」

答えあぐね、矛先をかわそうとして逆を取る。

「叔父さんこそ、帰ったんじゃなかったんですか」

うまく話に乗ってくれるかどうか自信がなかったが、叔父は突っ込む気配すら見せなかった。

「ん、帰ったんだけどね、どうしてるか心配になって、戻ってきたんだ。さっき別荘に着いたんだけど、姿が見えないから、電話もかけたんだけど」

あわててスマートフォンを出す。確かに着信アイコンが点いていた。

「すみません、バタバタしてて」

叔父は、気にするなというように軽く手を振り、目と鼻の先にある小路《こうじ》を指す。

「夕飯を食おうと思って、ここまで出てきたんだ。ちょうどいい、一緒に食おう」

細い道を入った角に、半間の出入り口を設けた店があった。明石《あかし》焼き夢幻《むげん》という看板が出ている。

「加藤造園の親父さんが教えてくれたんだ」

鵯越一帯は自分の庭のようなものだと言っていた。そこから一番近い街が三宮だから、土地勘があるのだろう。

「ぜひ行ってやってくれって言われて来るようになってさ。安くて美味《うま》くて、いい店だよ。けど、一つ約束事がある。店をやってる女将《おかみ》は、妙子《たえこ》ちゃんって年配の女性なんだが、客はまず妙子ちゃんをなだめて、慰めるところから始めなきゃならないんだ」

意味がわからなかった。捕らえ所がなく、取っかかりさえない。あまりにも訳がわからず、笑い出しそうになった。

「親父さんの話じゃ、妙子ちゃんは、三宮の大地主の一人娘だ。見合い結婚をする予定だったが、祖父母や両親があまりにも高望みや選り好《えごの》みをしていたせいで、行かず後家になっちまった。それで将来を心配し、一人でも暮らしていけるようにと店を持たせ、腕のいい料理人や店員も雇った。ところがお嬢さんだから、人は使えんわ、店は潰すわで、そのたびに土地を売って補塡《ほてん》、補償しているうちに騙されたりもして、家は零落、祖父母や両親は他界、今ではこんな小さな店しか残ってないらしい。で妙子ちゃんは、客を見ると、まず愚痴る。客のほとんどは事情を知ってて、助ける気持ちで通ってるんで、恨み言に付き合うらしい」

そういう形で成り立っている商売もあるのだと初めて知った。

「まず妙子ちゃんの機嫌を取らんと、何も出てこん。それが、この店で飲み食いする時のルールなんだ。和典君、大丈夫か。まぁ話は俺がするけどさ」

面倒そうだったが、店員がマニュアル通りの無機質な笑顔で対応するカフェやファミレスより面白いのではないかと思えた。

「愚痴を聞いてればいいだけなら、大丈夫ですよ」

叔父は戸口に手をかけながら、言い訳でもするかのようにつぶやく。

「妙子ちゃんはお嬢様だから、いつも上から目線だけど、スルーしといてよ。根はいいんだ。いや俺もさ、最初は親父さんに頼まれたから来てたんだけど、その内、気に入っちゃってさ」

どうやら同情だけを頼りに営業している訳ではないらしかった。

「本当のところをガツンと言うから、耳が痛いけど、ああそうか頑張ろうって気にもなるんだ。今は、誰も面と向かって言ってくれない時代だからな。それで通ってくる男は、少なくないと思うよ」

下がっている暖簾《のれん》をくぐって店の中に踏み込んでいく。その背中に、母にけなされながら微笑んでいた顔を重ねた。母の無礼が心苦しかったが、叔父がそう思っているのなら、あれはあれでいいのだろう。そう思えてきて、若干、心が軽くなった。

「こんばんは」

店内には、数人座れるカウンターと、小さなテーブル席が三つあり、カウンターの向こうに白い仕事着を着た板前が立っていた。頭にかぶった和帽子から出ている髪は、半ば以上が白い。

「いらっしゃい」

板前の背後の壁に目を引かれた。緋色のボタンを彫り刻んだ化粧羽目板がはめ込まれている。重厚感のある葉の間に咲き乱れる大きな花があでやかだった。

「女将、お客様来はりましたで」

男は、カウンターの方に視線を投げる。その端で、薄紫の着物を着た女性が頬杖《ほおづえ》をつき、グラスを傾けていた。叔父が微笑む。

「女将、景気はどうだい」

女性は頬杖をついたまま、赤く塗った唇をへの字に曲げた。小太りな体を乗せているカウンターチェアーがきしむ。

「ええ訳ないやろ」

どうやらこれが妙子ちゃんらしい。

「どこでも好きなとこに座っててええよ。どうせ閑古鳥やし」

不貞腐れた口調は、太々《ふてぶて》しかった。哀れさも誘わず、同情を集めるキャラからも程遠い。

「まぁそう腐らないで。ほら、ここに二人も客が来てるじゃないか。まだ宵の口だし、これからドンドン入ってくるよ」

しきりに機嫌を取る叔父が気の毒になった。コンビニの店長に同情して東京に戻り、甥を心配して神戸に引き返し、今またこうして女将の機嫌をうかがっている。優しいために、いつも割を食っているかに見えた。理咲子の父親を思い浮かべる。こんなふうだったのかも知れない。

「さぁどうやろね」

女将は、叔父の気遣《きづか》いにまるで頓着《とんちゃく》しない。

「うちに来るんは、どうせロートルばっかやし」

一瞬こちらに目を流し、付け加えた。

「ロートルでなけりゃ、ヤヤコやな」

ヤヤコの意味がわからない。おそらく悪口なのだろう。

「ここの明石焼きを食わせたくて連れてきたんだ。食わせてやってよ」

女将は、だるそうに背筋を起こした。

「しょうもな」

草履をはいた足を、ステップリングからそろそろと床に下ろす。

「えらい美味いって訳でもないで。期待せぇへんといてな」

目の前を通り過ぎ、カウンターのスイングドアへと向かった。その様子を目で追っていて、無地だと思っていた着物が実は細かな模様の集合体である事に気が付く。一見、薄紫のドットのように見えたが、目を凝らせば点ではなく、小さな鈴だった。その緻密《ちみつ》さに感動し、思わず声を上げる。

「無地かと思いましたけど、鈴の模様ですよね」

女将は動きを止め、左手の指先で襟をなぞりながら自分の着物を見下ろした。

「独鈷《とっこ》鈴《れい》や」

聞き慣れない言葉だった。独鈷は確か密教で使う法具で、煩悩を打ち破る棒の事だと記憶している。おそらく鈴が付いている独鈷の、鈴だけをデザインに用いたのだろう。

「江戸小紋やねん。エレガントやろ。日本工芸会正会員の藍田《あいだ》センセのお作や。ほんでこっちが」

くるりと後ろを見せる。

「やっぱ藍田センセの、染め名古屋帯」

今の季節らしく紅葉が描かれていた。色味を抑え、葉脈だけを赤く浮き上がらせており、洗練された感じがする。

「よく似合うよ」

叔父がすかさずほめた。

「やっぱり女将が着ると、映えるね。品が違う。ぐっと格が上がるよ」

女将はニンマリする。

「当たり前やろ」

柔らかくなった表情に、どことなくかわいげが漂った。

「ほなら明石焼き、ご馳走しよか。新ちゃん、作ってくれんか。早よな」

叔父はほっとしたような息をつき、テーブル席を顎で指す。

「座ろうか」

顔には、疲れが見えていた。注文するだけで既に疲労している様子は、なんだかおかしい。テーブルについたが、メニュウは置かれておらず、見回すものの壁にも貼られていなかった。この店で何を出すのか、食べられるのか、全くわからない。おそらく女将の気分次第なのだろう。

「明石焼きって、何ですか」

叔父は、ちょっと考えてから答えた。

「タコ焼きの上品なヤツ、かな」

タコ焼き屋は、駅の通路で時々見かける。興味があったが、焼き器の窪《くぼ》みに次々と生地を流しこんだり、忙しそうにタコの入ったボールを引っくり返すのを見ていると、どこで注文の声をかけていいのかわからず、ドギマギするのが嫌で、足を止めていなかった。家の食卓にも載った事がない。

「卵焼きの中にタコが入ってて、カツオ出汁《だし》につけて食べるんだ」

生まれて初めての経験だった。想像を膨らませながらテーブルの上に出ている箸立《はした》てに手を伸ばす。割り箸を取り、袋から抜きながら心の準備をした。

「ところで和典君、ここで何してたの。用事でもあったとか」

あの店について、叔父が何か耳にしているかも知れないと思いつく。

「ドレスっていう倶楽部に行こうと思ってたんです。行った事ありますか」

叔父は苦笑した。

「いやぁ倶楽部なんてとこには、丸っきり縁がないよ。なんでそんなとこに」

叔父の声をさえぎるように、カウンターから鋭い声が飛ぶ。

「ドレスがどうしはったん」

女将が、自分の事でもあるかのような真剣さで身を乗り出していた。眼差は険《けわ》しい。

「あそこは、あかんよ。池田《いけだ》組の息かかっとるからな」

いまいましげに言いながら小指を立てた。

「池田組の組長のコレが、ドレスのママやねん」

先ほどの男たちは確かに、どことなく険呑《けんのん》さを漂わせていた。

「あいつらがからんで、うちなんか駅前の店取られてもうたんやで」

くやしそうに言い放ち、斜めに空中をにらみ上げる。

「池田のクソが、地獄に落ちたらええ」

隣で板前が、また始まったというような笑いを浮かべた。

「山口《やまぐち》さんや神戸さんとちごうて、池田組はハンパやしな。そういうのが一番ヤンチャで、手に負えんのや」

この街の裏事情に、かなり詳しいらしい。今まで得られなかった情報が手に入るかも知れず、聞いてみる気になった。

「萩原建設の社長を、ご存じですか」

女将はこちらを向き、眉根を寄せる。

「ああ三代目やろ。ドレスに入り浸ってるって噂やなぁ。早いとこ目ぇ覚まさんと、身代取られてまうで。まぁ松上工務店の西谷《にしたに》とツルんどるから、近々そっちからカタがつくやろけどな」

妙な言い回しだった。

「松上工務店って、あの大手ゼネコンの、ですか」

話は理咲子から聞いていたが、裏に通じた女性の耳にどう入っているのかを知りたかった。

「せや。駅前に神戸支店があってな、支店長は西谷ゆうねん。その西谷と萩原建設の三代目は、二、三年前からズブズブや言われとる。それを誰かがサシたらしくて、もう税務署が動いとるって話や。そうなりゃ三代目も、ドレスに通うどころやなくなるやろ」

ズブズブとは何だろう。サシたとはどういう意味で、それらが税務署とどうつながるのだろう。きょとんとしていると、出入り口の引き戸が音を立てた。

「いらっしゃい」

暖簾を分けて年配の男性が数人、顔を出す。

「ママ、元気かいな」

「ママの顔を見たくてなぁ」

ルール通りに切り出しながら、どやどやと中に入ってきた。

「よう言わはるわ。何ヵ月もご無沙汰《ぶさた》しといて、どの口で言っとんのか見せてみ」

悪態をつきながらも女将は、先ほどよりずっと上機嫌だった。客が多くなり、うれしいのだろう。男性たちのにぎやかな声があたりを席巻《せっけん》し、空気がすっかり変わっていく。

「今の話の、ズブズブとかサシたとかって、どういう意味ですか。しかも税務署って」

叔父は、男性たちと話している女将にチラッと視線を投げ、声をひそめた。

「たぶん萩原建設は、神戸支店長の西谷と組んで、ヤバい事に手を出してるんじゃないかな。それを誰かがリークしたんで、税務署が調査を始めたって事だろう。警察じゃなくて税務署が出てきてる訳だから、ヤバい事ってのはおそらく税金の誤魔化しだ。萩原は脱税し、それを自分の懐《ふところ》に入れると同時に、西谷にも流して仕事を受注してるか、あるいは西谷が仕事の発注を条件にして、萩原に利益供与を持ちかけたか、どっちかだね」

理咲子によれば、萩原が派手な生活をし出したのは、ここ二、三年という事だった。西谷との関係が噂され始めた頃と合致している。それは、颯が社長と口論するようになった時期とも同じだった。

「脱税って、どうやるんですか」

叔父は、いっそう声を押し殺す。

「よくある手口は、経費の偽装だよ。帳簿上は、下請け会社に工事を発注し、そこに支払いをしたという形にする。経費なら、税金の対象から除外されるんだ。だが実際は、その工事は架空で存在しない。よって金を払う必要はないが、帳簿にそって動いている会社からは、金が支出される。行き場のない金は宙に浮く事になり、さっき言ったみたいに自分で着服するか、仲間と分けるかだ。その分には税金がかかっていないから、それが脱税に当たる。横領にもなるけどね」

颯は、専務だった。社長の不審な動きに気付かないはずがない。何とか止めようとしていたとすれば、以前はうまくいっていた社長と口論するようになるのも当然の事だった。それが二人の関係を暗転させ、颯を悩ませて鬱に近い状態にまで追い詰めたのか。

社長に改める気配がなく、いらだった颯が最後の手段として、やめなければ証拠書類を税務署に持ち込むと脅したとは考えられないだろうか。そうだとすれば、社長の選択肢は二つしかない。着服をやめるか、颯の口を封じるか。

一年前の夕暮れ、沼のほとりで展開された情景を想像する。先日、自分自身がはまり込みそうになっただけに、容易に思い描くことができた。社長は、決着をつけるつもりで颯を呼び出した。もし颯が譲らなければ、宝沼が武器になる。一度はまったら出てこられず、しかも死体も上がらないのだ。隙を見て突き落とせば、証拠は一切残らないだろう。

だが立証は難しそうだった。目撃者がいたという話もないし、一年が経過しており、現場で新しい手がかりが見つかる可能性も低い。社長は、颯と話をして別れ、その後は知らないと言っており、それを否定するだけの材料は見つかっていなかった。

何とか探せないだろうか。せっかく筋道が見えてきているのに、ここで打ち切らなければならないのは、いかにも無念だった。何か、手立てはないか。

あれこれと考えていて、颯が社長に呼び出された事を知っていたのは、理咲子だったと思い出す。盗聴器を仕掛けていた。その中に別の情報が入っていないだろうか。

「すみません」

思わず出した声が大きかったらしく、店中の人間がこちらを見た。

「用事を思い出しました。これで帰ります」

驚く叔父に頭を下げ、返事も確認せずに出入り口に向かう。明石焼きに未練はあったが、腰を落ち着けていられる気分ではなかった。

「あら、もうお帰りやの」

振り向くと、女将が緋色ボタンを彫った羽目板の前に立ち、こちらを見ている。

「今、焼けるとこやで。イカもあぶってるしなぁ」

ここに来た時に目を奪われたあでやかさの中に、一輪、白いボタンが交じっている事に気づいた。清楚だが存在感があり、美しい。

「また来ます。ボタンの羽目板、素敵ですね」

女将は体をねじり、壁を振り返った。

「これはなぁ、うちの男のやねん。大工《だいく》の棟梁《とうりょう》でな、室内装飾も手掛けとった」

片手で着物の袖口を押さえながら、伸ばした指先で白いボタンを指す。

「この白いんは、わてをイメージしたんやて」

話しながら、次第に表情を華やがせた。

「ええ男やったわぁ。もっともその頃は、わても二十そこそこのいい女やったんやけどな」

叔父から、行かず後家と聞いた時には寂しい人生なのかと思ったが、楽しい時期もあったらしい。

「そんで正妻と、超バトルや。長年続いて、勝ったと思った時もあって、負けた時もあったなぁ。結局、妻にゃなれんかったけど、ほんでも」

意気揚々と胸をそらす。

「死に際は、わてが看取《みと》ったんやで」

勝利宣言をするかのようだった。誇らしさがほとばしるその微笑に笑みを返しながら、人間の愛情の多様さに思いをはせる。

「また話をうかがいに来ます」

引き戸に手をかけ、板前の見送りの言葉を背に受けて店の外に出た。

「お、よく会うな」

加藤造園の老人と鉢合わせる。後ろに中里がついてきていた。

「もう帰るのかい。えらい早いじゃないか」

中里は目をそらしたものの、視線のやり場に困ったようで、しきりにあたりを見回している。必死にとぼけている様子が滑稽だった。

「ちょっと用ができたんで、お先に失礼します。中に、叔父がいますから」

老人は、うれしそうに口元をほころばせる。

「そりゃ楽しみだ。あいつの話は面白いからな」

そんなふうに評価されているとは知らなかった。まだまだ自分は叔父をわかっていないらしい。今後の付き合いの中で、それに触れられるのではないかと期待した。

「ついつい酒が進むんだよな。長《なが》っ尻《ちり》になっちまうから、午前様でさぁ」

半ばぼやきながら店に入っていく。それに続こうとした中里が、そばを通り抜けた。

「この店の女将、ズケズケ言う人ですよね」

声をかけると驚いたように振り返り、ぎこちない笑みを浮かべる。

「俺、そこが好きやねん。ま、ガキンチョには、わからへんやろな」

おそらく叔父と気が合うだろう。三人で明石焼きを食べながら話が弾むに違いなかった。

第五章　逢魔《おうま》が時《とき》

1

歩きながら理咲子に電話を入れる。もう来ないと芽衣に言った手前、かなりバツが悪かったが、それが理咲子に伝わっていない事、また電話に芽衣が出ない事を願いながら呼び出し音に耳を傾けた。

「あら上杉君、今度はなんでいなくなったの」

どうやら願いは、叶ったらしい。

「頼みがあるんです。颯さんの部屋に仕掛けたという盗聴器の録音、聞かせてほしいんですが」

理咲子はちょっと黙り込み、しばらくして答えた。

「条件があるわ。電話じゃダメ。家まで来て、私と会う事」

　奇妙な条件だったが、特に差しさわりはない。

「じゃ、これから向かいます」

　何のためにそんな事を言うのか、会って聞けばわかるだろう。

「一階の、ミューズの間でお待ちしているわ。さっきいたヘラクレスの間の隣よ」

　足を急がせて月瀬家に向かう。玄関を入り、楕円形ホールに隣接するヘラクレスの間を突っ切った。隣の部屋に足を踏み入れたとたん、その中央に立って待っていた理咲子と目が合う。聞くまでもなく瞬時に、呼び寄せられた理由がわかった。

「どう、これ」

　髪が真っ白になっていた。まるで頭に綿帽子でもかぶっているか、あるいは雪が降り積もっているかのようだった。青みを帯びた輝きを放つ白さで、なんとも神秘的な感じがする。着ている服が床まで届くようなロングのワンピースだっただけに、余計に現実から遊離した雰囲気だった。

「染めない方がきれいだってあなたが言ったから、すぐ美容師を呼んで、色抜きをしてもらったの。二十分でできたわ。でも自分じゃ、どうも見慣れなくってしっくりこないのよ。だから、あなたに見てもらいたくて。どう、似合ってるかしら」

この場合、口にできる答は一つしかなかった。見てもらいたいというのは、言い換えれば、ほめてもらいたいという事なのだ。この後には、盗聴データを出してもらうという大事業が控えている。機嫌を損ねるわけにはいかなかった。

「ちょっと、こっちに来てみてください」

理咲子の両肩を後ろからつかみ、そのまま壁にかかっている鏡の前まで移動させる。

「髪が光を反射して、顔を照らしています。それが写真を撮る時に使うレフ板と同じ効果を出しているんです。レフ板というのは、光を集めて影を飛ばすために使うもので、顔に当てると明度が上がり、シワやシミが見えなくなります。ゆで卵みたいにツルッとした感じになるんです。とてもお似合いですよ、きれいです」

理咲子は満足したらしく、日なたの猫のように目を細めた。

「まぁ夢みたいだわ。ありがと」

ノックの音が響き、茶器を持った芽衣が姿を見せる。またも理咲子に接近していると思われるのが嫌だったが、あわてて離れれば、逆に穿鑿《せんさく》を誘うだろう。どうするのがベストなのか判断がつかず、動けなかった。

「ああ、そこに置いてって。後でいただくから」

サイドテーブルを指された芽衣は、黙ったままトレーを置く。部屋の中にエスプレッソの香りが広がった。

「もう行っていいわよ。後は私がするから」

去り際に、チラッとこちらに視線を投げた。嫌味か皮肉でも言われるかと思い、身構える。だが何の言葉も発しないまま姿を消した。ドアの閉まる音を聞き、ほっとする。同時に、なぜ何も言わなかったのかが気になった。言われたら言われたで、気にしただろう。相反する気持ちが行きつ戻りつするのは、先ほど別れた時の諍《いさか》いと、異様な反応が胸に影を落としているからだった。

「じゃ冷めないうちに、いただきましょうか」

サイドテーブルに近寄ろうとする理咲子に先んじ、トレーに載っていた二つのデミタスカップをテーブルに運ぶ。ソーサーに載っているカップの脇には、小さなエクレアとマドレーヌが添えられていた。フランスでいうプティ・フール、ひと口菓子だった。

「あら、ありがとう。紳士ね」

理咲子は満足げに微笑み、暖炉に歩み寄ると、その上に置かれていた大理石象嵌《ぞうがん》の小物入れに手を伸ばす。

「ご依頼の件、用意しておいたわよ」

引き出しから黒いレコーダーを出し、音を立ててテーブルに載せた。

「どうぞ、お座りになって」

自分も椅子を引き、ボリュームのあるスカートを体の前でまとめて腰を下ろす。

「その前に、事情を話してくれないかしら。なぜ、そんな事に興味を持ったの」

ここは打ち明けるしかないだろう。三宮の店で考えていた萩原による殺人と、その動機について話す。理咲子は驚いていたが、次第にうれしそうな顔付きになった。今まで自分が見逃してきた重大な事実にようやく気が付いたかのようで、覚醒した人間さながら目を光らせる。

「そのストーリー、全面的に支持するわ。きっとそうよ、三代目がやったのよ。それ以外に考えられない。もう決まったも同然ね」

手放しで賛同し、意気込んで決めつけた。

「あまり動いてくれなかった警察も、三代目からはしつこいくらい事情を聞いてたのよね。でもその時は、颯さんが鬱の薬を飲んでたって事の方が重要視されてたし、トラブルについても、三代目が仕事上の些細《ささい》な事だったって言ったものだから、事件性はないって結論になってしまったのよ。でもこうなったら、私たちで必ず証拠を見つけ出しましょうよ」

あまりにも積極的で、違和感がないでもなかった。宝沼で殺人が起こったという説を肯定すれば、今まで行方不明とされていた颯は、死んでいる事になるのだ。同居していた人間の死を告げられて、動揺もなく、悲しみの影さえ見せないばかりか喜々として話を先に進めようとする態度は、かなり奇妙ではないだろうか。

「盗聴器の録音記録は全部、再生してみたわ。でもその時、私が関心を持っていたのは、ここから出ていくとか、引っ越しをするとかっていうような部分ばっかり。だからきっと聞きもらしてしまってたのね」

理咲子は、この家に一人取り残され、孤独の内に生涯を送らなければならなくなる寸前だった。失踪という突発事のためにそれを免れているが、颯が戻ってくれば、今度は間違いなく一人になる。それを回避できるのは、颯が死んでいる場合のみだった。それでこの殺人説を歓迎しているのだろうか。

「録音は、初めて引っ越しの話が持ち上がった三年前からよ」

黒いレコーダーをこちらに押し出すと、その手の小指を立てて摘まむようにデミタスカップの取っ手をつかむ。

「そこのボタンを押せば初めから聞けるわ」

頭から順番に二年分を聞くのは、どれほど時間がかかるだろう。日付順に並んでいるのなら、コンピュータ検索で使う二分探索法を用いれば時間の短縮ができそうだったが、有力な情報がいったい何日目に入っているのか見当もつかない。確率の問題というよりは、運の問題というべき状況だった。

「どうぞ聞いてみて」

レコーダーの電源を入れ、表示されるアイコンをながめて操作方法に見当をつける。初めから聞くよりも、颯が煮詰まった最終日から遡っていった方が早そうだった。それにしても相当時間が必要だろう。

「今日中には無理ですね」

いったん別荘に帰って叔父に顔を見せ、一人になって落ち着いて聞きたかった。

「お借りして持ち帰りたいのですが」

理咲子は、とんでもないといったような顔付きになる。

「一緒にやりましょうよ。耳だって、二つより四つの方が聞きもらしがないはずよ。昨日のお部屋を用意しますから、泊まっていって。夕食も準備するように言ってあるし」

しかたがなかった。

「じゃ再生します」

他人のプライベートをのぞくのは気が引けたが、背に腹は代えられない。覚悟をして聞き始めた。幸いな事に、多くの部分は無音で、その他にも耳をふさぎたくなるような会話やつぶやきはなかった。たまに芽衣の声が入っている。理咲子が言っていたように引っ越しの相談だった。

「どこに仕掛けようかって悩んだんだけど、さすがに寝室は遠慮して、部屋にしたの。書架の本の奥に差しこんでおいたのよ」

颯の部屋を思い描く。明るく気持ちのいい空間で、机と袖机、本棚、ワードローブ、カップボード、長椅子が置かれていた。

「ね、これ、頻繁に出てくるけど、何の音かしら」

理咲子に言われ、耳を傾ける。軽いタップ音がかなり長く続いていた。おそらくパソコンのキーボードを打つ音だろう。ブログをアップしていたのだから、長時間パソコンに向かっていても不思議ではなかった。それが聞こえ始める前に入っている他の音を拾ってみる。

きしみ音が必ず一度、もしくは二度響いていた。二つの音色は異なっており、二度響く場合も、その順番は決まっていない。他にドアの音や、何かを擦るような音が入っている事もあった。家具の位置を正確に思い出しながらスマートフォンのタイマーを使い、二度響く場合の二つの音の間隔を測ってみる。

「何してるの」

どちらの音が先になっても、十秒以内に次の音が響いており、家具の位置を考えれば、簡単に答が出た。

「パソコンを打つ音ですね。部屋に入ってきて椅子に座り、袖机の引き出しからノートパソコンを出して打つ時と、取り出したパソコンを持って長椅子まで行き、そこで打つ時、あるいは長椅子でくつろいでいて、立ち上がって机の椅子に座って打つ時、その逆で、机で本などを読んでいて長椅子に移動して打つ時、以上の四つのケースです」

自分で発したパソコンという言葉が、胸の中で微妙に変化していく。颯は、萩原の脱税を証明できるような帳簿類や、その他の書類を持ち出し、手元に保管していたはずだ。そういう証拠を持っていればこそ、強い態度で萩原と交渉できる。

会社の書類は、全てコンピュータ処理だろう。USBメモリを使えば、ほんの数秒でコピーできるし、ポケットに入れて簡単に持ち出せる。では、それは今どこにあるのか。

決まっている、颯のパソコンの中だ。あるいは会社から直接、自分のパソコンにデータを添付したメールを送信したのかも知れない。

「颯さんのパソコン、見せてください」

理咲子は唐突な要求と感じたらしく、呆気にとられたようだった。

「え、今度はパソコンなの。でも、まだこれが途中でしょ」

長々と時間をかけ、あるかどうかもわからない情報を探すより、颯のパソコンから脱税を証明するデータを見つけた方が早い。それは、この失踪に事件性を与えるだろう。警察を動かすには充分のはずだった。

「確か理咲子さんが隠していたんですよね」

その理由は、芽衣によれば、「高校生のイケメン」に通ってきてほしいから、という他愛ないものだった。

「パソコンを、どうするつもりなの」

理咲子は慎重な表情になる。二つの目の中で底意が瞬き、こちらの様子をうかがっていた。それを見ていて、芽衣の説明は果たして正しかったのだろうかという気持ちになる。パソコンを隠した理由は、本当にそんな罪のないものだったのか。

「なぜ隠したんですか」

理咲子は、バネ仕掛けの人形のように横を向いた。

「私の質問の方が先でしょ」

しかたなく、警察に持っていくつもりだと話す。

「それじゃ絶対ダメ。見せない」

きっぱりとした返事で、揺らぐ様子はなかった。だが先ほどの奇妙な意気込みを思い出せば、警察の介入には大賛成のはずだ。圧力をかけてみる。

「それじゃ警察は、動いてくれませんよ。颯さんのパソコンの中には、おそらく萩原の犯罪の証拠となる脱税に関するデータが入っている。それを提出する必要があるんです。そしたら警察も捜査を始めるでしょう」

理咲子は、途方に暮れたようだった。じれったそうに身じろぎしていたものの、やがてどうにもならないと思ったらしく、渋々口《しぶしぶ》を開く。

「でも、あの中には、誰にも見せたくないものが入ってるのよ。あなたにはもうバレちゃったから言うけど、裏の家には父がいたでしょ」

深々とした溜め息には、長年隠し通してきた秘密の重みがこもっていた。

「前はよく縁側で日向《ひなた》ぼっこをさせてたのよ。三年前の春くらいだったかしら。颯さんが、垣根のイチイに枯れ始めてる部分があって気になるから写真を撮って加藤造園に相談するって、デジカメを持って家から出ていったの。初めは何気なく聞いてたんだけど、枯れてる部分というのは、この家のじゃなくて裏の家のかも知れない、そしたら背景に父が写り込むかもって思いついて、駆けつけたら、やっぱり裏から戻ってくるところだった。冷や汗が吹き出したわよ。でもヘタに騒いだら逆に注意を引いてしまうから、そのまま見過ごしておいて、急いで父を家の中に入れたの。ただひたすら気づかない事を祈るばかりだったわ。午後になって加藤造園の親方が姿を見せて、カイガラムシだと思うから薬を持ってきたって話でね、颯さんの関心はすっかりカイガラムシに移って、写真の事はそれっきりになったの。それ以降、昼間は縁側に出さないようにしたんだけどね、ほんと寿命が縮んだわよ」

まるで今、起こったばかりの事のように身を震わせる。

「あなたが来るって聞いた時も、父が写り込んでる写真を見られたら困ると思ったから、パソコンを隠したの。同じものがUSBメモリにも入ってるかも知れないと思って、それも一緒に。データ自体を消せばよかったんだけど、パソコンに詳しくないからできなくって。でも警察に提出したら、きっと全部調べるでしょ。署には、この近所の人が勤めてるのよ。すぐ噂が立つわ。そんなこと絶対、嫌」

まぁ気持ちは、わからないでもない。

「だったら僕がパソコン内を探して、そのデジカメデータを削除しましょうか。そして颯さんが保管していると思われる脱税関係のデータを確認した後、パソコンを警察に持っていく。削除したデータは、復元しようと思えばできますが、今回の失踪には関係がありませんから、警察もそこまではしないでしょう」

理咲子の顔は、スポットライトでも浴びたかのように一気に明るくなった。

「ええなぁ。そら、ええわ。頼むで」

浮かされたような笑みを浮かべ、こちらに身を乗り出す。

「それを消してもろうて警察に持ってったら、警察は三代目を取り調べるやろ」

力のこもった神戸弁でまくし立てた。

「そうなったら、もう逃げられへんで。三代目が犯人で決まりや」

先ほどの違和感が再び戻ってくる。この家に取り残されたくないという思いからかも知れないと考えていたのだが、こうして改めて聞いてみると、萩原を犯人と決めつけようとする意志の強さが際立っていた。この強引さは、何だろう。

喉を通っていくエスプレッソの香気が鼻に抜けるのを感じながら、理咲子のその態度を何らかの事象の結果と見なす事にする。そこからさかのぼって原因となっている事象を見つければいいのだ。

理咲子は、萩原を犯人にしたい。それが必然となるための事象としては、何が考えられるのか。

萩原に恨みを持っているというのが一番わかりやすかった。だがこれまでの話からは、そんな様子はうかがえない。理咲子と萩原の間にトラブルがあったとは聞いていなかった。怨恨《えんこん》説で説明できなければ、どう展開するのか。何か新しい因子をプラスしてみるか。あるいは逆に、今ある因子のどれかを引いてみるか。

ノックの音がし、芽衣が再び姿を見せる。今度はスマートフォンほどのサイズの金トレーを持っていた。褐色がかった液体の入ったアミューズステムグラスが載っている。グラス自体も小さく、入っている量もわずかだった。理咲子は取りすました顔になり、軽く眉を上げる。

「どうもありがとう」

表情も言葉も、すっかり元に戻っていた。先ほどは、よほど我を忘れたのだろう。

「何ですか、それ」

芽衣は理咲子の前にグラスを置き、こちらを見ようともせずに出ていく。

「薬とか」

その姿を目で追い、ドアが閉まるのを見てから理咲子に視線を戻した。理咲子はワイングラスでも傾けるかのようにそれを斜めに持ち、光にかざす。

「リュウマチ性関節炎の鎮痛薬よ。颯さんが山から採ってきたトリカブトの根を干しておいて、煮出して毎日、この時間に飲んでるの。劇薬だけど、漢方医の指示通りにしてるから、今まで一度も事故はないわ」

初めてここに来た日、理咲子はトリカブトの株を持っていた。それを見て、裏の家には颯が監禁されているか、もしくはすでに死体になっているのでは、と危惧《きぐ》したのだった。全てが杞憂《きゆう》に終わった事に苦笑しかけ、ふと笑いを呑み込む。突然、全身の血管が縮み上がるような気がした。

あの家にいたのは、確かに颯ではなかった。だがそれは、この失踪に理咲子が関わっていないという事の証明になりうるだろうか。

理咲子が関わっていない事をAとし、颯が裏の家にいなかった事をBとすれば、AであればB確かにBであり、十分条件は成り立つ。だがBであっても同時にAであるとは限らなかった。理咲子が、颯を別の場所に隠している可能性がある。必要十分条件は成立せず、そうなれば理咲子の関与は否定できなかった。

今までそれを見落としていた自分のうかつさに胸が焦《こ》げる。数学でいえば中学レベルで、どう考えてもお粗末《そまつ》すぎた。歯ぎしりせんばかりに奥歯を噛む。

颯はやはり、トリカブトの犠牲になっているのかも知れない。そう考えつつ、「理咲子は萩原を犯人にしたい」という命題について、改めて見直した。

理咲子と萩原の間にトラブルはなかったのだから、ここから萩原という因子を引く事は可能だろう。萩原を除けば、「理咲子は誰かを犯人としたい」となる。しかもかなり強引に、熱心にそう考えているのだ。

その意図は、ただ一つしかないように思えた。体の芯を、くり返し戦慄が走り抜ける。つまりそれがベストの方法だからだ、自分が犯人である事を隠すための。

萩原の脱税について話を聞いた時、おそらく理咲子は考えたのだ、萩原の犯罪の証拠を提出すれば、警察は颯の失踪について萩原に疑いを向けるだろう。彼を犯人にしてしまえば安心できるし、たとえ萩原の殺人が立証されなくても、事件は失踪に戻るだけで理咲子に不利益は生じない。こんな素晴らしい手が他にあるだろうか。それで、あれほどうれしそうにしていたのだ。

「パソコンとUSBメモリをお借りして、家で作業をしてきます」

そう言うのが、やっとだった。

「集中したいので」

颯が姿を消せば、理咲子は芽衣と暮らしていける。動機には充分だった。

2

自分がしなければならない事を整理しながら別荘への道をたどる。まずデジカメのデータ削除、次に颯が保管していたと思われる脱税の証拠の探索、そして今、再浮上してきた理咲子犯人説の検討。

山積する課題に気持ちが重くなったが、考えていても始まらない。とにかく端からチャッチャと片付けるしかなかった。

別荘に着くと、叔父はまだ帰ってきていなかった。部屋に入り、借りてきた颯のパソコンと、理咲子があわてて包ませた夕食の入ったピクニックボックスを机に置く。椅子を引きずり寄せ、パソコンを立ち上げて籐《とう》のボックスから夕食を取り出した。包み紙を破り、ソースのかかっているステーキに食いつきながら、もう一方の手でキーボードを動かす。

デスクトップ画面に表示されているアイコンの中に、カメラマークがあった。開いてみれば、デジカメからの受信記録が日付別に整理されている。樹々や花、コケを始めとした植物の写真が大量に並んでいた。それと同じくらい芽衣の写真も多い。遠景やアップで、笑っていたり、首を傾げていたり、懸命に何かを説明していたり、真剣に書物を調べていたり、食事の最中やテレビを見ているところまで写してあった。芽衣のあらゆるシーンを撮る事で、その全部を心に刻み込もうとする情熱を感じる。

かわいくてたまらなかったのだろう。前にもそう感じたが、この大量の写真を見て、いっそう思いを強くした。確かに芽衣はかわいい。外見ではなく、存在そのものが愛らしいのだった。颯は、どれほど愛していた事だろう。

胸の底で突然、疑問が生まれ、泡のように浮き上がってきて脳裏ではじける。残っていたステーキを全部口に押し込み、手の中にあった包み紙を握りつぶした。

颯は、そんな芽衣から離れられなかったはずだ。芽衣のいない所に行く気にはならなかっただろう。鬱状態だったという点から考えてみても、普段より行動が鈍化していたはずで、家から出ていくより逆に閉じこもる方が自然のはずだ。姿を消したのは、颯自身の意思ではないだろう。

頭に理咲子の顔がちらつく。先ほどの疑念が強くなっていくのを感じながら垣根の写真を探した。三年前の春頃という情報を頼りに、インデックスをスクロールしていき、それにたどりつく。

十数枚が撮影されており、その内の数枚が加藤造園に送られていた。全部を拡大してみる。背景に縁側が写っているものもあったが、それ以外は見えていなかった。理咲子の取り越し苦労だろう。削除せず、そのままにする。

次に、萩原の脱税を証拠立てるようなデータを探しにかかった。デスクトップ画面にはそれらしいアイコンはなく、どこにしまわれているのかわからない。まずシステムフォルダを開き、次に全てのファイルを表示してみた。

颯しか使わないパソコンであり、しかも家に置いてあるのだから、厳重なセキュリティ対策がしてあるとは思えず、すぐに見つかるとばかり考えていた。ところが、どこにもない。

ＯＳのデフォルトでは表示されないような設定にしてあるのだろうか。いわゆる隠しファイルというヤツで、同級生たちがヤバい画像を保管する時によく使っていた。システムツールからエクスプローラーを選択し、表示をクリックする。見れば、隠しファイルの項目にチェックが入っていなかった。

「ああ、こいつか、見つけたぞ」

喜々として、そのチェックを入れる。かすかな音と共に颯がかけていた魔法は解け、一つのアイコンが浮かび上がってきた。ファイル名は、「眼中釘」。

そこに入っていたのは、いく冊かの帳票と、銀行振り込みの控えだった。最初は何が書かれているのかよくわからなかったが、見慣れない単語をにらみつつスマートフォンで意味を検索し、帳簿同士を比較しながら何度もくり返し見ていて、やがてなんとか理解した。

帳票類は、正規の帳簿と在庫表、そして裏帳簿と裏在庫表だった。照らし合わせてみると、不正がはっきりとわかるようになっている。それを意図して颯がそろえたのだろう。

建築資材千トンを買い、工事で全部使って在庫がゼロになっている時期に、裏帳簿には同資材五百トンが計上され、裏在庫表にもそれが記帳されていた。つまり実際には、現場で使ったとされている量の半分しか使っていないのだった。これによってその分は税金の対象にならなくなっている。また正規の帳簿や在庫表上からは消えているため、自由に処分する事もできた。

下請け会社に数百万の工事を依頼し、支払っているケースでは、裏帳簿によれば、売上割戻しという項目でその会社から半額が振り込まれている。これは事実上のキックバックだろう。その後、金は萩原と西谷の個人口座に流れていた。明らかな脱税と横領で、二年半ほど前から始まっている。

颯が決意すれば、これらはいつでも税務署に送れただろうし、その事について警告を受けていた萩原は、片時も落ち着けなかっただろう。それは颯を殺す動機になりうる。

だが同じ事は、理咲子にもいえるのだった。あの夜には引っ越しが予定されており、引き留めるとすれば最後の機会だった。申し出を颯に断られたら、理咲子はトリカブトを使うつもりだったのかも知れない。だが萩原からの電話で、颯は出かけてしまった。

理咲子が颯の後をつけていき、萩原が姿を消してから颯と接触、交渉がうまくいかずに激高し、殺害したという事はありうるだろうか。そうだとすれば、具体的にどうやったのか。

自分が着ているTシャツを見下ろす。颯はガタイがよかった。物理的に考えて、萩原の体型なら殺す事もできそうだったが、七十代の理咲子には難しいのではないか。

それができるとすれば、方法はただ一つ、颯を沼辺に誘い、突き落とす事だ。颯は滑落の後遺症を抱えていたし、あの沼の縁は滑りやすい。全体はすり鉢状で、入ったら出てこられないとも聞いている。しかし颯は元ワンゲル部だった。老女の細腕で突き落とせるものだろうか。

それが不可能であるとはっきりすれば、理咲子の嫌疑は晴れる。そうなる事を願いながら、同時に、それでは先ほどの態度が説明できないとも思っていた。

とにかく理咲子にそれが可能だったかどうかをはっきりさせよう。それ次第では、容疑者が萩原一人にしぼられる。颯の体重と沼の傾斜度を調べれば、突き落とすのにどのくらいの力が必要かは、ほぼ見当がつくはずだった。

体重は芽衣に聞けば大体わかるだろうが、傾斜度を測るにはクリノメーターがいる。最近スマートフォンをクリノメーター代わりに使えるようなアプリが登場していたと思い出し、アプリストアを開いた。それを見つけてインストールする。

窓辺に寄り、カーテンを開けば、夜は明けかけていた。薄闇が霧のように残っているものの、宝沼に着く頃には作業に支障がないくらいの明るさになるだろう。

廊下に出て、轟《とどろ》き渡っている叔父の鼾《いびき》を聞きながら玄関から踏み出す。萩原に呼び出された颯の気持ちに思いをはせた。どう対処するつもりだったのだろう。

これまで聞いてきた颯のエピソードから察すれば、不正を見逃せない気質のようだったが、萩原は社長であり、颯はその会社から給料をもらっている。専業主婦である芽衣を養わねばならず、職を失う訳にはいかなかっただろう。一年半の間、萩原と口論をしながらも不正の証拠を税務署に持ち込まず、また次第に鬱状態に陥っていったのも、そのせめぎ合いの間で身動きが取れなかったからに違いない。

萩原が忠告を聞き入れ、言動を改めてくれる事をどんなに願っていただろう。そうなったら過去には目をつぶるつもりだったのかも知れない。宝沼が紀沼と呼ばれ、神の裁きを求める場所であったと知っていただろうか。本当に沼で殺されたのだとしたら、加害者の自白以外に、それを実証する方法は存在するのか。

色々と考えながら歩き、宝沼の縁に立った。夜はまだ明け切らず、茂る立木の間に靄《もや》が立ち込めて相変わらず不気味な雰囲気が漂っている。吹く風も淀んで、朝だというのに生暖かかった。

水際に降りていき、浮草がわずかに動いている水面を見下ろす。現場が特定できず、周囲の何ヵ所かを測って平均を出すしかなかった。だいたいがわかればいいのだから、それでも問題はないと考えながら身をかがめ、計測にかかる。先日の二の舞は演じるまいと注意深く作業をした。

測定値をスマートフォンに記録させ、次の地点に移動する。そこでも同じ事を繰り返し、再び移動しようとして立ち上がった時だった。背後で足音が響く。振り返ろうとした瞬間、後ろからぶつかるように抱きつかれた。前に押され、危うく沼に踏み込みそうになる。

「ごめんなさい、そ」

振り返ると、肩の後方に芽衣の頭が見えた。背中に顔を押し当てていたが、間もなくこちらを仰ぎ、息を呑んで後退《あとずさ》る。ぎこちない表情で何かつぶやいたようだったが、聞き取れなかった。

身をひるがえし、駆け去っていくのを呆然として見つめる。背中に、柔らかな温かさが残っていた。何を謝っていたのだろう。昨日の不可解な態度と、その後の突慳貪《つっけんどん》な対応をか。

それにしては、アクションがオーバー過ぎる気がした。驚いた様子で息を呑んでいたのも不自然だったし、抑々《そもそも》、自分がここに来ている事をどこで知ったのか。最後に口からもれた「そ」とは、何だ。

昇ってきた太陽が光を投げ降ろし、闇を追い散らす。沼面が鏡のように輝き始め、そこに映っている自分の姿に胸を突かれた。すっかり忘れていたが、昨日から颯の服を着ていたのだった。

瞬時にすべてが理解できた。「そ」は、颯なのだ。沼のほとりを歩いていた芽衣は、颯の服を見て錯覚し、とっさに我を忘れて飛び付いたのだろう。颯の亡霊だと思い、引き留めようとしたのかも知れない。

颯は、愛されていたのだ。颯自身も、芽衣に対して同じ気持ちでいただろう。肩を並べ、話しながら歩いている二人を想像すると微笑ましく、それが突然に引き裂かれただけに何とも痛ましかった。自分の身に照らして考えても、好きになった人間に好かれるのは容易な事ではない。

彩の顔を思い浮かべる。メールや電話がほとんどの付き合いだったが、楽しかった。考えてみれば、これまで好きだと言った事が一度もない。別れた今頃になってそれに気付くのはボンクラと言うしかないが、今からでも言っておきたいような気にならないでもなかった。

いきなり実行に移すかも知れない自分を警戒し、手にしていたスマートフォンで黒木に電話をかける。気分を変えると同時に、男女交際のエキスパートの意見を聞いてみたかった。

「あのさぁ、おまえ、女に好きって言った事あるか」

沈黙の後、あきれたような声が返ってきた。

「朝っぱらから何を言うかと思えば、寝言に近いな。そこから入るんじゃないのか、普通は」

つまり自分は、普通ではなかったらしい。

「もしかして、おまえ、言ってなかったの」

肯定すれば、バカにされるに決まっていた。黙り込んでいると、からかうような笑いが鼓膜を揺する。

「マジか。フラれた原因ってそれだぜ、きっと」

好意を言葉で伝える事が付き合いのセオリーなら、おそらくそうなのだろう。なぜ言わなかったのか。そういう流れにならなかったとか、決まりが悪かったとか、好きの基準がわからなかったとか、そもそも言うべき事だと思っていなかったとか、原因はいくつも考えられた。だが今さらどうしようもない。

「あのさぁ、も一回チャレンジしたらどう。何回でもやり直せばいいじゃないか」

そうだろうか。彩にはもう美門がコンタクトしている可能性があり、いったんリタイヤした身でしゃしゃり出るのはルール違反のように思えた。

「できるよ、お互いに気持ちがあれば」

黒木の声を、遠くを吹き抜ける風のように聞く。お互いに気持ちがありながら、二度とやり直せなくなってしまった颯と芽衣を思った。フラれた自分より、相思相愛の仲を突然、断ち切られた彼らの方がよほど辛いだろう。特に芽衣は。

その心中に思いをはせたとたん、先ほどの言葉が脳裏をよぎった。芽衣は、颯に謝っていたのだった。詫《わ》びなければならないような何があったのだろう。よく考えてみれば、芽衣がここに来ていた事も不思議だった。地元の人間は近づかないのではなかったか。沼辺に茂るヨシやガマの間に沈む澱《おり》のような薄暗い空気が、ゆっくりと胸に広がった。

3

設定した測定点十数ヵ所の全部の傾斜度を測る。それらを終え、別荘に戻った。次の課題は、颯の体重を調べる事だった。先ほどの芽衣の様子を考えると、何となく躊躇われる。教えてくれるだろうか。訪問して顔を合わせるより電話の方がいいかも知れなかった。

月瀬家にかけようとしてスマートフォンを取り出す。とたんにヒツジが鳴き始めた。待ち受け画面に、小塚の名前が浮かんでいる。耳に当てると、ヒツジよりもさらにのんびりとした声が聞こえてきた。

「遅くなってごめん。宝沼の生物は、ヨコエビだったよ」

エビと言われれば、確かにそんな感じだった。

「でもエビって名前が付いてるだけで、エビの仲間じゃない。端脚目《たんきゃくもく》だよ。極端に種分化が進んでて、世界中に九千二百種以上が生息してる。日本でもかなり多くの数が確認されてるんだ。陸上にも、淡水にも海水にも棲《す》む。それどころか水中動物の体表や体内にも棲む、深海魚の体表にすら棲む」

すげぇ、最強かも。

「食性は雑食で、何でも食べる。海藻、植物、動物や死骸《しがい》なんかも食べるから水の掃除人と言われてるんだ。体長が三十センチ以上になる大型ヨコエビのダイダラボッチなんかは、好んで死骸を食べるよ。蛋白質《たんぱくしつ》の摂取量が多いから、それで大きくなるのかも。送ってもらった画像は、フロリダマミズヨコエビだった。外来種で繁殖力が強く、ダイダラボッチと同様に水中に落ちてきた動物や昆虫の死骸を食べてるんだ。あ、人間の遺体を食べるって報告もある」

それが、あの沼で死体が上がらない理由か。

「ついでに宝沼についても調べてみた。神戸大学で調査をやってるんじゃないかと思ってたけど、これはハズレだった。でも五十年ほど前、フランスのエーグ・モルト大学からガリオン教授率いる調査隊が来日してるんだ。エーグ・モルトって、南フランスの古い街だよ。街の名前は溜まり水って意味で、あたりに湖沼地帯が広がってるんだ。僕も一度行った事がある。一二四〇年に造られた要塞《ようさい》が今もそのまま機能してて、第七回十字軍はその港から出陣したんだって。塩田や洞窟《どうくつ》、独特の植物群が魅力的な土地だよ。ガリオン教授は水環境学、水理学、水域環境学の第一人者だ。もう亡くなったけどね。その教授の興味を引いたほど宝沼は、珍しい沼だった訳。調査報告書は、エーグ・モルト大学のアーカイヴにアクセスすれば、誰でも見られる。前に上杉が聞いてたけど、宝沼は汽水域かって質問にも答が出てるよ。その部分も存在するみたいだ」

その部分も存在するとは、そうでない場所もあるという事だった。沼の中で、水が層になっているのだろうか。

「宝沼は、二重底なんだ。水深は五メートル、上部二メートルまでは淡水で、それより深い部分は淡水と海水が混じり合っている汽水。しかもこの汽水部分は、硫化水素を含んだ無酸素の層だ。その二つの間には、地球上にほとんどいないとされている希少細菌クロマチウムが繁殖して、ほぼ一メートルの厚さの層を作っている。これは色素を生産するバクテリアで、このために宝沼の場合、バクテリアのいる部分が赤い底のように見えるらしい」

初めて見た時、確かに底の方に血のように赤いものが広がっていた。落人伝説があるだけに不気味で、自分の怖気《おぞけ》のせいだとばかり思っていたのだった。

「このバクテリアの層を越えて下に潜り込んでしまうと、硫化水素の餌食《えじき》だ。それだけならまだいいんだけど、クロマチウム属は硫化水素を酸化して硫酸にする性質を持ってるから、宝沼の湖底はひょっとして硫酸が溜まってる状態かも知れない。そうだとすれば、死体が上がらないって噂も当たり前だよ、溶けてるんだもの」

では投げ込まれた平家の財宝も、それを探しに入った人間も、そしてもしかして颯も、同じ運命をたどったという事か。遺体でも上がれば、そこから何らかの手がかりが得られるかも知れなかったが、どうやら期待はできないらしい。

「でも結構面白そうだから、僕も機会があったら行ってみたいな。その時は、別荘に泊まらせてね」

約束して礼を言い、電話を切った。その場で月瀬家にかける。あのハウスキーパーが出た。

「あれ、上杉さん、どないしはりました」

芽衣を呼んでほしいと頼むと、しばらくしてまたもハウスキーパーの声がした。

「ご気分がお悪いとかで、出られへんって言ってはりますの。来ていただいてもお会いできへん、そう伝えてほしいって」

思ってもみない全面拒否だった。沼で会った時、雰囲気といい、口走った言葉といい、確かに尋常ではない感じがした。もっと言えばその前、月瀬家で別れた時から変だったのだ。理由を尋ねて力になりたかったが、電話にも出ず、面会も断られてしまっては手の打ちようもない。おまけに颯の体重を聞き出せなくなり、あと一歩のところまで来ていた調査も頓挫《とんざ》するしかなかった。

行き止まりになったこの道に、何とか迂回路《うかいろ》を見つけたい。できるだろうか。あれこれ考えるものの、いい方策が見つからず内心いら立った。

「芽衣さんの代わりと言っちゃ、えろう口幅ったいですが、私でお役に立てませんやろか」

持ちかけられて初めて、ハウスキーパーが日常的に颯を見ていた事に気がつく。

「どないです」

おそらく体重を推定できるに違いなかった。

「実は、颯さんの体重を知りたかったんです。ご存じですか」

ハウスキーパーは一瞬、沈黙し、やがて今までと打って変わった余所余所《よそよそ》しい声になった。

「いややわぁ。どないしてうちが、そんな事知ってるなんて思わはりますの。颯さんとは、そういう関係じゃありません」

話しながら次第に腹が立ってきたらしく、怒気を露《あら》わにする。

「この仕事は、そういう誤解を受けることもありますけど、私はえろう気ぃつけとるつもりや。そんな噂が立ったら、次に影響しますし。変な事、言わんといてくださ い」

謝るしかなかった。単に体重を聞きたいだけだったのだが、こちらの意図以上に気を回したらしい。ひたすら謝罪し、電話を終える。

ベッドに体を投げ出し、両腕を枕にして天井を仰いだ。芽衣の他に颯を知っていて、その体重を想定できそうなのは理咲子か萩原だったが、どちらも疑惑の人物で、なぜその数値が必要なのかと聞かれると答に窮する。本人に向かって、実はあなたを疑っているなどとは言えたものではなかった。またそんな事を言って、真面《まとも》な答が返ってくるとも思えない。

スマートフォンに保存した沼の傾斜度をながめる。この方法にこだわっていたら、もう一歩も進めそうもなかった。だが、どうにも放棄する気になれない。書き込んでは消した跡の残るお気に入りの座標軸のようなものだった。新しい座標を思いつかないために捨てられないのか、それとも捨てられないから新しいアイディアが出てこないのか。

振り切ろうとして一気に身を起こす。体の位置が変わり、目の前に異なる景色が広がった。その角度から部屋の中をながめていて、変形させてみようと思いつく。代数幾何学においては、フロベニウスの同型を一般的な同型に置き換える事がある。それをイメージしながら、どこを残し、どこを変えるのかを考えた。

颯が沼に落ちたという部分をそのまま生かし、要素を置き換えるのはどうだろう。これまでは突き落とすのに必要な力を算出しようとしていた。そこから離れ、突き落とした時に起こった現象が及ぼす影響を追う事で、加害者を特定できないか。

一人の人間が沼に落ちれば、相当な飛沫《しぶき》が上がる。突き落とした方は、全身に沼の水をかぶったはずだ。服は、かなり濡れただろう。その水分の中には当然、沼に生息していた微生物が含まれている。もちろんフロリダマミズヨコエビも、だ。

一年前の出来事であり、着ていた服はもちろん洗濯してしまっただろう。だが靴はどうだ。革製だったら、水だけ拭ってそのままの可能性がある。縫い目の間には、ヨコエビが一匹くらいは挟まっているのではないか。理咲子の靴を全部、調べたらどうだろう。

素晴らしい思い付きで、自画自賛しながらスマートフォンを取り上げる。今度は、必要十分条件を視野に入れる事を忘れなかった。靴の縫い目からヨコエビが出てきたからといって、犯人とは限らない。この間の和典のように、沼にはまりそうになっただけかも知れなかった。

ヨコエビが出てこない事をAとし、犯人ではない事をBとする。Aならば必ずBであり、Bならばこれまた間違いなくAだった。理咲子の靴からヨコエビが出てこなければ、疑いは完全に晴れる。

「上杉です。先ほどは失礼しました。理咲子さんに伝えてください。これからパソコンとUSBメモリをお返しに上がりますと」

4

「パソコンの中に入っているデジカメデータに、あの人形は写り込んでいませんでした」

理咲子の肩の線が、ゆっくりと和らぐ。詰めていた息を吐《は》く気配も感じられた。

「じゃ心配する事なかったのね。三代目の脱税の方は、どう」

答に躊躇《ちゅうちょ》する。事実を伝えれば、すぐ警察に届けると言い出すだろう。そうなると颯の失踪に関して事件性が出てくる。萩原に動機があるという事になり、任意同行、事情聴取になるのは必至だった。もし理咲子が犯人なら、その企《たくら》みに手を貸す事になる。

「そっちの方は、まだ特定できていないんです」

理咲子の嫌疑が晴れるまでは、引き伸ばすしかなかった。

「これからやります。その前に、頑張った僕にご褒美《ほうび》をください」

理咲子は、孫に何かをねだられた祖母のように顔を崩す。

「意外にチャッカリさんね。いいわ、お望み次第よ。何がほしいの」

素直に承知してくれる事を願いながら、その顔色をうかがった。

「実は、理咲子さんの靴の手入れをさせてほしいんです」

部屋の中の空気が、いきなり凍り付く。そのまま動かない理咲子に、どう説明すればいいのかを考えた。最優先課題は、とにかく承知させる事だった。

「僕、女性の靴が好きなんです」

そういう趣味だと思ってもらうのが一番手っ取り早いだろう。沽券《こけん》に関わるものの、この際やむを得なかった。

「理咲子さんの靴をきれいにしたい。ただそれだけです。靴の掃除以外よからぬ事はしません。もし気になるようでしたら、誰かに僕の作業を見張らせてください」

理咲子は、自分を吐き出すような溜め息をつく。

「まぁヨーロッパには、そういう趣味の男性も少なくないのよね。歴史上の有名人にも、何人かいるけれど」

つくづくとこちらを見つめ、無念そうにつぶやいた。

「あなたがそうだなんて意外。ああ残念だわ。私が好きなのは、ノーマルな男子なのよ。それ以外はごめんこうむるわ。オミットよ」

どうやら理咲子の想い人の対象から、外れたらしい。思ってもみなかった結果で、気分がすっかり軽くなった。

「じゃハウスキーパーを呼ぶわ。案内させます」

靴なら、玄関の靴箱に入っているのだろう。わざわざ案内してもらうまでもない。そう思ったのだが、やがて自分の間違いに気づいた。

「こちらへどうぞ」

やってきたハウスキーパーは、先に立って部屋を出ると、玄関を右手に見ながら通りすぎる。電話での遺恨をまだ抱えているらしく、理咲子の説明を聞いている間も旋毛《つむじ》を曲げている様子だった。昨日使ったヘラクレスの間の中を通過し、その奥の部屋の前で立ち止まる。

「ここです」

開けられたドアの向こうに広がっていたのは、靴屋の店頭の光景だった。隙間もないほど部屋中に棚が設けられ、そこに靴が並んでいる。ハイヒールからスニーカーまであった。

「こないだ数えましたら、全部で千二百数足ありました」

いったい何本、足があるんだと言いたくなる。

「服やドレスをお作りになるたんびに、それに合わせて靴もお作りになるんで、増える一方です。作っただけで一度も下ろしてない靴も、たくさんございます」

これを全部点検するとなったら、どれほど時間がかかるだろう。まいったと思いながら、ちょうど目の前にあった銀色のピンヒールに釘付けになる。踵《かかと》の直径は、一センチもなかった。これで踏まれたらかなり深く刺さるだろう。ここまで鋭いと、凶器と呼んでもいい。

「理咲子さん、こんなんでちゃんと歩けるんですかね」

靴を手に取って振り返ると、ハウスキーパーは、そういう質問自体が信じられないというような目をこちらに向けた。

「そんなん履いたら、ズッコケるに決まってますやろ」

急に飛び出した神戸弁に、思わず笑いを漏らす。ハウスキーパーも笑い出し、それでようやく機嫌が直った。

「若い頃、履かれてたんとちゃいますか。ここ数年、ヒールのあるのには、もう見向きもされません」

歳を重ね、足元が不確かになってきているのだろう。

「履かれる靴は決まってきとるんで、あのあたりにまとめてあります」

出入り口近くにある片側の棚を指す。

「あそこに置いとけば、理咲子さんも私も奥まで入らずにすむし」

八段ほどの靴棚に、ブランド物のウォーキングシューズやデッキシューズ、踵が二センチ前後の革靴が三十足ほど並んでいた。

数が絞られた事に、胸をなで下ろす。しかもほとんどシューレースのついた靴で、ヨコエビの繊細な触角や脚がよく引っかかりそうだった。それが見つからない事を願いながら靴に手を伸ばす。

「では、まずこの棚から」

ハウスキーパーは、またも不満気な様子を見せた。

「さっきからそない言わはりますが、いつも私がきれいにしとるんですよ。今更手入れの必要なんか、あらへんと思いますけど」

この家を実質管理しているハウスキーパーとしての自負を傷つけられたらしい。

「理咲子さんが靴を選ぶと、お召し替えしとる間に革や紐を点検して正面玄関に出し、お帰りになると、脱いだのを玄関から通用口に移動させて一日乾かし、その後、クリーナーで汚れを落として、防水したり磨いたりしてここに戻しとるんです。破れがある場合は、靴屋に出しますし」

思いがけない入念さが、先ほど立てた命題を崩していく。ヨコエビは、跡形もなく取り除かれているかも知れなかった。

「我ながら完璧な仕事やと思うとる」

悦に入るハウスキーパーに毒づきたい気持ちを嚙みつぶす。せっかくたどり着いたアイディアが試しもしないうちから崩壊していくのは、無念な事この上なかった。とにかくここの棚にある靴だけでも点検しようと自分を励まし、作業を続ける。

「ちょっと上杉さん、私が今、何言うたか聞いてはりましたか」

その抗議を聞き流し、一足一足を取り上げて縫い目や靴底、シューレースの繊維の間にまで視線を走らせた。

「もちろんです。おっしゃる通り、きれいになってるなぁと思って感心してますよ」

ヨコエビは、見当たらない。

「そやろ、そのはずや」

すっかり拭い取られてしまったのか、元々付着していなかったのか、どちらとも判断がつかなかった。

「だから言いましたんや、必要あらへんって」

はっきりさせるためには、別の命題を立ててやり直す必要がある。歯がみしつつ、慣性の法則にのった球のように点検を続けた。

「まだやってはるんか。しつこいお人やな」

下の段の、あと数足で終了というところで靴を持つ手が止まる。手だけでなく体全体が一気に凝固したかのようだった。

持っていたのはベージュの革靴で、甲の部分に白革で編んだメッシュがはめ込まれている。その編み目の下に隠れるように、二、三ミリのヨコエビの頭部が挟まっていた。千切れたらしく他の部分はない。穴が開くほど見つめずにいられなかった。これだ、見つけた。

難しい証明が成功した時のような達成感を噛みしめる。自分の力を誇る気持ちと、それが理咲子の疑惑を晴らすどころか逆に決定づけるものになった事への嘆きが入り混じり、胸で重い渦を描いた。

「理咲子さんは、この靴、よく履かれるんですか」

渦の底から上ってきた声は、かすれて響く。ハウスキーパーは、とんでもない災難にあったというように目を丸くした。

「ああ、それ、ぐしょ濡《ぬ》れやったヤツや。あん時は、ほんま、かなわんかったわ」

何かあったのだ。

「理咲子さんがお帰りにならはったんで、玄関に脱いであった靴をいつも通りに通用口に持っていきましたんや。そしたら、あたりには荷物がいっぱいで置けんかった。ああ、そういえば今夜は引っ越しやったって思い出して、しかたなく玄関に戻しといたんです」

あの日の事なのだと突然わかった。これまで背中を向けていたものが急にこちらに向き直り、全貌を露わにしていくのを見ているような気分になる。

「その日はそのまま帰って、明くる日来てみると、それがビッショリ濡れとってなぁ。誰や、こんな悪戯しよったんはって怒り心頭やったわ。革やし陽にも干せんし、しゃぁないから新聞紙に包んで、地道に乾かすことにしたんや。ところが通用口に、引っ越しの荷物が置きっぱなしになっとった。聞いてみると、昨日、颯さんが帰ってこんかったゆう話でな。夕方まで待って行方不明者届を出したんやけど、まぁ落ち着かん日やった」

颯は、萩原からの電話を受けて出かけた。それを見かけた理咲子が、急いで後を追おうとして玄関に出しっ放しになっていた靴を履いたという事か。

「けど、いまだに不思議な事があるねん。靴は何日もかけてようやく乾いたんやけど、気が付いたら内側に汚れがついとった。何を使えば表の革にひびかんように取れるやろ思うて、あれこれ苦労したで。結局、加水で取れたんやから、あれは血やな。場所からして、革でこすれて靴擦《くつず》れができたんやないか。けど、あの靴でいまさら理咲子さんが靴擦れするはずもないやろ。奇妙奇天烈《きてれつ》でなぁ」

一年前、颯が出かけた後、ハウスキーパーは自宅に帰った。この家に残っていたのは、靴の持ち主である理咲子を除けば、芽衣だけだった。

終章　不在の存在

1

思い当たる様々な事が、突如として押し寄せてきて胸にあふれ返る。今まで見てきた芽衣が、いきなり凄《すさ》まじいものに化けた気がした。

考えてみれば、芽衣はこれまで失踪という言葉を使った事がない。颯がいなくなった理由をわかっていたからだ。死体を思わせる人形におびえ、宝沼が神による真実究明の場所だったと聞いてすくみ、皮肉を言う余裕も失っていた。自分のした事に対する天の審判を恐れていたのだ。沼のほとりを彷徨い歩いて颯に謝り、そして何より、こう言っていた。

「十三夜が来るたびに思い出すの。揺れながら沈んでいく月を、一人で見ていた事」

空の月は揺れない。揺れるのは、沼面に映っていたからだ。あの夜、颯を手にかけ、その体が沈み切った後、芽衣は一人で宝沼に映る月を見ていたのだ。静まり返る夜、皓々《こうこう》と照る月、沼辺に一人で立つ芽衣。その様子を想像すると、あまりの孤独さに胸が痛くなった。

なぜそんな事をしなければならなかったのだろう。その夜は、引っ越しだったはずだ。自由な世界に飛び立つ直前だったのだ。その道をどうして自分で閉ざしたのか。愛情は偽装だったのだろうか。なぜそんな思い切ったまねができたのだろう。自分の人生を棒に振るのが恐ろしくなかったのか。そんな事をして何の利益があったのだろう。いったい何を考えていたのか。

部屋の隅の小さなテーブルの上で、内線電話が鳴り出す。ハウスキーパーが出て、こちらに受話器を差し出した。

「芽衣さんからやで」

すっかり冷たくなった手でそれを受け取り、耳に当てる。

「シューズ・ルームにいるのね。あなたには、私、自分を見せすぎてしまったみたい。もう全部わかったんでしょう」

いくつもの疑問が喉に殺到した。だが干上がったような口から声が出てこない。

「もっと前にあなたと出会って、再就職したらって言ってもらえていたら、自分を止められたかも知れない」

一瞬、あざやかな光を浮かべた二つの目を思い出す。解き放たれたような喜びに満ちていた。

「一年前なら、あなたの言葉が私のサイクルを壊してくれた気がする。ずっと私が囚《とら》われてきたサイクル。たった一秒の間にも、体の奥から突き上げてくる肯定と否定の振動のような繰り返し。大声で叫び出したくなるような反復。そこから自由になるためには、それまで自分の世界に存在しなかった新しい発想が必要なんだってわかっていた。あなたの言葉の中に、そのヒントがあるように思えたから」

かすかな笑いが耳に触れる。

「でも、一年遅かったな」

あせりながら、目まぐるしく時間をさかのぼった。両手で時の流れを掻き分け、一年前の自分を捜す。何をしていたのだろうか。芽衣を止められたかもしれないその時、自分は。

「あなたとは会えず、そして私は間違えたの」

喉に力をこめ、詰まっていた疑問を何とか放り出した。

「何を間違えたんですか」

しばしの沈黙の後、あきらめたような声が耳を打つ。

「私の部屋にいらっしゃい」

静まり返った夜の草叢《くさむら》で鳴くコオロギに似て、はっきりとしていながら今にも消え入りそうな心許《こころもと》なさを含んだ声だった。

「颯の部屋の隣よ」

これが刑事ドラマなら、目撃者を呼び寄せて殺すパターンだろう。そうわかっていたが、芽衣の気持ちを聞きたいと思う自分を止められなかった。

「すみません、途中ですが芽衣さんに呼ばれたので行ってきます」

ハウスキーパーにそう告げ、自分の所在を明らかにしておいて靴の部屋を出る。階段を上り、颯の部屋を横切った先にあるドアをノックした。

「上杉です」

表情のない芽衣の顔がのぞく。

「いらっしゃい。どうぞ」

後ろに身を引き、そのまま部屋の中に引き返していった。背中を追う。芽衣が口を開くのを待てず、性急に質問をぶつけた。

「あなたの気持ちがわかりません。なぜですか」

言葉は問い詰めるように、責めるように響いた。気持ちが煮詰まっていたからだろう。芽衣はソファに腰を下ろし、両指を組んで膝に置く。

「人間は、自由のためならどんな事もすると言ったのは、アベ・プレヴォね。ベネディクト会の放蕩《ほうとう》家にして作家。『マノン・レスコー』の中の言葉よ」

颯を殺したのは、自由のためだったと言いたいのだろうか。

「とても好きだった。でも颯は、私を殺したの。私は殺されて、いなくなってしまったのよ」

何を言っているのかわからない。

「自分を取り戻したかった」

視線が宙に浮き上がり、ますます混沌とした世界に入っていってしまいそうだった。現実に戻ってきてほしくて、体をぶつけるようにしてすぐ隣に腰を下ろす。

「具体的に話してもらえますか」

芽衣は目を伏せ、組んでいた指が白くなるほど握りしめた。

「家族を失った後、私のような被害者を二度と出すまいって心に誓ったの。それで気象予報士になったのに、颯に出会ってその道を歩けなくなった。とても好きで、離れていられなくて、ずっとそばにいたくて予報士を辞めて、それでももっとそばに行きたくて、溶け合ってしまうくらいに近寄りたいと思っていた。そのうちにハッと気が付いたら、自分がなくなっていたの」

胸を突かれ、息を呑む。ピアノを弾きながら芽衣が語っていた颯への同化、あれを聞いた時、なぜ気付かなかったのだろう。それが愛の美談ではなく、自己崩壊の危機である事に。

「いつの間にか私の心の全部、私の魂の全部が颯で、本当の私自身は隅っこに追いやられて死んでいた。何の価値もないちっぽけな死体になって、自分が固く決意した事も忘れ果てて」

哀しげな光を浮かべた大きな目が、突き詰めるように鋭くなっていく。

「颯さえいなくなれば、自分を取り戻せると思った。颯が生きているうちは、絶対ダメだって。好きすぎて離れられない事は、はっきりしていたから」

それで、事件は引っ越しの夜に起こったのだ。芽衣は二人の生活を望む一方で、恐れもしていた。二人で暮らし始めれば、颯の中にいっそう深く埋もれていく。それは自己をさらに殺していく事だったろう。颯か自分か、愛か自己か。決断しなければならなかった夜、そして決断がなされた夜、それこそが引っ越しの夜だったのだ。

「でも、もしあなたと出会って、再就職したらって言ってもらえていたら、颯か自分かの二択のサイクルは壊れていたと思う」

役に立たなかった事が、もどかしかった。犯行を止められていたら、どんなにか良かったろう。落ちていこうとしていた芽衣を、その前に救えていたなら。

「あの夜、出かけた颯を追ったの。見失わないように急いでたから、玄関に出ていた靴を突っかけて。社長と別れるのを待って、沼の中に何かがいるって言って、のぞき込んだ颯の足をすくったのよ。滑落の後遺症でバランスが悪かったから、想像していたより簡単だった。沼の中で颯は、何度か立ち上がったけれど、そのたびに滑って大きな飛沫を上げて、結局沈んでいった。水面はやがて静かになって、そこに十三夜の月が映っていたの。真珠みたいで、今までに見た月の中で一番きれいだったな。ああ自由になった、自分を取り戻したって感覚だった。ほんの少しも後悔しなかった。だって颯は、私を殺したのよ。それは死にふさわしい罪でしょう」

唇に笑みが浮かぶ。純度の高い水に似た透明感のある微笑だった。それを見ながら、颯に処方されていた薬を本当に必要としていたのは芽衣だったのではないかと思う。

「沼辺の草にたくさんの露が光っていて、まるで水晶の玉が転がっているみたいだった。それを見ながら夜の中を一人で家に帰ったの。こんな素敵な世界に生きている事がうれしかった」

　ゆっくりと立ち上がり、窓辺に足を向ける。深刻な打ち明け話にまるでそぐわない、ステップを踏むかのような軽やかさだった。

「無月《むげつ》って知ってるかしら」

　窓辺から振り返った芽衣に、返す言葉が見つからない。

「月が雲で隠れていた時に使うの。特に十五夜で、月を見ようとしてて見えないと、無月でしたねって言うのよ。見えなかった、月が出ていなかったって言い方をしないで、無の月が見えたって言う。無があるって感覚よ。前も言ったけど、ないものが存在するって感じね。人間も同じ。いなくなったのに存在してる、ここに」

　そっと胸に手を当てた。

「もういない颯が住んでいるの。今までよりずっと近くに感じる。動かすことができないほど重い、重くてたまらない」

　それにあえいでいるようでも、また喜んでいるようでもあった。その二つは、芽衣の胸の中で分かちがたく結びついているのだろう。

「私、これから」

急に頬をゆがめる。涙を浮かび上がらせ、片手で口をおおった。

「どこに行けばいいのかしら。警察、それとも、ああ、きっと泉下《せんか》ね。死にふさわしいもの」

手を伸ばして窓を開け、窓枠に上りかける。あわてて駆け寄り、後ろから抱き止めた。

「警察にしておきましょう。そうすれば、また会える」

芽衣は、手を振り切ろうとする。それを止めたくて口走った。

「また会いたい」

打たれたように背中が引きつり、驚きを浮かべた目がこちらを振り返る。その体から力が抜けていった。手を離しながら必死に頭の中を探し回り、何とか言葉を拾い上げる。

「気象の話、もっと聞きたい、です」

芽衣はまともに受け取らなかったようで、諭《さと》すような顔になりながら向き直った。

「他の人から聞いてちょうだい。私は人殺しよ。一番愛してる人を殺したのよ」

申し出を拒《こば》み、突き放していながら、すがりつかんばかりの眼差だった。命の綱を結べるものなら結びたいのだろう。その真剣さに、引き寄せられる。こんな時、生きる糧《かて》になるのは何なのか。様々な考えが目まぐるしく交錯し、結び付いては離れ、また合流し、やがて一つに集約していった。誰かに必要とされる事か。

「きっと理咲子さんもそう言うでしょう。理咲子さんにとって、あなたはとても大切な人なんです。あなたが何をしたとしても、絶対また二人で暮らしたいって思っていますよ。僕も会いに来たい」

芽衣はふっと緊張を解く。顔をやわらげ、涙をあふれさせた。

「ありがとう」

うなだれる細い首、震える小さな肩をただ見つめる、抱きしめてやりたいと思いながら。

2

「理咲子さんに伝えておいてください。芽衣さんと警察まで行って、パソコンを提出してきます、と」

ハウスキーパーに言い置き、芽衣に付き添って警察署に向かう。坂道を下りながら、芽衣はあたりを見まわした。

「紅葉が山全体に広がるのも、もうすぐね。明度や彩度の違う様々な赤、シグナルレッドや茜色《あかねいろ》、洗朱《あらいしゅ》、赤丹《あかに》、それに色んな黄色、朽葉《くちば》色、琥珀《こはく》色、藤黄《とうおう》、山吹色、鬱金《うこん》、深黄、そこに常緑樹の常盤《ときわ》色、青竹色、灰緑、青磁色が交じって、山にパッチワークを広げたみたいになるの。千紫《せんし》万紅《ばんこう》って感じ」

夢みるような眼差《まなざし》で話すのを聞きながら考える、もし自分が一年早く、去年の秋がくる前に芽衣と出会っていたら、あるいは芽衣が、いくつかの選択を間違う事なく進んできていたら、どうだっただろう。それは、ありえたかも知れないもう一つの芽衣の人生だった。

「それ、私が持っていく」

警察署の玄関で、芽衣は、菓子をねだる子供のように広げた両手を差し出した。

「どうもありがとう。ここからは、もう一人でいい」

渡したパソコンを抱え、ちょっとまぶしそうにこちらを見た。

「その服、よく似合ってる。良かったら、これからも着て。もう全裸にならないようにね」

秋の薄い光の中で浮かべた微笑みに、哀しみが入り混じる。心に染み入るような微笑だった。きっと生涯、忘れられないだろう。

「それじゃ」

しっかりとした足取りで、一度も振り返らないままドアの向こうに姿を消した。歩いていったその跡を、軌跡でも探すかのように見つめる。どうやら自分の心にも、芽衣という名前の空洞ができたらしかった。

「ちょっと、そこ、どいてくれへんか」

警察署の玄関前を横切って駐車場に入ろうとする車の運転手から、いらだたしげな声が飛ぶ。あわてて脇に寄り、歩道に出た。

理咲子に詳しく報告し、説明するために月瀬家に足を向ける。玄関にハウスキーパーが所在なさそうに立っていて、こちらの姿を見つけるなり、飛びつかんばかりの勢いで話し出した。

「さっきまで理咲子さんもここにいはったんですけど、なんや急に素晴らしいコマ割りが閃いたとかで、仕事部屋に駆け込んでいかはって、そのまんまです。あ、お言付けを預かっとります。版元には自分で交渉するから、気にせんといてって言うてはりました。なんでも上杉さんより自分の方が、押しが強いに決まっとるから、って」

確かに言えるかも知れなかった。それに本人が行動するなら、それがベストだろう。

「わかりました。大成功をお祈りしていますとお伝えください」

玄関脇の電話が鳴り出す。ハウスキーパーが出て、言葉少なく話してから受話器をこちらに向けた。

「芽衣さんの事で、お礼を言いたいって言ってはります。今、ノッてるとこやから、手短にって」

受話器を受け取り、説明の手順を考えていて理咲子の言葉に引っかかる。礼を言うとは、どういう意味だ。受話口からしゃがれた笑いが流れ出した。

「私が、知らなかったとでも思ってるの。見てましたよ、あの夕方、颯さんの後を追っていく芽衣ちゃんをね。ずぶ濡れで帰ってきたところも。可哀想に、真《ま》っ直《す》ぐ歩けないほど震えていたわ」

ひと言ひと言が、パスワードのようにこの事件にはまっていく。細部に漂っていた疑点を払い、全てをはっきりと照らし出した。

「私は、一人になるのが嫌だったの。芽衣ちゃんと二人で暮らしていきたかった。どんな形にしろ、どういう理由にしろ、芽衣ちゃんがここから消えるような事態は避けたいと思っていたのよ」

それで萩原を犯人にしたかったのだ。パソコンから犯罪の証拠が出た時点で全てを終わりにし、それ以上は突っ込まれたくなかったのに違いない。お礼を言いたいというのは、半ば皮肉だろう。それならばと考えて、こちらから触れてみた。

「程よいところで止めておいてほしかったと思っているんじゃないですか」

笑い声が大きくなる。

「察しがいいわね。そうよ。自分一人になるのが恐かったからね。あなたをたいそう恨んでるわよ。余計な事をして」

話している内容の割に、声は明るかった。

「私、弟夫妻と約束してたの。こんな世の中だから、誰がいつどうなるかわからない、もし先立つような事があったら、お互いに残された者の面倒を見合おうって。被災を聞いた時には、すっ飛んで行って現場の捜索に参加したわ。固まった泥の中から遺体を見つけたのは、私よ。手を合わせて祈ったわね、芽衣ちゃんの事は任せてって。すぐ引き取って、一緒に住んだの。そのままだったら、どんなにかよかったのに、ある日突然、私たちの間に颯さんが入ってきて、芽衣ちゃんを取られた気分だった。中学の時から育ててきたのに」

親の悲しみを味わったらしい。

「子供は、いつまでも子供じゃないですよ。成長して自立する」

深い溜め息がもれた。

「そんな事わかってますよ。でも子供のままでいてほしかったの。ネバーランドの住人みたいにね。それが私の幸せだったんだから」

勝手な言い分だが、それを躊躇《ためら》いもなく主張するのが理咲子なのだろう。

「でもまぁいいわ。裁判になったら優秀な弁護士を雇って、執行猶予を付けるから。そしたらすぐこの家に戻ってこられる。今度こそきっと私から離れられないわ。そう簡単には、仕事も伴侶《はんりょ》も見つからないでしょうからね。たぶん死ぬまで一緒よ」

何が何でも自分の思った方向に現実を引きずっていこうとしている。その活力に、何となく感嘆しないでもなかった。

「でもあなたの希望ばかり押し付けていたら、芽衣さんが可哀想ですよ」

理咲子は、愚痴るようにつぶやく。

「そんな心配はいらないわよ。なぜって愛情というバトルフィールドでは、より深く愛している方が負ける事になってるんですもの。いつも私よ」

確かに、身をかがめるようにして芽衣の許可を取ろうとしていた。芽衣の方は、よく憤慨し、それを遠慮なく理咲子にぶつけていたのだった。お互いに心の傷になっていないのだろう。他人が口を挟む余地はないのかも知れない。

「私が思ってるくらい、芽衣ちゃんが私を思ってくれるといいんだけどね。若い人は薄情だから」

いささか同情し、提案してみた。

「愛は、仕事に向けたらどうですか。それとも新しい趣味を見つけるとか」

理咲子は、秘密を打ち明けるかのように声をひそめる。

「趣味なら、もう最高のを見つけてあるわ。ト、リ、カ、ブ、ト」

区切った言葉が、小石のように胸を打った。

「あれは薬用以上に、私のおもちゃなのよ。誰にでも使えるから、キャスティングボートを握ってるのと同じで楽しめるの。気に入らない人にも、私の言う事を聞かない人にも、それから芽衣ちゃんを連れ去ろうとした颯さんにも、苦しんでいた芽衣ちゃんの解放にも、そして自分自身の人生の仕上げにもね。神になった気分で、トリカブトを見ながらあれこれと想像するの。今のところの一番の娯楽よ」

背筋が冷たくなるような趣味だったが、思うだけなら犯罪ではない。スマホゲームの中には猟奇殺人もあり、それをしたからといって罰せられる事もなかった。似たようなものだろう。

「あなたが、本当にそれを使わないように祈ってます」

理咲子は、取りすました声になる。

「時々、見張りに来たらどう。歓迎するわよ。全裸でもいいわ」

ちゃっかり自分の思う所につなげる要領のよさには、笑うしかなかった。

「取りあえずクリスマスに来ますよ」

満足げな答が返ってくる。

「プレゼントを用意しておきます。あなたも持ってくるのよ。私、クリスマスローズがいいわ。断らないでね、学生でも買えるくらいの価格だから」

芽衣にも花を贈ろうか。そう思いながら、貼《は》り付くようにこちらを見ているハウスキーパーに気づき、約束した。

「あなたにもクリスマスローズを持ってきますね」

うれしそうに頷くハウスキーパーと別れ、別荘に戻る。借りていた颯の服を脱ぎ、洗濯した。洗濯機の蓋の向こうで、半転をくり返すドラムを見つめる。

あれほどひたむきに愛しながら自らそれに幕を引いた芽衣は、愛に躓《つまず》いたのだろうか。

いや、もっと深刻かもしれない。芽衣は、おそらく愛に呑み込まれたのだ。家族三人を失ったという原点から人生の目標を定め、それを抱えてきたというのに、その心に芽生えた愛がいつの間にか成長し、芽衣自身を取り込み、原点を見失わせたのだった。

数学を愛するあまり、人生に破綻を招いた数学者は少なくない。自殺したり殺人に走ったり、あるいは世を捨てたりしている。

およそ全ての愛の中には、己以外を排除しようとする業火があるのだろう。その火は、愛にひそむ狂気といってもいいのかも知れない。それに囚われ、身を焼かせる事こそが、愛するという行為なのだ。

だが芽衣は、自分の宿命的原点を放棄できなかった。自己を取り戻そうとする闘いを始めたのだ。それは、心を二分するものであっただろう。日々くり広げられるその戦闘が芽衣を荒廃させ、圧倒的な力を誇る愛に対し、颯を抹殺するという方法を選ばせたのだ。

深い谷の底をのぞき見ているような気がした。人を好きになるという事、あるいは何かを愛するという事について、今までなんと浅くしか考えていなかったのだろう。恐ろしくて踏み込めない世界だとすら感じる。

「お、和典君、帰ってたのか。昼飯どうだ」

スーパーの紙袋を抱えて玄関から入ってきた叔父が、洗濯室をのぞき込んだ。

「昨日、明石焼き、食い損ねただろ。作ってやろうと思ってさ、材料買ってきた」

袋を持ち上げ、子供のように無邪気な笑顔を見せる。

「見よう見まねだけどな」

叔父と一緒に作るのも楽しそうだと思いながら頷いた。高校生の甥が昨夜から今までどこで何をしていたのか、まるで聞かないゆるさが快い。

「これ、終わったら、手伝います」

時間を短縮するために切りのいい所でコースを替え、乾燥までセットしてから台所に飛んで行った。明石焼きの作業があまり進んでいない事を願いながら踏み込む。

テーブルの上に鰹節《かつおぶし》の小袋や卵パックが置かれ、買った物の一部はまだ紙袋に入ったままだった。叔父はワインの栓を開け、椅子に座って飲んでいる。

「あ、もう終わったの。こっちはこれからだ。ま、ゆっくりやろうや」

こういう所が、母は気に入らなかったのだろう。何かをやると決めたら一心不乱、一気呵成《いっきかせい》にやり遂げるのが母の一族の気質だった。和典もそのタイプに属する。そこから芽衣の心境までは、ほんの一歩であり、その運命は他人事ではなかった。叔父のようにゆったりとは、なかなか構えられない。

ポケットでヒツジが鳴き始め、スマートフォンの待ち受け画面に美門の通話アイコンが浮かび上がる。耳に当ててると、憂鬱そうな声が聞こえた。

「これって別に言わなくてもいい事だと思うけど、前に上杉が言ってたから、俺もいちおう報告する」

持って回った言い方だった。

「俺、フラれたから」

それを言うためにわざわざ電話をかけてきたのかと思うと、その律儀さが何だかおかしかった。

「おまえの事、まだ好きみたいだぜ」

言葉が鼓膜の上を通りすぎていく。脳裏に届かず、反応できなかった。

「別れたのは嫌いになったからじゃなくて、距離を置いて自分を見つめ直してみたかったからだって。どんどん好きになって依存度が上がって、自分自身がなくなっていく感じで、このままでいいとは思えなかったって」

芽衣の声が胸によみがえる。

「しばらく頭を冷やしてから結論を出すつもりらしいよ」

そういう方法もあったのだと気づかされた。いかにも彩らしい賢さで、尊敬の気持ちを抱く。同時に、その冷静さがいく分くやしかった。颯のようにひたむきに愛されるなら、その結果が破滅に通じたとしても、それはそれで納得がいくようにも思えてくる。

「で、俺がさ、それまで上杉に彼女ができないとでも思ってるのって聞いたら、それならそれでいい、運命だと思うからって。キッパリしててカッコよかったよ。じゃ」

通話の切れたスマートフォンを握り締める。立ち上がった叔父がグラスを片手にガスレンジに向かっていた。熱いオリーブ油の香りが流れてくる。鼻歌も聞こえ出した。

ふっと気持ちがほぐれる。やり方は一つではない。道もいろいろある。食事をしながら叔父と、この話をしよう。あの植木屋や中里、女将の意見も聞いてみたい気がした。何と言うだろう。それが終わったら数学に戻ろうか。あるいは月瀬家に行き、「素数の美」の最終アップのＵＳＢメモリを借り出そうか。時間はたっぷりある。それがうれしかった。

《完》

藤本ひとみの作品リスト

ミステリー・歴史ミステリー小説

『失楽園のイヴ』講談社
『密室を開ける手』講談社
『数学者の夏』講談社
『死にふさわしい罪』講談社
『君が残した贈りもの』講談社
『青い真珠は知っている　KZ Deep File』講談社
『桜坂は罪をかかえる　KZ Deep File』講談社
『いつの日か伝説になる　KZ Deep File』講談社
『断層の森で見る夢は　KZ Deep File』講談社
『見知らぬ遊戯　鑑定医シャルル』集英社
『歓びの娘　鑑定医シャルル』集英社
『快楽の伏流　鑑定医シャルル』集英社

『モンスター・シークレット　鑑定医シャルル』集英社
『聖アントニウスの殺人』講談社
『聖ヨゼフの惨劇』講談社
『大修院長ジュスティーヌ』文藝春秋
『貴腐　みだらな迷宮』文藝春秋
『令嬢たちの世にも恐ろしい物語』集英社

日本歴史小説

『幕末銃姫伝　京の風　会津の花』中央公論新社
『維新銃姫伝　会津の桜　京都の紅葉』中央公論新社
『会津孤剣　幕末京都守護職始末』中央公論新社
『壬生烈風　幕末京都守護職始末』中央公論新社
『士道残照　幕末京都守護職始末』中央公論新社
『火桜が根　幕末女志士　多勢子』中央公論新社

西洋歴史小説

『侯爵サド』文藝春秋
『侯爵サド夫人』文藝春秋
『バスティーユの陰謀』文藝春秋
『ハプスブルクの宝剣』［上・下］文藝春秋
『令嬢テレジアと華麗なる愛人たち』集英社
『マリー・アントワネットの恋人』集英社
『皇后ジョゼフィーヌの恋』集英社
『ブルボンの封印』［上・下］集英社
『ダ・ヴィンチの愛人』集英社
『ノストラダムスと王妃』［上・下］集英社
『暗殺者ロレンザッチョ』新潮社
『コキュ伯爵夫人の艶事』新潮社
『エルメス伯爵夫人の恋』新潮社
『聖女ジャンヌと娼婦ジャンヌ』新潮社
『マリー・アントワネットの遺言』朝日新聞出版

『ナポレオン千一夜物語』潮出版社
『ナポレオンの宝剣　愛と戦い』潮出版社
『聖戦ヴァンデ』［上・下］角川書店
『皇帝ナポレオン』［上・下］角川書店
『王妃マリー・アントワネット　青春の光と影』角川書店
『王妃マリー・アントワネット　華やかな悲劇』角川書店
『三銃士』講談社
『新・三銃士　ダルタニャンとミラディ』講談社
『皇妃エリザベート』講談社
『アンジェリク　緋色の旗』講談社

恋愛小説

『いい女』中央公論新社
『離婚美人』中央公論新社
『華麗なるオデパン』文藝春秋
『恋愛王国オデパン』文藝春秋

『快楽革命オデパン』文藝春秋
『鎌倉の秘めごと』文藝春秋
『恋する力』中央公論新社
『シャネル CHANEL』講談社
『離婚まで』集英社
『綺羅星』角川書店
『マリリン・モンローという女』角川書店

ユーモア小説

『隣りの若草さん』白泉社

エッセイ

『マリー・アントワネットの生涯』中央公論新社
『マリー・アントワネットの娘』中央公論新社
『天使と呼ばれた悪女』中央公論新社
『ジャンヌ・ダルクの生涯』中央公論新社

『華麗なる古都と古城を訪ねて』中央公論新社
『パンドラの娘』講談社
『時にはロマンティク』講談社
『ナポレオンに選ばれた男たち』新潮社
『皇帝を惑わせた女たち』角川書店
『ナポレオンに学ぶ　成功のための20の仕事力』日経ＢＰ社

新書

『人はなぜ裏切るのか　ナポレオン帝国の組織心理学』朝日新聞出版

本書は小社より二〇二一年十月に刊行されました。

|著者|藤本ひとみ　長野県生まれ。西洋史への深い造詣と綿密な取材に基づく歴史小説で脚光を浴びる。フランス政府観光局親善大使を務め、現在AF（フランス観光開発機構）名誉委員。パリに本部を置くフランス・ナポレオン史研究学会の日本人初会員。ブルゴーニュワイン騎士団騎士。著作に、『皇妃エリザベート』『シャネル』『ハプスブルクの宝剣』『皇帝ナポレオン』など多数。

死《し》にふさわしい罪《つみ》

藤本《ふじもと》ひとみ

2024年6月14日第1刷発行

発行者――森田浩章
発行所――株式会社　講談社
東京都文京区音羽2-12-21　〒112-8001
電話　出版（03）5395-3510
　　　販売（03）5395-5817
　　　業務（03）5395-3615

Printed in Japan

講談社文庫
定価はカバーに
表示してあります

KODANSHA

デザイン―菊地信義
本文データ制作―講談社デジタル製作
印刷―――株式会社KPSプロダクツ
製本―――株式会社国宝社

ISBN978-4-06-532934-4

講談社文庫刊行の辞

二十一世紀の到来を目睫に望みながら、われわれはいま、人類史上かつて例を見ない巨大な転換期をむかえようとしている。

世界も、日本も、激動の予兆に対する期待とおののきを内に蔵して、未知の時代に歩み入ろうとしている。このときにあたり、創業の人野間清治の「ナショナル・エデュケイター」への志を現代に甦らせようと意図して、われわれはここに古今の文芸作品はいうまでもなく、ひろく人文・社会・自然の諸科学から東西の名著を網羅する、新しい綜合文庫の発刊を決意した。

激動の転換期はまた断絶の時代である。われわれは戦後二十五年間の出版文化のありかたへの深い反省をこめて、この断絶の時代にあえて人間的な持続を求めようとする。いたずらに浮薄な商業主義のあだ花を追い求めることなく、長期にわたって良書に生命をあたえようとつとめるところにしか、今後の出版文化の真の繁栄はあり得ないと信じるからである。

同時にわれわれはこの綜合文庫の刊行を通じて、人文・社会・自然の諸科学が、結局人間の学にほかならないことを立証しようと願っている。かつて知識とは、「汝自身を知る」ことにつきていた。現代社会の瑣末な情報の氾濫のなかから、力強い知識の源泉を掘り起し、技術文明のただなかに、生きた人間の姿を復活させること。それこそわれわれの切なる希求である。

われわれは権威に盲従せず、俗流に媚びることなく、渾然一体となって日本の「草の根」をかたちづくる若く新しい世代の人々に、心をこめてこの新しい綜合文庫をおくり届けたい。それは知識の泉であるとともに感受性のふるさとであり、もっとも有機的に組織され、社会に開かれた万人のための大学をめざしている。大方の支援と協力を衷心より切望してやまない。

一九七一年七月

野間省一